Sarah Lotz

Die Drei

Buch

Vier Flugzeuge stürzen innerhalb weniger Stunden an vier unterschiedlichen Orten auf der Welt ab. Nur drei Kinder überleben. Ist das ein Zufall, oder sind sie die Vorboten der Apokalypse, wie es ein religiöser Fanatiker prophezeit? Und wenn er recht hat? Auf der ganzen Welt macht sich Panik breit, die Ermittler haben alle Hände voll zu tun, die Ursache der Abstürze schnell zu klären. Und schon bald ist klar, dass es keine terroristischen Anschläge waren und die Katastrophe auch nicht durch ein Unwetter ausgelöst wurde. Die Abstürze scheinen nichts gemein zu haben, außer dass bei drei der vier Katastrophen je ein Kind fast unversehrt geblieben ist. Schnell sind diese Überlebenden nur noch als »Die Drei« bekannt. Das Verhalten von allen drei Kindern scheint aber noch Monate danach schwer gestört zu sein. Vermutlich durch die schrecklichen Ereignisse, die sie durchlebt haben, und durch die konstante Medienbeobachtung. So wollen es sich zumindest die Angehörigen, bei denen die Kinder nach dem Tod ihrer Eltern untergekommen sind, zunächst einreden. Dass doch etwas nicht stimmt, müssen sie sich aber dennoch bald eingestehen. Oder warum kann der schwer an Alzheimer erkrankte Reuben plötzlich wieder sprechen und aktiv am Leben teilnehmen, seit sein Enkel und Überlebender Bobby bei ihm wohnt? Und ist es wirklich nur Einbildung, dass Paul, seit seine Nichte bei ihm ist, jede Nacht den Geist seines verstorbenen Zwillingsbruders sieht, der ihn immer wieder fragt: »Wie konntest du *es* nur in unser Haus lassen?« Der Glaube an die bevorstehende Apokalypse verbreitet sich, Verschwörungstheorien machen die Runde, und eine Journalistin beginnt, die Geschichte der »Drei« zu erforschen. Ihr letztes Lebenszeichen ist eine E-Mail, in der sie ihre schockierenden Entdeckungen niederschreibt …

Weitere Informationen zu Sarah Lotz finden Sie am Ende des Buches.

Sarah Lotz

Die Drei

Thriller

Ins Deutsche übertragen
von Eva Bonné

GOLDMANN

Die Originalausgabe erschien 2014 unter dem Titel »The Three«
bei Hodder & Stoughton, Hachette UK, London.

Dieses Buch ist auch als E-Book erhältlich)

Verlagsgruppe Random House FSC® N001967
Das für dieses Buch verwendete
FSC®-zertifizierte Papier *Super Snowbright*
liefert Hellefoss AS, Hokksund, Norwegen.

1. Auflage 2014
Copyright © 2014 by Sarah Lotz
Copyright © der deutschsprachigen Ausgabe 2014
by Wilhelm Goldmann Verlag, München,
in der Verlagsgruppe Random House GmbH
Redaktion: Kerstin von Dobschütz
Umschlaggestaltung: UNO Werbeagentur, München
Umschlagmotiv: plainpicture/Bildhuset, Masterfile
Satz: Buch-Werkstatt GmbH, Bad Aibling
Druck und Bindung: GGP Media GmbH, Pößneck
Printed in Germany
ISBN 978-3-442-31371-6
www.goldmann-verlag.de

Besuchen Sie den Goldmann Verlag im Netz

Für Onkel Chippy
(1929–2013)

WIE ES ANFÄNGT

Komm schon, komm schon, komm schon ...

Pam starrt zum Anschnallzeichen hinauf und wünscht sich, es würde erlöschen. Sie wird nicht mehr lange einhalten können, fast schon kann sie Jim hören, der mit ihr schimpft, weil sie vor dem Boarding nicht gegangen ist: *Du weißt doch, dass du eine schwache Blase hast, Pam, was zum Teufel hast du dir dabei gedacht?*
In Wahrheit hat sie nicht gewagt, die Klos am Flughafen zu benutzen. Was, wenn sie sich in einer dieser futuristischen Toiletten wiedergefunden hätte, von denen sie im Reiseführer gelesen hat? Wenn sie nicht gewusst hätte, wie man die Spülung betätigt? Was, wenn sie sich versehentlich in der Kabine eingeschlossen und den Flug verpasst hätte? Joanie hatte ihr vorgeschlagen, einen Zwischenstopp einzulegen und für ein paar Tage die Stadt zu erkunden, bevor sie nach Osaka weiterfliegt – was für eine Schnapsidee! Allein die Vorstellung, sich auf den fremden Straßen von Tokio zurechtfinden zu müssen, lässt Pams ohnehin klamme Handflächen schweißnass werden – der Flughafen war schon verwirrend genug. Sie hatte sich wie eine schwerfällige Riesin gefühlt, als sie sich, zerknittert und verschwitzt vom Flug aus Fort Worth, zu ihrem Weiterflug ins Terminal 2 schleppte. Alle ringsum schienen vor Selbstvertrauen und Energie nur so zu sprühen; sie wurde von kleinen Menschen mit bewundernswerter Körperspannung überholt, die Aktentaschen schwangen und ihre Augen hinter dunklen Sonnenbrillen verbargen. Pam wurde sich jedes ihrer überflüssigen Pfunde bewusst, als sie sich in den Shuttlebus zwängte, und sie errötete, wann immer jemand einen Blick in ihre Richtung warf.

Auf dem Weg nach Tokio hatten jede Menge andere Amerikaner mit im Flugzeug gesessen (der Junge neben ihr hatte ihr geduldig erklärt, wie man das Videosystem bedient), aber beim Weiterflug wird ihr schmerzlich bewusst, dass sie die einzige … wie sagt man gleich? Wie heißt es in den Krimiserien, die Jim so gern schaut? Kaukasierin, das ist es. Und die Plätze sind auch viel kleiner; sie sitzt zwischen zwei Armlehnen eingeklemmt wie eine Sardine in der Dose. Immerhin ist zwischen ihr und dem Geschäftsmann auf dem Gangplatz ein Sitz frei geblieben – so muss sie sich keine Sorgen machen, den Mann aus Versehen zu berühren. Aber sie wird ihn stören und sich an ihm vorbeizwängen müssen, wenn sie zur Toilette geht, nicht wahr? Und, oje, es sieht so aus, als wäre er eingeschlafen, was bedeutet, dass sie ihn wecken wird.

Das Flugzeug hat an Höhe gewonnen, aber die Anschnallzeichen leuchten immer noch. Pam sieht aus dem Fenster in die Dunkelheit hinaus, erkennt das rote Blinklicht an der Tragfläche durch einen Wolkenschleier, klammert sich an den Armlehnen fest und spürt, wie das Wummern der Flugzeugmotoren durch ihren Körper vibriert.

Jim hatte recht. Sie ist jetzt schon heillos überfordert von ihrer Mission, dabei hat sie ihren Zielort noch nicht einmal erreicht. Er hatte sie gewarnt, sie sei nicht der Typ für Fernreisen, er hatte ihr das Ganze ausreden wollen: *Joanie kann jederzeit nach Hause kommen, Pam, da musst du nicht um die halbe Welt fliegen, um sie zu sehen. Und überhaupt, warum will sie unbedingt kleine Asiaten unterrichten? Sind ihr amerikanische Kinder nicht mehr gut genug? Außerdem, Pam, du magst nicht mal chinesisches Essen, was zum Teufel willst du machen, wenn sie dir da rohes Delfinfleisch oder so was servieren?* Aber sie hatte nicht lockergelassen und hatte sich zu seiner großen Überraschung über seinen Widerstand hinweggesetzt. Joanie war seit zwei Jahren fort, und Pam musste sie sehen. Sie vermisste sie schrecklich, und nach den Fotos zu urteilen, die sie im Internet gesehen hatte, unterschieden sich die glitzernden Wolkenkratzer von Osaka kaum von einer typisch amerikanischen Skyline. Joanie hatte sie vorgewarnt, dass sie die japanische Kultur anfangs verwirrend finden könnte und dass Japan mehr zu bieten hatte als Kirschblüten und scheu lächelnde Geishas hinter aufgeklappten Fächern; aber Pam war überzeugt gewesen, damit zurechtzukommen. Sie hatte dämlicherweise auf einen Abenteuertrip gehofft, mit dem sie Reba noch Jahre später neidisch machen könnte.

Das Flugzeug richtet sich waagerecht aus, und endlich erlöschen die Anschnallzeichen. Eine Welle nervöser Hektik geht durch die Kabine, als einzelne Passagiere aufspringen und anfangen, in den Gepäckfächern zu wühlen. Pam betet, dass sich vor der Bordtoilette noch keine Warteschlange gebildet hat. Sie löst den Anschnallgurt und macht sich bereit, ihren massigen Leib an dem Mann auf dem Gangplatz vorbeizuschieben, als ein ohrenbetäubender Knall das Flugzeug erschüttert. Pam muss sofort an die Fehlzündung eines Autos denken, aber bei Flugzeugen gibt es so etwas nicht, oder? Sie schreit kurz auf – eine verzögerte Reaktion, für die sie sich sogleich schämt. Es ist nichts. Ein Donner vielleicht. Ja, das ist es. Im Reiseführer stand, Unwetter wären zu dieser Jahreszeit nichts Ungewöhnliches …

Noch ein Knall – und dieser klingt mehr nach einem Schuss. Ein Chor aus heiseren Stimmen erhebt sich im vorderen Flugzeugteil. Die Anschnallzeichen erleuchten, und Pam tastet nach ihrem Gurt; ihre Finger sind taub, sie hat vergessen, wie man ihn enger zieht. Das Flugzeug sackt ab, es ist, als drückten ihr zwei riesige Hände auf die Schultern, während ihr Magen durch die Speiseröhre aufwärtsrutscht. Oje. Nein. Das darf nicht wahr sein. Nicht jetzt. So etwas passiert nicht, nicht Menschen wie ihr, ganz normalen Menschen. *Guten* Menschen. Ein Ruck – die Klappen der Gepäckfächer rattern, und dann scheint das Flugzeug sich, Gott sei Dank, gefangen zu haben.

Ein Gong ist zu hören, japanisches Kauderwelsch, und dann: »Bitte bleiben Sie sitzen und schließen Sie den Anschnallgurt.«

Pam atmet durch; die Stimme klang heiter, unbesorgt. Es kann also nichts allzu Ernstes sein, sie hat keinen Grund, in Panik auszubrechen. Sie versucht, einen Blick über ihre Rückenlehne zu werfen und zu sehen, wie die anderen reagieren, kann aber nichts erkennen als gesenkte Köpfe.

Wieder klammert sie sich an den Armlehnen fest; das Flugzeug vibriert jetzt stärker, ihre Hände werden richtig durchgerüttelt, und von unten spürt sie einen harten Schlag gegen die Schuhsohlen. In der Lücke zwischen den Vordersitzen taucht ein von rabenschwarzen Haarsträhnen halb verdecktes Auge auf; das muss das Kind sein, das vor dem Start von einer strengen jungen Frau mit knallrotem Lippenstift durch den Mittelgang gezerrt wurde. Der kleine Junge hatte sie unverhohlen angestarrt, so fasziniert war er anscheinend von ihrem Anblick gewesen (über die Asiaten kann man sagen, was man will, denkt sie, aber die Kinder sind zuckersüß). Sie hatte gewinkt und gelächelt, aber der Junge hatte nicht reagiert, und dann hatte seine Mutter ihn angezischt, woraufhin er gehorsam auf seinen Sitz und außer Sichtweite gerutscht war. Pam versucht zu lächeln, aber ihr Mund ist trocken und die Lippen kleben ihr an den Schneidezähnen fest, und das Vibrieren, o Gott, wird immer schlimmer.

Weißer Nebel zieht durch den Mittelgang und hüllt sie ein. Pam tippt hilflos auf dem Bildschirm vor ihrem Gesicht herum und sucht verzweifelt nach den Kopfhörern. Das passiert nicht wirklich. Das kann jetzt gar nicht wahr sein. Nein, nein, nein. Wenn sie es doch nur irgendwie schaffen könnte, den Videoschirm einzuschalten, einen Film zu schauen, etwas Heiteres – so etwas wie die romantische Komödie, die sie auf dem ersten Flug gesehen hat, die mit … Ryan irgendwas. Auf einmal gerät das Flugzeug in Schieflage, es scheint seitwärts zu schaukeln und gleichzeitig vor- und zurückzukippen, und wieder rutscht ihr Magen aufwärts – sie schluckt angestrengt, nein, sie wird sich jetzt nicht übergeben, o nein.

Der Geschäftsmann steht auf, und seine Arme werden jäh in

die Höhe gerissen, als das Flugzeug absackt – es sieht aus, als wolle er das Gepäckfach öffnen, aber er kann das Gleichgewicht nicht halten. *Was tun Sie da?*, will Pam rufen – als würde die Tatsache, dass er nicht mehr auf seinem Platz sitzt, die Lage verschlimmern – und das Vibrieren wird immer stärker, sie muss daran denken, wie der Stabilisator ihrer Waschmaschine kaputtging und das blöde Ding über die Kacheln wanderte. Eine Flugbegleiterin taucht aus dem Nebel auf, hält sich rechts und links an den Kopfstützen fest. Sie zeigt auf den Geschäftsmann, der sich brav auf seinen Sitz zurücksinken lässt. Er wühlt in der Innentasche seines Jacketts, zieht ein Handy heraus, lehnt die Stirn an den Vordersitz und fängt zu telefonieren an.

Das sollte sie auch machen. Sie sollte Jim anrufen, mit ihm über Snookie reden, ihn daran erinnern, ihr nicht diesen billigen Fraß zu kaufen. Sie sollte Joanie anrufen; aber was soll sie ihr sagen – fast muss sie lachen –, dass sie sich verspäten wird? Nein, sie sollte ihr sagen, wie stolz sie auf sie ist, aber gibt es hier überhaupt Empfang? Stören die eingeschalteten Handys nicht die Navigationsgeräte? Braucht sie eine Kreditkarte, um das in den Vordersitz eingebaute Telefon zu benutzen?

Wo ist ihr Handy? Steckt es in der Bauchtasche, zusammen mit dem Geld und dem Reisepass und den Tabletten, oder hat sie es in ihrer Handtasche verstaut? Warum kann sie sich nicht erinnern? Sie bückt sich nach der Tasche, wobei sie das Gefühl hat, ihr Magen würde von innen gegen ihre Wirbelsäule gedrückt. Sie wird sich übergeben, sie weiß es genau, aber dann berühren ihre Finger den Henkel der Tasche – Joanie hat sie ihr geschenkt, Weihnachten vor zwei Jahren, kurz vor ihrem Abflug. Das war ein schönes Fest gewesen, sogar Jim hatte an dem Tag gute Laune gehabt. Ein weiterer Ruck, und der Henkel entgleitet ihr wieder. Sie will nicht sterben – nicht so. Nicht zwischen lauter Fremden, in diesem Aufzug, mit fettigen Haaren – die Dauerwelle war ein Fehler gewesen – und geschwollenen Füßen. Auf gar keinen Fall. Schnell, denk an etwas Schönes, an etwas Gutes. Ja. Das ist alles nur ein Traum, eigentlich sitzt sie zu Hause auf dem Sofa, mit einem Hühnchen-Mayo-Sandwich und Snookie auf dem Schoß, während Jim in seinem Fernsehsessel eingedöst ist. Sie sollte beten, genau das würde Pastor Len ihr jetzt raten – wird alles wieder gut, wenn sie jetzt betet? Aber zum ersten Mal im Leben fallen ihr die passenden Worte nicht ein. Sie bringt ein »Jesus, hilf mir« zusammen, doch schon schieben sich andere Gedanken dazwischen. Wer wird sich um Snookie kümmern, wenn ihr etwas zustößt? Snookie ist alt, fast schon zehn, warum hat sie sie allein gelassen? Hunde verstehen so etwas nicht. O Gott, ganz hinten in der Wäschekommode liegen die alten Feinstrumpfhosen mit den Laufmaschen, die sie längst hatte entsorgen wollen – was werden die anderen von ihr denken, wenn sie sie finden?

Der Nebel wird dichter, aufsteigende Galle verbrennt ihr die Speiseröhre, sie kann nur noch verschwommen sehen. Ein scharfes Knacken, und dann baumelt ein gelber Plastikbecher vor ihrem Gesicht. Noch mehr japanisches Kauderwelsch – sie spürt Druck auf den Ohren, sie schluckt und hat auf einmal den Geschmack der würzigen Bratnudeln im Mund, die sie auf dem ersten Flug gegessen hat. Die Durchsage ist nun auf Englisch: *bla, bla, bla, bitte helfen Sie Mitreisenden, bla, bla, bla.*

Der Geschäftsmann spricht weiter in sein Handy, es rutscht ihm aus der Hand, als das Flugzeug wieder einen Ruck macht, aber seine Lippen bewegen sich nach wie vor; er scheint gar nicht bemerkt zu haben, dass er sein Handy verloren hat. Pam kann nicht mehr genug von der Luft einatmen, die plötzlich metallisch schmeckt, künstlich, verschmutzt, und abermals muss sie würgen. Ein gleißender Lichtblitz blendet sie, sie will nach der Sauerstoffmaske greifen, die aber immer wieder an ihrer Hand vorbeischwingt, und dann riecht es verbrannt, so wie eine auf der Herdplatte vergessene Plastikschüssel. Einmal war ihr das passiert, sie hatte einen Pfannenwender auf der Kochplatte liegen lassen – Jim hatte wochenlang geschimpft. *Meine Güte, du hättest fast das Haus abgebrannt.*

Noch eine Durchsage: ... *brace, brace, brace for impact.*
Vor ihrem geistigen Auge sieht sie einen leeren Stuhl, und dann packt sie das Selbstmitleid, so intensiv, dass es wehtut – das ist ihr Stuhl, der, auf dem sie jeden Mittwoch sitzt, beim Bibelkreis. Ein stabiler, verlässlicher, freundlicher Stuhl, der sich nie über ihr Gewicht beschwert hat und dessen Sitzfläche schon ganz abgenutzt ist. Sie erscheint überpünktlich zu den Treffen, um Kendra beim Aufstellen der Stühle zu helfen, und alle wissen, sie sitzt rechts von Pastor Len, direkt an der Kaffeemaschine. Am Tag vor ihrem Abflug haben die anderen für sie gebetet – sogar Reba hatte ihr eine gute Reise gewünscht. Mit von Stolz und Dankbarkeit geschwellter Brust hatte sie dagesessen, mit roten Wangen, weil sie im Zentrum der Aufmerksamkeit stand. *Lieber Herr Jesus, bitte beschütze unsere Schwester und liebe Freundin Pamela, wenn sie* ... Das Flugzeug bebt, und gleich darauf folgt das *Tacktacktack* von Taschen und Laptops und anderem Gepäck, das aus den Fächern herunterregnet, aber wenn sie es schafft, sich weiterhin auf den leeren Stuhl zu konzentrieren, wird alles gut. Manchmal spielt sie das Spiel auf dem Rückweg vom Supermarkt: Wenn sie drei weiße Autos entdeckt, wird Pastor Len sie und nicht Reba bitten, sich um die Blumen zu kümmern.

Ein Reißen und Knirschen, als würden riesige Metallfingernägel über eine Tafel gezogen, der Fußboden schlägt Wellen, ein schweres Gewicht drückt ihren Kopf in Richtung ihrer Knie, sie spürt, wie ihre Zahnreihen gegeneinanderschlagen, und sie möchte die unbekannte, boshafte Person anschreien, die ihre Arme verdreht und nach oben zieht. Vor Jahren war ein Pick-up direkt vor ihr aus einer Parklücke ausgeschert, als sie unterwegs war, um Joanie von der Schule abzuholen. Damals war alles wie in Zeitlupe vor sich gegangen – sie hatte winzige Details wahrgenommen, den Sprung in der Windschutzscheibe, die Rostsprenkel auf der Motorhaube des Pick-ups, die schemenhafte Silhouette des käppitragenden Fahrers – aber das hier passiert viel zu schnell! *Mach, dass es aufhört, es dauert schon viel zu lange* – sie wird gepeitscht und geboxt und geschlagen; ihr Kopf, sie kann ihren Kopf nicht mehr halten, und dann kommt ihr der Vordersitz entgegen, ein weißes Licht glüht auf und blendet sie, und sie kann nicht ...

Ein Lagerfeuer knistert und knackt, aber ihre Wangen sind kalt, eiskalt, um ehrlich zu sein; die Luft ist eisig. Befindet sie sich im Freien? Natürlich! Was sonst? Dumme Frage! Drinnen kann man kein Lagerfeuer machen, oder? Aber wo ist sie hier? Heiligabend kommen alle auf Pastor Lens Ranch zusammen – wahrscheinlich steht sie hinter dem Haus und beobachtet das Feuerwerk. Sie bringt immer ihren berühmten Dip mit blauem Schimmelkäse mit. Kein Wunder, dass sie sich so verloren fühlt! Sie muss den Dip vergessen haben, wahrscheinlich steht er zu Hause auf dem Küchentresen. Pastor Len wird enttäuscht sein und ...

Da schreit jemand – *es gehört sich nicht, am Heiligen Abend zu schreien, wer schreit an Weihnachten? Weihnachten ist eine besinnliche Zeit.*

Sie hebt die Hand, um sich über die Augen zu wischen, aber offenbar kann sie nicht ... Moment, da stimmt was nicht, sie liegt auf ihrem Arm, er ist hinter ihrem Rücken verdreht. Warum liegt sie am Boden? Ist sie eingeschlafen? Doch nicht an Weihnachten, wo es so viel zu tun gibt ... Sie muss aufstehen, sich für ihre Unhöflichkeit entschuldigen; Jim sagt immer, sie solle sich zusammenreißen, sie solle sich mehr Mühe geben und ein bisschen ...

Sie fährt sich mit der Zunge über die Zähne. Es fühlt sich nicht richtig an; einer ihrer Schneidezähne ist abgebrochen, die Kante schneidet ihr in die Zunge. Sie beißt auf Sandkörner, schluckt – o Gott, es fühlt sich an, als hätte sie eine Rasierklinge verschluckt, was ist ...

Und dann wird ihr schlagartig klar, was passiert ist, sie muss nach Luft schnappen, und dann setzt der Schmerz ein, der in ihrem rechten Bein seinen Ursprung hat und bis in ihren Unterleib hinaufschießt. *Steh auf, steh auf, steh auf.* Sie will den Kopf heben, aber schon beim Versuch spürt sie brennend heiße Nadelstiche in ihrem Nacken.

Noch ein Schrei – er scheint ganz aus der Nähe zu kommen. So etwas hat sie noch nie gehört – nackt, roh, kaum noch menschlich. Das muss aufhören, ihre Unterleibsschmerzen werden schlimmer davon, als führe ihr der Schrei direkt in die Eingeweide, als zerre er mit jedem Heulton daran.

O Gott sei Dank, sie kann ihren rechten Arm bewegen, im Zeitlupentempo, sie tastet sich den Bauch ab und berührt etwas Weiches, Nasses, das da auf keinen Fall sein sollte. Sie darf jetzt nicht darüber nachdenken. O Gott, sie braucht Hilfe, jemand muss kommen und ihr helfen, hätte sie doch nur auf Jim gehört, wäre sie nur zu Hause bei Snookie geblieben, hätte sie nicht so viel Schlechtes über Reba gedacht …

Hör auf damit. Sie darf jetzt nicht panisch werden. Das sagt man doch, bloß nicht panisch werden. Sie ist am Leben. Sie sollte dankbar sein. Sie sollte aufstehen und sich umsehen. Sie ist nicht mehr in ihrem Sitz, das weiß sie genau, sie liegt auf weichem, moosigem Untergrund. Sie zählt bis drei und versucht, sich auf den unverletzten Arm zu stützen und auf die Seite zu rollen, aber ein Höllenschmerz lässt sie innehalten, abrupt und schockierend wie ein Stromstoß fährt er durch ihren gesamten Körper. Der Schmerz ist so intensiv, sie kann nicht glauben, dass er zu ihr gehören soll. Sie hält absolut still, und der Schmerz verebbt gnädigerweise und lässt ihre Glieder angstvoll betäubt zurück (auch darüber darf sie jetzt nicht nachdenken, nein, nein).

Sie kneift die Augen zu, öffnet sie wieder. Blinzelt ein paarmal, um sehen zu können. Zaghaft dreht sie den Kopf nach rechts, und diesmal gelingt ihr die Bewegung, ohne dass der entsetzliche Schmerz dazwischenfährt. *Gut.* Ein orangeroter Lichtfetzen in der Ferne lässt nichts hervortreten als Silhouetten, aber sie kann Baumstämme erkennen – seltsam verdrehte Stämme von Bäumen, wie sie noch keine gesehen hat – und dort, direkt vor ihr, ein rundes, verbogenes Metallteil. O Gott, ist das das Flugzeug? Ja, ist es, sie erkennt das Oval eines Fensters. Ein Ploppen, ein Zischen, ein Rumpeln, und dann ist plötzlich alles taghell. Ihre Augen füllen sich mit Tränen, aber sie schaut nicht weg. Sie wird hinsehen. Sie sieht die ausgefransten Kanten des Rumpfes, von dem alle Teile brutal abgerissen wurden ... wo sind sie? Hat sie in dem Kabinenteil gesessen? Unmöglich. Das hätte sie nicht überlebt. Es sieht aus wie ein riesiges, kaputtes Spielzeug, und dann muss sie an die Vorgärten in dem Trailerpark denken, wo Jims Mutter gewohnt hat. Überall Müll und Autoteile und kaputte Dreiräder, sie war nicht gern hingefahren, obwohl Jims Mutter immer nett zu ihr gewesen war ... Ihre Körperhaltung schränkt ihr Sichtfeld ein, Pam ignoriert das Knacken und dreht den Kopf, bis ihre Wange ihre Schulter berührt.

Das Geschrei erstirbt abrupt, mitten im Schmerzgeheul. *Gut.* Sie möchte hier nicht von anderer Leute Schmerz und Gejammer noch zusätzlich belastet werden.

Moment ... da bewegt sich etwas, drüben an den Bäumen. Ein dunkler Umriss – ein Mensch, ein Kind vielleicht? Der Junge, der eine Reihe vor ihr saß? Sie wird von Scham überwältigt – als das Flugzeug abgestürzt ist, hat sie keinen Gedanken an ihn oder an seine Mutter verschwendet. Sie hat nur an sich selbst gedacht. Kein Wunder, dass sie nicht beten konnte, was für eine Christin ist sie eigentlich? Die Gestalt schlüpft enttäuschenderweise aus ihrem Sichtfeld, aber noch weiter kann sie den Kopf nicht drehen.

Sie versucht, den Mund aufzumachen und zu rufen, doch diesmal kann sie ihren Kiefer anscheinend nicht bewegen. *Bitte. Ich bin hier. Krankenhaus. Hilfe.*

Ein dumpfer Aufschlag hinter ihrem Kopf. »Ack«, bringt sie hervor. »Ack.« Etwas berührt ihr Haar, und sie spürt Tränen über ihre Wangen fließen – sie ist in Sicherheit. Sie sind gekommen, um sie zu retten.

Das gedämpfte Klopfen schneller Schritte. *Geh nicht weg. Lass mich nicht allein.*

Auf einmal tauchen nackte Füße vor ihren Augen auf. Kleine, schmutzige Füße, es ist dunkel, so dunkel, und die Füße sind offenbar mit einer schwarzen Pampe beschmiert – Schlamm? Blut? »Hilfe, Hilfe, Hilfe«, ja, es klappt, sie spricht. Gut gemacht. Wenn sie sprechen kann, wird alles gut. Sie steht lediglich unter Schock. Das ist alles.»Hilfe.«

Ein Gesicht beugt sich herunter. Es ist so nah, dass sie den Atem des Jungen an ihrer Wange spüren kann. Sie versucht, sich auf seine Augen zu konzentrieren. Sind sie …? Nein, nein. Es liegt am mangelnden Licht. Sie sind weiß, vollkommen weiß, keine Pupillen, *o Jesus hilf mir.* Ein Schrei bündelt sich in ihrem Brustkorb, bleibt ihr im Hals stecken, sie bekommt ihn nicht heraus, sie wird daran ersticken. Das Gesicht zuckt zurück. Ihre Lunge fühlt sich schwer an, verflüssigt. Das Atmen tut jetzt weh.

Irgendwo hinten rechts bewegt sich etwas. Ist es das Kind? Wie konnte es so schnell von hier nach da kommen? Es scheint auf etwas zu zeigen … Formen, dunkler noch als die Bäume ringsum. Menschen. Das sind definitiv Menschen. Das orangerote Licht erlischt, aber sie kann die Konturen deutlich erkennen. Es sind Hunderte, wie es scheint, und sie kommen auf sie zu. Sie schweben zwischen den Bäumen durch, diesen merkwürdigen Bäumen mit den knotigen, verbeulten Ästen, krumm wie alte Finger.

Wo sind die Füße? Sie haben keine Füße. Da stimmt was nicht. Oje. Sie sind nicht real. Sie können es nicht sein. Pam kann ihre Gesichter nicht erkennen, nur tintenschwarze Flecke, flach und unbewegt, während das Licht im Hintergrund noch einmal aufflackert und dann erlischt.

Sie kommen, sie zu holen. Pam weiß es genau.

Die Angst verfliegt, und an ihre Stelle tritt die Gewissheit, dass sie nicht mehr lange zu leben hat. Es ist, als übernähme eine kalte, selbstbewusste Pam – eine neue Pam, die Pam, die sie immer sein wollte – diesen verletzten, sterbenden Körper. Sie ignoriert das matschige Loch, das einmal ihr Unterleib war, und tastet nach der Bauchtasche. Sie ist noch da, wenn auch zur Seite gerutscht.

Sie schließt die Augen und konzentriert sich darauf, den Reißverschluss zu öffnen. Ihre Finger sind nass und glitschig, aber sie darf jetzt nicht aufgeben.

Ein Flappen dröhnt ihr in den Ohren, ein Licht kommt herunter und tanzt auf ihr und um sie herum. Sie kann eine Reihe körperloser Sitze erkennen, in deren Metallrahmen sich das Licht verfängt, und einen hochhackigen Schuh, der völlig ungetragen aussieht. Sie beobachtet, ob das Licht die anrückende Menge abschreckt, aber die schiebt sich weiter vorwärts, und immer noch kann Pam keine Gesichter erkennen. Und wo ist eigentlich der Junge? Wenn sie ihm doch nur sagen könnte, dass er weglaufen muss, denn sie weiß, was die wollen, o ja, sie weiß es genau. Sie versucht, nicht mehr daran zu denken, nicht jetzt, da sie es fast geschafft hat. Sie schiebt die Hand in die Tasche, fiept vor Erleichterung, als ihre Finger an die glatte Rückseite des Handys stoßen. Sie zieht es vorsichtig heraus, immer bemüht, es nicht fallen zu lassen – sie hat genug Zeit, sich über die Panik zu wundern, die sie eben noch gespürt hat, als sie sich nicht erinnern konnte, wo das Handy war –, und sie befiehlt ihrem Arm, das Handy vor ihr Gesicht zu halten. Was, wenn es nicht funktioniert? Wenn er gebrochen ist?

Nein, er darf nicht gebrochen sein, das wird sie nicht zulassen, und sie krächzt triumphierend, als sie den hellen Einschaltton hört. Fast geschafft ... Ein missbilligendes »Ts« – sie ist so ein Tollpatsch, das Display ist blutverschmiert. Sie sammelt ihre letzte Kraft und konzentriert sich, findet den Menüpunkt »Stimmaufnahme«. Das Flappen ist jetzt ohrenbetäubend laut, aber Pam blendet es aus, so wie die Tatsache, dass sie nichts mehr sehen kann.

Sie hält sich das Handy an die Lippen und spricht hinein.

SCHWARZER DONNERSTAG

VOM ABSTURZ ZUR VERSCHWÖRUNG

Die wahre Geschichte der »Drei«

ELSPETH MARTINS

Jameson & White Verlag
New York * London * Los Angeles

VORWORT DER AUTORIN

Es gibt wohl nur wenige Leser, die nicht vor Angst eine Gänsehaut bekommen, wenn vom Schwarzen Donnerstag die Rede ist. Jener Tag, der 12. Januar 2012, an dem innerhalb weniger Stunden vier Passagierflugzeuge abstürzten und über tausend Menschen in den Tod rissen, wird als eine verheerende Katastrophe in die Geschichte eingehen. Er hat unsere Sicht auf die Welt verändert.

Wie zu erwarten war, wurde der Markt in den Wochen nach der Tragödie mit Tatsachenberichten, Blogs, Biografien und Kommentaren überflutet, deren Verfasser versuchten, aus der morbiden Lust des Publikums am Unglück anderer und aus dem Schicksal der drei überlebenden Kinder, *Die Drei* genannt, Kapital zu schlagen. Aber niemand hatte mit der makaberen Ereigniskette gerechnet, die die Katastrophe auslöste, oder mit dem Tempo, in dem die Situation eskalierte.

So wie bei *Ausgerastet*, meiner Studie über Waffenkriminalität bei US-amerikanischen Minderjährigen, habe ich auch im vorliegenden Buch die Betroffenen selbst zu Wort kommen lassen und einen möglichst objektiven Tatsachenbericht zusammengestellt. Aus diesem Grund habe ich mich aus vielfältigen Quellen bedient, darunter Paul Craddocks unvollendete Autobiografie, Chiyoko Kamamotos gesammelte Chatnachrichten sowie zahlreiche Interviews mit Augenzeugen, die ich persönlich geführt habe.

Ich möchte an dieser Stelle darauf hinweisen, dass einige meiner Leser das von mir verwendete Material zutiefst verstörend finden werden. Darunter fallen beispielsweise die Augenzeugenberichte der Ersthelfer an den Absturzstellen, die Aussagen gläubiger und ehemaliger Pamelisten, die am Unglücksort des Sun-Air-Fluges 678 gefundenen *isho* sowie das bislang nie veröffentlichte Gespräch mit dem von Paul Craddock beauftragten Exorzisten.

Ich gebe offen zu, Auszüge aus Zeitungsartikeln und Magazinbeiträgen in mein Buch eingearbeitet zu haben, um den Kontext zu beleuchten (in manchen Fällen auch aus erzählerischen Gründen); mein Hauptanliegen ist es jedoch, wie schon bei meinem Projekt *Ausgerastet,* den unmittelbar Betroffenen der Ereignisse von Januar bis Juli 2012 eine neutrale Plattform zu bieten. Vor diesem Hintergrund bitte ich meine Leser, stets im Hinterkopf zu behalten, dass sämtliche hier aufgeführte Berichte subjektiv und persönlich sind. Ich lade Sie ein, Ihre eigenen Schlüsse zu ziehen.

Elspeth Martins
New York
30. August 2012

Sie sind hier. Ich bin ... gib Snookie keine Schokolade, für Hunde ist das reines Gift, sie wird betteln ... der Junge. Der Junge sieh dir den Jungen an, sieh dir die Toten an, o Gott, es sind so viele ... Sie kommen jetzt, mich zu holen. Wir alle müssen jetzt gehen. Wir alle. Bye, Joanie, ich liebe die Handtasche, bye, Joanie, Pastor Len, Sie müssen sie warnen, dieser Junge, dieser Junge, man darf ihm nicht ...

Letzte Worte von Pamela May Donald (1961–2012)

ERSTER TEIL

ABSTURZ

Aus dem Eingangskapitel von *Vormund von JESS: Mein Leben mit einer der »Drei«* von Paul Craddock (unter Mithilfe von Mandi Solomon).

Ich habe Flughäfen immer gemocht. Nennen Sie mich einen hoffnungslosen Romantiker, aber früher fand ich nichts spannender, als zu beobachten, wie Familien und Liebespaare einander wiedersehen – dieser Bruchteil einer Sekunde, wenn die müden Sonnenbrandträger durch die Glastür treten und ihre Augen im Moment des Wiedererkennens aufleuchten. Als Stephen mich bat, ihn und die Mädchen von Gatwick abzuholen, erfüllte ich ihm den Wunsch mit Freuden.

Ich kam eine gute Stunde zu früh. Ich wollte eher da sein, in Ruhe einen Kaffee trinken und Leute beobachten. Heute erscheint mir die Vorstellung befremdlich, aber an jenem Nachmittag war ich bester Laune. Man hatte mich zu einem zweiten Vorsprechen für die Rolle des schwulen Butlers in der dritten Staffel von *Cavendish Hall* eingeladen (ich bin auf solche Rollen festgelegt, natürlich, aber mein Agent Gerry war der Meinung, dass ich damit endlich den großen Durchbruch schaffen würde), und ich hatte zudem einen Parkplatz gefunden, der keinen Tagesmarsch vom Eingang des Terminals entfernt lag. Und es war mein Genießertag, ich erlaubte mir einen Latte mit extra viel Schaum, bevor ich mich zu der Menschentraube gesellte, die hinter der Gepäckausgabe auf die Heimkehrer wartete. Neben dem Cup 'n Chow war ein Team von mauligen, unfassbar ungeschickten Praktikanten dabei, eine kitschige, längst überfällige Weihnachtsdeko aus dem Schaufenster zu räumen. Ich beobachtete das Drama belustigt, denn mir war in keiner Weise bewusst, dass mein eigenes in Kürze beginnen würde.

Ich hatte mir nicht die Mühe gemacht, einen Blick auf die

Ankunftstafel zu werfen und mich zu informieren, ob der Flug pünktlich war, und so erwischte es mich völlig unvorbereitet, als eine nasale Stimme aus den Lautsprechern tönte: »Alle Abholer für Go!Go!-Airlines Flug 277 aus Teneriffa. Bitte begeben Sie sich zum Informationsschalter. Vielen Dank.« *Ist das nicht Stephens Flug?*, dachte ich und überprüfte die Angaben in meinem Blackberry, ohne mir große Sorgen zu machen. Wahrscheinlich war ich der Meinung, der Flug habe Verspätung. Es kam mir nicht in den Sinn, mich zu wundern, warum Stephen mich nicht angerufen und vorgewarnt hatte.

Man denkt immer, so etwas passiert nur den anderen, nicht wahr?

Anfangs war unsere Gruppe klein – andere Abholer, die wie ich früh dran waren. Ein hübsches Mädchen mit einem herzförmigen Luftballon am Stiel, ein Typ mit Dreadlocks und Ringerfigur, ein Paar im mittleren Alter mit Raucherteint und identisch aussehenden, kirschroten Trainingsanzügen. Keine Leute, mit denen ich unter normalen Umständen freiwillig Zeit verbringen würde. Seltsam, wie sehr der erste Eindruck manchmal täuscht. Sie alle zähle ich inzwischen zu meinen engsten Freunden. Nun ja, so eine Erfahrung schweißt zusammen, nicht wahr?

Die entsetzte Miene des pickligen Teenagers, der hinter dem Infotresen stand, und das käsebleiche Gesicht der Frau vom Sicherheitsdienst daneben hätten mir gleich sagen müssen, dass etwas Schlimmes auf mich zukommen würde. Aber in dem Moment fühlte ich nichts als eine gewisse Gereiztheit.

»Was ist denn los?«, fuhr ich den Jungen mit feinstem *Cavendish-Hall*-Akzent an.

Der Teenager fing an zu stottern. Wir sollten ihm bitte folgen, man würde uns »weitere Informationen zukommen lassen«.

Wir alle gehorchten, obwohl ich mich zugegebenermaßen darüber wunderte, dass das Ehepaar im Jogginganzug keinen Ärger machte. Sie wirkten nicht wie Leute, die irgendwelchen Aufforderungen nachkamen. Aber wie sie mir später bei einem Treffen unserer 277-Selbsthilfegruppe erzählten, befanden sie sich in dem Moment bereits in der Verleugnungsphase. Sie *wollten* gar nicht wissen, was passiert war, und falls das Flugzeug einen Unfall gehabt hatte, wollten sie es nicht aus dem Mund eines jungen Mannes hören, der noch halb in der Pubertät steckte. Der Teenager eilte voraus, vermutlich nur, um unseren Fragen zu entgehen, und führte uns zu einer unauffälligen Tür direkt neben dem Zoll. Wir liefen durch einen langen Korridor, dessen abgeblätterte Wandfarbe und abgewetzter Teppichboden uns ahnen ließen, dass dieser Flughafenbereich normalerweise nicht den Blicken der Öffentlichkeit ausgesetzt war. Ich weiß noch, dass ich einen rebellischen Hauch von Zigarettenqualm wahrnahm, der unter krasser Missachtung des allgemeinen Rauchverbots aus einem der Büros wehte.

Wir erreichten einen tristen, fensterlosen Warteraum, der mit uralten weinroten Wartezimmerstühlen ausgestattet war. Mein Blick fiel auf einen dieser rohrförmigen Aschenbecher aus den Siebzigern, der halb versteckt hinter einer Plastikhortensie stand. Seltsam, woran man sich erinnert, nicht wahr?

Ein Mann mit Polyesteranzug und Klemmbrett kam uns entgegengewatschelt. Sein Adamsapfel hüpfte wie der eines Tourettepatienten. Er war bleich wie eine Leiche, nur seine Wangen glühten von schwerem Rasurbrand. Sein Blick irrte durch den Raum und blieb kurz an mir hängen, bevor er sich in weiter Ferne verlor.

Ich glaube, in dem Moment traf mich die Erkenntnis. Die übelkeiterregende Einsicht, dass ich etwas hören würde, was mein Leben für immer veränderte.

»Los, raus damit«, sagte Kelvin – der mit den Dreadlocks – schließlich.

Der Anzugträger schluckte angestrengt. »Es tut mir furchtbar leid, Ihnen das sagen zu müssen, aber Flug 277 ist vor ungefähr einer Stunde vom Radar verschwunden.«

Die ganze Welt fing zu schwanken an, und ich spürte den sanften Anflug einer Panikattacke. Meine Finger kribbelten, ich fühlte eine Enge in der Brust. Dann stellte Kelvin die Frage, die kein anderer von uns zu stellen wagte. »Sind sie abgestürzt?«

»Wir können das zum jetzigen Zeitpunkt noch nicht sagen, aber bitte seien Sie versichert, dass wir Sie informieren werden, sobald wir weitere Erkenntnisse haben. Ein Seelsorgerteam steht bereit für diejenigen von Ihnen, die …«

»Was ist mit Überlebenden?«

Die Hände des Anzugträgers zitterten, das zwinkernde Flugzeug auf seinem Go!Go!-Button schien uns in seiner dreisten Sorglosigkeit zu verhöhnen. »Die sollten sich in Gay!Gay!-Air umbenennen«, witzelte Stephen, wann immer die grässlichen Werbespots der Airline im Fernsehen liefen. Er war der Meinung, das Flugzeug im Logo sei schwuler als ein Reisebus voller Dragqueens. Mich kränkte das nicht; unser Verhältnis hielt das aus. »Wie ich schon sagte«, stammelte der Anzug, »ein Team von Seelsorgern steht bereit, wenn Sie …«

Mel, die weibliche Hälfte des Jogginganzugpärchens, meldete sich zu Wort. »Ihre Seelsorger können mich mal, sagen Sie uns einfach, was passiert ist.«

Das Mädchen mit dem Luftballon fing so herzergreifend zu schluchzen an wie eine Figur aus *EastEnders,* und Kelvin legte ihr einen Arm um die Schultern. Sie ließ den Ballon fallen, der traurig über den Boden hüpfte und schließlich neben dem Retro-Aschenbecher liegen blieb. Nach und nach trudelten weitere Abholer ein, angeführt von Go!Go!-Angestellten, die genauso bestürzt und hilflos wirkten wie der picklige Teenager.

Mels Gesicht lief so kirschrot an wie ihr Jogginganzug, während sie dem Airlinevertreter mit dem Finger vor dem Gesicht herumfuchtelte. Alle schienen zu schreien oder zu weinen, nur ich spürte mich der Situation seltsam entfremdet, als stünde ich auf einem Filmset und warte auf meinen Einsatz. Furchtbar, es zugeben zu müssen, aber ich dachte: *Merk dir das Gefühl, Paul, das kannst du später vor der Kamera gebrauchen.* Ich bin nicht stolz darauf. Ich will nur ehrlich sein.

Ich starrte den Ballon an, und dann hörte ich plötzlich die glockenhellen Stimmen von Jessica und Polly: »Aber Onkel Paaaaauuuul, warum bleibt das Flugzeug in der Luft?« Am Sonntag vor ihrem Urlaub hatte Stephen mich zum Mittagessen eingeladen, und die Zwillinge konnten gar nicht aufhören, mich mit Flugzeugfragen zu löchern; offenbar hielten sie mich für eine Quelle des Luftfahrtwissens. Sie würden zum ersten Mal fliegen, sie freuten sich mehr auf das Flugzeug als auf den Urlaub an sich. Ich weiß noch, wie ich versuchte, mich zu erinnern, was Stephen als Letztes zu mir gesagt hatte; es war irgendwas in der Richtung: »Ich seh dich, wenn du älter bist, Kumpel.« Wir waren zweieiig, aber wie hatte mir entgehen können, dass etwas Schreckliches passiert war? Ich zog mein Handy aus der Tasche, weil mir einfiel, dass Stephen am Vortag eine SMS geschickt hatte: »Die Mädels lassen grüßen. Anlage ist voller Deppen. Wir landen um 15:30, sei pünktlich :)« Ich scrollte mich auf der Suche danach durch sämtliche Nachrichten. Es schien mir auf einmal überlebenswichtig, Stephens SMS zu finden und zu archivieren. Sie war nicht mehr da. Ich musste sie versehentlich gelöscht haben.

Noch Wochen später wünschte ich mir, ich hätte die SMS gespeichert.

Irgendwie gelangte ich in den Ankunftsbereich zurück. Ich weiß nicht mehr, wie oder ob jemand mich aufzuhalten versuchte, als ich den gruseligen Warteraum verließ. Ich ließ mich treiben und spürte, dass die Leute glotzten, aber in dem Moment waren sie alle nur noch unwichtige Statisten. Etwas hing in der Luft, ähnlich dem bedrückenden Gefühl kurz vor einem Gewitter. Ich dachte, leckt mich, ich brauche einen Drink, was mir, der ich nun schon gute zehn Jahre trocken war, gar nicht ähnlich sah. Ich schlafwandelte zu dem irisch aufgemachten Pub am anderen Ende des Terminals hinüber. Ein paar Halbstarke im Anzug standen an der Bar und starrten zum Fernseher hoch. Einer davon, ein rotgesichtiger Trottel mit Möchtegern-Cockney, verbreitete sich viel zu laut über 9/11 und dass er um 17:50 Uhr in Zürich sein müsse, andernfalls würden »Köpfe rollen«. Als ich mich ihm näherte, verstummte er mitten im Satz, und die anderen wichen beiseite und machten mir Platz, als hätte ich eine ansteckende Krankheit. Inzwischen habe ich natürlich erfahren, dass Trauer und Angst sehr wohl ansteckend sind.

Die TV-Lautstärke war voll aufgedreht, und die Nachrichtensprecherin – eine dieser amerikanischen Schreckensgestalten mit Botoxgesicht, Tom-Cruise-Gebiss und tonnenweise Make-up – plauderte in die Kamera. Hinter ihr war eine Aufnahme zu sehen, die eine Art Sumpf zeigte, über dem ein Helikopter schwebte. Und dann las ich die Einblendung: Maiden-Airlines-Flug in den Everglades abgestürzt.

Die haben was verwechselt, dachte ich, *Stephen und die Mädchen sind mit Go!Go! geflogen, nicht mit dem Flugzeug da.*

Und dann verstand ich. Eine zweite Maschine war heruntergekommen.

Um 14:35 (CAT) stürzte eine als Fracht- und Passagiermaschine genutzte Antonow An-124 der nigerianischen Dalu Air über dem Zentrum von Khayelitsha ab, dem am dichtesten besiedelten Township Kapstadts. Liam de Villiers war einer der ersten Helfer vor Ort. Der ausgebildete Rettungssanitäter war seinerzeit für Cape Medical Response tätig und arbeitet heute als Traumatherapeut. Das folgende Interview wurde via Skype und E-Mail geführt und zu einem Gesamtbericht zusammengefasst.

Wir hatten gerade mit einem Unfall auf dem Baden Powell Drive zu tun, als es passierte. Ein Taxi hatte einem Mercedes die Vorfahrt genommen und sich überschlagen, aber es war nicht allzu schlimm. Der Taxifahrer hatte keine Gäste dabeigehabt und war mit leichten Verletzungen davongekommen, trotzdem würden wir ihn in die Notaufnahme bringen und die Wunden nähen lassen müssen. Es war einer jener seltenen windstillen Tage. Der wochenlang vorherrschende Südostwind hatte sich ausgetobt, und an der Gipfelkante des Tafelbergs hingen nur ein paar kleine Wölkchen. Ein wunderschöner Tag, hätte man wohl sagen können, auch wenn wir ein bisschen zu dicht an der Macassar-Kläranlage geparkt hatten, um die frische Luft zu genießen. Nachdem ich den Gestank zwanzig Minuten in der Nase gehabt hatte, war ich froh, mein Mittagessen von Kentucky Fried Chicken noch nicht vertilgt zu haben.

An dem Tag war ich mit Cornelius unterwegs, dem Neuen. Ein cooler Typ mit einem guten Sinn für Humor. Während ich den Taxifahrer verarztete, plauderte Cornelius mit zwei Verkehrspolizisten, die an den Unfallort gerufen worden waren. Der Taxifahrer brüllte in sein Handy und log seinen Boss an, während ich die Wunde an seinem Oberarm verband. Man hätte meinen können, ihm wäre nichts passiert; er hat kein einziges Mal gezuckt.

Ich wollte Cornelius gerade bitten, der Notaufnahme vom False Bay Bescheid zu geben, dass wir ihnen einen Patienten bringen würden, als ein Getöse aus dem Himmel uns alle hochschrecken ließ. Die Hand des Taxifahrers erschlaffte, und sein Handy fiel klappernd zu Boden.

Und dann sahen wir es. Ich weiß, alle beschreiben es so, aber es sah tatsächlich aus wie eine Szene aus einem Actionfilm. Man konnte nicht glauben, dass das wirklich passierte. Die Maschine flog so tief, dass ich die abgeblätterte Farbe des Logos sehen konnte – Sie wissen schon, dieser grüne Schnörkel um das große D. Das Fahrwerk war draußen, und die Flügel wippten wild hin und her wie bei einem Seiltänzer, der das Gleichgewicht verliert. Ich weiß noch, wie ich dachte: *Der Flughafen liegt in der entgegengesetzten Richtung, was zum Teufel macht der Pilot da?*

Cornelius rief etwas und ruderte mit den Armen. Ich konnte ihn nicht hören, aber ich wusste, was er mir sagen wollte. Mitchell's Plain, wo seine Familie wohnte, war nicht weit entfernt von der Stelle, auf die das Flugzeug zusteuerte. Es würde ganz offensichtlich abstürzen; nicht, dass es gebrannt hätte oder so, aber es war eindeutig in Schwierigkeiten.

Das Flugzeug verschwand außer Sichtweite, wir hörten einen Rumms, und dann, ich schwöre es, bebte die Erde. Später erzählte uns Darren, unser Funker, wir wären zu weit entfernt gewesen, um die Druckwelle zu spüren, aber ich kann mich genau erinnern. Sekunden später quoll eine schwarze Wolke gen Himmel. Sie war riesig, ich musste an die Bilder aus Hiroshima denken. Und ich dachte, Jesus, das hat keiner überlebt.

Wir überlegten nicht. Cornelius sprang in den Wagen und funkte die Zentrale an. Wir seien Zeugen eines großen Crashs geworden, der Katastrophenschutz müsse alarmiert werden. Ich erklärte dem Taxifahrer, er solle auf einen anderen Krankenwagen warten, der ihn zur Notaufnahme bringen würde, und in Cornelius' Richtung schrie ich: »Sag ihnen, es ist Stufe drei. Sag es ihnen, Stufe drei!« Die Cops waren schon losgefahren und auf dem Weg zur Ausfahrt Khayelitsha-Harare. Ich sprang hinten in den Rettungswagen, das Adrenalin schoss durch meine Adern und spülte die Müdigkeit der letzten zwölf Dienststunden weg.

Während Cornelius dem Streifenwagen hinterherfuhr, holte ich die Notfallrucksäcke heraus, kramte in den Fächern nach Verbrennungskompressen und Flaschen mit Infusionsflüssigkeit und allem, was wir sonst noch brauchen würden, und legte es hinten auf die Trage. Wir haben den Fall natürlich geübt – für einen Flugzeugabsturz, meine ich. Es gibt ein ausgewiesenes Trainingsgelände bei Fish Hoek an der False Bay, und ich fragte mich, ob der Pilot sich entschieden hatte, dort zu landen, als er merkte, dass er es nicht bis zum Flughafen schaffen würde. Aber ich will ehrlich bleiben – eine Übung ist eine Sache, ich hätte nie geglaubt, dass wir einmal in so eine Situation kommen würden.

Die Fahrt hat sich mir unbeschreiblich tief ins Gedächtnis eingegraben. Das Knacken und Pfeifen des Funkgeräts, die konferierenden Stimmen, Cornelius' weiße Fingerknöchel am Lenkrad, der Gestank des Fast Foods, das zu essen ich keine Gelegenheit mehr bekommen würde. Und wissen Sie, das klingt jetzt herzlos, aber es gibt tatsächlich Teile von Khayelitsha, in die wir im Traum nicht reinfahren würden. Es kommt immer wieder vor, dass Kollegen da überfallen werden – jeder Sanitäter kann Ihnen das bestätigen –, aber diesmal war es anders. Mir kam nicht einmal der *Gedanke,* die Fahrt durch Little Brazzaville könnte gefährlich sein. Darren war wieder am Funkgerät und erklärte Cornelius den Ablauf, Schritt für Schritt. Wir würden warten müssen, bis die Unfallstelle gesichert war. In Momenten wie diesen sind keine Helden gefragt. Man darf nicht riskieren, sich zu verletzen und zu einem zusätzlichen Notfall für die Kollegen zu werden.

Als wir uns der Absturzstelle näherten, konnte ich die Schreie hören, die das Geheul der von allen Seiten anrückenden Sirenen übertönten. Eine Rauchwolke wälzte sich auf uns zu und überzog die Windschutzscheibe mit einem Schmierfilm, sodass Cornelius langsamer fahren und die Scheibenwischer einschalten musste. Der beißende Geruch von brennendem Benzin drang in den Rettungswagen ein. Ich bekam den Gestank tagelang nicht mehr von der Haut. Cornelius stieg auf die Bremse, als uns eine Menschenmenge entgegengeströmt kam. Die meisten trugen TV-Geräte, weinende Kinder, Möbelstücke, sogar Hunde auf dem Arm. Sie waren keine Plünderer, diese Leute, sie wussten einfach nur, wie schnell sich in dieser Gegend Brände ausbreiten können. Die meisten Häuser sind dicht aneinandergebaut, Hütten aus Holz und rostigen Eisenteilen, der ideale Zunder, ganz zu schweigen von den Unmengen von Petroleum, die hier lagern.

Wir kamen nur noch im Schneckentempo voran, ich hörte die Leute mit Händen gegen die Seiten des Rettungswagens schlagen. Ich duckte mich, ehrlich, als ich den Knall einer weiteren Explosion hörte, und dann dachte ich, Scheiße, das war's. Über uns donnerten die Helikopter hinweg, und ich schrie Cornelius an, er solle anhalten – wir würden ganz offensichtlich nicht weiterkommen, ohne unsere Sicherheit zu gefährden. Ich kletterte durch die Hintertüren ins Freie und machte mich auf das Schlimmste gefasst.

Das reinste Chaos. Wenn ich nicht mit eigenen Augen gesehen hätte, dass ein Flugzeug abgestürzt war, ich hätte es nicht geglaubt – ich hätte gedacht, da wäre eine Megabombe explodiert. Und die Hitze, die uns entgegenschlug ... Später habe ich die Aufnahmen gesehen, die von den Helikoptern aus gemacht wurden: die schwarze Furche im Boden, die platt gewalzten Hütten, die Schule, die die Amerikaner gebaut hatten, zerdrückt wie ein Streichholzhäuschen; die Kirche in der Mitte durchgerissen wie ein klappriger Gartenschuppen.

»Da sind noch welche! Da sind noch mehr! Helfen Sie uns!«, riefen die Leute. »Hier drüben! Hier!«

Ich hatte den Eindruck, dass Hunderte von Hilfesuchenden auf uns zuströmten, aber glücklicherweise drängten die beiden Cops, die schon bei dem Autounfall zur Stelle gewesen waren, sie zurück, sodass wir uns einen Überblick verschaffen konnten. Cornelius fing an, die Verletzten in drei Triagegruppen aufzuteilen und diejenigen auszuwählen, die am dringendsten versorgt werden mussten. Das erste Kind, das ich zu sehen bekam, würde nicht überleben, das wusste ich sofort. Seine verwirrte Mutter erzählte mir, sie hätten geschlafen, als sie von einem ohrenbetäubenden Krach geweckt wurde, und dann seien Metallteile durch die Schlafzimmerdecke geschlagen. Inzwischen weiß man, dass das Flugzeug beim Aufprall zerschellte und die brennenden Trümmer auf die Siedlung regneten wie Agent Orange.

Als Erster war ein Arzt vom Khayelitsha Hospital zur Stelle, der wirklich fantastische Arbeit geleistet hat. Der Mann hatte es drauf. Noch bevor der Katastrophenschutz eintraf, hatte er die Standorte für die Triagezelte, die Leichen und den Ambulanzbereich festgelegt. So etwas muss man systematisch angehen, man darf nichts überstürzen. Die äußere Schutzzone war in Rekordzeit abgesperrt worden, und die Retter und Feuerwehrleute vom Flughafen kamen nur Minuten nach uns an, um die Unfallstelle zu sichern. Es war absolut wichtig, weitere Explosionen zu verhindern. Wir alle wussten, wie viel Sauerstoff sich an Bord eines Flugzeugs befindet, vom Treibstoff ganz zu schweigen.

Wir kümmerten uns hauptsächlich um verletzte Townshipbewohner. Zumeist Verbrennungen, von umherfliegenden Metallteilen zerhackte Gliedmaßen, ein paar Amputationen, dazu jede Menge Augenprobleme, besonders bei den Kindern. Cornelius und ich arbeiteten auf Hochtouren. Die Cops drängten die Leute zurück, aber wer wollte es ihnen verdenken, dass sie uns belagerten? Die Leute schrien die Namen von Vermissten, Eltern suchten ihre Kinder, die in der Schule oder im Kindergarten gewesen waren, andere wollten sich über den Zustand ihrer verletzten Angehörigen informieren. Viele Leute filmten mit ihren Handys; ich konnte sie verstehen, immerhin schafft das eine gewisse Distanz, nicht wahr? Und überall war die Presse, die Reporter belästigten uns wie Fliegen. Ich musste Cornelius davon abhalten, einen Typen zu schlagen, der ihm seine Kamera ins Gesicht halten wollte.

Und als der Rauch sich verzog, wurde nach und nach das Ausmaß der Zerstörung sichtbar. Verbogenes Metall, Fetzen von Kleidung, zersplitterte Möbel und Haushaltsgeräte, einzelne Schuhe, ein zertrampeltes Handy. Und natürlich die Leichen. Die meisten waren verbrannt, aber da waren auch andere, Teile, wissen Sie ... Aus allen Richtungen kamen die Schreie, weil mehr und mehr Tote gefunden wurden. Das Zelt, das man als provisorische Leichenhalle aufgeschlagen hatte, würde nicht reichen.

Wir arbeiteten den ganzen Tag und bis tief in die Nacht. Als es dunkel wurde, stellte man Flutlichter auf, aber irgendwie machte das alles noch schlimmer. Ein paar der jüngeren Freiwilligen vom Katastrophenschutz hielten es nicht aus, obwohl sie Atemmasken trugen; sie rannten immer wieder weg, um sich zu übergeben.

Die Leichensäcke stapelten sich höher und höher.

Kein Tag vergeht, ohne dass ich daran denken muss. Ich kann bis heute kein frittiertes Hühnerfleisch essen.

Sie wissen, was mit Cornelius passiert ist, oder? Seine Frau sagt, sie wird ihm niemals vergeben können. Ich schon. Ich weiß, wie es ist, wenn man ständig diese nervöse Angst hat, wenn man nicht mehr schlafen kann und ohne jeden Grund zu weinen anfängt. Nur deswegen bin ich in die Traumatherapie eingestiegen.

Wissen Sie, wenn Sie nicht dabei waren, habe ich keine Möglichkeit, es Ihnen angemessen zu beschreiben, aber ich kann versuchen, es in ein Verhältnis zu setzen. Ich mache diese Arbeit seit über zwanzig Jahren und habe schon schlimme Sachen gesehen. Ich war zur Stelle, wenn einem Lynchopfer eine Halskrause verpasst wurde, wenn die Leiche noch qualmte und das Gesicht zu einer Fratze erstarrt war, die man in seinem schlimmsten Albtraum nicht sehen will. Ich hatte Dienst, als der Streik der Behördenangestellten eskalierte und die Polizisten das Feuer eröffneten – dreißig Tote, und längst nicht alle waren an Schusswunden gestorben. Sie wollen gar nicht wissen, welche Verletzungen eine

Machete verursachen kann. Ich war bei Massenkarambolagen, wo die Leichen von Kindern, von Babys im Kindersitz drei Fahrspuren weiter lagen. Ich habe gesehen, was passiert, wenn ein gepanzerter Truck mit defekter Bremse einen Ford Ka überrollt. Und als ich im Busch von Botswana gearbeitet habe, fand ich die Überreste eines Wildhüters, den ein Nilpferd einmal durchgebissen hatte. Aber nichts ist vergleichbar mit dem, was wir an jenem Tag sehen mussten. Wir alle wussten, wie sehr Cornelius litt, das ganze Team wusste es.

Er hat es in seinem Auto getan, draußen an der Westküste, wo er früher immer zum Angeln war. Er ist an den Abgasen erstickt, der Schlauch steckte am Auspuff. Er hat kurzen Prozess gemacht.

Er fehlt mir.

Danach haben sie uns die Hölle heißgemacht, weil wir Fotos von der Absturzstelle auf Facebook gepostet haben. Aber ich werde mich nicht dafür entschuldigen. Das ist auch ein Weg für uns, damit klarzukommen – wir müssen uns darüber austauschen –, und wer nicht dabei war, wird es sowieso nicht verstehen. Einige von uns überlegen inzwischen, die Fotos zu löschen, da sie doch von diesen Spinnern kopiert und für Propagandazwecke missbraucht werden. Wenn man in einem Land wie diesem aufgewachsen ist, mit so einer Geschichte, kann man kein Befürworter von Zensur sein, aber ich verstehe schon, warum die manche Seiten einfach sperren. Das ist alles nur Öl ins Feuer.

Doch ich verrate Ihnen etwas, ich war dabei, ich war mitten auf der verdammten Absturzstelle, und ich sage Ihnen, es ist absolut ausgeschlossen, dass da einer überlebt haben soll. Ausgeschlossen. Und dazu stehe ich, egal, was diese bescheuerten Verschwörungstheoretiker meinen – verzeihen Sie meine Ausdrucksweise.

Ich stehe bis heute dazu.

Der pensionierte Geologe Yomijuri Miyajima arbeitet als ehrenamtlicher »Selbstmörderwächter« im berüchtigten Aokigahara-Wald, einem beliebten Ziel für suizidgefährdete Personen. Er war an jenem Abend im Dienst, als eine Boeing 747-400D der japanischen Fluggesellschaft Sun Air am Fuß des Fuji abstürzte.
(Übersetzung von Eric Kushan)

An dem Abend hatte ich mich darauf gefasst gemacht, einen Leichnam zu finden. Nicht Hunderte.

Normalerweise gehen die freiwilligen Helfer im Dunkeln nicht mehr auf Streife, aber kurz vor Einsetzen der Abenddämmerung ging in der Station der Anruf eines Vaters ein, der sich große Sorgen um seinen Sohn machte, einen Teenager. Der Vater hatte beunruhigende Mails abgefangen und unter der Matratze des Jungen eine Ausgabe von Wataru Tsurumis Selbstmordratgeber gefunden, zusammen mit dem berüchtigten Suizidroman von Matsumoto; diese Lektüre ist bei jenen, die planen, sich im Wald das Leben zu nehmen, sehr populär. Ich kann schon nicht mehr zählen, wie viele Exemplare dieser Bücher ich in den Jahren, die ich hier arbeite, zwischen den Baumstämmen gefunden habe.

Am Haupteingang sind Videokameras installiert, die verdächtige Aktivitäten filmen, aber niemand konnte mir bestätigen, dass der Junge den Park tatsächlich betreten hatte; wir bekamen eine Beschreibung seines Autos, das ich jedoch weder an der Straße noch auf einem der kleineren Parkplätze, die es am Waldrand gibt, entdecken konnte. Was nichts zu bedeuten hatte. Manche Selbstmörder fahren an entlegene und schwer zugängliche Stellen, um ihrem Leben ein Ende zu machen. Manche versuchen es mit Autoabgasen, andere, indem sie den toxischen Holzkohlerauch eines tragbaren Grills einatmen. Aber die mit Abstand häufigste Methode ist Erhängen. Viele Selbstmörder bringen Zelte und Lebensmittel mit, sie wollen eine oder zwei Nächte hier verbringen und ihren Vorsatz überdenken, bevor sie ihn in die Tat umsetzen.

Einmal im Jahr wird der Wald von Polizisten und Freiwilligen durchkämmt, um die Leichen der Selbstmörder zu bergen. Beim letzten Mal, Ende November, stießen wir auf die Überreste von dreißig Menschen. Die meisten davon wurden nie identifiziert. Wenn ich im Wald jemandem begegne, den ich für selbstmordgefährdet halte, bitte ich ihn, an das Leid der Familie zu denken, die er hinterlässt, und ich erinnere ihn daran, dass es immer Hoffnung gibt. Ich zeige auf das Vulkangestein, das den Untergrund des Waldbodens bildet, und sage: »Wenn Bäume auf einem so harten, unwirtlichen Boden wachsen können, kann der Mensch sich auf der Grundlage jeder erdenklichen Härte ein neues Leben aufbauen.«

Inzwischen ist es für die Verzweifelten gang und gäbe, Klebeband für Markierungen mitzubringen für den Fall, dass sie ihre Meinung ändern und den Rückweg antreten wollen, oder um einen Hinweis auf ihre letzte Ruhestätte zu hinterlassen. Andere Besucher benutzen das Klebeband aus schändlichen Motiven; moralisch verkommene Schaulustige, die auf einen Leichenfund hoffen und Angst haben, sich zu verlaufen.

Folglich hielt ich an jenem Abend zunächst nach frischen Klebebandmarkierungen an den Baumstämmen Ausschau. Es war schon dunkel, und ich hätte es nicht beschwören können, aber ich meinte, Anzeichen dafür entdeckt zu haben, dass vor Kurzem jemand an dem Schild »Ab hier Betreten verboten« vorbeigelaufen war.

Ich war nicht in Sorge, ich könnte mich verirren. Ich kenne den Wald; ich habe mich kein einziges Mal in ihm verlaufen. Verzeihen Sie, wenn ich hochmütig klinge, aber nach fünfundzwanzig Jahren ist er zu einem Teil von mir geworden. Außerdem hatte ich eine leistungsstarke Taschenlampe und ein GPS-Gerät dabei – dass das harte Vulkangestein unter dem Waldboden die

Signale verfälscht, ist ein Gerücht. Aber dieser Wald zieht Mythen und Legenden magisch an, und die Leute glauben, was sie glauben wollen.

Sobald man den Wald betreten hat, fühlt man sich eingeschlossen wie in einem Kokon. Die Baumwipfel schließen sich zu einem sanft wogenden Dach zusammen, das die Außenwelt abschirmt. Manch einer empfindet die Ruhe und Stille des Waldes als unerträglich, ich nicht. Die *yūrei* machen mir keine Angst. Ich habe vor den Geistern der Toten nichts zu befürchten. Vielleicht haben Sie die Geschichte schon gehört, dass in diesem Wald früher *ubasute* praktiziert worden sei, die Sitte, die Alten und Schwachen in Hungerzeiten den Naturgewalten zu überlassen. Das entbehrt jeder Grundlage. Es ist nur eines von vielen Gerüchten, die der Wald auf sich zieht. Viele Leute glauben, die Geister seien einsam, nur deshalb versuchten sie, Menschen anzulocken. Aus diesem Grund kommen viele in den Wald.

Ich habe nicht gesehen, wie das Flugzeug abgestürzt ist – wie ich schon sagte, das Blätterdach des Waldes verdeckt den Himmel. Aber gehört habe ich etwas. Eine Folge dumpfer Einschläge, so als würde eine riesige Tür zugeschlagen. Für was ich es zunächst hielt? Wahrscheinlich für Donnergrollen, auch wenn es nicht die Jahreszeit der Stürme und Taifune war. Ich war zu beschäftigt damit, die schattigen Senken und Furchen im Waldboden auf Spuren des vermissten Teenagers abzusuchen, um mir darüber Gedanken zu machen.

Ich wollte die Suche gerade aufgeben, als mein Funkgerät knackte und Sato-san, einer meiner Kollegen, mich darüber in Kenntnis setzte, dass ein Flugzeug mit technischen Problemen von der Route abgekommen und in der Nähe des Waldes abgestürzt war, höchstwahrscheinlich in der Gegend von Narusawa. Natürlich wurde mir sofort klar, dass dies der Grund für das Dröhnen war, das ich kurz zuvor vernommen hatte.

Sato sagte mir, die Rettungskräfte seien auf dem Weg und er selbst dabei, einen Suchtrupp zusammenzustellen. Er klang atemlos und zutiefst verstört. Er wusste ebenso gut wie ich, wie schwer es die Retter haben würden, die Absturzstelle zu erreichen. In vielen Teilen des Waldes ist das Gelände unzugänglich – in einigen Gegenden gibt es tiefe, versteckte Felsspalten, die die Strecke sehr gefährlich machen.

Ich beschloss, gen Norden zu gehen, in Richtung der Geräuschquelle.

Keine Stunde später hörte ich das Rattern der Rettungshelikopter, die über den Wald hinwegfegten. Ich wusste, sie würden unmöglich hier landen können, und so eilte ich noch schneller voran. Falls es Überlebende gab, wusste ich, dass sie sofortige Hilfe brauchen würden. Nach zwei Stunden konnte ich den Rauch riechen; an manchen Stellen hatten die Bäume Feuer gefangen, aber glücklicherweise hatten die Brände sich nicht ausgebreitet; die Baumskelette ragten glühend in die Höhe, doch die Flammen schafften es nicht überzuspringen, stattdessen erloschen sie nach und nach. Einem Impuls folgend richtete ich meine Taschenlampe in die Wipfel hinauf, wo ich eine kleine Gestalt in den Ästen hängen sah. Zunächst hielt ich sie für den verkohlten Kadaver eines Affen.

Es war kein Affe.

Natürlich waren da noch andere. Der Nachthimmel dröhnte von Rettungs- und Pressehelikoptern, und wenn sie über mich hinwegdonnerten, fiel das Licht ihrer Scheinwerfer auf die zahllosen Leichen oben in den Ästen. Manche konnte ich in allen Details erkennen; sie wirkten fast unversehrt, als schliefen sie nur. Andere … andere hatten weniger Glück gehabt. Und alle waren ganz oder teilweise unbekleidet.

Ich kämpfte mich bis zu der Stelle durch, die mittlerweile als Absturzstelle gilt und wo der Rumpf und der abgerissene Flügel lagen. Die Retter wurden auf den Waldboden abgeseilt, denn auf dem unebenen und tückischen Grund konnte kein Helikopter landen.

Mit einem seltsamen Gefühl näherte ich mich dem Flugzeugheck. Es ragte vor mir in den Himmel, das stolze Logo in roter Farbe war unheimlicherweise völlig intakt geblieben. Ich lief zu den Rettungssanitätern hinüber, die über eine am Boden liegende, stöhnende Frau gebeugt standen; ich konnte nicht sehen, wie schlimm ihre Verletzungen waren, aber noch nie habe ich einen Menschen solche Laute ausstoßen hören. In dem Moment nahm ich eine Bewegung am Rande meines Gesichtsfeldes wahr. Manche der Bäume brannten immer noch lichterloh, und ich entdeckte eine kleine Gestalt, die hinter einem aus dem Boden ragenden Vulkangesteinauswuchs kauerte. Ich eilte auf sie zu, und im Schein meiner Taschenlampe glitzerte ein Augenpaar. Ich ließ meinen Rucksack fallen und fing zu laufen an, schneller als je zuvor oder danach in meinem Leben.

Als ich näher gekommen war, erkannte ich ein Kind. Einen Jungen.

Er hockte am Boden und zitterte unkontrolliert, und eines seiner Schulterblätter ragte in einem unnatürlichen Winkel heraus. Ich rief die Sanitäter, sie sollten sich beeilen, aber meine Rufe gingen im Lärm der Rotorblätter unter.

Was ich zu ihm sagte? Ich weiß es nicht mehr genau, es war so etwas wie: »Alles in Ordnung? Hab keine Angst, ich will dir helfen.«

So dicht war die Kruste aus Blut und Schlamm, die ihn bedeckte, dass ich seine Nacktheit zunächst nicht bemerkte. Später hieß es, die Wucht des Aufpralls habe ihm die Kleider vom Leib gerissen. Ich streckte eine Hand nach ihm aus. Seine Haut war kalt – aber was hatte ich erwartet? Die Temperaturen lagen unter null.

Ich schäme mich nicht zuzugeben, dass ich weinen musste.

Ich wickelte ihn in meine Jacke ein und hob ihn hoch, so vorsichtig ich konnte. Er legte seinen Kopf an meine Schulter und flüsterte: »Drei.« Oder zumindest meinte ich, das verstanden zu haben. Ich bat ihn zu wiederholen, was er gesagt hatte, aber da waren seine Augen schon geschlossen und sein Mund erschlafft, als schliefe er tief und fest, außerdem war ich zu beschäftigt damit, ihn in Sicherheit zu bringen und zu wärmen, bevor die Unterkühlung einsetzte.

Natürlich fragt mich heute jedermann: Fanden Sie an dem Jungen nichts ungewöhnlich? Natürlich nicht! Er hatte gerade etwas Furchtbares erlebt, und was ich gesehen hatte, waren die Symptome eines Schocks.

Und ich kann nicht übereinstimmen mit dem, was manche über ihn sagen. Dass er von bösen Geistern besessen ist, möglicherweise von den Geistern der toten Passagiere, die ihn um sein Überleben beneiden. Manche sagen, er beheimate diese bösen Geister in seinem Herzen.

Und für kein bisschen glaubwürdiger halte ich die anderen Gerüchte, die sich um die Tragödie ranken. Dass der Pilot Selbstmordgedanken gehabt und der Wald ihn magisch angezogen habe, denn warum sonst hätte die Maschine in Jukai abstürzen sollen? Derlei Gerüchte vergrößern nur den Kummer und das Leid, von dem wir schon genug haben. Für mich ist offensichtlich, dass der Pilot versucht hat, sein Flugzeug in einer unbesiedelten Gegend zu landen. Ihm blieben nur Minuten, eine Entscheidung zu treffen; er hat edel gehandelt.

Und wie könnte ein japanisches Kind etwas sein, was Amerikaner in ihm sehen? Der Junge ist ein Wunder. Ich werde ihn für den Rest meines Lebens nicht vergessen.

Meine Korrespondenz mit Lillian Small endete, als das FBI ihr zu ihrem eigenen Schutz untersagte, Kontakte zur Außenwelt zu unterhalten. Obwohl Lillian in Williamsburg, einem Teil von Brooklyn, wohnte und ich in Manhattan, sind wir einander nie persönlich begegnet. Ihren Bericht habe ich anhand zahlreicher Telefonate und E-Mails zusammengestellt.

Reuben war den ganzen Vormittag schon unruhig gewesen, deswegen hatte ich ihn vor den Fernseher gesetzt und CNN eingeschaltet; manchmal beruhigt ihn das. Früher hat er nichts lieber getan, als die neuesten Nachrichten zu verfolgen, besonders wenn es um Politik ging. Es amüsierte ihn, und er schimpfte auf die Politikberater und Experten, als könnten sie ihn hören. Zur Zeit der Zwischenwahlen verpasste er keine einzige Debatte und kein Interview, damals hatte ich überhaupt erst gemerkt, dass irgendetwas nicht stimmte. Auf einmal fiel ihm der Name dieses texanischen Gouverneurs nicht mehr ein, Sie wissen schon, dieser Idiot, der das Wort »homosexuell« nicht aussprechen kann, ohne angewidert die Lippen zu verziehen. Nie werde ich den Ausdruck in Reubens Gesicht vergessen, als er darum rang, sich an den Namen dieses Trottels zu erinnern. Wissen Sie, er hatte die Symptome vor mir geheim gehalten. Monatelang.

An jenem schrecklichen Tag war die Nachrichtensprecherin gerade dabei, sich mit einem Experten über seine Vorhersage zu den Vorwahlen zu unterhalten, als sie ihm mitten im Satz ins Wort fiel: »Verzeihung, ich muss Sie unterbrechen, wie wir eben erfahren haben, ist in den Everglades eine Maschine der Maiden Airlines abgestürzt ...«

Natürlich war das Erste, was mir bei den Worten »Flugzeugabsturz« in den Sinn kam, die Katastrophe vom 11. September. Terrorismus. Eine Bombe an Bord. Ich bezweifle, dass es an dem

Tag auch nur einen Menschen in New York gab, der nicht dasselbe dachte, als er von dem Unglück hörte. Es war eine automatische Reaktion.

Und dann wurden Bilder von der Absturzstelle gezeigt, aus der Sicht des Helikopters, von oben. Man konnte nicht viel erkennen, nur einen Sumpf mit einer öligen Erhebung in der Mitte, wo das Flugzeug mit einer solchen Wucht niedergegangen war, dass es verschluckt wurde. Meine Fingerspitzen wurden kalt, es war, als würde ich Eiswürfel in der Hand halten, dabei sorge ich immer dafür, dass unser Apartment gut geheizt ist. Ich schaltete auf eine Talkshow um und versuchte, meine Beklemmung zu verdrängen. Reuben war eingeschlafen, was mir hoffentlich genug Zeit verschaffen würde, das Bett abzuziehen und die Laken nach unten in die Waschküche zu bringen.

Ich war kaum fertig, als das Telefon klingelte. Ich beeilte mich, den Hörer abzunehmen, denn ich befürchtete, der Lärm könnte Reuben wecken.

Mona war dran, Loris beste Freundin. Und ich dachte, warum ruft Mona an? Wir stehen uns nicht nah, sie weiß, dass ich sie nicht leiden kann und sie immer schon für ein leichtes Mädchen hielt, für einen schlechten Einfluss. Letztendlich machten wir unseren Frieden, aber anders als meine Lori benahm Mona sich auch mit über vierzig immer noch wie ein Flittchen. Zweimal geschieden, und das noch vor ihrem dreißigsten Geburtstag. Ohne mich zu begrüßen oder nach Reuben zu fragen, sagte sie: »Mit welchem Flug wollten Lori und Bobby nach Hause kommen?«

Die schmerzhafte Kälte, die ich eben noch gefühlt hatte, kam zurück. »Wovon sprichst du?«, fragte ich. »Sie sitzen in keinem verdammten Flugzeug.«

Und sie sagte: »Aber Lillian, hat Lori es dir nicht erzählt? Sie wollte nach Florida, um sich nach einem Altersheim für dich und Reuben umzusehen.«

Meine Hand wurde taub, ich ließ das Telefon fallen. Ihre Stimme tönte aus dem Hörer. Meine Knie gaben nach, und ich weiß noch, wie ich darum betete, dass das wieder nur einer von ihren kranken Späßen war, wie sie sie sich schon als Teenager erlaubt hatte. Ich legte auf, ohne mich von ihr zu verabschieden, und rief Lori an. Ich hätte am liebsten laut geschrien, als ich direkt zur Mailbox weitergeleitet wurde. Lori hatte mir erzählt, sie würde Bobby zu einem Kundentermin nach Boston mitnehmen, ich solle mir keine Sorgen machen, wenn sie für einige Tage nicht erreichbar war.

Oh, wie sehr hätte ich mir in dem Moment gewünscht, mit Reuben zu sprechen! Er hätte gewusst, was zu tun war. Ich glaube, in dem Moment spürte ich nichts als reine Todesangst. Nicht die Angst, die man bei einem Horrorfilm hat oder wenn sich einem ein Obdachloser mit irrem Blick in den Weg stellt. Nein, ein Gefühl, so intensiv, dass man seinen Körper kaum noch unter Kontrolle hat, als wären alle Nerven gekappt. Ich hörte, wie Reuben sich regte, aber ich lief trotzdem aus dem Apartment und klingelte nebenan, weil mir nichts Besseres einfiel. Gott sei Dank war Betsy zu Hause – sie warf einen Blick in mein Gesicht und zog mich herein. Ich stand so neben mir, dass ich nicht einmal den Zigarettenqualm bemerkte, der ihre Wohnung vernebelte; wenn uns danach war, bei Keksen und Kaffee beisammenzusitzen, kam sie immer herüber zu uns.

Sie schenkte mir einen Brandy ein, zwang mich, ihn auszutrinken, und bot mir dann an, mich in mein Apartment zu begleiten und Reuben Gesellschaft zu leisten, während ich mit der Airline telefonierte. Egal, was seither passiert ist – ich werde nie vergessen, wie gut sie an dem Tag reagiert hat.

Ich kam nicht durch. Die Hotline war ständig besetzt, oder ich hing in der Warteschleife. In dem Moment dachte ich, nun weiß ich, wie man sich in der Hölle fühlt – man wartet darauf zu erfahren, was den Menschen zugestoßen ist, die man mehr liebt als alles auf der Welt, und hat dabei eine weichgespülte Version von *Girl from Ipanema* im Ohr.

Wann immer ich dieses Lied höre, fühle ich mich sofort an jene schreckliche Zeit erinnert, an den Geschmack des billigen

Branntweins auf meiner Zunge, an Reubens Stöhnen aus dem Wohnzimmer, an den abgestandenen Geruch der Hühnersuppe vom Vortag, der immer noch in der Küche hing.

Ich weiß nicht mehr, wie oft ich diese verdammte Nummer gewählt habe. Und dann, gerade als ich dachte, ich würde niemals durchkommen, hörte ich eine Stimme in der Leitung. Die Stimme einer Frau. Ich nannte die Namen von Bobby und Lori. Sie klang angestrengt, obwohl sie sich Mühe gab, professionell zu wirken. Während sie auf ihrer Computertastatur herumtippte, schienen Tage zu vergehen.

Und dann sagte sie es mir. Lori und Bobby standen auf der Passagierliste.

Und ich sagte ihr, dass da ein Irrtum vorliegen müsse. Dass Lori und Bobby auf keinen Fall tot sein konnten, es war unmöglich. Das hätte ich gewusst. Ich hätte es gespürt. Ich wollte es nicht glauben. Ich konnte es nicht akzeptieren. Als Charmaine – die Seelsorgerin, die das Rote Kreuz uns schickte – zum ersten Mal bei uns klingelte, befand ich mich immer noch im Zustand der Verleugnung, und ich sagte ihr – heute schäme ich mich dafür –, ich sagte ihr, sie solle zur Hölle fahren.

Mein erster Impuls war trotzdem, an die Unfallstelle zu reisen. Nur um ihnen nahe zu sein. Nur für den Fall. Ich muss zugeben, ich konnte nicht mehr klar denken. Und wie hätte ich verreisen können? Es gingen keine Flüge mehr, außerdem hätte es bedeutet, Reuben weiß Gott wie lange mit einem Fremden allein zu lassen, ihn möglicherweise in ein Heim zu geben. Wo immer ich auch hinblickte, sah ich Lori und Bobby. Überall in unserem Apartment hingen Fotos von den beiden. Lori, wie sie den neugeborenen Bobby im Arm hält und in die Kamera lächelt. Bobby auf Coney Island, einen riesigen Keks in der Hand. Lori als Schulkind, Lori und Bobby bei Reubens siebzigstem Geburtstag im Jujubee's, das war ein Jahr, bevor es mit ihm bergab ging – als er noch wusste, wer ich war, wer Lori war. Ich musste immerzu daran denken, wie sie mir zum ersten Mal von der Schwangerschaft erzählt hatte. Ich hatte es nicht gut aufgenommen, mir hatte der Gedanke nicht gefallen, sich irgendwo fremdes Sperma zu kaufen, als wäre es ein neues Kleid, ich war gegen diese ... künstliche Insemination. Es erschien mir so herzlos. »Momma, ich bin jetzt neununddreißig«, hatte sie gesagt (sie nannte mich noch Momma, als sie längst schon über vierzig war). »Vielleicht ist das meine letzte Chance, seien wir ehrlich, der Prinz auf dem weißen Pferd wird in absehbarer Zeit nicht auftauchen.« Natürlich lösten sich alle meine Zweifel in Luft auf, als ich sie zum ersten Mal mit Bobby sah. Sie war eine wunderbare Mutter!

Und ich konnte nicht anders, als mir die Schuld zu geben. Lori hatte gewusst, dass ich von einem Ruhestand in Florida träumte, von einem sonnigen Apartment in einer hübschen Anlage für betreutes Wohnen, wo Reuben die angemessene Pflege zuteilwerden würde. Nur deswegen waren sie geflogen. Sie hatte mich an meinem Geburtstag damit überraschen wollen. Typisch Lori, großzügig und uneigennützig durch und durch.

Betsy bemühte sich, Reuben zu beruhigen, während ich ruhelos durch das Apartment tigerte. Ich konnte nicht still sitzen. Ich war zappelig, griff immer wieder zum Telefon, um sicherzustellen, dass es funktionierte, nur für den Fall, dass Lori anrief, um mir zu sagen, dass sie den Flug verpasst hatten. Dass sie und Bobby einen späteren nehmen würden. Oder dass sie mit einem früheren gekommen waren. Daran klammerte ich mich.

Die Nachrichten von den anderen Abstürzen machten die Runde, ich schaltete den verdammten Fernseher ein und wieder aus. Ich konnte mich nicht entscheiden, ob ich sehen wollte, was passiert war, oder nicht. Oh, diese Bilder! Seltsam, es sich jetzt vorzustellen, aber als ich die Aufnahmen von dem japanischen Kind sah, das aus dem Wald getragen und in einen Helikopter gezogen wurde, war ich neidisch. Neidisch! Weil wir noch nicht wussten, was mit Bobby war. Wir hatten lediglich gehört, dass es in Florida keine Überlebenden gegeben habe.

Ich dachte, keine Familie wird mehr vom Pech verfolgt als wir.

Ich dachte, warum tut Gott mir das an? Was hatte ich getan, um so etwas zu verdienen? Und zu der Schuld, der Angst, dieser vernichtenden Todesangst kam meine Einsamkeit. Denn egal, was passierte, ob sie nun in diesem Flugzeug gesessen hatten oder nicht – ich würde niemals mit Reuben darüber sprechen können. Er würde nicht in der Lage sein, mich zu trösten, Entscheidungen zu treffen, mir den Rücken zu streicheln, wenn ich nicht einschlafen konnte. Nicht mehr. Auch er hatte mich verlassen.

Betsy ging erst, als Charmaine da war, sie sagte, sie wolle rüber in ihre Küche, um uns etwas zu essen zu machen, auch wenn ich nichts herunterbekommen würde.

Die nächsten Stunden vergingen wie in einem Nebel. Ich muss Reuben zu Bett gebracht und versucht haben, ihn mit etwas Suppe zu füttern. Ich weiß noch, dass ich die Arbeitsplatte in der Küche geschrubbt habe, bis meine Hände rissig waren und brannten, auch wenn Betsy und Charmaine versucht hatten, mich davon abzuhalten.

Und dann klingelte das Telefon. Charmaine nahm den Anruf entgegen, während Betsy und ich wie erstarrt in der Küche standen. Ich würde Ihnen gern sagen, wie der Wortlaut genau war, aber ich bekomme es nicht mehr zusammen. Sie ist Afroamerikanerin, Charmaine, meine ich, sie hat den makellosesten Teint, den man sich vorstellen kann, diese Leute altern einfach unglaublich vorteilhaft, finden Sie nicht auch? Aber als sie in die Küche zurückkam, sah sie um zehn Jahre gealtert aus.

»Lillian«, sagte sie, »Sie sollten sich setzen.«

Ich erlaubte mir nicht zu hoffen. Ich hatte die Bilder vom Crash gesehen. Wie sollte da jemand lebend herausgekommen sein?

Ich sah ihr direkt in die Augen: »Sagen Sie es mir einfach.«

»Bobby«, sagte sie. »Sie haben ihn gefunden. Er lebt.«

Und dann fing Reuben nebenan im Schlafzimmer zu schreien an, und ich musste sie bitten, sich zu wiederholen.

**Ace Kelso, ein Ermittler der in Washington ansässigen Nationalen Behörde für Transportsicherheit NTSB, wird vielen meiner Leser als Star der TV-Reihe *Ace Investigates* bekannt sein. Der Discovery Channel hat bislang vier Staffeln der Serie ausgestrahlt.
Der folgende Text ist das Transkript eines unserer zahlreichen Skype-Gespräche.**

Wissen Sie, Elspeth, bei einem Unglück mit solchen Ausmaßen wussten wir gleich, dass es eine Weile dauern würde, bis wir sagen konnten, womit wir es genau zu tun hatten. Stellen Sie sich das mal vor. Vier Abstürze auf vier Kontinenten, und drei Flugzeugtypen waren betroffen – so etwas hatte es noch nie gegeben. Wir wussten, wir würden uns mit der britischen AAIB, der südafrikanischen CAA und der JTSB in Japan abstimmen müssen, ganz zu schweigen von allen anderen Behörden, die in das Geschehen involviert waren – ich meine damit die Flugzeughersteller, das FBI, die FAA und andere, die ich jetzt nicht nennen will. Unsere Männer und Frauen haben ihr Bestes gegeben, aber unter so einem Druck standen wir noch nie. Die Familien machten uns Druck, die Airlinebosse, die Presse, einfach alle. Ich will nicht behaupten, dass ich mit einem solchen Fiasko gerechnet hätte, doch Falschinformationen und Fehler kann man nie ausschließen. Irren ist menschlich. Und im Laufe der folgenden Wochen hatten wir Glück, wenn wir nachts mal länger als ein paar Stunden am Stück schlafen konnten.

Bevor ich zu dem komme, was Sie von mir wissen möchten, werde ich Ihnen einen kleinen Überblick geben, nur damit Sie die Hintergründe verstehen. Folgendermaßen hat es sich abgespielt: Als der für den Crash der Maiden Airlines zuständige Ermittler habe ich mein Team startklar gemacht, sobald ich den Anruf bekommen hatte. Ein Mitarbeiter aus dem Regionalbüro war bereits vor Ort, um erste Erkundigungen einzuholen, aber zu dem Zeitpunkt hatten wir weiter nichts als die Fernsehbilder. Der Ermittler hatte mich via Handy über die Verhältnisse an der Absturzstelle aufgeklärt, und ich stellte mich darauf ein, dass es schwierig werden würde. Sie dürfen nicht vergessen, dass die Maschine mitten in der Pampa runterkam, fünf Meilen vom nächsten Uferdamm entfernt und gute vierzehn von der nächsten Straße. Von der Luft aus konnte man keine Spur von einem Flugzeug erkennen, es sei denn, man wusste genau, wonach man suchte – wir haben die Stelle vor der Landung überflogen, ich habe es mit eigenen Augen gesehen. Verstreute Trümmerteile, ein schwarzes Wasserloch von der Größe eines Einfamilienhauses und überall dieses scharfe Binsengras, das einem ins Fleisch schneidet.

Folgendes habe ich beim ersten Briefing erfahren: Eine McDonnell Douglas MD-80 war Minuten nach dem Start abgestürzt. Der Fluglotse hat ausgesagt, der Pilot habe einen Motorenausfall gemeldet, aber zu dem Zeitpunkt konnte ich ein Verbrechen nicht ausschließen, immerhin erreichten uns von überall Meldungen über andere Abstürze. Es gab zwei Augenzeugen, Fischer, die gesehen hatten, wie die Maschine in Schieflage und viel zu niedrig geflogen war, bevor sie in die Everglades fiel. Die Männer behaupteten, sie hätten Flammen aus den Turbinen schlagen sehen, was jedoch nicht ungewöhnlich war. Die Zeugen meinen fast immer, Feuer oder Anzeichen einer Explosion gesehen zu haben, auch wenn das unter keinen Umständen der Fall gewesen sein kann.

Ich wies meine IT-Leute, Forensiker und Techniker sofort an, ihren Hintern zum Hangar 6 rüberzubewegen. Die FAA hatte uns für den Flug nach Miami die Gulfstream IV zugewiesen – ich brauchte diesmal ein komplettes Team, da hätte ein Learjet nicht gereicht. Maiden hatte uns wegen verschiedener Wartungsverstöße schon öfter Sorgen gemacht, aber der Flugzeugtyp an sich galt als sehr zuverlässig.

Wir waren noch eine Stunde von der Absturzstelle entfernt,

als man uns telefonisch mitteilte, es habe einen Überlebenden gegeben. Elspeth, Sie dürfen nicht vergessen, dass wir die Fernsehbilder gesehen hatten – solange man sich nicht direkt über der Absturzstelle befand, hätte man nicht ahnen können, dass da ein Flugzeug runtergekommen war. Das Ding war komplett untergegangen. Ich muss zugeben, zuerst habe ich denen kein Wort geglaubt.

Der Junge war ins Kinderkrankenhaus von Miami ausgeflogen worden, und den Berichten zufolge war er bei Bewusstsein. Niemand konnte glauben, dass er zum einen überlebt hatte und zum anderen nicht von den Alligatoren gefressen worden war. Da waren so viele von den verdammten Viechern, dass wir bewaffnete Helfer anfordern mussten, die sie während der Bergung der Trümmer auf Abstand hielten.

Nach der Landung sind wir direkt zur Absturzstelle rüber. Die Forensiker vom DMORT (Disaster Mortuary Operational Response Team) waren schon vor Ort, doch es sah so aus, als würden sie keine intakten Leichen bergen können. Wir hatten nicht den Hauch einer Ahnung, was passiert war, und so war es für uns von oberster Priorität, den Flugdatenschreiber und den Stimmenrekorder zu finden; dazu würden wir Kampftaucher anfordern müssen. Es war schlimm da. Höllisch heiß, alles voller Fliegen, dazu dieser Gestank … Wir haben Ganzkörper-Schutzanzüge gebraucht, und die zu tragen macht unter solchen Umständen wirklich keinen Spaß. Ich habe sofort gesehen, dass wir Wochen brauchen würden, um das Teil wieder zusammenzusetzen, aber wir hatten keine Wochen, da doch am selben Tag weitere Maschinen abgestürzt waren.

Ich musste mit diesem Jungen reden. Laut Passagierliste hatte es an Bord nur ein einziges Kind in seiner Altersklasse gegeben, einen gewissen Bobby Small aus New York. Er war in Begleitung einer Frau gereist, die wir für seine Mutter hielten. Ich entschied mich, allein hinzufahren, damit mein Team vor Ort bleiben konnte, um vorbereitende Maßnahmen einzuleiten und die Arbeit der

Helfer und Einsatzkräfte zu koordinieren, die auf dem Weg zur Absturzstelle waren.

Die Reporter umschwärmten das Krankenhaus, sie nötigten mich, ein Statement abzugeben, und riefen »Ace! Ace!«, »War es eine Bombe?«, »Was ist mit den anderen Abstürzen, gibt es einen Zusammenhang?«, »Stimmt es, dass es einen Überlebenden gibt?« Ich sagte ihnen das Übliche: Dass es eine Pressekonferenz geben würde, sobald wir mehr wussten, dass die Ermittlungen noch in vollem Gange waren und so weiter. Als Ermittlungsleiter konnte ich es mir keinesfalls erlauben, das Maul aufzureißen, bevor wir etwas Konkretes gefunden hatten.

Ich kündete dem Krankenhaus meinen Besuch telefonisch an, aber ich rechnete kaum damit, dass man mich zu dem Jungen durchlassen würde. Während ich auf das Okay der Ärzte wartete, kam eine Krankenschwester aus seinem Zimmer gehuscht und rannte mich fast über den Haufen. Sie sah aus, als wäre sie den Tränen nahe. Ich sah ihr in die Augen und fragte so etwas wie: »Es geht ihm doch gut, oder?«

Sie nickte nur und verschwand im Schwesternzimmer. Etwa eine Woche später konnte ich sie ausfindig machen und sie fragen, was sie so verstört hatte. Sie fand keine Worte. Sie habe das Gefühl gehabt, dass irgendetwas nicht stimmte. Sie habe sich nicht in der Nähe des Jungen aufhalten wollen. Man konnte ihr ansehen, dass sie ein schlechtes Gewissen hatte, als sie das sagte. Sie meinte, der Gedanke an die vielen Toten habe sie in dem Moment wohl stärker belastet, als ihr bewusst war; Bobby sei der lebende Beweis gewesen dafür, wie viele Menschen an dem Tag den Tod gefunden hatten.

Ein paar Minuten später traf die Kinderpsychologin ein, der man den Fall zugewiesen hatte. Eine hübsche Frau, sie war etwa Mitte dreißig, sah aber jünger aus. Ich habe ihren Namen vergessen … Polanski? Ach ja, Pankowski. Danke. Sie hatte den Fall gerade übernommen und wollte unbedingt verhindern, dass ein übereifriger Cop den Jungen einschüchterte. Ich sagte: »Lady, wir haben es hier mit einer internationalen Katastrophe zu tun, und der Junge da drinnen ist vielleicht einer der wenigen Augenzeugen, die uns weiterhelfen können.«

Bitte halten Sie mich nicht für unsensibel, Elspeth, aber zu dem Zeitpunkt waren die Angaben über die anderen Unglücke mehr als vage. Nach allem, was ich wusste, hätte der Junge das Ganze aufklären können. Vergessen Sie nicht, die Japaner hatten uns noch nicht bestätigt, dass es Überlebende gegeben hatte, und von dem britischen Mädchen erfuhren wir erst Stunden später.

Jedenfalls meinte Dr. Pankowski, der Junge sei bei Bewusstsein, habe aber noch kein Wort gesprochen. Er wisse nicht, dass seine Mutter höchstwahrscheinlich tot war. Sie bat mich, behutsam vorzugehen, und sie verbot mir, das Gespräch auf Video aufzunehmen. Ich gab nach, obwohl es bei uns Vorschrift ist, alle Zeugenaussagen aufzuzeichnen. Ich muss zugeben, später habe ich mich oft gefragt, ob ich erleichtert darüber sein sollte, die Begegnung nicht gefilmt zu haben. Ich versicherte ihr, dass ich im Umgang mit Zeugen sehr erfahren und einer unserer Experten schon unterwegs sei, um das Anschlussgespräch zu führen. Ich wollte einfach nur wissen, ob der Junge konkrete Erinnerungen hatte, die uns auf die richtige Spur bringen konnten.

Sie hatten ihn in einem Einzelzimmer mit hellen Wänden und einem Haufen Kinderspielzeug untergebracht. Es gab da ein Wandbild von SpongeBob und eine große Plüschgiraffe, die ich persönlich ein bisschen gruselig fand. Der Junge lag mit geschlossenen Augen auf dem Rücken und hatte eine Kanüle im Arm. Man konnte die Kratzer sehen, die er sich im Binsengras geholt hatte (in den darauffolgenden Tagen sind wir alle dem Gras zum Opfer gefallen, das können Sie mir glauben), aber abgesehen davon hatte er keine ernsteren Verletzungen erlitten. Ich kann es immer noch nicht begreifen. Es war, wie alle sagten, es sah tatsächlich nach einem Wunder aus. Sie bereiteten ihn gerade auf die Computertomografie vor, und ich wusste, mir blieben nur wenige Minuten.

Die Ärzte, die um sein Bett herumschwirrten, waren wenig begeistert, mich zu sehen, und Pankowski wich nicht von meiner Seite, als ich mich dem Kind näherte. Es sah klein und verletzlich aus, ganz besonders wegen der vielen Schnitte auf den Unterarmen und im Gesicht, und klar, ich hatte kein gutes Gefühl dabei, den Kleinen so kurz nach dem schrecklichen Erlebnis zu befragen.

»Hey, Bobby«, sagte ich. »Ich bin Ace. Ich bin ein Ermittler.«
Er rührte keinen Muskel. Pankowskis Handy summte, und sie trat einen Schritt zurück.

»Ich bin wirklich froh, dich zu sehen, Bobby«, redete ich weiter. »Wenn es dir nichts ausmacht, würde ich dir gern ein paar Fragen stellen.«

Er schlug die Augen auf und sah mir direkt ins Gesicht. Sein Blick war leer. Ich konnte nicht einmal sagen, ob er mich verstanden hatte.

»Hey«, sagte ich, »schön, dass du wach bist.«

Er schien durch mich hindurchzuschauen. Und dann … hören Sie, Elspeth, das klingt jetzt nach einer unglaublichen Lüge, seine Augen liefen über, als wollte er weinen, aber … Jesus … fällt mir schwer, es auszusprechen … er weinte keine Tränen, sondern Blut.

Ich muss geschrien haben, denn im nächsten Augenblick packte Pankowski mich beim Arm, und die Ärzte umschwirrten den Jungen wie Hornissen einen Picknickkorb.

»Was ist mit seinen Augen?«, rief ich.

Pankowski starrte mich an, als wäre mir gerade ein zweiter Kopf gewachsen.

Ich drehte mich wieder zu Bobby um und sah ihm in die Augen, aber sie waren klar – kornblumenblau, und keine Spur von Blut war zu sehen. Kein einziger Tropfen.

Aus dem zweiten Kapitel von *Vormund von JESS: Mein Leben mit einer der »Drei«* von Paul Craddock (unter Mithilfe von Mandi Solomon).

Ich werde oft gefragt: »Paul, warum haben Sie Jess zu sich genommen? Immerhin sind Sie ein erfolgreicher Schauspieler, ein Künstler, ein Junggeselle ohne festen Tagesablauf, sind Sie überhaupt in der Lage, sich um ein Kind zu kümmern?« Die Antwort ist simpel: Kurz nach der Geburt der Zwillinge luden Shelly und Stephen mich zu einem Gespräch ein und baten mich, die Vormundschaft für die Kinder zu übernehmen, sollte ihnen jemals etwas zustoßen. Sie hatten lange darüber nachgedacht, ganz besonders Shelly. Ihre Freundinnen hatten selbst kleine Kinder und wären nicht in der Lage gewesen, sich angemessen um die Mädchen zu kümmern, und Shellys Familie schied von vornherein aus (die Gründe werde ich später erläutern). Außerdem war Shelly überzeugt, dass die Mädchen mich abgöttisch liebten, seit sie auf der Welt waren. »Und mehr brauchen Polly und Jess nicht, Paul«, hatte sie gesagt. »Sie brauchen Liebe. Und davon hast du mehr als genug.«

Stephen und Shelly wussten natürlich über meine Vergangenheit Bescheid. Mitte zwanzig war ich nach einem herben beruflichen Rückschlag aus der Bahn geraten. Wir waren gerade dabei, den Pilotfilm zu *Bedside Manner* zu drehen – groß angekündigt als Großbritanniens angesagteste Krankenhausserie –, als ich erfuhr, dass das Projekt gestorben war. Ich hatte die Hauptrolle bekommen und sollte Dr. Malakai Bennett spielen, einen brillanten Chirurgen mit Asperger-Syndrom, Heroinsucht und paranoiden Tendenzen. Die Absage traf mich zutiefst. Ich hatte monatelang für die Rolle recherchiert und mich Hals über Kopf hineingestürzt, und wie ich fürchte, war ein Teil des Problems, dass ich mir die Figur zu sehr angeeignet hatte. Wie so viele andere Künstler vor mir wandte ich mich dem Alkohol und anderen Suchtstoffen zu, um den Schmerz zu betäuben. Hinzu kam die Belastung einer ungewissen Zukunft, und ich rutschte in eine akute Depression mit, wie man wohl sagen würde, leichten paranoiden Wahnvorstellungen ab.

Aber diese Dämonen hatte ich besiegt, lange bevor die Zwillinge auch nur ein Blitzen in Stephens Augen waren, und so glaubte ich ihnen, dass sie mich für die beste Wahl hielten. Shelly wollte es schriftlich regeln, deswegen gingen wir zur Notarin und machten es offiziell. Natürlich glaubt man in so einem Moment nie und nimmer, dass der Ernstfall eintreten könnte.

Aber ich greife vor.

Nachdem ich dem schrecklichen Warteraum, in den die inkompetenten Go!Go!-Mitarbeiter uns gelockt hatten, entkommen war, verbrachte ich eine gute halbe Stunde im Flughafenpub und starrte auf den Fernsehschirm, auf dem sich die furchtbaren Nachrichten als Einblendung in Dauerschleife wiederholten. Und dann kamen die ersten Bilder von der Gegend, in der Stephens Maschine angeblich abgestürzt war, Filmaufnahmen von einer Seelandschaft, grau und stürmisch, auf deren Wellen einzelne Trümmerteile dümpelten. Die Rettungsboote, die auf der Suche nach Überlebenden das Wasser pflügten, sahen aus wie Spielzeug auf einem tristen, endlosen See. Ich weiß noch, wie ich dachte: *Gott sei Dank haben Stephen und Shelly den Mädchen im Sommer das Schwimmen beigebracht.* Lächerlich, ich weiß. Selbst Duncan Goodhew wäre in diesen Fluten ertrunken. Aber in Momenten emotionaler Erschütterung klammert man sich an den absurdesten Gedanken.

Am Ende machte Mel sich auf die Suche nach mir. Mag sein, dass sie zwei Packungen Rothmans am Tag raucht und ihre Klamotten bei Primark kauft, aber sie und ihr Mann Geoff haben ein großes Herz, so groß wie Kanada. Es ist, wie ich schon im ersten Kapitel sagte, manchmal trügt der Schein.

»Komm, mein Freund«, sagte Mel, »du darfst die Hoffnung nicht aufgeben.«

Die Halbstarken an der Bar blieben auf Abstand, aber sie hatten mich, während ich an der Theke saß, ohne Unterlass angegafft. Ich war in einer furchtbaren Verfassung, ich zitterte und schwitzte, irgendwann zwischendurch musste ich auch geweint haben, denn meine Wangen waren nass. »Was glotzt ihr so?«, keifte Mel sie an, und dann nahm sie meine Hand und brachte mich in den Warteraum zurück.

Inzwischen war eine Armee aus Psychologen und Seelsorgern angerückt. Sie verteilten Tee, der wie Spülwasser schmeckte, und richteten Gesprächsnischen ein. Mel und Geoff nahmen mich beschützerisch in ihre Mitte; ich fühlte mich wie zwischen zwei Buchstützen, die in Ballonseide gehüllt waren. Geoff tätschelte mein Knie und sagte so etwas wie: »Wir stehen das zusammen durch, Kumpel.« Dann bot er mir eine Zigarette an. Ich rauchte seit Jahren nicht mehr, aber ich nahm dankbar an.

Niemand untersagte uns zu rauchen.

Kelvin, der Typ mit den Dreadlocks, und Kylie, die hübsche Rothaarige mit dem Luftballon (inzwischen nur noch ein Gummikringel am Boden), setzten sich zu uns. Dass wir fünf die Nachricht als Erste gehört hatten, machte uns zu innigen Vertrauten; wir hockten beisammen, rauchten Kette und versuchten, nicht an die Decke zu gehen. Eine nervöse Frau – sie muss eine der Seelsorgerinnen gewesen sein, auch wenn sie für die Aufgabe viel zu zartbesaitet schien – bat uns um die Namen unserer Angehörigen, die in der Unglücksmaschine gesessen hatten. Auch sie speiste uns ab mit dem Satz: »Wir informieren Sie, sobald wir neue Informationen erhalten haben.« Ich hatte längst kapiert, dass sie es unbedingt vermeiden wollte, uns falsche Hoffnungen zu machen, gleichzeitig hoffte ich weiter. Ich konnte nicht anders. Man betet, dass die Familie den Flug verpasst hat, dass man sich in der Flugnummer oder im Datum geirrt hat, dass alles nur ein Traum ist, ein düsteres Albtraumszenario. Ich versuchte, mich an den Augenblick zu erinnern, kurz bevor ich vom Absturz erfuhr – an die Jugendlichen, die den verstaubten Weihnachtsbaum abschmückten (ein denkbar schlechtes Omen, selbst für einen so wenig abergläubischen Menschen wie mich) –, und ich sehnte mich danach zurück, ich sehnte mich nach der Zeit, als ich noch nicht dieses kranke, leere Gefühl im Herzen hatte.

Wieder stieß die Panik ihre eisigen Finger in meine Brust. Mel und Geoff bemühten sich, mich in ein Gespräch zu verwickeln, während wir darauf warteten, einen Seelsorger zugeteilt zu bekommen. Aber ich brachte kaum ein Wort heraus, was vollkommen untypisch für mich war. Geoff zeigte mir den Bildschirmschoner seines Smartphones – das Foto einer jungen Frau um die zwanzig, übergewichtig, aber hübsch auf ganz eigene Art. Er erzählte mir, das sei Danielle, seine Tochter, die er hatte abholen wollen. »Ein intelligentes Mädchen. Sie hat schlechte Zeiten hinter sich, aber mittlerweile läuft es wieder rund für sie«, sagte er grimmig. Danielle war mit ihren Mädels zum Feiern auf Teneriffa gewesen, sie hatte sich erst in letzter Minute für den Trip entschieden, weil eine andere Teilnehmerin abgesprungen war. So viel zum Thema Schicksal.

Inzwischen bekam ich kaum noch Luft, und kalter Schweiß lief mir über den Rücken. Ich wusste, wenn ich nicht schnell da rauskam, würde mein Kopf explodieren.

Mel hatte Verständnis für mich. »Mein Lieber, schreib mir deine Nummer auf«, sagte sie und tätschelte mit ihren beringten Fingern, schwer von viel Goldschmuck, mein Knie. »Sobald wir etwas erfahren, rufen wir dich an.« Wir tauschten unsere Nummern aus (meine fiel mir nicht auf Anhieb ein), und ich lief nach draußen. Eine der Seelsorgerinnen wollte mich aufhalten, aber Mel rief: »Lassen Sie ihn gehen, wenn er unbedingt will.«

Wie ich es geschafft habe, das Parkticket zu bezahlen und nach Hoxton zu kommen, ohne auf dem M23 unter einen Laster zu rutschen, ist mir ein Rätsel. Ein weiterer Filmriss. Später sah ich, dass ich Stephens Audi mit den Vorderrädern auf dem Gehweg geparkt hatte. Er sah aus, als hätte ihn jemand zu einer Spritztour geklaut und überstürzt stehen lassen.

Erst im Flur kam ich wieder zu mir, als ich den Tisch umrempelte, auf dem wir die Post ablegen. Einer der polnischen Studenten aus dem Erdgeschoss steckte den Kopf zur Tür heraus und fragte, ob alles in Ordnung sei. Er schien selbst zu merken, dass die Antwort nein war, denn als ich ihn fragte, ob er zufällig Alkohol im Haus habe, verschwand er für ein paar Sekunden und drückte mir dann wortlos eine Flasche billigen Wodka in die Hand.

Ich lief nach oben und wusste ganz genau, dass ich im Begriff war, rückfällig zu werden. Und es war mir egal.

Ich machte mir nicht die Mühe, ein Glas zu holen, sondern trank den Wodka direkt aus der Flasche. Ich schmeckte nichts. Ich zitterte, meine Augenlider zuckten, meine Handrücken kribbelten. Ich holte mein Blackberry heraus und ging meine Kontakte durch, wusste jedoch nicht, wen ich anrufen sollte.

Denn wann immer irgendetwas war, rief ich zuerst Stephen an.

Ich lief herum.

Ich trank noch mehr.

Ich würgte.

Dann setzte ich mich aufs Sofa und schaltete den Fernseher ein.

Das normale Programm war unterbrochen worden, stattdessen liefen Livesendungen mit Berichten von den Absturzstellen. Ich war wie betäubt und zudem ziemlich angetrunken, aber ich bekam noch mit, dass der Flugverkehr eingestellt worden war. Die Experten wurden scharenweise ins Sky-Studio gekarrt, um sich von einem finster dreinblickenden Kenneth Porter befragen zu lassen. Bis heute kann ich seine Stimme nicht hören, ohne dass mir übel wird.

Sky berichtete hauptsächlich über den Go!Go!-Crash, weil der sich am nächsten der Heimat ereignet hatte. Ein Paar auf einem Kreuzfahrtschiff hatte verwackelte Bilder einfangen können, die das Flugzeug gefährlich dicht über der Wasseroberfläche zeigten. Sky wiederholte die Aufnahme als Endlosschleife. Den Moment des Aufpralls hatten sie nicht gefilmt, Gott sei Dank, aber im Hintergrund konnte man die Frau kreischen hören: »O mein Gott! Larry! Larry! Sieh dir das an!«

Eine Telefonnummer wurde eingeblendet, die man anrufen konnte, wenn man Angehörige auf dem Flug vermutete. Ich spielte mit dem Gedanken, sie zu wählen, aber dann dachte ich, wozu? Wenn Kenneth Porter nicht gerade Sicherheitsexperten von der Luftfahrtbehörde interviewte oder mit versteinerter Miene eine weitere Wiederholung des von den Kreuzfahrern gedrehten Filmchens ankündigte, berichtete Sky von den anderen Absturzstellen. Als ich von Bobby hörte, dem Jungen, der in Florida aus den Everglades gerettet worden war, und von den Überlebenden des Unglücks in Japan, dachte ich: Es könnte doch sein! Vielleicht. Vielleicht waren sie noch am Leben.

Ich leerte die Flasche in einem letzten langen Zug.

Ich sah, wie ein nacktes japanisches Kind in einen Helikopter hochgezogen wurde, dann Bilder von einem traumatisierten Afrikaner, der den Verlust seiner Familie beklagte, während hinter ihm eine schwarze Giftwolke gen Himmel stieg. Ich sah diesen amerikanischen Fernsehermittler – der, der ein bisschen so aussieht wie Captain America –, er riet den Leuten, nicht in Panik auszubrechen. Ich sah einen vollkommen erschütterten Airlinesprecher, der verkündete, der zivile Flugverkehr sei bis auf Weiteres ausgesetzt.

Ich muss ohnmächtig geworden sein. Als ich wieder zu mir kam, saß eine aalglatte, brünette Nachrichtensprecherin in einer grausig gelben Bluse auf Kenneth Porters Platz. Diese Bluse werde ich nie vergessen. Mein Kopf pochte, und mir wurde schwarz vor Augen vor lauter Übelkeit; als sie sagte, neuesten Berichten zufolge sei ein Go!Go!-Passagier lebend gerettet worden, dachte ich zunächst, mein Verstand würde mir einen Streich spielen.

Und dann trafen mich die Bilder mit aller Wucht. Ein Kind. Sie hatten ein Kind gefunden, das sich an einem Trümmerteil festgeklammert hatte, ein paar Kilometer von der vermeintlichen Absturzstelle entfernt. Auf den Helikopterbildern war zunächst nicht viel zu erkennen – ein paar Fischer in einem Boot, die mit den Armen ruderten, und eine kleine Gestalt in einer knallgelben Rettungsweste.

Ich versuchte, mich nicht in die Hoffnung hineinzusteigern, aber dann kam eine Nahaufnahme, die zeigte, wie das Kind in den Helikopter gezogen wurde, und da wusste ich instinktiv, das war einer der Zwillinge. Die Seinen erkennt man sofort.

Ich rief bei Mel an. Ich dachte gar nicht nach. »Mein Lieber, überlass das mir«, sagte sie. Ich fragte mich keine Sekunde, wie es ihr dabei gehen musste.

Das Angehörigenbetreuungsteam stand einen Moment später vor der Tür, so als hätte es draußen vor dem Haus herumgelungert. Ein Traumatherapeut namens Peter (seinen Nachnamen hatte ich nicht verstanden), ein kleiner, grauhaariger Mann mit Brille und Ziegenbärtchen, setzte sich zu mir und erklärte mir den Ablauf. Er riet mir, mir keine großen Hoffnungen zu machen. »Wir müssen erst überprüfen, ob sie es wirklich ist, Paul.« Er fragte mich, ob er Freunde oder Angehörige verständigen solle, »zur Verstärkung«. Ich dachte kurz daran, Gerry anzurufen, entschied mich jedoch dagegen. Meine Familie, das waren Stephen, Shelly und die Mädchen gewesen. Ich hatte Freunde, aber nicht von der Sorte, auf die in schweren Zeiten Verlass ist – auch wenn sie sich später darum schlugen, mir unter die Arme zu greifen und ihre fünfzehn Minuten Ruhm abzustauben. Das klingt verbittert, ich weiß, aber was echte Freunde sind, merkt man erst, wenn das Leben, wie man es kannte, zerbricht.

Ich wollte sofort zu ihr fliegen, aber Peter versicherte mir, man würde sie nach England verlegen, sobald ihr Zustand sich stabilisiert habe. Ich hatte total vergessen, dass in Europa alle Flugzeuge am Boden waren. Fürs Erste wurde sie in einem portugiesischen Krankenhaus versorgt.

Als ich mich beruhigt hatte und nach Details fragte, erzählte er mir mit sanfter Stimme, dass an Bord wahrscheinlich ein Brand ausgebrochen war und der Pilot deshalb versucht hatte notzuwassern. Jess (oder Polly – zu dem Zeitpunkt wussten wir es noch nicht) war verletzt worden, die größte Sorge bereitete den Ärzten jedoch die Unterkühlung. Ich musste eine DNA-Probe abgeben, weil sie untersuchen wollten, ob es sich tatsächlich um einen der Zwillinge handelte. Es gibt nichts Surreaieres, als den Mund mit einem überdimensionierten Wattestäbchen ausgewischt zu bekommen, während man sich fragt, ob man das letzte überlebende Mitglied der Familie ist.

Viel später, bei einem der ersten Treffen unserer 277-Selbsthilfegruppe, erzählte Mel mir, dass sie und Geoff nach Jess' Rettung noch wochenlang gehofft hatten, selbst dann noch, als die ersten Leichen geborgen wurden. Sie sagte, sie habe sich immer wieder vorgestellt, wie Danielle auf einer einsamen Insel sitzt und auf ihre Rettung wartet. Als der normale Flugverkehr wiederaufgenommen wurde, bot Go!Go! den Angehörigen der Opfer an, sie mit einer Chartermaschine kostenlos an die portugiesische Küste zu fliegen. Näher konnte man der Absturzstelle nicht kommen. Ich flog nicht mit – ich hatte mit Jess alle Hände voll zu tun –, aber die meisten Mitglieder unserer Gruppe nahmen das Angebot an. Ich ertrage die Vorstellung kaum, wie Mel und Geoff auf den Wasserhorizont starren, im Herzen einen Funken Hoffnung, ihre Tochter könnte noch am Leben sein.

Bei Go!Go! musste es ein Informationsleck gegeben haben, denn sobald bestätigt wurde, dass einer der Zwillinge überlebt hatte, stand mein Telefon nicht mehr still. Egal, ob die Anrufer von der *Sun* oder vom *Independent* waren, sie hatten alle dieselben Fragen: »Wie fühlen Sie sich?«, »Halten Sie es für ein Wunder?« Ehrlich gesagt lenkten mich ihre dummen Fragen von dem Kummer ab, der mich in Wellen überkam und durch die harmlosesten Dinge ausgelöst werden konnte – durch eine Autowerbung mit einer realitätsfern adretten Kleinfamilie, selbst durch diese

Toilettenpapierreklame mit kleinen Welpen und multikulturellen Babys. Wenn ich nicht gerade telefonierte, klebte ich so wie der Rest der Bevölkerung am Fernsehschirm. Ein terroristischer Hintergrund ließ sich bald ausschließen, doch die Sender überboten sich mit Heerscharen von Experten, die wild über die möglichen Absturzursachen spekulierten. Und wie Mel und Geoff konnte ich wohl irgendwie meine Hoffnung, dass Stephen irgendwo da draußen und noch am Leben war, nicht begraben.

Zwei Tage später wurde Jess in eine Londoner Privatklinik verlegt, wo sich Spezialisten um sie kümmerten. Ihre Verbrennungen waren nicht lebensbedrohlich, aber über ihr schwebte das Schreckgespenst einer Infektion; und obwohl die Kernspintomografie keine Anzeichen neurologischer Schäden angezeigt hatte, hielt sie die Augen immer noch fest geschlossen.

Die Krankenhausmitarbeiter waren wunderbar, eine echte Hilfe. Ich wurde in ein ruhiges Zimmer gebracht, wo ich auf die Erlaubnis der Ärzte wartete, sie sehen zu dürfen. Mit dem überwältigenden Gefühl, dass das alles nicht wirklich passierte, setzte ich mich auf das Laura-Ashley-Sofa und blätterte in der aktuellen Ausgabe der *Heat*. Die Leute sagen immer, sie können nicht verstehen, dass die Welt sich einfach weiterdreht, nachdem sie einen geliebten Menschen verloren haben. Genau so fühlte ich mich, während ich mir die Schnappschüsse von Promis ohne Make-up anschaute. Irgendwann döste ich ein.

Ich wurde von Gebrüll draußen auf dem Korridor geweckt, von einer lauten Männerstimme: »Was soll das heißen, wir dürfen nicht zu ihr?« Und von einer kreischenden Frau: »Aber wir sind ihre Verwandten!« Mein Herz sank. Ich hatte die Stimmen sofort erkannt, sie gehörten Shellys Mum, Marilyn Adams, und deren beiden Söhnen Jason (»Nenn mich Jase«) und Keith. Vor langer Zeit und aus nachvollziehbaren Gründen hatte Stephen ihnen den Spitznamen *Addams Family* verpasst. Shelly hatte ihr Möglichstes getan, um den Kontakt nach dem Auszug aus dem Elternhaus einschlafen zu lassen, hatte sich aber verpflichtet gefühlt, ihre Familie zu der Hochzeit mit Stephen einzuladen; die letzte Gelegenheit, bei der ich das Vergnügen ihrer Gesellschaft hatte. Stephen war der toleranteste Mensch, den man sich vorstellen kann, aber er witzelte gern, es sei für jeden Addams Pflicht, mindestens drei Jahre seines Lebens im Knast von Wormwood Scrubs zu verbringen. Ich weiß, ich klinge wie ein arroganter Snob, doch diese Leute waren tatsächlich ein wandelndes Prollklischee – inklusive Sozialleistungsbetrug, nebenbei betriebenem Zigarettenschmuggel und dem obligatorischen getunten Auto vor dem vom Sozialamt bezahlten Reihenhaus. Jase und Keith – alias Fester und Gomez – orientierten sich bei der Namensgebung ihrer Kinder (sie hatten einen ganzen Haufen davon, zur Welt gebracht von einem wahren Mütterharem) grundsätzlich am leuchtenden Beispiel populärer Prominenter oder Fußballspieler. Ich glaube, eines ihrer Kinder heißt tatsächlich Brooklyn.

Das Geschrei draußen auf dem Korridor versetzte mich schlagartig an den Ort von Stephens und Shellys Hochzeitsfeier zurück, die uns, der Addams Family sei Dank, aus den falschen Gründen ewig im Gedächtnis bleiben würde. Stephen hatte mich gebeten, als Trauzeuge zu fungieren, und als meine Begleitung hatte ich meinen damaligen Freund Prakesh mitgebracht. Shellys Mum war in einem rosa Albtraum aus Polyester erschienen, in dem sie unheimlicherweise wie Peppa Wutz aussah, und Fester und Gomez hatten ihre abgewetzten Lederjacken und Jogginghosen gegen schlecht sitzende Anzüge von der Stange eingetauscht. Shelly hatte sich mit der Organisation der Feier die größte Mühe gegeben; sie und Stephen hatten damals jeden Penny zweimal umdrehen müssen, denn die Hochzeit hatte stattgefunden, lange bevor die beiden Karriere machten. Aber sie hatte gespart und geknausert und es geschafft, für den Empfang einen kleinen Landgasthof zu mieten. Zunächst blieben die beiden Herkunftsfamilien unter sich. Shelly und ihre Verwandten saßen auf der einen Seite, Prakesh, Stephen und Shellys Freunde auf der anderen. Zwei verschiedene Welten.

Später sagte Stephen, er bereue es, keine Kamera hinter der Bar aufgestellt zu haben. Nach den Ansprachen (die von Marilyn war ein moribundes Desaster) standen Prakesh und ich auf, um zu tanzen. Ich kann mich sogar noch an den Song erinnern, *Careless Whisper*.

»Oy, oy«, brüllte einer der Brüder über die Musik hinweg, »ist das plötzlich warm hier!«

»Verdammte Schwuchteln«, fiel der andere ein.

Prakesh war kein Typ, der sich alles gefallen ließ. Die verbale Eskalation fiel komplett aus. In einem Moment tanzten wir, im nächsten hatte er dem in Reichweite sitzenden Addams eine verpasst. Die Polizei wurde gerufen, aber niemand verhaftet. Die Hochzeitsfeier war natürlich ruiniert, ebenso unsere Beziehung; Prakesh und ich trennten uns kurze Zeit später.

Es war beinahe ein Segen, dass Mum und Dad das nicht mit ansehen mussten. Sie waren bei einem Autounfall ums Leben gekommen, als Stephen und ich Anfang zwanzig waren. Sie hinterließen uns genug, um über die nächsten Jahre zu kommen. Mein Dad war ein guter Mann.

Immerhin hatte einer der Brüder, ich glaube, es war Jase, so viel Anstand, sich bei meinem Anblick zu schämen, als eine eingeschüchterte Krankenschwester sie in das Wartezimmer brachte. So viel muss ich ihm lassen. »Nichts für ungut, Kumpel«, sagte er. »In solchen Zeiten müssen wir zusammenhalten, was?«

»Meine Shelly«, schluchzte Marilyn. Sie fing immer wieder davon an, dass sie es nur erfahren hatte, weil eine Boulevardzeitung die Passagierliste abgedruckt hatte. »Ich wusste nicht mal, dass sie in den Urlaub wollten! Wer fährt denn im Januar in den Urlaub?«

Jason und Keith vertrieben sich die Wartezeit mit ihren Smartphones, während Marilyn weiterplärrte. Ich wusste, Shelly wäre entgeistert gewesen über ihre Anwesenheit hier. Aber ich war entschlossen, keine Szene zu machen, Jess zuliebe.

»Ich geh kurz eine rauchen, Mum«, sagte Jase, und sein Bruder schlurfte hinter ihm aus dem Zimmer, sodass ich auf einmal mit der Matriarchin allein war.

»Was meinst du denn dazu, Paul?«, fing sie an. »Schreckliche Sache. Meine Shelly, einfach weg.«

Ich murmelte so etwas wie »mein Beileid«, konnte jedoch kein echtes Mitgefühl empfinden; ich hatte meinen Bruder, meinen Zwilling, meinen besten Freund verloren.

»Egal, welche der beiden sie gerettet haben, sie muss bei mir und den Jungs wohnen«, fuhr Marilyn fort. »Sie kann sich mit Jordan und Paris ein Zimmer teilen.« Ein tiefer Seufzer. »Na ja, es sei denn, wir ziehen in das Haus.«

Es war kaum der geeignete Moment, um Marilyn über Shellys Sorgerechtsentscheidung aufzuklären, aber ich platzte dennoch damit heraus: »Wie kommst du darauf, *du* würdest dich um sie kümmern?«

»Wo soll sie sonst hin?«

»Was ist mit mir?«

Ihr Doppelkinn zitterte vor Empörung. »Mit dir? Aber du bist ... ein *Schauspieler.*«

»Sie ist so weit«, unterbrach die Krankenschwester, die in der Tür aufgetaucht war, unser entzückendes Tête-à-Tête. »Sie dürfen zu ihr rein. Aber nur fünf Minuten!«

Sogar Marilyn hatte genug Grips, um einzusehen, dass ein Streitgespräch jetzt nicht angebracht war.

Wir bekamen grüne OP-Kittel und Gesichtsmasken (woher sie die für Marilyns Körpermasse passende Übergröße nahmen, ist mir ein Rätsel) und folgten der Krankenschwester in ein Zimmer, das wie eine Hotelsuite mit geblümten Sofas und einem modernen TV-Gerät eingerichtet war. Allein die Herzmonitore, der Tropf und weitere einschüchternde Geräte störten die Illusion. Sie hatte die Augen geschlossen und schien kaum zu atmen. Ihr Gesicht war größtenteils von Bandagen verdeckt.

»Ist das Jess oder Polly?«, fragte Marilyn in den Raum hinein. Ich wusste es sofort. »Jess«, sagte ich.

»Wie zur ... wie kannst du dir so sicher sein? Ich kann ihr Gesicht nicht sehen«, jammerte Marilyn.

Wissen Sie, es waren die Haare. Jess' Pony war raspelkurz. Vor den Ferien hatte Shelly sie dabei erwischt, wie sie daran herumschnippelte in dem vergeblichen Versuch, den schrägen Look von Missy K zu kopieren. Außerdem hatte Jess eine winzige Narbe über der rechten Augenbraue, weil sie, als sie zu laufen anfing, gegen den Kamin gestolpert war.

Sie sah so winzig aus, so verletzlich, wie sie da in dem Krankenhausbett lag. Und in dem Moment schwor ich mir, alles in meiner Macht Stehende zu tun, um sie zu beschützen.

Die im Ostkap gebürtige Angela Dumiso wohnte bis zum Absturz von Flug 467 der Dalu Air mit ihrer Schwester und ihrer zweijährigen Tochter in Khayelitsha. Im April 2012 erklärte sie sich zu einem Interview bereit.

Ich war in der Waschküche beim Bügeln, als ich es hörte. Ich war in Eile, weil ich das Sammeltaxi um vier Uhr kriegen musste, und ich war ziemlich gestresst – mein Boss ist kleinlich und will alles gebügelt haben, sogar die Socken. Die Madam kam angelaufen, und ich konnte an ihrem Gesicht sehen, dass es ein Problem gab. So sah sie normalerweise nur aus, wenn eine ihrer Katzen ein Nagetier ins Haus geschleppt hatte und ich es beseitigen musste.

»Angela«, sagte sie, »ich habe eben auf *Cape Talk* gehört, dass in Khayelitsha etwas passiert ist. Wohnen Sie nicht da?«

Ich sagte, ja, und ich fragte, was passiert sei – sicher war wieder irgendwo ein Brand ausgebrochen, oder irgendwelche Streikenden hatten Ärger gemacht. Sie sagte mir, sie habe gehört, ein Flugzeug sei abgestürzt. Wir liefen ins Wohnzimmer und schalteten den Fernseher ein. Es war überall in den Nachrichten, und zuerst verstand ich gar nicht richtig, was ich sah. Die meisten Aufnahmen zeigten Leute, die schreiend herumliefen, und von überall kam dieser dichte, schwarze Rauch. Aber dann hörte ich die Worte, die mir das Blut in den Adern gefrieren ließen. Die Reporterin, eine junge Weiße mit verschreckten Augen, sagte, in Sektor fünf wäre eine komplette Kirche zerstört worden, als das Flugzeug aufschlug.

Die Kinderkrippe meiner Tochter Susan befand sich in einer Kirche in dem Sektor.

Mein erster Gedanke war natürlich, meine Schwester Busi anzurufen, aber ich hatte kein Guthaben mehr. Die Madam ließ mich ihr Handy benutzen, aber ich bekam keine Antwort; die

Mailbox schaltete sich sofort ein. Mir wurde schlecht, mir wurde sogar schwindelig. Busi geht immer ans Telefon. Immer.

»Madam«, sagte ich, »ich muss los. Ich muss nach Hause.« Ich betete, dass Busi meine Tochter heute früher aus der Krippe geholt hatte. Busi arbeitete in einer Fabrik, aber an dem Tag hatte sie frei, und manchmal verbrachte sie den Nachmittag mit Susan. Als ich an dem Tag um fünf Uhr morgens das Taxi in die Nordbezirke genommen hatte, hatte Busi noch tief und fest geschlafen mit Susan neben sich. Ich versuchte, immer nur an dieses Bild zu denken – Busi und Susan, zusammen und in Sicherheit. Darauf konzentrierte ich mich. Ich fing erst viel später zu beten an.

Die Madam (eigentlich heißt sie Mrs Clara van der Spuy, aber der Boss will, dass ich sie Madam nenne, worüber Busi sich furchtbar aufregt) sagte sofort, sie würde mich hinfahren.

Als ich meine Tasche holte, hörte ich sie am Telefon mit dem Boss streiten. »Johannes will mir verbieten, Sie zu fahren«, sagte sie, »aber er kann mich mal. Ich würde es mir nie verzeihen, Sie mit dem Taxi fahren zu lassen.«

Auf dem Weg redete sie pausenlos, sie war nur still, wenn ich sie unterbrach, um ihr den Weg zu zeigen. Die Aufregung machte mich körperlich krank; ich merkte, wie sich der Pie, den ich zum Frühstück gegessen hatte, in meinem Magen in einen Stein verwandelte. Als wir auf den Highway N2 auffuhren, konnte ich in der Ferne den schwarzen Rauch aufsteigen sehen. Ein paar Kilometer weiter konnte ich ihn riechen. »Sicher ist alles in Ordnung, Angela«, sagte die Madam immer wieder. »Khayelitsha ist riesengroß, oder?« Sie schaltete das Radio ein; der Nachrichtensprecher redete von anderen Flugzeugen, die woanders in der Welt abgestürzt waren. »Diese verdammten Terroristen«, fluchte die Madam. Als wir die Ausfahrt Baden Powell erreichten, wurde der Verkehr dichter. Wir standen zwischen hupenden Taxis voller Fahrgäste mit ängstlichem Gesicht, Leute wie ich, die unbedingt nach Hause wollten. Krankenwagen und Feuerwehrautos donnerten vorbei. Die Madam fing an, nervös zu werden. Sie hatte sich weit aus ihrem Stadtteil hinausgewagt. Die Polizei hatte Straßensperren errichtet, um zu verhindern, dass noch mehr Autos an die Absturzstelle fuhren, und ich wusste, ich würde mich der Menge anschließen und die restliche Strecke zu meinem Sektor zu Fuß zurücklegen müssen.

»Kehren Sie um, Madam«, sagte ich, woraufhin sie unglaublich erleichtert aussah. Ich nahm es ihr nicht übel. Es war die Hölle. Asche hing in der Luft, und der Qualm brannte mir jetzt schon in den Augen.

Ich sprang aus dem Auto und rannte zu den Menschen, die versuchten, sich an den Straßensperren vorbeizuzwängen. Alle riefen und schrien, ich auch. »*Intombiyam!* Meine Tochter ist da drin!« Wir kamen nur an den Polizisten vorbei, weil uns ein Krankenwagen entgegengerast kam und sie die Sperre öffnen mussten.

Ich rannte. Ich bin in meinem ganzen Leben nicht so schnell gerannt, aber ich wurde nicht müde. Die Angst trieb mich weiter. Aus dem Rauch tauchten Leute auf, manche waren blutverschmiert, und ich muss zu meiner Schande sagen, dass ich nicht stehen geblieben bin, um ihnen zu helfen. Ich konzentrierte mich darauf voranzukommen, auch wenn ich manchmal gar nicht mehr sehen konnte, wohin ich lief. Manchmal war das ein Segen, denn ich sah … ich sah in den Boden gerammte Fähnchen und blaue Plastikplanen, die Formen bedeckten – ich wusste, das waren Leichenteile. Überall wüteten die Flammen, und Feuerwehrmänner mit Masken waren dabei, einzelne Bereiche abzusperren. Sie wollten verhindern, dass die Leute weitergingen. Aber ich war noch viel zu weit von unserer Straße entfernt. Ich *musste* einfach weiter. Der Qualm brannte in meiner Lunge, meine Augen tränten, und immer wieder gab es einen Knall, weil irgendwas explodierte. Bald war meine Haut von einer schmierigen Schicht bedeckt. Alles sah vollkommen falsch aus, und ich fragte mich, ob ich mich in eine fremde Gegend verirrt hatte. Ich hielt nach dem Kirchturm Ausschau, konnte jedoch nichts entdecken. Ich musste mich vom Geruch übergeben, Spitbraai gemischt mit brennendem Benzin. Ich fiel auf die Knie. Ich wusste, ich konnte nicht weitergehen, wenn ich weiteratmen wollte.

Einer der Rettungssanitäter hat mich aufgelesen. Er sah erschöpft aus, sein blauer Overall war nass von Blut. Ich schaffte es nur zu sagen: »Meine Tochter. Ich muss meine Tochter finden.«

Ich weiß nicht, warum er mir geholfen hat. Da waren so viele andere, die Hilfe gebraucht hätten. Er nahm mich mit zu seinem Krankenwagen, setzte mich auf den Beifahrersitz und schaltete den Funk ein. Minuten später war ein Kombi vom Roten Kreuz da, und der Fahrer bedeutete mir, mich mit hineinzuzwängen. Die Leute in dem Auto sahen aus wie ich, schmutzig und von Asche bedeckt; die meisten waren zutiefst traumatisiert. Eine Frau auf der Rückbank starrte stumm aus dem Fenster, ein schlafendes Kind im Arm. Der Mann neben mir zitterte stumm. Die Tränen hatten Streifen auf seine schmutzigen Wangen gezeichnet. »*Molweni*«, flüsterte ich, »*kuzolunga.*« Ich sagte ihm, alles würde gut werden, obwohl ich es selbst nicht glaubte. Ich konnte nur noch beten, in Gedanken einen Pakt mit Gott schließen, damit er Busi und Susan verschone.

Wir fuhren am Zelt mit den Toten vorbei. Ich versuchte, nicht hinzuschauen. Ich konnte sehen, wie die Leichen – die Gestalten in den blauen Plastiksäcken – aufgestapelt wurden. Und ich betete noch angestrengter, dass Busi und Susan nicht da drin waren.

Wir wurden zum Gemeindezentrum von Mew Way gebracht. Ich sollte mich am Eingang in die Namensliste eintragen, aber ich drängte mich an den Aufpassern vorbei und rannte hinein.

Schon von draußen konnte ich das Weinen hören. Drinnen herrschte das Chaos. Überall hockten die Verletzten zusammen, rußverschmiert und bandagiert. Manche weinten, andere standen unter Schock und starrten so blind vor sich hin wie die Leute im Kombi. Ich kämpfte mich durch die Menge. Wie sollte ich Busi und Susan in diesem Durcheinander finden? Ich entdeckte Noliswa, eine meiner Nachbarinnen, die sich manchmal um Susan kümmerte. In ihrem Gesicht klebte eine dicke Kruste aus Blut und Dreck. Sie wiegte sich vor und zurück, und ich versuchte, sie nach Busi und Susan zu fragen, doch ihr Blick war leer. Das Licht in ihren Augen war erloschen. Später erfuhr ich, dass zwei ihrer Enkelkinder in der Krippe gewesen waren, als das Flugzeug darauffiel.

Und dann hörte ich eine Stimme: »Angie?«

Ich drehte mich langsam um. Und sah Busi vor mir stehen, Susan auf dem Arm.

Ich schrie: »*Niphilile!* Du lebst!«, immer wieder und wieder.

Wir umarmten einander – Susan zappelte, ich drückte sie zu fest –, so lange wir konnten. Ich hatte die Hoffnung nicht aufgegeben, aber die Erleichterung, sie tatsächlich zu finden … nie wieder im Leben werde ich so etwas fühlen. Als wir uns ausgeweint hatten, erzählte Busi, was passiert war. Sie hatte Susan früher von der Krippe abgeholt, und anstatt nach Hause zu gehen, waren sie zum *spaza* gegangen, um Zucker zu kaufen. Sie sagte, der Aufprall sei unfassbar laut gewesen. Zuerst dachten sie, es wäre eine Bombe. Sie sagte, sie hätte sich Susan geschnappt und wäre von der Explosion weggelaufen, so schnell sie konnte. Wenn sie nach Hause gegangen wären, wären sie jetzt beide tot.

Denn unser Zuhause gab es nicht mehr. Alles, was wir besessen hatten, war verbrannt.

Wir warteten im Gemeindezentrum darauf, eine Notunterkunft zugewiesen zu bekommen. Einige trennten sich Nischen ab, hängten Decken und Laken auf, um provisorische Zimmer zu schaffen. So viele Menschen hatten ihr Zuhause verloren, aber am meisten taten mir die Kinder leid. Diejenigen, die Eltern oder Großeltern verloren hatten. Es waren so viele, viele davon *amagweja* (Flüchtlingskinder), die schon die fremdenfeindlichen Übergriffe vor vier Jahren miterlebt hatten. Sie hatten schon zu viel gesehen.

Ein Junge ist mir besonders im Gedächtnis geblieben. In der ersten Nacht konnte ich nicht schlafen. Das Adrenalin war noch nicht abgebaut, und ich hatte wohl immer noch die schrecklichen Bilder im Kopf, die ich an dem Tag gesehen hatte. Ich stand auf, um mich zu strecken, als ich einen fremden Blick spürte. Auf einer Decke neben unserem Schlaflager kauerte ein Junge. Ich hatte ihn vorher kaum beachtet. Ich war zu beschäftigt gewesen mit Busi und Susan, hatte lange für Wasser und Essen anstehen müssen. Sogar im Dunkeln konnte man den Schmerz und die Einsamkeit in seinen Augen leuchten sehen. Er saß allein auf seiner Decke; Eltern oder Großeltern waren nirgendwo zu sehen. Ich fragte mich, warum die Helfer ihn nicht in den Saal mit den unbegleiteten Kindern gebracht hatten.

Ich fragte ihn, wo seine Mutter sei. Er reagierte nicht. Ich setzte mich neben ihn und nahm ihn in den Arm. Er lehnte sich an, ohne zu weinen oder zu schluchzen, sein Körper war vollkommen erschlafft. Als ich das Gefühl hatte, dass er eingeschlafen war, legte ich ihn sanft hin und kroch unter meine Decke zurück.

Am nächsten Tag sagte man uns, wir könnten in ein Hotel umziehen, das denen, die obdachlos geworden waren, kostenlos Zimmer zur Verfügung stellte. Ich sah mich nach dem Jungen um; ich dachte, wir könnten ihn vielleicht mitnehmen. Aber ich konnte ihn nirgends finden. Wir blieben zwei Wochen in dem Hotel, und als meiner Schwester ein Job in einer Großbäckerei in der Nähe von Masiphumelele angeboten wurde, ging ich mit. Ich habe wieder einmal Glück gehabt. Der Fabrikjob ist ja so viel besser als Hausarbeit. Die Bäckerei hat eine eigene Krippe, ich kann Susan morgens mit zur Arbeit nehmen.

Später, als die ganzen Amerikaner nach Südafrika kamen, um nach dem vierten Kind zu suchen, machte uns ein Privatdetektiv ausfindig – kein Kopfgeldjäger aus Übersee, sondern ein Xhosa. Er hat Busi und mich gefragt, ob uns damals im Gemeindezentrum ein bestimmtes Kind aufgefallen sei. Die Beschreibung passte auf den Jungen, den ich in der Nacht im Arm gehalten hatte, aber ich sagte nichts. Ich weiß auch nicht, warum. Ich glaube, ich wusste in meinem Herzen, dass es besser für ihn war, nicht gefunden zu werden. Der Detektiv hat bestimmt gemerkt, dass ich ihm etwas verschwieg, doch ich hörte auf meine innere Stimme und hielt den Mund.

Und überhaupt ... vielleicht war er gar nicht der Junge, den alle suchten. Da waren noch so viele andere *intandane* (verwaiste Kinder), außerdem hatte er mir seinen Namen nicht gesagt.

Der Obergefreite Samuel »Sammy« Hockemeier von der III Marine Expeditionary Force war im Camp Courtney auf der Insel Okinawa stationiert. Nach seiner Rückkehr in die USA im Juni 2012 erklärte er sich zu einem Interview via Skype bereit.

Jake lernte ich kennen, als wir beide 2011 nach Okinawa abkommandiert wurden. Ich komme aus Fairfax, Virginia, und wie sich herausstellte, war er in Annandale aufgewachsen. Wir freundeten uns auf der Stelle an. In der Highschool hatte ich ein paarmal gegen seinen Bruder Football gespielt. Bevor wir in diesen Wald flogen, war Jake ein ganz normaler Kerl, nichts Besonderes, eher still, und er machte gern Witze, die einem glatt entgingen, wenn man nicht genau aufpasste. Er war eher klein, eins zweiundsiebzig, eins vierundsiebzig vielleicht – auf den Fotos im Internet wirkt er viel größer, als er tatsächlich war. Größer und gefährlicher. Drüben haben wir beide mit Computerspielen angefangen, auf der Militärbasis spielen fast alle, es hat echt Suchtpotenzial. Das ist das Negativste, was ich über ihn sagen kann – bis er durchgedreht ist, meine ich.

Wir meldeten uns beide zum 3. MEF-Korps für Humanitäre Hilfe, und Anfang Januar erfuhren wir, dass unser Bataillon zu einer groß angelegten Katastrophenübung ins Trainingslager am Fuji geschickt würde. Als wir das erfuhren, wurden Jake und ich ganz aufgekratzt. Einige Marines von der Anti-Terror-Einheit, gegen die wir bei einer LAN-Party gespielt hatten, waren gerade von dort zurückgekommen und hatten erzählt, wie cool Katemba sei, ein Ort in der Nähe des Camps. Da gab es einen Laden, wo man für dreitausend Yen so viel essen und trinken konnte, wie man wollte. Wir hofften auch, einen Ausflug nach Tokio machen zu können, um die japanische Kultur zu erleben. Auf Okinawa bekommt man nicht viel davon mit, immerhin ist man da siebenhundert Klicks von der Hauptinsel entfernt. Vom Camp Courtney hat man einen irren Panoramablick direkt aufs Meer, aber wenn man tagein, tagaus dasselbe sieht, hat man es irgendwann über, außerdem sind die Einheimischen nicht gut auf die Marines zu sprechen. Das hat mit Girard zu tun, dem Typen, der aus Versehen eine Japanerin erschossen hat, die auf dem Schießstand Altmetall sammeln wollte, und mit der Gruppenvergewaltigung damals in den Neunzigern. Ich will nicht sagen, die Einheimischen wären feindselig gewesen oder so, aber man konnte spüren, dass wir auf der Insel nicht willkommen waren.

Das Camp Fuji an sich ist okay. Ziemlich klein, doch das Trainingsgelände ist cool. Ich muss allerdings sagen, dass es bei unserer Ankunft kälter war als in einem Hexenarsch. Jede Menge Nebel und endloser Regen; wir hatten Glück, dass es nicht auch noch geschneit hat. Unser Kommandant hat uns gesagt, wir würden für ein paar Tage dableiben und unsere Ausrüstung für das Manöver in der North Fuji Area vorbereiten, aber wir hatten unsere Baracke kaum bezogen, als die ersten Nachrichten vom Schwarzen Donnerstag durchsickerten. Zuerst hörten wir von dem Crash in Florida. Ein paar unserer Jungs stammten von dort, und ihre Eltern und Freundinnen schickten Mails mit den neuesten Infos. Sie können sich nicht vorstellen, was für Gerüchte aufkamen, als wir von dem britischen Flugzeug und dem in Südafrika erfuhren. Die meisten von uns dachten, es wäre ein Terroranschlag, eine Racheaktion der Turbanträger vielleicht, und wir waren sicher, sofort nach Okinawa zurückbeordert zu werden. Angesichts unseres Aufenthaltsortes klingt das jetzt seltsam, aber von dem Sun-Air-Crash hörten wir zuletzt. Niemand konnte glauben, dass es so nah an unserem Camp passiert war. Jake und ich surften die ganze Nacht im Internet, so wie alle anderen auch. Wir lasen von Überlebenden, einer Flugbegleiterin und einem Kind. Die Verbindung war zeitweise echt langsam, aber wir schafften es, den YouTube-Clip runterzuladen, in dem der kleine Junge in den Helikopter raufgezogen wird. Wir waren echt fertig, als wir hörten, dass einer der Überlebenden auf dem Weg ins Krankenhaus gestorben war. Gruselig, jetzt daran zu denken, aber Jake sagte noch: »Scheiße, hoffentlich war es nicht der Junge.« Das klingt jetzt übel, doch die Tatsache, dass in dem Sun-Air-Flugzeug eine Amerikanerin gesessen hatte, die den Crash nicht überlebt hatte, machte es irgendwie realer für uns. Die Tatsache, dass eine von uns gestorben war.

Am Freitagmorgen sagte unser Kommandant, dass Freiwillige vom Hilfskorps gebraucht würden, um das Areal zu sichern und einen Landeplatz zu roden, damit die Rettungshelikopter landen konnten. Beim Briefing erzählte er uns, Hunderte von verzweifelten Verwandten hätten sich an der Absturzstelle versammelt und würden die Rettungsarbeiten behindern. Die Presseleute vergrößerten das Desaster noch, ein paar von denen verletzten sich oder verliefen sich im Wald und mussten von uns gerettet werden. Ich war überrascht darüber, dass die Japaner uns überhaupt dabeihaben wollten. Klar, die USA und Japan sind Verbündete, aber die Menschen hier wollen immer alles alleine machen; das hat wohl mit ihrem Stolz zu tun. Aber der Kommandant meinte, nach dem verheerenden Zugunglück in den Neunzigern wäre der Druck auf die Behörden, die damals versagt hatten, zu groß. Sie hätten nicht schnell genug reagiert, ihre Bürokratie arbeite zu langsam, jeder gehorche nur seinem Vorgesetzten und so weiter. Das hätte viele Menschenleben gekostet.

Ich meldete mich sofort zum Dienst, Jake auch. Man erklärte uns, dass wir in Zweierteams mit den Jungs vom nahe gelegenen Camp der japanischen Selbstverteidigungsstreitkräfte zusammenarbeiten würden. Unser Übersetzer Yoji, ein GSDF-Soldat, erzählte uns auf dem Hinflug alles Mögliche über die Gegend. Er sagte, der Wald habe einen schlechten Ruf, wegen der vielen Selbstmörder. Angeblich gibt es da so viele Selbstmorde, dass die Polizei in den Bäumen Kameras installiert hat und überall unentdeckte Leichen herumliegen, manche seit Jahren. Er sagte, die Einheimischen hielten sich von dem Wald fern, weil sie Angst vor den bösen Geistern der Toten hätten, Zeug in der Art. Angeblich finden ihre Seelen keine Ruhe. Ich weiß nicht viel über die japanische Religion, aber die glauben wohl, dass überall Tierseelen drinstecken, in Menschen und Stühlen und was weiß ich, doch in meinen Ohren klang das bescheuert. Ich hielt es für Unsinn. Die meisten von uns machten sich drüber lustig und rissen Witze, nur Jake sagte kein Wort.

Ich muss zugeben, dass die Rettungskräfte und die Soldaten der GSDF bei der Sicherung des Terrains ganze Arbeit geleistet hatten, und das unter schwierigen Umständen und obwohl die Truppe total unterbesetzt war. Allerdings hatten sie die Menschenmasse nicht mehr unter Kontrolle, die sich um die Leichenzelte versammelt hatte. Nach dem Briefing wurden Jake und ich und ein paar andere aus unserer Einheit zusammen mit einem Haufen japanischer Soldaten direkt zur Absturzstelle geflogen. Der Rest der Division wurde zur Bewachung der Leichenzelte abgestellt, und um Nachschub zu transportieren und provisorische Latrinen zu errichten.

Unser Kommandant sagte uns, dass die Leute vom Rettungsdienst und von der Transportsicherheitsbehörde JTSB das Areal abgesteckt hatten, in dem sich die meisten Leichen befanden. Nun waren sie dabei, sie einzusammeln und zu den Zelten zu bringen. Ich weiß, dass Sie vor allem über Jake reden wollen, aber ich muss Ihnen kurz schildern, was wir in dem Wald erlebt haben. In der Schule haben wir diesen alten Song durchgenommen, »Strange Fruit«. Es geht da um die Lynchmorde in den Südstaaten. Dass die Leichen, die von den Bäumen hingen, wie seltsame Früchte ausgesehen haben. Genau *das* haben wir gesehen. *Das* hing in den unheimlichen Bäumen rund um die Stelle, wo der Flugzeugrumpf runtergekommen war. Außer dass an den meisten Leichen nicht mehr alles dran war. Ein paar von den Jungs mussten kotzen, aber Jake und ich haben durchgehalten.

Fast noch schlimmer waren die Zivilisten, die durch die Gegend stolperten und die Namen ihrer Eltern oder Kinder oder Partner schrien. Die meisten hatten Opfergaben dabei, Essen und

Blumen. Später hat Yoji, der die Leute einsammeln und von der Absturzstelle wegbringen sollte, mir erzählt, dass ein Elternpaar so überzeugt davon war, seinen Jungen lebend zu finden, dass es Ersatzklamotten für ihn mitgebracht hatte.

Jake und ich sollten den japanischen Soldaten helfen, den Landeplatz für die Helikopter zu roden. Die Arbeit war anstrengend, aber wenigstens führte sie uns von den Wrackteilen weg und lenkte uns ab von dem, was wir gesehen hatten. Die Ermittler vom NTSB trafen erst am nächsten Tag ein, bis dahin hatten wir das Chaos halbwegs im Griff.

Unser Kommandant wies uns an, an der Absturzstelle zu übernachten. Man teilte uns Schlafplätze in den GSDF-Zelten zu. Wir waren nicht gerade erfreut. Keiner von uns hatte Lust, in dem Gruselwald zu übernachten, nicht nur wegen der Sachen, die wir im Laufe des Tages gesehen hatten. Wir unterhielten uns nur im Flüsterton; irgendwie hatten wir das Gefühl, nicht laut reden zu dürfen. Ein paar Leute haben versucht, die Stimmung mit Witzen aufzulockern, aber keiner hat gelacht.

Gegen 0300 wurde ich durch einen Schrei geweckt. Er schien von außerhalb des Zeltes zu kommen. Einige von uns sind aufgesprungen und rausgerannt. Was für ein Adrenalinstoß! Ich konnte kaum etwas sehen – draußen war alles voller Nebel.

Einer der Jungs – ich glaube, es war Johnny, ein Schwarzer aus Atlanta, guter Typ – holte seine Taschenlampe raus und leuchtete in der Gegend herum. Der Lichtkegel hat gewackelt, weil seine Hand so gezittert hat. Ich sah etwas, nur ein paar Meter von unserem Zelt entfernt: eine Gestalt, die mit dem Rücken zu uns am Boden kniete. Sie drehte sich um, und da erkannte ich Jake.

Ich fragte ihn, was zum Teufel mit ihm los sei. Er war ganz benommen und schüttelte den Kopf. »Ich habe sie gesehen«, sagte er. »Ich habe sie gesehen, die Leute ohne Füße.«

Ich habe ihn ins Zelt zurückgebracht, wo er sofort wieder eingeschlafen ist. Am nächsten Morgen weigerte er sich, über den Vorfall zu sprechen.

Ich habe es Jake nie erzählt, aber als ich später mit Yoji über die Sache sprach, sagte er: »Japanische Geister haben keine Füße.« Und er sagte auch, die japanische Geisterstunde – *ushimitsu,* das Wort werde ich nie vergessen – würde um drei Uhr nachts anfangen. Ich muss schon zugeben, dass es mir kalt den Rücken runterlief, als ich Pamela May Donalds Nachricht hörte. Was sie gesagt hat, na ja, es ähnelte Jakes nächtlichem Erlebnis einfach zu sehr. Damals habe ich mir wohl eingeredet, dass er Yojis Gruselgeschichten nicht verkraftet hat.

Die anderen zogen Jake natürlich noch wochenlang damit auf. Selbst als wir schon längst wieder im Camp Courtney waren, hörten sie nicht auf. Sie wissen schon, Sprüche wie: »Heute schon die Toten gesehen, Jake?« Jake hat es geschluckt. Ich glaube, ungefähr zu der Zeit hat er angefangen, diesem texanischen Pastor zu schreiben. Davor hat er sich nie für Religion interessiert. Ich habe ihn nie über Gott oder Jesus reden hören. Wahrscheinlich hatte er den Wald und die Flugzeugunglücke gegoogelt und war dabei auf die Webseite des Pastors gestoßen.

Jake war nicht dabei, als wir nach der großen Überflutung auf die Philippinen abkommandiert wurden, um die Rettungsarbeiten zu unterstützen. Er wurde krank, sehr krank. Magenkrämpfe, Verdacht auf Blinddarmentzündung. Heute glauben natürlich alle, er hätte nur simuliert. Man weiß immer noch nicht, wie er von der Insel heruntergekommen ist. Wahrscheinlich hat er einen Fischer oder Walfänger bestochen, um mitgenommen zu werden, so etwas in der Art; vielleicht hat er sich an eine der taiwanesischen Crews gehängt, die in der Region Aalbrut und Meth schmuggeln.

Ich würde alles tun, um die Zeit zurückzudrehen, Ma'am. Ich würde Jake davon abhalten, den Wald zu betreten. Ich weiß, ich hätte es nicht verhindern können, aber irgendwie fühle ich mich bis heute verantwortlich für das, was er diesem japanischen Kind angetan hat.

Chiyoko Kamamoto, achtzehnjährige Cousine von Hiro Yanagida, dem einzigen Überlebenden des Sun-Air-Fluges 678, lernte Ryu Takami im Chatforum eines beliebten Online-Rollenspiels kennen. Die meisten der Spieler sind *otaku* (Jargon für Nerds, Fanatiker) im Alter von dreizehn bis dreißig Jahren; als eines der wenigen weiblichen Mitglieder war Chiyoko auf der Plattform außerordentlich populär.

Über ihre Motive wurde viel spekuliert, dennoch bleibt rätselhaft, warum Chiyoko ausgerechnet den Leistungsverweigerer und *hikikomori* (isoliert lebender Einzelgänger) Ryu zu ihrem Chatpartner erkor. Bevor die Ereignisse sich überschlugen, schrieben die beiden einander etwa alle zwei Tage, wobei sich der Chat manchmal stundenlang hinzog. Nach ihrem Verschwinden tauchten die auf Chiyokos Computer und Smartphone gefundenen Nachrichten im Internet auf.

Der Originaltext wurde vornehmlich im Chatjargon verfasst, den der Übersetzer Eric Kushan aus Gründen der Einheitlichkeit und Leserlichkeit überarbeitet hat. Die einzige Ausnahme bilden die von Ryu verwendeten *emoji* (Emoticons).

(Chiyoko nennt ihre Mutter, zu der sie ein unterkühltes Verhältnis hatte, »Mutterkreatur« oder »MK«. »Androidenonkel« und »AO« steht für Chiyokos Onkel Kenji Yanagida, einen der bekanntesten japanischen Wissenschaftler auf dem Gebiet der Robotik.)

Nachricht gesendet @ 15:30, 14.01.2012

CHIYOKO: Ryu, bist du da?

RYU: (₀·ω·) Wo warst du?

CHIYOKO: Frag nicht. Mutterkreatur hat mich wieder »gebraucht«. Hast du gehört? Die Flugbegleiterin. Sie ist vor einer Stunde im Krankenhaus gestorben. Das heißt, Hiro ist der einzige Überlebende.

RYU: Ich sehe es gerade auf 2-chan. Wie traurig. Wie geht es Hiro?

CHIYOKO: Ganz gut, glaube ich. Ein ausgerenktes Schlüsselbein, Kratzer; soweit ich weiß, ist das alles.

RYU: Was für ein Glück.

CHIYOKO: Das hat die Mutterkreatur auch gesagt. »Ein Wunder.« Sie hat einen provisorischen Altar für Tante Hiromi eingerichtet. Ich weiß nicht, woher sie das Foto hat. MK konnte meine Tante nie leiden, aber davon ist nichts mehr zu merken. »Was für eine Schande, sie war so hübsch, so heiter, so eine gute Mutter.« Alles Lügen. Sie hat immer gesagt, meine Tante sei eingebildet.

RYU: Hast du rausgefunden, warum sie in Tokio waren? Deine Tante und Hiro, meine ich.

CHIYOKO: Ja. MK sagt, Tante Hiromi und Hiro hätten eine alte Schulfreundin besucht. Ich kann sehen, wie sauer MK ist, weil Hiromi uns nicht besucht hat, als sie hier war, aber sie würde das nie laut aussprechen, das wäre *unanständig*.

RYU: Haben die Reporter versucht, mit dir zu sprechen? Diese Aufnahmen, wie sie über die Krankenhausmauer klettern, um Fotos von den Überlebenden zu machen, sind wirklich verrückt – hast du von dem gehört, der vom Dach abgestürzt ist? Bei Nico Nico gibt es den Clip. Was für ein Idiot!

CHIYOKO: Noch nicht. Aber sie haben herausgefunden, wo mein Vater arbeitet. Nicht einmal der Tod seiner eigenen Schwester war Grund genug für ihn, sich einen Tag freizunehmen. Er weigert sich, mit der Presse zu reden, aber die interessiert sich sowieso nur für meinen Androidenonkel.

RYU: Ich kann immer noch nicht fassen, dass du mit Kenji Yanagida verwandt bist! Und dass du es mir nicht erzählt hast, als wir uns kennengelernt haben. Ich würde überall damit angeben!

CHIYOKO: Wie hätte das denn geklungen? Hey, ich bin Chiyoko, und rate mal – ich bin mit dem Androidenmann verwandt! Das hätte so ausgesehen, als wollte ich Eindruck bei dir schinden.

RYU: Du bei mir? Es ist doch andersrum.

CHIYOKO: Du wirst dich jetzt hoffentlich nicht wieder in Selbstmitleid suhlen, oder?

RYU: Keine Sorge, das hast du mir abgewöhnt. Also … wie ist er so? Mehr Details, bitte.

CHIYOKO: Ich habe es dir doch erzählt. Ich kenne ihn kaum. Zum letzten Mal habe ich ihn gesehen, als er mit Hiro und Tante Hiromi zu Besuch war, Neujahr vor zwei Jahren, gleich nachdem wir aus den USA zurückgekommen sind. Aber sie blieben nicht über Nacht, und ich habe höchstens drei Worte mit ihm gewechselt. Meine Tante war wirklich hübsch, wenn auch sehr reserviert. Aber Hiro mochte ich, ein süßer Junge. MK meint, vielleicht wohnt Androidenonkel bei uns, so lange Hiro im Krankenhaus liegt. Ich glaube, sie freut sich nicht wirklich darüber. Ich habe gehört, wie sie zu Vater gesagt hat, Androidenonkel wäre so kalt wie sein Roboter.

RYU: Echt? In der Doku kommt er so lustig und cool rüber.

CHIYOKO: In welcher? Es gibt Tausende.

RYU: Weiß ich nicht mehr. Soll ich nachsehen?

CHIYOKO: Mach dir keine Mühe. Aber vor der Kamera wirkt man immer anders, als man wirklich ist. Ist wohl was Genetisches.

RYU: Was? Vor der Kamera zu stehen?

CHIYOKO: Nein! Kalt zu sein. So wie ich. Ich bin nicht normal. Ich bin kalt. In meinem Herzen steckt ein Eiszapfen.

RYU: Chiyoko, die Eisprinzessin.

CHIYOKO: Chiyoko, die *yuki-onna*. Ich leide also am genetisch bedingten Eisprinzessinnensyndrom, das nur zu heilen ist durch …?

RYU: Ruhm? Geld?

CHIYOKO: Dafür mag ich dich, Ryu, du weißt immer die richtige Antwort. Ich dachte schon, jetzt schreibst du: Liebe. Dann hätte ich gekotzt.

RYU: o(_ _)o Was ist mit Liebe nicht in Ordnung?

CHIYOKO: Es gibt sie nur in schlechten, amerikanischen Filmen.

RYU: Du bist nicht immer kalt. Ich weiß das.

CHIYOKO: Warum leide ich dann nicht? Ich werde es dir beweisen: Wie viele Menschen sind bei dem Sun-Air-Crash gestorben?

RYU: 525. Nein, 526.

CHIYOKO: 526. Ja. Inklusive meiner Tante. Aber ich fühle nichts als Erleichterung.

RYU: ??(*_**)

CHIYOKO: Okay ... lass es mich erklären. Seit dem Crash, seit sie von Tante Hiromi und Hiro erfahren hat, ist mir MK kein einziges Mal mehr mit dem blöden Nachhilfeunterricht auf die Nerven gegangen. Ist es schlimm, so zu denken? Dass es schön ist, wenn ich wegen einer Tragödie, die anderen passiert ist, endlich mein Privatleben genießen kann?

RYU: Hey, du hast ein Privatleben. Das ist doch immerhin etwas. Sieh mich an!

CHIYOKO: Ha! Ich wusste ja, es ist zu schön, um wahr zu sein. Aber egal, du kannst ja mein ganz persönlicher *hikikomori* sein. Ich stelle mir vor, wie du in deinem Zimmerchen sitzt, bei geschlossenen Vorhängen Kette rauchst und mit mir chattest, wenn du nicht gerade Ragnarok spielst.

RYU: Ich bin kein *hikikomori*. Und ich spiele nicht Ragnarok.

CHIYOKO: Wollten wir nicht immer ehrlich zueinander sein? Ich bin es, das habe ich dir gleich gesagt.

RYU: Mir gefällt das Wort nicht.

CHIYOKO: Bist du jetzt beleidigt?

RYU: _|70

CHIYOKO: ORZ????? Neeiiin! Wie lange hast du dir das aufgespart? Benutzt man das Symbol heutzutage überhaupt noch? Bist du sicher, dass du 22 bist und nicht 38 oder so? Und wann hörst du endlich auf, in ASCII zu schreiben?

RYU: <(__)> Themenwechsel. Hey, wann erzählst du mir mehr über das Leben in den Staaten?

CHIYOKO: Nicht schon wieder. Warum willst du das unbedingt wissen?

RYU: Einfach nur so. Fehlt es dir?

CHIYOKO: Nein. Wo man lebt, ist egal. Die ganze Welt ist im Eimer. Nächstes Thema, bitte.

RYU: Okaaaay … In den Nachrichtenforen wird immer noch über die Frage gestritten, warum das Flugzeug in Jukai abgestürzt ist. Es gibt da die Theorie, der Pilot habe es absichtlich gemacht. Der Selbstmordpilot.

CHIYOKO: Ich weiß. Das ist doch nichts Neues, es steht überall. Was glaubst du?

RYU: Ich weiß es nicht. Vielleicht ist das Gerede doch wahr. Der Wald hat einen gewissen Ruf und liegt viele Kilometer abseits der Flugroute nach Osaka. Also, warum gerade dort?

CHIYOKO: Vielleicht wollte er nicht in einem dicht besiedelten Gebiet landen. Vielleicht hat er versucht, auf diese Weise Leben zu retten. Seine Frau tut mir leid.

RYU: Sie tut dir leid? Ich dachte, du wärst die Eisprinzessin.

CHIYOKO: Ich kann doch trotzdem Mitleid mit ihr haben. Der Zombie von Sun Air hat jedenfalls gesagt, er wäre einer ihrer besten und zuverlässigsten Captains gewesen und hätte so etwas niemals getan. Außerdem hieß es, er habe keine Geldsorgen gehabt, es ging ihm also nicht um die Versicherungssumme. Und er war bei bester Gesundheit.

RYU: Vielleicht lügen sie. Vielleicht war er besessen. Vielleicht wurde er dazu *gezwungen*.

CHIYOKO: Ha! Von hungrigen Geistern vom Himmel geholt.

RYU: Aber du musst zugeben, dass es seltsam ist … Warum so viele Flugzeuge an einem Tag? Dafür muss es einen Grund geben.

CHIYOKO: Welchen denn? Sag jetzt nicht, es wäre ein Zeichen für den kommenden Weltuntergang.

RYU: Warum nicht? Wir schreiben das Jahr 2012.

CHIYOKO: Du hast eindeutig zu viel Zeit auf Verschwörungswebseiten verbracht, Ryu. Und wenn es Terroristen gewesen wären, hätten wir es längst erfahren.

RYU: Kann ich jetzt bitte wieder mit der echten Chiyoko sprechen? Du bist diejenige, die immer behauptet, dass die Regierung und die Medien uns manipulieren und belügen.

CHIYOKO: Das heißt noch lange nicht, dass ich an irgendwelche unausgegorenen Verschwörungstheorien glaube. So ist das Leben nicht. Es ist öde. Und natürlich werden wir von den Politikern belogen. Damit wir brav stillhalten und nie aus der Reihe tanzen.

RYU: Meinst du wirklich, sie würden uns die Wahrheit sagen, wenn Terroristen dahinterstecken?

CHIYOKO: Ich habe nur gesagt, dass sie uns anlügen. Wobei manche Geheimnisse so groß sind, dass nicht mal die Regierung sie verstecken kann. In den USA vielleicht, aber nicht hier. Eine Vertuschungsaktion müsste erst einmal acht verschiedene Bürokratieinstanzen durchlaufen, um genehmigt zu werden. Die Leute hier sind so einfallslos. Haben die echt nichts Besseres zu tun, als den ganzen Tag über ihre Verschwörungstheorien zu reden? Und einen Toten schlechtzumachen, der höchstwahrscheinlich nur versucht hat, so viele Menschenleben wie möglich zu retten?

RYU: Hey ... Jetzt mache ich mir ernsthaft Sorgen. Kann es sein, dass die Eisprinzessin auftaut? Sind das Anzeichen dafür, dass ihr doch nicht alles egal ist?

CHIYOKO: Es ist mir egal. Wirklich. Okay, nicht ganz. Es macht mich wütend. Die Verrückten mit den Verschwörungstheorien sind genauso schlimm wie diese nichtsnutzigen Teenager, die den ganzen Tag auf Mixi ihre Selfies posten. Kannst du dir vorstellen, was passieren würde, wenn die ihre Energien in die wirklich wichtigen Dinge investieren würden?

RYU: Welche denn?

CHIYOKO: Das System zu ändern. Den Nepotismus abzuschaffen; die Menschheit nicht länger zu versklaven. Zu verhindern, dass Menschen sterben, dass sie gemobbt werden ... solche Sachen.

RYU: Chiyoko, die Eisprinzessin und Revoluzzerin.

CHIYOKO: Im Ernst. Geh zur Schule, geh zur Nachhilfe, streng dich an, mach deine Eltern stolz, geh auf die Keiō, arbeite ohne Pause 18 Stunden am Tag, du darfst nicht faulenzen, du darfst dich nicht beschweren, du darfst dich nicht auflehnen. Zu viel »du darfst nicht«.

RYU: Chiyoko, du weißt, dass ich deiner Meinung bin. Sieh mich an ... Aber was sollen wir tun?

CHIYOKO: Nichts. Wir können nichts tun. Es hinnehmen oder aussteigen oder sterben. Der arme Hiro. Auf den kommt einiges zu ...

RYU: (_ _)..........o

ANMERKUNGEN DES ÜBERSETZERS

ASCII: Ein Begriff für den kunstvollen Gebrauch von Sonderzeichen (wie Ryu ihn oben praktiziert). Der Begriff wurde durch Internetforen wie 2-channel populär.

ORZ: Ein beliebtes japanisches *emoji* oder Emoticon, das Hoffnungslosigkeit oder Verzweiflung ausdrücken soll. Die Buchstaben erinnern an eine Figur, die den Kopf auf den Boden schlägt (O ist der Kopf, R der Torso, Z die Beine).

Yuki-onna: Schneefrau. In der japanischen Folklore bezeichnet *yuki-onna* den Geist einer Frau, die in einem Schneesturm ums Leben kam.

Hikikomori: Gesellschaftlicher Außenseiter, der sein Zimmer nie oder fast nie verlässt. Schätzungen gehen davon aus, dass sich in Japan fast eine Million junge Erwachsene auf diese Weise aus dem gesellschaftlichen Leben zurückgezogen haben.

Die umstrittene britische Kolumnistin Pauline Rogers wurde vor allem durch ihren von Befindlichkeiten geprägten Stil bekannt. Sie führte die Bezeichnung »die Drei« in die Debatte um die Kinder ein, die die Flugzeugunglücke am Schwarzen Donnerstag überlebt hatten.
Der folgende Artikel erschien am 15. Januar 2012 in der *Daily Mail*.

Der Schwarze Donnerstag ist nun drei Tage her, und ich sitze in meinem neuen Einzelbüro und starre fassungslos auf den Computermonitor.

Nicht weil ich, wie Sie jetzt bestimmt glauben, immer noch entsetzt wäre über jene schrecklichen Zufälle, die zum Absturz von vier Passagiermaschinen am selben Tag führten. Obwohl ich das natürlich bin. Wer ist das nicht? Nein, ich arbeite mich durch eine lange Liste von Webseiten, die die verschiedensten Verschwörungstheorien – eine bizarrer als die andere – zur Erklärung der Tragödie verbreiten. Meine fünfminütige Google-Recherche führt mich auf gleich mehrere Internetseiten, die propagieren, der mutige und selbstlose Flugkapitän Toshinori Seto – der Mann, der den Sun-Air-Flug 678 in eine unbesiedelte Gegend lenkte, anstatt noch mehr Opfer in Kauf zu nehmen – sei von Selbstmordfantasien getrieben gewesen. Auf anderen Seiten wird behauptet, die vier Flugzeuge seien ins Visier bösartiger ETs geraten. Die Ermittler haben klargestellt, dass ein terroristischer Hintergrund auszuschließen ist, besonders im Fall des Dalu-Air-Unglücks in Südafrika; aus den Protokollen der Flugsicherung geht eindeutig hervor, dass der Absturz die Folge eines Pilotenfehlers war. Dennoch gehen neue antiislamische Webseiten im Minutentakt online, und die christlichen Fundamentalisten – »Es war ein Zeichen Gottes!« – holen nach Kräften auf.

Ein Ereignis von solcher Tragweite zieht zwangsläufig die Blicke der Welt auf sich. Aber warum reagieren viele Menschen so voreilig, unterstellen das Schlimmste und vergeuden ihre Zeit mit, ich muss es ehrlich sagen, bizarren und verworrenen Theorien? Ja, die Wahrscheinlichkeit für einen derartigen Zufall ist verschwindend gering – aber im Ernst: Sind wir so gelangweilt? Sind wir alle nichts als verkappte Internet-Trolle?

Am zerstörerischsten erscheinen mir jene Gerüchte und Spekulationen, die sich die drei überlebenden Kinder Bobby Small, Hiro Yanagida und Jessica Craddock, ich möchte sie abkürzungshalber »die Drei« nennen, zum Ziel genommen haben. Und ich erhebe schwere Vorwürfe gegen die Medien, die es sich zur Aufgabe gemacht haben, die öffentliche Gier nach Informationen über die armen Würmer stündlich neu anzufachen und zu befriedigen. In Japan klettern Presseleute über Krankenhausmauern, um ein Foto von dem Kind zu schießen, das, wir dürfen es nicht vergessen, bei dem Unglück seine Mutter verloren hat. Andere sind an die Absturzstellen geeilt und haben die Rettungsarbeiten behindert. Auf den Titelblättern der britischen und nordamerikanischen Zeitungen nehmen die kleine Jessica Craddock und ihr Schicksalsgenosse Bobby Small mehr Raum ein als der letzte Fauxpas der königlichen Familie.

Ich weiß besser als die meisten, wie belastend es ist, von Gerüchten und Blicken verfolgt zu werden. Als ich mich von meinem zweiten Ehemann scheiden ließ und intime Details der Trennung in meiner Kolumne zum Besten gab, löste ich damit ein mediales Gewitter aus. Zwei Wochen lang konnte ich nicht vor die Haustür gehen, ohne dass mir ein Paparazzo in den Weg sprang, um mich ohne Make-up zu fotografieren. Ich weiß genau, was die Drei gerade durchmachen, und die achtzehnjährige Zainab Farra, Überlebende einer früheren Luftfahrtkatastrophe, wird es ähnlich sehen. Vor zehn Jahren überstand sie den Crash der Royal Air 715 beim Start in Addis Abeba. Wie die Drei war auch Zainab noch ein Kind und die einzige Überlebende. Wie die Drei fand sie sich im Zentrum des Medienrummels wieder.

Vor Kurzem hat Zainab ihre Autobiografie veröffentlicht, *Wind Beneath my Wings;* sie hat die Medien öffentlich aufgefordert, die Drei in Ruhe zu lassen und ihnen die Möglichkeit zu geben, ihr wundersames Überleben zu verarbeiten. »Sie sind keine Freaks«, sagt Zainab. »Sie sind Kinder. Was sie jetzt dringend brauchen, ist ein geschützter Raum und viel Zeit, um seelisch zu gesunden und zu begreifen, was ihnen zugestoßen ist.«

Dazu kann ich nur sagen: Amen. Wir sollten dem Himmel danken, dass überhaupt jemand überlebt hat, anstatt unsere Zeit mit bizarren Verschwörungstheorien zu vergeuden oder drei wehrlose Kinder zum Hauptthema der Boulevardpresse zu machen. Die Drei – ich grüße euch und wünsche euch von Herzen nur das Beste. Möget ihr Frieden finden und eines Tages die schrecklichen Ereignisse verwinden, die euch eure Eltern genommen haben.

Neville Olson, ein freiberuflicher Paparazzo aus Los Angeles, wurde am 23. Januar 2012 tot in seiner Wohnung aufgefunden. Die bizarren Umstände seines Ablebens waren in allen Zeitungen nachzulesen, aber an dieser Stelle äußert sich sein Nachbar Stevie Flanagan, der auch den Leichnam fand, zum ersten Mal.

Um Nevilles Job zu machen, muss man wohl anders gestrickt sein als die meisten Menschen. Ich habe ihn mal gefragt, ob er sich nicht schäbig dabei vorkomme, hinter einem Busch zu hocken und irgendeinem angesagten Starlet unter den Rock zu fotografieren. Aber er meinte nur, er tue, was die Öffentlichkeit von ihm *verlange*. Er war auf die ganz schmutzigen Storys spezialisiert, zum Beispiel hat er die Fotos von Corinna Sanchez geschossen, wie sie in Compton Kokain kauft – er hat nie verraten, woher er wusste, dass sie dort auftauchen würde, zumindest mir nicht. Er war immer sehr darauf bedacht, seine Informanten zu schützen.

Ich muss wohl nicht erwähnen, dass Neville ein komischer Kauz war. Ein einsamer Wolf. Ich glaube, die Arbeit kam seiner Persönlichkeit entgegen. Ich lernte ihn kennen, als er die Wohnung unter mir bezog. Damals lebte ich in einem Wohnkomplex in El Segundo. Viele meiner Nachbarn arbeiteten am Flughafen, da herrschte ein ständiges Kommen und Gehen. Ich war beim One Time Car Rental, deswegen passte die Lage mir gut. Es war praktisch. Ich würde nicht sagen, dass wir eng befreundet gewesen wären oder so, aber wann immer wir uns über den Weg liefen, haben wir uns nett unterhalten. Ich habe nie gehört, dass er Besuch bekommen hätte, und ich habe ihn nie mit einer Frau gesehen, nie, auch nicht mit einem Mann. Ich fand ihn irgendwie … asexuell. Ein paar Monate nach seinem Einzug kam er rauf und fragte mich, ob ich »seine Mitbewohner« kennenlernen wolle. Ich dachte, vielleicht hat er sich jemanden in die

Wohnung geholt, um die Miete bezahlen zu können, also sagte ich, ja klar. Ich war neugierig zu sehen, welcher Mensch es mit ihm aushielt.

Als ich zum ersten Mal seine Wohnung betrat, musste ich mich fast übergeben. O Mann, da hat es vielleicht gestunken! Ich weiß gar nicht, wie ich das beschreiben soll, es war wie eine Mischung aus verfaultem Fisch und verfaultem Fleisch. Außerdem war es dunkel und heiß – die Vorhänge waren geschlossen und die Klimaanlage ausgeschaltet. Ich dachte mir, was zum Teufel? Dann sah ich, wie sich in einer Ecke etwas bewegte, ein großer Schatten, der anscheinend direkt auf mich zukroch. Zuerst verstand ich nicht, was los war, aber dann sah ich eine riesige, fette Echse. Ich fing zu schreien an, und Neville lachte sich tot. Er hatte meine Reaktion sehen wollen. Er sagte, ich solle mich beruhigen. »Keine Sorge, das ist nur George.« Wissen Sie, ich wollte einfach nur raus da, andererseits wollte ich nicht wie ein Feigling dastehen. Ich fragte Neville, warum zum Teufel er so ein Viech in der Wohnung halte, aber er zuckte bloß die Achseln und meinte, dass es sogar drei wären – Warane aus Afrika oder sonst wo her – und dass er sie meistens frei herumlaufen ließ, statt sie in einen Käfig oder ein Terrarium zu sperren. Er sagte, sie wären sehr intelligent, »so clever wie Schweine oder Hunde«. Ich wollte wissen, ob sie gefährlich seien, da zeigte er mir die gezackte Narbe an seinem Handgelenk. »Ein ganzer Hautlappen hat gefehlt«, sagte er, und man merkte, dass er auch noch stolz drauf war. »Aber wenn man sie gut behandelt, sind sie eigentlich ganz zahm.« Ich wollte wissen, was sie fressen, und er sagte: »Rattenbabys. Lebendige. Ich kaufe sie beim Großhändler.« Stellen Sie sich das mal als Beruf vor, guten Tag, ich bin Rattenbabyverkäufer! Er hielt mir einen Vortrag darüber, dass manche Leute dagegen wären, Nager an Warane zu verfüttern, aber ich konnte die ganze Zeit nur auf das Ding schauen. Damit es mir nicht zu nahe kam. Und das war noch nicht alles, im Schlafzimmer hatte er Spinnen und eine Schlangensammlung. Überall standen Terrarien. Er konnte gar nicht aufhören, die Vogelspinnen zu loben, das wären die besten Haustiere überhaupt. Später hieß es, er sei ein Tierhorter.

Ein paar Tage nach dem Schwarzen Donnerstag klopfte er an meine Tür und sagte, er würde für ein paar Tage verschwinden. Er arbeitete meistens in L. A., aber manchmal musste er reisen. Damals bat er mich zum ersten Mal, auf seine »Freunde« aufzupassen. »Ich lasse ihnen einen Vorrat da, wenn ich fahre«, sagte er. Solange er nicht länger als drei Tage wegblieb, kamen sie allein zurecht. Er bat mich, die Wasserfüllstände zu überprüfen, und er versprach mir, die Warane wegzuschließen. Normalerweise verriet er mir nicht viel über seine Aufträge, doch diesmal erzählte er mir, wohin die Reise ging, so als hätte er geahnt, dass etwas schieflaufen würde.

Er sagte, jemand, der ihm noch einen Gefallen schuldig war, habe ihm einen Platz in einem Privathelikopter besorgt, der nach Miami fliegen würde, zu dem Krankenhaus, in dem Bobby Small lag. Er wollte versuchen, ein Foto von dem Jungen zu schießen. Er sagte, er müsse sich beeilen, weil der Kleine bald nach New York zurückgebracht werden sollte.

Ich fragte ihn, wie er darauf käme, man würde ihn auch nur in die Nähe des Jungen lassen – nach allem, was ich in den Nachrichten gesehen hatte, wurde das Krankenhaus streng bewacht –, aber er lächelte bloß. Er sagte, solche Situationen seien seine Spezialität.

Er blieb nur drei Tage weg, sodass ich am Ende doch nicht in seine Wohnung musste. Ich sah ihn aus dem Taxi steigen, gerade als ich von meiner Schicht nach Hause kam. Er sah schlimm aus. Er stand vollkommen neben sich, als wäre er schwer erkrankt oder so. Ich fragte ihn, ob alles okay wäre, ob er das Kind fotografiert hätte. Er gab keine Antwort. Er sah so mitgenommen aus, dass ich ihn auf einen Drink einlud. Er kam direkt mit, ohne vorher nach seinen Reptilien zu sehen. Man konnte ihm anmerken, dass er Redebedarf hatte, doch dann brachte er kaum ein Wort über die Lippen. Ich gab ihm einen Schnaps, den er kippte, und dann gab ich ihm ein Bier, weil ich nichts anderes mehr im Haus hatte. Er leerte die Flasche und bat um eine zweite. Auch die leerte er sofort.

Der Alkohol half. Nach und nach erzählte er mir, was er getan hatte. Ich dachte, er hätte sich als Pförtner oder Pfleger verkleidet, um sich in das Krankenhaus einzuschleichen, vielleicht sogar durch den Leichenkeller, wie in einem Horrorfilm. Aber sein Plan war noch schlimmer gewesen. Clever, aber schlimmer. Er hatte sich gleich neben der Klinik ein Hotelzimmer genommen. Er hatte sich eine Story zurechtgelegt und einen Ausweis gefälscht, und er sprach mit Akzent – er gab sich als britischer Geschäftsmann aus, der anlässlich einer Konferenz nach Miami gekommen war. Er sagte, genau so habe er es gemacht, als Klint Maestro, der Sänger der Space Cowboys, die Überdosis genommen hatte. Nur so habe er es geschafft, Fotos von dem völlig kaputten Klint im Nachthemd zu schießen. Es sei ganz einfach: Er spritze sich einfach ein bisschen zu viel Insulin, um eine Unterzuckerung auszulösen. Ich hatte gar nicht gewusst, dass er Diabetiker war und spritzen musste, aber woher auch? Er brach an der Bar zusammen und flüsterte dem Kellner oder wem auch immer ins Ohr, man solle ihn ins nächste Krankenhaus bringen. Und dann wurde er bewusstlos.

Man hängte ihn in der Notaufnahme an den Tropf, und um auf die Station verlegt zu werden, täuschte er einen epileptischen Anfall vor. Er hätte umkommen können dabei, aber er meinte, er hätte das schon oft genug gemacht und außerdem immer einen kleinen Zuckervorrat in den Socken dabei, um notfalls schnell wieder auf die Beine zu kommen. So arbeite er nun einmal. Er sagte, es wäre eine Tortur gewesen, in dem Zustand durch die Gegend zu laufen (man hatte ihm nach dem Anfall Valium gegeben, außerdem ging es ihm nach der mutwillig herbeigeführten Unterzuckerung immer noch ziemlich mies).

Ich fragte ihn, ob er in die Nähe des Kindes gekommen sei, und er meinte, nein, das Ganze sei ein Reinfall gewesen. Er habe nicht mal auf Bobbys Station gelangen können, weil die zu gut bewacht wurde.

Aber als man später seine Kamera fand, stellte sich heraus, dass er sehr wohl in dem Zimmer von dem Kind gewesen war. Es gibt ein Bild von Bobby, wie er im Bett sitzt und direkt in die Kamera lächelt, als posiere er für ein Familienfoto oder so. Sicher haben Sie es gesehen. Einer von den Rechtsmedizinern muss es an die Presse weitergegeben haben. Ich fand es ziemlich gruselig.

Das dritte Bier lehnte er ab. Er sagte: »Es ist zwecklos, Stevie. Das alles hat keinen Sinn.«

Und ich so: »Was denn?«

Er tat so, als hätte er mich nicht gehört. Ich wusste nicht, was zum Teufel er meinte. Dann ist er gegangen.

Danach hatte ich bei der Arbeit jede Menge um die Ohren. Ein Magen-Darm-Virus ging um, anscheinend hatte es alle meine Kollegen erwischt. Ich schob Doppelschichten und lief durch die Gegend wie ein Zombie. Erst später fiel mir auf, dass ich Neville eine ganze Woche nicht mehr gesehen hatte.

Dann bat mich der Nachbar, der unten neben Neville wohnte, Mr Patinkin, um die Nummer des Hausmeisters. Er sagte, es gebe da wohl ein Problem mit dem Abflussrohr. Da sei so ein Gestank, der möglicherweise aus Nevilles Wohnung kam.

Ich glaube, in dem Moment habe ich schon gewusst, dass etwas passiert war. Ich ging nach unten und klopfte an. Ich hörte den Fernseher, ganz leise, aber sonst nichts. Ich hatte immer noch Nevilles Schlüssel. Heute wünsche ich mir, ich hätte gleich die Polizei gerufen. Mr Patinkin ist mit mir in die Wohnung gegangen. Er musste danach zur Traumatherapie. Ich habe bis heute Albträume. In der Wohnung war es dunkel, doch ich konnte Neville schon von der Tür aus sehen. Er saß mit ausgestreckten Beinen an der Wand. Sein Umriss war seltsam. Weil sie Stücke aus ihm rausgebissen hatten.

Die haben gesagt, er wäre an einer Überdosis Insulin gestorben, aber bei der Obduktion stellte sich heraus, dass er vielleicht noch nicht ganz tot war, als die Tiere ... Sie wissen schon.

Die Schlagzeilen waren riesig, »Mann bei lebendigem Leib von Waranen und Spinnen gefressen«. Gerüchte gingen um, die Vogelspinnen hätten seinen Körper eingesponnen und in seinem Brustkorb Eier abgelegt. So ein Blödsinn. Soweit ich es erkennen konnte, waren die Spinnen in ihrem Spinnarium oder wie das heißt. Die Warane waren die, die ihn gefressen haben.

Seltsam, dass er selbst zu einer Schlagzeile wurde. Wie nennt man so was? Ironie des Schicksals? Da waren sogar Typen, die sich in seine Wohnung geschlichen haben, um Fotos zu machen. Für einen Tag hat die Story die Geschichte von den drei Wunderkindern von den Titelseiten verdrängt. Später wurde alles noch mal in die Öffentlichkeit gezerrt, als dieser Priester der Meinung war, es sei ein weiteres Vorzeichen der Apokalypse – Tiere wenden sich gegen den Menschen.

Ich komme besser damit zurecht, wenn ich mir einrede, dass Neville es sich so gewünscht hätte. Er hat diese verdammten Echsen geliebt.

ZWEITER TEIL
VERSCHWÖRUNG
JANUAR – FEBRUAR

Reba Louise Neilson, ein ehemaliges Mitglied von Pastor Len Vorhees' Erlösergemeinde, beschreibt sich selbst als »Pamela May Donalds beste Freundin«. Sie lebt bis heute im texanischen Sannah County, wo sie das örtliche Zentrum der Christian Women Preppers leitet. Sie betont, niemals ein Mitglied von Pastor Vorhees' Pamelistensekte gewesen zu sein, und sie erklärte sich zu einem Gespräch bereit, »um die Welt wissen zu lassen, dass hier auch gute Menschen leben, die niemals wollten, dass den Kindern etwas zustößt«. Ich führte im Juni und Juli 2012 einige Telefonate mit Reba, die zur Grundlage mehrerer Texte wurden.

Stephenie hat es mir als Erste erzählt. Sie hat am Telefon geweint und die Worte kaum herausbekommen. »Es ist wegen Pam«, sagte sie, als ich sie schließlich beruhigen konnte. »Sie war in dem Flugzeug, das abgestürzt ist.«

Ich sagte ihr, sie solle nicht albern sein, Pam sei in Japan bei ihrer Tochter, nicht in Florida. »Nicht *das* Flugzeug, Reba. In dem japanischen. Es läuft gerade in den Nachrichten.« Was soll ich sagen, das Herz rutschte mir bis in die Füße. Ich hatte natürlich von dem Crash in Japan gehört und von dem in der afrikanischen Stadt mit dem unaussprechlichen Namen, und von dem Flugzeug voller englischer Touristen, das vor Europa ins Meer gestürzt war, aber ich hatte keine Sekunde daran gedacht, Pam könnte betroffen sein. Das Ganze war einfach nur *furchtbar*. Auf einmal kam es einem vor, als würden überall Flugzeuge vom Himmel fallen. Die Nachrichtensprecher von Fox berichteten von einem Absturz, dann zuckten sie zusammen und sagten: »Wie wir gerade erfahren, ist eine weitere Maschine abgestürzt ...« Mein Mann Lorne hat gesagt, es wäre wie ein endloser Witz ohne Pointe.

Ich fragte Stephenie, ob sie schon mit Pastor Len gesprochen habe, und sie meinte, sie habe auf der Ranch angerufen, aber Kendra sei so unverbindlich wie immer gewesen, was seine Rückkehr betraf. Ans Handy ging er nicht. Ich legte auf und rannte ins Wohnzimmer, um es mit eigenen Augen zu sehen. Hinter Melinda Stewart (sie ist meine Lieblingsmoderatorin bei Fox, das ist so eine Frau, mit der man gerne mal einen Kaffee trinken würde, finden Sie nicht?) waren zwei riesige Bilder zu sehen, eins von Pam und eins von diesem jüdischen Jungen, der den Absturz in Florida überlebt hat. Ich mochte mir gar nicht vorstellen, was Pam zu dem Foto gesagt hätte, es musste das aus ihrem Reisepass gewesen sein und sah aus wie ein Fahndungsfoto. Ich sage das nur ungern, aber sie hat darauf eine sehr unvorteilhafte Frisur. Unten liefen immer dieselben Wörter über den Bildschirm: »526 Tote nach japanischer Sun-Air-Katastrophe. Einzige Amerikanerin an Bord war eine Texanerin namens Pamela May Donald.«

Elspeth, ich musste lange da sitzen und das Foto sehen und die Schrift lesen, bis ich endlich begriff, dass Pamela nicht mehr war. Dieser nette Ermittler kam zu Wort, Ace Soundso aus der Serie über Flugzeugabstürze, die Lorne immer so gern schaut. Er meldete sich telefonisch aus Florida und sagte, man könne noch nicht sicher sein, aber es sehe nicht so aus, als hätten Terroristen mit der Sache zu tun. Melinda fragte ihn, ob Umwelteinflüsse zu den Abstürzen geführt haben könnten oder ob es vielleicht »Gottes Wille« war. Das gefiel mir gar nicht, Elspeth, das können Sie mir glauben! Zu unterstellen, der Herr hätte nichts Besseres zu tun, als Flugzeuge aus der Luft zu holen ... Bei so was hat doch höchstens der Antichrist seine Finger im Spiel. Ich konnte mich ewig nicht rühren, und dann kam eine Luftaufnahme von einem Haus ins Bild, das mir bekannt vorkam. Da merkte ich, das war Pamelas Haus, nur dass es von oben viel kleiner aussah. Da erst fiel mir Jim wieder ein, Pams Ehemann.

Ich hatte mit Jim nie viel zu tun gehabt. Wie Pam über ihn sprach, so voller Ehrfurcht, hätte man meinen können, er wäre ein Riese, dabei ist er kaum größer als ich. Ich sage das nur ungern, aber ich hatte immer schon den Verdacht, dass ihm öfter mal die Hand ausrutscht. Nicht, dass Pam jemals blaue Flecken oder Ähnliches gehabt hätte. Aber es war schon seltsam, wie sie immer vor ihm gekuscht hat. Wenn mein Lorne mir gegenüber auch nur laut werden würde ... Nun ja, natürlich finde ich, dass der Mann im Haus das Sagen haben sollte, aber es kommt auch auf den gegenseitigen Respekt an, wissen Sie? Trotzdem sollte niemand durchmachen müssen, was dieser Mann gerade durchmachte, und ich wusste gleich, wir müssen ihm helfen.

Lorne war draußen, um Inventur bei den Obstkonserven zu machen und die Vorräte zu ordnen. »Man kann nicht vorsichtig genug sein«, sagt er immer, da doch alle von Sonneneruptionen und Globalisierung und Rekordstürmen reden. Uns wird es jedenfalls nicht unvorbereitet treffen. Wer weiß, wann Jesus uns zu sich rufen wird? Ich erzählte ihm, was ich gesehen hatte und dass Pam in dem japanischen Flugzeug gewesen war. Er und Jim arbeiteten zusammen in der B&P-Fabrik. Ich sagte ihm, er solle rübergehen und nachsehen, ob Jim irgendetwas bräuchte. Lorne zögerte zunächst – die beiden waren nicht eng befreundet und arbeiteten in verschiedenen Abteilungen –, aber dann ging er doch. Ich dachte mir, ich bleibe zu Hause und informiere alle anderen.

Zuerst rief ich Pastor Len auf dem Handy an. Die Mailbox schaltete sich sofort ein, aber ich hinterließ eine Nachricht. Er rief sofort zurück, und seine zitternde Stimme verriet mir, dass er die Nachricht schon vernommen hatte. Pam und ich gehörten schon seit Ewigkeiten zu seinem »inneren Zirkel«. Bevor Pastor Len und Kendra ins Sannah County kamen – das war vor ungefähr fünfzehn Jahren –, gehörte ich der Neuen Offenbarungskirche drüben in Denham an. Ich musste jeden Sonntag und jeden Mittwoch, wenn der Bibelkreis stattfand, eine halbe Stunde fahren, denn ich wollte auf keinen Fall den Gottesdienst der Episkopalisten besuchen, weil die sich doch in der Homosexuellenfrage so liberal geben.

Sie können sich also vorstellen, wie froh ich war, als Pastor

Len in die Stadt kam und die alte Lutheranerkirche übernahm, die Ewigkeiten leer gestanden hatte. Damals kannte ich seine Radiosendung noch nicht. Zuerst fielen mir seine Werbetafeln auf. Er wusste, wie man die Leute auf Gottes Werk aufmerksam macht! Jede Woche hängte er ein Banner mit einer neuen Botschaft auf. »Sie spielen gern? Tja, der Teufel spielt mit – um Ihre Seele!« und »Gott glaubt nicht an Atheisten, deswegen gibt es sie nicht« waren zwei meiner Favoriten. Das Einzige, das mir nicht so gut gefiel, zeigte eine Bibel, aus der oben so eine Antenne herausschaute wie bei einem alten Handy: »App zur Errettung deiner Seele!« Ich fand das ein bisschen zu kitschig. Anfangs war Pastor Lens Gemeinde klein, und da lernte ich Pam näher kennen, auch wenn ich sie natürlich längst vom Sehen kannte, von den Elternabenden – ihre Joanie ist älter als meine beiden. Wir waren nicht immer derselben Meinung, aber niemand kann von ihr sagen, sie wäre keine gute Christin gewesen.

Pastor Len sagte, er werde am kommenden Abend zu einer Gebetsrunde für Pams Seele einladen, außerdem solle ich, weil Kendra mit Kopfschmerzen im Bett lag, herumtelefonieren und die Bibelgruppe informieren. Da kam Lorne wutschnaubend in die Küche gestürmt und sagte, Jims Haus werde von Übertragungswagen und Reportern belagert und es mache niemand auf. Ich erzählte es natürlich Pastor Len, der meinte, es sei unsere Christenpflicht, Jim in dieser schwierigen Stunde beizustehen, auch wenn er kein Gemeindemitglied war. Pam hatte nicht gern darüber gesprochen. Mein Lorne begleitete mich jeden Sonntag, obwohl er sich nicht am Bibelkreis oder an den Heilungsgebeten beteiligte. Es muss schlimm für Pam gewesen sein zu wissen, dass ihr Mann auf der Erde zurückbleiben wird, um den Zorn des Antichristen zu erdulden und für alle Ewigkeit in der Hölle zu brennen.

Ich fragte mich, ob Pams Tochter Joanie nach Hause kommen würde. Sie war schon seit zwei Jahren fort; angeblich hatte es vor einiger Zeit, da ging sie noch aufs College, zwischen ihr und Jim einen schlimmen Streit gegeben. Er mochte ihren Freund nicht.

Einen Mexikaner. Oder Halbmexikaner, ich weiß es nicht mehr genau. Das hat die Familie auseinandergerissen. Ich weiß, wie sehr Pam das schmerzte. Sie hat immer so sehnsüchtig geschaut, wenn ich von meinen Enkeln erzählt habe. Meine Mädchen haben beide gleich nach der Schule geheiratet und wohnen nur ein paar Minuten von mir entfernt. Deswegen ist Pam nach Japan geflogen. Sie hat Joanie schrecklich vermisst.

Es war schon spät, deswegen meinte Pastor Len, wir sollten erst am nächsten Morgen nach Jim sehen. Oh, wie schick er aussah, als er mich am Tag darauf um acht Uhr morgens abgeholt hat! Das werde ich nie vergessen, Elspeth. Anzug und rote Seidenkrawatte. Dann wiederum hat er, bis er den Teufel in sein Leben ließ, immer sehr auf eine gepflegte Erscheinung geachtet. Es scheint falsch, das jetzt zu sagen, aber ich wünschte, ich könnte dasselbe von Kendra behaupten. Sie und Pastor Len haben nie so ausgesehen, als gehörten sie zusammen. Sie war so dürr wie ein Besenstiel und sah immer abgespannt und ungepflegt aus.

Ich war überrascht, dass Kendra uns an dem Tag begleitete; normalerweise hatte sie immer eine Ausrede parat. Ich will nicht sagen, sie wäre hochnäsig, aber sie blieb immer auf Abstand und schmunzelte vor sich hin, außerdem hatte sie ein angegriffenes Nervenkostüm. Stimmt es, dass sie in einem von diesen Heimen gelandet ist … in einer Irrenanstalt? So nennt man das heute nicht mehr, kann das sein? *Einrichtung*, nach dem Wort habe ich gesucht! Glücklicherweise haben sie nie Kinder in die Welt gesetzt, so sehe ich das mittlerweile. Die hätten miterleben müssen, wie ihre schwache Mutter qualvoll den Verstand verliert. Ich glaube, es war das Gerede über Pastor Lens Mätresse, das ihr den Rest gegeben hat. Aber lassen Sie mich eins klarstellen, Elspeth, egal, was er später getan hat – *diesen* Gerüchten habe ich niemals Glauben geschenkt.

Nach einem kurzen Gebet sind wir zum Haus von Pam und Jim rüber. Es steht an der Seven Souls Road, die von Presseleuten gesäumt war, von Reportern und Kameramännern. Die standen plaudernd und rauchend vor dem Tor. Du liebe Güte, sagte ich zu Pastor Len, wie wollen wir in die Einfahrt kommen?

Aber Pastor Len antwortete, wir seien im Auftrag des Herrn unterwegs und niemand könne uns davon abhalten, unsere christliche Pflicht zu tun. Als wir vor dem Tor hielten, strömte die Reportermeute auf uns zu und rief: »Sind Sie Freunde von Pam? Wie geht es Ihnen nach allem, was passiert ist?« Die haben Fotos gemacht und uns gefilmt, und in dem Moment habe ich verstanden, wie es den armen Prominenten tagtäglich ergeht.

»Was glauben Sie, wie es uns geht?«, sagte ich zu einer jungen Frau mit zu viel Wimperntusche. Sie war die Aufdringlichste von allen. Pastor Len warf mir einen Blick zu, wie um zu sagen, überlass das Reden mir, aber manchmal muss man die Leute in ihre Schranken weisen. Pastor Len erklärte, wir hätten den Auftrag, Pams Mann in dieser schwierigen Zeit zu unterstützen, und dass er später, wenn wir uns um Jim gekümmert hätten, noch einmal aus dem Haus kommen und ein Statement abgeben würde. Das schien sie zu besänftigen, sie zogen sich zu ihren Übertragungswagen zurück.

Die Vorhänge waren geschlossen, und wir klopften an die Vordertür, aber niemand machte uns auf. Pastor Len ging um das Haus herum zur Hintertür, wo es aber genauso war. Da fiel mir ein, dass Pam unter dem Blumentopf am Hintereingang einen Ersatzschlüssel deponiert hatte für den Fall, dass sie sich aussperren sollte. So kamen wir ins Haus.

Oh, dieser Gestank! Wie ein Schlag ins Gesicht. Kendra wurde kreidebleich, so schlimm war es. Und dann fing Snookie zu winseln an und kam uns im Flur entgegen. Pam hätte einen Herzinfarkt bekommen, wenn sie ihre Küche in diesem Zustand gesehen hätte. Sie war erst zwei Tage fort, aber man hätte denken können, da war eine Bombe eingeschlagen. Überall auf dem Küchentresen lagen Scherben, und in einer von Pams guten Porzellantassen lag eine Zigarettenkippe. Jim hatte Snookie wohl kein einziges Mal nach draußen gelassen, denn überall auf Pams schönem Linoleum lagen diese Tretminen, wie Lorne sie nennt. Ich will ehrlich sein, Elspeth, denn ich glaube daran, dass man immer wahres Zeugnis ablegen muss, aber keiner von uns hat diesen Hund leiden können. Er stank einfach fürchterlich, selbst wenn Pam ihn hundertmal am Tag badete. Und seine Augen waren immer von einem Schmierfilm überzogen. Doch Pam hat das Tier geliebt, und als es an unseren Schuhen schnüffelte und zu uns aufsah in der Hoffnung, eine von uns könnte Pam sein ... tja, das brach mir fast das Herz.

»Jim?«, rief Pastor Len. »Sind Sie da?«

Der Fernseher lief, deswegen gingen wir von der Küche ins Wohnzimmer rüber.

Als wir ihn fanden, habe ich fast geschrien. Jim saß zusammengesackt in seinem Fernsehsessel, und auf seinem Schoß lag das Gewehr. Die Vorhänge waren geschlossen, und es war dunkel, und so dachte ich ganz kurz, er hätte sich ... dann merkte ich, dass sein Mund offen stand und er schnarchte. Leere Schnapsflaschen und Bierdosen bedeckten praktisch den Boden, das ganze Zimmer stank nach Alkohol. Der ist in Sannah County verboten, aber man kann welchen kaufen, wenn man die richtigen Leute kennt. Und Jim kannte die richtigen Leute. Ich sage das nur ungern, Elspeth, aber ich frage mich, was er getan hätte, wenn er nicht eingeschlafen wäre. Ob er dann auf uns geschossen hätte. Pastor Len zog die Vorhänge auf und öffnete ein Fenster, und da wurde es hell, und ich sah, dass Jims Hose vorne nass war.

Pastor Len kümmerte sich um alles, genau so, wie ich es mir schon gedacht hatte. Er nahm das Gewehr vorsichtig von Jims Schoß und berührte seine Schulter.

Jim zuckte zusammen und starrte uns an. Seine Augen waren so rot wie ein Eimer Schweineblut.

»Jim«, sagte Pastor Len, »wir haben eben von Pams Schicksal erfahren. Wir sind für Sie da, Jim. Wenn wir irgendwas für Sie tun können, müssen Sie es nur sagen.«

Jim schnaubte: »Ja, Sie können mich mal.«

Ich bin fast *gestorben*. Kendra schnaufte, als müsste sie lachen – das war sicher nur der Schock.

Aber Pastor Len ließ sich nicht beirren. »Ich weiß, Sie sind außer sich, Jim. Aber wir sind hier, um Ihnen zu helfen. Um Ihnen beizustehen.«

Und dann fing Jim zu schluchzen an. Er bebte und zitterte am ganzen Leib. Egal, was die Leute über Pastor Len erzählen, Elspeth, Sie hätten sehen sollen, wie er mit Jim umging. So voller Güte. Er hat ihn ins Badezimmer geführt und ihm geholfen, sich zu waschen.

Kendra und ich standen im Wohnzimmer herum, bis ich sie anstupste und wir uns an die Arbeit machten. Wir haben die Küche geputzt, den Hundedreck beseitigt und den Fernsehsessel gründlich abgeschrubbt. Und die ganze Zeit ließ Snookie uns nicht aus den Augen.

Pastor Len brachte Jim ins Wohnzimmer zurück, und obwohl der arme Mann schon viel besser roch, waren seine Tränen noch nicht getrocknet. Er schluchzte und schluchzte.

Pastor Len sagte: »Wenn es für Sie in Ordnung ist, Jim, würden wir jetzt gern mit Ihnen zusammen für Pam beten.«

Ich rechnete damit, dass Jim ihn wieder beschimpfen würde, und ich schwöre, dass Pastor Len eine Sekunde lang das Gleiche dachte. Aber der Mann war gebrochen, Elspeth. Er war in Stücke gerissen. Später sagte Pastor Len, das sei Jesus' Art, uns zu beweisen, wie sehr wir ihn brauchen. Man muss nur *bereit* sein. Ich habe es tausendmal gesehen. Wie damals, als wir für Stephenies Cousin Lonnie gebetet haben, weil er diese Motoneuronenkrankheit hatte. Es hat nicht funktioniert, weil er den Herrn nicht in sein Herz lassen wollte. Da kann selbst Jesus nicht mehr helfen.

Wir knieten also vor dem Sofa nieder, zwischen den Bierdosen, und beteten.

»Lass den Herrn in dein Herz, Jim«, sagte Pastor Len. »Er ist für dich da. Er will dich erretten. Kannst du es fühlen?«

Der Anblick war wundervoll. Da war dieser Mann, so erschüttert von seinem Kummer, dass er kurz vorm Aufgeben war, aber neben ihm stand Jesus, der nur darauf wartete, ihn zu umarmen und zu heilen!

Wir saßen mindestens eine Stunde beisammen. Pastor Len sagte immer wieder: »Sie gehören jetzt zu unserer Herde, Jim, wir sind für Sie da, so wie Jesus für Sie da ist.« Es war herzerwärmend, und ich schäme mich nicht zu sagen, dass ich geweint habe wie ein neugeborenes Baby.

Pastor Len half Jim in den Fernsehsessel zurück, und ich konnte ihm vom Gesicht ablesen, dass er nun zum praktischen Teil kommen würde.

»Also, Jim«, sagte Pastor Len, »wir müssen über die Beerdigung sprechen.«

Jim murmelte, dass Joanie sich darum kümmern werde.

»Wollen Sie nicht rüberfliegen und Pam nach Hause holen?«, fragte Pastor Len.

Jim schüttelte den Kopf, sein Blick wurde unruhig. »Sie hat mich verlassen. Ich habe ihr gesagt, sie soll nicht fliegen, aber sie wollte nicht auf mich hören.«

Jemand hämmerte an die Tür, und wir alle zuckten zusammen. Diese verdammten Reporter hatten sich auf das Grundstück gewagt!

Wir hörten sie rufen: »Jim! Jim! Was halten Sie von der *Nachricht*?«

Pastor Len sah mich an und fragte: »Reba, von welcher Nachricht sprechen die?«

Ich hatte natürlich keine Ahnung.

Pastor Len rückte sich die Krawatte zurecht. »Ich kümmere mich um diese Aasgeier, Jim«, sagte er, und Jim sah ihn an, und die Unruhe in seinen Augen wich purer Dankbarkeit. »Reba und Kendra werden Ihnen etwas zu essen kochen.«

Elspeth, ich war froh, etwas tun zu können. Pam, Gott hab sie selig, hatte Essen für Jim vorbereitet und portionsweise eingefroren, es machte mir also nicht viel Arbeit, ein Gericht herauszunehmen und in die Mikrowelle zu schieben. Kendra war keine große Hilfe, sie nahm den Hund auf den Arm und flüsterte ihm ins Ohr. Es blieb also an mir hängen, das Wohnzimmer aufzuräumen und Jim zu überreden, die Fleischpastete zu essen, die ich ihm auf einem Tablett gebracht hatte.

Als Pastor Len ins Haus zurückkam, sah er benommen aus. Bevor ich fragen konnte, was los war, griff er zur Fernbedienung und schaltete Fox ein. Melinda Stewart sagte, Reporter von einer Japsenzeitung hätten sich bis zu der Stelle im Wald durchgeschlagen, wo Pams Flugzeug abgestürzt war, um die Handys der Passagiere einzusammeln. Einige der Opfer – Gott sei ihrer Seele gnädig – hatten Nachrichten aufgezeichnet, als sie merkten, dass sie sterben würden, und nun hatten die Reporter sie veröffentlicht. Sie haben sie abgedruckt, noch bevor die Familien der Opfer Gewissheit hatten, können Sie das glauben?

Und eine dieser Nachrichten stammte von Pam, ich hatte gar nicht gewusst, dass sie ein Handy besaß. Pams Nachricht lief unten über den Fernsehschirm, und Pastor Len rief: »Sie wollte mir etwas sagen, Reba. Sehen Sie, mein Name! Da steht er!«

Da fing Jim, wir hatten ihn fast vergessen, zu schreien an: »Pam! Pam!« Immer wieder hat er ihren Namen gebrüllt.

Kendra hat uns nicht geholfen, ihn zu beruhigen. Sie stand einfach in der Tür und wiegte den Hund in ihren Armen wie ein kleines Baby.

Im Folgenden lesen Sie Nachrichten *(isho)*, die die Passagiere des Sun-Air-Fluges 678 in ihren letzten Lebensminuten aufzeichneten. (Übersetzung von Eric Kushan, der darauf hinweisen möchte, dass nicht alle sprachlichen Feinheiten in der Übertragung wiedergegeben werden können.)

Hirono, hier sieht es nicht gut aus. Die Besatzung ist ruhig. Keiner bricht in Panik aus. Ich weiß, dass ich sterben werde, und ich wollte dir sagen, dass – oh, da fällt was runter, alles fällt runter, und ich muss … Sieh nicht in meinen Büroschrank, Hirono. Bitte, ich flehe dich an. Du kannst alles andere tun. Ich kann nur hoffen, dass
Koushan Oda (37), japanischer Staatsbürger

Hier ist Rauch, der sich nicht wie Rauch anfühlt. Die alte Frau neben mir weint still und betet, und ich wünschte, du würdest hier neben mir sitzen. Auf diesem Flug sind Kinder. Äh … äh … Kümmer dich um meine Eltern. Geld sollte genug da sein. Ruf Motobuchi-san an, er kennt sich mit der Versicherung aus. Der Pilot tut, was er kann, ich muss ihm vertrauen. Ich höre an seiner Stimme, dass er ein guter Mensch ist. Auf Wiedersehen, auf Wiedersehen, auf Wiedersehen, auf Wiedersehen
Sho Mimura (49), japanischer Staatsbürger

Ich muss nachdenken, ich muss nachdenken, ich muss nachdenken. Wie ist es passiert? Okay, ein heller Lichtblitz ist durch die Kabine gezuckt. Ein Knall. Nein, mehr als einer. Kam der Blitz vor dem Knall? Ich weiß es nicht. Die Frau am Fenster, die dicke *gaijin* (Ausländerin), heult so laut, dass es mir in den Ohren wehtut, ich muss meine Sachen zusammensuchen für den Fall, dass wir … Ich zeichne das jetzt auf, damit du weißt, was passiert. Es gibt kei-

ne Panik an Bord, auch wenn ich das Gefühl habe, dass wir allen Grund dazu hätten. Ich habe mir oft gewünscht zu sterben, aber jetzt, da es so weit ist, erkenne ich, wie falsch es war und dass es für mich noch nicht an der Zeit ist. Ich habe Angst, und ich weiß nicht, wer das hören wird. Wenn Sie die Möglichkeit haben, meinem Vater diese Nachricht zukommen zu lassen, sagen Sie ihm bitte
Keita Eto (42), japanischer Staatsbürger

Shinji? Bitte geh ran! *Shinji!*
　Da war ein helles Licht, und dann … und dann.
　Das Flugzeug sinkt, es wird abstürzen, es fällt, und der Flugkapitän sagt, wir müssen Ruhe bewahren. Ich weiß nicht, warum das passiert!
　Ich bitte dich nur um eins … kümmere dich um die Kinder, Shinji. Sag ihnen, dass ich sie liebe und
Noriko Kanai (28), japanische Staatsbürgerin

Ich weiß, dass Gott der Herr mich empfangen wird, und dies ist sein Plan für mich. Aber ach, wie gern würde ich dich noch einmal sehen! Ich liebe dich, Su-jin, auch wenn ich es dir nie gesagt habe. Ich hoffe, du wirst das hören; ich hoffe, dass es dich irgendwie erreicht. Ich habe mir immer gewünscht, dass wir eines Tages zusammen sind, aber jetzt bist du so weit weg. Es passiert
Seojin Lee (37), südkoreanischer Staatsbürger

Sie sind hier. Ich bin … gib Snookie keine Schokolade, für Hunde ist das reines Gift, sie wird betteln … der Junge. Der Junge sieh dir den Jungen an sieh dir die Toten an o Gott, es sind so viele … Sie kommen jetzt, mich zu holen. Wir alle müssen jetzt gehen. Wir alle. Bye, Joanie, ich liebe die Handtasche, bye, Joanie, Pastor Len, Sie müssen sie warnen dieser Junge dieser Junge man darf ihm nicht
Pamela May Donald (51), US-amerikanische Staatsbürgerin

Lola Cando (Name geändert) bezeichnet sich selbst als Internet-Unternehmerin und ehemalige Sexarbeiterin. Lolas Bericht habe ich aus unseren zahlreichen Skype-Unterhaltungen zusammengestellt.

Lenny hat mich einmal, vielleicht zweimal im Monat besucht, etwa drei Jahre lang. Hat den langen Weg aus Sannah County auf sich genommen, mindestens eine Stunde pro Strecke, aber das war in Ordnung für ihn. Er hat gesagt, er fahre gern, das verschaffe ihm Zeit zum Nachdenken. Er wollte nur Blümchensex. Später wollte man mich überreden zu sagen, er hätte irgendwelche perversen Praktiken verlangt, aber das stimmte nicht. Und er wollte auch keine Drogen oder Ähnliches. Immer nur die Missionarsstellung, danach ein Schluck Bourbon und noch ein bisschen plaudern, das wollte er.

Ich bin über meine Freundin Denisha zu diesem Beruf gekommen. Sie ist eine Spezialistin und bietet einen Service für Kunden an, die Probleme haben, Frauen kennenzulernen. Auch wenn man ans Haus gefesselt ist oder im Rollstuhl sitzt, hat man einen Sexualtrieb, nicht wahr? Wissen Sie, ich habe keine Spezialität. Die meisten meiner Freier sind ganz normale Typen, Männer, die einsam sind oder deren Frauen keinen Sex mehr wollen. Ich sehe mir die Jungs immer genau an, und wenn die Chemie nicht stimmt oder einer was Perverses will, sage ich, sorry, mein Terminkalender ist voll.

Ich nehme keine Drogen; ich habe den Job nicht angefangen, um Geld für so was zu verdienen. Über Frauen wie mich und Denisha, die mit dieser Arbeit ihren Lebensunterhalt verdienen und mit den Schattenseiten des Geschäfts nie in Berührung kommen, hört und liest man nicht viel. Es ist, wie Denisha immer sagt – immer noch besser, als bei Walmart Regale aufzufüllen.

Ich hatte ein Apartment nur für meine, Sie wissen schon, geschäftlichen Kontakte, aber Lenny gefiel es da nicht. In diesen Dingen war er sehr vorsichtig, geradezu paranoid. Er wollte mich immer nur im Motel treffen. Hier gibt es ein paar, die günstige Zimmer auch stundenweise vermieten, und niemand stellt Fragen. Er hat immer darauf bestanden, dass ich vor ihm einchecke.

Na ja, an dem Tag kam er zu spät. Eine gute halbe Stunde, was ihm gar nicht ähnlich sah. Ich holte die Drinks raus, besorgte Eiswürfel, und dann sah ich mir eine Wiederholung von *Party-Time* an und wartete auf ihn. Es war die Folge, in der Mikey und Shawna-Lee endlich ein Paar werden. Ich dachte schon, er kommt nicht mehr, als er ins Zimmer gestürzt kam, durchgeschwitzt und außer Atem.

»Hallo, Fremder«, sagte ich. So begrüßte ich ihn immer.

»Lass gut sein, Lo«, sagte er, »ich brauche einen gottverdammten Drink.« Das erschreckte mich. Noch nie hatte er den Namen des Herrn missbraucht. Lenny sagte, er trinke nur, wenn er bei mir sei, und ich habe ihm geglaubt. Ich fragte ihn, ob er es, Sie wissen schon, so machen wolle wie immer, aber das interessierte ihn gar nicht. »Nur den Drink.«

Seine Hände zitterten, ich konnte sehen, dass er sich furchtbar aufgeregt hatte. Ich schenkte ihm einen doppelten ein und bot ihm an, seine Schultern zu massieren.

»Nein«, sagte er, »ich muss mich bloß hinsetzen. Und nachdenken.«

Aber dann setzte er sich gar nicht, er lief im Zimmer auf und ab, als wollte er einen Pfad in den Teppich trampeln. Ich war schlau genug, nicht nachzufragen, was ihn so beschäftigte. Ich wusste, er würde es mir sagen, wenn er so weit war. Er reichte mir sein Glas, und ich schenkte ihm zwei Fingerbreit nach.

»Pam wollte mir etwas mitteilen, Lo.«

Ich wusste damals natürlich nicht, wovon er redete. Ich sagte: »Len, du musst von vorn anfangen.«

Er erzählte mir von Pamela May Donald, der Frau, die in dem

japanischen Flugzeug gesessen hatte, und dass sie ein Mitglied seiner Gemeinde gewesen war.

»Len«, sagte ich, »mein Beileid. Sicher hätte Pam nicht gewollt, dass du dich ihretwegen so aufregst.«

Er tat so, als hätte er mich nicht gehört. Er kramte in seiner Tasche – er hatte immer diesen Beutel dabei, als wäre er ein großes Schulkind oder so – und zog eine Bibel heraus und klatschte sie auf den Tisch.

Ich versuchte immer noch, ihn aufzuheitern. »Soll ich dir damit den Hintern versohlen oder was?«

Großer Fehler. Sein Gesicht wurde knallrot, er blies sich auf wie ein Kugelfisch. Sein Gesicht ist sehr ausdrucksstark, nur deswegen vertrauen die Leute ihm auf Anhieb. Er sieht aus, als könnte er nicht lügen. Ich entschuldigte mich hastig, denn sein Gesicht machte mir wirklich Angst.

Er erzählte mir von Pams Nachricht, von ihrem ... wie nennt man die gleich? Diese Nachrichten, die sie und ein paar von den Japsen aufgenommen haben, als das Flugzeug abstürzte.

»Es hat was zu bedeuten, Lo«, sagte er. »Und ich glaube, ich weiß, was.«

»Was denn, Lenny?«

»Lola, Pam hat sie gesehen.«

»Wen hat sie gesehen, Lenny?«

»All jene, die den Herrn nicht im Herzen tragen. Jene, die nach der Entrückung auf der Erde zurückbleiben müssen.«

Wissen Sie, ich komme aus einem religiösen Elternhaus, meine Eltern waren anständige Baptisten. Es gibt nicht viele Bibelstellen, die ich nicht kenne. Die Leute verurteilen mich vielleicht für meine Arbeit, aber ich weiß, Jesus würde das niemals tun. Wie meine liebe Freundin Denisha so schön sagt (sie ist Episkopale): Einige von Jesus' besten Freundinnen waren Sexarbeiterinnen.

Jedenfalls war Lenny schon vor dem Schwarzen Donnerstag einer von denen, die an den Weltuntergang glauben. Sie wissen schon, diese Leute, die überall Anzeichen dafür sehen, dass das

Jüngste Gericht naht: 11. September, Erdbeben, der Holocaust, die Globalisierung, der Krieg gegen den Terror und so weiter. Er hat wirklich geglaubt, es sei nur eine Frage der Zeit, bis Jesus alle Erwählten zu sich in den Himmel holt und alle anderen auf Erden zurücklässt, wo sie unter dem Antichristen leiden müssen. Manche glauben sogar, der Antichrist sei bereits hier. Als Chef der UN oder als Präsident von China oder als einer von diesen Moslems oder Arabern oder so. Später hieß es dann natürlich, *alles,* was man in den Nachrichten zu sehen bekäme, wäre ein Zeichen. Die Maul- und Klauenseuche in England, sogar das Norovirus, das sich auf den Kreuzfahrtschiffen ausgebreitet hat.

Ich weiß nicht, was ich von der Entrückung halten soll. Dass eines Tages, schwups!, alle Erretteten in den Himmel verschwinden und ihre Kleider und weltlichen Besitztümer zurückbleiben. Kommt mir zu aufwendig vor. Wozu sollte Gott sich die Mühe machen? Lenny gab mir die *Gone-*Bücher zu lesen, wissen Sie, welche ich meine? Diese Reihe, in der alle wiedergeborenen Christen auf einen Schlag erlöst werden und der britische Premierminister sich am Ende als Antichrist entpuppt. Ich habe ihm gesagt, ich hätte sie gelesen, aber das stimmte nicht.

Ich schenkte mir einen großen Drink ein. Ich wusste, das dauert jetzt mindestens eine Stunde. Manchmal spielte Len mir seine Radiosendung vor. Ich habe dann immer so getan, als würde ich zuhören, habe ich aber nie. Ich bin eher der Fernsehtyp, wissen Sie.

Als ich Lenny kennenlernte, hielt ich ihn für einen dieser geldgierigen Evangelisten, wie man sie aus dem Fernsehen kennt. Die die Leute überreden, an ihre Kirche zu spenden, weil sie sagen, jeder müsse spenden, selbst wenn er von der Stütze lebt. Zuerst dachte ich, er wäre so eine Art Hochstapler, und ich kann Ihnen sagen, von denen ist mir mehr als einer begegnet! Aber als ich ihn eine Weile kannte, fiel mir auf, dass er das, was er sagte, tatsächlich glaubte – wie gesagt, ich will das nicht als Quatsch abtun, immerhin bin ich überzeugte Baptistin, aber vom Fegefeuer und diesem ganzen Kram habe ich nie viel gehalten. Keine Frage,

Lenny wollte groß rauskommen, in der obersten Liga mitspielen, mit Leuten wie diesem Dr. Lund – der, mit dem Präsident Blake so dick befreundet war. Lenny brannte darauf, eine eigene Evangelistenshow zu kriegen. Seine Radiosendung sollte ihm den Weg ebnen, aber irgendwie hatte sie ihn selbst nach Jahren nicht weitergebracht. Und es ging ihm nicht nur ums Geld, er wollte Respekt. Er wollte nicht länger auf Kosten seiner Frau leben.

»Hör dir das an, Lola«, sagte er und las mir die Nachricht vor. Für mich ergab das nicht viel Sinn. Die meisten Sorgen hatte diese Pam sich offenbar um ihren Hund gemacht.

Und dann sagte er, es käme einem Wunder gleich, dass die drei Kinder praktisch unverletzt überlebt hatten. »Da stimmt was nicht«, sagte er, »Lola, die hätten sterben sollen.«

Ich muss zugeben, es war ganz schön seltsam. Aber damals hatten alle es seltsam gefunden. Manchmal passieren halt Sachen, die niemand so richtig begreifen kann. So wie die Anschläge vom 11. September. Es sei denn, man war dabei und hat es miterlebt. Aber wissen Sie, letztendlich gewöhnt der Mensch sich an alles, nicht wahr? Wie in meinem Apartmenthaus, da fällt ständig der Strom aus, und obwohl wir alle eine Zeit lang gemeckert und uns beschwert haben, haben wir uns ziemlich schnell damit abgefunden.

»Der Junge. Der Junge ...«, hat er immer wieder gemurmelt. Erst las er mir eine Stelle aus Sacharja vor, dann blätterte er in der Offenbarung. Lenny liebte die Offenbarung, mir hat die schon eine Gänsehaut verursacht, als ich noch klein war. Na ja, und dann habe ich ihm wohl einen Floh ins Ohr gesetzt. Wissen Sie, manchmal, das muss ich zugeben, stelle ich mich gern mal dumm. Lenny gefiel das (verdammt, *allen* gefällt das!). »Weißt du, was ich nie verstanden habe, Lenny?«, habe ich ihn gefragt. »Diese vier Reiter. Warum eigentlich Reiter? Und dann noch in vier verschiedenen Farben.«

Tja, und da erstarrte Lenny, als hätte ich was Ketzerisches gesagt. »Wie bitte, Lo?«

Ich dachte schon, ich hätte ihn wieder verärgert, und ich beobachtete ihn aufmerksam, nur für den Fall, dass er auf mich losgehen wollte. Aber er blieb stehen wie eine Statue, nur seine Augen jagten hin und her. »Lenny«, sagte ich, »Lenny, Schatz, ist alles in Ordnung?« Da klatschte er in die Hände und lachte. Zum ersten Mal überhaupt hörte ich Lenny lachen. Er nahm mein Gesicht in die Hände und küsste mich auf den Mund. »Lola«, sagte er, »ich glaube, du hast die Lösung gefunden!«

Ich sagte: »Wie meinst du das, Lenny?«

Aber er meinte nur: »Zieh dich aus.«

Wir haben es getrieben, und danach ist er gegangen.

Der folgende Text ist das Transkript von Pastor Len Vorhees' Radiosendung *Mein Mund, Gottes Stimme* vom 20. Januar 2012.

Meine lieben Zuhörer, ich muss euch nicht sagen, dass wir mehr als je zuvor in gottlosen Zeiten leben. Wir leben in einer Zeit, in der die Bibel aus den Schulen verbannt wird zugunsten der unwissenschaftlichen Evolutionslüge, eine Zeit, in der die Menschen Gott aus ihrem Herzen ausschließen, in der Sodomisten und Kindermörder, Ungläubige und Islamofaschisten in diesem Land inzwischen mehr Rechte genießen als wir redlichen christlichen Männer und Frauen. Wo der lange Schatten von Sodom und Gomorra auf alle Lebensbereiche fällt und wo Politiker auf der ganzen Welt nach Kräften bemüht sind, die vom Antichristen favorisierte Kultur der Globalisierung auszurufen.

Meine lieben Zuhörer, ich habe gute Nachrichten. Ich kann beweisen, dass Jesus bei uns ist, dass er unsere Gebete erhört hat. Es ist nur eine Frage der Zeit, bis Er uns zu sich holt und an Seiner Seite sitzen lässt.

Liebe Hörer, ich möchte euch eine Geschichte erzählen.

Es war einmal eine gute Frau. Sie hieß Pamela May Donald, sie war gottesfürchtig und trug den Herrn Jesus Christus in ihrem Herzen.

Diese Frau beschloss, eine Reise zu unternehmen und ihre Tochter in einer weitab gelegenen Gegend zu besuchen, in Asien, um genau zu sein. Als sie ihre Koffer packte und ihrem Mann und ihrer Gemeinde Lebewohl sagte, wusste sie nicht, dass sie eine wichtige Rolle in Gottes großem Plan zu erfüllen hat.

Die Frau bestieg ein Flugzeug in … sie stieg in Japan ins Flugzeug, und dieses Flugzeug stürzte ab, es wurde von Mächten vom Himmel geholt, deren Existenz wir nur erahnen können.

Und während sie im Sterben lag, als sie auf kalter, harter, fremder Erde lag und der Lebenssaft aus ihren Adern floss, sprach Gott zu ihr, liebe Zuhörer, und gab ihr eine Botschaft. So wie Gott in der Offenbarung zum Propheten Johannes sprach, dem er auf der Insel Patmos das Buch der sieben Siegel zeigte. Und Pam zeichnete die Botschaft auf, liebe Zuhörer, damit wir eine Möglichkeit bekommen, Gottes Wege zu verstehen.

Nun, Johannes erfährt, dass bei der Öffnung der ersten vier Siegel vier Reiter erscheinen. Wir wissen, und diese Tatsache ist erwiesen, dass die vier Reiter eine göttliche Mission erfüllen. Und wir wissen von Hesekiel, dass es ihre Aufgabe ist, die Ungläubigen und die Gottlosen zu bestrafen. Die Reiter werden Plagen, Hunger, Krieg und Panik über die Erde bringen; sie sind die Vorboten der Großen Trübsal.

Liebe Zuhörer, viele Menschen glauben, die Siegel seien bereits gebrochen, und ich muss zugeben, dass es angesichts des Zustandes unserer Welt manchmal den Anschein hat. Aber Pam hat erfahren, dass Gott in seiner unendlichen Weisheit die Siegel *jetzt erst* geöffnet hat.

Pamela May Donald wollte mir mit ihrer Botschaft sagen – denn ihre Botschaft, liebe Hörer, richtet sich an mich, an mich persönlich –, dass die vier Reiter angekommen sind. Hier auf Erden. Als sie im Sterben lag, sagte sie: »Der Junge, der Junge, Pastor Len, Sie müssen sie warnen.«

Ihr alle habt die Nachrichten verfolgt. Ihr alle habt die drei überlebenden Kinder gesehen – und vielleicht sogar ein viertes, denn wir können nicht ausschließen, dass es weitere Überlebende gegeben hat, und wie wir alle wissen, herrscht da unten in Afrika das Chaos. Wir alle wissen mit Sicherheit, dass die drei Kinder die Katastrophe unter gar keinen Umständen überlebt haben können, noch dazu fast unverletzt. Die Drei haben als Einzige überlebt, liebe Hörer, und ich wiederhole es noch einmal, weil es so wichtig ist: als *Einzige*. Weder die Luftfahrtexperten können es erklären noch die Ärzte und Spezialisten. Niemand kann erklären, warum diese Kinder gerettet wurden.

Meine treuen Zuhörer, ich glaube, dass der Geist der vier Reiter in diese Kinder gefahren ist.

»Pastor Len«, sagte Pamela May Donald, »der Junge. Der Junge.« Welchen Jungen sollte sie gemeint haben, wenn nicht jenen kleinen Japaner, der überlebt hat?

Es ist glasklar. Hätte sie sich noch deutlicher ausdrücken können? Der Herr ist gut, liebe Hörer, und Er würde niemals Verwirrung stiften. Und in Seiner allgegenwärtigen Güte hat Er uns weitere Beweise dafür gegeben, dass ich die Wahrheit spreche. Offenbarung 6, Vers 1 und 2:

Und ich sah, wie das Lamm das erste der sieben Siegel aufbrach, und ich hörte eine der vier Gestalten mit Donnerstimme sagen: Komm! Und ich sah, und siehe, ein weißes Pferd.

Ein weißes Pferd, liebe Zuhörer. Fragt euch eins: Welche Farbe hatte das Logo des Maiden-Air-Flugzeuges, das in Florida abgestürzt ist? Es zeigte eine weiße Taube. *Weiß.*

Als das Lamm das zweite Siegel aufbrach, hörte ich die zweite Gestalt sagen: Komm! Da kam ein zweites Pferd, das war feuerrot.

Welche Farbe hatte das Logo der Sun-Air-Maschine? Rot. Ihr alle habt es gesehen, Brüder und Schwestern, ihr alle habt die große, rote Sonne gesehen. Rot. Die Farbe des Kommunismus. Die Farbe des Krieges. Die Farbe, liebe Hörer, des Blutes.

Als es das dritte Siegel aufbrach, hörte ich die dritte Gestalt sagen: Komm! Und ich sah, und siehe, ein schwarzes Pferd.

Es stimmt, das Logo des britischen Flugzeugs, das ins Meer gestürzt ist, war leuchtend orange. Aber ich frage euch: Welche Farbe hatte der Schriftzug an der Seite des Flugzeuges? Schwarz, liebe Zuhörer. *Schwarz.*

Als es das vierte Siegel aufbrach, hörte ich die Stimme der vierten Gestalt sagen: Komm! Und ich sah, und siehe, ein fahles Pferd. Und der darauf saß, dessen Name war der Tod. Nun wissen wir, dass die Farbe des vierten Pferdes im Griechischen mit *khlōros* angegeben wird, was übersetzt grün bedeutet. Das

Logo der Maschine, die in Afrika abgestürzt ist. Welche Farbe hatte es? Genau, *grün*.

Ich weiß, es wird viele geben, die sagen werden, aber Pastor Len, vielleicht ist das alles nur Zufall. Aber Gott überlässt nichts dem Zufall. Das wissen wir mit Sicherheit.

Weitere Zeichen werden kommen. Weitere Zeichen, meine Brüder und Schwestern. Es wird Krieg geben, es wird eine Plage geben, es wird Konflikte geben und Hungersnöte.

Das Jüngste Gericht wird kommen. Und wenn der König der Könige das sechste Siegel bricht, werden alle Erwählten gerettet werden und ihren rechtmäßigen Platz im Himmelreich an der Seite von Jesus Christus einnehmen.

Unsere Zeit ist gekommen. Die Zeichen sind eindeutig. Sie sind so deutlich, als hätte Gott selbst sie mit seinem Siegel versehen, als rufe er vom Himmel zu uns herab.

Und ich frage euch, liebe Hörer – die *guten* unter euch. Seid ihr bereit?

Aus Platzgründen ist es mir nicht möglich, Textbeispiele von den zahlreichen Internetseiten anzuführen, die sich nach dem Schwarzen Donnerstag in diversen Verschwörungstheorien ergingen. Einer der lautstärksten »alternativen Theoretiker« war der Autor und selbst ernannte Ufologe Simeon Lancaster, der im Selbstverlag Titel wie *Die Aliens sind unter uns* und *Eidechsen im House of Lords* veröffentlichte. Lancaster verweigerte ein Interview und streitet bis heute ab, auf Paul Craddock Einfluss genommen zu haben. Der folgende Text ist ein kurzer Auszug aus dem Blog aliensamongstus.co.uk und erschien am 22. Januar 2012.

ALIENS AUF DER ERDE –
BRAUCHEN WIR NACH DEM SCHWARZEN
DONNERSTAG NOCH BEWEISE?

Vier Flugzeugabstürze. Vier Kontinente. Ein Ereignis, das das Interesse der Weltmedien auf sich gezogen hat wie kein zweites IN DER GESCHICHTE DER MENSCHHEIT. Es kann keine andere Erklärung dafür geben als die, dass Die Anderen, die Eindringlinge aus dem All, beschlossen haben, die MACHT AN SICH ZU REISSEN und es stolz ZUR SCHAU ZU STELLEN.
Es ist nur eine Frage der Zeit, merken Sie sich meine Worte, bis das Geheimkomitee Majestic-12 eine Vertuschungsaktion auf höchster Ebene in die Wege leitet. Es wird dafür sorgen, dass in den Untersuchungsberichten zu den Crashs an keiner Stelle von »übernatürlichen« Ursachen die Rede ist – warten Sie's ab! Jetzt schon behaupten sie, ein Pilotenfehler habe zu dem Unglück in Afrika geführt. Und beim japanischen Crash ist mittlerweile vom »Versagen der Hydraulik« die Rede. Wir wissen, dass das nicht stimmt. SIE WERDEN UNS ANLÜGEN. Sie werden uns anlügen, weil sie mit den Alienmachthabern unter einer Decke stecken. Ein Wunder, dass diese Kinder (falls es Kinder sind) zu

ihrem Schutz noch nicht in ein Labor (mögliche Standorte s. Karte) verschleppt wurden.

Sehen wir uns die Beweise an:

VIER FLUGZEUGE
Vier??? Wir wissen, dass die Wahrscheinlichkeit für den Einzelnen, mit einem Flugzeug abzustürzen, bei eins zu 27 Millionen liegt. Wie hoch ist also die Wahrscheinlichkeit, dass vier Flugzeuge am selben Tag abstürzen und nur DREI Menschen überleben??? Sie ist verschwindend gering. Also muss es sich um einen vorsätzlichen Akt gehandelt haben. Terroristen? Warum hat sich niemand gemeldet und die Verantwortung übernommen? Weil keine Terroristen verantwortlich waren. Die Anderen sind verantwortlich.

HELLES LICHT
Warum haben mindestens zwei Passagiere des Sun-Air-Fluges in ihren Nachrichten von einem hellen Lichtblitz gesprochen? Es gibt keinerlei Hinweise auf eine Explosion oder ein Feuer an Bord. Oder auf einen Druckabfall. Es kann nur eine Erklärung geben. Wir wissen, dass schon zuvor Raumschiffe von Außerirdischen beobachtet wurden, nachdem ein helles Licht am Himmel zu sehen war. Helles Licht ist ein eindeutiges Anzeichen für ihre Präsenz auf der Erde.

WARUM KINDER?
Auf einen Punkt können sich alle einigen: Niemals hätten die Drei die Flugzeugabstürze überleben können. So viel dazu.

Aber warum sollten die Außerirdischen Kinder auswählen? Ich glaube, es liegt daran, dass die menschliche Spezies ihren Nachwuchs umsorgt, mehr noch, es ist unsere instinktive Reaktion, ihn zu beschützen und uns um ihn zu kümmern.

Wir wissen, dass die bevorzugte Methode der Außerirdischen die unbemerkte Infiltrierung ist. Es wäre zu offensichtlich für sie zu versuchen, sich als REGIERUNG auszugeben. Sie haben es schon einmal versucht, aber sie wurden enttarnt!!!!! Sie sind hier und beobachten uns. Wir wissen nicht, was sie als Nächstes planen. Die Körper und Seelen der Drei werden von außerirdischen Mächten gesteuert, das wird sich in der nächsten Zeit herausstellen.

Diese Kinder wurden unserer Gesellschaft implantiert, um uns zu beobachten.

Das ist die einzig logische Erklärung!!!!

DRITTER TEIL
ÜBERLEBENDE
JANUAR – FEBRUAR

Lillian Small

Zelna, eine der Pflegerinnen in der Alzheimer-Tageslinik, in die ich Reuben brachte, als er noch mobil war, nannte die Krankheit ihres Mannes »Al«, so als wäre sie eine separate Einheit, mehr Person als Krankheit. Wenn Reuben und ich morgens hereinkamen, sagte Zelna oft zu mir: »Nun raten Sie mal, was Al heute gemacht hat, Lily.« Und dann schilderte sie die lustigen oder verstörenden Taten, zu denen Al ihren Carlos »gezwungen« hatte – so hatte er beispielsweise ihre Schuhe in Zeitungspapier eingewickelt, damit sie nicht froren, oder seine Besuche in der Tagesklinik als seinen »Beruf« bezeichnet.

Eine Zeit lang unterhielt sie sogar einen Blog, der mehrfach preisgekrönt wurde: »Wir sind zu dritt: Al, Carlos und ich.«

Ich gewöhnte mir an, Reubens Krankheit ebenfalls Al zu nennen. Ich hatte vermutlich die Hoffnung, dass der wahre Reuben immer noch da war, tief drinnen, dass er sich gegen Als Übernahmeversuche wehrte und nur den richtigen Moment abwartete. Obwohl ich wusste, dass diese Denkweise unrealistisch war, hielt sie mich davon ab, Reuben übel zu nehmen, dass er unsere letzten Lebensjahre, die wir gemeinsam hatten verbringen wollen, verdorben hatte. Stattdessen konnte ich Al die Schuld geben. Ich konnte *Al* hassen.

Zelna war gezwungen gewesen, Carlos vor ein paar Jahren in ein Pflegeheim zu geben, und als sie zu ihrer Tochter nach Philadelphia zog, riss der Kontakt ab. Ich vermisse sie, ich vermisse die Tageslinik und die anderen Angehörigen, die genau verstanden, was ich durchmachte. Wir haben oft zusammen gelacht über die verrückten Sachen, die unsere Männer oder Frauen oder Eltern taten und sagten. Ich weiß noch, wie Zelna sich kaputtlachte, als ich ihr erzählte, wie Reuben seine Boxershorts unbedingt *über* der Hose tragen wollte. Als wollte er für die Rolle des geriatrischen Superman vorsprechen. Natürlich war das kein bisschen komisch, aber manchmal ist Lachen die beste Medizin, nicht wahr? Wenn man nicht lachen kann, muss man weinen. Deswegen habe ich kein schlechtes Gewissen, kein bisschen.

Als Reuben nicht mehr in die Tagesklinik konnte, kam für mich nicht infrage, ihn ins Heim zu geben. Es lag nicht nur an den Kosten; ich hatte zu viele dieser Heime von innen gesehen. Ich mochte den Geruch nicht. Ich hatte mir vorgenommen, ihn selbst zu pflegen. Lori half, wo sie konnte, und dann waren da immer noch Betsy und der ambulante Pflegedienst, falls ich mal eine Pause brauchte. Auf den Pflegedienst griff ich selten zurück, das Personal wechselte ständig, und man wusste nie, wen man bekommen würde.

Ich möchte keinen wehleidigen Eindruck erwecken. Wir kamen zurecht, und ich hatte Glück. Reuben wurde nie gewalttätig. Manche Patienten werden es, sie werden paranoid und glauben, sie würden von ihren Pflegern gefangen gehalten, ganz besonders, wenn sie keine Gesichter mehr erkennen können. Und er war auch kein Wanderer, er versuchte nie, das Apartment zu verlassen. Reubens Zustand hatte sich rapide verschlechtert, aber selbst an den Tagen, an denen Al das Ruder übernahm, blieb er ruhig, solange er mich hören und mein Gesicht sehen konnte. Er litt aber unter schlimmen Albträumen. Allerdings hat er immer viel geträumt.

Ich kam zurecht.

Und ich hatte meine Erinnerungen.

Wir waren glücklich, Reuben und ich. Wie viele Menschen können das ehrlich von sich behaupten? Daran erinnere ich mich immer wieder. In den Zeitschriften, die Lori früher las, stand stets, eine Beziehung laufe perfekt, wenn der Partner (oh, wie ich dieses Wort hasse! Partner, das klingt so kalt, finden Sie nicht?) gleichzeitig der beste Freund ist, und so war es bei uns. Und als Lori dazukam, passte sie sich perfekt ein. Wir waren eine vertraute, ganz normale Familie. Wir pflegten unsere Rituale. Reuben war ein guter Ehemann gewesen und ein guter Versorger. Als Lori auszog und die NYU besuchte, wurde ich ein bisschen schwermütig, vermutlich litt ich am Leeres-Nest-Syndrom, aber Reuben überraschte mich mit einer Autoreise nach Texas – Texas, ausgerechnet! Er wollte sich San Antonio ansehen und auch Alamo. Bevor Al ihm seinen Sinn für Humor nahm, witzelten wir oft, dass wir, egal, was passieren würde, immer noch »Paris, Texas« hätten.

Unser Leben vor Al war kein Zuckerschlecken. Wessen Leben ist das schon? Im Laufe der Jahre gab es das eine oder andere Problem. Lori brach das Studium ab, und bei mir wurde ein Knoten in der Brust gefunden, der gerade noch rechtzeitig entfernt werden konnte. Und Reubens Mutter stiftete Verwirrung, indem sie sich in Florida auf diesen jüngeren Mann einließ. Mit alldem mussten wir fertigwerden.

Als Lori uns von ihrer Schwangerschaft erzählte, schlug Reuben mir vor, nach Brooklyn zu ziehen. Er konnte sehen, dass ich mir große Sorgen machte, weil sie alleinerziehend sein würde. Sie hatte gerade angefangen, Karriere zu machen, und sie brauchte Unterstützung. Ich werde nie vergessen, wie sie uns zu ihrer ersten Show auf der New York Fashion Week einlud. Reuben und ich waren so stolz! Viele Models waren Männer in Frauenkleidern, was Reuben eine Augenbraue hochziehen ließ, obwohl wir eigentlich keine Spießer waren. Außerdem liebte Reuben New York, er war ein echter Stadtmensch. Ganz früher, als er als Springer im Schuldienst gearbeitet hatte, waren wir viel herumgekommen; wir fanden also nichts dabei, alles einzupacken und umzuziehen. »Lass uns gegen den Strom schwimmen und in die Stadt ziehen, Lily. Warum nicht?« In Wahrheit war es Reuben egal, wo wir wohnten. Er hat immer viel gelesen. Hat Bücher geliebt. Alle Bücher. Belletristik, Biografien, natürlich auch Geschichtsbücher. Die meiste Zeit steckte er die Nase in irgendein Buch, und lesen kann man überall, nicht wahr? Das war eine Tragödie für sich, als Al auftauchte – die Fähigkeit zu lesen verlor Reuben als Erstes, auch wenn er das anfangs erfolgreich vor mir verbergen konnte. Es tut mir weh, an die Monate zu denken, während derer er abends neben mir im Bett saß und die Seiten, die er nicht mehr entziffern konnte, umblätterte, nur um mir den Kummer zu ersparen. Einige Monate nach der Diagnose entdeckte ich, in welchem Ausmaß er mir seinen Zustand verheimlicht hatte. In seiner Sockenschublade fand ich einen Stapel Karteikarten, auf denen er sich Notizen angelegt hatte, als Gedächtnisstütze. BLUMEN stand auf einer. Es brach mir das Herz. Er hatte mir jeden Freitag Blumen mitgebracht, ausnahmslos jeden, vierundfünfzig Jahre lang.

Am Anfang hatte ich Bedenken, in Loris Viertel zu ziehen. Nicht, weil ich an Flemington gehangen hätte. Reuben und ich hatten nie einen großen Freundeskreis gehabt, und die wenigen Leute, die wir noch kannten, waren längst nach Florida umgezogen, um dem harten Winter in New Jersey zu entkommen. Das Haus war abbezahlt, und wir hatten genug Geld, aber die Immobilienpreise in Flemington waren stark gefallen, als der Markt zusammenbrach. Lori fürchtete, ihr Viertel könnte zu jung und modern für uns sein, voller »Hipster und Möchtegern-Künstler«; trotzdem existierte dort immer noch eine recht große chassidische Gemeinde. Als er die ersten schweren Krankheitsschübe bekam, beruhigte der Anblick dieser Leute Reuben zuverlässig. Vielleicht hatte es mit seiner Kindheit zu tun, er stammte aus einer orthodoxen Familie. Lori half uns, ein Apartment in einem netten Häuserblock in Parknähe zu finden, zu Fuß nur fünf Minuten von ihrem Loft in der Berry Street entfernt. Wir hatten Glück, denn unsere direkten Nachbarn waren schon älter, so wie wir, und Betsy und ich mochten uns auf Anhieb. Wir teilten eine Schwäche für Handarbeiten – Betsy hatte sich auf Kreuzstichstickerei spezialisiert – und für dieselben Fernsehserien. Anfangs fand Reuben sie ein bisschen zu aufdringlich, außerdem missfiel ihm, dass sie rauchte, er hatte das nie leiden können, aber dann schlug Betsy ihm vor, im Erwachsenenbildungszentrum als ehrenamtlicher Helfer Alphabetisierungskurse zu geben. Auch das musste er später aufgeben, wobei er mir den wahren Grund zunächst verheimlichte. Er redete sich heraus und erzählte mir, er wolle mehr Zeit daheim verbringen, um mir mit Bobby zu helfen.

Ach, wie habe ich es geliebt, mich um Bobby zu kümmern, als er ein Baby war! Für ein gutes Jahr wurde er zum Mittelpunkt unseres Lebens. Lori brachte ihn jeden Morgen vorbei, und wenn das Wetter es erlaubte, gingen Reuben und ich mit ihm in den Park. Er war manchmal trotzig wie alle kleinen Kinder, aber er war ein aufgewecktes kleines Kerlchen, ein Sonnenstrahl in unserem Leben. Und er hielt uns auf Trab!

Und dann, peng, kam Al. Reuben war erst einundsiebzig. Ich verheimlichte es vor Lori, so lange ich konnte, doch sie war nicht dumm und merkte, dass er immer vergesslicher wurde und seltsame Sachen sagte. Vermutlich schob sie es darauf, dass er im hohen Alter ein bisschen schrullig wurde.

Bei der Party zu Bobbys zweitem Geburtstag musste ich es ihr sagen. Ich hatte eine Schokoladentorte gebacken, Loris Lieblingssorte, und Bobby sollte die Kerzen ausblasen. An dem Tag war er quengelig – die Trotzphase, Sie wissen schon. Da sagte Reuben aus heiterem Himmel: »Lass den Kleinen nicht verbrennen, lass ihn nicht verbrennen«, und dann brach er in Tränen aus.

Lori war entsetzt. Ich musste mich mit ihr hinsetzen und ihr beichten, dass wir die Diagnose schon vor sechs Monaten bekommen hatten. Sie war erschüttert, was sonst, aber dann sagte sie, und ich werde das nie vergessen: »Momma, zusammen schaffen wir das.«

Ich hatte ein schlechtes Gewissen, ihr das anzutun, natürlich. Wir waren in die Stadt gezogen, um ihr zu helfen, und nun hatten wir die Rollen getauscht. Lori hatte ihre Arbeit und Bobby, aber sie besuchte uns, wann immer sie konnte. Bobby war zu klein, um zu verstehen, was mit seinem Großvater passierte. Ich machte mir Sorgen, es könnte ihn belasten, doch Reubens seltsame Art schien ihn nicht zu stören.

Ach, Elspeth, die Tage nach der Nachricht von Bobby! Wie schuldig ich mich fühlte, weil ich nicht sofort nach Miami gereist bin, um bei ihm im Krankenhaus zu sein. Erst da wurde mir klar, wie sehr ich Al hasste. Ich wollte ihn zusammenschreien, weil er mir Reuben genommen und ich doch so viele Probleme hatte. Ich will kein Mitleid, andere sind viel schlechter dran als ich, aber ich wurde den Gedanken nicht los, dass ich bestraft wurde. Erst Reuben, dann Lori. Was würde als Nächstes kommen?

Damals passierte so viel, dass ich mich nur noch verschwommen erinnern kann. Das Telefon klingelte pausenlos, ich wurde von Reportern und Kameraleuten gejagt. Am Ende legte ich den Hörer daneben und benutzte das Handy, das Lori mir gekauft hatte. Und selbst diese Nummer kriegten sie irgendwann raus.

Ich konnte nicht mehr vor die Tür gehen, ohne dass mir jemand eine Kamera ins Gesicht hielt: »Wie geht es Ihnen?« »Haben Sie gespürt, dass er noch am Leben ist?« Sie wollten wissen, wie es Bobby ging, wie er damit zurechtkam, was er aß, ob ich religiös sei, wann er nach Hause käme, ob ich hinfliegen und ihn besuchen würde. Sie boten mir Geld. Viel Geld, sie bettelten um Fotos von ihm und Lori. Ich weiß nicht, woher sie das Foto von seiner Einschulung hatten, von Mona vermutlich. Ich habe mir nie die Blöße gegeben und sie damit konfrontiert, aber wer sonst hätte ihnen das Foto geben sollen? Und von den Werbeleuten und diesen Filmemachern aus Hollywood will ich gar nicht erst anfangen. Sie wollten die Rechte an Bobbys Lebensgeschichte erwerben. Er war erst sechs! Geld war das Letzte, was mich in der Situation interessierte. Man sagte uns, die Versicherung würde zahlen, auch wenn Maiden Air fast sofort bankrottging. Lori ging es gut, aber reich war sie nicht gewesen. Sie hatte all ihre Ersparnisse angelegt, um mir und Reuben eine Wohnung in Florida zu kaufen. Aber die werden wir nicht mehr brauchen, nicht wahr?

Ehrlich gesagt war nicht alle Anteilnahme geheuchelt. Die

Leute schickten uns Geschenke, schrieben Briefe. Manche Geschichten konnten einem das Herz brechen, besonders die von Leuten, die selbst ein Kind verloren hatten. Ich musste schließlich aufhören, die Briefe zu lesen. Sonst wäre mein Herz tatsächlich gebrochen.

Reubens Schwester, die uns bis dahin kein einziges Mal angeboten hatte, sich ins Flugzeug zu setzen und mir bei Reubens Pflege unter die Arme zu greifen, rief drei- oder viermal täglich an, um mich zu fragen, wie ich mir Loris siebentägige Schiv'a vorstellte. Aber wie hätte ich über so etwas nachdenken können, da Bobby noch in Miami im Krankenhaus lag? Ich war fast dankbar dafür, dass der Luftverkehr eingestellt war und sie nicht kommen konnte, um sich einzumischen. Die gute Betsy kümmerte sich während dieser ersten Tage ums Kochen. Bei uns herrschte ein Kommen und Gehen. Charmaine half uns und passte auf, dass sich keine verkleideten Reporter einschlichen. Leute aus der Nachbarschaft, die von Lori gehört hatten, besuchten uns. Reubens ehemalige Schüler aus dem Erwachsenenbildungszentrum. Loris Freunde und Kollegen. Alle möglichen Leute. Schwarze und Latinos und Juden, alle. Und alle boten uns ihre Hilfe an.

Betsy kontaktierte sogar ihren Rabbi, der uns, obwohl er wusste, dass wir nicht gläubig waren, anbot, den Trauergottesdienst zu leiten. Eine Beerdigung kam nicht infrage, solange der Leichnam nicht freigegeben wurde … ich will nicht mehr darüber nachdenken. Dieser Tag … der Tag, an dem wir sie begraben mussten … ich kann nicht darüber sprechen, Elspeth.

Eines Abends, ungefähr zwei Tage nachdem wir von Bobby gehört hatten, waren Reuben und ich allein zu Hause. Ich setzte mich aufs Bett und wurde von einer solchen Trauer und Einsamkeit überwältigt, dass ich am liebsten gestorben wäre. Ich kann es nicht anders beschreiben, Elspeth. Es war alles zu viel. Ich musste stark sein, Bobby zuliebe, das wusste ich, aber ich war mir nicht mehr sicher, ob ich die Kraft dazu hatte. Und ich weiß nicht, ob die Wucht meines Schmerzes Reuben die Stärke verlieh, Al für einen Moment beiseitezuschieben, aber er streckte den Arm aus und ergriff meine Hand. Er drückte sie. Ich sah ihm in die Augen, und für eine Sekunde konnte ich Reuben sehen, den alten Reuben, meinen besten Freund, und es war, als wollte er sagen: »Komm schon, Lily, nicht aufgeben.« Und dann schob sich die ausdruckslose Maske – Al – wieder über sein Gesicht, und er war weg.

Aber es gab mir die Kraft weiterzumachen.

Charmaine wusste, dass ich ein schlechtes Gewissen hatte, weil ich nicht bei Bobby war. Sie stellte den Kontakt zu der Psychologin in Miami her, Dr. Pankowski. Sie beruhigte mich und meinte, es würde nicht mehr lange dauern, er dürfe bald nach Hause. Sie sagte, die Kernspintomografie habe keine Auffälligkeiten ergeben und er habe zu sprechen angefangen. Er sage nicht viel, aber er schien zu verstehen, was ringsum passierte.

Als wir erfuhren, dass er nach Hause durfte, besuchte uns ein Mitarbeiter des Bürgermeisters, ein netter junger Mann, Afroamerikaner. »Bobby ist ein Wunderkind, Mrs Small«, sagte er. »Wir New Yorker halten zusammen.« Er bot mir an, einen Polizisten vor das Haus zu stellen, weil der Presserummel überhandgenommen hatte, und er schickte sogar eine Limousine, die mich zum Flughafen JFK brachte.

Charmaine begleitete mich zum Flughafen, während Betsy und eine der Frauen vom Pflegedienst auf Reuben aufpassten. Ich war so nervös wie am Tag meiner Hochzeit!

Bobby kam in einer Chartermaschine auf einem Teil des Flughafens an, der normalerweise nur Politikern und anderen wichtigen Leuten vorbehalten war, und zum ersten Mal überhaupt hatten wir Ruhe vor den Reportern. Man bot mir einen Platz im Wartebereich an, und ich merkte, wie bemüht alle waren, nicht zu glotzen. Ich hatte mich tagelang nicht um mein Äußeres gekümmert und fühlte mich schrecklich unsicher. Charmaine hielt die ganze Zeit meine Hand. Ich weiß nicht, was ich ohne sie gemacht hätte. Sie meldet sich immer noch regelmäßig, bis heute.

Der Tag war kalt und feucht, aber der Himmel war strahlend blau, und Charmaine und ich standen auf, um das Flugzeug landen zu sehen. Es schien Ewigkeiten zu dauern, bis die Tür sich öffnete. Und dann sah ich ihn an der Hand einer jungen Frau die Treppe hinuntersteigen. Die gute Dr. Pankowski hatte ihn begleitet. Sie sah zu jung aus für eine Ärztin, doch ich werde ihr ewig dankbar sein für alles, was sie für ihn getan hat. Er hatte neue Kleidung bekommen und war warm eingepackt, eine Kapuze verbarg sein Gesicht.

Ich ging auf ihn zu. »Bobby«, sagte ich, »ich bin es, Bubbe.«

Er hob den Kopf und flüsterte: »Bubbe?« Elspeth, ich habe geweint. Was sonst. Ich berührte ihn immer wieder, streichelte sein Gesicht, wie um mich zu vergewissern, dass er es wirklich war.

Und als ich ihn in die Arme nahm, war es, als würde ich innerlich wieder zum Leben erwachen. Ich kann es nicht anders beschreiben, Elspeth. Wissen Sie, in dem Moment wurde mir eines klar: Was immer mit meiner Lori und mit Reuben passiert war – nun, da ich Bobby wieder bei mir hatte, würde alles gut werden.

Lori Smalls beste Freundin Mona Gladwell erklärte sich Ende April 2012 bereit, via Skype mit mir zu sprechen.

Wissen Sie, Lori war meine Freundin, meine *beste* Freundin, und ich will nicht schlecht über sie reden, aber ich finde, die Leute sollten die Wahrheit über sie und Bobby erfahren. Verstehen Sie mich nicht falsch, Lori war was Besonderes, sie hat viel für mich getan, aber manchmal ... manchmal konnte sie wirklich sprunghaft sein.

Ich habe Lori in der Highschool kennengelernt. Meine Eltern zogen von Queens nach Flemington in New Jersey, als ich fünfzehn war, und Lori und ich verstanden uns sofort. Oberflächlich betrachtet war sie ein braves Mädchen. Gute Noten, immer höflich, nie hat sie Ärger gemacht. Dabei führte sie ein Doppelleben, von dem ihre Familie nichts ahnte. Sie hat gekifft und Alkohol getrunken, mit Jungs rumgemacht, was Jugendliche eben so machen. Reuben hat an unserer Schule Geschichte unterrichtet, und sie war sehr darauf bedacht, seinem Ruf nicht zu schaden. Reuben war in Ordnung. Die Schüler ließen ihn in Ruhe. Er war einfach nur Mr Small, er war jetzt nicht wahnsinnig beliebt, aber er konnte Geschichten erzählen. Ganz leise. Ich fand ihn irgendwie würdevoll. Außerdem war er sehr intelligent. Aber falls er mitbekommen hat, dass Lori hinter seinem Rücken trinkt und rummacht, hat er es sich nie anmerken lassen.

Was Lillian betrifft – sie hat mich nie leiden können, und an Loris Studienabbruch hat sie mir die Schuld gegeben. Aber eigentlich war sie okay. Dann wiederum sind im Vergleich zu meinen Eltern fast alle okay. Lillian hat nie gearbeitet und schien mit ihrem Hausfrauendasein ganz zufrieden zu sein, sie hat ständig irgendwas genäht oder gekocht und so, außerdem verdiente Reuben genug, um die Familie zu ernähren. Von ihren politischen Einstellungen abgesehen – sie waren viel liberaler, als es den Anschein hatte –, hätten sie genauso gut in den Fünfzigern leben können.

Nach der Schule beschlossen Lori und ich, uns an der NYU zu bewerben. Lillian war nicht glücklich darüber, dabei ist New York nur etwa eine Stunde von Flemington entfernt. Lori war schnell in die Partyszene eingestiegen und hatte angefangen, Drogen zu nehmen, hauptsächlich Koks. Wir hatten ein prima System, wann immer ihre Eltern ihren Besuch ankündigten: Wir räumten das Zimmer auf, das wir teilten, sie bedeckte ihre Tätowierungen und beseitigte alle Spuren des Partylebens. Aber irgendwann kam der Moment, ab dem es nicht mehr funktionierte. Lillian ist ausgeflippt und wollte sie zwingen, mit ihr und Reuben nach Hause zu kommen, und so brach Lori ihr Studium ab. Nach dem Entzug kam sie in die Stadt zurück und probierte es mit einer Million Berufen: Yogalehrerin, Stylistin, Maniküre, Barkeeperin. Ich habe meinen ersten Mann in einer Bar kennengelernt, in der sie gearbeitet hat. Es war nicht von Dauer. Weder der Job noch meine Ehe.

Und dann bewarb sie sich einfach so beim Studiengang für Modedesign. Sie überredete Reuben und Lillian, ihre Ausbildung zu bezahlen, auch wenn ich nicht weiß, woher sie das Geld genommen haben. Ich hielt das Ganze wieder für eine ihrer Launen, doch wie sich herausstellte, hatte sie wirklich Talent – ganz besonders für Hüte, auf die sie sich bald spezialisierte. Sie bekam erste Aufträge und zog nach Brooklyn, wo sie sich ein eigenes Atelier leisten konnte. Den Hut für meine zweite Hochzeit hat sie entworfen, sie wollte kein Geld dafür annehmen, obwohl sie gerade erst angefangen hatte.

Sie merkte kurz nach ihrer Show für Galliano, dass sie schwanger war. »Ich werde es behalten«, sagte sie, »die große vier-null kommt näher, und vielleicht ist es meine letzte Chance.« Sie wollte mir partout nicht verraten, wer der Vater war, also vermute ich, dass sie absichtlich schwanger wurde. Ich will nicht behaupten, sie hätte in der Gegend herumgevögelt, aber sie wusste sich zu amüsieren. Sie sah keinen Sinn darin, eine feste Beziehung einzugehen.

Die verrückte Geschichte von der künstlichen Befruchtung erfand sie nur, damit Lillian nicht durchdrehte. Ich konnte nicht fassen, dass sie es durchzog – ich fand es falsch. Aber sie meinte, es wäre einfacher so. Als dieser Prediger damit anfing, Bobby sei nicht von Menschen gezeugt, er sei widernatürlich, hätte ich mich melden und die Wahrheit sagen können, aber ich dachte, das geht schon vorbei. Wer nahm so einen Typen schon ernst?

Während der Schwangerschaft machte Lori eine religiöse Phase durch und sprach davon, Bobby in den Cheder zu schicken, sobald er alt genug wäre, und in die Synagoge sowieso. Das volle Programm. Jüdisches Müttersyndrom, so nannte sie es. Es war nicht von Dauer. Als Lillian und Reuben nach Brooklyn zogen, dachte ich zuerst, es wird ihr zu viel, aber sie freute sich wirklich. »Ist vielleicht gar keine schlechte Idee, Mona.« Und ja, bevor Reuben krank wurde, erleichterte es ihr das Leben, Lillian zu haben. Besonders, als Bobby ein Baby war. Der Plan ging nach hinten los, als Reuben abbaute und Lori ihre Eltern unterstützen musste. Aber sie hat das gut gemacht. Irgendwie hat es ihr dabei geholfen, erwachsen zu werden. Ich habe sie für ihren Einsatz bewundert. Dennoch ... manchmal frage ich mich, ob sie Lillians und Reubens Umzug nach Florida nur unterstützt hat, um sie loszuwerden, auch wenn ich jetzt wie eine schreckliche Zicke klinge. Ich hätte es verstanden. Sie hatte eine Menge um die Ohren.

Und Bobby ... ich sage das nicht gern, aber ich schwöre bei Gott, nach dem Crash war er ein anderes Kind. Ich weiß, ich weiß, vielleicht lag es nur an der posttraumatischen Belastungsstörung oder am Schock oder an was auch immer. Aber davor ... als er klein war ... hören Sie, ich kann es nicht anders sagen. Er war ein Kleinkind aus der Hölle, hat jeden Tag tausend Wutanfälle bekommen. Ich nannte ihn Damien, nach dem Kind aus dem Film, was Lori natürlich ärgerte. Lillian bekam nichts davon mit – er benahm sich wie ein kleiner Engel, wenn er bei ihr war, vermutlich nur, weil er bei ihr alles durfte. Und Reuben wurde krank, als Bobby etwa zwei war, von da an sah sie ihn nicht mehr so häufig. Lori verwöhnte ihn nach Strich und Faden und gab ihm, was immer er wollte, auch wenn ich ihr sagte, dass sie ihm damit schade. Ich will nicht behaupten, sie wäre eine schlechte Mutter gewesen. Das war sie nicht. Sie hat ihn geliebt, und mehr braucht ein Kind nicht, oder? Obwohl ich ehrlich gesagt nicht beurteilen kann, ob er einfach nur verwöhnt war oder, wie meine Mutter gesagt hätte, eine Rotzgöre.

Lori hoffte, er würde sich beruhigen, wenn er in den Kindergarten ging. In der Nachbarschaft hatte gerade eine von diesen progressiven Magnetschulen aufgemacht, bei der wollte sie ihn anmelden. Es hat nichts genützt. Er war erst wenige Tage da, als sie zum Gespräch einbestellt wurde. Er habe »Schwierigkeiten, sich zu integrieren«, oder wie auch immer es in deren blödem Jargon heißt.

Einmal, Bobby war etwa vier Jahre alt, hatte Lori einen Termin bei einem wichtigen Kunden. Sie hatte keinen Babysitter gefunden, und Lillian war mit Reuben unterwegs, um ihn einem neuen Arzt vorzustellen. Lori bat mich, auf ihn aufzupassen. Ich wohnte damals in einem Apartment in Carroll Gardens, und mein Verlobter hatte mir ein Kätzchen gekauft, ein süßes kleines Ding, das wir Sausage tauften. Jedenfalls setzte ich Bobby vor den Fernseher und ging duschen. Als ich mir danach die Haare föhnen wollte, hörte ich ein schrilles Kreischen aus der Küche. Ich schwöre Ihnen, ich wusste nicht, dass Tiere so schreien können. Bobby hielt Sausage am Schwanz und schleuderte sie hin und her. Sein Gesichtsausdruck sagte, du liebe Güte, das macht Spaß! Ich schäme mich nicht zu sagen, dass ich ihn geschlagen habe. Er ist gestürzt und hat sich die Stirn am Küchentresen aufgeschlagen. Es hat geblutet wie verrückt. Ich musste ihn ins Krankenhaus bringen, um die Wunde nähen zu lassen. Aber er weinte nicht. Er hat nicht einmal gezuckt. Danach redete Lori eine ganze Weile nicht mehr mit mir, doch die Funkstille hielt nicht ewig an. Wir kannten uns schon zu lange. Sie hat mich aber nie wieder gebeten, als Babysitter einzuspringen.

Und dann, nach dem Crash ... als wäre er ein anderer Mensch geworden.

Aus dem dritten Kapitel von *Vormund von Jess: Mein Leben mit einer der »Drei«* von Paul Craddock (unter Mithilfe von Mandi Solomon).

Nachdem Jess mit einem Rettungshubschrauber nach Großbritannien gebracht worden war, nahm der Pressewahnsinn ungeahnte Ausmaße an. Die drei »Wunderkinder« wurden zur Story des Jahrzehnts, und die Gier der Öffentlichkeit nach Neuigkeiten zu Jess' Zustand war unersättlich. Auf den Stufen meines Wohnhauses kampierten Paparazzi und Reporter von der Klatschpresse, und das Krankenhaus stand praktisch unter Belagerung. Gerry riet mir, bei Handytelefonaten nichts Persönliches zu sagen für den Fall, dass ich abgehört wurde.

Ich muss sagen, dass die allgemeine Unterstützung für Jess überwältigend war. Bald war ihr Zimmer voll mit Geschenken, und die Leute legten tonnenweise Briefe, Blumen, Karten und Plüschtiere vor dem Krankenhaus ab – so viele, dass man den Zaun, der den Komplex umgab, kaum noch sehen konnte. Alle waren nett. Sie wollten ihre Anteilnahme zeigen.

Unterdessen verschlechterte sich mein Verhältnis zu Marilyn und dem Rest der Addams Family täglich. Ich konnte ihnen im Warteraum nicht aus dem Weg gehen, und Marilyns Anspruch, ich solle ihr den Schlüssel zu Stephens und Shellys Haus übergeben, belastete mich zusehends. Aber so richtig begann der Kalte Krieg am 22. Januar, als ich mitbekam, wie Jase auf dem Flur einen der zuständigen Ärzte belästigte. Jess war immer noch nicht aufgewacht, doch die Ärzte hatten uns versichert, es gebe keine Anzeichen geschädigter Hirnfunktionen.

»Wieso weckt ihr sie nicht einfach, verdammt?«, rief Jase und rammte dem Doktor einen nikotingelben Finger in die Brust. Der Arzt sagte, er tue, was er könne.

»Ach ja?«, höhnte Jase. »Tja, wenn sie als Gemüse endet, könnt ihr euch verdammt noch mal selber um sie kümmern!«

Es war der letzte Tropfen. Was mich betraf, so hatten die Addams ihr wahres Gesicht gezeigt. Ich konnte ihnen nicht verbieten, Jess zu besuchen, aber ich konnte sie wissen lassen, dass ich nach Jess' Entlassung derjenige sein würde, bei dem sie lebte. Ich kontaktierte Shellys Notarin und bat sie, die Addams Family über Shellys und Stephens Sorgerechtsbestimmung in Kenntnis zu setzen.

Einen Tag später waren sie auf der Titelseite der *Sun:* »Oma von Jess eiskalt ausgebootet.«

Eines muss ich dem Fotografen lassen, er hatte sie in all ihrer verkommenen Pracht porträtiert. Ma Addams starrte in die Kamera, während sich ihre Söhne und deren diverse Nachkommen um sie scharten wie in einer Werbung für Verhütungsmittel. Marilyn ließ es sich nicht nehmen, ihre Meinung zu äußern.

»Das ist nicht richtig«, sagt Marilyn (58). »Pauls Lebensstil ist unmoralisch. Er ist schwul. Wir hingegen sind anständige Bürger. Eine richtige Familie. Bei uns hätte Jess es besser.«

Die *Sun* hatte natürlich an alles gedacht. Sie hatten sich ein Bild von mir auf der vorletzten Schwulenparade beschafft. Ich trage darauf ein Tutu und stehe lachend neben meinem damaligen Freund Jackson. Das Foto war ganzseitig und in Farbe abgedruckt, direkt gegenüber dem Porträt der Addams Family.

Die Story verbreitete sich wie ein Lauffeuer, und kurz darauf hatten es die anderen Boulevardzeitungen geschafft, an ähnlich kompromittierende Bilder zu gelangen – zweifellos durch meine Freunde und Exfreunde. Ich nahm es ihnen nicht wirklich übel, die Fotos versilbert zu haben. Die meisten von ihnen sind mittellose Künstler wie ich.

Die Stimmung wendete sich erst da ernsthaft gegen mich, als Marilyn und ich in die Roger-Clydesdale-Show eingeladen wurden. Gerry wollte mich von dem Auftritt abhalten, aber ich konnte Marilyn ja schlecht das Feld überlassen, oder? Ich hatte Roger ein paar Jahre zuvor bei einer Pressefeier kennengelernt, und bei den wenigen Malen, die ich zufällig in sein Morgenmagazin geschaltet hatte, hatte er sich mehr als abfällig über sogenannte Sozialschmarotzer geäußert. In meiner Naivität hatte ich geglaubt, er wäre auf meiner Seite.

Die Atmosphäre im Studio war vor Anspannung wie elektrisch aufgeladen; das Publikum wartete regelrecht auf einen Showdown. Wir enttäuschten sie nicht. Zunächst dachte ich ehrlich, es liefe zu meinen Gunsten. Marilyn flätzte sich auf dem Gästesofa und murmelte auf Rogers Standardfrage, »Warum bemühen Sie sich nicht aktiv, einen Job zu finden?«, nur Unverständliches. Und dann nahm er mich ins Visier.

»Haben Sie Erfahrung mit Kindern, Paul?«

Ich erzählte, dass ich mich um Jess und Polly gekümmert hatte, seit sie Babys waren. Und ich stellte klar, dass Stephen und Shelly mich als Jess' Vormund eingesetzt hatten.

»Er hat es nur auf das Haus abgesehen! Er ist Schauspieler! Das Kind ist ihm egal!«, jammerte Marilyn, woraufhin das Publikum aus irgendeinem Grund zu applaudieren anfing. Roger hielt kurz inne, bis wieder Ruhe eingekehrt war, und dann ließ er die Bombe platzen: »Paul, stimmt es, dass Sie wegen einer psychischen Erkrankung in Behandlung waren?«

Das Publikum fing wieder zu lärmen an, und Marilyn wirkte ein bisschen verdutzt.

Auf diese Frage war ich nicht vorbereitet. Ich stotterte und stammelte und erklärte kleinlaut, mein Nervenzusammenbruch sei vergangen und vergessen.

Die Enthüllung provozierte natürlich schrille Titelzeilen, die alle denselben Tenor hatten: »Irrer wird Vormund von Jess!«

Ich war am Boden zerstört. Niemand möchte so etwas über sich lesen, und ich musste mir vorwerfen, zu offen gewesen zu sein. Für meinen Umgang mit der Presse seit jenem Vorfall bin ich streng kritisiert worden. Unter anderem wurde ich als »mediengeil«, »Egomane und Narzisst« beschimpft. Aber was auch über mich geschrieben wurde, ich wollte immer nur das Beste für Jess. Ich legte meine Karriere für unbestimmte Zeit auf Eis, um ihr meine ganze Zeit zu widmen. Ehrlich gesagt hätte ich Millionen verdienen können, wenn ich es darauf angelegt hätte, sie zu vermarkten. Nicht, dass wir Geld gebraucht hätten – Shellys und Stephens Lebensversicherung war in voller Höhe ausbezahlt worden, außerdem hatten wir ein Schmerzensgeld erhalten, das ich in einem Treuhandfonds für Jess anlegen wollte. Es würde ihr an nichts mangeln. Dass ich in so vielen Talkshows auftrat, hatte nichts mit Geld, dafür aber sehr viel mit dem Versuch einer Richtigstellung zu tun. Jeder hätte so gehandelt.

Wie Sie sehen, hatte ich eine Menge um die Ohren, aber Jess stand an erster Stelle. Sie war immer noch nicht ansprechbar, doch abgesehen von den Verbrennungen ging es ihr körperlich gut. Langsam musste ich mir überlegen, wie und wo sie leben sollte.

Noch war sie nicht aufgewacht, aber Dr. Kasabian, der es geschafft hatte, sich als zukünftiger Psychologe von Jess zu positionieren, war der Meinung, dass ihr gewohntes Umfeld das Beste für sie sei. Was bedeutete, dass wir Stephens Haus in Chislehurst beziehen würden.

Nichts in meinem ganzen Leben fiel mir schwerer, als das Haus zum ersten Mal wieder zu betreten. Alles – die Hochzeits- und Schulfotos an der Wand, der vertrocknete Weihnachtsbaum in der Einfahrt, den Stephen zu entsorgen versäumt hatte – erinnerte mich an den Verlust. Als ich die Haustür hinter mir schloss und die Rufe der Presseleute draußen hörte (ja, sogar bei diesem schmerzlichen Schritt verfolgten sie mich), fühlte ich mich so beraubt wie an dem Tag, als ich die tragische Nachricht erfahren hatte.

Aber ich wollte mich der Aufgabe stellen. Ich musste stark sein, Jess zuliebe. Ich ging langsam durchs Haus, doch ich brach zusammen, als ich die Kinderbilder von mir und Stephen sah, die in seinem Arbeitszimmer hingen. Ich klein, pummelig und mit

Zahnlücke, er anmutig und mit ernstem Blick. Man hätte uns niemals angesehen, dass wir Zwillinge waren, und charakterlich waren wir ebenso unterschiedlich. Schon im Alter von acht Jahren war mir klar, dass ich auf die Bühne gehörte, während Stephen viel introvertierter und ernster war. Obwohl wir in der Schule nicht dieselben Freunde hatten, standen wir uns immer nah, und als er Shelly kennenlernte, vertiefte sich unsere Bindung sogar noch. Shelly und ich verstanden uns blendend, von Anfang an.

Obwohl es mir fast das Herz brach, zwang ich mich, in dem Haus zu übernachten. Ich musste mich dort einleben, in Jess' Interesse. Ich fand kaum Schlaf, und als ich endlich schlief, träumte ich von Stephen und Shelly. Der Traum war so lebhaft, als wären sie bei mir im Zimmer, als spukten ihre Geister immer noch durch das Haus. Aber ich wusste, ich tat, was für Jess richtig war, und ich wusste, dass ich ihren Segen hatte.

Ihre Leichname sind bis heute nicht gefunden worden. So wenig wie der von Polly. In gewisser Hinsicht ist es ein Segen. Meine letzte Erinnerung an sie wird nicht die an eine seelenlose portugiesische Leichenhalle sein, in der ich sie identifizieren muss, sondern an unser letztes gemeinsames Abendessen: Polly und Jess kichern, Stephen und Shelly erzählen vom anstehenden Last-Minute-Urlaub. Ich werde mich an eine glückliche Familie erinnern.

Ich weiß nicht, was ich in jener Zeit ohne Mel, Geoff und die anderen lieben Menschen von der 277-Selbsthilfegruppe gemacht hätte. Vergessen Sie es nicht, diese Männer und Frauen hatten selbst geliebte Angehörige verloren, auf denkbar schreckliche Weise, aber sie setzten sich für mich ein, wann immer sich eine Gelegenheit bot. Mel und Geoff begleiteten mich sogar, als ich mit meinen Sachen in das Haus umzog, und sie halfen mir angesichts der vielen Fotos überall, die richtige Entscheidung zu treffen. Wir beschlossen, sie wegzupacken, bis Jess den Tod von Eltern und Schwester akzeptiert hatte. Sie waren mein Fels in der Brandung, das meine ich absolut ehrlich.

Das Gift, das die Addams und die Schmierfinken von der Zeitung verspritzten, war nicht das Einzige, was mir Sorgen machte; da waren auch noch die vielen Verschwörungstheorien, die im Internet kursierten. Mel regte sich furchtbar darüber auf – man sieht es ihr nicht an, aber sie ist eine gläubige Katholikin, und besonders die Thesen zu den apokalyptischen Reitern kränkten sie zutiefst.

Etwa zu der Zeit erfuhren wir von dem geplanten Trauergottesdienst. Die wenigen geborgenen Leichen würden erst nach Abschluss der Untersuchung freigegeben werden, was möglicherweise noch Monate dauern konnte; aber wir alle hatten das Bedürfnis abzuschließen. Immer noch war nicht bekannt, was den Absturz der Go!Go!-Maschine verursacht hatte, nur einen Terroranschlag hatte man ausschließen können wie auch in den anderen drei Fällen. Ich mied alle Nachrichten zu den laufenden Ermittlungen, um mich nicht noch schlechter zu fühlen, hatte aber dennoch von einem schweren Gewitter in der fraglichen Gegend gehört, das auf anderen Flügen für erhebliche Turbulenzen gesorgt hatte. Mel erzählte mir, sie habe im Fernsehen die Bilder von dem U-Boot gesehen, das zwischen den Trümmerteilen am Meeresboden nach der Blackbox suchte. Sie sagte, da unten sehe es so friedlich aus; der Rumpf des Flugzeugs, für immer in sein nasses Grab gebettet, sei scheinbar kaum beschädigt gewesen. Sie sagte, nur der Gedanke, dass es schnell gegangen war, ließe sie durchhalten. Sie konnte die Vorstellung nicht ertragen, dass Danielle und die anderen Passagiere gewusst hatten, dass sie sterben würden, so wie die armen Menschen in dem japanischen Flugzeug, die noch Zeit gehabt hatten, Abschiedsnachrichten zu verfassen. Ich wusste genau, wovon sie sprach, doch so darf man nicht denken, das geht nicht.

Der Trauergottesdienst sollte in der St. Paul's Cathedral stattfinden, zeitgleich mit einer öffentlichen Gedenkfeier auf dem Trafalgar Square. Ich wusste, die Addams Family würde kommen und ihren Lieblingsschreiber von der *Sun* mitbringen, und ich war verständlicherweise nervös.

Wieder waren Mel, Geoff und ihre Armee aus Freunden zur Stelle, um mir beizustehen. Den ganzen schrecklichen Tag lang wichen sie mir nicht von der Seite. Ehrlich gesagt gehörten sie dem gleichen Milieu an wie Shellys Herkunftsfamilie. Geoff war seit Jahren arbeitslos, und sie wohnten in einer Sozialsiedlung in Orpington, nicht weit von den Addams entfernt. Es wäre nicht unverständlich gewesen, wenn sie sich auf Marilyns Seite gestellt hätten, immerhin wurde ich von den Medien als »Privatschulsnob mit künstlerischen Anwandlungen« dargestellt. Aber das taten sie nicht. Als wir an der Kathedrale ankamen, zufälligerweise im selben Moment wie die Addams Family (eine Laune des Schicksals – Tausende Menschen hatten sich dort versammelt), fuchtelte Mel mit dem Zeigefinger vor Marilyns Gesicht herum und zischte: »Wenn du hier Ärger machst, schleife ich dich an den Haaren nach draußen, hast du verstanden?« Marilyn trug einen billigen schwarzen Fascinator, der an eine gigantische Spinne erinnerte und empört zitterte, wenngleich ihr Gesicht wie versteinert war. Jase und Keith schnaubten vor Wut, aber Gavin, Mels und Geoffs ältester Sohn mit kahl rasiertem Kopf und der Statur und dem Aussehen eines Striplokal-Rausschmeißers, starrte sie nieder. Später erfuhr ich, dass er »Verbindungen« hatte. Ein richtiger Proll. Einer, mit dem man sich nicht anlegt.

Ich hätte ihn umarmen können.

Mit dem Trauergottesdienst selbst will ich mich nicht lange aufhalten, aber an einer Stelle war ich sehr gerührt – bei Kelvins Vortrag. Er hatte sich dieses Gedicht von W. H. Auden ausgesucht, »Haltet die Uhren an«, das viele Leute aus *Vier Hochzeiten und ein Todesfall* kennen. Es hätte peinlich werden können, aber der Vortrag des Riesen mit den Dreadlocks war leise und würdevoll. Als er zu dem Vers »Lasst Flieger trauernd über uns kreisen« kam, hätte man eine Stecknadel fallen hören können.

Ich hatte die Kathedrale kaum verlassen, als Dr. Kasabian anrief. Jess war aufgewacht.

Ich weiß nicht, woher Marilyn und die Addams erfahren hatten, dass sie aus dem Koma aufgewacht war – wahrscheinlich hat eine der Krankenschwestern sie angerufen –, aber als ich im Krankenhaus ankam, überwältigt von Gefühlen, saßen sie schon vor Jess' Zimmer und warteten.

Dr. K wusste um unser schwieriges Verhältnis – er lebte nicht hinterm Mond – und wies uns darauf hin, dass eine angespannte Atmosphäre das Letzte war, was Jess jetzt brauchen konnte. Marilyn erklärte sich mürrisch bereit, den Mund zu halten, und sie befahl Fester und Gomez, draußen zu warten. Natürlich sorgte sie samt ihrer indigniert zitternden Kopfspinne dafür, als Erste an Jess' Bett zu sein, indem sie mich einfach beiseitedrängte.

»Ich bin's, Jessie«, sagte sie, »deine Nana.«

Jess sah sie verständnislos an. Dann streckte sie eine Hand nach mir aus. Ich wünschte, ich könnte behaupten, sie hätte uns wiedererkannt, aber ihr Blick war leer – was vollkommen verständlich war. Manchmal glaube ich, sie hat uns beide gesehen, gemustert und spontan festgestellt, wer das kleinere Übel war.

Chiyoko und Ryu

Nachricht gesendet @ 19:46, 21.01.2012

RYU: Bist du da?????

Nachricht gesendet @ 22:30, 21.01.2012

CHIYOKO: Bin wieder da.

RYU: Seit wann?

CHIYOKO: Etwa fünf Minuten.

RYU: 24 Stunden lang kein Lebenszeichen? Nicht du. Es war … seltsam.

CHIYOKO: Wie süß. Was hast du gemacht, als ich weg war?

RYU: Dasselbe wie immer. Hab geschlafen. Habe was gegessen und eine alte Folge von *Welcome to the N.H.K.* geschaut, aber nur als Notlösung. Und hey – du hast gelogen.

CHIYOKO: Wie meinst du das?

RYU: Ich habe dich im Fernsehen gesehen. Du bist hübsch. Hm … du siehst ein bisschen aus wie Hazuki Hitori.

CHIYOKO: …

RYU: Sorry. Ich wollte dir nicht zu nahe treten. Vergiss den blöden Geek.
(<^_^>)\

CHIYOKO: Woher wusstest du, dass ich es bin? Ich habe kein Namensschild getragen.

RYU: Es kann nicht anders sein. Du hast neben Hiro gestanden, hinter deinem Onkel, richtig? Über Hiro und Kenji wurde fast so viel berichtet wie über diese Verrückte, wie heißt sie noch, die mit Minister Uri verheiratet ist. Die, die an Außerirdische glaubt.

CHIYOKO: Aikao Uri.

RYU: Ja, die. Also, warst du es?

CHIYOKO: Vielleicht.

RYU: Ich wusste es! Dabei hast du doch gesagt, du wärst an Mode nicht interessiert?

CHIYOKO: Bin ich auch nicht. Genug jetzt, das wird mir zu persönlich.

RYU: Noch mal sorry. Und, wie war es?

CHIYOKO: Es war eine Trauerfeier. Was glaubst du, wie es war?

RYU: Kriegst du schlechte Laune?

CHIYOKO: Hey, ich bin die Eisprinzessin. Ich habe immer schlechte Laune. Wenn du willst, erzähle ich dir mehr. Wie tief soll ich ins Detail gehen?

RYU: Ich will alles wissen. Hör mal ... ich weiß, es ist gegen die Regeln, aber ... sag einfach ja oder nein. Wollen wir skypen?

CHIYOKO: ...

RYU: Bist du noch da?

CHIYOKO: Lass uns weitermachen wie bisher.

RYU: Was immer du willst, Eisprinzessin. Ich weiß jetzt, wie du aussiehst. Du kannst dich nicht vor mir verstecken (wwwwwwwwwww). Sorry, fieser Lachanfall ist vorüber.

CHIYOKO: Fühlt sich seltsam an zu wissen, dass du mein Gesicht kennst. Als hättest du jetzt Macht über mich oder so.

RYU: Hey! Ich habe dir als Erster gesagt, wie ich im richtigen Leben heiße. Du weißt ja nicht, wie schwer mir das gefallen ist.

CHIYOKO: Ich weiß. Ich bin nicht paranoid.

RYU: Ich habe dir Sachen über mich erzählt, die sonst niemand weiß. Du verurteilst mich nicht. Du glotzt mich nicht an wie die alten Hexen aus meiner Nachbarschaft.

CHIYOKO: Wie könnte ich? Wir wohnen in verschiedenen Präfekturen.

RYU: Du weißt, wie ich das meine. Ich vertraue dir.

CHIYOKO: Außer dass du jetzt weißt, wie ich aussehe, ich aber nicht weiß, wie du aussiehst.

RYU: Du siehst besser aus als ich. (^_^)

CHIYOKO: Genug!!!!!

RYU: Okay. Also erzähl, wie war es? Es sah sehr emotional aus. Und der Schrein ... die vielen Fotos der Passagiere ... Als würde die Reihe niemals enden.

CHIYOKO: War es auch. Emotional, meine ich. Da bleibt selbst eine Eisprinzessin wie ich nicht unbeeindruckt. 526 Menschen. Ich weiß gar nicht, wo ich anfangen soll ...

RYU: Am Anfang?

CHIYOKO: Okay ... Ich hatte dir ja schon geschrieben, dass wir sehr früh losmussten. Zum ersten Mal im Leben hat Vater sich einen Tag Urlaub genommen, und Mutterkreatur meinte, ich solle Schwarz tragen, ohne dabei »zu schick« auszusehen. Hey, MK, kein Problem, habe ich gesagt.

RYU: Du hast gut ausgesehen.

CHIYOKO: Au!

RYU: Sorry.

CHIYOKO: Wegen Androidenonkels Status sind wir in einer der Lodges am Saiko-See untergekommen. Nur deswegen mussten wir, anders als die meisten anderen Angehörigen, nicht sofort wieder abreisen. Obwohl viele von denen im Highland Resort oder einem der Tour-Hotels am Fuji gewohnt haben.
Unser Zimmer war japanisch eingerichtet, und die Besitzer, ein uraltes Ehepaar, konnten ihre Augen nicht von Androidenonkel nehmen. Die Frau hörte gar nicht mehr zu reden auf. Dass sie uns Tee bringen wolle und wo der nächste Onsen sei und so, als wären wir im Urlaub.

RYU: Klingt nach meiner Nachbarin.

CHIYOKO: Ja. Eine Wichtigtuerin. Als wir ankamen, löste sich der Morgennebel gerade auf, es war kühl. MK hat auf der Hinfahrt pausenlos geredet und uns gezeigt, wo der Fuji wäre, wenn man ihn denn sehen könnte. Er hat sich den ganzen Tag hinter Wolken versteckt. Androidenonkel erwartete uns bereits, er war einen Tag früher aus Osaka gekommen, mit Hiro und der Schwester einer seiner Laborassistentinnen. Er hatte sie gebeten, sich um Hiro zu kümmern. Ich weiß, dass MK beleidigt war, weil er, als Hiro entlassen wurde, sofort nach Osaka gereist ist, anstatt bei uns zu wohnen. Aber sie hat wie immer ihr höflich-respektvolles Gesicht aufgesetzt.

CHIYOKO: Androidenonkel sah viel älter aus, als ich ihn in Erinnerung hatte.

RYU: Meinst du, er lässt seinen Roboter mitaltern?

CHIYOKO: Ryu! So zynisch bist du doch sonst nicht!

RYU: Sorry. Und Hiro?

CHIYOKO: Er hat geschlafen, als MK, Vater und ich ankamen. Vergiss nicht, es war noch sehr früh. Die Assistentin hat sich vor den Eltern verbeugt und Kratzfüße gemacht und meinen Androidenonkel die ganze Zeit einfältig angelächelt. Man konnte gleich sehen, dass sie ein Auge auf ihn geworfen hatte als Zukünftigen. Als MK, Vater und Androidenonkel das Zimmer verließen, um sich ungestört zu unterhalten, hat sie sofort ihr Handy rausgeholt und pausenlos SMS geschrieben.

RYU: Ich glaube, ich habe sie gesehen! Riesiger Kopf. Teigiges Gesicht. Fett.

CHIYOKO: Woher willst du wissen, dass ich das nicht war?

RYU: Warst du? Falls ja, tut es mir wirklich leid. Ich wollte dich nicht kränken.

CHIYOKO: Natürlich war ich das nicht!

RYU: o(＿＿)o Vergib dem Idioten.

CHIYOKO: Du bist echt leichtgläubig. Als die Eltern und Androidenonkel ihr Privatgespräch beendet hatten, kamen sie zurück, und dann führten wir eine sehr, sehr merkwürdige Unterhaltung. »Ich muss Hiro wecken«, sagte Androidenonkel. »Es ist an der Zeit.« »Lassen Sie mich das machen«, sagte die Assistentin. Ich werde sie Teiggesicht nennen. Teiggesicht verbeugte sich wie bescheuert und verschwand. Es war ein bisschen lustig. Wir hörten ein Kreischen, und dann kam sie die Treppe heruntergerannt und rief: »Aua, Hiro hat mich gebissen!«

RYU: Hiro hat sie gebissen? Im Ernst??

CHIYOKO: Sie hatte es verdient. Mutterkreatur meinte, wahrscheinlich habe Hiro nur schlecht geträumt und sich beim Aufwachen erschreckt. Ich konnte sehen, dass sie auch nicht viel vom Teiggesicht hielt, und da war ich endlich mal froh, in ihrer Nähe zu sein. Androidenonkel ist hinaufgegangen, um ihn zu holen. Hiro trug einen kleinen schwarzen Anzug, seine Augen waren vom Schlaf geschwollen. Androidenonkel hat ihn den ganzen Tag über kaum angesehen und nur wenig mit ihm geredet.

RYU: Wie meinst du das?

CHIYOKO: Ich glaube, es tat ihm zu weh, ihn anzusehen, weil er ihn so an Tante Hiromi erinnert. Hiro sieht ihr gar nicht ähnlich, aber vielleicht hat er dieselbe Art. Darf ich weitererzählen?

RYU: Bitte.

CHIYOKO: Hiro musterte uns, jeden Einzelnen, und dann kam er zu mir und nahm meine Hand. Zuerst wusste ich nicht, wie ich reagieren sollte. Seine Finger waren eiskalt. MK schien überrascht darüber, dass Hiro mich auserwählt hatte, und sie versuchte, ihn zu sich zu locken. Aber er rührte sich nicht vom Fleck. Er lehnte sich an mich und seufzte.

RYU: Meinst du, du hast ihn an seine Mutter erinnert?

CHIYOKO: Vielleicht. Vielleicht hat er gemerkt, dass alle anderen im Raum verdammte Loser sind.

RYU: !!!!

CHIYOKO: Dann sind wir zur Gedenkstätte und zum Schrein gefahren. Wir waren früh dran, aber da waren Tausende Menschen und ein Haufen Reporter und Fernsehkameras. Plötzlich wurde es still, weil die Leute Hiro bemerkt hatten – er wollte meine Hand immer noch nicht loslassen –, und man konnte das Klicken und Surren der Kameras hören. Manche Leute verbeugten sich ehrerbietig, auch wenn ich nicht genau wusste, ob vor Androidenonkel oder Hiro. Es war seltsam, im Zentrum der Aufmerksamkeit zu stehen, aber ich merkte, dass Teiggesicht jede Sekunde davon genoss. Vaters Gesicht war so starr wie immer, MK wusste nicht, wohin sie blicken sollte. Die Menge wich sogar zurück, damit wir freie Bahn hatten und dem Foto meiner Tante unsere Ehre erweisen konnten, ohne uns vorher anzustellen. Es war immer noch neblig, die Luft schwer vom Qualm der Räucherstäbchen. Langweile ich dich? Zu viele Details?

RYU: Nein! Ich bin gerührt. Du solltest Schriftstellerin werden. Deine Worte sind wunderbar.

CHIYOKO: Im Ernst????????

RYU: Ja.

CHIYOKO: Ha! Sag das mal meinen Lehrern!

RYU: Bitte erzähl weiter.

CHIYOKO: Während wir da standen, ging eine Welle durch die Menschenmenge, und eine kleine Frau trat vor. Ich habe sie nicht auf Anhieb erkannt. Dann habe ich gesehen, dass sie die Frau von Flugkapitän Seto ist. Sie ist alt, mindestens vierzig, aber in echt ist sie viel hübscher.

RYU: *Das* wurde nicht im Fernsehen übertragen.

CHIYOKO: Es war mutig von ihr zu kommen, besonders da so viele Penner immer noch behaupten, Captain Seto trage an dem Unglück die Schuld. Das macht mich so wütend, besonders wo sein *isho* beweist, dass er bis zum letzten Augenblick ruhig und gefasst war. Außerdem gibt es die Videoaufnahmen von dem Geschäftsmann, die zeigen, dass die Kabine voller Qualm war und es ganz offensichtlich irgendein technisches Problem gab. Seine Frau war gefasst und würdevoll. Sie verbeugte sich vor Hiro, ohne ein Wort zu sagen. Jetzt wünschte ich, ich hätte mit ihr gesprochen. Ich wollte ihr sagen, dass sie stolz sein soll auf das, was ihr Mann getan hat. Dann ist sie gegangen. Ich habe sie nicht noch einmal gesehen.

RYU: Es muss überwältigend gewesen sein.

CHIYOKO: Ja. Den Rest hast du wahrscheinlich im Fernsehen gesehen.

RYU: Hast du mit dem Premierminister gesprochen?

CHIYOKO: Nein. Aber im echten Leben wirkt er viel kleiner und älter. Und seine Barcode-Frisur tritt live viel krasser hervor. Als der Wind ein paar seiner Haarsträhnen gelüpft hat, konnte man die Kopfhaut sehen.

RYU: !!!!

CHIYOKO: Hey, hast du Androidenonkels Rede über Tante Hiromi gehört? Dass sie ein wertvoller Mensch war und er sein Bestes geben wird, um Hiro nach ihren Vorstellungen großzuziehen?

RYU: Natürlich.

CHIYOKO: Sogar ich habe fast geweint. Es waren nicht nur seine Worte, es war die ganze Stimmung. Langsam klinge ich ein bisschen wirr, oder?

RYU: Nein. Ich habe die Atmosphäre sogar noch hier in meinem schrottigen Zimmer gespürt.

CHIYOKO: Und die ganze Zeit hat Hiro sich an meiner Hand festgehalten. Ich habe immer wieder zu ihm runtergeschaut, um zu sehen, ob es ihm gut geht, und MK und Teiggesicht haben um seine Gunst gebuhlt, aber er hat so getan, als wären sie gar nicht da.

RYU: Diese Amerikanerin, die im Flugzeug saß. Ihre Tochter hat auch eine Rede gehalten, oder? Ihr Japanisch ist ganz gut.

CHIYOKO: Ja. Die Nachricht, die ihre Mutter aufgezeichnet hat … Was glaubst du, was sie sagen wollte? »Der Junge, der Junge …« Meinst du, sie hat Hiro gesehen, bevor sie starb?

RYU: Keine Ahnung. Mein Englisch ist schlecht, und ich kenne nur die Übersetzung. Auf 2-chan und Toko Z wird jede Menge darüber spekuliert.

CHIYOKO: Warum vergeudest du deine Zeit auf solchen Seiten? Im Ernst. Was steht denn da?

RYU: Was sie über die Toten gesagt hat. Alle schreiben, sie hätte die Geister der Toten gesehen.

CHIYOKO: Ja, klar. Auf gar keinen Fall wird sie das Offensichtliche gemeint haben – die *echten* Toten, die bei dem Crash umgekommen sind. Die Leute sind Idioten.

RYU: Hast du das Foto von ihr gesehen?

CHIYOKO: Welches?

RYU: Das auf dieser amerikanischen Seite – celebautopsy.net. Ein besonders waghalsiger Reporter hat es geschossen, bevor die Journalisten von der Absturzstelle verbannt wurden. Es ist entsetzlich.

CHIYOKO: Warum hast du es dir überhaupt angesehen?

RYU: Bin von einem Link auf den nächsten gekommen und habe die Orientierung verloren ... Hey, sorry, dass ich frage. Aber hat deine Tante eine Nachricht hinterlassen?

CHIYOKO: Das weiß ich nicht. Mein Onkel hat nichts erzählt. Falls ja, stand nichts davon in den Zeitungen.

RYU: Und was kam nach dem Segen und den Ansprachen?

CHIYOKO: Wir sind zur Lodge zurückgefahren. Teiggesicht bestand darauf, dass Hiro seinen Mittagsschlaf macht, und diesmal ist er brav mit ihr mitgegangen. Er hat den ganzen Tag kein einziges Wort gesagt. Mutterkreatur meint, er sei immer noch traumatisiert.

RYU: Natürlich ist er das.

CHIYOKO: Später wollte Teiggesicht mit mir plaudern, aber ich habe ihr meinen bösesten Katzenblick zugeschossen. Sie hat die Botschaft verstanden und den Rest des Abends am Handy verbracht. Androidenonkel hat kaum etwas gesagt, obwohl MK mit ihm besprechen wollte, was mit Tantes Überresten geschieht, sobald sie freigegeben werden.

RYU: Ich dachte, es wird eine Sammelkremation geben?

CHIYOKO: Ja, aber es sind zwei geplant, eine hier und eine in Osaka. Meine Tante ist hier geboren, doch sie hat in Osaka gelebt, also wird er eine Entscheidung treffen müssen. Aber Mutterkreatur hat es immerhin geschafft, ihn zu überreden, ein paar Tage bei uns in der Stadt zu bleiben, bevor sie nach Osaka zurückfahren.

RYU: Im Ernst? Kenji Yanagida ist bei dir zu Hause???? Jetzt in diesem Moment?

CHIYOKO: Ja. Und nicht nur das – Hiro liegt in meinem Bett und schläft tief und fest, keinen Meter von mir entfernt.

RYU: Und Teiggesicht?

CHIYOKO: MK hat ihr gesagt, sie solle nach Osaka zurückfahren. Weil sie hier nicht gebraucht wird.

RYU: Jede Wette, dass es sie geärgert hat?

CHIYOKO: Ja. Zum ersten Mal war ich stolz, MKs Tochter zu sein.

RYU: Noch eine schwierige Frage, du musst sie nicht beantworten … Hast du die Absturzstelle besucht? Ich habe gehört, dass ein paar Familien den Wunsch geäußert haben, am Tag nach der Trauerfeier hinzufahren.

CHIYOKO: Nein. Vom Bahnhof in Kawaguchiko fuhr ein Shuttlebus für alle, die hinwollten. Ich wär gern mitgefahren, aber Mutterkreatur und Vater wollten zurück in die Stadt. Aber irgendwann hole ich es nach. Oh! Fast hätte ich es vergessen. Nach der Feier hat uns der Mann angesprochen, der Hiro gefunden hat. Wollte uns sein Beileid aussprechen.

RYU: Der Selbstmordwächter?

CHIYOKO: Ja.

RYU: Wie war er?

CHIYOKO: Hm … zurückhaltend, aber er sah aus wie jemand, dem man vertrauen kann. Traurig, aber nicht niedergeschlagen, wenn das Sinn ergibt? Und sehr altmodisch. Warte mal. Mutterkreatur ruft mich. Ich muss Schluss machen.

RYU: (′(´•ω`)

Nachricht gesendet @ 10:30, 22.01.2012

CHIYOKO: Ryu, bist du da?

RYU: Immer. Was gibt's?

CHIYOKO: Androidenonkel hat eben erfahren, dass Teiggesicht E-Mails an die Redaktion von *Shukan Bunshun* geschickt und versucht hat, ihre Geschichte zu verkaufen. Mutterkreatur kocht vor Wut, Androidenonkel schäumt. Mutterkreatur hat ihm vorgeschlagen,

Hiro hier bei uns zu lassen, wenn er nach Osaka zurückfährt, um ihm die Aufregung zu ersparen. Sie hat ihm meine Dienste als Babysitter angeboten.

RYU: Was? DU sollst dich um den Jungen kümmern?

CHIYOKO: Ja. Wie, meinst du, ich hätte einen schlechten Einfluss?

RYU: Wirst du? Nicht einen schlechten Einfluss haben, wirst du auf ihn aufpassen?

CHIYOKO: Du kennst meine Lage. Was soll ich sonst machen? Ich bin kein Freeter.

RYU: Du kannst dich immer noch meiner Yakuza-Gang anschließen, Baby. Gute Leute können wir immer gebrauchen.

CHIYOKO: Was für ein Klischee. Ich muss Schluss machen. MK will wieder reeeeeeden.

RYU: Halt mich auf dem Laufenden.

CHIYOKO: Mach ich. Und danke für dein offenes Ohr.

RYU: Immer gern. .*:.₀ ...₀ ..*.'(*° ▽ '*)'.* . ...₀ ...₀ ...*. ° ° .*

Dr. Pascal de la Croix ist ein französischer Robotertechniker, der derzeit am MIT forscht. Er war einer der wenigen Menschen, mit denen Hiro Yanagidas Vater, der bekannte Robotikexperte Kenji Yanagida, in den Wochen nach dem Absturz zu sprechen bereit war. Yanagida hat bei dem Unglück seine Frau verloren.

Ich kenne Kenji seit Jahren. Wir haben uns 2005 auf der Weltausstellung in Tokio kennengelernt, wo er Surrabot Nr. 1 vorgestellt hat – seinen ersten androiden Doppelgänger. Ich war fasziniert. Ein Meisterwerk! Obwohl die Nr. 1 ein frühes Modell war, konnte man sie kaum von Kenji unterscheiden. Viele Forscher auf unserem Gebiet verwerfen seine Arbeiten als narzisstische Spielerei, sie haben gespottet, es gehe Kenji eher um Psychologie als um Robotik, aber ich sehe das anders. Wieder andere fanden den Surrabot Nr. 1 zutiefst verstörend, da er jene dunklen Urängste anspricht, die jeder von uns in sich trägt. Ich habe sogar Leute sagen hören, es sei unethisch, Maschinen zu bauen, die wie Menschen aussehen. Was für ein Unsinn! Sollte es nicht, wenn wir die Natur des Menschen verstanden und erschlossen haben, unsere größte Aufgabe sein?

Lassen Sie mich in der Zeit springen. Wir blieben im Laufe der Jahre in Kontakt, und 2008 besuchten mich Kenji, seine Frau Hiromi und sein Sohn in Paris. Hiromi sprach kaum Englisch, so war unsere Kommunikation sehr eingeschränkt, aber meine Frau war entzückt von Hiro. »Diese japanischen Kinder – so brav!« Ich glaube, wenn sie ihn hätte adoptieren dürfen, hätte sie es auf der Stelle getan.

Ich war zufällig in Tokio, als ich die Nachricht von dem Flugzeugabsturz und vom Tod von Kenjis Frau erhielt. Ich wusste sofort, dass ich ihn besuchen musste, weil er seine Freunde jetzt sicher dringender brauchte als je zuvor. Wissen Sie, ich hatte im

Jahr davor meinen krebskranken Vater verloren, dem ich sehr nahestand, und Kenjis Mitgefühl hatte mir geholfen. Aber nun ging er nicht ans Telefon, und seine Assistentin an der Osaka University wollte mir nicht sagen, wo er sich aufhielt. In den folgenden Tagen wurden überall Fotos von ihm veröffentlicht. Anders als in den USA und Großbritannien hielt der mediale Wahnsinn sich in Grenzen, die Japaner sind viel zurückhaltender, aber Kenji stand dennoch im Mittelpunkt. Und diese verrückten Gerüchte! Ganz Tokio war von Hiro fasziniert. Die Hotelangestellten erzählten mir, der Junge beherberge in seinem Körper die Seelen aller, die bei dem Absturz umgekommen waren. So ein Unsinn!

Ich überlegte mir, an der Trauerfeier teilzunehmen, dann wiederum wäre das wohl vermessen gewesen. Schließlich hörte ich, Kenji sei nach Osaka zurückgekehrt. Ich beschloss, vor meinem Heimflug einen letzten Versuch zu starten, und buchte ein Ticket für den nächsten Flug nach Osaka. Im Luftverkehr war fast schon wieder der Alltag eingekehrt.

Ich schäme mich nicht zu sagen, dass ich meinen wissenschaftlichen Ruf nutzte, um mir Zutritt zu seinem Labor an der Universität zu verschaffen. Seine Assistentinnen, von denen ich einige persönlich kannte, behandelten mich respektvoll, erklärten mir jedoch unmissverständlich, er sei nicht zu sprechen.

Und dann sah ich den Androiden. Den Surrabot Nr. 3. Er saß in einer Ecke des Labors, eine der Assistentinnen schien auf ihn einzureden. Ich wusste sofort, dass Kenji durch den Androiden mit ihr kommunizierte; ich hatte schon viele seiner Vorführungen erlebt. Tatsächlich schickte er, wenn er zu einem Vortrag eingeladen wurde, an der Universität jedoch unabkömmlich war, seinen Roboter, um ihn vor den Zuhörern sprechen zu lassen!

Möchten Sie, dass ich Ihnen den Mechanismus näher erläutere? In den einfachsten Worten ausgedrückt: Der Android wird über einen Computer ferngesteuert. Kenji sitzt vor einer Kamera, die seine Mimik und Kopfhaltung aufzeichnet und an die Servos übermittelt – winzige Mikromotoren, die in die Gesichtsabdeckung des Androiden eingelassen sind. Auf diese Weise imitiert er Kenjis Mimik, selbst ein Blinzeln ist reproduzierbar. Ein Mikrofon nimmt Kenjis Stimme auf, die durch das Mundstück des Androiden wieder ausgegeben wird, korrekt bis in die letzten Nuancen der Intonation. Es gibt auch einen Mechanismus im Brustkorb – nicht unähnlich dem, den Hersteller von hochwertigen Sexpuppen einsetzen –, der die Atmung simuliert. Sich mit dem Androiden zu unterhalten kann sehr verwirrend sein. Auf den ersten Blick sieht er tatsächlich wie Kenji aus. Kenji lässt sogar den Haarschnitt anpassen, wenn er beim Friseur war!

Ich bestand darauf, mit dem Surrabot reden zu dürfen, und ich sagte, ohne zu zögern: »Kenji. Es tut mir so leid, die schlimme Nachricht über Hiromi gehört zu haben. Ich weiß, was du gerade durchmachst. Bitte lass es mich wissen, falls ich irgendetwas für dich tun kann.«

Eine kleine Pause, und dann sagte der Android etwas auf Japanisch zu der Assistentin. Sie sagte »Kommen Sie« und bedeutete mir, ihr zu folgen. Sie führte mich durch ein verwirrendes Labyrinth aus Korridoren und hinab in ein Kellergewölbe. Alle Fragen zu Kenjis Zustand wehrte sie höflichst ab; ich konnte nicht anders, als sie für ihre Loyalität zu bewundern.

Sie klopfte an eine unbeschilderte Tür, und Kenji persönlich öffnete uns.

Sein Anblick schockierte mich. Weil ich gerade erst mit seinem Doppelgänger gesprochen hatte, war noch augenscheinlicher, wie schnell er in den letzten Wochen gealtert war. Er hatte zerzaustes Haar und dunkle Ringe unter den Augen. Er blaffte seine Assistentin an – was völlig untypisch für ihn war, nie zuvor hatte ich ihn unhöflich erlebt –, und sie eilte davon, um uns allein zu lassen.

Ich bekundete ihm mein Beileid, doch er schien mich kaum zu hören. Sein Gesicht war absolut reglos; nur in seinen Augen sah ich ein Lebenszeichen. Er bedankte sich dafür, dass ich die lange

Reise auf mich genommen hatte, um ihn zu sehen, betonte aber im gleichen Atemzug, das sei nicht nötig gewesen.

Ich fragte ihn, warum er im Keller arbeite und nicht oben im Labor, und er erklärte mir, er habe die Gesellschaft anderer Menschen satt. Seit der Trauerfeier hatte die Presse ihm keine ruhige Minute gelassen. Dann fragte er, ob ich seine neueste Schöpfung sehen wollte, und winkte mich in den angrenzenden Raum.

»Oh«, sagte ich beim Eintreten, »wie ich sehe, hast du Besuch von deinem Sohn.«

Aber noch bevor ich den Satz zu Ende gesprochen hatte, bemerkte ich meinen Irrtum. Das Kind, das neben einem von Kenjis Computern auf einem kleinen Stuhl saß, war nicht menschlich. Es handelte sich um eine Kopie, eine Surrabot-Version seines Sohnes. »Ist das dein aktuelles Projekt?«, fragte ich und versuchte, mein Erschrecken zu verbergen.

Zum ersten Mal lächelte er. »Nein. Den habe ich letztes Jahr gebaut.« Und dann zeigte er in die hinterste Ecke des Raumes, in der ein Surrabot in einem weißen Kimono saß. Ein weiblicher Surrabot.

Ich ging auf sie zu. Sie war schön; sie war perfekt, und ein mildes Lächeln umspielte ihre Lippen. Ihr Brustkorb hob und senkte sich, als atme sie entspannt ein und aus.

»Ist das …?« Ich konnte es nicht aussprechen.

»Ja, das ist Hiromi, meine Frau.« Ohne den Blick von ihr zu nehmen, sagte er: »Es ist beinahe so, als wäre ihre Seele noch hier.«

Ich wollte ihn fragen, warum er es für nötig befunden hatte, eine Kopie seiner verstorbenen Frau anzufertigen, aber die Antwort liegt wohl auf der Hand. Er wich meinen Fragen aus, erzählte mir aber, Hiro sei bei Verwandten in Tokio.

Ich sprach nicht aus, was ich dachte: Kenji, dein Sohn lebt. Er braucht dich. Vergiss das nicht, mein Freund.

Aber zum einen ging es mich nichts an, zum anderen war sein Kummer, das wusste ich, zu stark, als dass er mir zugehört hätte.

Also tat ich das einzig Mögliche. Ich ging.

Draußen konnte nicht einmal die Schönheit der Stadt mich beruhigen. Ich war so aufgewühlt, als hätte die Erdachse sich verschoben.

Und während ich draußen stand und mich ein letztes Mal zum Universitätsgebäude umdrehte, fing es zu schneien an.

Die Ghostwriterin Mandi Solomon hat an Paul Craddocks unvollendeter Biografie *Vormund von JESS: mein Leben mit einer der »Drei«* mitgeschrieben.

Wenn ich einem Auftraggeber zum ersten Mal begegne, bemühe ich mich vor allem darum, sein Vertrauen zu gewinnen. Prominentenbiografien unterliegen normalerweise knappen Abgabeterminen, deswegen muss ich meistens zügig arbeiten. Viele meiner Klienten haben im Laufe ihrer Karriere so einiges über sich lesen müssen, manchmal wird auch blanker Unsinn über sie verbreitet (oft mit der Zustimmung ihrer eigenen Pressesprecher), und so sind sie es gewohnt, ihr wahres Ich unter Verschluss zu halten. Aber die Leser sind nicht dumm und riechen Täuschungen Kilometer gegen den Wind. Es ist mir wichtig, immer auch aktuelles Material zu verwenden und den üblichen PR-Quatsch durch echte Enthüllungen und schockierende Beichten auszugleichen. Bei Paul stellte sich dieses Problem natürlich nicht. Er war von Anfang an offen zu mir. Mein Verlag und sein Agent wurden sich in Windeseile handelseinig. Sie wollten die wahre Geschichte von Jess' Entwicklung veröffentlicht sehen. Sie wussten, dass das Interesse an ihr mega sein würde, und sie irrten sich nicht. Die Story wurde jeden Tag sensationeller.

Zum ersten Mal trafen wir uns in einem Coffeeshop in Chislehurst, das war, mal nachdenken, Anfang Februar. Jess lag immer noch im Krankenhaus, und Paul war dabei, in das Haus einzuziehen und alles für ihre Rückkehr vorzubereiten. Mein erster Eindruck von ihm? Er war charmant, witzig, ein bisschen affektiert natürlich, aber dann wiederum ist – war – er Schauspieler. Der Tod seines Bruders machte ihm offensichtlich schwer zu schaffen, und als ich auf das Thema zu sprechen kam, flossen ein paar Tränen; doch es schien ihm kein bisschen peinlich zu sein, in meiner Gegenwart zu weinen. Er war bemerkenswert ehrlich, was seine Vergangenheit betraf, er gab unumwunden zu, dass er als Twen zu viel getrunken, Drogen ausprobiert und promiskuitiv gelebt hatte. Über seinen Aufenthalt im Maudsley Psychiatric Hospital erzählte er nicht viel, stritt ihn aber auch nicht ab. Er sagte, der Zusammenbruch sei durch übergroßen Stress nach einer beruflichen Enttäuschung ausgelöst worden. Ich zweifelte keine Sekunde daran, dass er in der Lage war, sich um ein Kind zu kümmern. Wenn mich jemand nach diesem Treffen gefragt hätte, was ich von ihm hielte, hätte ich gesagt: Er ist ein guter Typ, ein bisschen von sich eingenommen vielleicht, aber das war nichts im Vergleich zu manch anderem Zeitgenossen, mit dem ich es zu tun hatte.

Wenn ich ihr Vertrauen gewonnen habe, gebe ich meinen Klienten ein Diktiergerät, genau genommen handelt es sich um einen digitalen Rekorder, und ich ermuntere sie, so oft wie möglich und ohne groß darüber nachzudenken hineinzusprechen. Ich versichere ihnen stets, dass ich keine Informationen verwenden werde, die ihnen unangenehm sind. Die meisten bestehen auf einem Vertrag, der ihnen genau das garantiert, was für mich in Ordnung ist. Wege, diese Vorgaben zu umschiffen, gibt es immer, außerdem haben die meisten nichts dagegen, ihre Lebensgeschichte ein bisschen aufzupeppen. Sie würden sich wundern, wie schnell sie sich an das Diktiergerät gewöhnen, manche benutzen es sogar als Gesprächstherapeuten. Haben Sie *Fighting for Glory* gelesen? Die Enthüllungsbiografie von Lenny L, dem Käfigkämpfer? Ist letztes Jahr erschienen. Mein Gott, was hat der alles erzählt! Ich konnte nur die Hälfte davon gebrauchen. Manchmal ließ er das Gerät sogar beim Sex laufen, irgendwann kam ich darauf, dass es Absicht war.

Paul fühlte sich mit der Diktiergerätmethode so wohl wie ein Fisch im Wasser. Anfangs schien alles glattzulaufen. Ich hatte die Rohfassung der ersten drei Kapitel abgeschlossen und schrieb ihm in einer Mail, welche Details wir meiner Ansicht nach noch gebrauchen könnten. Er schickte mir die Dateien so pünktlich, dass ich meine Uhr danach hätte stellen können, aber dann – etwa eine Woche nachdem Jess nach Hause gekommen war – hörte er auf. Ich redete mir ein, er habe mit Jess alle Hände voll zu tun, mit den Medien und den Verrückten, die ihnen nachstellten, deswegen deckte ich ihn ungefähr vier Wochen lang. Er versprach mir immer wieder, bald etwas zu schicken. Dann verkündete er plötzlich, das Projekt sei abgeblasen. Mein Verleger tobte vor Wut und drohte mit einer Klage. Wissen Sie, man hatte Paul bereits einen Vorschuss gezahlt.

Mel machte schließlich die Entdeckung. Paul hatte mir auf dem Küchentisch einen USB-Stick in einem Umschlag hinterlassen, auf dem mein Name und meine Telefonnummer standen. Ich gab ihn natürlich an die Polizei weiter, jedoch nicht, ohne die Dateien vorher zu kopieren. Zunächst hatte ich vor, alles zu transkribieren und später vielleicht sogar zu veröffentlichen, aber ich schaffte es nicht, mir die Aufnahmen ein zweites Mal anzuhören.

Sie machten mir Angst, Elspeth. Eine Scheißangst.

Der folgende Text ist das Transkript einer Stimmaufzeichnung von Paul Craddock vom 12. Februar 2012.

22:15 Uhr

Da bin ich also wieder, Mandi. Meine Güte, wann immer ich Ihren Namen sage, habe ich diesen Song von Barry Manilow im Ohr. Ging es tatsächlich um seinen Hund? Sorry, das ist wohl kaum der geeignete Moment, um flapsig zu sein, aber Sie haben selbst gesagt, ich solle mich entspannen und einfach sagen, was mir in den Sinn kommt, und außerdem lenkt es mich ab, wissen Sie, von Stephen. Von dem Crash. Von dem ganzen Mist.

(Schluchzen)

Entschuldigung, es geht mir gut. Manchmal passiert das, gerade wenn ich denke, ich hätte alles im Griff … peng. Tag sechs nach Jess' Rückkehr. Es sieht immer noch so aus, als müsste sie ganz von vorn anfangen – ihre Erinnerungen an das Leben vor dem Schwarzen Donnerstag sind nach wie vor lückenhaft, und an das Unglück selbst kann sie sich gar nicht erinnern. Sie geht immer noch ihrem Morgenritual nach, als existierte der Rest der Welt nicht und als müsste sie sich daran erinnern, wer sie ist: »Ich bin Jessica, du bist mein Onkel Paul, und Mummy und Daddy und meine Schwester sind bei den Engeln.« Wegen der Engel habe ich ein schlechtes Gewissen, denn Stephen und Shelly waren Atheisten. Aber versuchen Sie mal, einer Sechsjährigen den Tod zu erklären, ohne vom Himmel zu sprechen. Ich erinnere mich selbst daran, dass Dr. Kasabian (mein Gott, neulich habe ich mich verplappert und ihn Dr. Kevorkian genannt – schreiben Sie das bloß nicht auf) meinte, dass sie Zeit brauchen wird, sich einzugewöhnen, und dass Verhaltensänderungen völlig normal sind. Wie Sie wissen, gibt es keine Anzeichen für irgendwelche Hirnschäden, aber ich habe im Internet recherchiert und gelesen, dass eine posttraumatische Belastungsstörung seltsame Nebenwirkungen haben kann. Positiv ist, dass sie viel kommunikativer ist – viel gesprächiger als vor dem Crash, wenn das Sinn ergibt.

Heute Abend, als ich sie ins Bett bringen wollte, ist etwas Seltsames passiert, aber ich bin mir nicht sicher, ob wir es im Buch verwenden können. Wissen Sie noch, wie ich Ihnen erzählt habe, dass wir gerade *Der König von Narnia* lesen? Jess hat es sich ausgesucht. Tja, wie aus dem Nichts sagte sie plötzlich: »Onkel Paul, küsst Mr Tumnus am liebsten Männer, so wie du?«

Ich war *geplättet*, Mandi. Stephen und Shelly waren der Ansicht gewesen, die Mädchen wären noch zu klein für die Unterhaltung über die Bienen und die Blumen, von noch komplizierteren Themen ganz zu schweigen, und dass ich schwul bin, hatten sie den Zwillingen meines Wissens nie gesagt. Und ich sorge dafür, dass sie keine Zeitungen sieht und keine Internetseite, da doch in den Staaten über sie und die beiden anderen Kinder so viel Mist erzählt wird. Ganz zu schweigen von der Gift und Galle spuckenden Marilyn und ihrer Addams Family, die mir die Boulevardzeitungen auf den Hals hetzen. Ich überlegte, sie zu fragen, wer ihr erzählt habe, dass ich »am liebsten Männer küsse«, entschied dann aber, das Ganze nicht aufzubauschen. Vielleicht hatte es doch irgendein Schreiberling geschafft, im Krankenhaus bis zu ihr durchzudringen, vielleicht hatten die Pfleger das vertuscht.

Sie ließ einfach nicht locker. »Und, Onkel Paul?«, sagte sie immer wieder. Sie kennen das Buch, oder, Mandi? Mr Tumnus ist das erste der sprechenden Tiere, denen Lucy begegnet, als sie durch den Kleiderschrank nach Narnia kommt, ein kleiner, ziegenbärtiger Typ mit Hirschbeinen, so eine Art Faun. (Ehrlich gesagt erinnert er mich an den Seelsorger, der mich aufgesucht hat, kurz nachdem ich von Jess' Überleben erfuhr.) Und genau genommen sieht Mr Tumnus in der Illustration tatsächlich verdammt tuntig aus mit seinem neckisch um den Hals gebundenen Tuch. Ist wohl nicht auszuschließen, dass er tatsächlich gerade von einer wilden Waldorgie mit Zentauren kommt. O Gott. Auch das schreiben Sie bitte nicht auf. Ich habe so etwas geantwortet wie: »Na ja, und wenn, wäre es seine Sache, oder?« Dann habe ich einfach weitergelesen.

Wir lasen an dem Abend länger als sonst, und ich wurde nervös, als wir an die Stelle kamen, wo der sprechende Löwe Aslan sich der bösen Königin ergibt und getötet werden soll. Stephen hatte mir erzählt, dass er den Kindern das Buch im letzten Jahr vorgelesen hat und sie bei der Stelle Rotz und Wasser geheult haben, Polly hatte sogar Albträume bekommen davon.

Aber diesmal blieben Jess' Augen trocken. »Warum sollte Aslan so was tun? Ist doch dumm, oder, Onkel Paul?«

Ich erzählte ihr nicht, dass Aslans Tod eine christliche Allegorie auf Jesus ist, der für unsere Sünden gestorben ist und so weiter und so fort, deswegen sagte ich: »Nun ja, Edmund hat die anderen verraten, und die böse Königin will ihn dafür bestrafen. Aslan sagt, er will an Edmunds Stelle sterben, weil er lieb und gut ist.«

»Es ist immer noch dumm. Aber ich bin froh. Ich mag Edmund.«

Falls Sie sich erinnern, Mandi: Edmund ist die egoistische, verzogene, verlogene Rotzgöre in dem Buch. »Warum?«

Und da sagte sie: »Er ist als Einziger von allen Kindern nicht so ein verdammtes Weichei.«

Du liebe Güte, ich wusste nicht, ob ich mit ihr schimpfen oder mich kaputtlachen sollte. Können Sie sich erinnern, wie ich erzählt habe, dass sie im Krankenhaus einen Haufen Schimpfwörter gelernt hat? Sie muss sie von den Wachleuten oder den Putzkräften haben, denn ich kann mir beim besten Willen nicht vorstellen, dass Dr. K und die Krankenschwestern in ihrem Beisein geflucht haben.

»So was sagt man nicht, Jess«, sagte ich.

»Was?«, fragte sie. Und dann sagte sie: »So funktioniert das sowieso nicht. Ein blöder Wandschrank. Wer soll das denn glauben, Onkel Paul?« Der Gedanke schien sie zu belustigen. Kurze Zeit später war sie eingeschlafen.

Ich sollte wohl dankbar dafür sein, dass sie redet und kommuniziert und so. Wenn ich von Stephen oder Shelly oder Polly spreche, bleibt sie scheinbar ungerührt, aber wir stehen noch ganz am Anfang. Dr. K sagt, ich solle mich auf emotionale Ausbrüche einstellen. So weit, so gut. Wir sind immer noch weit davon entfernt, sie wieder zur Schule zu schicken – das Letzte, was wir jetzt brauchen, ist, dass ihr irgendwelche Kinder erzählen, was über sie geschrieben wird –, aber wir nähern uns in winzigen Schritten dem normalen Alltag an.

Was noch? Ach ja, morgen kommt Darren vom Jugendamt vorbei, um nachzuschauen, ob ich »zurechtkomme«. Habe ich Ihnen von ihm erzählt? Darren ist in Ordnung, ein bisschen zu »Vollbart, Birkenstocks und Müsli«, doch er ist auf meiner Seite, das merke ich. Ich muss mir überlegen, ein Au-pair einzustellen, auch wenn die neugierige Kuh von nebenan, Mrs Ellington-Burn (was für ein Name!), mich damit nervt, sie wolle auf Jess aufpassen. Mel und Geoff haben gesagt, sie würden auch gern babysitten. Was für ein Gespann! Sie könnten so was schreiben wie: »Mel und Geoff waren weiterhin mein Rückgrat, während ich mit meiner neuen Rolle als alleinerziehender Vater zu kämpfen hatte.« Zu schleimig? Na ja, wir finden sicher eine Lösung. Sie haben bei den ersten Kapiteln Großartiges geleistet, und ich bin mir sicher, dass das Buch gut wird.

Warten Sie, ich hole mir einen Tee. Mist. Scheiße! Verschüttet. Aua. Das ist heiß. Okay …

Gott sei Dank hat heute keiner von den Spinnern hier angerufen. Und die Leute, die überzeugt sind, Jess sei ein Alien, geben Ruhe, seit ich bei der Polizei war und sie habe verwarnen lassen. Bleiben also nur noch die Gottestruppe und die Presse. Mit den Fernsehleuten wird Gerry schon fertig. Er ist nach wie vor der Meinung, wir sollten noch eine Weile abwarten und Jess' Geschichte dann versteigern. Das wirkt ein bisschen gierig, da wir doch schon das Geld von der Versicherung bekommen haben, aber vielleicht ist Jess mir später einmal dankbar dafür, dass ich sie finanziell fürs ganze Leben abgesichert habe. Schwere Entscheidung. Ich mag mir nicht ausmalen, wie es diesem amerikanischen Jungen geht, der Rummel macht einen ja verrückt. Seine Großmutter tut mir wirklich leid, aber glücklicherweise wohnt sie in New York und nicht in einem von diesen Bibelstaaten. Ich denke mal, irgendwann werden alle sich wieder einkriegen. Ich habe Ihnen schon erzählt, dass eine dieser US-Talkshows versucht, die Drei zusammenzubringen, oder? Diesmal ist es eine von den großen. Sie wollen mich und Jess nach New York einfliegen, aber dazu ist sie auf gar keinen Fall in der Lage. Dann haben sie mir ein Skype-Interview vorgeschlagen, doch letztendlich wurde nichts draus, weil der Vater von dem japanischen Jungen und Bobbys Oma abgelehnt haben. Für so was ist später immer noch genug Zeit. An manchen Tagen wünschte ich mir, ich könnte das verdammte Telefon einfach ausschalten, aber ich muss für das Jugendamt und andere wichtige Anrufer erreichbar bleiben. Oh! Habe ich Ihnen schon erzählt, dass ich nächste Woche beim *Morning Chat with Randy and Margaret* eingeladen bin? Schauen Sie es sich an, und sagen Sie mir, wie Sie mich fanden. Ich habe nur zugesagt, weil der Booker einfach nicht lockergelassen hat. Und Gerry meint, es wäre eine gute Gelegenheit, um ein paar Dinge klarzustellen, nach all dem Mist, der in der *Mail on Sunday* geschrieben wurde.

(Ein Klingelton – die Filmmusik von Dr. Schiwago*)*

Warten Sie.
 Wieder mal die blöde Marilyn. So spät am Abend! Ich gehe nicht ran. Vielen Dank, Rufnummernanzeige! Sie wird eh nur wissen wollen, wann ich ihr Jess endlich vorbeibringe. Ich kann sie nicht ewig hinhalten, weil sie dann wieder zu ihrem geliebten

Schmierfink von der *Sun* läuft und sich ausheult; aber ich warte immer noch auf eine Entschuldigung für den Artikel im *Chat*-Magazin, in dem ich als reif für die Klapse hingestellt wurde. Ich hoffe, Sie nehmen das nicht für bare Münze, Mandi. Sollten wir im Buch näher darauf eingehen? Gerry meint, wir sollten den Ball flach halten. Ehrlich gesagt gibt es da auch gar nicht viel zu berichten. Ich hatte eine schlechte Phase vor zehn Jahren, mehr nicht. Und seit dem Tag, an dem ich von dem Absturz erfuhr, hatte ich kein einziges Mal das Bedürfnis zu trinken.

(Gähnt) Das wär's für heute. Gute Nacht. Ich gehe jetzt schlafen.

03:30 Uhr

Okay. Okay. Alles ist in Ordnung. Tief durchatmen.
 Etwas Schlimmes ist passiert, Mandi. Ich …
 Tief durchatmen, Paul. Das ist alles nur in deinem Kopf. In deinem verdammten Kopf.
 Sprich darüber. Ja. Was soll's. Warum nicht? Löschen kann ich es immer noch, oder? Gesprächstherapie, Dr. K wäre stolz auf mich.

(Nervöses Kichern.)

Jesus, ich bin durchgeschwitzt. Ich tropfe. Langsam verblasst es, aber daran kann ich mich noch erinnern:
 Ich bin urplötzlich aufgewacht und habe gemerkt, dass jemand auf dem Fußende des Bettes sitzt – die Matratze wölbte sich abwärts wie unter einem schweren Gewicht. Ich habe mich aufgesetzt und hatte plötzlich Todesangst. Ich wusste sofort, wer immer da sitzt, ist nicht Jess.
 Ich glaube, ich habe so etwas gesagt wie: »Wer ist da?«
 Meine Augen gewöhnten sich an die Dunkelheit, und ich erkannte eine Silhouette am Fußende.

Ich war wie erstarrt. So eine Angst habe ich noch nie gefühlt. Ich ... verdammt, ich dachte, *Paul!* Jesus. Es fühlte sich an, als ob ... als ob man mir Beton in die Venen gespritzt hätte. Ich starrte die Gestalt lange an. Sie war zusammengesackt, reglos, betrachtete ihre Hände.

Und dann sprach sie: »Was hast du getan, Paul? Wie konntest du dieses Ding ins Haus lassen?«

Es war Stephen. Ich erkannte ihn sofort an seiner Stimme, nur sein Körper sah anders aus. Verzerrt. Gebeugter, und der Kopf war ein bisschen zu groß. Aber es war so real, Mandi. Trotz meiner Panik war ich eine Sekunde lang davon überzeugt, dass er es wirklich war, und ich war unglaublich froh und erleichtert. »Stephen!«, habe ich gerufen. Ich streckte den Arm aus, um ihn zu berühren, aber da war er weg.

05:45 Uhr

Mein Gott. Ich habe es mir eben noch einmal angehört. Ist doch seltsam, nicht wahr, dass einem ein Traum manchmal so real erscheint und kurze Zeit später verblasst? Wahrscheinlich wollte mein Unterbewusstes mir etwas sagen. Ich wünschte mir trotzdem, der Tag würde sich beeilen und das Licht anknipsen. Ich weiß nicht, ob ich Ihnen das schicken soll oder nicht. Ich will ja nicht wie ein Spinner rüberkommen, nicht, da doch schon genug über mich geschrieben wird.

Und was hat er damit überhaupt gemeint, »Wie konntest du dieses Ding ins Haus lassen«?

VIERTER TEIL
VERSCHWÖRUNG
FEBRUAR – MÄRZ

Dies ist die zweite Stellungnahme von Reba Louise Neilson, Pamela May Donalds »bester Freundin«.

Stephenie hat gesagt, sie wäre fast hysterisch geworden, als sie Pastor Lens Radiosendung über Pamela und ihre Botschaft gehört hat. Normalerweise besprach er die Themen der nächsten Sendung immer mit seinem inneren Zirkel, nach der Bibelstunde, aber dieses Mal platzte er einfach damit heraus. Ich konnte kaum noch schlafen. Ich konnte mir nicht erklären, warum er etwas so Wichtiges nicht zuerst mit seiner Gemeinde besprach. Später sagte er, er habe die Wahrheit erst an dem Tag erkannt, und er habe sich verpflichtet gefühlt, die Nachricht so schnell wie möglich zu verbreiten. Stephenie und ich waren überzeugt, dass diese Kinder das Unglück nur überleben konnten, weil Gott seine schützende Hand über sie gehalten hatte, und dass die Farben der Flugzeuge zu Johannes' Vision in der Offenbarung passten, war wohl ebenfalls kein Zufall. Aber als Pastor Len damit anfing, Pam sei eine Prophetin wie Paulus und Johannes, na ja, das war für mich schwer zu glauben, und mit der Meinung stand ich nicht allein da.

Ich weiß, dass die Wege des Herrn manchmal unergründlich sind, aber Pamela May Donald als Prophetin? Die gute alte Pam, die die Nerven verlor, wenn ihr die Brownies für den Weihnachtsbasar anbrannten? Aber ich behielt meine Zweifel für mich, und erst als Stephenie hier zu Besuch war und das Thema ansprach, gab ich meine Meinung kund. Damals hatten wir vor Pastor Len alle Hochachtung der Welt, ehrlich, deswegen beschlossen wir, weder ihn noch Kendra merken zu lassen, wie seltsam wir das Ganze fanden.

Nicht, dass wir Pastor Len in den Tagen nach der Sendung oft zu sehen bekommen hätten. Ich weiß nicht, wann der Mann

Zeit zum Schlafen fand! Am Mittwoch erschien er nicht einmal zum Bibelkreis; er rief mich vorher an und bat mich, die Sitzung zu leiten. Er meinte, er müsse nach San Antonio fahren, um sich dort mit einem Webseiten-Designer zu treffen. Er wolle ein eigenes Internetforum gründen, um »die Wahrheit über Pam« öffentlich zu machen, und er käme erst spät zurück.

Ich fragte: »Pastor Len, meinen Sie wirklich, Sie sollten sich ins Internet einmischen? Das ist doch Teufelswerk.«

»Wir müssen so viele Seelen retten wie möglich, Reba«, sagte er. »Wir müssen die Botschaft in die Welt tragen, auf jede erdenkliche Weise.« Und dann zitierte er aus der Offenbarung: »*Siehe, er kommt mit den Wolken, und es werden ihn sehen alle Augen.*«

Na ja, wer könnte da widersprechen?

Meine Tochter Dayna zeigte mir ein paar Tage später die Webseite. Sie hieß *pamelaprophet.com*. Auf der Hauptseite war dieses riesige Foto von Pam. Es musste schon ein bisschen älter sein, denn sie sah darauf zehn Jahre jünger und fünfzehn Kilo leichter aus. Stephenie sagte, sie habe gehört, Pastor Len mache nun auch bei diesem Twitter mit und bekomme Nachrichten und E-Mails aus der ganzen Welt.

Na ja, etwa eine Woche nach dem Start der Webseite tauchten die ersten Leute hier auf. Stephenie und ich nannten sie die »Schaulustigen«. Zuerst kamen sie nur aus den Nachbarcountys, aber als Pastor Lens Botschaft »viral ging« (so hat Dayna es genannt), kamen die Schaulustigen von so weit her wie Lubbock. Die Zahl der Gemeindemitglieder verdoppelte sich quasi über Nacht. Mein Herz hätte jubilieren müssen, so viele waren dem Ruf des Herrn gefolgt! Aber ich muss zugeben, ich hatte meine Zweifel, besonders als Pastor Len ein Spruchband vor der Kirche aufhängen ließ – »Sannah County, Heimat von Pamela May Donald« – und seine Schäfchen in »Pamelisten« umtaufte.

Viele der Schaulustigen wollten Pamelas Haus sehen, und Pastor Len wollte Jim überreden, Eintritt zu nehmen und mit den Einnahmen »die Botschaft nah und fern« zu propagieren. Keiner von uns hielt das für eine gute Idee, und ich fühlte mich verpflichtet, Pastor Len beiseitezunehmen und meine Zweifel auszusprechen. Jim mochte Jesus in sein Herz gelassen haben, aber er trank mehr denn je. Sheriff Beaumont musste ihn ein- oder zweimal wegen Trunkenheit am Steuer verwarnen, und wann immer ich bei ihm war, um ihm etwas zu essen zu kochen, roch er, als hätte er gerade in Whiskey gebadet. Ich wusste, dass Jim es nicht aushalten würde, Tag und Nacht fremde Leute im Haus zu haben. Ich war unheimlich erleichtert, als Pastor Len sich überzeugen ließ. »Du hast recht, Reba«, sagte er. »Ich danke Jesus für jeden Tag, an dem ich mich auf dich, meine rechte Hand, verlassen kann.« Und dann meinte er, wir sollten ein Auge auf Jim haben, »der immer noch mit seinen Dämonen ringt«. Ich und Stephenie und die anderen aus dem inneren Zirkel entwarfen einen Dienstplan, um sicherzustellen, dass Jim genug aß und das Haus nicht verkam, während er in der Trauerphase war. Pastor Len wollte unbedingt, dass Pams Asche gleich nach Abschluss der Untersuchungen in die Staaten überführt wurde, damit er einen richtigen Trauergottesdienst abhalten konnte. Er bat mich herauszufinden, wann Joanie die Urne schicken würde. Jim wollte von dem Thema nichts wissen. Ich bin mir nicht sicher – Jim redete nicht viel, selbst wenn er nicht unter Alkohol stand –, aber ich glaube, er hatte immer noch nicht mit seiner Tochter gesprochen. Man konnte ihm ansehen, dass er sich aufgegeben hatte. Die Nachbarn brachten ihm Essen und Milch, doch oft ließ er das Zeug einfach vergammeln. Er machte sich nicht einmal die Mühe, es in den Kühlschrank zu stellen.

Das waren ein paar stürmische Wochen, Elspeth!

Nachdem er die Webseite öffentlich gemacht hatte, rief Pastor Len mich und Stephenie fast täglich an, um uns zu sagen, dass die Zeichen sich mehren und die Ereignisse sich überschlagen werden. »Hast du die Nachrichten gesehen, Reba?«, fragte er. »In Großbritannien tobt die Maul- und Klauenseuche. Ein Zeichen dafür, dass die Gottlosen und Ungläubigen mit einer Hungersnot geschlagen werden.« Dann brach auf mehreren Kreuzfahrtschiffen ein Virus aus – es verbreitete sich bis nach Florida und Kalifornien –, was nur bedeuten konnte, dass die Plage ihr hässliches Haupt erhob. Und was den Krieg betraf, nun ja, davon gibt es immer genug, zum Beispiel müssen sich unsere tapferen Marines mit den Islamofaschisten herumschlagen, und dann sind da auch noch die geisteskranken Nordkoreaner. »Und das ist nicht alles, Reba«, sagte Pastor Len, »ich habe nachgedacht ... Was ist mit den Familien, in denen die drei Kinder untergekommen sind? Warum sollte der Herr seine Kuriere in solche Häuser schicken?« Ich muss schon zugeben, was er sagte, beinhaltete ein Körnchen Wahrheit. Nicht nur, dass Bobby Small bei Juden lebte (obwohl ich natürlich weiß, dass die Juden in Gottes Plan ihren Platz haben), aber Stephenie hatte mir erzählt, sie habe im *Inquirer* gelesen, dass er eines von diesen Reagenzglaskindern war. »Nicht auf normale Weise gezeugt«, sagte sie, »das ist wider die Natur.« Dazu kamen die Geschichten über das englische Mädchen, das gezwungen war, in London bei einem Homosexuellen zu wohnen, und über den Vater des kleinen Japsen, der diese abscheulichen Androiden baut. Dayna hat mir auf diesem YouTube einen Film darüber gezeigt. Ich war bis ins Mark erschüttert! Das Ding sah aus wie ein echter Mensch – aber was hat der Herr zu falschen Idolen gesagt? Außerdem gab es gottloses Gerede über böse Geister in dem Wald, in dem Pams Flugzeug abgestürzt ist. Ich hatte Mitleid mit Pam, weil sie an so einem Ort gestorben war. Die in Asien haben schon merkwürdige Vorstellungen, nicht wahr? Die Hindus zum Beispiel mit ihren falschen Göttern, die aussehen wie Tiere und zu viele Arme haben. Davon bekommt man doch Albträume! Das kann man natürlich alles auf Pastor Lens Webseite nachlesen.

Ich weiß nicht mehr genau, wie lange Pastor Lens Botschaft schon im Internet war, als Stephenie und ich zur Ranch fuhren, um Kendra zu besuchen. Sie hatte Snookie zu sich genommen, und Stephenie war der Ansicht, es wäre unsere Christenpflicht nachzusehen, ob sie der Aufgabe gewachsen war. Wir wussten beide, dass sie Nervenprobleme hatte, wir tauschten uns oft sehr ausführlich darüber aus, dass es Kendra offensichtlich immer schlechter ging, besonders jetzt, da so viele Schaulustige die Stadt belagerten. Stephenie hatte sogar einen Kuchen gebacken, aber ehrlich gesagt wirkte Kendra nicht sonderlich erfreut, uns zu sehen. Sie hatte den Hund gerade gebadet, sodass er weniger stank als sonst, und sie hatte ihm sogar eine rote Schleife umgebunden, wie es die Prominenten bei ihren Schoßhündchen machen. Als wir da waren, beachtete Kendra uns kaum. Sie verhätschelte den Hund, als wäre er ein Baby. Nicht einmal eine Cola hat sie uns angeboten.

Wir wollten gerade gehen, als wir Pastor Lens Pick-up hörten. Er kam atemlos hereingerannt; noch nie habe ich einen Menschen gesehen, der so zufrieden mit sich war wie er an diesem Tag.

Er begrüßte uns und sagte: »Ich habe es geschafft, Kendra. Ich habe es geschafft!«

Kendra reagierte kaum, und so war es an mir und Stephenie zu fragen, was er meinte.

»Gerade hat Dr. Lund mich angerufen! Er hat mich eingeladen, auf seiner Konferenz in Houston zu sprechen!«

Stephenie und ich trauten unseren Ohren nicht! Wir beide sahen Dr. Theodore Lunds Sendung natürlich jeden Sonntag, und einmal war Pam wirklich neidisch auf mich, weil Lorne mir eine signierte Ausgabe von Sherry Lunds Buch *Lieblingsrezepte für die ganze Familie* zum Geburtstag geschenkt hatte.

»Du weißt, was das bedeutet, oder, mein Schatz?«, sagte er zu Kendra.

Kendra wendete sich von dem Hund ab und sagte: »Was ist denn nun schon wieder?«

Und Pastor Len grinste breit und sagte: »Ich kann dir sagen, was ist – ich spiele endlich in der obersten Liga mit.«

Der folgende Artikel des britischen Journalisten und Dokumentarfilmers Malcolm Adelstein erschien ursprünglich am 21. Februar 2012 in *Switch Online*.

Ich stehe in der gigantischen Lobby des Konferenzzentrums von Houston, wo gerade der alljährliche Kongress der biblischen Endzeitprophezeiungen stattfindet. Ich halte eine Bibel in der Hand, deren Einband ein Fliegenfischer ziert, und warte auf einen Mann mit dem seltsamen Namen Flexible Sandy, dessen Pressekonferenz – er rührt die Werbetrommel für seinen neuesten Roman – in wenigen Minuten endet. Trotz der Teilnahmegebühr von fünftausend Dollar lockt die Tagung Tausende Besucher aus Texas und den umliegenden Bundesstaaten an; auf dem Parkplatz stehen Wohnmobile und Geländewagen mit Nummernschildern von so weit entlegenen Orten wie Tennessee und Kentucky. Ich scheine hier mit einem Abstand von mehreren Jahrzehnten der Jüngste zu sein – ringsum wogt ein Meer aus grau melierten Köpfen. Ich kann zweifellos behaupten, mich mehr als nur ein Stück weit aus meiner Komfortzone entfernt zu haben.

Felix »Flexible« Sandy hat eine schillernde Vergangenheit. Als er Anfang der Siebzigerjahre zum evangelischen Christentum übertrat, hatte er bereits eine erfolgreiche Karriere als Schlangenmensch, Trapezkünstler und Zirkusdirektor hinter sich – er ist so etwas wie ein mit allen Weihwassern gewaschener P. T. Barnum der Südstaaten. Flexibles Autobiografie *Hochseildraht zu Jesus* entwickelte sich in den Achtzigern zum Bestseller; der Legende zufolge wurde er anschließend von Dr. Theodore Lund, damals ein aufsteigender Stern am Himmel der Fernsehprediger, damit beauftragt, den ersten einer ganzen Reihe von Endzeitromanen zu verfassen. In der rasanten Prosa eines Dan Brown schildert Flexible bis ins letzte Detail, was geschieht, wenn am

Jüngsten Tag alle guten Christen mit einem Wimpernschlag von der Erde verschwinden und die Ungläubigen unter der Herrschaft des Antichristen zurückbleiben – eine Figur übrigens, die dem ehemaligen britischen Premierminister Tony Blair auf das Unheimlichste ähnelt. Neun Bestseller später (schätzungsweise hat Sandy über 70 Millionen Bücher verkauft) ist der Erfolg der Reihe ungebrochen. Zudem unterhält der Autor seit Kurzem die Webseite *rapturesacoming.com,* auf der er landes- und weltweite Katastrophenmeldungen zusammenträgt, um seine Anhänger (selbstverständlich gegen eine kleine Gebühr) über das Armageddon auf dem Laufenden zu halten, welches bald, vielleicht schon morgen, über uns hereinbrechen wird.

Dank seiner drahtigen Gestalt und dem solariumsgebräunten Gesicht wirkt der achtzigjährige Flexible so vital wie ein halb so alter Mann. Während er die lange Warteschlange aus treuen Fans abfertigt, verrutscht sein Dauerlächeln um keinen Millimeter. Ich möchte Flexible überzeugen, sich für eine von mir produzierte Dokumentarreihe über die US-Endzeitbewegung filmen zu lassen. Monatelang habe ich versucht, mit seiner PR-Frau – einer spröden, geschäftstüchtigen Dame, die mich seit meiner Ankunft im Kongresszentrum misstrauisch beäugt – einen Termin auszumachen. Letzte Woche verriet sie mir, dass ich möglicherweise eine Chance bekäme, wenn ich in Houston zur Buchpremiere erscheine.

Für alle, die es noch nicht wissen: Die Anhänger der Endzeitbewegung glauben, dass am Jüngsten Tag all jene, die Jesus Christus als ihren persönlichen Erlöser verehren (mit anderen Worten: alle wiedergeborenen Christen), in den Himmel hinaufbefördert (mit anderen Worten: entrückt) werden, während der Rest von uns sieben qualvolle Jahre unter dem Joch des Antichrist zu leiden hat. Dieser Glaube, der auf einer wörtlichen Auslegung der biblischen Propheten (darunter Johannes aus der Offenbarung, Hesekiel und Daniel) beruht, ist weiter verbreitet, als man meinen könnte. Allein in den USA rechnen schätzungsweise mehr als 65 Millionen Menschen damit, von den in der Offenbarung angekündigten Ereignissen noch zu Lebzeiten ereilt zu werden.

Die Stars der Endzeitpredigerszene begegnen der nicht evangelikalen Presse mit großem Misstrauen; naiverweise hoffe ich, dass mein britischer Akzent mir hilft, das Eis zu brechen. Fünftausend Dollar sind ein Haufen Geld, wenn man dafür nicht mehr bekommt als eine Bibel-Sonderedition. (Zufälligerweise sind in der Lobby Bibeln aller Art erhältlich: für Kinder, für »christliche Ehefrauen«, für Jäger und für Waffennarren. Mein Blick blieb aus unerfindlichen Gründen an der Fliegenfischerausgabe hängen; ich war noch nie beim Angeln.) Außerdem hoffe ich in meinem Optimismus, nicht nur Flexible für ein Interview zu gewinnen, sondern vielleicht sogar dem Oberboss persönlich, Dr. Theodore Lund, vorgestellt zu werden. (Meine Hoffnung ist überschaubar groß. Kollegen haben mir berichtet, es sei wahrscheinlicher, von Kim Jong-Il zum Lapdance eingeladen zu werden, als Lund zu treffen.) Dr. Lund, ein Superstar der evangelikalen Bewegung, betreibt einen eigenen TV-Sender und eine im Franchise-System organisierte Kette von Mega-Kirchen, die ihm jedes Jahr mehrere Hundert Millionen Dollar an »Spenden« einbringen. Zudem genießt er das Vertrauen des ehemaligen republikanischen Präsidenten »Billy Bob« Blake. Von seiner internationalen Fangemeinde wird Lund verehrt wie ein Hollywoodstar. Seine drei Sonntagsgottesdienste werden in alle Welt übertragen, und schätzungsweise schalten über einhundert Millionen Zuschauer wöchentlich ein, um seine Endzeit-Talkshow zu sehen. Dr. Lund mag in seinen Ansichten gemäßigter sein als die Dominionisten, eine fundamentalistische Sekte, die sich für die Einführung eines strikten Bibelrechts in den USA einsetzt (welches die Todesstrafe für Abtreibungsärzte, Schwule und ungehorsame Kinder vorsieht); dennoch tritt er als erbitterter Gegner von Homo-Ehe und Abtreibung auf, streitet den globalen Klimawandel ab und scheut nicht davor zurück, seinen Einfluss geltend zu machen, um besonders in der Nahostpolitik auf politische Entscheidungen einzuwirken.

Langsam schiebt sich die Warteschlange aus Fans vorwärts, die darauf warten, sich ihr Buch von Flexible signieren zu lassen. »Seine Bücher haben mein Leben verändert«, erklärt die Frau vor mir unaufgefordert. In ihrem Einkaufstrolley stapeln sich verschiedene Ausgaben der *Gone*-Bücher. »Sie haben mich zu Jesus gebracht.« Wir plaudern über ihre Lieblingsfiguren (sie mag Peter Kean, ein Helikopterpilot, dessen Glaubenszweifel sich – leider zu spät – in Luft auflösen, als seine Frau – eine wiedergeborene Christin –, seine Kinder und sein Kopilot vor seinen Augen entrückt werden). Ich komme zu der Erkenntnis, dass es unhöflich wäre, Flexible ohne eines der Bücher unter die Augen zu treten, deswegen bediene ich mich aus der riesigen Bücherschütte. Neben den turmhoch aufgestapelten *Gone*-Romanen liegt ein Kochbuch in auffälligem Hochglanzumschlag. Die stark geschminkte Frau auf dem Cover hat die schmalen Augen einer frisch Gelifteten. Ich erkenne Dr. Lunds Gattin Sherry wieder, Ko-Moderatorin der wöchentlichen Talkshow. Ihre Kochbücher schaffen es regelmäßig auf die Bestsellerliste der *New York Times,* und ihr Sexratgeber *Christliche Intimität,* den sie zusammen mit Dr. Lund schrieb, ging in den Achtzigerjahren weg wie warme Semmeln.

Während der joviale Flexible seine geriatrische Fangemeinde um den Finger wickelt, lese ich mir die Ankündigungen der Gesprächsrunden, Podiumsdiskussionen und Gebetskreise durch, die an diesem Wochenende nahtlos ineinander übergehen. Im Foyer stehen überall lebensgroße Hochglanz-Pappfiguren prominenter Fernsehprediger herum, die Hauptattraktion der Veranstaltung. Neben verschiedenen Gesprächsrunden zum Thema »Bist du bereit für die Entrückung?« werden Symposien zum Kreationismus und eine nachträglich in den Veranstaltungsplan aufgenommene »Begegnung« mit Pastor Len Vorhees angeboten, dem jüngsten Neuzugang im Endzeit-Starensemble. Vorhees hat kürzlich einen mittelgroßen Twittersturm ausgelöst mit seiner bemerkenswerten These, die drei Kinder, die die Unglücke vom Schwarzen Donnerstag überlebt haben, seien in Wahrheit drei von vier Reitern der Apokalypse.

Endlich ist die Warteschlange geschrumpft, und ich bin an der Reihe. Die schnippische PR-Frau flüstert Flexible etwas ins Ohr, und er richtet den Leuchtstrahl seines Lächelns auf mich. Seine kleinen Augen glänzen wie schwarze Knöpfe.

»England, hm?«, sagt er. »Letztes Jahr war ich in London. Ein heidnisches Volk, das dringend errettet werden muss, nicht wahr, mein Sohn?«

Ich pflichte ihm bei. Genau so sei es.

»Welchem Beruf gehen Sie nach, mein Sohn? Patty sagt, Sie planen ein Interview mit mir, so etwas in der Art?«

Ich sage ihm die Wahrheit. Dass ich Dokumentationen für das Fernsehen drehe und dass ich liebend gern mit ihm und Dr. Lund über ihren jeweiligen Werdegang sprechen würde.

Der Blick aus Flexibles Knopfaugen durchbohrt mich. »Sind Sie von der BBC?«

Ich gebe zu, dass ich schon für die BBC gearbeitet habe, ja. Das ist nicht einmal gelogen. Ich habe als Laufbursche bei der BBC in Manchester angefangen, auch wenn ich nach zwei Monaten wegen Haschrauchens im Aufnahmestudio gefeuert wurde. Ich beschließe, Letzteres zu verschweigen.

Flexible scheint sich zu entspannen. »Warten Sie kurz, ich werde sehen, was sich machen lässt.« Es ist einfacher, als ich gedacht habe. Er winkt seine PR-Frau zu sich, der es irgendwie gelingt, mich böse anzusehen und gleichzeitig zu lächeln. Die zwei unterhalten sich in einem hektischen Flüsterton.

»Mein Junge, Teddy hat gerade zu viel zu tun. Aber ich mache Ihnen einen Vorschlag, warum kommen Sie in ein paar Stunden nicht einfach rauf ins Penthouse? Mal sehen, ob ich Sie beide bekannt machen kann. Er ist ein riesiger Fan eurer Serie *Cavendish Hall*.«

Ich bin mir nicht sicher, was *Cavendish Hall,* ein kitschiges Historiendrama, das weltweit hohe Wellen schlägt, mit mir zu tun haben soll, aber offenbar ist Flexible Sandy immer noch der Ansicht, ich arbeite für die BBC. Ich verziehe mich, bevor seine PR-Frau ihn überreden kann, mich wieder auszuladen.

Anstatt in mein Zimmer im Boutique-Hotel zurückzukehren (glücklicherweise ist die Übernachtung im Eintrittspreis enthalten), überlege ich mir, eine der Gesprächsrunden zu besuchen. Für die »formlose Begegnung« mit Pastor Len Vorhees bin ich eine halbe Stunde zu spät dran, aber als ich dem Türsteher sage, ich wäre ein enger Freund von Flexible Sandy, lässt er mich ein. Im Starlight Auditorium gibt es nur Stehplätze, sodass von Pastor Len Vorhees, der vor dem Publikum auf und ab läuft, nicht mehr zu sehen ist als ein sorgfältig frisierter Haarschopf. Hin und wieder fängt seine Stimme zu beben an, aber die eingeworfenen »Amen!«-Rufe verdeutlichen, dass seine Botschaft wohlwollend aufgenommen wird. Ich meine, mich vage erinnern zu können, dass Pastor Lens bizarre Theorien unter den Anhängern der Endzeitbewegung eine erbitterte Debatte ausgelöst haben, ganz besonders in den Kreisen der Preteristen, die im Gegensatz zu den anderen Fraktionen glauben, die in der Offenbarung beschriebenen Ereignisse seien längst eingetreten. Bald wird mir klar, dass die Offenbarung ganz offensichtlich als Grundlage von Pastor Lens wilden Unterstellungen dient. In der Prophezeiung des Johannes bringen die vier Reiter Krieg, Krankheit, Hunger und Tod mit sich, und Pastor Len zählt die jüngsten »Zeichen« auf, die seine These untermauern. Er bezieht sich auf den grausigen Tod des von Echsen angefressenen Paparazzo, der sich angeblich Zutritt zu Bobby Smalls Krankenzimmer verschafft hatte (in der Offenbarung ist von aggressiven Tieren die Rede), sowie auf die Norovirus-Epidemie, die eine Flotte von Kreuzfahrtdampfern in vollgekotzte Höllenschiffe verwandelt hat. Er beschließt seinen Vortrag mit der zugegebenermaßen erschreckenden Ankündigung, in den afrikanischen Staaten werde demnächst ein Krieg wüten und die asiatische Bevölkerung durch die Vogelgrippe dezimiert.

Weil ich mich nach einem harten Drink sehne, schleiche ich unter »Amen«-Rufen hinaus und warte in einer Bar auf meine Audienz bei Flexible Sandy und Dr. Lund.

Ich bin baff, als ich von Dr. Lund persönlich in die Suite eingelassen werde. Er begrüßt mich mit einem strahlenden Lächeln, das seine hochmodernen Zahnprothesen entblößt. »Schön, Sie kennenzulernen«, sagt er und ergreift meine Hand mit beiden Händen. Sein Teint schimmert leicht künstlich, als wäre er eine verstrahlte Frucht. »Kann ich Ihnen ein Getränk anbieten? Ihr Briten trinkt am liebsten Tee, nicht wahr?« Ich murmele so etwas wie »in der Tat« und folge ihm in eine Ecke, wo Flexible Sandy und ein gut fünfzig Jahre alter Mann im Maßanzug in üppig gepolsterten Ledersesseln sitzen. Ich brauche einen Moment, um zu begreifen, dass es sich bei dem Mann im Anzug um Pastor Len Vorhees handelt. Er ist ganz offensichtlich weniger entspannt als die anderen; er macht auf mich den Eindruck eines besonders bemühten Jungen.

Ich werde vorgestellt und lasse mich zwischen die Kissen eines wuchtigen Sofas sinken, das den Sesseln gegenübersteht. Alle drei strahlen mich an; bei keinem erreicht das Lächeln die Augen.

»Flexible hat mir erzählt, Sie arbeiten für die BBC«, eröffnet Dr. Lund das Gespräch. »Ich muss Ihnen etwas gestehen, mein Freund, ich mache mir eigentlich nichts aus Fernsehen, aber diese Serie *Cavendish Hall* gefällt mir außerordentlich gut. Damals wussten die Leute noch, was Anstand ist, nicht wahr? Die hatten moralische Prinzipien. Und Sie sind also über den großen Teich geflogen, um einen Dokumentarfilm zu drehen?«

Noch bevor ich antworten kann, fährt er fort: »Wir bekommen jede Menge Interviewanfragen. Aus aller Welt. Aber ich sage

Ihnen was, möglicherweise ist jetzt der richtige Zeitpunkt, um die Botschaft nach England zu bringen.«

Ich will gerade etwas antworten, als in der Tür zu einem der angrenzenden Zimmer zwei Frauen erscheinen. In der größeren erkenne ich Dr. Lunds Gattin Sherry, so frisiert und angemalt wie auf dem Cover ihres neuesten Kochbuchs. Die Frau, die einen halben Schritt hinter ihr steht, könnte unterschiedlicher nicht sein. Sie ist spindeldürr und ungeschminkt, und auf ihrem Arm räkelt sich eine Art Pudel.

Ich will aufstehen, aber Dr. Lund bedeutet mir, sitzen zu bleiben. Er stellt mir zuerst Sherry und dann Pastor Lens Frau Kendra vor. Kendra sieht mich kaum an, und Sherry schenkt mir ein Lächeln von einer Nanosekunde, bevor sie sich an ihren Mann wendet. »Teddy, vergiss nicht, dass Mitch auf dem Weg ist.« Sie schickt ein zweites geübtes Blitzlächeln in meine Richtung. »Wir bringen Snookie kurz an die frische Luft.« Dann fegt sie, Kendra und den Hund im Schlepp, aus der Suite.

»Kommen wir zum Geschäft«, sagt Dr. Lund zu mir. »Was genau schwebt Ihnen vor, mein Junge? Welche Art von Dokumentarfilm drehen Sie?«

»Nun ...«, sage ich. Und ganz plötzlich und unerwartet fällt meine sorgsam einstudierte Geschichte in sich zusammen, und mein Kopf ist vollkommen leer. In meiner Verzweiflung richte ich das Wort an Pastor Len Vorhees. »Vielleicht kann ich ... Pastor Vorhees, ich habe Ihren Vortrag gehört ... er war, nun ja, interessant. Darf ich Sie etwas zu Ihrer Theorie fragen?«

»Das ist keine Theorie, Junge«, knurrt Flexible, ohne dass sein Lächeln verrutscht. »Es ist die Wahrheit.«

Ich weiß nicht, warum die drei Männer mich so nervös machen. Vielleicht liegt es an der geballten Ladung von Überzeugungen und Persönlichkeiten, mit der ich mich hier konfrontiert sehe – nur die größten Charismatiker steigen zu Fortune-500-Predigern auf. Ich reiße mich zusammen. »Aber ... wenn Sie sagen, die ersten vier Siegel seien geöffnet ... widerspricht das nicht

Ihrem Glauben? Dem Glauben, dass die Erretteten in den Himmel verschwinden, *bevor* die vier Reiter das Verderben über die Erde bringen?« Die Eschatologie – die Lehre von den Endzeitprophezeiungen – kann für Laien ziemlich undurchschaubar sein. Bei meinen Recherchen hatte ich gelernt, dass Dr. Lund und Flexible Anhänger der prätribulären Entrückungstheorie sind, in der die Entrückung der Gläubigen der siebenjährigen Trübsal vorausgeht (sie findet also statt, *bevor* der Antichrist die Macht übernimmt und uns Verbliebenen das Leben zur Hölle macht). Die Ansichten von Pastor Len hingegen entsprechen der posttribulären Entrückungslehre, der zufolge wiedergeborene Christen als Zeugen auf der Erde verbleiben, während Asche und Schwefel vom Himmel regnen. Es ist die Phase, die nach Pastor Len gerade begonnen hat.

Pastor Lens attraktives Gesicht zuckt, und er zupft an seinem Ärmel herum, aber Flexible und Dr. Lund kichern, als wäre ich ein Kind, das einen unpassenden, aber lustigen Kommentar gemacht hat. »Da existiert kein Widerspruch, mein Junge«, sagt Flexible. »Aus Matthäus vierundzwanzig wissen wir: ›Denn es wird sich ein Volk gegen das andere erheben und ein Königreich gegen das andere; und es werden Hungersnöte kommen und Erdbeben hier und dort. Das alles aber ist der Anfang der Wehen.‹«

»Es passiert überall«, warf Dr. Lund ein. »Jetzt in diesem Moment. Und wir wissen, dass diese Wehen die Öffnung der ersten vier Siegel ankündigen. Wir wissen außerdem aus der Offenbarung und Sacharja, dass die vier Boten anschließend in die Welt geschickt werden. Weiß nach Westen, Rot nach Osten, Schwarz gen Norden und das fahle Pferd gen Süden. Nun da die Siegel gebrochen wurden, wird Asien, Amerika, Europa und Afrika die Bestrafung ereilen.«

Ich habe mich vergeblich bemüht, seiner Argumentation zu folgen, aber den letzten Satz verstehe ich.

»Was ist mit Australien? Der Antarktis?«

Flexible schmunzelt wieder und schüttelt den Kopf über meine Begriffsstutzigkeit.«»Unbeteiligt am globalen moralischen Verfall, mein Junge. Aber auch sie kommen an die Reihe. Die Regierungen dieser Welt und die UNO werden zusammenarbeiten, um dem Gehörnten zu dienen.«

Weil mich bis jetzt noch niemand mit einem Tritt in den Hintern aus dem Zimmer befördert hat, werde ich mutig. Ich weise ihn darauf hin, der Bericht des NTSB werde anscheinend darauf hinauslaufen, dass die jeweiligen Absturzursachen eine Erklärung haben – Pilotenfehler, Vogelschlag, technisches Versagen – und ein übernatürliches Geschehen auszuschließen ist (ich schaffe es, das irgendwie zu umschreiben, ohne von Außerirdischen oder dem Teufel zu sprechen).

Pastor Len will den Mund aufmachen und antworten, aber Dr. Lund geht dazwischen. »Ich werde für dich antworten, Len. Sie meinen wirklich, Gott hätte nicht die Macht, es nach einem Unglück aussehen zu lassen? Er will unseren Glauben prüfen, um die Gläubigen von den Heiden zu trennen. Wir sind seinem Ruf gefolgt. Unsere Aufgabe ist es, Seelen zu retten, mein Junge, und wenn der vierte Reiter gefunden wird, werden auch die Zweifler und Zauderer beim Herrn Zuflucht suchen.«

Ich merke, wie meine Kinnlade herunterklappt. »Der vierte Reiter?«

»Richtig, mein Sohn.«

»Aber beim Absturz in Afrika hat es keine Überlebenden gegeben.«

Pastor Len und Dr. Lund tauschen einen Blick aus, und dann nickt Dr. Lund kaum merklich.

»Wir glauben etwas anderes«, sagt Pastor Len.

Ich stammele, das NTSB und die afrikanischen Behörden hätten einhellig festgestellt, dass es beim Absturz des Dalu-Air-Fluges keine Chance auf Überlebende gegeben habe.

Dr. Lund lächelt grimmig. »Das haben sie über die drei anderen Abstürze auch gesagt, aber siehe da, der Herr hat uns eines Besseren belehrt.« Er hält inne. Und dann stellt er die Frage, auf die ich die ganze Zeit gewartet habe. »Sind Sie schon erlöst, mein Sohn?«

Flexible Sandys sonderbarer Knopfaugenblick bohrt sich in meine Augen, und auf einmal bin ich wieder in der Schule und stehe vor dem Klassenlehrer. Ich spüre den mächtigen Wunsch zu behaupten, dass ich sehr wohl unter den Geretteten sei. Aber der Wunsch zieht vorüber, und ich sage die Wahrheit: »Ich bin Jude.«

Dr. Lund nickt anerkennend. Flexible Sandy grinst standhaft weiter. »Wir brauchen die Juden«, sagt Dr. Lund. »Bei den kommenden Ereignissen spielt ihr eine entscheidende Rolle.«

Ich weiß, wovon er spricht. Nach der Entrückung und der Herrschaft des Antichrist wird Jesus auf die Erde zurückkehren, um die Ungläubigen zu unterwerfen und den Antichrist vom Thron zu fegen. Angeblich wird die Schlacht in Israel stattfinden, deswegen ist Dr. Lund wie viele Anhänger der Prophezeiung ein leidenschaftlicher Verfechter des Staates Israel. Er glaubt, dass Israel den Juden gehört und den Juden allein, denn so steht es in der Bibel, und er lehnt alle Landgaben und alle Friedensverträge mit den Palästinensern vehement ab. Gerüchten zufolge war Dr. Lund während Präsident »Billy Bob« Blakes Amtszeit ein gern gesehener Gast im Weißen Haus. Ich möchte ihn das Offensichtliche fragen – warum sich jemand, der an das bevorstehende Ende der Welt glaubt, überhaupt noch politisch engagiert –, aber Dr. Lund steht auf, bevor ich meine Frage ausformulieren kann.

»Alles Gute, mein Sohn«, sagt er. »Melden Sie sich bei meiner Pressesprecherin, sie wird sich um alles kümmern.« Mit einer zweiten Runde Händeschütteln werde ich entlassen. (Ein paar Tage später folge ich seiner Aufforderung, bekomme als Antwort aber nur ein knappes »Dr. Lund ist nicht zu sprechen«. Alle Bemühungen, mit Flexible Sandy zu kommunizieren, laufen ins Leere.)

Als ich das Konferenzzentrum mit der Fliegenfischerbibel und dem *Gone*-Buch unter dem Arm verlasse, komme ich an einer

Phalanx aus riesigen Bodyguards vorbei. Sie umringen einen Mann, dessen Anzug noch teurer ist als der von Dr. Lund. Ich erkenne ihn sofort. Er ist Mitch Reynard, ehemaliger Gouverneur von Texas, der erst vor ein paar Wochen angekündigt hat, als republikanischer Kandidat bei den nächsten Präsidentschaftswahlen anzutreten.

Der folgende Text stammt von *rapturesacoming.com*, der Webseite von Felix »Flexible« Sandy.

Heute will ich euch, meine treuen Anhänger, eine persönliche Nachricht zukommen lassen. Unsere Brüder Dr. Theodore Lund (ich muss ihn wohl kaum vorstellen!) und Pastor Len Vorhees aus dem Sannah County haben uns die Wahrheit gezeigt und unwiderlegbar bewiesen, dass die ersten vier Siegel aus der Offenbarung geöffnet worden sind und die vier Reiter auf die Erde losgelassen wurden, um die Gottlosen durch Hunger, Plagen, Krieg, Krankheit und Tod zu bestrafen. Einige von euch werden jetzt vielleicht sagen, aber Flexible, wurden die Siegel nicht schon vor langer Zeit gebrochen? Schließlich geht es mit der Moral in der Welt seit Jahrzehnten bergab, oder? Ich sage euch, dem mag so sein, aber nun hat Gott in seiner Weisheit uns die Wahrheit offenbart. Und wenn ihr darüber nachdenkt, werdet ihr die Handlung aus *Dieb in der Nacht* wiedererkennen, dem neunten Buch meiner *Gone*-Reihe, das man, ihr wisst es längst, hier in meinem Onlineshop bestellen kann.

Aber das ist noch nicht alles. Ihr werdet sehen, dass die Zeichen sich überschlagen werden, dass sie diese Woche nur so auf uns einprasseln werden. Gute Nachrichten für all diejenigen von uns, die darauf warten, an Jesus' Seite sitzen zu dürfen!

Euer Flexible

Die vollständigen Listen seht ihr, wenn ihr die Überschriften anklickt. Hier ist meine Auswahl:

PLAGEN (rapturesacoming-Wahrscheinlichkeitsrate: 74 %)
Das Brechvirus, das auf den Kreuzfahrtschiffen ausgebrochen ist, hat die gesamten USA befallen: www.news-agency.info/2012/februar/norovirus-breitet-sich-bis-an-die-us-ostkueste-aus

(Dank an Isla Smith aus North Carolina für den Link! Flexible ist beeindruckt von deinem Glauben!)

KRIEG (rapturesacoming-Wahrscheinlichkeitsrate: 81 %)
Tja, was soll ich dazu sagen? Krieg ist immer ein starkes Zeichen, das auch diesmal nicht fehlt! Der heilige Krieg gegen den Terror tobt immer noch in Afghanistan, und seht euch diesen Link an:
www.atlantic-mag.com/worldnews/nukleare-bedrohung-durch-nordkorea-möglicherweise-laengst-realitaet

HUNGER (rapturesacoming-Wahrscheinlichkeitsrate: 81 %)
Offenbar hat sich die Maul- und Klauenseuche im restlichen Europa eingenistet. Seht euch diese Titelzeile an: »Britische Regierung warnt vor massiven Schäden für die Landwirtschaft durch mutierten Erreger der Maul- und Klauenseuche«.
(Quelle: www.euronewscorp.co.uk/footandmouth/)

TOD (rapturesacoming-Wahrscheinlichkeitsrate: 91 %)
Und ich sah, und siehe, ein fahles Pferd. Und der darauf saß, dessen Name war der Tod, und die Totenwelt folgte ihm. Und ihnen wurde die Macht gegeben, den vierten Teil der Erde zu töten, mit Schwert und Hunger und Seuchen und durch die wilden Tiere auf der Erde. (Offenbarung 6:8)

In letzter Zeit ist es vermehrt zu Tierattacken gekommen, genau so wie in Vers 6:8 angekündigt. Seht euch folgende Links an:
»US-Tourist in Botswana von kranker Hyäne getötet« (www.bizarre-deaths.net)
»Obduktion des von Hausechsen gefressenen Fotografen verschoben« (www.latimesweekly.com)

Anmerkung von Flexible: Der letzte Fall ist besonders interessant, da der Fotograf in Verbindung zu Bobby Small stand – eine neun auf der Skala! Seit dem 11. September waren wir nicht so nah dran!

Lola Cando

Ich hatte Lenny eine ganze Weile nicht gesehen, nicht seit er mir von Pamela May Donalds Botschaft erzählt hatte. Dann rief er an und wollte sich in unserem Motel mit mir treffen. Zu seinem Glück hatte mir gerade jemand abgesagt. Einer meiner Stammkunden, ein Exmarine, sehr netter Kerl, fühlte sich nicht gut und wollte seinen Termin verschieben.

Jedenfalls kam Lenny an dem Tag ins Zimmer geplatzt, trank hastig den Drink, den ich ihm hingestellt hatte, und lief dann unruhig auf und ab. Er sagte, er wäre gerade von einer Veranstaltung in Houston zurückgekommen. Er sah aus wie ein Junge, der zum ersten Mal im Disneyland war. Er hat mindestens eine halbe Stunde ohne Pause geredet. Er hat erzählt, wie er mit Dr. Lund zusammen war und dass der ihn in seine Sonntagssendung eingeladen hatte. Er hätte sogar mit Flexible Sandy zu Abend gegessen – das ist der Typ, der diese Bücher geschrieben hat, bin leider immer noch nicht dazu gekommen, sie zu lesen. Er konnte gar nicht mehr aufhören zu reden. Der Saal, in dem er seinen Vortrag gehalten hatte, sei bis unter die Decke mit Gläubigen vollgestopft gewesen.

»Und rate mal, wer noch da war, Lo?«, fragte er und nahm seine Krawatte ab. Ich wusste nicht, was ich sagen sollte, hätte mich nicht gewundert, wenn er Jesus persönlich getroffen hätte, so ehrfurchtsvoll redete er über diese anderen Typen. »Mitch Reynard«, sagte er. »Mitch Reynard! Dr. Lund wird ihn im Wahlkampf unterstützen.«

Ich habe mit Politik nichts am Hut, aber sogar ich weiß, wer der Kerl ist. Ich habe ihn einmal in der Nachrichtensendung gesehen, die Denisha immer anschaut. Aalglatter Typ, ehemaliger Prediger, er sieht ein bisschen so aus wie Bill Clinton und hat immer die richtige Entgegnung parat, und früher war er bei der Tea Party, glaube ich. Er war schon in den Nachrichten, bevor überhaupt bekannt wurde, dass er für die Republikaner kandidieren will. Die Liberalen haben ihn heftig kritisiert für seine Äußerungen zum Feminismus und dass die Homo-Ehe abartig sei.

Lenny steigerte sich total hinein, er meinte sogar, das wäre jetzt möglicherweise seine Gelegenheit, selbst in die Politik zu gehen. »Alles ist denkbar, Lo. Dr. Lund hat gesagt, wir müssten alles in unserer Macht Stehende tun, um das Steuer herumzureißen und das Land wieder auf eine solide moralische Basis zu stellen.«

Da wir beim Thema Moral sind: Ich hatte nie das Gefühl, dass Lenny es heuchlerisch fand, mich für meine Dienste zu bezahlen. Vielleicht betrachtete er es nicht als Ehebruch. Er sprach nicht oft von seiner Frau, aber ich hatte den Eindruck, dass die beiden schon länger nicht mehr intim miteinander waren. Ja, und während unserer letzten Treffen war für Ehebruch sowieso kaum Zeit. Er war zu beschäftigt, sich bei mir auszukotzen.

Ob ich sagen würde, der Ruhm sei ihm zu Kopf gestiegen? Ja, auf jeden Fall. Als er die Internetseite hatte und bei Dr. Lund gewesen war, führte er sich auf wie der Junge mit dem größten, besten Spielzeug. Er sagte, er stehe mit Leuten auf der ganzen Welt in Kontakt. Sogar aus Afrika. Da war dieser Monty, dem er täglich schrieb, und so ein Marine, der irgendwo in Japan Dienst schob. Jake irgendwas. Ich kann mich an den Nachnamen nicht erinnern, obwohl er später überall in den Nachrichten war. Lenny hat mir gesagt, dieser Marine wäre in dem Wald gewesen, in dem das Flugzeug abgestürzt ist. »Wo Pam ihren letzten Atemzug getan hat.« Er sagte, Dr. Lund habe versucht, Kontakt zu Bobbys Großmutter aufzunehmen, er wollte Bobby auch in seine Show einladen, aber er blieb erfolglos. Die arme Frau tat mir wirklich leid. Mir und Denisha. Gar nicht so leicht, so bedrängt zu werden, während man noch trauert.

Lenny redete weiter und weiter, er würde von überall Interviewanfragen bekommen, von Talkshows, Radiosendungen, Internetblogs, das volle Programm, und nicht alle von denen waren religiös. »Hast du keine Angst, dass sie dich durch den Kakao ziehen wollen, Lenny?«, fragte ich. Er deutete an, Dr. Lunds PR-Team hätte ihm geraten, sich von der nicht christlichen Presse fernzuhalten, und ich hielt das für einen weisen Rat. Sicher betrachteten viele Leute das, was er über die Kinder gesagt hatte, also, dass sie die apokalyptischen Reiter seien, für blanken Unsinn.

»Ich verbreite die Wahrheit, Lo«, sagte er. »Wenn die Leute sie ignorieren wollen, ist es ihre Sache. Wir werden ja sehen, wer zuletzt lacht, wenn die Entrückung geschieht.«

An dem Tag haben wir es nicht gemacht. Er wollte nur reden. Bevor er ging, bat er mich, am Wochenende Dr. Lunds Sendung *Vereint im wahren Glauben* nicht zu verpassen.

Ich war neugierig zu sehen, wie Lenny im Fernsehen rüberkam, deswegen setzte ich mich am Sonntag vor die Kiste. Denisha wunderte sich sehr. Ich hatte ihr nie erzählt, dass Lenny einer von meinen Kunden war. Ich respektiere die Privatsphäre meiner Stammkunden, ich weiß, das klingt jetzt nach einer Lüge, da ich doch hier sitze und mit Ihnen rede. Aber ich habe nie darum gebeten, geoutet zu werden, oder? Ich war nicht diejenige, die zu den Reportern gelaufen ist. Jedenfalls fing es damit an, dass Dr. Lund an diesem protzigen Goldaltar stand, hinter ihm ein riesiger Chor. Die Kirche, die er da hat, ist so groß wie ein Einkaufszentrum und trotzdem fast aus allen Nähten geplatzt. Eigentlich hat er nur Lennys Theorie über die Botschaft von Pamela May Donald wiederholt, nur dass er alle fünf Minuten Pause machte, um den Chor singen zu lassen und damit die Gemeinde ihr »Amen« und »gelobt sei Jesus« dazwischenrufen konnte. Dann meinte er, die Zeit sei reif für Gottes Urteil, da doch alle so unmoralisch leben, die Schwulen und die Emanzen und die Babymörder und die Lehrer, die in den Schulen die Evolutionslehre unterrichten. Denisha musste immer wieder mit der Zunge schnalzen. Ihre Gemeinde weiß genau, womit sie ihren Lebensunterhalt verdient, und mit den Schwulen haben die auch keine Probleme. »Denen ist das egal, Lo«, sagte sie. »Menschen sind Menschen, und da ist es doch besser, es offen zuzugeben, als es zu verstecken. Jesus hat auch niemanden verurteilt, oder? Außer die Wucherer.« Die meisten dieser reichen TV-Prediger und Nobelpastoren haben doch selbst Leichen im Keller, jeden Tag scheint es einen neuen Skandal zu geben. Nur nicht bei Dr. Lund. Er war für seine weiße Weste bekannt. Denisha schätzte, dass er über die richtigen Verbindungen verfügte, um seine schmutzigen Geheimnisse aus den Medien zu halten; er wusste eben, wie man es richtig macht.

Nach der Predigt ging Dr. Lund zu einem Bereich neben der Bühne, der wie ein Wohnzimmer aufgemacht war, mit teuren Teppichen und Ölgemälden und Lampenschirmen mit Goldfransen. Auf dem Sofa saßen Dr. Lunds Frau Sherry, Lenny und eine dürre Frau, die so aussah, als sollte sie dringend mal was essen. Es war das erste Mal, dass ich Pastor Lens Frau Kendra zu sehen bekam. Völlig anderer Typ als Sherry, von der Denisha meinte, sie sehe aus wie Tammy Faye Bakker – ultralange Wimpern und Dragqueen-Accessoires. Nur Lenny sah okay aus. Er wirkte aufgeregt und hat ständig herumgezappelt, und manchmal hat seine Stimme gezittert, aber er hat sich nicht blamiert. Das Reden hat hauptsächlich Dr. Lund übernommen. Kendra hat kein Wort gesagt. Und ihr Gesichtsausdruck … war schwer zu deuten. Ich hätte nicht beurteilen können, ob sie nervös war oder das Ganze albern fand oder sich einfach nur zu Tode langweilte.

Pastor Len Vorhees folgte einer Einladung in DJ Erik Kavanaughs berüchtigte New Yorker Radiotalkshow *Mouthing Off*. Der folgende Text ist das Transkript der Sendung vom 8. März 2012.

ERIK KAVANAUGH: Heute bei mir im Studio zu Gast ist Pastor Len Vorhees aus Sannah County, Texas.
Pastor Len – darf ich Sie so nennen?

PASTOR LEN VORHEES: Ja, Sir, das ist absolut in Ordnung.

EK: Das ist eine Premiere, mich hat noch nie jemand Sir genannt. Ich muss schon sagen, Sie sind höflicher als die meisten Gäste, die sonst hier sitzen. Pastor Len, Sie haben einen Twitter-Account. Finden Sie es richtig für einen evangelikalen Christen, sich der sozialen Medien auf diese Weise zu bedienen?

PL: Ich finde, wir sollten alle verfügbaren Mittel einsetzen, um die gute Nachricht zu verbreiten, Sir. Und nun, da ich meine Botschaft hinausposaunt habe, kommen die Leute scharenweise ins Sannah County, um sich erretten zu lassen. Tja, meine Kirche quillt fast über vor Besuchern. *(Er lacht.)*

EK: Dann ist es also wie in dieser Szene in *Der Weiße Hai*. Sie werden eine größere Kirche brauchen.

PL: *(Pause)* Ich weiß nicht genau, worauf …

EK: Lassen Sie uns direkt zu Ihren Thesen kommen. Einige Leute sagen, Ihre Überzeugung, die drei Kinder wären die vier apokalyptischen Reiter, wäre – und ich kann es einfach nicht anders ausdrücken – absoluter und völlig bekloppter Schwachsinn.

PL: *(Lacht nervös.)* Also bitte, Sir, diese Ausdrucksweise ist …

EK: Stimmt es, dass Sie auf die Theorie kamen, weil eines Ihrer Gemeindemitglieder, Pamela May Donald, die einzige Amerikanerin in dem japanischen Flugzeug, das im Wald abgestürzt ist, eine Nachricht auf ihrem Handy hinterlassen hat?

PL: Äh … ja, das stimmt. Die Nachricht war für mich, und ihre Bedeutung war mehr als klar. »Pastor Len«, sagte sie, »warnen Sie sie vor dem Jungen.« Damit konnte sie nur den japanischen Jungen gemeint haben, der den Crash als Einziger überlebt hat. Als *Einziger*. Und das Logo des Flugzeugs …

EK: In der Nachricht erwähnt sie auch ihren Hund. Wenn Sie also glauben, dass der Junge eine Art Vorbote des Weltuntergangs ist, heißt das doch sicher auch, dass wir den Wuffi ab jetzt wie eine Gottheit verehren sollten?

PL: *(Mehrere Sekunden Sendepause)* Nun ja, so weit würde ich nicht gehen …

EK: Auf Ihrer Webseite pamelaprophet.com – Leute, die müsst ihr euch wirklich ansehen, glaubt mir – schreiben Sie, Ihre Thesen ließen sich durch Fakten beweisen. Die ersten Anzeichen für das Elend, das die Reiter über die Erde bringen, seien bereits sichtbar. Lassen Sie mich ein Beispiel nennen, nur für diejenigen Hörer, die mit Ihrer Theorie nicht vertraut sind. Sie sagen, die Maul- und Klauenseuche, die gerade in Europa ausgebrochen ist, sei durch das Auftreten der Reiter ausgelöst worden, ist das richtig?

PL: Das ist korrekt.

EK: Aber bestimmt kommt so was ständig vor? In Großbritannien ist die Seuche vor ein paar Jahren schon einmal aufgetreten.

PL: Aber es ist nicht das einzige Zeichen, Sir. Wenn Sie alle zusammen betrachten, erkennen Sie ein Muster, das ...

EK: Und diese Zeichen, sagen Sie, stehen für die Tatsache, dass das Ende der Welt nicht mehr fern ist und alle Christen demnächst in den Himmel aufsteigen. Könnte man sagen, dass Sie, also die Evangelikalen, sich auf das Ereignis freuen?

PL: Ich würde nicht sagen, dass freuen der passende Begriff ist, nein, Sir. Es ist wichtig, Ihren Hörern zu vermitteln, dass sie, wenn sie den Herrn in ihr Herz ...

EK: Dann sind die Zeichen also Gottes Art, uns zu sagen: Leute, die Zeit ist um, lasst euch retten oder brennt für immer in der Hölle?

PL: Äh ... ich bin mir nicht sicher, dass ...

EK: Ihre Überzeugungen werden von religiösen Führern der, sagen wir mal, traditionelleren Glaubensgemeinschaften radikal attackiert. Nicht wenige von denen haben gesagt, Ihre Behauptungen seien, ich zitiere wörtlich, »absoluter Unsinn und Panikmache«.

PL: Zweifler wird es immer geben, Sir, aber ich möchte Ihren Hörern dennoch dringend raten ...

EK: Sie haben mächtige Unterstützer. Ich spreche von

Dr. Theodore Lund von der Endzeitbewegung. Ist es wahr, dass er sich früher mit Expräsident »Billy Bob« Blake zum Schießen getroffen hat?

PL: Äh ... das müssen Sie ihn selbst fragen, Sir.

EK: Aber nicht befragen muss ich ihn zu seinen Ansichten über Frauenrechte, Friedensverträge in Israel, Abtreibung und Schwulenehe. Er ist radikal dagegen. Teilen Sie seine Meinung?

PL: *(Wieder eine lange Pause)* Ich denke, dass wir uns in diesen Fragen nach der Bibel richten sollten, Sir. In Levitikus heißt es ...

EK: Heißt es bei Levitikus nicht auch, Sklaven zu halten wäre okay und Kinder, die ihren Eltern widersprechen, gehörten gesteinigt? Warum pickt ihr euch die, sagen wir mal, Anti-Homo-Stellen raus und ignoriert das restliche Zeugs?

PL: *(Mehrere Sekunden Sendepause)* Sir ... ich muss mich gegen Ihren Ton verwahren. Ich bin in diese Sendung gekommen, um den Zuhörern zu sagen, dass unsere Zeit ...

EK: Nächstes Thema. Ihre Theorie über die Drei ist nicht das Einzige, was gerade für Gesprächsstoff sorgt. Es gibt da nicht wenige Irre, die der Überzeugung sind, diese Kinder wären von Aliens besessen. Warum sollte deren Meinung verrückter sein als Ihre?

PL: Ich weiß nicht, was Sie damit ...

EK: Die Drei sind doch bestimmt nur Kinder. Haben sie nicht schon genug durchgemacht? Wäre es nicht christlich, nicht über sie zu urteilen?

PL: *(Weitere lange Pause)* Ich ... Ich kann nicht ...

EK: Nehmen wir also an, sie wären besessen. Stecken die richtigen Kinder trotzdem immer noch in den Körpern drin? Denn in dem Fall würde es ja recht eng, oder?

PL: Gott ... Jesus geht manchmal Wege, die wir ...

EK: Ah, da ist wieder das Argument, »die Wege des Herrn sind unergründlich«.

PL: Äh ... aber Sie können nicht ... Sie können die Zeichen nicht ignorieren ... Wie sonst sollten die Kinder diese Abstürze überlebt haben? Es ist ...

EK: Stimmt es, dass Sie an die Existenz eines vierten Kindes glauben, das den Crash in Afrika überlebt hat? Einen vierten Reiter? Sie halten Ihre Behauptung aufrecht, obwohl die Experten des NTSB einhellig der Meinung sind, dass niemand die Tragödie überlebt hat?

PL: *(Räuspert sich)* Äh ... die Absturzstelle ... da herrschte das totale Chaos. Afrika ist ... Afrika ist ein ...

EK: Wie haben es die Reiter also geschafft, die Flugzeuge zum Absturz zu bringen? Der Aufwand scheint beträchtlich gewesen zu sein, rein logistisch betrachtet.

PL: Äh ... Ich kann Ihnen das nicht mit Sicherheit sagen, Sir. Aber eins sage ich Ihnen, wenn die Abschlussberichte veröffentlicht werden, werden wir die Zeichen eines ... eines ...

EK: Eines übersinnlichen Eingreifens sehen? Die Anhänger der Alientheorie vermuten dasselbe.

PL: Sie verdrehen mir die Worte im Mund, Sir. So habe ich das nicht gemeint …

EK: Pastor Len Vorhees, vielen Dank. Die Leitungen sind ab jetzt für Anrufer geöffnet. Bis gleich nach der Werbung!

Im Anschluss an die Pressekonferenz, auf der die vorläufigen Untersuchungsergebnisse der vier Flugzeugunglücke vorgestellt wurden, konnte ich eine längere Unterhaltung mit dem NTSB-Ermittler Ace Kelso führen. Das Gespräch fand am 13. März 2012 in Washington, Virginia, statt.

Wie ich auf der Pressekonferenz schon sagte, wir werden nur in den seltensten Fällen auf Anhieb fündig. Aber hier lag der Fall anders – die Öffentlichkeit musste so schnell wie möglich Gewissheit bekommen, dass keine Terroristen und keine gottverdammten »übersinnlichen Mächte« am Werk waren, außerdem brauchten die Familien der Opfer eine Erklärung, um abschließen zu können. Sie würden sich wundern, wie viele Spinner in unserem Washingtoner Büro angerufen haben in der Überzeugung, wir würden mit irgendwelchen finsteren Geheimagenten wie in *Men in Black* unter einer Decke stecken. Hinzu kam natürlich, dass die Luftfahrtindustrie nach dem Schwarzen Donnerstag schwere finanzielle Einbußen hinnehmen musste und schnellstmöglich zum Tagesgeschäft zurückkehren wollte. Haben Sie gehört, dass ein paar skrupellose Airlines Kapital daraus schlagen, dass alle drei Überlebenden im hinteren Flugzeugteil saßen? Sie erheben eine Premiumgebühr für die hintersten Plätze; manche überlegen sogar, die erste Klasse und die Businessclass nach hinten zu verlegen, um die Verluste wettzumachen.

Wir haben schnell gemerkt, dass Terroranschläge auszuschließen waren. Der Zustand der Leichen und der Wrackteile ließ uns darauf schließen, dass keine der vier Maschinen vor dem Aufprall auseinanderbrach, was im Falle eines Sprengstoffanschlags passiert wäre. Klar, zuerst mussten wir auch eine Entführung in Betracht ziehen, aber selbst im Nachhinein hat sich keine Gruppe dazu bekannt.

Wie Sie wissen, wird die Suche nach dem Stimmenrekorder und dem Flugdatenschreiber des Go!Go!-Air-Fliegers mit massivem Aufwand weiterbetrieben; dennoch sind wir inzwischen sicher, die Abfolge der Ereignisse, die zu dem Unglück geführt haben, rekonstruieren zu können. Zunächst einmal wissen wir anhand der Flugroute und den Wetterdaten, dass die Maschine in ein schweres Gewitter mit Sturmböen hineingeflogen ist. Der letzte Funkkontakt, eine automatische Übermittlung der Telemetriedaten an die Technikzentrale der Go!Go! Air, lässt vermuten, dass an Bord mehrere technische Systeme ausfielen, darunter auch die Heizung des Pitot-Statik-Systems. Was bedeutet, dass sich Eiskristalle an den Außensonden bilden konnten, welche daraufhin fehlerhafte Geschwindigkeitsdaten ans Cockpit weiterleiteten. In der Annahme, die Fluggeschwindigkeit sei zu gering, haben die Piloten möglicherweise versucht zu beschleunigen, um einen Strömungsabriss zu verhindern. Wir glauben, dass die Überlastung der Turbinenkapazitäten dazu geführt hat, dass die Tragflächen im wahrsten Sinne des Wortes abgeflogen sind. Wir sind beinahe sicher, dass Jessica Craddocks Verbrennungen durch die anschließende Treibstoffexplosion oder durch ein defektes Leuchtsignal verursacht wurden.

Beim Absturz der Dalu-Air-Maschine liegt der Fall anders. Eine Vielzahl von Faktoren lässt uns vermuten, dass dieser Absturz sozusagen nur eine Frage der Zeit war. Zunächst einmal wurde die Antonow An-124 in den Siebzigern entworfen und ist damit von der elektronischen Flugsteuerung eines Airbus Lichtjahre entfernt. Außerdem wurde die Maschine von einer kleinen nigerianischen Airline betrieben, die größtenteils Fracht befördert und die, ich muss es leider sagen, schon in der Vergangenheit durch Sicherheitsmängel aufgefallen ist. Ich möchte nicht fachsimpeln, aber an dem Tag war das – angeblich ohnehin unzuverlässige – Instrumentenlandesystem des Cape Town International Airport ausgefallen. Zudem war die Antonow nicht mit modernen Steuerungshilfen wie einem LNS (lateralen Navigationssystem) ausgestattet und nicht auf das alternative Landesystem vorbereitet. Die Piloten verschätzten sich beim Anflug und flogen etwa dreißig Meter zu tief. Die rechte Tragfläche berührte eine Überlandleitung, und die Antonow stürzte kurz darauf in das an die Landebahn angrenzende Township. Ich muss schon sagen, wir waren schwer beeindruckt von der Arbeit, die die CAA und Kapstadts Katastrophenschutz bei den Ermittlungen geleistet haben. Diese Damen und Herren sind auf Zack. Würde man gar nicht vermuten in einem Dritte-Welt-Land, aber die waren wirklich toporganisiert. Der oberste Ermittler – Nomafu Nkatha (ich fürchte, ich habe den Namen jetzt falsch ausgesprochen, Elspeth) – hatte gleich nach dem Unglück mehrere Augenzeugen beisammen, außerdem hatten ein paar Leute die Momente kurz vor dem Aufprall mit ihren Handys gefilmt.

Die Ermittler sind längst noch nicht fertig damit, alle Opfer zu identifizieren, die es am Boden gab. Anscheinend leben da viele Flüchtlinge und Asylsuchende, in deren Fall ist es nahezu unmöglich, Angehörige für einen DNA-Abgleich ausfindig zu machen. Irgendwann wurde auch endlich der Stimmenrekorder gefunden. Manche Leute haben Wrackteile gesammelt und an Touristen verkauft, können Sie das glauben? Aber wie ich schon sagte, die Teams da unten haben den größten Respekt verdient.

Kommen wir also zum Crash der amerikanischen Maiden Air – das war der Flug, bei dem ich die Ermittlungen leiten sollte. Das war, bevor man mich bat, die internationalen Untersuchungen zu koordinieren. Wir haben Indizien dafür gefunden, dass das Flugzeug einen beidseitigen Turbinenausfall erlitt aufgrund einer Blockierung – vermutlich die Folge mehrfachen Vogelschlags. Zu dem Zwischenfall war es etwa zwei Minuten nach dem Start gekommen, also während der störungsanfälligsten Phase eines Steigfluges. Die Piloten waren nicht in der Lage, zum Flughafen umzukehren, und die Maschine stürzte schätzungsweise drei oder vier Minuten später in die Everglades. Diesmal konnten wir zwar die Blackbox bergen, aber die Daten waren unbrauchbar. Die N1-Turbinen beider Motoren wiesen für Vogelschlag charakteristische Beschädigungen auf, obwohl wir seltsamerweise keine organischen Rückstände finden konnten. Meiner Empfehlung folgend urteilte die Behörde für Transportsicherheit, dass Motorenversagen nach mehrfachem Vogelschlag höchstwahrscheinlich zu dem Absturz geführt hatte.

Und dann gibt es noch jenen Absturz, bei dem sich die Geister scheiden. Ich spreche von dem Unglück der Sun-Air-Maschine. Die Gerüchte, die über die Absturzursache in Umlauf gebracht wurden, hatten wir kaum unter Kontrolle, darunter auch die irrige Annahme, Flugkapitän Seto habe Selbstmord begangen und die Maschine absichtlich abstürzen lassen. Und obendrein hatte die Ehefrau des japanischen Verkehrsministers öffentlich geäußert, sie gebe Außerirdischen die Schuld. Auf uns lastete der große Druck, den Unsinn schnellstens aus der Welt zu schaffen. Die Auswertung des Stimmenrekorders erbrachte, dass die Flugzeughydraulik ausgefallen war, und die Flugschreiberdaten bewiesen, dass schlampige Wartungsarbeiten zum Absturz geführt haben. Weil grundlegende Reparaturen am Heck versäumt worden waren, haben einzelne Nieten nachgegeben. Die strukturelle Stabilität des Rumpfes war nicht mehr gegeben, was etwa vierzehn Minuten nach dem Start zu einem explosionsartigen Druckabfall in der Kabine führte. Die Seitenruder wurden beschädigt, und die Hydraulik fiel aus, und wenn das passiert, ist ein Flugzeug praktisch nicht mehr steuerbar. Die Piloten haben bis zuletzt dagegengehalten. Das muss man ihnen lassen. Wir haben die Situation in unseren Simulatoren nachgestellt. Keiner unserer Piloten konnte die Maschine so lange in der Luft halten wie die japanischen Captains.

Auf der Pressekonferenz wurden wir natürlich mit Fragen bombardiert, viele Journalisten wollten wissen, woher das helle Licht stamme, von dem einige Passagiere berichtet hatten. Dafür gibt es mehrere Erklärungen. Am wahrscheinlichsten ist ein Blitzeinschlag. Wir haben die Aufnahmen aus dem Cockpit unverzüglich öffentlich gemacht, um alle Gerüchte im Keim zu ersticken.

Das folgende Transkript der Aufzeichnung des Stimmenrekorders von Sun-Air-Flug SAJ678 wurde am 20. März 2012 auf der Webseite der Nationalen Behörde für Transportsicherheit NTSB veröffentlicht.

CAPT – Flugkapitän
EO – Erster Offizier
FVK – Flugverkehrskontrolle

Die Maschine startete um 21:30 vom Narita Airport. Transkript ab 21:44 Uhr.

EO: Passing flight level three three zero, Captain, bleiben noch tausend Fuß. Sieht so aus, als hätten wir auf drei vier null bestes Reisewetter, keine Höhenwirbel vorausgesagt.

CAPT: Gut.

EO: Haben Sie …

(Ein lauter Knall. Der Alarmton für den Druckabfall ist zu hören.)

CAPT: Maske! Maske aufsetzen!

EO: Maske aufgesetzt.

CAPT: Wir verlieren die Kabine, können Sie was tun?

EO: Die Kabine ist schon bei 14 000!

CAPT: Wechseln Sie auf manuell und schließen Sie das Abluftventil. Sieht nach einem Druckabfall aus.

EO: Ah, Captain, wir müssen runter!

CAPT: Versuchen Sie es noch einmal.

EO: Das Ventil ist geschlossen, es nützt nichts – keine Kontrolle!

CAPT: Haben Sie das Abluftventil geschlossen?

EO: Affirmativ!

CAPT: Okay, habe verstanden. Melden Sie der Flugsicherung, dass wir die Notlandung einleiten.

EO: Mayday, Mayday, Mayday – SAJ678 beginnt den Notsinkflug. Wir hatten einen Drucksturz.

FVK: Verstanden. Mayday SAJ678, Sie können sinken, keine anderen Flugobjekte in der Nähe. Standing by.

CAPT: Alles klar. Was ist unsere grid MORA?

EO: Level 140.

CAPT: Autopilot abgeschaltet, ich gebe Flugfläche 140 ein.

EO: Level 140 bestätigt.

(Der Flugkapitän spricht über die Bordanlage.)

CAPT: Meine Damen und Herren, hier spricht Ihr Captain. Wir

leiten eine Notlandung ein. Bitte setzen Sie die Sauerstoffmasken auf, und leisten Sie den Anweisungen des Bordpersonals Folge.

CAPT: Notsinkflug einleiten. Fahre Schubhebel zurück. Fahre Bremsklappen aus. Lesen Sie die Checkliste Notsinkflug vor!

EO: Schubhebel zurück, Bremsklappen ausgefahren, Kurs festgelegt, Mindestflughöhe eingegeben, Anschnallzeichen ein, Sauerstoffzuleitung Kabine ein. Start Switch to continuous, Squawking 7700, Flugsicherung informiert.

CAPT: Ich verliere die Kurskontrolle. Flugzeug giert nach rechts. Ich kann die Tragflächen nicht ausrichten!

EO: *(Schimpfwort)* Querruder oder Höhenruder?

CAPT: Linkes Querruder funktionsfähig, aber die Maschine reagiert nicht!

EO: Hydraulikwarnlampe leuchtet. Ich schalte sie aus. Wir haben einen kompletten Hydraulikausfall, Niederdruckwarnlampen für System A und System B leuchten! Ich schlage die Checkliste in der Kurzanleitung nach.

CAPT: Holen Sie mir die Hydraulik zurück!

EO: *(Schimpfwort)*

CAPT: Mehr Schub auf Triebwerke drei und vier.

EO: Sieht so aus, als wäre das Notsystem auch ausgefallen. Alle Hydraulikstände auf null!

CAPT: Versuchen Sie es weiter.

EO: 2000 Fuß bis Level off.

EO: 1000 Fuß bis Level off!

(Der Alarm des Bodennähe-Warnsystems setzt ein.)

CAPT: Ich fahre die Bremsklappen ein und gebe mehr Schub auf Triebwerke eins und zwei.

EO: Die Nase fällt – hochziehen!

CAPT: Sie reagiert nicht! Mehr Schub, um Absinken zu verlangsamen.

CAPT: Okay. Sie richtet sich aus – immer noch keine Kurskontrolle. Sie giert immer noch nach rechts.

EO: Versuchen Sie es mit mehr Schub auf 3 und 4.

CAPT: Okay. Mehr Schub auf 3 und 4 …

CAPT: Es nützt nichts – sie rollt nach rechts!

FVK: Mayday SAJ678, wie ist Ihr Kurs?

EO: Mayday SAJ678, unsere Hydraulik ist ausgefallen, wir kommen zurück.

CAPT: Das Seitenruder reagiert nicht mehr!

EO: Wir müssen auf manuelle Steuerung umschalten!

CAPT: *(Schimpfwort)* Ich habe das Gefühl, wir wären längst auf manuell! Ich bemühe mich um Kontrolle. Mal sehen, ob wir die Geschwindigkeit drosseln können – 300 Knoten.

EO: Nase fällt wieder!

CAPT: Irgendein Flugfeld in der Nähe?

EO: Das ...

CAPT: Mehr Schub auf 3 und 4!

(Das Bodennähe-Warnsystem erklingt. Ein Alarmton ist zu hören, dazwischen immer wieder die Hinweise PULL UP, PULL UP und TOO LOW TERRAIN.)

CAPT: Vollen Schub auf alle vier ... Hochziehen! Hochziehen!

EO: *(Schimpfwort)*

CAPT: Hochziehen! Hochziehen!

(Ende der Aufnahme)

Der folgende Artikel erschien am 24. März 2012 im *Crimson State Echo.*

ENDZEITPREDIGER ERÖFFNET JAGD AUF »VIERTEN REITER«

Auf einer Pressekonferenz in Houston verkündete Dr. Theodore Lund, Zugpferd der evangelikalen Endzeit-Bewegung, vor der internationalen Presse: »Der vierte Reiter ist da draußen, und es ist nur eine Frage der Zeit, bis er gefunden wird.« Dr. Lund bezieht sich mit dieser Aussage auf die von einem Prediger aus der texanischen Provinz aufgestellte These, die drei Wunderkinder, die die katastrophalen Ereignisse vom Schwarzen Donnerstag überlebt haben, seien von den vier Reitern der Apokalypse besessen; Gott habe sie auf die Erde geschickt, um den Weltuntergang einzuläuten. Dabei berief der Prediger sich auf die letzten Worte der Amerikanerin Pamela May Donald, die sich an Bord jenes Flugzeuges befand, das in den berüchtigten japanischen »Selbstmörderwald« Aokigahara stürzte. Dr. Lund und sein Gefolge sind fest davon überzeugt, dass es keine andere Erklärung für das wundersame Überleben der Drei gibt und dass Ereignisse wie die beispiellose Flut in Europa, die Dürre in Somalia und die Eskalation der Lage in Nordkorea Zeichen des nahenden Weltendes sind.

Und nun behauptet Dr. Lund in einer sensationellen Erklärung, es existiere ein weiteres Kind, ein vierter Reiter, der den im südafrikanischen Kapstadt abgestürzten Unglücksflug der Dalu Air überlebt hat. Unter Berufung auf die kürzlich veröffentlichte Passagierliste des Fluges sagte Dr. Lund, es habe an Bord nur einen einzigen Fluggast im ungefähren Alter der drei Überlebenden, die nahezu unverletzt aus der Katastrophe hervorgegangen sind, gegeben, einen siebenjährigen Nigerianer namens Kenneth

Oduah. »Wir glauben fest daran, dass Kenneth sich als einer der Boten Gottes erweisen wird.«

Dr. Lund zeigte sich unbeeindruckt von einem Statement der südafrikanischen Luftfahrtbehörde, demzufolge sich »kategorisch ausschließen lässt, dass es beim Absturz des Dalu-Air-Fluges 467 Überlebende gegeben hat«.

»Wir werden ihn finden«, sagte er. »Da unten ging es nach dem Crash drunter und drüber. Afrika ist ein chaotischer Kontinent. Es ist durchaus vorstellbar, dass der Junge sich verirrt hat oder weggelaufen ist. Und sobald wir ihn gefunden haben, können wir all jenen, die noch nicht unter dem Schutz des Herrn stehen, den ultimativen Beweis präsentieren.«

Auf die Frage, welcher Schutz damit gemeint sei, antwortete Dr. Lund: »Sie wollen doch nicht etwa hier zurückgelassen werden, wenn der Antichrist kommt? Das Leid, das Sie dann erdulden müssen, ist unvorstellbar groß. Wie es schon im Brief an die Thessaloniker heißt: ›Der Tag des Herrn wird kommen wie ein Dieb in der Nacht.‹ Und von nun an könnte es jeden Tag so weit sein, dass Jesus uns zu sich ruft.«

Belohnung: 200 000 US-Dollar!

Für Hinweise zum Verbleib von Kenneth Oduah (7), einem nigerianischen Insassen der Passagier- und Frachtmaschine vom Typ Antonow, die am 12. Januar 2012 im Khayelitsha Township, Kapstadt, Südafrika abstürzte. Es wird vermutet, dass Kenneth das Kinderheim, in das er nach dem Absturz gebracht wurde, unbemerkt verlassen hat und nun möglicherweise in Kapstadt auf der Straße lebt.

Laut seiner Tante Veronica Alice Oduah hat Kenneth einen großen Kopf, sehr dunkle Haut und eine halbmondförmige Narbe am Hinterkopf. Falls Sie Angaben zu seinem Aufenthaltsort machen können, schreiben Sie uns bitte auf findingkenneth.net oder rufen Sie uns zum ortsüblichen Tarif unter +00 789654377646 an (AB).

FÜNFTER TEIL
ÜBERLEBENDE

MÄRZ

Chiyoko und Ryu

(Der Übersetzer Eric Kushan hat sich dazu entschieden, den japanischen Begriff *izoku* im folgenden Chatprotokoll zu übernehmen, statt ihn mit »die Familien der Opfer« oder dem noch wörtlicheren »die hinterbliebenen Familien« zu übersetzen.)

Nachricht gesendet @ 16:30, 05.03.2012

RYU: Wo hast du den ganzen Tag gesteckt? Ich habe mir schon Sorgen gemacht.

CHIYOKO: Heute waren sechs *izoku* zu Besuch.

RYU: Alle gleichzeitig?

CHIYOKO: Nein. Zwei kamen zusammen am Vormittag; die anderen waren allein. Wie ermüdend. Mutterkreatur besteht darauf, dass wir die Familien respektvoll behandeln. Ich weiß, sie leiden, aber was glaubt sie, wie es Hiro damit geht, sich das Gerede den ganzen Tag anhören zu müssen?

RYU: Wie geht es ihm denn damit?

CHIYOKO: Es muss ziemlich langweilig für ihn sein. Alle kommen hereingeschlurft und verbeugen sich vor ihm, und alle fragen dasselbe: »Hat Yoshi (oder Sakura oder Shinji oder wie sie alle hießen) gelitten? Was haben sie gesagt, bevor sie gestorben sind?« Als ob Hiro diese Leute kennen würde! Ich finde das gruselig, Ryu.

RYU: Ich fände das auch gruselig.

CHIYOKO: Wenn sie kommen und MK ist nicht im Haus, schicke ich sie einfach weg. MK sagt ihnen gleich, dass er immer noch nicht spricht, aber denk bloß nicht, das würde sie von irgendwas abhalten. Aber als MK heute zum Teekochen in der Küche war, habe ich ein Experiment gemacht. Ich habe ihnen erzählt, er könne durchaus sprechen, sei aber zu schüchtern. Ich sagte ihnen, er hätte mir erzählt, dass es beim Absturz an Bord keine Panik und keine zu Tode verängstigten Passagiere gegeben habe, dass niemand gelitten habe außer dieser Amerikanerin und den beiden Leuten, die später im Krankenhaus gestorben sind. Findest du das böse?

RYU: Du hast ihnen gesagt, was sie hören wollten. Das ist doch höchstens nett.

CHIYOKO: Na ja, wenn du meinst ... Ich habe das nur gesagt, weil ich wollte, dass sie wieder verschwinden. Ich kann nicht bis in alle Ewigkeit mit starrer Beileidsmiene Tee servieren. Ach, eins wollte ich dir noch erzählen. Du weißt doch, die meisten *izoku*, die Hiro sehen wollen, sind alt. Tja, heute ist eine jüngere Frau vorbeigekommen. Also, jünger im Sinne von, sie ging noch nicht am Stock, und sie wirkte auch kein bisschen schockiert, als ich beim Teeausschenken einen Fehler gemacht habe. Sie sagte, ihr Ehemann habe neben der Amerikanerin gesessen.

RYU: Ich weiß, wen du meinst ... Keita Eto. Er hat eine Nachricht hinterlassen, stimmt's?

CHIYOKO: Ja. Ich habe sie noch einmal gelesen, nachdem die Frau gegangen war. Im Grunde sagt er, er hätte, als er in das Flugzeug stieg, Selbstmordgedanken gehabt.

RYU: Meinst du, seine Frau hat gewusst, wie es ihm ging?

CHIYOKO: Na ja, sie weiß es spätestens jetzt.

RYU: Das muss wehtun. Was wollte sie von Hiro?

CHIYOKO: Das Übliche. Ob ihr Mann heldenhaft gewesen sei, als das Flugzeug runterging, und ob er abgesehen von der Nachricht noch irgendwas gesagt hätte. Sie wirkte ziemlich sachlich dabei. Ich hatte das Gefühl, dass sie weniger an irgendwelchen Informationen interessiert war als an Hiro. Als wäre er eine Attraktion. Es hat mich wütend gemacht.

RYU: Bald lassen sie euch in Ruhe.

CHIYOKO: Meinst du? Bei dem Crash sind über 500 Menschen gestorben. Es gibt Hunderte von Familien, die ihn möglicherweise noch besuchen wollen.

RYU: So darfst du nicht denken. Wenigstens wissen sie jetzt, warum das Flugzeug abgestürzt ist. Vielleicht hilft es den Angehörigen.

CHIYOKO: Ja. Vielleicht hast du recht. Hoffentlich findet die Frau des Flugkapitäns ihren Frieden.

RYU: Die scheint dich ja sehr beeindruckt zu haben.

CHIYOKO: Ja. Ich gebe zu, dass ich oft an sie denken muss.

RYU: Warum wohl?

CHIYOKO: Weil ich weiß, wie es ist, geächtet zu sein. Zu wissen, dass die Leute Schlechtes über einen reden.

RYU: Ist es dir in den Staaten auch so ergangen?

CHIYOKO: Du willst es wirklich wissen, oder? Aber um deine Frage zu beantworten: nein. Ich war nicht geächtet, als ich in den USA gelebt habe.

RYU: Hattest du Freunde?

CHIYOKO: Nein. Nur Bekannte. Weißt du, ich finde die meisten Menschen langweilig. Sogar die Amerikaner. Auch wenn ich weiß, dass du sie bewunderst.

RYU: Tue ich gar nicht! Wie kommst du darauf?

CHIYOKO: Warum fragst du ständig nach meinem Leben dort?

RYU: Reine Neugier, das habe ich dir doch gesagt. Ich will alles über dich wissen. Sei nicht böse _|70

CHIYOKO: Ai! ORZ schlägt wieder zu!

RYU: Ich wusste doch, dass dich das aufheitern würde. Und nur, damit du es weißt ... Ich bin sehr froh darüber, dass die menschenscheue Eisprinzessin mich für einen würdigen Gesprächspartner hält.

CHIYOKO: Du und Hiro seid die einzigen Menschen, die ich ertragen kann.

RYU: Außer dass du den einen von uns noch nie getroffen hast und der andere nicht spricht. Ist es dir so am liebsten? Willst du einen Schweiger?

CHIYOKO: Bist du eifersüchtig auf Hiro?

RYU: Natürlich nicht! So war das nicht gemeint.

CHIYOKO: Man muss nicht unbedingt etwas sagen, um sich verständlich zu machen. Du würdest dich wundern, wie gut Hiro seine Gefühle durch Blicke und Gesten ausdrücken kann. Und ja, es ist zwar beruhigend, mit jemandem zu reden, der nie widerspricht, aber es kann auch frustrierend sein. Keine Sorge, ich ziehe den Schweiger nicht vor. Außerdem scheint er *Waratte limoto!* und *Apron of Love* zu mögen, was dir nie passieren könnte. Hoffentlich ist es nur eine Phase.

RYU: Ha! Er ist erst sechs.

CHIYOKO: Ja. Aber das sind Sendungen für bescheuerte Erwachsene. Ich weiß nicht, was ihm daran gefällt. MK sorgt sich, was die Behörden wohl dazu sagen, dass er nicht zur Schule geht. Ich finde, er sollte noch nicht wieder gehen. Ich kann den Gedanken nicht ertragen, dass er mit anderen Kindern zusammen ist.

RYU: Du hast recht. Kinder können grausam sein.

CHIYOKO: Und wie soll er sich verteidigen, wenn er nicht sprechen kann? Er braucht Schutz.

RYU: Aber er kann nicht für immer bei euch bleiben, oder?

CHIYOKO: Ich muss ihm irgendwie beibringen, sich zu verteidigen. Ich möchte nicht, dass er dasselbe durchmachen muss wie wir. Ich könnte es nicht ertragen.

RYU: Ich weiß.

CHIYOKO: Hey. Er ist hier, er sitzt neben mir, willst du hallo sagen?

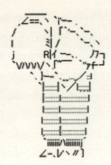

RYU: Hallo Hiro! (/·ω·)

CHIYOKO: Hübsch. Er hat sich ebenfalls verbeugt. MK hat gesagt, sie will ihn wieder ins Krankenhaus bringen zur Nachuntersuchung. Ich versuche, es ihr auszureden. Wozu soll das gut sein? Er ist körperlich gesund.

RYU: Vielleicht hat er einfach nichts zu sagen.

CHIYOKO: Ja. Vielleicht ist es das.

RYU: Du weißt, was die Amerikaner sagen? Über das vierte Kind? Das in Afrika?

CHIYOKO: Natürlich. Es ist so dumm. MK sagt, gestern habe ein amerikanischer Reporter angerufen. Ein Ausländer, der für *Yomiuri Shimbun* arbeitet. Die sind genauso schlimm wie Aikao Uri mit ihrem Alienmist. Wie kann die Frau eines Ministers so einfältig sein? Ich nehme das zurück – es sollte uns kaum überraschen. Ich habe Angst, dass sie hier auftaucht und Hiro sehen will.

RYU: Ja. »Bring mich zu eurem Anführer, Hiro!«

CHIYOKO: !!! Ryu, hör mal. Ich wollte nur sagen, ich finde es schön, dass du mir zuhörst.

RYU: Warum schreibst du das?

CHIYOKO: Ich wollte es dir schon länger sagen. Ich weiß, das ist kein Trost für meine Eisprinzessinnenallüren. Aber vielleicht hilft es ja.

RYU: Ähm ... Chiyoko, ich möchte dir auch etwas sagen. Es ist schwierig, aber es muss raus. Du kannst dir wohl denken, worum es geht.

CHIYOKO: Warte kurz, vergiss nicht, was du sagen wolltest – MK schreit nach mir.

Nachricht gesendet @ 17:10, 05.03.2012

CHIYOKO: Mein Androidenonkel ist gekommen! Er hat seinen Besuch nicht angekündigt, und MK dreht durch. Bis später.

Nachricht gesendet @ 02:30, 06.03.2012

CHIYOKO: Ryu. Ryu!

Nachricht gesendet @ 02:40, 06.03.2012

RYU: Ich bin da. Sorry, war eingeschlafen. Der Nachrichtenton hat mich geweckt.

CHIYOKO: Hör mal, ich muss dir was Unheimliches erzählen. Aber du musst versprechen, es für dich zu behalten.

RYU: Musst du das extra betonen?

CHIYOKO: Okay ... Androidenonkel hat Hiro etwas mitgebracht. Ein Geschenk.

RYU: Was denn? Mach es nicht so spannend!

CHIYOKO: Einen Androiden.

RYU: !!!!!!!!!!!!!!!!!!!!!!!!!!!!!

CHIYOKO: Es wird noch besser. Der Android ist eine exakte Kopie von Hiro. Er sieht genauso aus wie er, nur die Haare sind ein bisschen anders. Du hättest MK schreien hören sollen, als sie ihn gesehen hat.

RYU: Ist das dein Ernst? Hiro als Roboter?

CHIYOKO: Ja. Androidenonkel sagt, er hätte ihn vor Tante Hiromis Tod gebaut. Er ist wirklich verstörend. Noch gruseliger als sein eigener Surrabot. Und das ist noch nicht alles.

RYU: Noch was? Was soll denn da noch kommen?

CHIYOKO: Wart's ab. Androidenonkel hat das Ding mitgebracht, weil MK ihm gesagt hat, Hiro weigere sich zu sprechen. Er dachte, vielleicht hilft es ihm. Du weißt, wie AOs Androiden funktionieren, oder?

RYU: Ich glaube schon. Er filmt seine Mimik mit einer Kamera, die die Daten via Rechner auf die Sensoren des Roboters überträgt.

CHIYOKO: Volle Punktzahl! AO hat Ewigkeiten zur Installation gebraucht. MK und ich haben zugesehen, wie er die Mimiklinse vor Hiros Gesicht eingerichtet hat, und dann hat er ihn gebeten, zum Test ein paar Worte zu sagen. Hiro hat die Lippen bewegt – er hat fast geflüstert –, und dann sagte der Android … rate mal … »Hallo Papa«.

RYU: !

CHIYOKO: MK ist fast in Ohnmacht gefallen. Er sah so echt aus. Da ist ein Mechanismus in seiner Brust, der ihn aussehen lässt, als würde er atmen. Er blinzelt sogar regelmäßig.

RYU: Stell dir mal vor, du hättest das gefilmt und bei Nico Nico eingestellt!!!

CHIYOKO: Aiiiii! Die Reporter würden durchdrehen!

RYU: Aber wenn er spricht, werden die Ermittler dann nicht von ihm hören wollen, wie er den Crash erlebt hat?

CHIYOKO: Na und? Sie wissen doch längst alles. Du hast doch das Protokoll von der Unterhaltung im Cockpit gelesen. Die Behörden wissen, was die Ursache war. Wir können nicht mehr tun als abwarten, ob es Hiro hilft, mit uns zu kommunizieren. Und es scheint zu funktionieren. Rate mal, was er beim Abendessen gesagt hat.

RYU: Was????

CHIYOKO: Weil AO gekommen ist, hat MK beschlossen, ihm sein Lieblingsessen zu kochen, Nattō.

RYU: Widerlich.

CHIYOKO: Ich weiß. Ich hasse es auch. Ich habe Hiro seine Schüssel gegeben, er hat reingeguckt, und dann hat er die Lippen bewegt, und der Android hat gesagt: »Ich mag das nicht, kann ich bitte Ramen haben?« Sogar MK hat gelacht. Sie hat mich gebeten, ihn ins Bett zu bringen, und dann habe ich mich wieder runtergeschlichen, um sie und AO zu belauschen. Vater war wie immer nicht da.

RYU: Und???

CHIYOKO: MK hat gesagt, sie mache sich Sorgen, weil Hiro nicht mehr in die Grundschule geht. Und was die Behörden sagen werden. AO hat gesagt, er werde seine Verbindungen nutzen, damit Hiro vorläufig nicht wieder zur Schule muss, erst wieder, wenn er normal redet und nicht mehr so viel Aufmerksamkeit erregt. Er hat immer wieder betont, dass wir das mit dem Androiden geheim halten müssen. MK war seiner Meinung.

RYU: Er muss dir sehr dankbar sein dafür, dass du dich so gut um Hiro kümmerst.

CHIYOKO: Kann sein. Hör mal, Ryu. Du darfst keinem davon erzählen.

RYU: Wem sollte ich was erzählen?

CHIYOKO: Keine Ahnung. Du bist doch ständig auf 2-chan. Du und deine geliebten ORZ-Symbole.

RYU: Sehr lustig. Guck mal, du hast ihn gerufen: _|7O

CHIYOKO: Igitt! Weg damit!!!! Ich muss Schluss machen, ich bin müde. Hey, was wolltest du mir vorhin sagen?

RYU: Das kann warten. Bis später?

CHIYOKO: Natürlich. Bleiben Sie dran und erleben Sie das nächste spannende Abenteuer aus der verrückten Welt der Eisprinzessin mit dem sprechenden Jungenroboter!

RYU: Du bist witzig.

CHIYOKO: Ich weiß.

Lillian Small

Bobby war seit sechs Wochen wieder bei uns, als Reuben zum ersten Mal aufwachte. Ich hatte an dem Tag die Pflegerin einbestellt, damit ich mit Bobby in den Park gehen konnte. Ich machte mir Sorgen, weil Bobby keine Kinder um sich hatte, aber es erschien mir nicht richtig, ihn wieder zur Schule zu schicken, da er unter ständiger Beobachtung durch die Medien stand. Ich hatte Albträume, in denen ich ihn zu spät abholte und einer dieser religiösen Fanatiker ihn kidnappte. Aber wir mussten raus; seit Tagen hatten wir das Apartment nicht verlassen. In unserem Viertel wimmelte es von diesen verdammten Übertragungswagen. Immerhin wussten wir jetzt, warum das Flugzeug abgestürzt war. Die Ermittlerin vom NTSB, die uns besucht hatte, um mir noch vor der Pressekonferenz die Ergebnisse mitzuteilen – eine Frau, das überraschte mich –, sagte, alles sei blitzschnell passiert und Lori habe sicher nichts mitbekommen. Zu wissen, dass Lori nicht gelitten hatte, tröstete mich, doch die alte Wunde riss trotzdem wieder auf. Ich musste mich für einige Minuten entschuldigen, um meinem Kummer Luft zu machen. Die Ermittlerin ließ Bobby nicht aus den Augen; man konnte direkt sehen, wie unglaublich sie es fand, dass er überlebt hatte. Und die Tatsache, dass Vögel das Flugzeug zum Absturz gebracht hatten ... *Vögel!* Wie ist so etwas möglich?

Und dann, kaum dass sich alle beruhigt hatten, fingen diese Endzeitler mit ihrem Unsinn an und behaupteten, bei dem Crash in Afrika müsse ein viertes Kind überlebt haben. Was eine neue Welle von Journalisten und Kamerateams vor unser Haus spülte und Massen von Frömmlern mit irrem Blick und selbst gemalten Weltuntergangs-Plakaten. Betsy schäumte vor Wut. »Diese *meshugeners*, die sollten verhaftet werden für die

Lügen, die sie verbreiten!« Ich hörte auf, Zeitung zu lesen, als diese Dreckschleudern schrieben, Bobby sei ein »widernatürliches Wesen«, ganz zu schweigen von der Unterstellung, er sei »besessen«. Am Ende musste ich Betsy bitten, die Artikel von mir fernzuhalten und mir auch nichts davon zu erzählen. Ich konnte es nicht ertragen.

Es wurde so schlimm, dass ich bestimmte Vorkehrungen treffen musste, bevor Bobby und ich das Apartment verlassen konnten. Zuerst bat ich Betsy nachzusehen, ob sich draußen im Park irgendwelche Alienleute oder religiöse Fanatiker herumtrieben, und dann legte Bobby seine Tarnung an – eine Baseballkappe und eine Brille mit Fenstergläsern. Für ihn war es ein Spiel, Gott sei Dank: »Zeit zum Verkleiden, Bubbe!« Ich hatte angefangen, mir die Haare zu färben, weil nach Loris Trauerfeier so viele Schnappschüsse von Bobby und mir veröffentlicht wurden. Es war Betsys Idee gewesen, wir haben eine halbe Stunde bei Walgreens vor dem Regal gestanden, um die richtige Farbe auszusuchen. Ich entschied mich für Kastanienbraun, auch wenn ich fürchtete, damit ein bisschen ordinär auszusehen. Wie sehr hätte ich mir gewünscht, Reubens Meinung zu hören!

Bobby und ich verbrachten einen schönen Tag. Es regnete, deswegen waren keine anderen Kinder da, aber das tat uns beiden gut. Eine Stunde lang konnte ich fast so tun, als führten wir ein normales Leben.

Nachdem wir aus dem Park zurück waren, brachte ich Reuben ins Bett. Seit Bobby bei uns wohnte, wirkte er heiter, wenn man das so sagen kann. Er schlief viel, ohne von schlechten Träumen geplagt zu werden.

Ich bereitete zwei Roastbeef-Sandwiches zu, und dann machten Bobby und ich es uns auf dem Sofa gemütlich, um einen Film auf Netflix zu schauen. Ich wählte *Die Insel der Abenteuer,* was ich sofort bereute, weil direkt im Vorspann von der verstorbenen Mutter die Rede war. Aber Bobby hat nicht einmal gezuckt. Er hatte immer noch nicht internalisiert (ich glaube, so lautet der

Fachbegriff dafür), was mit Lori passiert war. Er hatte sich bei mir und Reuben eingelebt, als wäre er immer schon bei uns gewesen. Und er redete nie von Lori, es sei denn, ich fing zuerst damit an. Ich sagte ihm immer wieder, dass seine Mutter ihn mehr geliebt hatte als alles auf der Welt und dass sie in Gedanken immer bei ihm sei, aber er schien mich nicht zu verstehen. Den Besuch beim Traumatherapeuten schob ich vor uns her – Bobby schien ihn nicht zu brauchen –, aber ich blieb in Kontakt mit Dr. Pankowski, die mir sagte, ich solle mir keine Sorgen machen. Sie sagte, Kinder verfügten über einen angeborenen Bewältigungsmechanismus, um mit schweren Traumata fertigzuwerden. Ich solle nicht in Panik ausbrechen, falls sich sein Verhalten ändere. Ich hatte es Lori nie erzählen wollen, aber manchmal hatte Bobby wirklich über die Stränge geschlagen, wenn ich auf ihn aufpasste. Das war kurz nach Reubens Erkrankung gewesen. Bobby hatte regelmäßig seine Wutanfälle bekommen. Aber nach dem Crash und nachdem seine Mutter … nachdem Lori … es war, als wäre er über Nacht erwachsen geworden. Als wisse er, dass wir alle zusammenhalten müssen, wenn wir jemals darüber hinwegkommen wollen. Und er war viel anhänglicher als früher. Ich versuchte, meine Trauer vor ihm zu verbergen, aber wann immer er mich weinen sah, legte er einen Arm um mich und sagte: »Nicht traurig sein, Bubbe.«

Als wir den Film sahen, kuschelte er sich an, und dann sagte er: »Kann Po Po nicht mitgucken, Bubbe?« Po Po war Bobbys Kosename für Reuben. Ich weiß nicht mehr, woher er ihn hatte, aber Lori fand es süß und ermunterte Bobby, ihn zu benutzen.

»Po Po schläft, Bobby«, sagte ich.

»Po Po schläft viel, oder, Bubbe?«

»Ja. Weil er …« Wie erklärt man einem Kind, was Alzheimer ist? »Du weißt doch, dass Po Po schon lange krank ist, oder? Er war schon krank, als du noch nicht bei uns gewohnt hast.«

»Ja, Bubbe«, sagte er ernst.

Ich kann mich nicht daran erinnern, dort auf dem Sofa eingeschlafen zu sein, aber so war es. Ich wurde von Gelächter geweckt. Der Film war zu Ende, aus dem Fernseher konnte das Geräusch nicht gekommen sein.

Es war Reuben.

Ich saß stocksteif da, Elspeth, und wagte kaum zu atmen. Dann hörte ich Bobby etwas sagen – ich verstand die Worte nicht –, und Reuben lachte wieder.

Ich hatte diesen Klang seit Monaten nicht gehört.

Mein Nacken tat mir weh, weil ich in einer unbequemen Position eingeschlafen war, aber ich nahm den Schmerz kaum wahr. Ich bewegte mich so schnell wie seit Jahren nicht!

Sie waren im Schlafzimmer. Reuben saß mit zerzausten Haaren im Bett, Bobby kauerte am Fußende.

»Hallo, Bubbe«, sagte Bobby. »Po Po ist aufgewacht.«

Der tote Gesichtsausdruck – die Al-Maske – war verschwunden. »Hallo«, sagte Reuben laut und deutlich. »Hast du meine Lesebrille gesehen?« Ich musste mir eine Hand vor den Mund schlagen, um nicht loszuschreien. »Bobby möchte, dass ich ihm eine Geschichte vorlese.«

Ich glaube, ich sagte so etwas wie »Wirklich?«. Ich fing zu zittern an. Die letzte klare Phase, den letzten Al-freien Augenblick hatte Reuben vor vielen Monaten gehabt, abgesehen von dem Abend, als wir von Bobbys Überleben erfahren hatten und er meine Hand gedrückt hatte. Sprachliche Kohärenz war das Erste, was Al Reuben genommen hatte – aber da saß er nun und redete, und alle Worte waren in der richtigen Reihenfolge.

Ich dachte, vielleicht träume ich.

Da sagte Reuben: »Ich habe in der Pomade nachgesehen, aber da ist sie nicht.« Mir war in dem Moment egal, dass er ein falsches Wort benutzt hatte – ich konnte immer nur denken, dass ein Wunder geschehen war.

»Ich werde sie suchen, Reuben«, sagte ich. Er hatte seine Brille monatelang nicht gebraucht – nun ja, er konnte nicht lesen, nicht in Als Gegenwart. Mein Puls raste wie ein führerloser Zug, ich suchte überall und durchwühlte die halbe Wohnung. Ich hatte Angst, Reuben könnte sich, falls ich die Brille nicht schnell genug fand, wieder in sich zurückziehen und Al die Kontrolle überlassen. Schließlich fand ich sie unten in Reubens Sockenschublade.

»Danke, Liebes«, sagte er. Ich weiß noch, wie seltsam ich das fand; Reuben hatte mich noch nie »Liebes« genannt.

»Reuben ... bist du ... wie geht es dir?« Es fiel mir immer noch schwer zu sprechen.

»Ein bisschen müde. Aber ansonsten wunderbar.«

Bobby tapste ins Kinderzimmer hinüber und holte eines seiner alten Bilderbücher. Ein merkwürdiges Buch mit dem Titel *Vegetable Glue*, das Lori ihm vor Jahren gekauft hatte. Er gab es Reuben.

»Hm.« Reuben kniff die Augen zusammen. »Die Wörter ... sind nicht richtig.«

Er verblasste schon wieder. Ich sah Als Schatten in seinen Augen dämmern.

»Soll Bubbe uns vorlesen, Po Po?«, fragte Bobby.

Ein weiterer verwirrter Blick, und dann blitzten seine Augen. »Ja. Wo ist Lily?«

»Ich bin hier, Reuben«, sagte ich.

»Du bist ein Rotschopf. Meine Lily ist brünett.«

»Ich habe mir die Haare gefärbt. Gefällt es dir?«

Er antwortete nicht – er konnte nicht. Er war wieder verschwunden.

»Bubbe, lies uns vor«, sagte Bobby.

Ich setzte mich auf die Bettkante und fing zu lesen an. Meine Stimme zitterte.

Reuben schlief fast sofort ein. Als ich Bobby später zudeckte, fragte ich ihn, worüber er mit Reuben geredet hatte, als ich ihn lachen hörte.

»Er hat mir von seinen Albträumen erzählt, und ich habe ihm gesagt, dass er sie nicht mehr haben muss, wenn er nicht will.«

Ich war mir sicher, in der Nacht kein Auge zutun zu können. Aber dann schlief ich doch ein. Am nächsten Morgen sah ich nach dem Aufstehen, dass Reuben nicht mehr in seinem Bett lag. Ich lief mit wild klopfendem Herzen in die Küche.

Bobby saß auf dem Küchentresen und plauderte mit Reuben, der Zucker in einen Becher voller Milch löffelte. Mir war egal, dass die Arbeitsplatte mit Kaffeepulver und Krümeln und verschütteter Milch verschmiert war. Ich war ganz und gar von der Tatsache eingenommen, dass Reuben sich selbst angezogen hatte. Er trug die Hausjacke auf links, aber davon abgesehen sah er prima aus. Er hatte sogar versucht, sich zu rasieren, was ihm halbwegs gelungen war. Er sah mich und winkte mir zu. »Ich wollte Bagels holen, aber ich habe den Haustürschlüssel nicht gefunden.«

Ich versuchte zu lächeln. »Wie geht es dir, Reuben?«

»Danke der Nachfrage, bitte sehr«, sagte Reuben. Er war nicht ganz und gar da, irgendetwas stimmte nicht mit ihm – da fehlte etwas in seinem Blick –, aber er war wach und munter, er hatte sich angezogen, er sprach.

Bobby zog an Reubens Hand. »Komm, Po Po, lass uns fernsehen. Dürfen wir, Bubbe?«

Ich war immer noch wie benommen. Ich nickte.

Ich wusste nicht, wohin mit mir. Ich rief den Pflegedienst an und sagte, dass ich für heute niemanden bräuchte, und dann vereinbarte ich einen Termin bei Dr. Lomeier. All das tat ich ganz automatisch.

Das Apartment zu verlassen würde nicht einfach werden, selbst nachdem das Wunder passiert war. Reuben war seit Wochen nicht mehr draußen gewesen, und ich fürchtete, er könnte sich überanstrengen. Ich spielte mit dem Gedanken, Betsy um den üblichen Rundgang zu bitten, um auszuschließen, dass sich draußen Reporter herumtrieben, aber etwas hielt mich davon ab, an ihre Tür zu klopfen. Stattdessen rief ich ein Taxi, obwohl die

Beth-Israel-Klinik nur wenige Blocks entfernt lag, und dann bat ich Bobby, sich zu verkleiden. An dem Tag hatten wir Glück. Ich konnte weit und breit keine Reporter entdecken, und die Leute, die auf dem Gehweg vorbeikamen – ein chassidischer Mann und eine Gruppe Latinos im Teenageralter –, würdigten uns keines Blickes. Der Taxifahrer hielt direkt vor der Tür. Er warf Bobby einen schiefen Blick zu, sagte jedoch nichts. Er war einer von diesen Taxi fahrenden Einwanderern, ein Bengale vielleicht. Ich vermute, dass er nicht einmal Englisch sprach; den Weg zur Klinik musste ich ihm zeigen.

Ich sollte Ihnen wohl etwas über Dr. Lomeier erzählen. Elspeth, ich konnte den Mann nicht leiden. Keine Frage, er war ein guter Arzt, aber ich mochte nicht, wie er bei den Vorsorgeterminen über Reuben sprach, als wäre der gar nicht anwesend. »Wie geht es Reuben heute, Mrs Small, haben Sie irgendwelche Probleme mit ihm?«

Er war der erste Arzt gewesen, der in Reubens Vergesslichkeit ein mögliches Symptom für Alzheimer erkannt hatte, deswegen konnte Reuben ihn ebenfalls nicht leiden. »Warum muss ich mir das ausgerechnet von einem Trottel wie ihm sagen lassen?« Der Facharzt, der uns empfohlen worden war, war viel sympathischer, aber seine Praxis lag mitten in Manhattan, und so weit wollte ich mit Reuben nicht fahren. Fürs Erste würden wir mit Dr. Lomeier vorliebnehmen müssen. Ich brauchte eine Erklärung. Ich wollte wissen, womit wir es zu tun hatten.

Als wir hereingebeten wurden, war Dr. Lomeier viel freundlicher als sonst. »Bist du Bobby?«, fragte er. »Ich habe schon viel über dich gehört, junger Mann.«

»Was haben Sie da auf dem Computer?«, fragte Bobby. »Sind da Fotos? Ich möchte sie sehen.«

Dr. Lomeier blinzelte verdutzt, dann drehte er den Monitor um. Der Bildschirmschoner zeigte ein Alpenpanorama. »Nein, nicht solche Bilder«, sagte Bobby, »die anderen, die von den Ladys mit Pillermann.«

Betretenes Schweigen, und dann sagte Reuben mit glasklarer Stimme: »Nun machen Sie schon, Doc. Zeigen Sie ihm die Bilder.« Bobby lächelte wie ein Honigkuchenpferd.

Dr. Lomeiers Kinnlade klappte herunter. Das klingt jetzt übertrieben, aber Sie hätten sein Gesicht sehen müssen, Elspeth.

»Mrs Small«, sagte er. »Seit wann geht das so?«

Ich erzählte ihm, dass Reuben am Vorabend zu sprechen angefangen hatte.

»Er hat gestern Abend angefangen, kohärent zu sprechen?«

»Ja«, sagte ich.

»Ich verstehe.« Er rutschte in seinem Sessel herum.

Ich wartete darauf, dass Reuben so etwas sagte wie: »Oy, ich bin hier, du *schmuck*.« Aber er schwieg.

»Ich muss schon sagen, Mrs Small, falls Sie die Wahrheit sagen, bin ich mehr als überrascht. Reubens Verfall war ... Ich bin sehr überrascht zu sehen, wie mobil er ist. Ich war der Meinung, dass ich ihn schon vor langer Zeit an ein Pflegeheim hätte überweisen sollen.«

Der Zorn überrollte mich wie ein Zug. »Reden Sie nicht so über ihn! Er ist hier! Er ist ein Mensch, Sie ... Sie ...«

»Trottel?«, sagte Reuben.

»Bubbe?« Bobby sah mich an. »Können wir jetzt gehen? Der Onkel ist krank.«

»Nein, dein Großvater ist hier der Kranke, Bobby«, sagte Dr. Lomeier.

»O nein«, sagte Bobby. »Po Po ist nicht krank.« Er zog an meiner Hand. »Lass uns gehen, Bubbe. Das ist doch dumm.« Reuben war schon auf den Beinen und auf dem Weg zur Tür.

Ich stand auf.

Dr. Lomeier war entsetzt, sein bleiches Gesicht lief knallrot an. »Mrs Small, ich bitte Sie, suchen Sie sofort einen Kollegen auf. Ich kann für Sie einen Termin bei Dr. Allen im Mount Sinai vereinbaren lassen. Wenn Reuben Anzeichen gesteigerter kognitiver Fähigkeiten aufweist, könnte das bedeuten, dass das Dematine, das wir ihm verabreichen, weitaus besser anschlägt, als wir je zu hoffen wagten.«

Ich sagte ihm nicht, dass Reuben sich seit Wochen weigerte, die Medikamente zu nehmen. Was immer die Veränderung hervorgerufen hatte, am Dematine lag es nicht. Ich hatte ihn nicht dazu bringen können, die Tabletten zu schlucken.

Stan Murua-Wilsons Tochter Isobel ist eine ehemalige Klassenkameradin von Bobby Small. Mr Murua-Wilson ließ sich im Mai 2012 via Skype von mir befragen.

Ich muss ja nicht sagen, dass wir Eltern von der Roberto Hernandes total schockiert waren, als wir von Lori hörten. Wir konnten einfach nicht fassen, dass so etwas jemandem zustieß, den wir persönlich kannten. Nicht, dass ich mit Lori befreundet gewesen wäre. Meine Frau Ana ist nicht besonders eifersüchtig, aber sie fand, dass Lori sich bei einigen Elternabenden danebenbenommen hatte. Ana sagte, sie hätte herumgeflirtet, sie nannte sie ein ausgemachtes Flittchen. So weit wäre ich nicht gegangen. Lori war in Ordnung. Die meisten Kinder an der Roberto Hernandes haben einen lateinamerikanischen Hintergrund – die machen da einen auf Integration und Multikulti und so –, aber Lori war keine, die gesagt hat, hey, guckt mal alle her, ich schicke mein Kind auf die öffentliche Stadtteilschule, damit es das richtige Leben kennenlernt. Die meisten Weißen, die ihre Kinder auf eine Magnetschule geben, sind so drauf, Sie wissen schon, die sind ziemlich selbstgefällig. Und Lori hätte Bobby jederzeit in einer guten Yeshiva-Schule hier in der Nähe anmelden können. Ich glaube, teilweise hatte Ana nur wegen Bobby solche Probleme mit Lori, er war nicht gerade pflegeleicht, wenn ich ehrlich sein soll.

Ich habe Englisch studiert und wollte Lehrer werden, bevor Isobel zur Welt kam. Bobbys Benehmen – vor dem Unglück, meine ich – und Loris Umgang mit ihm erinnerte mich immer an diese Kurzgeschichte von Shirley Jackson, *Charles*. Kennen Sie die? Es geht darin um einen Jungen namens Laurie, der jeden Tag aus der Schule kommt und Schauergeschichten über ein böses Kind namens Charles erzählt, das den Unterricht stört und seine Mitschüler quält und den Klassenhamster umbringt und so. Lauries Eltern reagieren total hämisch und sagen: »Warum bestrafen Charles' Eltern ihn nicht einfach?« Und als sie dann schließlich zum Elternsprechtag gehen, erfahren sie, dass es in der Klasse gar kein Kind namens Charles gibt und der böse Junge in Wahrheit ihr eigener Sohn ist.

Ein paar Eltern haben versucht, mit Lori über Bobby zu reden, aber irgendwie brachte das nichts. Ana ist ausgerastet, als Isobel letztes Jahr aus der Schule kam und meinte, Bobby hätte versucht, sie zu beißen. Ana wollte zum Schuldirektor gehen, aber ich konnte es ihr ausreden. Ich wusste, irgendwann verwächst sich das, oder Lori kommt zu Sinnen und gibt ihm Ritalin oder so was – der Junge hatte schweres ADHS, meiner Ansicht nach.

Ob man sagen kann, dass er nach dem Crash ein anderes Kind war? Da wird viel drüber geredet, die Irren mit ihren kranken Weltuntergangsfantasien haben es ja auch behauptet; aber da seine Großmutter Lillian ihn zu Hause unterrichtet hat – wahrscheinlich nur, weil die Medien und diese Freaks ihn ständig im Visier hatten –, kann ich das schlecht beurteilen. Aber einmal habe ich ihn zufällig getroffen, das war Ende März. Das Wetter war mittelprächtig, doch Isobel lag mir in den Ohren, weil sie unbedingt in den Park wollte, und am Ende gab ich nach.

Als wir ankamen, sagte Isobel: »Guck mal, Dad, dahinten ist Bobby.« Und noch bevor ich sie zurückhalten konnte, war sie zu ihm rübergelaufen. Er trug eine Baseballkappe und eine Brille, deswegen hatte ich ihn nicht gleich erkannt, nur Isobel hatte die Verkleidung sofort durchschaut. Bobby war mit einer älteren Dame da, die sich als Lillians Nachbarin Betsy vorstellte. Sie sagte, Lillians Mann Reuben habe einen schlechten Tag und sie habe Lillian angeboten, mit Bobby ein bisschen nach draußen zu gehen. Betsy war wirklich redselig!

»Willst du mit mir spielen, Bobby?«, fragte Isobel. Sie ist ein liebes kleines Mädchen. Bobby hat genickt und seine Hand ausgestreckt. Sie sind zusammen zur Schaukel gegangen. Ich habe sie nicht aus den Augen gelassen und Betsy nur mit einem Ohr zugehört. Sie fand es offensichtlich befremdlich, dass ich mit Isobel zu Hause blieb, während Ana arbeiten ging. »Zu meiner Zeit hätte es so was nicht gegeben«, sagte sie immer wieder. Dabei machen es viele der Männer hier so wie ich. So einen Quatsch wie »dann ist man kein ganzer Mann mehr« gibt es bei uns nicht. Wir langweilen uns nie. Wir haben eine Laufgruppe gegründet, und wir treffen uns im Sportzentrum zum Squash, solche Sachen.

Isobel sagte etwas zu Bobby, und er hat gelacht. Ich fing an, mich zu entspannen. Sie haben die Köpfe zusammengesteckt und geplaudert. Sie schienen sich prima zu verstehen.

»Er ist nicht genug unter Kindern«, beschwerte Betsy sich. »Aber ich will Lillian keinen Vorwurf machen, sie hat genug um die Ohren.«

Auf dem Nachhauseweg fragte ich Isobel, worüber sie mit Bobby gesprochen habe. Ich machte mir Sorgen, er könnte vom Crash und seiner sterbenden Mutter erzählt haben. Über das Thema Tod hatten wir mit Isobel nie gesprochen. Sie hatte einen Hamster, der jeden Tag schwächer wurde, aber ich hatte vorgehabt, ihn eines Tages durch einen jüngeren zu ersetzen und ihr nichts davon zu sagen. In der Hinsicht bin ich ein Feigling. Ana ist da anders. »Der Tod gehört zum Leben dazu.« Aber man möchte nicht, dass die Kinder zu schnell groß werden, nicht wahr?

»Ich habe ihm von der Frau erzählt«, sagte sie. Ich wusste sofort, wovon sie sprach. Seit sie drei Jahre alt war, litt Isobel am Nachtschreck. An einer bestimmten Form namens hypnagoge Halluzination, bei der sie immer wieder das Bild einer buckligen alten Frau vor Augen hatte. Ein Teil des Problems war, dass meine Schwiegermutter Isobel allen möglichen Unsinn eingeflüstert hat, abergläubisches Zeug von El Chupacabra und solchen Mist. Ana und ich haben früher oft gestritten deswegen.

Im letzten Jahr ging es Isobel so schlecht, dass ich Geld für eine Kinderpsychologin abdrücken musste. Die meinte, es ginge irgendwann von allein vorüber; ich betete, dass es schnell passieren würde.

»Bobby ist wie die Frau«, sagte Isobel. Ich wollte wissen, wie sie das meinte, aber sie sagte nur: »So ist er.« Ehrlich gesagt fand ich es ein bisschen gruselig.

Es hat wohl nichts zu bedeuten, aber nachdem sie an dem Tag mit Bobby gesprochen hatte, ist Isobel kein einziges Mal mehr schreiend aufgewacht, und sie hat sich auch nie wieder über »die Frau« beklagt. Wochen später wollte ich wissen, wie sie das gemeint hatte – dass Bobby so wäre wie die alte Frau –, doch sie tat so, als wüsste sie nicht, wovon ich sprach.

Transkript einer Stimmaufzeichnung von Paul Craddock vom März 2012.

12. März 2012, 05:30 Uhr

Es war nur ein Drink, Mandi. Nur einer ... Ich habe wieder so eine Nacht hinter mir, Stephen war wieder da, aber diesmal hat er nichts gesagt, er hat nur ...

(Geräusche; ein dumpfer Schlag, dann eine Toilettenspülung)

Nie wieder. Nie, nie wieder, verdammt. In ein paar Stunden kommt Darren, auf keinen Fall darf er den abgestandenen Alkoholmief riechen. Aber es hilft. Das kann ich nicht abstreiten.
O Gott.

12. März 2012, 11:30 Uhr

Ich glaube, er hat nichts gemerkt. Ich habe extra darauf geachtet, nicht zu sehr nach Mundwasser zu riechen, das ist nämlich immer ein todsicheres Zeichen. Ich habe hinten im Badezimmerschrank eins von diesen billigen Deosprays gefunden, deswegen stinke ich jetzt nach künstlichem Moschus. Aber noch mal darf ich das Risiko nicht eingehen. Nicht, dass Darren lange hier gewesen wäre. Jess hat ihn wie immer um den Finger gewickelt. »Darren, willst du dir zusammen mit mir *My Little Pony* ansehen? Onkel Paul hat mir die ganze Serie gekauft.« Vor dem Crash war sie definitiv schüchterner. Da bin ich mir inzwischen sicher. Sie und Polly waren nie, was man altklug nennen würde. Im Beisein von Fremden waren sie immer sehr zurückhaltend. Aber angeblich ist diese Verhaltensänderung normal. Darren meinte, vielleicht sollte sie nach den Osterferien wieder zur Schule gehen. Mal sehen, was Dr. K sagt.

Danke, dass Sie so viel Verständnis dafür haben, dass ich Ihnen länger keine Aufnahmen mehr geschickt habe. Es ist nur ... sich so auszusprechen ... es hilft mir wirklich, wissen Sie? Bald mache ich richtig weiter, versprochen. Das muss der Kummer sein, meinen Sie nicht? Verdrängung oder so etwas. Ist das nicht eine der Phasen, die jeder Trauernde durchlebt? Scheiße, ich danke Gott, dass Jess da nicht durchmuss. Sie scheint alles so hinzunehmen, sie hat kein einziges Mal geweint – nicht einmal, als die Verbände abgenommen wurden und sie zum ersten Mal ihre Narben gesehen hat. Es ist nicht allzu schlimm; nichts, was sie mit ein bisschen Schminke nicht wegmogeln kann, wenn sie älter ist. Und ihre Haare wachsen auch nach. Neulich hatten wir viel Spaß damit, Hüte im Internet zu shoppen. Sie hat sich einen schwarzen Trilby ausgesucht, erstaunlich stylish. Die Jess von vor dem Crash hätte so etwas nie und nimmer ausgewählt. Viel zu wenig Missy K, und die hat den Klamottengeschmack einer zurückgebliebenen, farbenblinden Dragqueen.

Aber dennoch, dass sie alles so hinnimmt ... das ist doch nicht normal, oder? Ich bin fast versucht, ihr die Familienfotos zu zeigen, die wir vor ihrer Rückkehr weggeräumt haben, nur um zu sehen, ob ich ihren Gefühlen damit einen kleinen Stups geben kann. Aber ich bin selbst noch nicht bereit dafür, die Bilder zu sehen, und ich muss es vermeiden, mich in ihrem Beisein aufzuregen. Gerade wurde der »vorläufige Bericht zur Absturzursache« veröffentlicht, ich bete zu Gott, dass ich danach irgendwie abschließen kann. Und die 277-Gruppe hilft auch. Von den Albträumen habe ich niemandem etwas erzählt. Werde ich auch nicht, auf keinen Fall. Ich vertraue denen, besonders Mel und Geoff, aber man kann nie wissen. Diese verrückten Zeitungen drucken einfach alles, oder? Haben Sie gelesen, wie Marilyn in der *Daily Mail* auf die Tränendrüsen gedrückt hat? – *Daily Hell*, hat Stephen immer gesagt. Angeblich hat sie jetzt ein Lungenemphysem. »Und ich will doch nur die kleine Jessie noch einmal sehen, bevor ich sterbe, schluchz!« Das ist emotionale Erpressung vom Feinsten. Ich rechne jederzeit damit, Fester und Gomez vor dem Haus herumlungern zu sehen. Aber wahrscheinlich ist nicht einmal die Addams Family dumm genug, eine einstweilige Verfügung zu riskieren. Und falls sie wirklich hier auftauchen, könnte ich immer noch Mels Hardcoreproll von Sohn anrufen, damit er ihnen die Hölle heißmacht, oder?

Verdammt, hören Sie mich an. Ich schwafele idiotisches Zeug. Ich bekomme nicht genug Schlaf. Kein Wunder, dass diese Schweine in Guantánamo Schlafentzug als Foltermethode eingesetzt haben.

(Ein Klingelton – die Filmmusik zu Dr. Schiwago*)*

Warten Sie. Mein Handy.

11:45 Uhr

Wie nett. Tja, das war eine schöne Überraschung. Wie immer ein Schreiberling, diesmal vom *Independent*. Ist das nicht angeblich eine Intellektuellenzeitung? Der wollte wissen, was ich von den Gerüchten halte, dieser religiöse Volldepp wolle sich in Afrika auf die Suche nach dem vierten apokalyptischen Reiter machen. Können Sie es glauben?

Was zum Teufel hat das mit mir zu tun? Jesus. Das vierte Kind? Was für ein Blödsinn. Er hatte sogar die Frechheit, mich zu fragen, ob Jess sich anders benähme als früher. Im Ernst? Zählt das heutzutage zu den Aufgaben der Presse? Hellseher und religiöse Freaks als ernst zu nehmende Informanten zu betrachten? Wann wurde der Bock zum Gärtner gemacht? Oh, der war gut! Den muss ich mir aufschreiben, bevor ich das ganze Albtraumzeugs lösche.

Also gut. Kaffee, Jess anziehen und dann ab zu Waitrose. Heute stehen nur zwei Paparazzi-Neandertaler vor der Tür; dürfte nicht allzu schwer sein, sich unbemerkt wegzuschleichen.

15. März, 11:25 Uhr

Hm ... ich weiß gar nicht, was ich sagen soll. Komischer Tag.

Heute Morgen dachte ich, wir brauchen frische Luft, Paparazzi hin oder her. Mir fällt die Decke auf den Kopf, und Jess sieht viel zu viel fern. Aber wir können nicht raus, ohne zu Tode fotografiert zu werden. Gott sei Dank interessiert sie sich nicht für die Nachrichten, aber inzwischen kann ich die Titelmelodie von *My Little Pony* nicht mehr hören, ohne dass mir der Schädel platzt. Also sind wir ans Ende der Straße gelaufen, bis zu den Ställen, die schmierigen Schreiber mit den über die Glatze gekämmten Haaren immer an den Hacken.

»Lächel in die Kamera, Jess!«, haben sie gekräht. Die sind um sie rumgetanzt wie ein Haufen Pädophiler auf Freigang.

Ich musste mich echt zusammenreißen, um ihnen nicht zu sagen, sie könnten mich am Arsch lecken, aber ich habe mein »guter Onkel«-Gesicht aufgesetzt, und Jess hat mitgespielt wie immer, hat mit den Pferden posiert und auf dem Rückweg meine Hand genommen.

Weil wir morgen einen Termin bei Dr. K haben, dachte ich, es wäre vielleicht gut, etwas über Polly und Stephen und Shelly aus Jess herauszukitzeln. Es macht mir Sorgen, dass sie immer so in sich gekehrt ist, so ... ausgeglichen, anders kann ich es nicht sagen. Denn das ist sie wirklich. Sie ist ausnahmslos glücklich wie ein Kind in einer kitschigen amerikanischen Achtzigerjahre-Sitcom. Sie hat sogar mit dem Fluchen aufgehört.

Sie hat mir ruhig zugehört wie immer, mit leicht überheblichem Gesichtsausdruck.

Ich zeigte auf den Fernseher, *My Little Pony* lief in Dauerschleife – ich muss schon zugeben, dass die Serie, von dem erbärmlichen Soundtrack mal abgesehen, ein gewisses Suchtpotenzial hat. Aber inzwischen kenne ich praktisch jede Folge auswendig. »Weißt du noch, wie Applejack keine Hilfe von ihren Freunden annehmen wollte und am Ende in große Schwierigkeiten geriet, Jess?«, sagte ich mit fröhlicher Onkelstimme. »Am Ende müssen Twilight Sparkle und die anderen sie retten, und da erst erkennt sie, dass man ein Problem manchmal nur lösen kann, wenn man die Hilfe von Freunden annimmt.«

Jess sagte nichts. Sie sah mich an, als wäre ich total bescheuert.

»Ich will damit nur sagen, dass du dich immer auf mich verlassen kannst, Jess. Und du darfst auch weinen, wenn du traurig bist. Ich weiß, Polly und Mummy und Daddy müssen dir schrecklich fehlen. Ich weiß, dass ich kein Ersatz für sie bin.«

»Ich bin nicht traurig«, sagte sie.

Vielleicht hat sie sie einfach ausgeblendet. Vielleicht tut sie so, als hätten sie nie gelebt.

Zum tausendsten Mal fragte ich sie: »Soll ich mal fragen, ob eine von deinen Freundinnen zum Spielen herkommen will?«

Sie gähnte und sagte: »Nein, danke«, und dann sah sie sich weiter die blöden Ponys an.

03:30 Uhr

(Schluchzen)

Mandi, Mandi, ich kann nicht mehr. Er war hier ... ich konnte sein Gesicht nicht sehen. Er sagte wieder dasselbe, mehr sagt er nie: »Wie konntest du dieses Ding ins Haus lassen?«

O Gott, o Scheiße.

04:30 Uhr

Ich darf nicht wieder einschlafen. Auf keinen Fall, verdammt.

Sie sind so real, diese Träume. Unglaublich real. Und ... Scheiße. Das ist mehr als verrückt ... Aber diesmal war ich mir sicher, was gerochen zu haben – einen Hauch von fauligem Fisch. Als würde Stephens Körper langsam verrotten. Und immer noch kann ich sein Gesicht nicht sehen ...

Genug. Das reicht.

Ich muss damit aufhören.

Es ist absolut verrückt.

Aber manchmal denke ich, vielleicht sind das meine Schuldgefühle. Vielleicht will mein Unterbewusstsein, dass ich mich damit auseinandersetze.

Ich gebe mein Bestes für Jess, natürlich. Aber ich habe ständig das Gefühl, irgendwas vergessen zu haben. Mehr tun zu müssen.

Damals, als Mum und Dad gestorben sind. Ich habe alles Stephen überlassen. Ich habe ihn alle Vorbereitungen für die Beerdigung allein treffen lassen. Ich war damals auf Tournee, wir haben Alan Bennett gespielt, in Exeter. Ich hielt meine Karriere für wichtiger; ich habe mir sogar eingeredet, Mum und Dad hätten nicht gewollt, dass ich diese Riesenchance verschenke. Haha. Von wegen Riesenchance. Wir waren froh, wenn das Haus abends halb voll war. Ich glaube, ich war wütend auf sie. Ich habe mich ihnen gegenüber nie geoutet, aber sie wussten Bescheid. Sie haben mich spüren lassen, dass ich das schwarze Schaf in der Familie war und Stephen der Goldjunge. Ich weiß, ich habe Ihnen was anderes erzählt, Mandi, aber als Kinder standen Stephen und ich uns nicht besonders nahe. Nicht, dass wir uns oft gestritten hätten oder so, aber ... Alle mochten ihn. Ich war nicht eifersüchtig, doch für ihn war alles immer leicht. Für mich nicht. Gott sei Dank hat er später Shelly kennengelernt. Wäre sie nicht gewesen, wir hätten uns nie wieder angenähert.

Aber ich wusste ... ich habe immer gewusst ... er war zu gut. Stephen. Er war viel besser als ich.

(Schluchzen)

Hat mich sogar verteidigt, als ich es nicht verdient hatte.

Und ich wusste tief in meinem Herzen, ganz tief, dass er ganz genau wusste, dass ich nicht gut genug bin, mich um Jess zu kümmern.

Er und Shelly ... sie waren so erfolgreich, nicht? Und dann so einer wie ich ...

(lautes Schniefen)

Hören Sie mich bloß an. Arme kleine Miss Selbstmitleid.

Es sind die Schuldgefühle. Das ist der Grund. Schuldgefühle und Reue. Aber mit Jess werde ich mir mehr Mühe geben. Ich werde Stephen beweisen, dass Shelly gut daran getan hat, mir das Sorgerecht zu geben. Vielleicht lässt er mich dann in Ruhe.

21. März 2012, 22:30 Uhr

Ich bin eingeknickt und habe Mrs Ellington-Burn gebeten, auf Jess aufzupassen, damit ich heute Abend zum 277-Treffen gehen konnte. Normalerweise nehme ich Jess mit, natürlich ist sie jedes Mal so brav wie ein kleiner Engel. Mel gibt ihr im Foyer des Gemeindezentrums irgendeine Beschäftigung, Ausmalbilder, Sachen in der Art, oder ich nehme Stephens alten Mac mit, damit sie sich endlos viele Folgen von *Rainbow Dash* und ihren Freundinnen ansehen kann. Aber einige der Leute bei 277 ... Ich weiß auch nicht, ich habe das Gefühl, dass manche sich unwohl fühlen, wenn ich Jess mitbringe. Sie sind natürlich lieb zu ihr, aber ... na ja, ich kann es ihnen nicht verübeln. Jess ist ja eine krasse Erinnerung daran, dass ihre Angehörigen nicht überlebt haben, oder? Sicher finden einige das unfair. Und ich bin mir sicher, dass viele sie fragen möchten, wie die letzten Sekunden waren, bevor das Flugzeug abgestürzt ist. Sie sagt, sie kann sich an nichts erinnern, klar, sie hat einen Schlag abbekommen und war bewusstlos, als es passierte. Der Ermittler von der AAIB, der sie vor der Pressekonferenz besucht hat, hat sein Bestes getan, um ihrem Erinnerungsvermögen auf die Sprünge zu helfen, aber sie bestand darauf, dass ihre letzte Erinnerung war, im Hotelpool auf Teneriffa zu planschen.

Mrs EB hat mich praktisch aus dem Haus geschoben, sie konnte es gar nicht abwarten, mit Jess allein zu sein. Vielleicht ist sie einsam. Ich hätte nicht gesehen, dass sie jemals Besuch bekommen hätte, außer von den Zeugen Jehovas; dann wiederum ist sie wirklich eine unfreundliche alte Ziege. Zum Glück hatte sie ihren Kläffer zu Hause gelassen, so musste ich mir wenigstens keine Sorgen machen, später die fiesen Pudelhaare auf allen Bettdecken zu finden. Ich glaube, ihre Verächtlichkeit mir gegenüber ist nicht persönlich gemeint. Geoff meinte, sie sähe ihn an, als hätte er Scheiße am Schuh (ein typischer Geoffismus), also liegt es wohl an ihrem monumental ausgeprägten Snobismus. Ich hatte kein gutes Gefühl dabei, Jess bei ihr zu lassen, aber Jess hat mir zum Abschied fröhlich gewinkt. Ich habe das nie laut gesagt, aber ... manchmal muss ich mich wirklich fragen, ob es ihr scheißegal ist, ob ich da bin oder nicht.

Jedenfalls ... wo war ich stehen geblieben ... ach ja. 277. Ich wäre fast mit der Sache rausgeplatzt. Hätte ihnen beinahe von Stephen erzählt. Von den Albträumen. Jesus. Stattdessen habe ich mich endlos über die nervigen Presseleute ausgelassen und dass sie mich mürbe machen. Ich wusste, ich nehme den anderen kostbare Redezeit weg, aber ich konnte einfach nicht mehr aufhören.

Schließlich fiel Mel mir ins Wort, es wurde spät. Wir tranken noch einen Tee, und dann standen Kelvin und Kylie auf und sagten, sie hätten etwas zu verkünden. Kylie wurde rot und knetete sich die Finger, und dann sagte Kelvin, dass sie jetzt ein Paar seien und vorhätten, sich zu verloben. Wir haben alle geweint und applaudiert. Ehrlich gesagt war ich ein bisschen eifersüchtig. Es ist Monate her, dass ich zum letzten Mal mit jemandem etwas trinken war, den ich auch nur ansatzweise hätte abschleppen wollen, und mittlerweile verbietet es sich ja ohnehin, nicht wahr? Ich mag mir kaum ausmalen, was in der *Sun* stehen würde. »Jessies irrer Onkel missbraucht Familienheim als perversen Sex-Treff« oder so. Ich versicherte den beiden, mich sehr für sie zu freuen, auch wenn er viel älter ist als sie und das Ganze mir ein wenig überstürzt erscheint – sie sind erst seit einem Monat zusammen.

Er ist trotzdem ein guter Kerl. Kylie kann sich glücklich schätzen. Hinter dem dicken Muskelpanzer und dem »Yeah, Mann, was geht?« versteckt sich ein einfühlsamer Mensch. Ehrlicherweise hatte ich mich selbst ein bisschen in Kelvin verguckt, als er bei dem Trauergottesdienst das Gedicht vorlas. Aber ich wusste, es hat keinen Sinn. Kelvin ist hetero durch und durch. So wie alle aus der Gruppe. Ich bin bei unseren Treffen der einzige Schwule, haha. Kotz. Nachdem alle gratuliert hatten, sagte Kelvin, seine Eltern – er hatte sie bei dem Crash verloren – hätten Kylie sicher liebend gern kennengelernt; seit Jahren hätten sie ihn angefleht, endlich zu heiraten. Das rührte uns alle sehr. Geoff hat praktisch geheult. Wir wussten alle, dass Kelvin die Reise seiner Eltern nach Teneriffa bezahlt hatte; sein Geschenk zur Rubinhochzeit. Ist sicher schlimm, mit so was leben zu müssen. Hat mich an Bobby Smalls Mum erinnert. Die ist nach Florida geflogen, um sich einen Altenwohnsitz für ihre Eltern anzusehen, war es nicht so? Entsetzlich. So viel zum Thema Karma.

Einige von den 277ern wollten nach dem Treffen in den nächsten Pub, um das Ereignis zu feiern, aber ich beschloss, dass es besser für mich wäre, nicht mitzugehen. Die Versuchung, mir einen ordentlichen Drink zu bestellen, wäre zu groß gewesen. Vielleicht bilde ich es mir nur ein, doch einige schienen richtiggehend erleichtert gewesen zu sein, als ich mich verabschiedete. Aber das ist wahrscheinlich nur meine alte Sozialparanoia, die wieder aufmuckt.

Als ich nach Hause kam, lag Mrs Ellington-Burn auf dem Sofa ausgestreckt und las ein Buch von Patricia Cornwell. Sie schien keine Eile zu haben, wieder nach Hause zu kommen, also nutzte ich die Gelegenheit, um sie zu fragen, ob ihr an Jess seit dem Unfall irgendwelche Veränderungen aufgefallen seien – von ihrem Aussehen abgesehen natürlich. Ich wollte wissen, ob ich der Einzige war, der fand, dass Jess' Persönlichkeit eine *Doctor-Who*-mäßige Transformation durchgemacht hatte.

Sie dachte lange und angestrengt nach, schüttelte schließlich den Kopf und sagte, sie sei sich nicht sicher. Sie sagte, Jess sei an dem Abend ein »absoluter Schatz« gewesen, auch wenn sie überraschenderweise etwas anderes hatte sehen wollen als *My Little Pony*. Mrs EB gab ein wenig gereizt zu, dass sie einen regelrechten Reality-Marathon hinter sich gebracht hatten – sie hatten einfach alles gesehen, von *Britain's Got Talent* bis *America's Next Top Model*. Danach war Jess freiwillig und ohne weitere Aufforderung ins Bett gegangen.

Weil sie immer noch keine Anstalten machte zu gehen, bedankte ich mich ausdrücklich noch einmal und lächelte sie erwartungsvoll an. Sie stand auf und starrte mich an, und die Backen ihres breiten Bulldoggengesichts bebten. »Ein kleiner Tipp für Sie, Paul«, sagte sie. »Achten Sie drauf, was Sie in die Mülltonne werfen.«

Eine Welle der Paranoia überrollte mich, denn für eine Sekunde glaubte ich, sie hätte meine »Trösterflaschen«, wie ich sie insgeheim nannte, gefunden und wollte mich nun erpressen. Ich hatte überall groß herumposaunt, ich sei trocken, also konnte ich kaum riskieren, dass *das* herauskam. Nicht bei all den Problemen, die ich ohnehin schon hatte. »Die Presse, wissen Sie«, sagte sie. »Ich habe die mehrmals dabei erwischt, wie sie in Ihren Mülltonnen gewühlt haben. Aber machen Sie sich keine Sorgen, ich habe denen den Marsch geblasen.«

Dann tätschelte sie meinen Arm. »Sie machen das prima. Jess geht es wirklich gut. Sie könnte nicht in besseren Händen sein.«

Ich begleitete sie an die Tür, und dann brach ich in Tränen aus. Ich wurde schwach vor Erleichterung. Ich war erleichtert, dass wenigstens ein Mensch auf dieser Welt fand, dass ich im Hinblick auf Jess das Richtige tat. Selbst wenn es so eine verbitterte alte Ziege war wie sie.

Und jetzt denke ich, ich muss unbedingt etwas gegen die Albträume tun. Ich muss mich zusammenreißen und mein Selbstmitleid ein für alle Mal begraben.

22. März 2014, 16:00 Uhr

Gerade von Dr. K zurück.

Nachdem er Jess untersucht hatte – alles wie immer, anscheinend geht es ihr gut, wir könnten definitiv in Betracht ziehen, sie bald wieder zur Schule zu schicken und so weiter und so fort –, versuchte ich, ihm meine Sorgen zu schildern. Ich erwähnte meine schlechten Träume, selbstverständlich ohne zu sehr ins Detail zu gehen. Man kommt leicht mit ihm ins Gespräch, er ist ein gutmütiger Mann, übergewichtig auf eine sympathische, bärige Art, die ihm gut steht, nicht von der Sorte »schnell, räumt den Kuchen weg!«. Er sagte, meine Albträume seien ein Zeichen dafür, dass mein Unterbewusstsein Trauer und Ängste verarbeite. Alles werde sich legen, sobald das Medieninteresse abflaue. Er sagt, ich dürfe den Druck nicht unterschätzen, unter den die Presse und die Addams Family und die Verrückten mich setzen, die übrigens immer noch regelmäßig hier anrufen. Er sagt, es sei in Ordnung, ein Schlafmittel zu nehmen, und er hat mir ein Rezept für Tabletten mitgegeben, die mich, wie er meint, garantiert außer Gefecht setzen werden.

Also ... mal sehen, ob es funktioniert.

Aber, ganz ehrlich, ich habe Angst davor einzuschlafen, selbst mit den Tabletten.

23. März, 04:00 Uhr

(Schluchzen)

Keine Träume. Kein Stephen. Aber das ... das ist, äh ... nicht schlimmer, aber ...

Ich bin aufgewacht – ungefähr zu der Zeit, in der Stephen normalerweise kommt, so gegen drei Uhr, und ich habe von irgendwo Stimmen gehört. Jemand hat gelacht. Shelly. Eindeutig. Ich bin aus dem Bett gesprungen und die Treppe hinuntergerannt. Das Herz hat mir bis zum Hals geklopft. Ich weiß auch nicht, was ich erwartet habe, vielleicht Stephen und Shelly, die im Flur stehen und mir erzählen, dass sie ... verdammt, ich weiß auch nicht, von somalischen Piraten gekidnappt wurden oder so und ich nur deswegen nichts von ihnen gehört habe. Ich habe noch halb geschlafen, wahrscheinlich konnte ich deswegen nicht klar denken.

Aber es war nur Jess. Sie saß dicht vor dem Fernseher und schaute sich das Hochzeitsvideo von Stephen und Shelly an.

»Jess?«, habe ich ganz leise gesagt, weil ich sie nicht erschrecken wollte. Ich dachte, verdammt, hat sie sich nun doch entschlossen, sich mit dem Verlust auseinanderzusetzen?

Ohne sich umzudrehen, sagte sie: »Onkel Paul, warst du eifersüchtig auf Stephen?«

»Nein, wieso?«, fragte ich. In dem Moment kam ich gar nicht auf den Gedanken, sie zu fragen, warum sie ihn Stephen nannte und nicht Daddy.

»Weil sie sich geliebt haben und du niemanden hast, der dich liebt.« Ich wünschte, ich könnte ihren Tonfall nachahmen. Wie eine Wissenschaftlerin, die mit einer Laborratte spricht.

»Nein, das stimmt nicht, Jess«, sagte ich.

Dann sagte sie: »Liebst du mich?«

Ich bejahte. Aber es war gelogen. Ich habe die alte Jess geliebt. Der alte Paul hat die alte Jess geliebt.

Scheiße. Ich kann nicht glauben, dass ich das gesagt habe. Was meine ich mit »die alte Jess«?

Ich ließ sie vor dem Fernseher sitzen, schlich in die Küche und wühlte in den Schränken, bis ich die uralte Flasche mit dem

Kochsherry gefunden hatte. Ich hatte sie extra versteckt – aus den Augen, aus dem Sinn.

Sie sitzt immer noch vor dem Fernseher. Die DVD läuft und läuft. Zum vierten Mal inzwischen, gerade höre ich die Musik, die bei der Trauung gespielt wurde. *Better Together* von Jack *fucking* Johnson. Und sie lacht. Über irgendwas. Was soll daran lustig sein?

Ich sitze hier, und die Flasche steht vor mir, Mandi.

Aber ich werde sie nicht anrühren. Auf keinen Fall.

Geoffrey Moran und seine Frau Melanie sind Gründungsmitglieder der 277-Selbsthilfegruppe für die Hinterbliebenen der Go!Go!-Air-Katastrophe. Geoffrey erklärte sich Anfang Juli bereit, mit mir zu sprechen.

Ich gebe der Presse die Schuld. Die sollte man dafür zur Rechenschaft ziehen. Man hört, wie sie Handys anzapfen und ungestraft Lügen abdrucken; ich kann Paul keinen Vorwurf machen, dass er ein bisschen paranoid geworden ist. Diese Arschlöcher wollten Mel und mich sogar dazu bringen, schlecht über ihn zu sprechen, die haben uns Suggestivfragen gestellt. Mel hat ihnen natürlich gesagt, sie sollen sich zum Teufel scheren. Wir von der 277-Gruppe halten zusammen, wir passen aufeinander auf. Tja, ich persönlich halte es für ein Wunder, dass diese drei Kinder überlebt haben, es gibt halt Dinge im Leben, die niemand erklären kann. Aber versuchen Sie mal, das so einem Hobby-Ufologen zu erklären oder diesen Amis mit ihren bekloppten Verschwörungstheorien. Wenn die verflixten Reporter nicht gewesen wären, nichts davon wäre je ans Licht gekommen. Die waren diejenigen, die es in die Öffentlichkeit gezerrt haben. Diese Arschlöcher sollten dafür bezahlen, der ganze verdammte Haufen.

Wir wussten, was Paul für einer war, natürlich. Und damit meine ich nicht seine Homosexualität. Was einer im Privaten tut, geht niemanden was an. Ich rede davon, dass er manchmal eine Rampensau war und immer im Mittelpunkt stehen musste. Er hat uns sofort erzählt, dass er Schauspieler ist. Ich hatte seinen Namen noch nie gehört, aber er hat gesagt, er wäre schon im Fernsehen gewesen, hätte da manchmal Gastrollen gehabt. Sie wissen schon. Cameos. Muss ihn in seinem Ego ganz schön gekränkt haben, im Leben nicht das erreicht zu haben, wovon er träumte. Er hat mich ein bisschen an Danielle erinnert. Sie war natürlich viel jünger als er, aber sie hat lange gebraucht, um herauszufinden, was sie eigentlich will. Sie hat alles Mögliche ausprobiert, bis sie dann schließlich Kosmetikerin geworden ist. Manche brauchen einfach länger, um ihren Weg zu finden, nicht wahr?

Bevor Paul anfing, sich zu verändern ... na ja, bevor er sich immer mehr zurückzog, hat Mel sich manchmal über ihn geärgert. Bei den Treffen redete er stundenlang, wenn man ihn nicht irgendwann unterbrach. Wann immer wir konnten, haben wir versucht, ihm mit Jess zu helfen. Das war nicht immer leicht; wir müssen uns auch um unsere Enkel kümmern. Unser Gavin hat drei Kinder, aber Paul war ein spezieller Fall. Er brauchte alle Hilfe, die er kriegen konnte, der arme Kerl, da die Presse ihn doch gejagt hat und die andere Seite der Familie – verkommenes Pack, hat Mel dazu gesagt – ihm so viel Kummer machte. Gavin wäre dazwischengegangen, wenn die bei der Trauerfeier aufgemuckt hätten. Gavin will sich nächstes Jahr bei der Polizei bewerben. Er wird ein guter Bulle werden, so wie die meisten Leute, die das Gesetz sozusagen auch von der anderen Seite kennen. Nicht, dass er jemals richtige Probleme bekommen hätte. Und diese eingebildete Nachbarin hat auch geholfen, wo sie konnte. Hielt sich wohl für was Besseres, diese Alte, aber sie hatte das Herz am rechten Fleck. Einmal habe ich gesehen, wie sie einen Paparazzo verjagt hat, indem sie ihm einen Eimer kaltes Wasser über den Kopf gekippt hat. Das hat sie gut gemacht, das muss ich ihr lassen, da ist es doch egal, dass sie einen Stock im Arsch hat.

Als der Discovery Channel eine Sondersendung über den Schwarzen Donnerstag plante, kurz nachdem die Untersuchungsergebnisse bekannt wurden, hat ein Produzent bei uns angerufen und uns gebeten, vor der Kamera aufzutreten. Wir sollten erzählen, was wir gefühlt haben, als wir von dem Absturz erfuhren. Es ist furchtbar, sich das jetzt vorzustellen, aber bevor wir unsere Danielle verloren haben, haben Mel und ich gerne diese Serie über Luftfahrtkatastrophen geschaut, die mit dem amerikanischen Experten, Ace Kelso. Heute wünschte ich mir natürlich, ich hätte mir das nie angesehen. Mel hat den Fernsehleuten eine Abfuhr erteilt, so wie Kelvin und Kylie. Da waren die beiden schon zusammen. Kylie hatte bei dem Crash ihren Freund verloren, und Kelvin war Single, also sprach nichts dagegen. Klar, er war viel älter als sie, aber manche Beziehungen funktionieren ja trotz des Altersunterschiedes gut, oder? Sehen Sie sich Mel und mich an. Sie ist sieben Jahre älter als ich, und wir sind seit über zwanzig Jahren glücklich verheiratet. Kelvin und Kylie wollten im August heiraten, aber im Moment sprechen sie davon, die Feier zu verschieben. Ich habe ihnen gesagt, dass wir dringend einen Grund brauchen, uns zu freuen, und dass sie an dem Termin festhalten sollen, trotz allem, was mit der kleinen Jess passiert ist.

An dem Punkt hätte mir sofort klar werden müssen, dass mit Paul etwas nicht stimmte. Als er das Angebot ablehnte, in der Discovery-Sendung aufzutreten, meine ich. Eins möchte ich klarstellen, er hat nie versucht, Jess ins Rampenlicht zu zerren. Im Gegenteil, wirklich. Ja, am Anfang ist er nicht davor zurückgescheut, mit der Presse zu reden. In den ersten Monaten ist er öfters im Fernsehen aufgetreten, hat sich da aufs Sofa gesetzt und erzählt, wie es Jess so ging. Und nein, ich finde nicht, dass die Presse daraus das Recht ableiten konnte, sein Privatleben auszuspionieren und eine Hetzjagd zu veranstalten. Man sollte meinen, die hätten nach der Sache mit der Prinzessin der Herzen ihre Lektion gelernt. Wie viel Blut muss denn noch fließen, bis diese Schweine endlich aufhören? Ich weiß, ich steigere mich schon wieder zu sehr rein, aber so was bringt mich einfach auf die Palme.

Und Jess ... sie war wirklich ein Goldstück. Ein richtiger Schatz. Manchmal hatte man den Eindruck, dass sie sehr reif war für ihr Alter, kein Wunder, nach allem, was sie durchgemacht hatte. Sie war immer fröhlich, hat sich nie über die Narben in ihrem Gesicht beschwert. Sie hatte ein sonniges Gemüt; erstaunlich, wie schnell Kinder sich von so einem Schlag erholen können, nicht? Ich habe die Autobiografie von der jungen Muslimin gelesen, die als Einzige den Flugzeugabsturz in Äthiopien überlebt hat. Sie hat gesagt, das ganze Leben wäre ihr jahrelang nicht real vorgekommen. Vielleicht war es Jess so ähnlich ergangen. Mel wollte das Buch nicht anfassen, so wie die meisten anderen aus unserer 277-Gruppe. Kelvin sagt, bevor er sich vor den Fernseher setzt, müssen seine Kumpel das Programm überprüfen. Er kann sich nichts über Flugzeuge oder Abstürze angucken, er erträgt es nicht mal, wenn in einer Krimiserie ein Rechtsmediziner auftritt.

Und nein, Jess war nicht auffallend seltsam. Das kann ich Ihnen schriftlich geben. Diese bescheuerten Amerikaner, die Lügen über die armen Kinder verbreiten. Mel hat gekocht vor Wut. Außerdem waren wir nicht die Einzigen, die der Ansicht waren, dass es Jess gut ging, oder? Die Schule hätte sich gemeldet, oder? Ihre Lehrerin war eine sehr vernünftige Frau. Und dem Kinderpsychologen und dem Typ vom Jugendamt ist nie etwas Negatives aufgefallen, oder?

Das letzte Mal habe ich Jess allein gesehen. Mel war mit Kylie unterwegs, um ein Lokal für die Hochzeit auszusuchen, aber Paul steckte in der Klemme und brauchte dringend einen Babysitter, weil er einen wichtigen Termin bei seinem Agenten hatte. Ich habe Jess von der Schule abgeholt, und dann sind wir zu den Pferden am Ende der Straße gegangen. Ich habe sie gefragt, wie es in der Schule so läuft, ich habe mir Sorgen gemacht, die anderen Kinder könnten sie hänseln und so. Jess' Narben sahen nicht allzu schlimm aus, aber sie waren trotzdem da, und Sie wissen ja, wie Kinder manchmal sind. Aber sie hat gesagt, keiner hätte sie jemals ausgelacht. Sie war zäh, die Kleine. Wir hatten einen schönen Nachmittag. Als wir wieder zu Hause waren, wollte sie, dass ich ihr aus einem Buch vorlese. *Der König von Narnia*. Sie konnte ganz gut lesen, doch sie wollte, dass ich die Stimmen der Figuren nachmache. Sie fand das Buch lustig, sie konnte nicht genug davon kriegen.

Als wir hörten, wie Paul nach Hause kam, hat sie mich angelächelt, ihr süßes Lächeln hat mich an Danielle erinnert, als sie noch klein war. »Du bist ein guter Mensch, Onkel Geoff«, sagte sie, »tut mir leid, dass deine Tochter sterben musste.« Das fällt mir ein, wann immer ich an sie denke. Es bringt mich jedes Mal zum Weinen.

Chiyoko und Ryu (der folgende Chat fand drei Monate vor dem Verschwinden der beiden statt).

Nachricht gesendet @ 13:10, 25.03.2012

RYU: Bist du da?

Nachricht gesendet @ 13:31, 25.03.2012

RYU: Bist du da?

Nachricht gesendet @ 13:45, 25.03.2012

CHIYOKO: Ich bin hier.

RYU: Ich habe mir Sorgen gemacht. So lange hast du noch nie geschwiegen.

CHIYOKO: Ich kümmere mich um Hiro. Wir haben uns unterhalten. MK ist unterwegs, und wir haben das Haus für uns allein.

RYU: Hat er schon von dem Crash erzählt?

CHIYOKO: Ja.

RYU: Und????????

CHIYOKO: Er sagt, er weiß noch genau, wie er in den Rettungshelikopter raufgezogen wurde. Er hat gesagt, es hätte Spaß gemacht. »Wie fliegen.« Er hat gesagt, er freut sich schon auf das nächste Mal.

RYU: Seltsam.

CHIYOKO: Ich weiß.

RYU: An mehr kann er sich nicht erinnern?

CHIYOKO: Er hat nicht mehr gesagt. Wenn er sich an mehr erinnern kann, spricht er nicht drüber. Ich will ihn nicht zu sehr drängen.

RYU: Hat er schon über seine Mutter geredet?

CHIYOKO: Nein. Warum interessiert dich das so?

RYU: Natürlich interessiert es mich! Warum nicht?

CHIYOKO: Ich bin schon wieder zu streng, oder?

RYU: Ich gewöhne mich dran.

CHIYOKO: Gefrierbrand von der Eisprinzessin.

RYU: Chiyoko, wem siehst du ins Gesicht, wenn er durch den Androiden spricht? Hiro oder dem Androiden?

CHIYOKO: Ha! Gute Frage. Meistens Hiro, aber es ist schon seltsam … Ich habe mich dran gewöhnt, es ist fast so, als hätte er einen Zwilling. Gestern habe ich mich mit dem Ding unterhalten, als wäre es lebendig, obwohl Hiro zwischendurch aus dem Zimmer gegangen ist.

RYU: !!!

CHIYOKO: Wenigstens hat einer von uns was zu lachen. Aber genau wegen dieser Reaktion hat mein Androidenonkel den Surrabot gebaut. Man soll vergessen, dass er eigentlich nicht lebendig ist.

RYU: ???

CHIYOKO: Er wollte herausfinden, ob die Leute den Androiden wie einen Menschen behandeln, sobald sie ihre Hemmungen überwunden haben und ihn nicht mehr unheimlich finden. Inzwischen wissen wir, dass der Android irgendwann tatsächlich als menschlich betrachtet wird, zumindest von der Eisprinzessin.

RYU: Sorry, was für eine idiotische Frage. Hey … Hast du das Interview gesehen, in dem er sagt, dass er, wenn die Leute seinen ferngesteuerten Surrabot berühren, ihre Finger auf seiner Haut spüren kann, auch wenn er meilenweit entfernt ist? Das menschliche Hirn funktioniert auf sonderbare Weise.

CHIYOKO: Ja, wirklich. Ich würde zu gern wissen, warum Hiro nur durch das Ding spricht. Ich weiß, dass er eine Stimme hat und sprechen könnte, wenn er wollte. Vielleicht schafft es eine emotionale Distanz, wobei hier in dieser Familie alle emotional distanziert sind, haha.

RYU: Wie ein Kameramann, der eine Horrorszene filmen kann, ohne wegsehen zu müssen. Ja. Mit der Distanz könntest du recht haben.

CHIYOKO: Hör dir das an: Heute habe ich ihn gefragt, ob er wieder zur Schule gehen möchte.

RYU: Und?

CHIYOKO: Er hat gesagt: »Nur, wenn ich meine Seele mitnehmen darf.«

RYU: Seine was?

CHIYOKO: So nennt er seinen Surrabot.

RYU: Das solltest du für dich behalten. Besonders, da Aikao Uri mit ihrer verrückten Alientheorie schon wieder in den Nachrichten ist. Du solltest sie nicht auf falsche Gedanken bringen.

CHIYOKO: Was hat sie denn gesagt? Hat sie Hiro erwähnt?

RYU: Diesmal nicht. Aber sie glaubt wirklich, sie wäre von Aliens entführt worden. Auf Nico Nico gibt es ein cooles Video, in dem sie erzählt, wie sie untersucht wurde. Wer immer es eingestellt hat, hat Szenen aus *E.T.* dazwischengeschnitten. Es ist wirklich lustig.

CHIYOKO: Sie ist genauso schlimm wie diese religiösen Amerikaner, die von einem vierten Kind reden. Jetzt kocht alles wieder hoch. Alle zerreißen sich das Maul. Kaum hat sich der Schlamm abgesetzt, stochert jemand mit einem Stock drin herum, bis das Wasser wieder trüb ist.

RYU: Wie poetisch. Du solltest Schriftstellerin werden. Ich könnte deine Geschichten illustrieren.

CHIYOKO: Wir könnten einen Mangaverlag gründen. Manchmal glaube ich ... warte mal. Da ist jemand an der Tür. Wahrscheinlich nur ein Vertreter, der uns irgendwas verkaufen will.

Nachricht gesendet @ 15:01, 25.03.2012

CHIYOKO: Rate mal, wer das war.

RYU: Keine Ahnung.

CHIYOKO: Rate einfach.

RYU: Die Frau von Flugkapitän Seto?

CHIYOKO: Nein. Noch mal.

RYU: Aikao Uri und ihre außerirdischen Freunde?

CHIYOKO: Nein!

RYU: Totoro und der Katzenbus?

CHIYOKO: Ha! Das muss ich Hiro erzählen. Du weißt doch, dass wir *Mein Nachbar Totoro* geschaut haben, obwohl MK es uns verbieten wollte, weil sie es zu aufregend fand?

RYU: Nein! Das hast du mir nicht erzählt. Und, hat es ihn aufgeregt? Oder den Androiden?

CHIYOKO: Nein. Er hat gelacht. Er fand sogar die Szene lustig, in der die Mutter von den beiden Mädchen im Krankenhaus liegt.

RYU: Der Junge ist wirklich seltsam. Und? Wer war es, wenn nicht der Katzenbus?

CHIYOKO: Die Tochter von der Amerikanerin.

RYU: Σ(O_O;)!! Die Tochter von Pamela May Donald?

CHIYOKO: Ja.

RYU: Wer hat ihr eure Adresse verraten?

CHIYOKO: Wahrscheinlich einer aus der *izoku*-Selbsthilfegruppe. Aber es gäbe sicher auch andere Quellen. In den Zeitungen stand, dass wir in der Nähe des Yoyogi-Bahnhofs wohnen, außerdem kann man sich unser Haus auf der Webseite des *Tokyo Herald* ansehen.

RYU: Wie ist sie?

CHIYOKO: Ich dachte, du hast sie im Fernsehen gesehen, bei der Trauerfeier?

RYU: Ich meine, was ist sie für ein Mensch?

CHIYOKO: Zuerst hielt ich sie für eine typische Ausländerin. Was sie irgendwie auch ist. Aber sie war sehr freundlich, still, konservativ gekleidet. Sie hat mich begrüßt, als wüsste sie, dass ich Shinjukus Eisprinzessin Nummer eins bin.

RYU: Du hast sie ins Haus gelassen???

CHIYOKO: Warum nicht? Sie ist eine *izoku* wie alle anderen. Nicht nur das, ich habe sie mit Hiro sprechen lassen.

RYU: Mit Hiro oder mit Hiros Seele?

CHIYOKO: Mit der Seele.

RYU: Du hast sie mit dem Surrabot sprechen lassen??? Ich dachte, du wärst wütend auf sie.

CHIYOKO: Wieso sollte ich wütend auf sie sein?

RYU: Nach allem, was ihre Mutter angerichtet hat.

CHIYOKO: Es ist nicht ihre Schuld. Das sind die dummen Amerikaner. Und sie wirkte so verloren, als sie vor der Tür stand. Es muss sie all ihren Mut gekostet haben, aus Osaka herzukommen, um ihn zu besuchen.

RYU: Da stimmt was nicht. So würde sich die Eisprinzessin normalerweise nie verhalten.

CHIYOKO: Vielleicht wollte ich nur hören, was sie Hiro zu sagen hatte. Vielleicht war ich neugierig.

RYU: Wie hat sie reagiert, als sie Hiros Seele gesehen und gemerkt hat, dass sie nicht direkt mit ihm sprechen kann?

CHIYOKO: Sie hat geglotzt, und dann hat sie eine von diesen ungelenken Verbeugungen gemacht, wie die Westler sie machen, wenn sie besonders höflich sein wollen. Ich habe ihn kichern hören. Er hat sich in meinem Zimmer hinter dem Paravent versteckt, mit Kamera und Computer. Ich war beeindruckt, dass sie nicht sofort geschrien hat oder weggelaufen ist.

RYU: Und was hat sie gesagt?

CHIYOKO: Zuerst hat sie sich für die Gelegenheit, mit ihm sprechen zu dürfen, bedankt. Dann hat sie gefragt, was alle fragen. Ob ihre Mutter gelitten habe.

RYU: Und?

CHIYOKO: Hiro hat geantwortet: »Ja.«

RYU: Aua. Was hat sie dazu gesagt?

CHIYOKO: Sie hat sich für seine Ehrlichkeit bedankt.

RYU: Also hat Hiro zugegeben, dass er mit ihrer Mutter gesprochen hat?

CHIYOKO: Nicht direkt. Eigentlich hat er nur indirekt geantwortet. Ich dachte schon, dass sie jetzt sicher enttäuscht ist, aber da sagte Hiro plötzlich: »Don't be sad.«

RYU: Hiro spricht *Englisch?*

CHIYOKO: Tante Hiromi oder Androidenonkel müssen ihm vor dem Crash ein paar Sätze beigebracht haben. Dann hat sie ihm ein Foto von ihrer Mutter gezeigt und gefragt, ob er ganz sicher sei, diese Frau gesehen zu haben. Und wieder sagte er: »Don't be sad.« Sie hat angefangen zu weinen, sie hat richtig geschluchzt. Ich hatte Angst, es könnte Hiro erschrecken, deswegen habe ich sie gebeten zu gehen.

RYU: Chiyoko, es steht mir natürlich nicht zu, das zu sagen … Aber ich finde, das hättest du nicht tun dürfen.

CHIYOKO: Sie rauswerfen?

RYU: Nein. Sie mit Hiros Seele sprechen lassen.

CHIYOKO: Ich habe dich nicht nach deiner Meinung gefragt, Ryu. Und außerdem dachte ich, du liebst die Amerikaner?

RYU: Warum machst du es mir so schwer?

CHIYOKO: Es ist nicht fair von dir, mir ein schlechtes Gewissen zu machen.

RYU: Ich wollte dir kein schlechtes Gewissen machen. Ich will dein Freund sein.

CHIYOKO: Freunde verurteilen nicht.

RYU: Ich habe dich nicht verurteilt.

CHIYOKO: Doch, hast du. Ich kann das nicht gebrauchen. Ich kriege genug davon von der blöden MK. Ich bin weg.

RYU: Warte! Lass uns drüber reden!

CHIYOKO: Es gibt nichts zu bereden.

Nachricht gesendet @ 16:34, 25.03.2012

RYU: Bist du immer noch sauer?

Nachricht gesendet @ 16:48, 25.03.2012

RYU: _|70

Nachricht gesendet @ 03:19, 26.03.2012

CHIYOKO: Ryu, bist du wach?

RYU: Tut mir leid wegen vorhin. Hast du gesehen, dass ich dir ein ORZ geschickt habe?

CHIYOKO: Ja.

RYU: Alles in Ordnung?

CHIYOKO: Nein. Mutterkreatur streitet sich mit Vater. Das haben sie nie getan, bevor Hiro kam. Ich mache mir Sorgen, es könnte ihn ängstigen.

RYU: Warum streiten sie?

CHIYOKO: Meinetwegen. MK sagt, Vater müsse strenger sein und mich in die Freie Schule zurückschicken. Sie sagt, man müsse mich zwingen, an die Zukunft zu denken. Aber wer kümmert sich dann um Hiro?

RYU: Du hängst wohl sehr an dem Kind.

CHIYOKO: Ja.

RYU: Also, wie stellst du dir deine Zukunft vor?

CHIYOKO: Ich bin wie du; ich denke höchstens einen Tag voraus. Welche Wahl bleibt mir? Ich will nicht für irgendeinen Konzern arbeiten und mich lebenslang versklaven. Ich will mich nicht als Freeter von Praktikum zu Praktikum hangeln. Wahrscheinlich ende ich irgendwo in einem Zelt im Park bei den Obdachlosen. MK wäre am glücklichsten, wenn ich heirate und Kinder bekomme und die Familie zu meinem Lebensinhalt mache.

RYU: Meinst du, das passiert irgendwann?

CHIYOKO: Niemals!!!!!!!!!!! Ich liebe Hiro, aber die Vorstellung, für einen anderen Menschen verantwortlich zu sein ... ich möchte allein leben und allein sterben. Das habe ich immer gewusst.

RYU: Chiyoko, du bist nicht allein.

CHIYOKO: Danke, Ryu.

RYU: Hat die Eisprinzessin sich soeben bedankt????

CHIYOKO: Ich muss Schluss machen. Hiro ist aufgewacht. Ich melde mich morgen.

RYU: ☆•*:..o.(●≧▽≦)o..:*•☆

SECHSTER TEIL

VERSCHWÖRUNG

MÄRZ – APRIL

Lola Cando

Als Lenny mich zum letzten Mal besuchte, war er wahnsinnig wütend. Sobald er im Motel angekommen war, hat er einen doppelten Bourbon gekippt und dann noch einen. Er hat eine Weile gebraucht, bis er sich beruhigt hatte und mir erzählen konnte, was los war.

Wie sich herausstellte, hatte Lenny rausgefunden, dass Dr. Lund den Wahlkampf für Mitch Reynard in Fort Worth organisiert. Es gab da eine pro-israelische »Believers Unite«-Veranstaltung, und es ärgerte Lenny, dass er nicht als Redner eingeladen war. Aber das war noch nicht alles. Nach der Radiosendung – die, in der dieser New Yorker DJ ihm den Arsch aufgerissen hat – hat Dr. Lund ihm einen Presseagenten geschickt. Dieser Presseagent (Lenny nannte ihn einen »popeligen Emporkömmling« und »Lakai im Anzug«) hat ihm gesagt, er solle sich aus der Öffentlichkeit zurückziehen und es Dr. Lund und Flexible Sandy überlassen, Pamelas Botschaft zu verbreiten, auf ihre Weise. Lenny war außerdem sauer, weil Dr. Lund ihn nicht an der Suche nach dem vierten Kind beteiligen will.

»Ich muss ihn irgendwie davon überzeugen, dass er mich braucht, Lo«, sagte er. »Pamela hat mich erwählt, *mich*, um die Nachricht in die Welt zu tragen. Das muss er einsehen!«

Ich will nicht sagen, Lenny hätte mir leidgetan, aber natürlich fühlte er sich, nachdem Dr. Lund ihn abserviert und seine Botschaft geklaut hatte, wie der Außenseiter, der in der Schule von den anderen Kindern ausgeschlossen wird. Ich glaube, es hatte nicht einmal mit Geld zu tun. Lenny hat erzählt, dass seine Webseite ihm Spenden aus der ganzen Welt einbringt. Wenn Sie mich fragen, war vor allem sein Stolz verletzt.

Dr. Lunds Begeisterung für ihn war merklich abgekühlt, doch

Lennys Botschaft verbreitete sich wie ein Lauffeuer. Leute, die ich nie für religiös gehalten hätte, gingen hin, um sich retten zu lassen. Sogar ein paar von meinen Kunden! Klar, einige von denen haben es nur als eine Art Versicherung betrachtet – nur für den Fall, dass es am Ende doch stimmt. Den Leuten war egal, dass die Episkopalisten und sogar die Moslems gesagt haben, es bestünde kein Grund zur Panik. Die haben spontan zu glauben angefangen, verstehen Sie? Die vielen Zeichen überall in der Welt – Krankheiten, Hungersnöte, Kriege und so weiter. Dieses Kotzvirus und die Maul- und Klauenseuche breiteten sich immer weiter aus, und dann kam die Dürre in Afrika und die große Panik, als Nordkorea mit einem Atombombentest drohte. Und das war nur der Anfang. Dann waren da noch die Gerüchte über Bobbys Großvater und diese Sache mit dem japanischen Jungen und seinem Roboter. Es war fast so, als würde, sobald irgendjemand eins von Lennys Argumenten widerlegt hatte, sofort das nächste Zeichen auftauchen. Wenn Sie mich damals, als ich Lenny kennengelernt habe, gefragt hätten, ob ich es für möglich halte, dass er einen solchen Wirbel verursacht, ich hätte es nicht geglaubt.

»Ich brauche eine stärkere Basis, Lo«, sagte er immer wieder. »Dr. Lund reißt sich alles unter den Nagel. Er tut so, als wäre es seine Idee gewesen.«

»Aber geht es letztendlich nicht darum, möglichst viele Seelen zu retten, mein Schatz?«, fragte ich.

»Ja, natürlich wollen wir Menschen retten.« Er hat sich wirklich furchtbar aufgeregt und gemeint, die Zeit würde knapp, er und Dr. Lund müssten jetzt zusammenarbeiten. Auf meinen üblichen Service hat er an dem Tag verzichtet. Zu fertig, er konnte nicht … Sie wissen schon. Er meinte, er müsse sich sowieso mit diesem Monty treffen, er wollte sich einen Plan ausdenken, um die Gunst der Branchenchefs zurückzugewinnen. Er hat mir erzählt, dass ein paar »Gesandte« wie Monty bei ihm wohnten, und ich glaube, er hielt es für einen guten Plan, noch mehr von denen auf die Ranch zu holen.

Als er gegangen war, packte ich meine Sachen zusammen, um nach Hause zu fahren, wo mein nächster Kunde auf mich wartete. Aber da klopfte es an der Tür. Ich dachte, vielleicht ist Lenny zurückgekommen, vielleicht tut es ihm leid, dass wir die ganze Stunde nur geredet haben. Ich öffnete die Tür, aber da stand eine Frau. Ich habe sie sofort erkannt. Ich hätte sie allein an dem Hund erkannt, Snookie. Sie sah noch dünner aus als in Dr. Lunds Sendung. Dürr, viel zu dürr, wie eine von diesen Magersüchtigen. Aber ihr Gesicht wirkte ganz anders als im Fernsehen. Sie sah überhaupt nicht mehr so verloren aus. Sie war nicht böse oder so, aber ihr Blick sagte: »Leg dich nicht mit mir an.«

Sie musterte mich von oben bis unten, und ich merkte, dass sie zu verstehen versuchte, was Lenny an mir fand. »Seit wann tun Sie das?«, fragte sie ohne Umschweife.

Ich sagte ihr die Wahrheit. Sie nickte, und dann zwängte sie sich an mir vorbei ins Zimmer. »Lieben Sie ihn?«, fragte sie.

Ich musste fast lachen. Ich sagte ihr, dass Lenny einer meiner Stammkunden sei, mehr nicht. Ich sei weder seine Freundin noch seine Geliebte, nichts in der Richtung. Ich weiß, dass nicht wenige meiner Kunden verheiratet sind; es ist deren Sache.

Das schien sie zu trösten. Sie setzte sich aufs Bett und bat um einen Drink. Ich gab ihr, was Lenny immer trank. Sie schnüffelte daran, dann leerte sie das Glas in einem Zug. Der Whiskey lief ihr übers Kinn, und sie musste würgen, aber das schien ihr egal zu sein. Sie wedelte mit der Hand und sagte: »Also, das Zimmer hier und was Sie mit ihm machen. Ich habe dafür bezahlt. Ich habe für alles bezahlt.«

Ich wusste nicht, was ich darauf antworten sollte. Ich wusste, dass Lenny finanziell von ihr abhängig war, aber ich wusste nicht, in welchem Ausmaß. Sie setzte den Hund neben sich aufs Bett. Er schnüffelte an den Laken, dann ließ er sich auf die Seite fallen und krümmte sich zusammen, wie um zu sterben. Ich wusste, dass Haustiere im Motel verboten waren, doch ich sagte nichts.

Sie wollte wissen, was Lenny gefiel, und ich sagte ihr die Wahrheit. Sie war erleichtert darüber, dass er nicht auch noch jahrelang einen sexuellen Fetisch vor ihr geheim gehalten hatte.

Dann wollte sie wissen, ob ich an Lennys Theorie glaube, dass die Kinder apokalyptische Reiter sind. Ich sagte, ich wisse es nicht. Sie nickte und stand auf. Sie sagte nichts mehr. Sie wirkte wie ein Mensch, der von einer tiefen Traurigkeit gequält wird. Das habe ich sofort gesehen. Sie muss diejenige gewesen sein, die dem *Inquirer* von Lenny und mir erzählt hat. Einen oder zwei Tage später rief ein Reporter an und gab sich als ganz normaler Kunde aus. Glücklicherweise habe ich geistesgegenwärtig reagiert. Was die Fotografen aber nicht davon abhielt, es in den folgenden Tagen immer wieder zu versuchen.

Danach habe ich Denisha alles gebeichtet, ich habe ihr gesagt, dass Lenny einer meiner Kunden ist. Sie war nicht überrascht. Denisha kann man nicht schockieren. Sie hat schon alles gesehen. Sie fragen sich jetzt bestimmt, wie ich heute über Lenny denke. Wie ich schon sagte, alle wollen von mir hören, er wäre ein Monster gewesen. Aber das war er nicht. Er war nur ein Mann. Vielleicht kann ich irgendwann mehr über ihn berichten, in dem Buch, zu dem mich die Verlage überreden wollen, aber fürs Erste habe ich zu dem Thema nichts mehr zu sagen.

Der folgende Artikel des preisgekrönten Journalisten und Bloggers Vuyo Molefe erschien erstmalig am 30. März 2014 im Online-Magazin *Umbuzo*.

DIE TOTEN NACH HAUSE BRINGEN: MENSCHLICHE SCHICKSALE HINTER DER DALU-AIR-KATASTROPHE

Einen Tag vor der offiziellen Enthüllung des Dalu Air Memorial schwirren die Pressefotografen durch Khayelitsha. Städtische Mitarbeiter wurden scharenweise in Bussen angekarrt, um die Gegend rund um das hastig errichtete Denkmal – eine triste, schwarze Glaspyramide, die scheinbar der Kulisse eines zweitklassigen Science-Fiction-Films entstammt – abzusichern. Wozu eine Pyramide? Die Frage ist gut, aber trotz der unzähligen kritischen Pressekommentare, in denen die nicht nachvollziehbare Entscheidung verurteilt wird, kann niemand sie mir beantworten, nicht einmal Ravi Moodley, der Stadtrat, der das Werk in Auftrag gab, oder die Künstlerin Morna van der Merwe selbst.

Vor Ort wimmelt es von verdächtig durchtrainierten Sicherheitskräften, männlich wie weiblich, in schwarzen Anzügen und mit dem stereotypen Knopf im Ohr. Sie beäugen mich und die anderen Pressevertreter mit einer Mischung aus Verachtung und Misstrauen. Unter den wichtigen Persönlichkeiten, die morgen an der Einweihungszeremonie teilnehmen werden, befinden sich auch Andiswa Luso, designierter Chef der Nachwuchsorganisation des ANC, und John Diobi, ein bekannter nigerianischer Prediger und Geschäftsmogul, der angeblich enge Kontakte zu mehreren US-amerikanischen Megakirchen pflegt, darunter auch die von Dr. Theodore Lund. Lund sorgte mit seiner Aussage, »die Drei« seien Vorboten der Apokalypse, weltweit für Schlagzeilen. Gerüchten zufolge wird die Belohnung, die auf Hinweise zum Verbleib von Kenneth Oduah – Dalu-Air-Passagier und vermeintlicher vierter Reiter – ausgesetzt wurde, von Diobi und seinen Geschäftspartnern gestellt. Zwar haben die südafrikanische Luftfahrtbehörde CAA und das US-amerikanische NTSB ausgeschlossen, dass es an Bord von Dalu-Air-Flug 467 Überlebende gab, trotzdem hat die hohe Belohnungssumme jetzt schon eine wahre Menschenjagd ausgelöst, an der übereifrige Einheimische und ausländische Touristen gleichermaßen beteiligt sind. Der Umstand, dass Kenneths Name in die Gedenktafel eingraviert wurde, obwohl sich an der Absturzstelle weder sein Leichnam noch seine DNA finden ließen, hat bei christlichen Gruppen in Nigeria für große Verärgerung gesorgt. Auch dies ist ein Grund für das hohe Aufgebot von Sicherheitskräften.

Aber ich bin nicht gekommen, um gegen das Wachpersonal Stimmung zu machen oder die angereisten Prominenten um ein Interview zu bitten. Heute geht es ausnahmsweise nicht um sie.

Vor dem Eingang des Mew-Way-Gemeindezentrums treffe ich mich mit Levi Bandah (21) aus dem malawischen Blantyre. Levi kam vor drei Wochen nach Kapstadt, um nach den sterblichen Überresten seines Bruders Elias zu forschen, der wie viele andere Menschen ums Leben kam, als das Flugzeugwrack eine tödliche Schneise durch das Township schlug. Elias arbeitete als Gärtner, um seine Großfamilie im fernen Malawi zu ernähren; Levi wurde misstrauisch, als Elias sich über eine Woche nicht bei seiner Familie meldete.

»Er hat uns jeden Tag eine SMS geschrieben und einmal wöchentlich Geld geschickt. Ich hatte keine andere Wahl, als herzukommen und nach ihm zu suchen.«

Elias' Name steht nicht auf der Liste der Opfer, aber da es immer noch viele nicht identifizierte Leichen gibt und die Ergebnisse der DNA-Abgleiche noch ausstehen – unter den Toten befinden sich vermutlich viele illegale Einwanderer –, ist das kein Grund zur Hoffnung.

In vielen afrikanischen Kulturen, meine eigene – Xhosa – eingeschlossen, ist es von größter Bedeutung, die Überreste eines Verstorbenen in seine Heimat zurückzubringen, damit er sich den Seelen seiner Ahnen anschließen kann. Wird die Überführung versäumt, irrt der Geist des Verstorbenen umher und quält die Lebenden. Einen Leichnam zu überführen ist jedoch alles andere als kostengünstig. Der Preis für den Lufttransport nach Malawi oder Simbabwe kann sich auf bis zu 14 000 Rand belaufen, eine für Durchschnittsverdiener unermesslich hohe Summe. Viele Flüchtlingsfamilien sehen sich mit der belastenden und makaberen Alternative konfrontiert, den Leichnam auf dem Landweg über zweitausend Kilometer weit zu transportieren. Ich habe in der Vergangenheit schon von Beerdigungsinstituten gehört, die eine Leiche mit Wissen der Angehörigen als Warengut deklarieren, um die Luftfrachtkosten zu senken.

In den Tagen nach dem Crash wurde Khayelitsha aus unzähligen Lautsprechern beschallt. Die Familien der Opfer baten die Anwohner, so viel wie möglich zu spenden, um eine Überführung der Toten in ihre jeweiligen Heimatländer zu ermöglichen. In mehr als einem Fall haben die Hinterbliebenen das Doppelte der benötigten Summe erhalten; in Kapstadt leben viele Gastarbeiter aus dem Ostkap, die Solidarität hier ist groß, denn niemand ist davor gefeit, die Hilfe der anderen zu brauchen. In den Flüchtlingsgemeinden sieht es nicht anders aus.

»Die Gemeinschaft hier ist sehr großzügig«, sagt David Amai (52), ein zurückhaltender, gepflegter Simbabwer aus Chipinge, der zu einem Gespräch mit mir bereit ist. Wie Levi ist auch er nach Kapstadt gekommen, um einen Angehörigen zu suchen; nun wartet er auf die Genehmigung der Behörden, die Überreste seines Cousins Lovemore – auch er ein Opfer der Zerstörung – nach Hause zu bringen. Aber bevor er Simbabwe verließ, hatte David etwas, das Levis Familie bis heute fehlt: die Gewissheit, dass der geliebte Angehörige gestorben ist. Allerdings war es kein Rechtsmediziner, der ihm die traurige Nachricht überbrachte. »Als wir nichts mehr von Lovemore hörten, fragten wir uns, ob er unter den Opfern ist«, erzählt David. »Meine Familie hat einen Medizinmann *(sangoma)* zurate gezogen, der ein Ritual ausgeführt und mit den Ahnen meines Cousins gesprochen hat. Sie konnten bestätigen, dass er sich ihnen angeschlossen hatte. Da wussten wir, er ist nicht mehr bei uns.« Lovemores Leichnam wurde schließlich per DNA-Analyse identifiziert. David hofft, ihn bald nach Hause mitnehmen zu können.

Aber was, wenn es keine Leiche gibt, die man beerdigen kann? Weil er seiner Familie keinen Toten bringen kann, kratzte Levi an der Absturzstelle Asche und Erde zusammen, die sofort nach seiner Rückkehr in die Heimat beigesetzt werden sollte. An dieser Stelle schlug seine Geschichte in einen Albtraum um – oder in eine Farce? Als er die Erde in eine kleine Tüte füllte, stürzte sich ein übereifriger Polizist auf ihn und warf ihm vor, Souvenirs zum Weiterverkauf an skrupellose Touristen und »Kenneth-Oduah-Kopfgeldjäger« zu sammeln. Trotz seiner Proteste wurde Levi festgenommen und in eine Zelle gesperrt, in der er ein Wochenende in Todesangst verbrachte. Glücklicherweise erfuhren verschiedene NGOs sowie die malawische Botschaft von seinem Fall und schalteten sich ein, woraufhin Levi ohne größere Verletzungen freigelassen wurde. Er hat eine DNA-Probe abgegeben und wartet nun auf eine Bestätigung, dass Elias unter den Opfern ist. »Sie haben gesagt, es würde nicht lange dauern«, erzählt er. »Und die Leute hier sind gut zu mir. Aber ich kann nicht nach Hause, ohne meiner Familie etwas von Elias mitzubringen.«

Als ich das Township verlasse, erhalte ich eine SMS von meinem Chefredakteur. Veronica Oduah, die Tante des vermissten Kenneth, ist in Kapstadt gelandet, um morgen der Denkmalsenthüllung beizuwohnen; sie weigert sich jedoch, mit Pressevertretern zu sprechen. Ich frage mich, wie es ihr wohl geht. Wie Levi ist sie im grausamen Fegefeuer der Ungewissheit gefangen und hofft vielleicht, dass ihr Neffe entgegen aller Wahrscheinlichkeiten nicht ins Reich der Toten eingegangen ist.

Inspektor Randall Arendse ist der Leiter der Site C Police Station in Khayelitsha, Kapstadt. Er sprach im April 2012 mit mir.

Vierter Reiter, dass ich nicht lache. Jeden verdammten Morgen haben sie uns einen neuen »Kenneth Oduah« auf die Wache geschleppt. Meistens irgendein armes Straßenkind, das sich für ein paar Rand bereit erklärt hat zu behaupten, es wäre Kenneth. Und das passierte nicht nur hier bei uns, sondern in allen anderen Wachen am Kap. Diese amerikanischen Arschlöcher haben ja keine Ahnung, was sie da losgetreten haben. Zweihundert Riesen in US-Dollar? Das sind fast zwei Millionen Rand, mehr als die meisten Südafrikaner in ihrem ganzen Leben verdienen. Wir hatten ein Foto von dem Jungen, aber ehrlich gesagt brachte es nichts, das mit den Trittbrettfahrern, die hier reinkamen, zu vergleichen. Die meisten meiner Jungs waren an dem besagten Tag im Dienst und haben das Wrack gesehen. Auf keinen Fall ist da jemand lebend rausgekommen, nicht mal, wenn er ein *bliksem* Reiter der Apokalypse ist.

Anfangs haben es nur die Einheimischen versucht, aber dann kamen immer mehr Ausländer dazu. Zuerst nur ein paar, und dann auf einmal haben sie uns die Türen eingerannt. Schon bald mischten die üblichen Verdächtigen aus dem Township mit, die ganz Cleveren boten ihre Dienste sogar online an. Kurz darauf haben die Kartelle geführte Touren durch fast alle Townships organisiert. Keiner von denen hat sich eine Genehmigung geholt, aber die ausländischen Glücksritter sind trotzdem drauf reingefallen. Du meine Güte, ein paar von denen haben sogar im Voraus bezahlt! Die waren leichte Beute, und ganz unter uns: Es würde mich nicht wundern, wenn da sogar ein paar Cops mitverdient hätten.

Ich kann Ihnen nicht sagen, wie viele Kopfgeldjäger am Flughafen gestrandet waren und vergeblich darauf warteten, zu ihrer All-inclusive-Tour abgeholt zu werden. Wir hatten sogar professionelle Kautionscops hier, Exkollegen, und auch ein paar von diesen verdammten Großwildjägern! Die hatten es nur auf das Geld abgesehen und gaben einen Scheiß drauf, ob die Geschichte stimmte oder nicht, auch wenn manche den *kak*, den dieser Prediger verzapft hat, wohl tatsächlich geglaubt haben. Aber Kapstadt ist eine komplizierte Stadt. Sie können nicht einfach mit Ihrem schicken Mietwagen nach Gugs oder Cape Flats oder Khayelitsha reinfahren und die Leute anquatschen, egal, wie viele Löwen oder Schimpansen Sie im Busch erlegt haben. Nicht wenige von denen mussten das auf die harte Tour lernen und wurden auf die eine oder andere Art um ihre Wertsachen erleichtert.

Nie werde ich die beiden amerikanischen Hünen vergessen, die eines Abends in die Wache kamen. Kahl rasierte Schädel und Muskelpakete am ganzen Körper. Beides ehemalige US Marshals, der eine war sogar Exmarine. Die hielten sich für besonders ausgekocht, später erzählten sie uns, sie hätten ein paar von Amerikas meistgesuchten Kriminellen zur Strecke gebracht. Aber als ich sie zum ersten Mal sah, haben sie gezittert wie kleine Mädchen. Sie hatten sich am Flughafen von ihrem sogenannten »Fremdenführer« abholen lassen, und der hatte sie an den gewünschten Ort gebracht – mitten ins Zentrum von Khayelitsha. Als sie am Ziel ankamen, nahm ihnen der Fremdenführer ihre Glocks ab, das Bargeld, Kreditkarten, Reisepässe, Schuhe und Klamotten. Nur ihre Boxershorts durften sie behalten. Er hat sie richtig vorgeführt. Hat sie barfuß in ein altes Plumpsklo gesperrt, das zum Himmel stank, hat sie gefesselt und ihnen angedroht, sie zu erschießen, sollten sie zu schreien anfangen. Als sie sich endlich befreien konnten, war es längst dunkel, sie stanken nach Scheiße, und der *skelm* war über alle Berge. Anwohner hatten Mitleid mit ihnen und brachten sie auf die Wache. Meine Jungs haben sich noch Tage später kaputtgelacht. Wir haben sie vor ihrer Botschaft abgesetzt, in Unterwäsche, weil sie in keine von unseren Ersatzuniformen reingepasst haben.

Fakt ist, die Leute hier sind zäh, die meisten kämpfen täglich ums Überleben und ergreifen jede Chance, die sich bietet. Natürlich sind nicht alle so – aber hier geht es schon brutal zu. Man muss sich ein dickes Fell zulegen. Und man muss den Leuten mit Respekt begegnen, sonst *naaien* sie dich, und das nicht zu knapp. Glauben Sie, ich würde durch Downtown L. A. spazieren und mich aufspielen wie der Boss?

Im Ernst, diese *moegoes* hätten sich den Zwischenhändler sparen und ihre Wertsachen direkt bei der Einreise am Zoll abgeben können. Am Ende mussten wir Schilder im Flughafen aufstellen, um die Leute zu warnen. Ich fühlte mich wie in dem Film *Charlie und die Schokoladenfabrik*. Da werden sie auch alle *befok* auf der Jagd nach den Goldenen Tickets.

Ich meine, uns, den Polizisten, hat es Dauerkopfschmerzen bereitet, aber die Tourismusindustrie fand es *lekker*. Die Hotels waren ausgebucht und die Tourbusse voll, alle haben dran verdient, vom Hotelier bis zum Straßenjungen. Wissen Sie, damals ging das Gerücht um, Kevin würde irgendwo auf der Straße leben. Die Leute glauben einfach alles, was sie glauben wollen, stimmt's?

Kenneths Tante tat mir leid. Sie machte einen netten Eindruck. Mein Cousin Jamie war einer der Sicherheitsleute bei der Enthüllung des Dalu Air Memorial. Die Tante war extra aus Lagos eingeflogen. Er hat erzählt, dass sie am Boden zerstört war und immer wieder sagte, dass die anderen Kinder schließlich auch überlebt hätten, wieso sollte Kenneth nicht ebenso viel Glück gehabt haben?

Diese fundamentalistischen Schweine haben ihr unrealistische Hoffnungen gemacht. Ja, so war es. Falsche Hoffnungen.

Die haben nicht mal gemerkt, wie grausam es war, der Frau so was anzutun.

Reba Louise Neilson

Mir wurde alles zu viel. Ich hatte den Eindruck, dass Pastor Len zugunsten von Leuten wie diesem Monty seinen echten inneren Zirkel vernachlässigte. Habe ich Ihnen schon von Monty erzählt, Elspeth? Ich weiß es nicht mehr genau. Nun ja, er war einer der ersten Schaulustigen, die sich zum Bleiben entschlossen. Er kam nach Sannah County, kurz nachdem Pastor Len bei dieser Konferenz in Houston gewesen war. Schon wenige Tage später wich er Pastor Len nicht mehr von der Seite, er war so anhänglich wie ein Straßenköter, dem man was zu fressen gibt. Ich konnte ihn von Anfang an nicht leiden, und das sage ich nicht nur, weil ich weiß, was er dem armen Bobby angetan hat. Er hatte so eine verschlagene Art, und ich war nicht die Einzige, der es aufgefallen war. »Der Kerl sieht aus, als müsste er sich dringend mal waschen«, hat Stephenie immer gesagt. Seine Arme waren voller Tätowierungen – einige davon sahen nicht gerade christlich aus, wenn Sie mich fragen –, und er hätte dringend einen Haarschnitt gebraucht. Er sah aus wie einer dieser Satanisten, die man manchmal im *Inquirer* sieht.

Und seit Montys Ankunft schien Jim bei Pastor Len in Ungnade gefallen zu sein. Klar, Pastor Len holte ihn an manchen Sonntagen immer noch zum Gottesdienst ab, und ich weiß, dass er nach wie vor hoffte, er könnte Führungen durch Pams Haus veranstalten. Aber die meiste Zeit saß Jim allein zu Hause und betrank sich.

Pastor Len bat Stephenies Cousin Billy, ihm einen Kostenvoranschlag für Umbauten auf der Ranch zu machen, auf diesem Wege erfuhren wir, dass einige der Besucher sich anscheinend dauerhaft dort niederlassen wollten. Wenn man es nicht besser weiß, sagte Billy, könnte man meinen, die gründen da eine Hippie-Kommune.

In jenen Wochen hatte ich viele schlaflose Nächte, Elspeth. Ich kann Ihnen nicht sagen, wie sehr ich litt. Was Pastor Len über die Zeichen gesagt hatte … es ergab Sinn, und dennoch … ich konnte einfach nicht glauben, dass Pamela, unsere biedere, alte Pamela eine Prophetin sein sollte.

Ich lag Lorne wirklich ständig in den Ohren damit.

»Reba«, sagte er eines Tages, »du weißt doch, dass du eine gute Christin bist und Jesus dich retten wird, was immer auch geschieht. Wenn du Pastor Lens Kirche verlassen willst, ist es vielleicht Jesus' Plan für dich.«

Stephenie sah es so wie ich, aber es war gar nicht so einfach, sich loszusagen. Nicht von einer so engen Gemeinschaft wie unserer. Man könnte wohl sagen, dass ich auf den richtigen Moment gewartet habe.

Stephenie und ich fürchteten, dass Kendra von den vielen neuen Schaulustigen völlig überfordert sein würde, und so fanden wir es nur richtig, hinzufahren und nach ihr zu sehen, auch wenn wir Pastor Lens Verhalten in der jüngsten Zeit nicht mehr gutheißen konnten. Wir wollten es am Wochenende tun, aber dann wurde am Freitag die Geschichte von Pastor Len und dieser Frau öffentlich. Stephenie kam sofort rüber, nachdem sie es gelesen hatte, und brachte mir den *Inquirer* mit. Es war vorn auf der Titelseite drauf: *Schäbiges Schäferstündchen mit Endzeitprediger*. Auf den Fotos war eine mollige Frau mit lila Hose und engem Top zu sehen, aber die Bilder waren so grobkörnig, dass man nicht genau sagen konnte, ob sie sonnengebräunt, schwarz oder eine von diesen Latinas war. Ich habe die Geschichte keine Sekunde geglaubt. Selbst jetzt, nachdem er den Teufel in sein Leben gelassen hat, glaube ich immer noch fest daran, dass der wahre Pastor Len noch irgendwo existiert, der gute Mann, der unsere Kirche fünfzehn Jahre lang geleitet hat. Ich weigere mich zu glauben, dass er uns alle jahrelang betrogen hat. Außerdem, sagte ich zu Stephenie, woher sollte Pastor Len die Zeit nehmen, sich mit gefallenen Frauen abzugeben? Bei seinem Pensum hatte er doch kaum Zeit zu schlafen.

Tja, und kaum dass Stephenie und ich fertig sind, kommt kein anderer die Einfahrt hochgelaufen als Pastor Len persönlich. Als ich sah, dass er Monty dabeihatte, rutschte mir das Herz in die Hose.

»Reba«, sagte Pastor Len und drückte die Fliegentür auf, »ist Kendra hier?«

Ich sagte ihm, ich hätte sie nicht gesehen.

Monty setzte sich ungefragt an den Küchentisch und schenkte sich einfach so ein Glas Eistee ein. Stephenie kniff empört die Augen zusammen, aber er beachtete sie gar nicht.

»Kendras Kleider sind verschwunden. Alle«, sagte Pastor Len. »Und der Hund auch. Hat sie etwas gesagt, Reba? Wo sie hinwollte vielleicht? Ich habe ihren Bruder in Austin angerufen, aber der weiß angeblich von nichts.«

Ich sagte ihm, ich wisse nicht, wohin sie gefahren sein könnte, und Stephenie sagte dasselbe. Ich sagte nicht, dass ich Kendra verstehen konnte, da doch all diese fremden Leute ihr Haus in Beschlag genommen hatten.

»Wahrscheinlich ist es besser so«, sagte er. »Ich und Kendra ... wir waren uns uneins bezüglich der Rolle, die Jesus in unserem Leben spielt.«

»Amen«, sagte Monty, auch wenn ich nicht verstand, warum.

Stephenie versuchte, ihre Unterarme auf den *Inquirer* zu legen, aber Pastor Len merkte es sofort.

»Glaubt diese Lügen nicht«, sagte er, »ich habe nichts Unmoralisches getan. Ich brauche in meinem Leben niemanden außer Jesus.«

Elspeth, ich habe ihm vertraut. Dieser Mann war im Glauben gefestigt, und ich konnte sehen, dass er nicht log.

Ich bereitete eine frische Kanne Eistee zu und beschloss, ihm von meinem Kummer zu erzählen. »Wie wollen Sie die vielen fremden Leute durchfüttern, die plötzlich aufgetaucht sind, Pastor Len?« Ich gebe gern zu, dass ich bei diesen Worten ganz unverhohlen Monty ansah.

»Der Herr ernährt sie doch. Für diese guten Leute ist gesorgt.«
Na ja, in meinen Augen waren das alles andere als gute Leute. Besonders nicht Monty. Ich sagte etwas in der Richtung, dass er sich in seiner Gutmütigkeit ausnutzen ließe, da wurde Pastor Len böse auf mich. »Reba«, sagte er, »was hat Jesus über Menschen gesagt, die andere verurteilen? Als gute Christin solltest du es besser wissen!«
Und dann sind er und Monty gegangen.
Nach dieser Auseinandersetzung war ich wirklich sehr aufgewühlt, und an dem Sonntag ging ich zum ersten Mal seit vielen Jahren nicht in die Kirche. Später erzählte Stephenie mir, sie wäre voller Schaulustiger gewesen, dafür hätten sich viele Mitglieder des inneren Zirkels ferngehalten.
Ja, und dann vergingen zwei Tage ungefähr. Ich versuchte, mich abzulenken, glücklicherweise hatte ich in der Woche noch jede Menge Konserven einzukochen (zu dem Zeitpunkt hatten wir Obstkonserven für mindestens zwei Jahre im Haus, Elspeth, aber es gab noch genug zu tun). Lorne und ich sprachen gerade darüber, Holz zu bestellen und hinter dem Haus aufzustapeln, nur falls der Strom ausfiel, als ich hörte, wie draußen vor dem Haus ein Motor abgewürgt wurde. Ich schaute aus dem Fenster und sah Jim zusammengesunken auf dem Fahrersitz seines Pick-ups. In der Woche davor war ich bei ihm gewesen, um ihm einen Auflauf zu bringen. Er wollte nicht aufmachen, und so leid es mir tat, ich musste den Auflauf auf der Verandatreppe stehen lassen.
Er ist aus dem Auto praktisch rausgefallen, und als ich und Lorne nach draußen stürzten, um ihn zu stützen, sagte er: »Reba, Joanie hat mich angerufen.« Er stank fürchterlich nach Schnaps und nach Schweiß. Er hatte sich wochenlang nicht rasiert, wenigstens sah er so aus.
Ich fragte mich, ob seine Tochter angerufen und ihm gesagt hatte, dass Pams Asche endlich nach Hause kam, ob er deswegen so erregt war.

Ich setzte ihn in die Küche, und er sagte: »Kannst du für mich bei Pastor Len anrufen? Er soll sofort herkommen.«

»Warum bist du nicht gleich zu seiner Ranch gefahren?«, fragte ich. Ehrlich gesagt hätte er nirgendwo mehr hinfahren dürfen. Er roch eine Meile gegen den Wind nach Alkohol. Mir stiegen die Tränen in die Augen, so schlimm war es. Wenn Sheriff Beaumont ihn in dem Zustand erwischt hätte, er hätte ihn garantiert eingesperrt. Ich gab ihm erst einmal eine Cola, damit er ausnüchterte. Nach dem Streit mit Pastor Len hatte ich keine große Lust, dort anzurufen, aber ich tat es trotzdem. Ich rechnete nicht damit, dass er sich melden würde, doch er ging tatsächlich ran. Er versprach, sofort rüberzukommen.

Während wir auf Pastor Len warteten, sprach Jim nicht viel, obwohl Lorne und ich unser Bestes versuchten. Und was er sagte, ergab keinen Sinn. Eine Viertelstunde später war Pastor Len da, wie immer mit seinem Köter Monty im Schlepptau.

Jim platzte gleich damit heraus: »Joanie hat den Jungen besucht, Len. Diesen Japaner.«

Pastor Len erstarrte. Bevor es zum Bruch kam, hatte Dr. Lund ihm erzählt, er habe immer wieder vergeblich versucht, mit einem der drei Kinder zu sprechen. Jims Augenlider zuckten. »Joanie hat gesagt, dieser Japse … sie sagt, sie hätte mit ihm geredet, aber nicht mit ihm direkt.«

Keiner wusste, wovon in Gottes Namen er sprach. »Ich verstehe nicht, Jim«, sagte Pastor Len.

»Sie hat gesagt, er hätte durch einen Androiden gesprochen. Der Roboter hätte genauso ausgesehen wie er.«

»Ein Roboter?«, fragte ich. »Er hat durch einen Roboter gesprochen? Wie auf YouTube? Was zum Himmel?«

»Was hat das zu bedeuten, Pastor Len?«, fragte Monty.

Pastor Len schwieg mindestens eine Minute lang. »Vielleicht sollte ich Teddy anrufen.« So nannte Pastor Len Dr. Lund. Teddy, als wären sie gute Freunde, dabei wussten wir alle, dass er und Dr. Lund Meinungsverschiedenheiten hatten. Später sagte Lorne, sicher habe Pastor Len gehofft, mit so einer Story die ganzen Lügen über ihn und die leichte Dame ausgleichen zu können. Den Schaden wiedergutzumachen.

Und dann kam's. Jim sagte, er wäre schon bei der Zeitung gewesen. Er hatte denen alles erzählt, auch dass Joanie bei dem japanischen Kind gewesen war und mit dem Roboter gesprochen hatte, der wie der Junge aussah.

Pastor Len lief lila an wie Rote Bete. »Jim«, sagte er, »warum bist du nicht zu mir gekommen, bevor du zur Zeitung gegangen bist?«

Jim zog ein trotziges Gesicht. »Pam war meine Frau. Die haben mir Geld geboten für die Story. Ich habe es angenommen. Ich muss auch leben.«

Pams Versicherung würde Jim bald einen Haufen Geld zahlen, das war also keine Ausrede. Lorne sagt, es sei offensichtlich gewesen, dass Pastor Len beleidigt war, weil er die Information für sich nutzen wollte.

Jim schlug mit der Faust auf den Tisch. »Und die Leute müssen erfahren, dass der Junge böse ist. Warum hat der Junge überlebt und Pam nicht, Pastor Len? Das ist nicht fair. Pam war ein guter Mensch. Ein guter Mensch.« Jim fing zu weinen an, er sagte, diese Kinder wären Mörder. Sie hätten all diese Menschen in den Flugzeugen umgebracht. Er könne nicht verstehen, dass das außer ihm niemand sah.

Pastor Len sagte, er würde Jim nach Hause fahren, Monty solle mit Jims Pick-up folgen. Sie mussten Jim zu zweit stützen, als sie ihn nach draußen zu Pastor Lens neuem Geländewagen brachten. Jim heulte wie ein Schlosshund, er zitterte und schluchzte. Man hätte den Mann nicht allein lassen dürfen. Er hatte offensichtlich den Verstand verloren. Aber er war starrsinnig, und ich weiß genau, dass er abgelehnt hätte, wenn ich ihm angeboten hätte, ihn zu fahren.

Kurz vor der Drucklegung dieses Buches gelang es mir, einen Interviewtermin mit Pastor Len Vorhees' getrennt lebender Frau Kendra zu vereinbaren. Ich besuchte sie in der erstklassigen Psychiatrieklinik, in der sie derzeit wohnt. (Ich habe mich verpflichtet, weder den Namen noch den genauen Ort der Einrichtung zu nennen.)

Ich werde von einer Schwester mit perfekt manikürten Fingernägeln zu Kendras Zimmer begleitet, einem großzügig geschnittenen, sonnendurchfluteten Raum. Kendra sitzt an einem Schreibtisch, vor ihr liegt ein aufgeschlagenes Buch (später sehe ich, dass es sich um den letzten Teil von Flexible Sandys Gone-Reihe handelt). Der Hund auf ihrem Schoß – Snookie – wedelt müde mit dem Schwanz, als ich eintrete, Kendra selbst scheint mich kaum wahrzunehmen. Als sie endlich den Kopf hebt, sind ihre Augen klar und ihr Blick schärfer, als ich vermutet hätte. Sie ist so mager, dass ich jede Vene unter ihrer Haut erkennen kann. Sie spricht mit leicht texanischem Akzent und wählt ihre Worte mit Bedacht; die schleppende Sprechweise ist möglicherweise eine Nebenwirkung der Medikamente.

Sie deutet auf einen Lehnsessel gegenüber vom Schreibtisch und widerspricht nicht, als ich das Aufnahmegerät vor sie lege.

Ich frage Kendra, warum sie mit mir sprechen möchte und nicht mit den anderen Journalisten, die sie um ein Interview gebeten haben.

Ich habe Ihr Buch gelesen. Das Buch, für das Sie Kinder befragt haben, die aus Versehen ihre Geschwister mit Mommys Achtunddreißiger erschossen haben oder die ihre Schulklasse mit Daddys halbautomatischem Lieblingsspielzeug auslöschen wollten. Len hat geschäumt vor Wut, als er mich dabei erwischt hat. Er war natürlich ein Befürworter des zweiten Zusatzartikels, der jedem das Recht auf Waffenbesitz und solchen Quatsch garantiert.

Sie dürfen aber nicht denken, ich sei auf Rache aus wegen Lennys Ausflügen zu dieser Prostituierten. Nutte, so sagt man, oder? Wenn Sie die Wahrheit hören wollen: Ich mochte sie. Sie war erfrischend ehrlich, was heutzutage eine Seltenheit ist. Ich hoffe, sie genießt ihre fünfzehn Minuten Ruhm und holt das meiste für sich raus. So viel wie möglich.

Ich frage sie, ob sie diejenige war, die Pastor Lens Prostituiertenbesuche an die Presse verriet. Sie seufzt, wendet sich Snookie zu und nickt knapp. Ich frage sie, warum sie das getan hat, wenn nicht aus Rache.

Weil die Wahrheit frei macht! *(Sie lacht, plötzlich und verbittert.) Sie* können übrigens über mich schreiben, was Sie wollen. Was Sie verflixt noch mal wollen. Aber wenn Sie die ganze Wahrheit wissen wollen: Ich habe es getan, um Len für immer von diesem Dr. Lund zu trennen. Len brach es das Herz, aus dem Club der feinen Herren hinausgeworfen zu werden, nachdem er sich bei der Radiosendung zum Narren gemacht hatte. Aber ich wusste, er würde wieder angekrochen kommen, sobald Dr. Lund nur mit den Fingern schnippte. Ich dachte, es wäre zu Lens Bestem. Jeder konnte sehen, wie manipulativ Dr. Lund war. Ganz sicher würde er nicht dulden, dass einer seiner Gefolgsleute mit einem Sexskandal seinen guten Ruf befleckt, da er doch Ambitionen hat, in die Politik zu gehen. Aber wie sich herausstellte, hätte ich keinen schlimmeren Fehler begehen können. Es geht mir jeden Tag tausendmal durch den Kopf. Was wäre, wenn ich Len an dem Tag nicht hinterhergefahren wäre? Wenn ich es ignoriert hätte? Ich frage mich, ob alles anders gekommen wäre, wenn Len es irgendwie geschafft hätte, sich wieder bei Dr. Lund einzuschleimen. Hätte es ihn davon abgehalten, auf diesen irren Jim Donald zu hören? Alle sagen, Len hätte sich auf den Teufel eingelassen, aber so einfach ist das nicht. In Wahrheit hat Len aus Enttäuschung den Verstand verloren. So was passiert, wenn einem das Herz gebrochen wird.

Ich öffne den Mund, um etwas zu sagen, aber sie redet weiter.

Ich bin nicht verrückt. Ich bin nicht irre. Ich bin keine durchgedrehte Alte. Das ganze Theater hat mich erschöpft. Man kann nicht sein Leben lang eine Rolle spielen, oder? Die sagen, ich sei depressiv. Klinische Depression. Möglicherweise habe ich auch eine bipolare Störung, aber was heißt das schon? Diese Klinik ist nicht gerade billig. Ich lasse die Rechnungen von meinem nichtsnutzigen Bruder bezahlen. Er hat immer nur von Daddys Geld gelebt, hat damals den Löwenanteil geerbt, also ist es jetzt an ihm zu blechen. Außerdem, wen hätte ich sonst fragen können? Ich dachte kurz daran, mich an Dr. Lund zu wenden. Selbst als wir zu der Konferenz eingeladen waren, habe ich gemerkt, wie peinlich er mich fand. Ich weiß aus sicherer Quelle, dass er meinen Auftritt als Lens Frau in der Talkshow verhindern wollte. Seine Frau konnte mich auch nicht leiden. Was auf Gegenseitigkeit beruhte. Sie hätten mal ihr Gesicht sehen sollen, als ich die Einladung in ihre »Liga christlicher Frauen« abgelehnt habe. »Wir müssen die Feministinnen und die Babymörder in ihre Schranken weisen, Kendra!«

Sie verengt die Augen.

Wie ich sehe, sind Sie wahrscheinlich eine von denen, eine Feministin, stimmt's?

Ich bejahe.

Dann wird Lund umso erboster sein, wenn er liest, was ich zu sagen habe. Ich bin keine. Keine Feministin, meine ich. Ich bin gar nichts. Ich passe in keine Schublade, ich habe keine Ziele. Ach, ich weiß, wie die lächerlichen Frauen in dem erbärmlichen Kaff da draußen über mich denken. Fünfzehn Jahre habe ich da gelebt. Die fanden mich verstockt und hochnäsig, weil ich mich in ihren Augen wegen meiner Herkunft wohl für etwas Besseres hielt. Außerdem fanden sie mich zu schwach. Zu schwach und zu sanft. Selig sind die Sanftmütigen; denn sie werden das Erdreich besitzen. Len hat bei denen natürlich regelmäßig für hohen Blutdruck gesorgt. Ein Wunder, dass er nicht mit einer von denen was angefangen hat. Vermutlich sollte ich ihm dankbar sein dafür, dass er nicht direkt vor unserer Haustür gewildert hat.

Was für ein Leben! Mitten in der Pampa und mit einem Prediger als Ehemann. Nicht gerade das, was Daddy sich für mich vorgestellt hatte. Ich hatte es mir kaum selbst so vorgestellt. Ich hatte Ehrgeiz, wenn auch keinen großen. Ich wollte mal Lehrerin werden. Wissen Sie, ich war auf dem College. Aber diese Frauen haben ständig versucht, mich von ihrem Prepping-Quatsch zu überzeugen. Wenn es eine Sonneneruption gibt oder einen Atomkrieg, helfen einem tausend Gläser eingekochte Rüben auch nicht weiter, oder? Pamela war noch die Netteste von allen. In einem anderen Leben wären wir Freundinnen geworden. Na ja, vielleicht nicht unbedingt Freundinnen, aber sie war nicht so eine trübe Tasse wie die anderen. Sie war nicht langweilig und wollte nicht tratschen. Sie tat mir leid, bei dem Ehemann. Dieser Jim war so bissig wie ein Kettenhund. Joanie mochte ich auch, die Tochter. Innerlich habe ich gejubelt, als sie weggegangen ist, um die Welt kennenzulernen.

Wieder wendet sie sich Snookie zu.

Ich tröste mich mit dem Gedanken, dass Pam es schön fände zu wissen, dass Snookie in guten Händen ist.

Ich frage sie, wie sie Pastor Len kennengelernt hat.

Was glauben Sie? Bei einem Bibeltreffen natürlich. Bei einem Bibeltreffen in Tennessee, wo ich aufs College ging. Wir standen an den entgegengesetzten Enden eines riesigen Zelts. *(Sie lacht verbittert.)* Liebe auf den ersten Blick – wenigstens für mich. Ich habe Jahre gebraucht, um zu kapieren, dass Len mich vor allem wegen meiner Mitgift so interessant fand. Er wollte unbedingt eine eigene Gemeinde. »Dafür bin ich auf dieser Erde«, hat er gesagt. »Um Gottes Wort zu verbreiten und Seelen zu retten.«

Damals war er Baptist, so wie ich. Er hatte erst spät mit dem College angefangen, hatte sich vorher in den Südstaaten durchgeschlagen. Er brannte für Jesus, eine Zeit lang hat er sogar für Dr. Samuel Keller gearbeitet als Diakon. Wahrscheinlich kennen Sie den nicht mehr. Er war noch kein Superstar, aber er war auf dem besten Weg, ein zweiter John Hagee zu werden, bis es ihn in den Neunzigern kalt erwischt hat. »Einmal Dreck am Stecken, immer Dreck am Stecken«, hat mein Daddy immer gesagt, und nachdem Keller mit einem minderjährigen Jungen auf einer öffentlichen Toilette erwischt worden war, merkte Len, dass es nicht einfach werden würde, einen neuen Job zu finden, nicht so lange die Empörung so frisch war. Seine einzige Möglichkeit war, eine eigene Kirche zu gründen. Wir sind lange rumgezogen auf der Suche nach einem geeigneten Standort. Dann kamen wir ins Sannah County. Mein Daddy war gerade gestorben und hatte mir etwas vermacht, davon haben wir die Ranch gekauft. Ich glaube, Len hatte anfangs vor, nebenbei ein bisschen Geld als Farmer zu verdienen, aber was verstand er schon von Landwirtschaft?

Er war nett anzusehen gewesen. Ist er wohl immer noch. Er wusste, dass es hilft, auf eine gepflegte Erscheinung zu achten. Daddy war gar nicht glücklich, als ich Len mit nach Hause brachte. »Merk dir meine Worte, der Junge wird dir das Herz brechen«, sagte er.

Daddy hat sich geirrt. Len hat mir nicht das Herz gebrochen, auch wenn er sich nach Kräften bemüht hat.

Tränen laufen ihr über die Wangen, aber sie scheint es nicht zu merken. Ich reiche ihr ein Taschentuch, mit dem sie sich geistesabwesend die Augen abtupft.

Achten Sie nicht darauf. Ich war nicht immer so. Ich hatte meinen Glauben, o ja. Nein. Ich habe meinen Glauben verloren, als Gott mich für unwürdig befand, Kinder zu bekommen. Ich hatte mir nichts anderes gewünscht. Vielleicht wäre alles anders gekommen, wenn ich das hätte erleben dürfen. Es war nicht zu viel verlangt. Eine Adoption kam für Len nicht infrage. »Jesus hat für uns keine Kinder vorgesehen, Kendra«, sagte er.

Aber jetzt habe ich mein Baby, nicht wahr? Eins, das mich braucht. Das Liebe braucht. Das Liebe verdient hat.

Sie streichelt Snookie wieder, aber der Hund reagiert kaum.

Len ist kein Bösewicht. Nein. Das werde ich niemals sagen. Er ist enttäuscht, vergiftet von seinen gescheiterten Plänen. Er war nicht clever genug, nicht charismatisch genug – nicht, bis dieses Höllenfeuer in seinen Augen glühte –, bis diese Frau ihn in ihrer Handynachricht erwähnte.

Ich klinge verbittert, nicht wahr?

Ich sollte nicht böse auf Pamela sein. Eigentlich gebe ich ihr keine Schuld. Wie ich schon sagte, sie war eine gute Frau. Len und ich … ich glaube, wir steckten fest, seit Jahren schon, und irgendwas musste sich ändern. Er hatte seine Radiosendung und seine Bibel und die Gebetsgruppen, er hatte Jahre damit verbracht, die Typen »aus der obersten Liga«, wie er sie nannte, auf sich aufmerksam zu machen. Und nie habe ich ihn so aufgeregt gesehen wie an dem Tag, als er zu dieser verflixten Konferenz eingeladen wurde. Ein Teil von mir – der Teil, der noch nicht völlig abgestorben war – glaubte wirklich, dass wir es vielleicht endlich geschafft hatten. Aber das Ganze stieg ihm zu Kopf. Außerdem hat er wirklich an die Botschaft geglaubt. Er glaubt immer noch daran. Die Leute sagen, er wäre ein Scharlatan und nicht besser als die Alienfraktion und die verrückten Sektenführer, aber ich weiß, dass wenigstens der Teil nicht geheuchelt war.

Ich konnte es nicht ertragen, dass so viele Leute auf die Ranch kamen. Snookie kam nicht damit zurecht. Len dachte wohl, er würde ein Vermögen an Spenden einnehmen. Und er wollte Dr. Lund beweisen, dass er in der Lage war, loyale Anhänger um sich zu scharen. Aber keiner von denen, die zu uns kamen, hatte Geld. Dieser Monty zum Beispiel. Ich habe gespürt, wie er mich manchmal beobachtet hat. Irgendwie war das Hirn dieses Mannes falsch verkabelt. Ich habe viel Zeit in meinem Zimmer verbracht und meine Lieblingssendungen geschaut. Len hat versucht, mich sonntags in die Kirche zu locken, aber da konnte ich schon nicht mehr. Manchmal habe ich mich mit Snookie ins Auto gesetzt, und wir sind gefahren und gefahren, uns war egal, wohin.

Klar, dass es schiefgehen musste. Ich habe Len geraten, nicht nach New York zu fahren, um in der Sendung von diesem vorlauten Menschen aufzutreten. Aber Len nahm nicht gerne Rat an. Er duldete keinen Widerspruch.

Ich wusste, dass Dr. Lund ihn über den Tisch ziehen würde, und dann eines Tages war es so weit. Er hat Lens Aussagen genommen und für seine Zwecke benutzt. Len ist die Wände hochgegangen, hat versucht, Dr. Lund und diesen Flexible Sandy telefonisch zu erreichen, aber letztendlich wurde er nicht einmal zu der PR-Frau durchgestellt. Die Fernsehnachrichten waren voll damit, dass immer mehr Leute sich erretten lassen wollten, und Dr. Lund schnappte sich den Löwenanteil vom Kuchen. Wissen Sie, er verfügte über die nötigen Kontakte. Und als er sich hinter Mitch Reynard gestellt hat und Len nicht zu dieser Pro-Israel-Veranstaltung eingeladen wurde ... Tja, noch nie hatte ich Len so verzweifelt gesehen. Ich verschwand, bevor der *Inquirer* die Story brachte, also habe ich sein Gesicht nicht gesehen; ich bin am Tag der Veröffentlichung gegangen. Er hat alles abgestritten, wie ich es mir gedacht hatte. Aber aus dem Club der ganz Großen ausgeschlossen zu werden beschädigte sein Selbstwertgefühl stärker, als jeder Zeitungsartikel, egal wie reißerisch, es jemals könnte. Offen gestanden glaube ich, dass die Abfuhr von Lund Len viel mehr verletzt hat als mein Weggang.

Es war grausam. Dr. Lund hatte ihm die Tür zum Palast einen Spalt breit geöffnet, und dann hatte er sie ihm vor der Nase zugeschlagen.

Sie seufzt.

Snookie braucht jetzt ihren Mittagsschlaf. Sie müssen gehen. Ich habe alles gesagt.

Bevor ich gehe, frage ich sie, wie sie heute für Len empfindet, und in ihren Augen blitzt ein Funke der Wut auf.

Ich habe in meinem Herzen keinen Platz mehr für Len. Für niemanden.

Sie küsst Snookie auf den Kopf, und ich bekomme das Gefühl, dass sie meine Anwesenheit vollkommen vergessen hat.

Du würdest mir nie wehtun, was, Snookie? Nein, würdest du nicht, niemals.

# SIEBTER TEIL
ÜBERLEBENDE
APRIL

Lillian Small

Ich führte ein merkwürdiges Doppelleben. An manchen Tagen konnte Reuben sich so klar äußern wie ich jetzt, aber wann immer ich über unser altes Haus sprach, über einen unserer alten Freunde oder ein Buch, das ihm besonders gut gefallen hatte, wurde sein Blick besorgt und er tigerte umher, als versuche er verzweifelt – und vergeblich –, an die fragliche Information zu gelangen. Es war, als hätte er die Zeit vor dem Aufwachen komplett vergessen. Ich beschloss, ihn nicht zu drängen. Es fällt mir schwer, darüber zu sprechen, aber die Tatsache, dass er unsere gemeinsame Vergangenheit vergessen hatte und sich nicht einmal an unseren »Paris, Texas«-Witz erinnern konnte – das war für mich fast so schlimm, als wäre Al zurückgekehrt.

Und an manchen Tagen war Al tatsächlich wieder da. Ich wusste sofort nach dem Aufwachen, ob ich den Tag mit Reuben oder mit Al verbringen würde. Ich konnte es in seinen Augen sehen, wenn ich ihm morgens seinen Kaffee brachte. Bobby bewältigte die Situation auf seine Art, er verhielt sich Reuben gegenüber immer gleich, ob der nun er selbst war oder Al, aber für mich war es anstrengend. Diese Ungewissheit; nicht zu wissen, was mich am Morgen erwartete. Ich sagte Betsy oder dem Pflegedienst nur Bescheid, wenn ich sicher war, dass ein Tag mit Al bevorstand und ich Hilfe brauchte. Nicht, dass ich Betsy nicht vertraut hätte, aber ich konnte einfach nicht vergessen, wie Dr. Lomeier auf Reuben reagiert hatte. Ich konnte die Vorstellung nicht ertragen, was diese Verrückten sagen würden, wenn sie von Reuben erfuhren. Sie wollten uns einfach nicht in Ruhe lassen. Ich weiß nicht mehr, wie oft ich aufgelegt habe, weil ich merkte, dass wieder einer von diesen religiösen *putzes* am Telefon war, der unbedingt mit Bobby sprechen wollte.

Und ... sogar an den Reuben-Tagen war er nicht der Alte. Aus irgendeinem Grund war er süchtig nach *The View,* einer Infotainment-Sendung, die er vor seiner Erkrankung verabscheut hatte. Außerdem saßen er und Bobby stundenlang vor dem Fernseher, um sich alte Hollywoodfilme anzuschauen, dabei hatte Reuben sich früher nie groß für Filme interessiert. Die Nachrichtenkanäle ließen ihn neuerdings kalt, obwohl dort ständig politische Debatten liefen.

Eines Morgens, ich stand in der Küche, bereitete Bobbys Frühstück zu und machte mich innerlich darauf gefasst, Reuben zu wecken, kam Bobby angelaufen. »Bubbe«, sagte er, »Po Po möchte heute spazieren gehen. Er will nach draußen.«

Bobby nahm meine Hand und zog mich ins Schlafzimmer. Reuben saß auf dem Bett und versuchte, sich Socken anzuziehen. »Alles in Ordnung, Reuben?«, fragte ich.

»Können wir in die Stadt fahren, Rita?«

So nannte er mich inzwischen: Rita. Rita Hayworth! Der roten Haare wegen, Sie verstehen schon.

»Wohin möchtest du?«

Bobby und Reuben tauschten Blicke aus. »Ins Museum, Bubbe!«, sagte Bobby.

Am Vorabend hatten wir *Nachts im Museum* gesehen, und Bobby war fasziniert gewesen von den Szenen, in denen die Exponate zum Leben erwachen. Es war ein Al-Tag gewesen, deswegen bezweifelte ich, dass in Reubens Bewusstsein irgendetwas davon hängen geblieben war. Es war besser so, denn mitten im Film hatte Bobby gesagt: »Der Dinosaurier ist wie du, Po Po. Er ist einfach aufgewacht!«

»Reuben?«, sagte ich. »Meinst du wirklich, du solltest heute aus dem Haus gehen?«

Er nickte so eifrig wie ein kleiner Junge. »Ja, Rita, bitte. Lass uns ins Museum gehen und die Dinosaurier ansehen.«

»Ja! Dinosaurier!«, fiel Bobby ein. »Bubbe? Glaubst du, die haben wirklich gelebt?«

»Natürlich, Bobby«, sagte ich.

»Ich mag die Zähne! Eines Tages werde *ich* sie zum Leben erwecken!«

Bobbys Begeisterung war ansteckend, und wenn irgendjemand einen Ausflug verdient hatte, dann er. Der Arme war seit Tagen in der Wohnung gewesen, ohne sich ein einziges Mal zu beschweren. Aber je länger wir uns draußen aufhielten, desto riskanter war es. Was, wenn uns jemand erkannte? Wenn uns einer dieser religiösen Fanatiker verfolgte und versuchte, Bobby zu kidnappen? Außerdem fürchtete ich, dass Reuben nicht durchhalten würde. Seine geistigen Fähigkeiten hatten sich gesteigert, ja, aber körperlich ermüdete er schnell.

Trotzdem schob ich meine Ängste beiseite und rief ein Taxi, bevor ich meine Meinung ändern konnte.

Auf dem Weg nach draußen trafen wir Betsy. Ich betete, dass Reuben nichts sagen würde. Ich hatte die Situation inzwischen öfters erlebt, und ein Teil von mir sehnte sich danach, mit jemandem darüber zu reden – ich hatte niemandem davon erzählt, außer dem nüchternen Dr. Lomeier natürlich. Ich formte ein stummes »Arztbesuch!« mit den Lippen, und Betsy nickte; aber Betsy war clever und merkte sofort, dass ich etwas zu verbergen hatte.

Das Taxi hielt in einer Parklücke direkt vor der Tür, Gott sei Dank, denn schon hatte ich ein paar von den *meshugeners* mit ihren grellbunten Plakaten entdeckt, die sich morgens um neun am Parkeingang versammelten.

Zum Glück erkannte uns der Taxifahrer, einer dieser indischen Einwanderer, nicht, und falls doch, ließ er sich nichts anmerken. Ich bat ihn, über die Williamsburg Bridge zu fahren, damit Reuben die Aussicht mitbekam, und Elspeth, was habe ich die Fahrt genossen! Der Tag war schön und klar, die Skyline sah aus, als würde sie für eine Postkarte posieren, und die Sonne spiegelte sich im Wasser. Als wir uns durch Manhattan schlängelten, zeigte ich Bobby die Sehenswürdigkeiten, das Chrysler Building, die Rockefeller Plaza, den Trump Tower, und er klebte an der Seitenscheibe und hatte eine Frage nach der anderen. Die Fahrt hat ein Vermögen gekostet, mit Trinkgeld fast vierzig Dollar, aber das war es mir wert. Bevor wir ins Museum gingen, fragte ich Bobby und Reuben, ob sie zum Frühstück vielleicht einen Hotdog wollten, und dann setzten wir uns zum Essen in den Central Park wie richtige Touristen. Lori hatte mich und Bobby einmal hierher mitgenommen – nicht ins Museum, nur in den Park. Bobby hatte schlechte Laune gehabt, und es war eiskalt gewesen, aber ich habe nur schöne Erinnerungen an jenen Tag. Lori konnte gar nicht mehr aufhören, über die vielen Aufträge zu reden, die sie bekam; sie war damals voller Vorfreude auf die Zukunft.

Es war ein ganz normaler Wochentag, doch das Museum war trotzdem überlaufen, und wir mussten eine Weile für Eintrittskarten anstehen. Ich bekam Angst, jemand könnte uns erkennen, aber die meisten Leute dort waren Touristen – viele Chinesen und Europäer. Reuben wirkte müde, auf seiner Stirn zeigten sich die ersten Schweißperlen. Bobby hingegen strotzte vor Energie; er konnte den Blick gar nicht mehr vom Dinosaurierskelett im Foyer abwenden.

Der Ticketverkäufer, ein redseliger Afroamerikaner, sah zweimal hin, als ich an den Schalter trat. »Kennen wir uns, Ma'am?«

»Nein«, sagte ich ein bisschen schroff. Nachdem ich bezahlt und mich umgedreht hatte, rief er mir nach: »Warten Sie!«

Ich zögerte. Ich hatte Angst, er würde auf uns zeigen und dem ganzen Museum verraten, wer Bobby war. Stattdessen sagte er: »Kann ich Ihnen einen Rollstuhl für Ihren Mann anbieten?«

Ich hätte ihn küssen können. Alle sagen, die New Yorker seien pampig und ichbezogen, aber das stimmt einfach nicht.

Bobby zog an meiner Hand. »Bubbe! Die Dinosaurier.«

Der Ticketverkäufer verschwand und kam mit einem Rollstuhl zurück. Reuben ließ sich sofort hineinsinken. Inzwischen machte ich mir ernsthaft Sorgen um ihn. Er hatte angefangen, sich verwirrt umzusehen, und ich fürchtete, Al könnte sich angepirscht haben, um uns den Tag zu verderben.

Der Ticketverkäufer zeigte uns den Weg zu den Fahrstühlen. »Da lang, mein Junge«, sagte er zu Bobby. »Zeig deinen Großeltern die Dinosaurier.«

»Glauben Sie, dass die Dinos nachts zum Leben erwachen?«, fragte Bobby ihn.

»Warum nicht? Wunder geschehen immer wieder, nicht wahr?« Und dann zwinkerte er mir zu, und ich wusste, er hatte uns längst erkannt. »Keine Sorge, Ma'am«, sagte er, »ich behalte es für mich. Ich wünsche Ihnen viel Spaß!«

Wir fuhren direkt in die Etage mit den Dinosaurierexponaten. Ich hatte mir überlegt, Bobby zuliebe einen Blick darauf zu werfen und anschließend nach Hause zu fahren.

Ich bat Bobby, in meiner Nähe zu bleiben, denn überall drängten sich die Besucher. Es war gar nicht so einfach, sich einen Weg in den ersten Ausstellungssaal zu bahnen.

Reuben sah mich an und fragte: »Was bin ich? Ich habe Angst.« Und dann fing er zu weinen an, was er nicht mehr getan hatte, seit er, wie Bobby es nannte, »aufgewacht« war.

Ich versuchte mein Bestes, um ihn zu beruhigen. Die Leute fingen zu starren an, und ihre Aufmerksamkeit war das Letzte, was ich wollte. Und als ich mich wieder aufrichtete, war Bobby verschwunden.

»Bobby?«, rief ich. »Bobby?«

Ich sah mich nach seiner Yankee-Baseballkappe um, konnte sie aber nirgends entdecken.

Die Panik überrollte mich wie eine Springflut. Ich ließ Reuben einfach stehen und lief los.

Ich schob mich an den Leuten vorbei, ignorierte die bösen Kommentare – »Hey, Lady, passen Sie doch auf!« –, während mir der kalte Schweiß über den Rücken lief. »Bobby!«, rief ich, so laut ich konnte. Bilder zuckten mir durch den Kopf. Von Bobby, wie er von einem dieser religiösen Spinner verschleppt und zu seltsamen Handlungen gezwungen wird. Bobby, wie er sich verläuft und allein durch New York irrt …

Eine Wachfrau kam auf mich zu. »Beruhigen Sie sich, Ma'am«, sagte sie. »Sie dürfen hier nicht schreien.« Wahrscheinlich hielt sie mich für geisteskrank, ich konnte es ihr nicht verübeln. Ich hatte tatsächlich das Gefühl, den Verstand zu verlieren.

»Mein Enkel! Ich kann meinen Enkel nicht finden!«

»Beruhigen Sie sich, Ma'am«, sagte sie. »Wie sieht er aus?«

Es kam mir nicht in den Sinn, ihr zu sagen, wer Bobby war – dass er *der* Bobby Small war, einer der Drei, das Wunderkind, diesen ganzen Unsinn. All das schoss mir durch den Kopf, aber glücklicherweise sagte ich nichts – sicher hätte sie die Polizei gerufen, und dann wären wir am nächsten Tag auf der Titelseite aller Zeitungen gewesen. Die Wachfrau sagte, sie werde ihre Kollegen an den Aus- und Eingängen benachrichtigen, nur für alle Fälle, als ich das schönste Wort der Welt hörte.

»Bubbe?«

Ich wurde vor Erleichterung fast ohnmächtig, als ich Bobby auf mich zuhopsen sah. »Wo warst du, Bobby? Ich bin fast gestorben vor Angst.«

»Ich war bei dem Großen. Er hat riesige Zähne wie ein Wolf! Komm, Bubbe, Po Po braucht uns.«

Können Sie es glauben? Ich hatte Reuben vollkommen vergessen. Wir eilten zurück in den Saal, in dem ich ihn hatte stehen lassen. Gott sei Dank war er in seinem Rollstuhl eingeschlafen.

Ich fühlte mich erst wieder in Sicherheit, als wir im Taxi saßen. Glücklicherweise hatte Reuben sich, als er aufgewacht war, ein Stück weit beruhigt, und obwohl er nicht er selbst war, blieb uns ein ausgewachsener Al-Anfall erspart.

»Sie sind nicht zum Leben erwacht, Bubbe«, sagte Bobby. »Die Dinosaurier sind nicht aufgewacht.«

»Das tun sie nur in der Nacht«, sagte Reuben. Er war wieder da. Er nahm meine Hand und drückte sie. »Das hast du gut gemacht, Lily«, sagte er. Lily – er nannte mich Lily, nicht Rita.

»Wie meinst du das?«, fragte ich.

»Du hast nicht aufgegeben. Du hast mich nicht aufgegeben.«

Da brach ich in Tränen aus. Ich konnte nicht anders, die Tränen flossen.

»Ist alles okay, Bubbe?«, fragte Bobby. »Bist du traurig?«

»Nein. Ich habe mir nur Sorgen um dich gemacht«, sagte ich. »Ich dachte, ich hätte dich im Museum verloren.«

»Du kannst mich nicht verlieren«, sagte Bobby. »Wirklich nicht, Bubbe. Es ist unmöglich.«

Dies ist der letzte bekannte Instant-Messenger-Chat von Ryu und Chiyoko.

Nachricht gesendet @ 20:46, 03.04.2012

CHIYOKO: ICH DACHTE, DU WÄRST MEIN FREUND!!!!! Wie konntest du mir das antun????????? www.hirotalks.throughandroid/tokyoherald. Hoffentlich haben sie dich anständig bezahlt. Hoffentlich hat es sich gelohnt.

RYU: Chiyoko! Das war ich nicht, ich schwöre es!

CHIYOKO: MK spuckt Gift und Galle. Androidenonkel droht uns damit, Hiro nach Osaka mitzunehmen. Überall lungern Reporter herum. Wenn er mich verlässt, werde ich sterben. Wie konntest du nur????

RYU: Das war ich nicht!

CHIYOKO: Du hast mein Leben zerstört, SCHREIB MIR NIE WIEDER.

RYU: Chiyoko? Yoko? Bitte, bitte! ICH WAR DAS NICHT.

Nachdem Chiyoko ihn im Chat geblockt hatte, wandte sich der verzweifelte Ryu unter dem Usernamen Orz-Man an das 2-chan-Männerforum und eröffnete im Unterforum »Liebeskummer« einen Thread mit dem Titel »Loser-Nerd braucht Hilfe«. Seine Geschichte faszinierte die Forengemeinde, verbreitete sich kurz darauf im Internet und wurde millionenfach angeklickt.
(Der Übersetzer Eric Kushan merkt an, dass er Anleihen bei der westlichen Jugendsprache gemacht hat, um den japanischen Forenslang annähernd wiederzugeben.)

Name: Orz Man
Post vom 05.04.2012, 01:32:39.32
Ich brauche Hilfe von euch Netizens, bitte!!! Ich muss Kontakt zu einem Mädchen aufnehmen, das mich im Chat geblockt hat.

Name: Anonymous111
Warum hat sie Schluss gemacht, Orz?

Name: Orz Man
Sie glaubt, ich hätte ihr Vertrauen missbraucht, aber das war nicht ich. _|70

Name: Anonymous275
Kenne ich, Mann. Mehr Infos, bitte.

Name: Orz Man
Okay, das wird jetzt etwas länger. Ich habe mit einem Mädchen gechattet, nennen wir sie die Eisprinzessin. Sie ist weit über meinem Niveau, also könnt ihr euch vorstellen, wie erstaunt ich war, dass eine wie sie freiwillig Zeit mit einem Loser wie mir verbringt. Wir haben uns gut verstanden, haben uns jeden Tag über alles Mögliche ausgetauscht,

versteht ihr? Und dann ... ist was passiert. Eine, sagen wir mal, Story ist an die Öffentlichkeit gekommen, in der ihre Familie schlecht dasteht. Sie dachte, ich stecke dahinter, und jetzt hat sie mich im Chat geblockt.

Ihr sollt jetzt nicht denken, ich wäre der totale Versager, aber es tut so weh. Als sie meine Nachrichten ablehnte, war es, als wäre mein gläserner Magen zersprungen.

Name: Anonymous111
»Als wäre mein gläserner Magen zersprungen.« Das ist wunderschön, Orz.

Name: Anonymous28
Ich muss weinen!

Name: Orz Man
Danke. Es geht mir elend. Es tut weh wie ein körperlicher Schmerz. Ich kann weder essen noch schlafen. Immer wieder muss ich unsere alten Nachrichten lesen. Heute habe ich Stunden damit verbracht, jedes einzelne Wort von ihr zu analysieren.

Name: Anonymous23
Aua!!!!! Du musst kapieren, dass Frauen nur dazu da sind, uns unglücklich zu machen, Mann. Scheiß auf sie, Orz.

Name: Anonymous111
Ignore 23
Das kenn ich, Orz. Gibt es eine Hoffnung auf erneuten Kontakt?

Name: Orz Man
Keine Ahnung. Ich kann ohne sie nicht leben.

Name: Anonymous23
Wie sieht sie aus? Scharf?

Name: Anonymous99
<SEUFZ> 23 du bist so ein noob.

Name: Orz Man
Ich habe sie nur ein Mal gesehen. Und nicht persönlich. Sie sieht ein bisschen so aus wie Hazuki Hitori.

Name: Anonymous678
Hazuki Hitori von den Sunny Juniors? Wow! Mann, du hast 'n guten Geschmack. Ich liebe sie!

Name: Anonymous709
Hazuki????? Grrrr-ooooooooooooooooooaaaaaaaaaaaaahhh

Name: Anonymous111
Haltet eure Lust im Zaum, Netizens. Orz, du musst hinfahren und sie persönlich sprechen. Ihr sagen, wie es dir geht.

Name: Orz Man
So einfach ist das nicht. Es ist peinlich. Ihr … Ich wohne noch bei meinen Eltern und bin gewissermaßen ans Haus gefesselt.

Name: Anonymous987
Ist doch cool. Ich wohne auch noch zu Hause.

Name: Anonymous55
Ich auch. Na und?

Name: Orz Man
Nein, so meinte ich das nicht. Ich war seit … einer ganzen Weile nicht draußen. Ich verlasse nicht mal mein Zimmer.

Name: Anonymous111
Wie lange ist eine ganze Weile, Orz?

Name: Orz Man
Ihr werdet mich dafür verurteilen!!!!
Über ein Jahr _|70

Name: Anonymous87
Das RL kann eine echte bitch sein. Ich habe einen Tipp, Orz. Wenn du nicht aufs Klo gehen willst, solltest du für den Notfall immer eine leere Wasserflasche unter dem Schreibtisch haben. So mache ich das, wenn ich im Spielwahn bin.

Name: Anonymous786
LOL!!!
Guter Tipp, 87!

Name: Anonymous23
Netizens. Unser Orz ist ein *hikikomori*.

Name: Anonymous111
Orz pflegt soziale Kontakte im Netz, was bedeutet, dass er mit Menschen kommuniziert. Er ist ein Einsiedler, kein *hikikomori*.

(Der Thread schweift kurz in eine Diskussion über die wahre Natur des hikikomori ab.)

Name: Anonymous111
Orz, bist du noch da?

Name: Orz Man
Ja. Hört mal, tut mir leid, eure Zeit zu stehlen. Beim Schreiben wird mir einiges klar.
 Was sollte sie schon an mir finden? Warum sollte sie so einen Loser wie mich auch nur beachten? Seht mich an … kein Job, keine Kohle, keine Hoffnung.

Name: Anonymous111
Ist deine Prinzessin gestorben? Nein. Dann gibt es immer noch Hoffnung. Netizens, dieser Mann braucht unsere Hilfe. Macht euch bereit.

Name: Anonymous85
Waffen durchladen!

Name: Anonymous337
Nehmt die Prinzessin ins Visier!

Name: Anonymous23
Entsichert und geladen, SIR!

Name: Anonymous111
Zunächst müssen wir Orz aus seinem Zimmer holen.

Name: Anonymous47
Orz, ein guter Rat:
1. Wasch dich, um einen guten Eindruck zu machen. Keine Bettfrisur und keine Pickel.
2. Geh zu Uniqlo und kauf dir ein paar gute Klamotten, aber nichts zu Grelles.
3. Fahr zum Haus der Prinzessin.
4. Lade sie zum Essen ein.
5. Beim Essen sagst du ihr, was du fühlst.

Wenn sie dann wieder Schluss macht, hast du es wenigstens versucht.

Name: Anonymous23
Orz weiß ja vielleicht gar nicht, wo sie wohnt. Er sagt, er hat kein Geld, wovon soll er sich neue Klamotten kaufen?

Name: Orz Man
Danke für den Rat. Ich kenne ihre Adresse nicht, aber ich weiß, dass sie in der Nähe des Yoyogi-Bahnhofs wohnt.

Name: Anonymous414
Da gibt es einen guten Nudelladen.

Name: Anonymous23
Nudeln beim ersten Date? Nimm Yakitori oder Französisch oder was Ausgefallenes, dann habt ihr gleich ein Gesprächsthema.

(Der Thread schweift kurz in eine Diskussion über das beste Restaurant für ein erstes Date ab.)

Name: Anonymous111
Es ist kein erstes Date. Orz und seine Prinzessin sind Cyber-Seelenverwandte. Netizens, ihr redet am Thema vorbei. Orz muss sich erst einmal waschen und das Zimmer verlassen.

Name: Orz Man
Ihr meint echt, ich sollte versuchen, sie persönlich zu sprechen?

(Ein vielstimmiges »Ja«, »Tu es, Mann!«, »Du hast nichts zu verlieren!« usw. erhebt sich.)

Name: Orz Man
Okay. Ihr habt mich fast überzeugt! Nun zum praktischen Teil … Ich könnte an Geld kommen, aber es ist nicht viel. Die Prinzessin wohnt in einer anderen Präfektur, deswegen brauche ich eine Unterkunft, bis ich ihr Haus gefunden habe. Ein Hotel kann ich mir nicht leisten. Habt ihr Vorschläge? Hat schon mal jemand in einem Netcafé übernachtet? Wäre das eine Option?

(Die Netizens bombardieren Orz mit Tipps, streiten über die beste Unterkunft und wie er die Prinzessin am geschicktesten auf sich aufmerksam machen kann.)

Name: Orz Man
Ich muss schlafen. Bin seit 20 Stunden wach. Danke, Leute. Ihr habt mir echt geholfen. Jetzt fühle ich mich nicht mehr so allein.

Name: Anonymous789
Du schaffst das, Orz.

Name: Anonymous122
Tu es für alle Nerds!

Name: Anonymous20
Viel Glück!!!! Wir sind alle bei dir, Orz. Los, Mann, du kaaaaaaannst das!

Name: Anonymous23
Scheiße, tu es einfach, Mann!

Name: Anonymous111
Halte uns auf dem Laufenden!!!!

(Zwei Tage später taucht Ryu alias Orz Man wieder im Forum auf. Unterdessen wurde viel spekuliert.)

Name: ORZ Man
Post vom 07.04.2012, 01:37:19.30
Ich weiß nicht, ob irgendjemand aus diesem Thread gerade on ist. Ich habe gelesen, was ihr alles geschrieben habt. Ich bin überwältigt von der Unterstützung, die ich in diesem Forum bekomme!

Name: Anonymous111
Orz! Wo bist du?

Name: Orz Man
Ich habe eine Kabine in einem Netcafé.

Name: Anonymous111
Wie ist es, draußen in der großen, bösen Welt zu sein? Wir wollen alles hören. Fang von vorn an.

Name: Orz Man
Ah, wie gesagt, ich habe eure Tipps befolgt. Zuerst habe ich mich gewaschen. Zähne geputzt, die waren ganz gelb vom Rauchen. Dann die Haare. Hatte kein Geld für den Friseur und habe sie mir selbst geschnitten. Ich finde, ich sehe ganz gut aus!
Nun zum schweren Teil. Dafür kriege ich bestimmt Haue. Meine Eltern waren bei der Arbeit, als ich gegangen bin, und ich habe die Ersparnisse meiner Mutter aus der Küche mitgenommen. Nicht viel, aber es reicht für ein paar Wochen, wenn ich sparsam bin. Ich habe ihnen einen Brief hinterlassen, aber ich habe trotzdem ein schlechtes Gewissen. Ich habe geschrieben, ich würde mir einen Job suchen, um der Familie nicht mehr auf der Tasche zu liegen.

Name: Anonymous111
Gut gemacht, Orz. Du kannst es ihnen zurückzahlen, wenn du auf eigenen Füßen stehst.

Name: Anonymous28
Ja, Orz. Du hast das einzig Mögliche in deiner Lage getan. Erzähl weiter und schreib alle Details auf.

Name: Orz Man
Danke, Leute. Die Details … okay.
Meine Schuhe standen immer noch im Schrank an der Tür, wo ich sie vor einem Jahr abgestellt habe. Sie waren verstaubt.
Das Haus zu verlassen fiel mir so schwer wie bislang nichts in meinem Leben. Als ich vor die Tür trat, habe ich mich gefühlt wie ein Streichholz im Ozean. Alles war zu hell, zu groß. Sämtliche Nachbarinnen lauerten hinter den Gardinen. Ich weiß, dass sie seit Monaten über mich tuscheln, das hat meiner Mutter viel Kummer gemacht.

Ich verließ das Haus am frühen Nachmittag, aber selbst unsere Wohngegend schien unerträglich überlaufen. Ich kämpfte gegen den Sog meines Zimmers an. Es war, als würde ich zurückgezogen, aber ich habe mich losgerissen und bin zum Bahnhof gelaufen. Ich habe mir ein Ticket nach Shinjuku gekauft, bevor ich meine Meinung ändern konnte. Ich hatte das Gefühl, die anderen würden lachen und mit dem Finger auf mich zeigen.

Ich werde nichts über die Panikattacken schreiben, mit denen ich zu kämpfen hatte, als ich in Shinjuku ankam. Weil ich nicht wusste, was ich tun sollte, ging ich in eine Yoshinoya-Filiale, obwohl ich keinen Hunger hatte. Ich habe mich gezwungen, den Mann am Tresen zu fragen, wo es billige Unterkünfte gibt. Er war nett und hat mir den Weg zu diesem Café erklärt.

Ich will ehrlich sein ... bin kurz davor, durchzudrehen ...

Name: Anonymous179
Nicht durchdrehen, Mann! Wir sind für dich da. Und dann? Wie willst du ihr Haus finden?

Name: Orz Man
Ich habe mich informiert. Ihre Familie ... sagen wir mal, sie ist nicht unbekannt, ich habe es geschafft, die Adresse rauszufinden.

Name: Anonymous
Du sagst, sie ist berühmt???

(Die nächsten Stunden verbringen die User damit, weitere weise Ratschläge zu erteilen und darüber zu spekulieren, wer die Familie der Prinzessin sein könnte.)

Name: Orz Man
Falls ich genug Mut zusammenbekomme, sie zu besuchen, ist es wohl am besten, ich warte, bis ihre Eltern aus dem Haus gegangen sind.

Name: Anonymous902
Hast du dir überlegt, was du zu ihr sagen wirst?

Name: Anonymous865
Orz' gesprungener Glasmagen kribbelt. Er zündet sich eine Zigarette an und wartet unter einer Straßenlaterne vor dem Haus der Prinzessin. Er tritt die Zigarette mit dem Stiefel aus, geht zur Haustür und klopft an.
    Sie öffnet ihm. Ihm bleibt die Luft weg. Sie ist noch viel schöner als in seiner Erinnerung.
    »Ich bin es, Orz«, sagt er und nimmt sich die Sonnenbrille ab.
    »Bring mich weg von hier«, haucht sie und sinkt vor ihm auf die Knie. »Besorg es mir auf der Stelle!«

Name: Anonymous761
Nette Geschichte, 865, LOL!!!

Name: Orz Man
Mal nachdenken ... ich glaube, ich weiß, wie ich sie auf mich aufmerksam machen kann ...

Name: Anonymous111
Mach es nicht so spannend.

Name: Anonymous2
Ja, Orz. Wir sind in deinem Team, Mann!!!!

Name: Orz Man
Ich schreibe euch morgen, ob es funktioniert hat. Falls nicht, rolle ich mich in meiner Kabine zusammen, schneide mir die Pulsadern auf und heule.

Name: Anonymous286
Du kannst nur gewinnen, Orz! Du schaffst daaaaaaas!!!!!

(Nachdem Ryu das Forum verlassen hat, entspinnt sich folgende Unterhaltung.)

Name: Anonymous111
Netizens ... ich weiß, wer die Prinzessin ist.

Name: Anonymous874
Wer?

Name: Anonymous111
Orz schreibt, ihre Familie sei sehr bekannt. Er schreibt auch, sie wohne in der Nähe des Yoyogi-Bahnhofs.
Hiro wohnt in Yoyogi.

Name: Anonymous23
Hiro?????????? Wunderkind Hiro? Der Androidenjunge?

Name: Anonymous111
Ja. Hiro wohnt bei seiner Tante und seinem Onkel. Sie haben eine Tochter. Habe mir die Fernsehbilder von der Trauerfeier angesehen. In der Menge neben der Familie stand ein Mädchen, das aussah wie Hazuki, und daneben noch eins, aber die war nicht so scharf.

Name: Anonymous23
Unser armer Orz ist in die Cousine des Androidenjungen verliebt???
GO ORZ!

Transkript einer Stimmaufzeichnung von Paul Craddock vom April 2012.

17. April, 12:30 Uhr

Mein Gott. Ist eine Weile her ... Wie geht es Ihnen, Mandi? Wissen Sie, obwohl ich in dieses Ding spreche, als wären Sie meine beste Freundin oder Dr. Ks Vertretung, ist mir neulich eingefallen, dass ich mich kaum noch an Ihr Gesicht erinnern kann. Ich habe mir sogar Ihr Profilbild auf Facebook angesehen, damit es mir wieder einfällt. Habe ich Ihnen schon gesagt, wie sehr ich Facebook hasse? Mein Fehler. Ich habe haufenweise Freundschaftsanfragen von Leuten angenommen, ohne mir die Mühe zu machen, sie mir näher anzusehen. Nach der Sache mit Marilyn haben die Schweine meine Wall mit Hassposts zugekleistert und meinen Twitter-Account auch.

Mandi, bitte verzeihen Sie, dass ich Ihre Anrufe ignoriert habe. Ich ... ich hatte ein paar schlechte Tage, okay? Mehr als ein paar, um ehrlich zu sein. Es waren ein paar Wochen, haha. Es wollte kein Ende nehmen. Stephen ... na ja, Sie wissen schon. Ich will nicht mehr darüber reden. Ich habe mir auch noch nicht überlegt, was von meinem Geschwafel überhaupt verwertbar ist. Ehrlich gesagt habe ich kaum irgendwas gemacht.

Es kam zu früh. Alles. Zu früh nach dem Unglück. Ich sehe das jetzt ein. Aber ich denke, vielleicht können wir das Projekt später noch einmal angehen, wenn ich ... wenn ich wieder der Alte bin. Im Moment geht es mir nicht so gut, wissen Sie.

Manchmal schaue ich mir alte Fotos von Jess an und versuche, den Unterschied zu finden. Neulich hat sie mich dabei erwischt. »Was machst du da, Onkel Paul?«, hat sie gefragt, süß und fröhlich wie immer. Verdammt soll sie sein. Sie hat so eine Art, sich anzuschleichen ...

»Nichts«, habe ich sie angeblafft.

Am nächsten Tag hatte ich ein so schlechtes Gewissen, dass ich zu Toys »R« Us gefahren bin und Schleichwerbungsspielzeug und anderen Müll gekauft habe. Von dem Geld hätte man einen Kleinwagen anzahlen können! Jetzt besitzt sie das komplette Set von *My Little Pony,* dazu massenhaft Barbie-Sondermodelle. Ich weiß, dass Shelly, die Feministin, sich im Grab umdrehen würde.

Ich gebe mir Mühe, bei Gott. Ich bemühe mich. Es ist nur ... sie ist nicht sie selbst. Jess und Polly haben die selbst erdachten Geschichten von Stephen geliebt, alberne Versionen von Äsops Fabeln. Neulich habe ich es mit einer Parodie auf den *Jungen, der Wolf schrie* versucht, aber sie hat mich angesehen, als wäre ich verrückt geworden.

Ha! Bin ich vielleicht auch.

Denn da ist noch etwas. Gestern Abend habe ich wieder einen Googlemarathon eingelegt, um meinen Gefühlen Jess gegenüber auf den Grund zu kommen. Es gibt da diese Krankheit. Sie heißt Capgras-Syndrom. Sie tritt sehr selten auf, aber die Menschen, die darunter leiden, bilden sich ein, ihnen nahestehende Personen wären heimlich durch Doppelgänger ausgetauscht worden. Wie Kuckuckskinder. Ich weiß, es ist verrückt, so zu denken, es ist sogar gefährlich, aber gleichzeitig ist es beruhigend zu wissen, dass es eine bestimmte Krankheit gibt, die alles erklären würde. Vielleicht liegt es nur am Stress. Im Moment klammere ich mich daran.

(Er räuspert sich.)

Und Jesus Christus, was hatte ich alles zu tun. Jess' erster Tag in der Schule. Ich glaube, das können wir verwenden. So was wollen die Leute lesen, oder? Ich glaube, ich hatte Ihnen schon erzählt, dass Dr. K und Darren der Meinung waren, es sei gut, sie nach den Osterferien wieder zur Schule zu schicken. Der Heimunterricht war nicht die ideale Lösung. Ich bin kein guter Lehrer, und ... ich war gezwungen, mich stundenlang mit ihr zu befassen.

Die Pressemeute lag auf der Lauer wie üblich, also habe ich die Performance meines Lebens gegeben, mein Dauerlächeln könnte mir einen BAFTA für die Rolle des »fürsorglichen Onkels« einbringen. Während die Meute sich draußen am Tor drängelte, brachte ich Jess ins Klassenzimmer. Die Lehrerin, Mrs Wallbank, hatte die Kinder eine Deko basteln lassen. An der Tafel hing ein großes Banner mit der Aufschrift: »Willkommen zurück, Jess!« Mrs Wallbank ist eine dralle, überfröhliche Frau, die aussieht, als wäre sie einem Roman von Enyd Blyton entsprungen. Eine Frau, die ihre freien Wochenenden damit verbringt, historische Kulturstätten zu besichtigen und mit unrasierten Waden windgepeitschte Berge zu besteigen. Allein ihr Anblick weckte in mir den Wunsch, mich zu besaufen und eine ganze Schachtel Rothmans zu rauchen (jaja, Mandi, mittlerweile sind es zwanzig am Tag, aber nie im Haus. Eine weitere schlechte Angewohnheit, die ich lieber verheimlichen sollte, auch wenn ich gemerkt habe, dass Mrs EB einer kleinen Zigarette dann und wann nicht abgeneigt ist).

Ich kam schnell dahinter, dass Mrs Wallbank Kinder wie Erwachsene behandelt und Erwachsene wie Behinderte. »Hallo, Onkel von Jess! Machen Sie sich keine Sorgen, Jess und ich kommen wunderbar klar, nicht wahr, Jess?«

»Bist du sicher, dass du dafür bereit bist?«, fragte ich Jess mit einem affektierten Lächeln.

»Natürlich, Onkel Paul«, sagte sie mit der selbstzufriedenen Miene, die ich inzwischen verabscheue. »Fahr nach Hause und genehmige dir eine Kippe und einen Wodka.«

Mrs Wallbank blinzelte, und ich versuchte, einen Witz daraus zu machen.

Ich verließ das Klassenzimmer schleunigst und fühlte die Erleichterung, die mich immer befällt, sobald ich Jess los bin.

Draußen versuchte ich, die immergleichen Fragen der Bluthunde zu ignorieren: »Wann werden Sie Marilyn endlich erlauben, ihre Enkelin zu sehen?« Ich murmelte den üblichen Quatsch, »sobald Jess es möchte« und so weiter. Dann sprang ich in Stephens Audi und fuhr ein bisschen durch die Gegend. Fand mich mitten in Bromley wieder. Ich parkte und ging zu Marks & Spencers, um etwas Besonderes für Jess' erstes Abendessen nach der Schule zu kaufen. Ich spürte die ganze Zeit, dass ich nur eine Rolle spielte. Ich mimte den fürsorglichen Onkel. Aber ... aber ich muss die ganze Zeit an Stephen und Shelly denken – an die echte Shelly und den echten Stephen, nicht an den, der mich nachts heimsucht. Und nur der Wille, sie nicht zu enttäuschen, lässt mich durchhalten. Ich rede mir ein, dass ich die Rolle irgendwann ganz natürlich ausfüllen werde, wenn ich es lange genug versuche. Irgendwann werde ich mich fangen.

Jedenfalls stand ich in der Schlange, am Arm einen Korb voller widerlicher Nudel-Fertiggerichte, wie Jess sie liebt, als mein Blick zu der Abteilung »Welt der Weine« hinüberschweifte. Ich stellte mir vor, mich vor das Regal zu knien und eine Flasche chilenischen Rotwein nach der anderen zu leeren, bis mein Magen platzt. »Los, junger Mann«, sagte die alte Frau hinter mir, »die Kasse ist geöffnet.« Das holte mich in die Realität zurück. Die Kassiererin erkannte mich auf Anhieb und schenkte mir das, wie ich es mittlerweile nenne, Standard-Aufmunterungslächeln. »Wie geht es ihr?«, flüsterte sie verschwörerisch.

Am liebsten hätte ich sie angefahren: »Warum muss sich immer alles um *sie* drehen?« Aber ich zwang mich, so etwas zu sagen wie: »Sehr gut, danke der Nachfrage«, und irgendwie schaffte ich es, den Laden zu verlassen, ohne der Kassiererin ins Gesicht zu schlagen oder das Spirituosenregal leerzukaufen.

24. April, 22:28 Uhr

Diese Woche geht es mir ganz gut. Alles ist einfacher, seit sie wieder zur Schule geht. Wir haben sogar einen Abend zusammen verbracht und uns einen Glotzmarathon mit *The Only Way is*

Essex gegönnt. Sie liebt diese abstoßenden Reality-Serien, scheint gar nicht genug zu kriegen von diesen Idioten mit ihrem Bräunungsspray und den blöden Aufreißersprüchen, was mir Anlass zur Sorge geben sollte. Aber vermutlich stehen ihre Klassenkameradinnen auf diesen Müll, deswegen betrachte ich es als gesundes, normales Verhalten. Sie ist immer noch hartnäckig gut gelaunt und brav (ich wünschte mir, sie würde ein einziges Mal einen Wutanfall kriegen oder sich weigern, ins Bett zu gehen). Ich rede mir ein, dass Dr. K recht hat, dass ein verändertes Verhalten nach der Traumatisierung völlig normal ist. Dass wir nur Zeit brauchen, uns daran zu gewöhnen. »Jess«, habe ich sie in der Werbepause gefragt, eine echte Erleichterung nach den Banalitäten auf dem Bildschirm, »du und ich … wir verstehen uns doch gut, oder?«

»Natürlich, Onkel Paul.« Und zum ersten Mal seit Ewigkeiten dachte ich, alles wird gut. Ich werde es schaffen.

Ich habe sogar Gerry angerufen und ihm gesagt, dass ich gern wieder arbeiten würde. Er hat natürlich nach den Aufnahmen gefragt, er meinte, ihr Verleger sitze ihm im Nacken und ich solle unbedingt weiteres Material schicken, was ich mit den üblichen Ausreden parierte. Die kriegen einen Orgasmus, wenn ich das hier unzensiert übergebe.

Aber ich werde mich bald drum kümmern. Jawohl.

25. April, 16:00 Uhr

Puh. Echt wichtiger Tag heute, Mandi. Darren ist eben gegangen (mein Gott, der kann einem wirklich auf den Sack gehen, hat alle Schränke und den Kühlschrank aufgemacht, um nachzusehen, ob Jess genug zu essen bekommt – ich bin mir sicher, dass das keine gängige Vorgehensweise ist), als das Telefon klingelte. Wie Sie wissen, ist meistens die Presse oder ein religiöser Eiferer dran, der sich meine neue Nummer durch Bestechung oder sonstwie erschlichen hat. Aber heute – Überraschung! – war es einer von diesen Leuten, die an Alienentführungen glauben. Die haben sich zurückgehalten, seit ich ihnen nach Jess' Entlassung aus dem Krankenhaus die Polizei auf den Hals gehetzt habe. Ich wollte gleich wieder auflegen, aber etwas hielt mich zurück. Der Typ – Simon Soundso – klang ganz vernünftig. Er hat gesagt, er wolle nur mal anrufen, um zu fragen, wie es mir geht. Nicht Jess, sondern mir. Ich musste vorsichtig sein; die Wahrscheinlichkeit, dass mein Anschluss abgehört wird, liegt bei zehn zu eins, deswegen habe ich hauptsächlich nur zugehört. Eigentlich hatte ich auch nicht viel zu sagen. Als ich ihm zuhörte, hatte ich das Gefühl, mich aus einer anderen Zimmerecke heraus zu beobachten. Ich weiß, es war verrückt, überhaupt mit ihm zu reden. Er beschrieb mir, was die Aliens machen – er nannte sie »die Anderen« wie in einem B-Movie mit miesen Dialogen –, dass sie Menschen entführen, ihnen einen Mikrochip einpflanzen und sie mittels »Alientechnologie« fernsteuern. Er sagt, sie stecken mit der Regierung unter einer Decke. Ich fühlte mich … warum soll ich es nicht ehrlich sagen? Schließlich wird niemand es hören. Scheiße … Hören Sie, in gewisser Hinsicht ergab es Sinn.

Ich meine … was, wenn der Schwarze Donnerstag am Ende so etwas wie ein staatliches Experiment war? Viele Leute sind der Meinung, dass die drei Kinder die Abstürze unter keinen Umständen überlebt haben können. Und ich spreche nicht von so offensichtlich bekloppten Spinnern wie diesen Bibelfundamentalisten. Oder diesen Freaks, die meinen, die Kinder wären vom Teufel besessen. Selbst die Frau von der Luftfahrtbehörde, die Jess gefragt hat, ob sie sich an den Crash erinnern könne, hat sie die ganze Zeit angestarrt, als würde sie es nicht für möglich halten. Ja, in Japan gab es direkt nach dem Crash mehrere Überlebende, aber die haben nicht lange durchgehalten. Und *wie* hat Jess eigentlich überlebt? Die meisten Opfer … also, die meisten wurden in Stücke gerissen, nicht wahr? Und das Flugzeug der Maiden Airlines hat ausgesehen wie durch den Fleischwolf gedreht, als sie es aus den Everglades gezogen haben.

Okay ... tief durchatmen, Paul. Komm runter, verdammt. Zu wenig Schlaf, da kommt man auf komische Gedanken, was?

29. April, 03:37 Uhr

Er war wieder da. Dritte Nacht in Folge.
 Es klingt verrückt, aber so langsam gewöhne ich mich dran. Ich erschrecke nicht mehr, wenn ich aufwache und ihn da sitzen sehe.
 Gestern Nacht habe ich wieder versucht, mit ihm zu reden. »Was willst du mir sagen, Stephen?«
 Aber er saß nur da und sagte dasselbe wie immer, und dann verschwand er. Der Geruch wird schlimmer. Sogar jetzt stinken die Laken noch danach. Verfaulter Fisch. Verfaultes ... Fleisch. Verdammt. So etwas bildet man sich doch nicht ein, oder? Oder?
 Und ... ich muss Ihnen was gestehen. Ich bin nicht stolz drauf.
 Gestern Nacht habe ich es nicht mehr ausgehalten. Ich bin um vier Uhr morgens aus dem Haus gegangen – o ja, genau, ich habe Jess allein gelassen – und bin zum durchgehend geöffneten Tesco's in Orpington gefahren. Habe mir eine Halbliterflasche Bell's gekauft.
 Als ich wieder zu Hause ankam, war sie leer.
 Ich habe die Flasche unter meinem Bett versteckt, beim restlichen Leergut. Mrs EB mag meine neue Rauchkomplizin sein, aber sie wäre entsetzt über die Anzahl der leeren Flaschen, die bis jetzt zusammengekommen sind. Ich verliere die Kontrolle; ich sollte meinen Konsum stark einschränken. Ich muss mit dem Mist aufhören.

30. April

So viel zu meinen guten Vorsätzen.
 Ich habe eben Jess' Kinderzimmer durchsucht. Ich weiß selbst nicht, wonach ich gesucht habe. Nach einer Menschengebrauchs-

anleitung vielleicht wie in dieser alten Folge von *Twilight Zone*. Haha.

(Pauls Lachen schlägt in Schluchzen um.)

Ist schon okay. Alles okay.
Aber sie *ist* anders. Wirklich. Ich kann das nicht ausblenden. Sie hat sogar die alten Missy-K-Poster abgehängt. Vielleicht haben Aliens einen besseren Geschmack als wir.

(Wieder Lachen, das in Schluchzen umschlägt.)

Aber ... wie könnte sie nicht Jess sein?
Es muss an mir liegen.
Aber ...
Es fällt mir immer schwerer, das alles vor Darren zu verheimlichen. Ich darf jetzt nicht einknicken. Nicht jetzt. Ich muss alles im Griff haben. Ich muss der Sache auf den Grund gehen. Ich habe schon überlegt, nachzugeben und sie zu Marilyn zu bringen. Aber wäre die fette Kuh überhaupt in der Lage, irgendeinen Unterschied zur alten Jess zu erkennen? Shelly hat sie nicht gern besucht, deswegen hat Marilyn die Kinder seltener gesehen als ich. Aber vielleicht wäre es einen Versuch wert. Immerhin ist sie Jess' Fleisch und Blut, oder?
Unterdessen habe ich Petra, eine der knackigen Jungmamis von Jess' Schule, eingeladen, ihre Tochter Summer heute Nachmittag zum Spielen vorbeizubringen. Petra schreibt ständig Mails und ruft an, um zu fragen, ob sie uns helfen kann, da hat sie die Gelegenheit natürlich gleich ergriffen. Sie hat mir sogar angeboten, beide Mädchen von der Schule abzuholen und herzufahren.
Also ... ich werde das Diktiergerät jetzt in Jess' Zimmer verstecken. Nur so. Sicherheitshalber. Um zu hören, was Jess erzählt, wenn ich nicht dabei bin. Das würde jeder gute Onkel so machen, oder? Vielleicht leidet Jess im Stillen und schüttet Sum-

mer ihr Herz aus, dann weiß ich, dass es an einem, wie Dr. K sagt, »verdrängten Trauma« liegt. Sie sind in fünf Minuten hier.

(Kinderstimmen, die nach und nach lauter werden.)

»… also du kannst Rainbow Dash sein, und ich bin Princess Luna. Oder willst du lieber Rarity sein?«

»Hast du *alle* Ponys, Jess?«

»Ja. Paul hat sie mir gekauft. Er hat mir auch die Barbie mit dem Abschlussballkleid gekauft. Hier.«

»Oh, cool! Die ist ja schön. Aber du hattest doch gar nicht Geburtstag.«

»Ich weiß. Du kannst sie behalten, wenn du willst. Paul kauft mir eine neue.«

»Wirklich? Du bist die Besteste! Jess, was machst du mit Pollys ganzen Spielsachen?«

»Nichts.«

»Und, Jess … hat es wehgetan? Als du verbrannt bist?«

»Ja.«

»Gehen die Narben wieder weg?«

»Ist doch egal.«

»Was?«

»Ob sie weggehen oder nicht.«

»Mummy sagt, es ist ein Wunder, dass du aus dem Flugzeug rausgekommen bist. Sie hat gesagt, ich darf dich nichts fragen, weil du sonst zu weinen anfängst.«

»Ich weine nicht!«

»Mummy sagt, du kannst später Make-up auf die Narben tun, damit die Leute nicht so gucken.«

»Komm! Lass uns spielen!«

(Für die nächste Viertelstunde spielen die Mädchen »My Little Pony trifft Barbie in Essex«.)

(Im Hintergrund die Stimme von Paul, der die Mädchen zu einem Imbiss nach unten ruft.)

»Kommst du mit, Jess?«
»Geh vor. Ich sammle die Ponys ein. Die können mitessen.«
»Okay. Darf ich die Abschlussballbarbie echt behalten?«
»Ja.«
»Du bist meine allerbesteste Freundin, Jess.«
»Ich weiß. Geh vor.«
»Okay.«

(Man hört, wie Summer das Zimmer verlässt. Eine Pause von mehreren Sekunden, dann sind Schritte zu hören und Atemgeräusche. Dann sagt eine Stimme: »Hallo, Onkel Paul.«)

Als ich kurz nach Jess' Beerdigung im Juli nach London flog, um meinen britischen Verleger zu treffen, lud Marilyn Adams mich zu einem Gespräch zu sich nach Hause ein. Sie lebt in einem gepflegten, mit modernster Haushaltstechnik ausgestatteten Vierzimmer-Reihenhaus.

Marilyn erwartet mich auf dem Sofa, neben ihr steht eine Sauerstoffflasche. Als ich das Interview beginnen will, zieht sie eine Schachtel Zigaretten aus der Sofaritze, zündet sich eine an und inhaliert tief.

Meine Liebe, sagen Sie den Jungs nichts davon, ja? Ich weiß, ich sollte nicht, aber nach alldem ... Was macht es da noch? Die Ziggis sind dieser Tage mein einziger Trost.

Ich weiß, was Sie in der Zeitung gelesen haben, meine Liebe, aber eigentlich hatten wir gar nichts gegen Paul, außer dass er versucht hat, Jess von uns fernzuhalten. Ich hatte mal einen Cousin, der war es auch – schwul, meine ich. Wir sind nicht bigott, ehrlich. Gibt ja schließlich viele von denen, nicht wahr, und diesen Graham Norton sehe ich wirklich gern. Aber die Presse ... nun, die verdrehen einem das Wort im Mund, nicht? Ob ich es Shelly übel nehme, Paul als Vormund eingesetzt zu haben? Eigentlich nicht. Sie hat sich ein besseres Leben gewünscht für sich und die Kinder, wer könnte ihr das verübeln? Sie hatte nicht viel, als sie hier bei mir aufwuchs. Ich weiß, dass die Leute uns für Schmarotzer halten, aber wir haben das Recht zu leben, wie wir wollen, nicht? Versuchen Sie mal, heutzutage von so einem unterbezahlten Drecksjob zu leben.

Manche Leute glauben, wir hätten uns nur um Jess bemüht, weil wir es auf das Haus von Shelly und das viele Geld von der Versicherung abgesehen hätten und um Paul eins auszuwischen.

Ich müsste lügen, wenn ich sage, dass es uns nicht gelegen gekommen wäre, aber das war nicht der Grund, das schwöre ich bei Gott. Wir wollten die kleine Jess einfach nur sehen. Das Ganze zog und zog sich, und irgendwann wurde der Druck so groß, dass ich nicht mehr schlafen konnte. »Wenn du dir weiter solche Sorgen machst, kriegst du noch einen Herzinfarkt, Mum«, sagten die Jungs immer zu mir. Als ich dann schließlich richtig krank wurde, habe ich mich zurückgezogen und entschieden, keine Anwälte einzuschalten. Ich dachte, es wäre besser so. Jessie hätte später von sich aus Kontakt aufnehmen können, wenn sie älter war, nicht?

Als Paul also anrief und fragte, ob wir Jess sehen wollten, tja, da hat es mir den Boden unter den Füßen weggezogen. Die vom Jugendamt hatten uns ewig hingehalten und behauptet, sie würden tun, was sie könnten, aber ich glaubte denen schon lange kein Wort mehr. Wir waren alle unheimlich aufgeregt. Wir nahmen uns vor, sie nicht zu überfordern, denn wissen Sie, hier kann es schon ziemlich chaotisch zugehen, wenn wir alle zusammen sind. Also habe ich entschieden, dass nur ich, die Jungs und Jess' Cousin Jordan hier sein würden, der ungefähr in ihrem Alter war. Ich habe dem Kleinen erklärt, dass seine Cousine zu Besuch kommt, und er hat gefragt: »Ist sie eine Außerirdische, Nana?« Sein Dad hat ihm eine geklebt, dabei plapperte Jordan bloß nach, was er in der Schule aufgeschnappt hatte. »Wer glaubt denn so einen Schwachsinn?«, sagte Keith immer, wenn wieder einer von diesen verdammten Amerikanern damit anfing, die Drei kämen aus der Bibel oder was die da behauptet haben. Er war der Meinung, man sollte diese Verbrecher wegen Verleumdung verklagen, aber das war nicht unsere Entscheidung, nicht?

Ich habe mich richtig erschreckt, als der Sozialarbeiter sie hier abgesetzt hat. Seit dem letzten Mal war sie ganz schön in die Höhe geschossen. Die ganzen Zeitungsfotos wurden ihr nicht gerecht. Die Narben in ihrem Gesicht waren gar nicht so schlimm, die Haut sah an manchen Stellen ein bisschen straffer aus und glänzte, mehr nicht.

Ich habe Jordan einen Schubs gegeben und ihm gesagt, er solle hingehen und sie umarmen. Er hat gehorcht, obwohl er keine große Lust dazu hatte.

Jase ist los und hat Essen von McDonald's geholt, und ich habe Jess zur Schule und zu ihren Freundinnen ausgefragt. Sie war ein richtiges kleines Plappermaul. Ein aufgewecktes Kind. Schien sich bei uns kein bisschen unwohl zu fühlen. Ehrlich gesagt war ich ein bisschen überrascht. Als ich sie das letzte Mal gesehen hatte, war sie total schüchtern gewesen, so wie ihre Schwester Polly. Wenn Shelly hier war, hingen die Mädchen ihr die ganze Zeit am Rockzipfel. Die kleinen Prinzessinnen, so haben ich und die Jungs sie im Scherz genannt. Sie waren nicht halb so wild und unordentlich wie unsere. Nicht, dass wir die Zwillinge oft gesehen hätten. Eigentlich kam Shelly nur Weihnachten und an Geburtstagen mit ihnen vorbei, und in einem Jahr gab es mal einen Riesenkrach, weil Brooklyn Polly gebissen hatte. Aber Brooklyn war damals noch ein Kleinkind, sie wusste gar nicht, was sie da tat.

»Warum zeigst du Jessie nicht dein Zimmer? Vielleicht möchte sie mit der Wii spielen?«, sagte ich zu Jordan.

»Sie sieht komisch aus«, sagte Jordan. »Ihr Gesicht ist komisch.«

Ich habe ihm eine verpasst und Jess gesagt, sie solle nicht auf ihn hören.

»Ist schon gut«, sagte sie, »mein Gesicht ist tatsächlich komisch. Es hätte nicht passieren dürfen. Es war ein Fehler.« Sie schüttelte weise den Kopf, als wäre sie tausend Jahre alt. »Manchmal machen wir es falsch.«

»Wer macht etwas falsch, mein Schatz?«, fragte ich.

»Ach, wir«, sagte sie. »Komm, Jordan, ich erzähle dir eine Geschichte. Ich kenne jede Menge Geschichten.«

Dann sind sie raufgegangen, Jess und Jordan. Mir wurde warm ums Herz, als ich die beiden zusammen sah. Die Familie ist das Wichtigste, nicht?

Ich komme die Treppe nicht mehr so gut hoch, da meine Lunge doch kaputt ist. Deswegen habe ich Jase gebeten, mal hochzugehen und nach den Kindern zu sehen. Er meinte, die beiden passten zusammen wie Arsch auf Eimer, Jessie hätte Jordan an die Wand geredet. Bevor wirs uns versahen, war die Zeit um, und sie musste wieder nach Hause.

»Möchtest du wiederkommen, Jess?«, habe ich sie gefragt. »Möchtest du deine Cousins und Cousinen öfter besuchen?«

»Ja, bitte, Nana«, sagte sie. »Es war sehr interessant.«

Nachdem der Typ vom Jugendamt sie abgeholt hatte, fragte ich Jordan, wie er Jess finde, ob sie sich verändert habe und so weiter, aber er schüttelte den Kopf. Wollte gar nicht viel über sie sagen. Ich fragte ihn, worüber sie den ganzen Nachmittag geredet hätten, aber er meinte, er wüsste es nicht mehr. Ich habe ihn nicht bedrängt.

Am Abend rief Paul an, ich erschrak richtig, als ich seine Stimme hörte! Und er war so höflich. Wollte wissen, ob mir an Jess irgendwas Ungewöhnliches aufgefallen wäre. So hat er es formuliert. Er hat gesagt, er mache sich Sorgen um sie.

Ich sagte ihm, was ich Ihnen gesagt habe, dass sie ein süßes kleines Mädchen wäre, dass es eine Freude wäre, sie dazuhaben.

Er schien das lustig zu finden, er hat höhnisch gelacht, aber noch bevor ich ihn fragen konnte, was daran so komisch sei, hat er aufgelegt.

Ja, und kurze Zeit später hörten wir dann, was er getan hatte.

Lillian Small

Der Anruf kam um sechs Uhr morgens, und ich beeilte mich, am Telefon zu sein, bevor das Klingeln Reuben aufweckte. Seit dem Tag im Museum hatte ich nicht mehr gut geschlafen und mir angewöhnt, mich gegen fünf Uhr vorsichtig aus dem Schlafzimmer zu schleichen, um etwas Zeit für mich zu haben und mich zu fassen, bevor ich mich der Frage stellte, mit welchem Ehemann ich es heute zu tun bekäme.

»Wer ist da?«, blaffte ich in den Hörer. Falls jemand von der Zeitung anrief oder einer der *meshugeners* meinte, er könnte uns um diese Uhrzeit belästigen, würde ich ihm gehörig die Meinung geigen.

Ich hörte erst einmal nichts, und dann stellte der Anrufer sich als Jessicas Onkel Paul Craddock vor. Seine abgehackte Sprechweise und sein englischer Akzent erinnerten mich an die Leute in der Serie, von der Betsy immer so schwärmte, *Cavendish Hall*. Es war eine merkwürdige Unterhaltung, durchlöchert von langen, betretenen Schweigepausen, dabei hätte man annehmen können, wir hätten einander viel zu erzählen. Ich weiß noch, wie seltsam ich es plötzlich fand, dass keiner von uns je auf die Idee gekommen war, die anderen zu kontaktieren. Die Kinder wurden von den Medien ständig in einen Topf geworfen, und regelmäßig riefen die Produzenten der großen Talkshows an, weil sie es sich in den Kopf gesetzt hatten, alle drei gemeinsam auftreten zu lassen, aber ich lehnte das grundsätzlich ab. Ich spürte sofort, dass mit Paul etwas nicht stimmte; ich schob es auf den Zeitunterschied oder auf die schlechte Verbindung. Schließlich schaffte er es, sich verständlich zu machen. Er wollte wissen, ob Bobby irgendwie anders sei, ob sich sein Verhalten oder seine Persönlichkeit nach dem Absturz verändert hätten.

Es war dieselbe Frage, die die verdammten Reporter mir immer stellten, deswegen antwortete ich kurz angebunden. Er entschuldigte sich für die Störung und legte auf, ohne sich zu verabschieden.

Nach dem Gespräch war ich aufgewühlt, ich kam nicht mehr zur Ruhe. Warum hatte er mir diese Frage gestellt? Ich war mir sicher, dass Paul so wie wir und wie die Familie des kleinen Japaners von der Presse furchtbar in die Zange genommen wurde. Vermutlich hatte ich auch ein schlechtes Gewissen, weil ich ihn so abgefertigt hatte. Er hatte bedrückt geklungen, so als hätte er jemanden zum Reden gebraucht.

Aber ich war es leid, ständig ein schlechtes Gewissen zu haben – weil Bobby immer noch nicht wieder zur Schule ging; weil ich mit Reuben nicht mehr bei Dr. Lomeier gewesen war, um die Überweisung zum Spezialisten abzuholen; weil ich Reubens Zustand vor Betsy verheimlichte. Betsy war von Anfang an für uns da gewesen, so wie Charmaine, die immer noch regelmäßig anrief und sich nach uns erkundigte, aber irgendwie hatte ich das Gefühl, Reubens Genesung wäre mein eigenes, persönliches Wunder. Und meine persönliche Last. Ich wusste, was passieren würde, wenn die Öffentlichkeit davon erfuhr. Die hanebüchene Story über den japanischen Jungen, der mittels eines vom Vater gebauten Roboters kommunizierte, beherrschte die Nachrichten seit Tagen.

Ich kochte mir einen Kaffee, setzte mich in die Küche und starrte aus dem Fenster. Es war ein wunderschöner Frühlingstag, und ich weiß noch, wie ich davon träumte, einfach ein bisschen spazieren zu gehen, mich irgendwo in ein Café zu setzen. Eine Weile allein zu sein.

Reuben war inzwischen aufgewacht – an dem Tag war Reuben da, nicht Al. Ich dachte, vielleicht kann ich für zehn Minuten aus dem Haus, mich im Park in die Sonne setzen. Durchatmen.

Ich machte Bobby sein Frühstück, räumte die Küche auf und fragte Reuben, ob es ihm etwas ausmachen würde, wenn ich für ein paar Minuten verschwinde.

»Geh nur, Rita«, sagte er. »Geh nur, viel Spaß!«

Ich ließ mir von Bobby versprechen, dass er das Apartment nicht verlassen würde, und dann ging ich. Ich ging in den Park, setzte mich gegenüber vom Sportzentrum auf eine Bank und hielt das Gesicht in die Sonne. Ich sagte mir immer wieder, nur noch fünf Minuten, dann gehe ich nach Hause und beziehe die Betten, nehme Bobby mit zum Einkaufen und hole Milch. Ein paar junge Männer schoben Kinderwagen vorbei, wir lächelten einander zu. Ich warf einen Blick auf die Uhr und merkte, dass ich seit über vierzig Minuten draußen war – wo war die Zeit geblieben? Bis zu unserem Apartment waren es nur fünf Minuten, aber Unfälle können innerhalb von Sekunden passieren. Mir wurde übel vor Panik, ich eilte nach Hause.

Und ich hatte allen Grund, panisch zu sein. Ich fing zu schreien an, als ich oben angekommen war und die beiden, sie trugen identische Anzüge, in meiner Küche stehen sah. Der eine hielt die Augen geschlossen und presste sich Bobbys Hand an die Brust. Der andere hielt seine Hände über Bobbys Kopf und murmelte unverständliches Zeug.

»Lassen Sie ihn los!«, schrie ich aus voller Lunge. Ich hatte sie sofort erkannt, sie glühten nur so vor religiösem Eifer. »Zur Hölle noch mal, raus aus meiner Wohnung!«

»Rita, bist du's?«, rief Reuben aus dem Wohnzimmer.

»Die Männer wollten reinkommen und sich *The View* mit uns ansehen, Bubbe«, sagte Bobby.

»Geh in dein Zimmer, Bobby«, sagte ich.

Ich drehte mich zu den Männern um, und der Zorn schoss mir durch die Adern. Sie sahen wie Zwillinge aus, hatten blonde Haare, den gleichen akkuraten Seitenscheitel und den gleichen selbstzufriedenen Ausdruck im Gesicht, was die Situation noch unheimlicher machte. Bobby erzählte mir später, sie seien erst fünf Minuten vor mir gekommen und hätten nichts weiter mit ihm angestellt als das, was ich in der Küche beobachtet hatte. Wahrscheinlich hatten sie mich aus dem Haus gehen sehen und die Gelegenheit beim Schopf ergriffen. »Wir wollten uns lediglich von Bobbys Seele berühren lassen«, sagte der eine. »Das sind Sie uns schuldig, Mrs Small.«

»Sie ist euch gar nichts schuldig«, sagte Betsy, die plötzlich hinter mir stand – Gott sei Dank hatte sie mich schreien hören. »Ich habe die Polizei gerufen, also schwingt eure bibeltreuen Hintern hier raus.«

Die beiden Männer sahen einander kurz an und gingen dann zur Tür. Sie sahen aus, als wollten sie noch mehr Unsinn von sich geben, aber Betsys Miene brachte sie zum Schweigen.

Betsy sagte, sie werde sich um Bobby kümmern, während ich meine Aussage machte. Ich wusste, es war zu spät, sich Sorgen zu machen, sie könnte die Wahrheit über Reuben erfahren. Später an dem Tag kam der Polizeichef persönlich vorbei. Er schlug mir Polizeischutz rund um die Uhr vor, am besten solle ich einen privaten Wachdienst beauftragen. Aber ich wollte keine fremden Leute im Haus haben.

Als ich mit der Polizei fertig war, konnte ich Betsy gleich ansehen, dass sie jetzt alles wusste und über Reubens Verwandlung sprechen wollte. Blieb mir eine andere Wahl, als reinen Tisch zu machen? Und wem konnte ich einen Vorwurf machen, wenn nicht mir selbst?

Lillian Smalls Nachbarin Betsy Katz ließ sich Ende Juni von mir interviewen.

Am meisten bereue ich, wegen der Reporter nicht vorsichtiger gewesen zu sein. Diese Zeitungsleute konnten ganz schön clever sein. Haben uns geschickt ausspioniert und hier angerufen und Suggestivfragen gestellt, als wäre ich von vorgestern und könnte sie nicht durchschauen. »Mrs Katz«, fragten sie, »stimmt es denn, dass Bobby sich seltsam benimmt?«

»Ihr *seltsam* können Sie behalten«, sagte ich, »stimmt es denn, dass Dummheit wehtut?«

Ich weiß nicht, ob Lily nach Loris Tod die Kraft zum Weiterleben gehabt hätte, wenn Bobby nicht gewesen wäre. Lori war ein gutes Mädchen, ein bisschen versponnen vielleicht, aber sie war eine gute Tochter. Ich weiß nicht, ob ich nach so einem Schicksalsschlag überhaupt hätte weiterleben können. Aber dieser Bobby! Was für ein süßes Kind! Es machte mir nie Mühe, ihn Lily für eine Weile abzunehmen. Er kam mit in die Küche und half beim Keksebacken, er kam zu mir rüber, als gehörte er zur Familie. Manchmal schauten wir uns zusammen *Jeopardy* an. Seine Gesellschaft war angenehm, er war ein lieber Junge, immer zufrieden, immer mit einem Lächeln auf den Lippen. Ich machte mir Gedanken, er könnte zu wenig mit anderen Kindern spielen, denn welcher kleine Junge verbringt schon gerne seine Freizeit mit einer alten Frau? Aber es schien ihm gar nichts auszumachen. Ich erzählte Lily oft, dass Rabbi Tobas Familie in Bedford-Stuyvesant eine gute Yeshiva betreibt, aber sie wollte nichts davon hören. Ich konnte es ihr nicht verübeln, ihn ständig um sich haben zu wollen. Ich bin nicht mit Kindern gesegnet, aber als mein Mann Ben im September vor zehn Jahren an Krebs verstarb, war es wie ein Stich in mein Herz. Lily hatte schon zu viel verloren – erst Reuben, dann ihre Tochter.

Ich wusste, dass Lily mir etwas verheimlichte, aber ich wäre nie im Leben drauf gekommen, was es war. Lily war keine gute Lügnerin, sie war wie ein offenes Buch. Ich habe sie aber nie ausgefragt, denn ich war überzeugt, dass sie es mir irgendwann von sich aus erzählen würde.

An dem Tag war ich gerade dabei, meine Küche zu putzen, da hörte ich Lily schreien. Als ich die beiden fremden Männer mit den Anzügen und dem fanatischen Blick sah, bin ich sofort zurück in meine Wohnung und habe die Polizei gerufen. Ich wusste, wer die waren. Wissen Sie, die Fanatiker, die sich in unserem Viertel herumtrieben, konnte ich schon riechen, wenn sie sich dem Haus auch nur näherten. Auch wenn sie besonders schlau sein wollten und sich als Geschäftsleute verkleideten. Sie waren clever und sind weggelaufen, bevor die Polizei eintraf. Während Lily ihre Aussage machte, blieb ich drüben bei Reuben und Bobby.

»Hallo, Betsy«, sagte Bobby. »Po Po und ich gucken *Verdammt in alle Ewigkeit*. Das ist ein alter Film, wo alle Leute schwarz-weiß angemalt sind.«

Und dann sagte Reuben klar und deutlich: »Die alten Filme sind die besten.«

Was glauben Sie, wie ich reagiert habe? Mir stellten sich sämtliche Nackenhaare auf. »Was hast du gesagt, Reuben?«

»Ich sagte, heutzutage werden solche Filme nicht mehr gedreht. Hörst du schlecht, Betsy?«

Ich musste mich setzen. Ich hatte Lily bei Reubens Pflege unterstützt, seit Bobby aus dem Krankenhaus entlassen worden war, und in der ganzen Zeit hatte ich ihn nicht so viele Wörter am Stück sprechen hören.

Lily kam zurück und wusste sofort, dass ich es wusste. Wir gingen in die Küche, und sie schenkte uns einen Brandy ein. Sie erzählte mir alles. Dass er eines Abends aus heiterem Himmel zu sprechen angefangen hatte.

»Es ist ein Wunder«, sagte ich.

Als ich wieder drüben bei mir war, fand ich keine Ruhe mehr.

Ich musste mit irgendjemandem reden. Ich versuchte, Rabbi Toba anzurufen, aber der war nicht zu Hause. Ich musste es mir einfach von der Seele reden. Also rief ich meine Schwägerin an. Der Neffe ihrer besten Freundin ist Arzt, er heißt Eliott, ein guter Junge – dachte ich damals jedenfalls –, und sie riet mir, mich an ihn zu wenden. Ich wollte nur helfen. Ich dachte, vielleicht kann ich für Lily eine zweite Meinung einholen.

Wenn ich es jetzt erzähle, klingt es wirklich idiotisch, ich weiß.

Ich weiß nicht, ob sie ihm Geld dafür gegeben haben oder was auch immer, aber ich weiß genau, dass er mit der Presse gesprochen hat. Als ich am nächsten Morgen vor die Tür trat, um einkaufen zu gehen – nur ein bisschen Brot für die Suppe, die ich am Abend essen wollte –, sah ich zwar die vielen Reporter herumlungern, aber das war nichts Neues. Sie sprachen mich an, und ich schüttelte sie wie immer ab.

Auf einem Plakat vor der Bäckerei sah ich dann die Schlagzeile: »Ein Wunder! Bobbys seniler Großvater kann sprechen.« Ich hätte mich beinahe übergeben. Gott möge mir vergeben, aber mein erster Gedanke war, es auf die frömmlerischen *putzes* zu schieben, die sich bei Lily eingeschlichen hatten. Aber in dem Artikel stand eindeutig, die Information käme »aus Lillian Smalls persönlichem Umfeld«.

Ich machte mir solche Sorgen. Ich wusste, was das für Lily bedeutete. Diese Verrückten mit ihrem gefährlichen Anführer würden sich darauf stürzen wie Fliegen auf einen Scheißhaufen.

Ich lief nach Hause und sagte zu Lily: »Ich wollte es nicht verraten.«

Sie wurde bleich, was sonst. »O nein, nicht schon wieder«, sagte sie. »Warum lassen die uns nicht einfach in Ruhe?«

Lily hat mir nie verziehen. Sie schloss mich nicht ganz aus ihrem Leben aus, aber von da an war sie mir gegenüber sehr vorsichtig.

Manchmal frage ich mich wirklich, ob das der Anfang vom Ende war. Möge Gott mir vergeben.

ACHTER TEIL
VERSCHWÖRUNG
APRIL – JUNI

Der folgende Artikel erschien am 19. April 2012 auf makimashup. com. Die Webseite veröffentlicht »Sonderbares und Wunderbares aus aller Welt«.

DIE JAPANISCHE GRUSELQUEEN

Das erste Video zeigt eine hübsche Japanerin, die inmitten eines geschmackvoll eingerichteten, schwach beleuchteten Zimmers auf einer Tatamimatte kniet. Sie zupft ihren leuchtend roten Kimono zurecht, blinzelt und rezitiert aus Aki Kimuras autobiografischem Bestseller *Stolen;* in den Neunzigerjahren fiel die Autorin auf der Insel Okinawa sexuellen Übergriffen durch US-Marines zum Opfer. Im zweiten Video beschreibt die Frau im Kimono zwanzig Minuten lang in aller Ausführlichkeit eine Entführung durch Außerirdische. Im dritten erklärt sie, warum Hiro Yanagida, der Überlebende des Sun-Air-Fluges 678, zu Japans größten Kulturschätzen zählt; er sei ein Symbol für Identität und Widerstand.

Die Clips, die zuerst auf der japanischen Videoplattform Nico Nico Douga zu sehen waren, haben sich in Windeseile im Web verbreitet und wurden öfter angeklickt als jedes andere Video seit Gründung des Portals. Was sie so faszinierend macht, hat nichts mit der eklektischen Themenwahl der monologisierenden Frau zu tun, sondern nur mit der Frau selbst. Was man wissen muss: Die Frau ist kein Mensch. Sie ist ein Surrabot, die androide Doppelgängerin von Aikao Uri, einer ehemaligen Popsängerin, die in den Neunzigern zum Idol wurde und sich später aus dem Geschäft zurückzog, um den Politiker Masamara Uri zu heiraten. Aikao ist nicht faul, wenn es darum geht, von sich reden zu machen. Sie war nie ganz aus den Medien verschwunden, beispielsweise begründete sie Anfang der 2000er den Beauty-Trend zu rasierten Augenbrauen. Sie ist leidenschaftliche Antiamerikanerin (bösen Gerüchten zufolge eine Nachwirkung ihres Scheiterns in Hollywood Mitte der Neunziger), trägt als Zeichen der Ablehnung westlicher Schönheitsideale ausschließlich traditionelle japanische Kleidung und hat zuletzt, was für die größte Kontroverse sorgte, mehrfach öffentlich behauptet, seit ihrer Kindheit regelmäßig von Außerirdischen entführt worden zu sein.

Aikao Uris Surrabot zu sehen ist eine verstörende Erfahrung. Es dauert einige Sekunden, bis das Gehirn die Bilder verarbeitet hat und merkt, dass irgendetwas an dieser eloquenten Frau nicht stimmt. Ihr Tonfall ist gefühllos, und ihre Gesten sind den Bruchteil einer Sekunde zu langsam, um vollkommen überzeugend zu sein. Ihre Augen wirken tot.

Aikao gibt unumwunden zu, dass sie ihren persönlichen Surrabot bestellt hat, als bekannt wurde, dass der Sun-Air-Crash-Überlebende Hiro Yanagida nur noch mittels seines Doppelgängers kommuniziert; gebaut wurde der Android von Hiros Vater, einem renommierten Forscher auf dem Gebiet der Robotik. Aikao glaubt, dass wir, wenn wir über ferngesteuerte Androiden mit neuester Kamera- und Audiotechnik kommunizieren, »eine höhere, reine Form der Existenz« erreichen.

Und Aikao ist nicht die Einzige, die von einer höheren Existenzform träumt. Die weltweit für ihr feines Modegespür und ihre Experimentierfreudigkeit bekannten Trendsetter aus Japan sind dabei, auf den rollenden Surrabot-Zug aufzuspringen. Wer sich keinen eigenen Doppelgänger leisten kann (die günstigsten Androiden kosten immer noch bis zu 45 000 US-Dollar) behilft sich mit naturgetreu gestalteten, entsprechend modifizierten Schaufenster- oder Sexpuppen. Auf den Straßen von Harajuku, wo traditionellerweise die Cosplayer ihre Kostüme zur Schau stellen, tummeln sich derzeit sowohl weibliche als auch männliche Fashionistas, die stolz ihren persönlichen Beitrag zur Surrabot-Bewegung, auch »Hiro-Kult« genannt, präsentieren.

Schon kommen Gerüchte auf, Girlbands wie das wahnsinnig erfolgreiche AKB 48 Ensemble und die Sunny Juniors würden demnächst eine eigene Produktlinie mit tanzenden, Playback singenden Surrabots auf den Markt bringen.

Mitte April flog ich ins südafrikanische Kapstadt, um Vincent Xhati zu treffen. Der Privatdetektiv hatte einen hohen Vorschuss kassiert und war rund um die Uhr damit beschäftigt, den Aufenthaltsort des sogenannten »vierten Reiters« Kenneth Oduah zu ermitteln.

Im Ankunftsbereich des Cape Town International Airport drängeln sich Möchtegern-Fremdenführer, die »Taxi, Lady?« rufen und mit Werbeflyern für »All-inclucive-Ganztagsausflüge nach Khayelitsha« vor meinem Gesicht herumfuchteln. Trotz des Chaos fällt es mir leicht, Vincent Xhati in der Menge auszumachen, den Privatdetektiv, der sich bereit erklärt hat, mich für einige Tage durch Kapstadt zu begleiten. Mit einer Körpergröße von eins dreiundneunzig und seinen knapp hundertvierzig Kilo Gewicht überragt er sämtliche Taxifahrer und Tourguides. Er begrüßt mich mit einem breiten Lächeln und nimmt mir mit einem Griff mein Gepäck ab. Während wir uns durch die Menschenmenge zum Parkplatz drängeln, machen wir Smalltalk. An allen Ecken stehen abgespannt wirkende Polizisten in blauer Uniform, die das bunte Treiben misstrauisch beobachten; aber weder sie noch die überall ausgehängte Warnung, nicht »zu Unbekannten« ins Auto zu steigen, kann die Geschäftemacher abschrecken. Vincent weist die Aufdringlichsten von ihnen mit einem scharfen »*Voetsek*« zurück.

Ich bin erschöpft vom Sechzehnstundenflug und sehne mich nach einer Tasse Kaffee und einer heißen Dusche, aber als Vincent mir anbietet, mir vor dem Einchecken ins Hotel die Absturzstelle des Dalu-Air-Fluges zu zeigen, willige ich ein. Er nickt anerkennend und weist mir den Weg zu seinem Auto, einem schicken, schwarzen BMW mit getönten Scheiben. »Damit uns keiner komisch kommt«, erklärt er. »Damit sehen wir aus wie Politiker.« Er hält inne, sieht mich an und bricht in schallendes Gelächter aus.

Ich lasse mich auf den Beifahrersitz sinken und bemerke sofort die grobkörnige Fotografie von Kenneth Oduah – das Bild zeigt ihn als Vierjährigen – am Armaturenbrett.

Wir lassen den Flughafen hinter uns und fahren auf eine Autobahn auf, als ich in der Ferne den Tafelberg entdecke. Wolken schieben sich über seine Kanten. Es geht auf den Winter zu, doch der Himmel ist von einem zarten Pastellblau. Vincent lenkt das Auto über den Highway, und ich bin augenblicklich wie erschlagen von der krassen Armut ringsum. Das Flughafengebäude mag auf dem neuesten Stand der Technik sein, aber die Straße ist gesäumt von Wellblechhütten. Vincent muss auf die Bremse steigen, als ein kleines Kind einen Hund an einem Strick über die stark befahrene Straße zerrt.

»Es ist nicht weit«, sagt Vincent und schnalzt mit der Zunge, als er einen verrosteten Kleinbus mit Berufspendlern, der die Schnellspur blockiert, links überholen muss.

Ich möchte wissen, wer ihn für die Suche nach Kenneth bezahlt, aber er schüttelt lächelnd den Kopf. Der Journalist, der mir Vincents Kontaktdaten gab, versicherte mir, der Detektiv sei vertrauenswürdig; dennoch kann ich mich nicht eines gewissen Unbehagens erwehren. Ich frage nach den ausländischen Kopfgeldjägern, die angeblich überfallen wurden.

Er seufzt. »Die Medien haben übertrieben. Ärger bekommt hier nur, wer sich nicht benehmen kann.«

Ich frage ihn, ob er glaubt, dass Kenneth irgendwo in Kapstadt ist.

»Was ich glaube, ist egal. Vielleicht ist der Junge hier, vielleicht auch nicht. Aber wenn er gefunden werden kann, werde ich ihn finden.«

Wir verlassen den Highway, und zu unserer Rechten erblicke ich eine riesige Wohnsiedlung mit kleinen, dicht beieinanderstehenden Backsteinhäusern, Holz- und Wellblechhütten. Dahinter erstrecken sich scheinbar endlose Reihen von Plumpsklos, die an altmodische Schilderhäuser erinnern.

»Ist das Khayelitsha?«

»Ja.«

»Seit wann suchen Sie nach ihm?«

»Von Anfang an. Es war bisher nicht einfach. Zuerst hatten wir Probleme mit der muslimischen Gemeinde. Die wollten den Anwohnern, die etwas gesehen hatten, verbieten, mit uns zu reden.«

»Warum?«

»War das in Amerika kein Thema? Hm. Diese Querköpfe waren der Ansicht, dass Kenneth Muslim ist und die Amerikaner daher kein Recht haben, sich einzumischen oder ihn zu einem ihrer ›Gottesboten‹ zu erklären. Dann stellte sich heraus, dass Kenneth aus einer christlichen Familie stammt, seitdem ist es ihnen egal!« Wieder das schallende Lachen.

»Ich schließe daraus, dass Sie nicht religiös sind?«

Er wird ernst. »Nein. Ich habe schon zu viel gesehen.«

Er biegt nach rechts ab, und Minuten später befinden wir uns mitten im Township. Unbeschilderte Schotterstraßen schlängeln sich durch endlose Reihen von Hütten. Wohin ich auch blicke, entdecke ich Werbeschilder für Coca-Cola; die meisten hängen an ausrangierten Schiffscontainern, die, wie sich herausstellt, als Kiosk dienen. Kleine Kinder in kurzen, verdreckten Hosen lachen und winken, als wir vorbeirollen, dann springen sie auf und verfolgen unser Auto. Vincent hält am Straßenrand, gibt einem der Kinder zehn Rand und bittet es, auf den BMW aufzupassen. Der Junge reckt die Brust heraus und nickt.

Wenige hundert Meter weiter steht ein Reisebus, vor dem fliegende Händler ihre Waren ausgebreitet haben. Ich beobachte, wie ein amerikanisches Touristenpaar die Drahtskulptur eines Flugzeuges in die Hand nimmt und anfängt, mit dem Verkäufer zu feilschen.

»Von hier gehen wir zu Fuß weiter«, sagt Vincent. »Bleiben Sie an meiner Seite und vermeiden Sie jeglichen Blickkontakt mit den Einheimischen.«

»Okay.«

Wieder lacht er. »Seien Sie nicht albern, hier passiert Ihnen nichts.«

»Wohnen Sie hier?«

»Nein. Ich wohne in Gugs. Gugulethu.«

Ich habe Luftaufnahmen der Stelle gesehen, an der das Flugzeug abstürzte und eine zerklüftete Furche in die Landschaft schlug. Aber die Leute hier sind zäh; jetzt schon ist von der Zerstörung kaum noch etwas zu sehen. Die Kirche befindet sich im Wiederaufbau, und auf der Fläche, auf der die Brände tobten, sind neue Hütten errichtet worden. In der Mitte des Platzes thront eine deplaziert wirkende, schwarz glänzende Steinpyramide, in deren Seiten die Namen der Opfer eingraviert sind – auch der von Kenneth Oduah.

Vincent geht in die Hocke und durchkämmt den Erdboden mit seinen Fingern. »Es werden immer noch kleinere Trümmer gefunden, Knochen und Metallstückchen. Sie schieben sich durch die Erde nach oben. Wissen Sie, es ist wie mit einer Verletzung, wenn man einen Splitter in der Haut hat. Die Erde stößt die Fremdkörper wieder aus.«

In gedämpfter Stimmung gehen wir zum Auto zurück und fahren wieder auf den Highway. Auf dem Weg in die Stadt rauschen immer mehr überladene Minibusse an uns vorbei. Der Tafelberg fliegt uns entgegen, inzwischen verhüllen die Wolken seinen charakteristisch flachen Gipfel.

»Ich fahre Sie ins Hotel, und heute Abend gehen wir auf die Jagd, okay?«

Kapstadts Waterfront, aus deren Mitte das Glas- und Stahlskelett meines Hotels aufragt, bildet einen krassen Kontrast zu allem, was ich seit meiner Ankunft gesehen habe. Fast bekomme ich das Gefühl, in einem anderen Land zu sein. Kaum zu glauben, dass die Designerläden und Fünf-Sterne-Restaurants nur eine kurze Taxifahrt vom Township entfernt sind.

Ich dusche und ziehe mich an, dann setze ich mich unten an die Bar und erledige ein paar Telefonate, während ich auf Vincent warte. Überall sitzen kleine Grüppchen von Männern mittleren Alters, und ich spitze die Ohren. Viele Hotelgäste sind Amerikaner.

Ich hatte mich vor dem Abflug um ein Interview mit der Chefermittlerin der südafrikanischen Behörde für zivile Luftfahrt CAA bemüht, aber eine Mitarbeiterin hatte mir mitgeteilt, man spreche grundsätzlich nicht mit Journalisten. Ich rufe trotzdem dort an und erreiche eine müde klingende Sekretärin. »Sie können alles im offiziellen Bericht nachlesen. Es gab keine Überlebenden.« Meine Versuche, Kontakt zu den Rettungssanitätern aufzunehmen, die als Erste an der Absturzstelle eintrafen, werden ebenfalls abgeblockt.

Vincent kommt in die Lobby gerauscht, als gehöre ihm das Hotel; er scheint sich in diesem luxuriösen Umfeld genauso wohlzufühlen wie im Herzen von Khayelitsha.

Ich erzähle ihm von meinem Misserfolg mit der CAA.

»Die können Sie vergessen. Aber mal sehen, was sich machen lässt, vielleicht kann ich andere Leute auftreiben, die zu einem Interview bereit sind.«

Sein Handy klingelt. Das Telefonat ist kurz und wird auf Xhosa geführt.

»Mein Partner hat heute Abend schon wieder einen Haufen Jungen aufgelesen«, seufzt er. »Es ist sinnlos, aber ich muss sie mir ansehen. Mein Boss erwartet täglich einen ausführlichen Bericht.«

Wir gehen in Richtung der Docks und erreichen eine Unterführung. Die Gegend ist finster und schlecht beleuchtet, und abermals befällt mich das Unbehagen.

Vincents Partner Eric Malenga, ein kleiner, drahtiger Mann, wartet unter einem halb fertigen Viadukt auf uns. Er ist in Begleitung dreier ungepflegter Jungen, die sich offenbar nur noch mit Mühe auf den Beinen halten können. Später erfahre ich, dass viele Straßenkinder Klebstoff schnüffeln; das Inhalieren des Lösungsmittels beeinträchtigt ihre Koordination. Vincent erklärt mir, dass die Kinder sich im Stadtzentrum als Bettler oder Straßenverkäufer durchschlagen. »Manche lassen sich von Ausländern Cornflakes und Milch schenken, die sie dann an die Rucksacktouristen verscherbeln«, sagt er. »Andere verkaufen ihren Körper.«

Als wir näher kommen, entdecke ich ein viertes Kind, das abseits der anderen auf einer umgedrehten Kiste sitzt. Es zittert, ich weiß nicht, ob vor Angst oder wegen der schneidenden Kälte.

Der größte Junge, ein schlaksiger Kerl mit Rotznase, wird lebhaft, als er uns sieht, und zeigt auf das Kind auf der Kiste. »Da ist er, Boss. Das ist Kenneth. Kriege ich jetzt die Belohnung, Boss?«

Vincent erklärt mir, dass der neue Kenneth nicht einmal Nigerianer ist. Er ist, was man hier als »coloured« bezeichnet. Bei dem Wort zucke ich zusammen.

Vincent nickt Eric müde zu. Eric nimmt das kleine Kind, das auf der Kiste saß, mit zu seinem Auto.

»Wo bringt Eric ihn hin?«, frage ich.

»In eine Notunterkunft«, sagt Vincent. »Weg von diesen *skebengas*.«

»Aber Boss, er hat uns gesagt, er wäre Kenneth«, jammert der Junge mit der Rotznase. »Das hat er gesagt, ich schwöre!«

»Weißt du, warum alle auf der Suche nach Kenneth sind?«, frage ich ihn.

»Ja, Lady. Die glauben, er wär der Teufel.«

»Das stimmt nicht«, sagt der zweite Junge, »er muss zu einem *sangoma;* er ist vom Geist einer Hexe besessen. Wenn man ihm begegnet, hat man nicht mehr lange zu leben.«

»Er kommt nur nachts raus«, fällt der dritte Junge ein. »Wenn er dich berührt, fault der Körperteil, den er angefasst hat, einfach ab. Er kann dich sogar mit Aids anstecken.«

»Ja, das habe ich auch gehört«, sagt der schlaksige Junge, ganz offenbar der Anführer der drei. »Ich kenne eine, die ihn gesehen hat. Für einen Hunderter bringe ich Sie hin, Lady.«

»Die Jungs haben keine Ahnung«, sagt Vincent, aber bevor er

sie wegschickt, drückt er jedem der Kinder zwanzig Rand in die Hand. Sie jubeln und verschwinden mit unsicheren Schritten in der Dunkelheit. »So geht es die ganze Zeit. Aber ich darf nichts übersehen und muss jeden Tag Bericht erstatten. An den meisten Abenden fahre ich auch noch kurz beim Leichenschauhaus vorbei, doch da nehme ich Sie nicht mit hin.«

Am nächsten Morgen kommt Vincent ins Hotel und sagt mir, er müsse an die Westküste, »um einem Hinweis nachzugehen«. Er gibt mir die Telefonnummer eines Polizisten, der in einer Wache in Khayelitsha arbeitet und zu einem Gespräch bereit ist, dazu den Namen eines Sanitäters, der wenige Minuten nach dem Absturz am Unglücksort war, und die Handynummer einer Frau, deren Haus bei der Katastrophe zerstört wurde. »Sie weiß etwas«, sagt er, »vielleicht redet sie mit Ihnen. Weil Sie Ausländerin sind.« Dann verabschiedet er sich mit einem breiten Lächeln und einem umständlichen Händedruck.

(Zehn Tage später, ich bin längst wieder zu Hause in Manhattan, bekomme ich eine SMS von Vincent. Auf dem Display steht nur: »Sie haben ihn.«)

Die folgende Aussage wurde am 2. Mai 2012 in der Buitenkant Police Station in Kapstadt aufgenommen.

SOUTH AFRICAN POLICE SERVICE

EK / ICH: Brian van der Merwe

OUDERDOM / ALTER: 37

WOONAGTIG / WOHNHAFT: 16 Eucalyptus Street, Bellville, Kapstadt

TEL: 021 911 6789

WERKSAAM TE / ARBEITGEBER: Kugel Versicherungen, Pinelands

TEL: 021 531 8976

**VERKLAAR ONDER EED /
MACHT UNTER EID FOLGENDE AUSSAGE:**

Am Abend des 2. Mai 2012 gegen etwa 22:30 Uhr wurde ich im Businessdistrikt von Kapstadt vor dem Beares Furniture Store am Ende der Long Street festgenommen. Ich hatte angehalten, um ein Kind mitzunehmen, als ich bemerkte, dass neben mir ein Streifenwagen hielt.

Ich erklärte dem Officer, dass ich angehalten hatte, weil ich um die Sicherheit des Kindes besorgt war. Der acht- oder neunjährige Junge hätte um die Zeit nicht allein draußen unterwegs sein sollen, deswegen habe ich angehalten und ihm angeboten, ihn ein Stück mitzunehmen.

Ich streite ab, den Jungen sexuell bedrängt zu haben, ebenso streite ich ab, dass meine Jeans aufgeknöpft war und der Junge eine sexuelle Handlung an mir vornahm, als die Officer sich meinem Auto näherten.

Sergeant Manjit Kumar zog mich aus dem Auto und schlug mir ins Gesicht, was ich hier unbedingt zu Protokoll geben möchte. Dann fragte er den Jungen nach seinem Namen. Der Junge antwortete nicht. Eine andere Polizistin, Constable Lucy Pistorius, sagte zu dem Jungen, bist du Kenneth? Der Junge sagte Ja.

Ich habe mich der Verhaftung nicht widersetzt.

Bud Merwe
―――――――――――――――――
HANDTEKENING / UNTERSCHRIFT

Andiswa Matebele (Name geändert) arbeitet als Oberpflegerin in einem Kapstadter Heim für ausgesetzte und misshandelte Kinder. Der genaue Standort der Einrichtung kann an dieser Stelle aus offenkundigen Gründen nicht veröffentlicht werden. Andiswa erklärte sich unter der Bedingung, dass weder ihr Name noch der des Heimes genannt wird, zu einem Telefoninterview bereit.

Eine Schande. Als der Junge zu uns gebracht wurde, war er stark unterernährt, deshalb habe ich dafür gesorgt, dass er noch vor dem Bad eine große Schüssel Puttu mit Lammfleisch bekommt. Ich habe mir große Sorgen um ihn gemacht, und das nicht nur, weil die Kratzer an seinen Armen und Beinen entzündet waren. Der Arzt hat ihn untersucht und Antibiotika verschrieben, dazu bekam er verschiedene antiretrovirale Medikamente, weil es Hinweise darauf gab, dass er als Stricher gearbeitet hat. Das ist für Straßenkinder nicht ungewöhnlich. Viele wurden von ihren Eltern misshandelt und haben keine andere Möglichkeit, über die Runden zu kommen.

Was kann ich Ihnen über den Jungen erzählen? Soweit ich es beurteilen konnte, hatte er keinen nigerianischen Akzent, aber das ist schwer zu beurteilen, weil er kaum sprach. Er wirkte älter als sieben Jahre, das Alter von Kenneth Oduah. Während er aß, fragte ich ihn: »Heißt du Kenneth?«

»Ja, ich heiße Kenneth«, antwortete er. Später merkte ich dann, dass er stets bejahte, egal, was ich ihn fragte.

Am nächsten Tag kam ein Forensikerteam ins Heim und nahm mit einem Wattestäbchen eine Speichelprobe für den DNA-Test. Wir sollten den Jungen dabehalten, bis feststand, dass es sich bei ihm tatsächlich um Kenneth handelte. Ich war unbedingt der Ansicht, dass er, sollte er wirklich der Gesuchte sein, so schnell wie möglich zu seiner Tante und seinen Verwandten zurückgebracht werden sollte.

Ich stamme nicht aus Khayelitsha, aber ich habe die Gedenkstätte besucht und mir angesehen, wo das Flugzeug abgestürzt ist. Schwer zu glauben, dass jemand das Unglück überlebt haben soll, doch bei dem Absturz in Amerika und den anderen beiden in Asien und Europa war genau das passiert. Ich wusste nicht, was ich davon halten sollte. Durch direktes Nachfragen erfuhr ich häppchenweise die Geschichte des Jungen. Er sagte, er habe eine Weile am Strand von Blouberg gelebt und in Kalk Bay, und dann habe er sich entschlossen, nach Kapstadt zurückzukommen.

Ich hatte immer ein Auge auf ihn, weil ich verhindern wollte, dass die anderen Kinder ihn drangsalieren – das kommt manchmal vor –, aber die meisten machten einen großen Bogen um ihn. Ich sagte ihnen nicht, wer er war. Ich war die Einzige, die Bescheid wusste. Einige meiner Mitarbeiter sind sehr abergläubisch, und es gab Gerede, dass ein Junge, der so einen Crash überlebt, mit Sicherheit ein Dämon ist.

Zwei Wochen später erfuhren wir, dass der DNA-Test tatsächlich seine Verwandtschaft mit der nigerianischen Tante bewiesen hatte. Kurz darauf gaben die Behörden eine große Pressekonferenz. Ich rechnete damit, dass Kenneth sofort abgeholt werden würde, aber dann rief die Polizei an und teilte mir mit, Kenneths Tante sei schwer erkrankt (vielleicht war der Schock, vom Überleben ihres Neffen zu hören, zu groß für sie gewesen). Sie sei nicht in der Lage, aus Lagos anzureisen, um den Jungen zu identifizieren und mit nach Hause zu nehmen. Sie sagten mir, statt der Tante sei ein anderes Familienmitglied auf dem Weg zu uns, ein entfernter Verwandter.

Der Mann kam am nächsten Tag und gab sich als ein Cousin von Kenneths Vater aus. Ich fragte ihn, ob er sicher sei, dass der Junge sein Verwandter war, und er bekräftigte das.

»Kenneth, kennst du diesen Mann?«, fragte ich.

»Ich kenne diesen Mann«, sagte der Junge.

»Möchtest du mit ihm gehen oder hier bei uns bleiben?«

Der Junge wusste nicht, was er antworten sollte. Wenn ich gefragt hätte: »Möchtest du bleiben?«, hätte er gesagt: »Ich möchte bleiben.« Aber wenn ich gefragt hätte: »Möchtest du mit dem Mann mitgehen?«, hätte er gesagt: »Ich möchte mit.«

Er schien nicht zu verstehen, was vor sich ging.

Der Mann nahm ihn noch am selben Abend mit.

Der folgende Artikel erschien am 18. Mai 2012 in der Online-Ausgabe des britischen *Evening Standard*.

ENTRÜCKUNGSFIEBER ERGREIFT DIE USA

Ein geschäftstüchtiger Baptistenprediger aus dem texanischen San Antonio hat einen Drive-through eröffnet, in dem man sich zum Preis eines Happy Meals einen Platz im Himmel sichern kann.

»Lassen Sie sich in der Mittagspause erretten!«, strahlt Pastor Vincent Galbraith (48). »Fahren Sie vor, lassen Sie Jesus in Ihr Herz, und kehren Sie an Ihren Arbeitsplatz zurück in der Gewissheit, am Tag des Jüngsten Gerichts zu Gottes Erwählten zu gehören.«

Pastor Galbraith, ein Anhänger der Endzeitbewegung von Dr. Theodore Lund, bekam den Einfall, als seine Kirche von zahlreichen panischen Bekehrungswilligen überlaufen wurde, die der bizarren Theorie Glauben schenken, die Drei (und inzwischen auch Kenneth Oduah) seien Boten der Apokalypse. Und obwohl der Drive-through erst seit einer knappen Woche geöffnet hat, reicht die Warteschlange bis um den Block. »Die Leute sind verzweifelt, und das mit gutem Grund«, erklärt der Prediger, ein ehemaliger Versicherungskaufmann. »Wir können die Zeichen nicht länger ignorieren, und mir wurde klar, eine schnelle Lösung muss her. Wir sind nicht wählerisch, mir ist egal, aus welcher Glaubensrichtung jemand kommt. Moslems, Juden, Atheisten – bei uns sind alle willkommen. Niemand weiß, wann der Herr ihn zu sich rufen wird.« Er schmunzelt. »Aufgrund der starken Nachfrage denke ich darüber nach, weitere Filialen zu eröffnen.«

Pastor Galbraiths clevere Geschäftsidee ist nur eines von vielen Indizien dafür, dass die Menschen im amerikanischen Bible

Belt und anderswo die Theorie von den apokalyptischen Reitern sehr ernst nehmen. In der jüngsten, von CNN und dem *Time Magazine* durchgeführten Umfrage waren sage und schreibe 69 % der Amerikaner der Ansicht, der Schwarze Donnerstag könne durchaus ein Vorzeichen des drohenden Weltuntergangs sein.

Hannigan Lewis (52) aus Kentucky ist ein Vertreter der »Down Tools«-Bewegung. »Es kann jeden Moment zur Entrückung kommen«, sagt der ehemalige Gabelstaplerfahrer. »Wer ein Flugzeug fliegt oder einen Bus lenkt und zu den Erretteten gehört – tja, der richtet großen Schaden an, wenn er urplötzlich in den Himmel verschwindet.« In Anlehnung an einen mäßig erfolgreichen Wahlkampfslogan der britischen Konservativen fordert er alle Gläubigen auf, »zu den Wurzeln« zurückzukehren und sich von allen technischen Errungenschaften loszusagen, die am Tag der Entrückung eine Gefahrenquelle für die Zurückgelassenen bedeuten könnten.

Aber nicht alle amerikanischen Christen glauben an die Theorie. Pastor Kennedy Olax, Vorsitzender der Organisation »Christians for Change« im texanischen Austin, erklärt: »Wir raten den Menschen, sich von der im ganzen Land grassierenden Hysterie nicht anstecken zu lassen. Es besteht kein Grund zur Panik. Die lächerliche und unhaltbare These von den Reitern ist nichts als Panikmache der Religiösen Rechten, die das politische Klima anheizen und Reynard ins Weiße Haus befördern will. Immerhin stehen wir mitten im Wahlkampfjahr.«

Auch andere Organisationen fürchten die politischen und sozialen Konsequenzen der religiösen Hysterie. Und nun, da Dr. Lund und seine schnell wachsende Endzeitbewegung sich offiziell hinter den Hardliner und republikanischen Präsidentschaftskandidaten Mitch Reynard gestellt haben, erscheint diese Angst zunehmend gerechtfertigt. »Wir sind besorgt«, sagt Poppy Abrams (37), Sprecherin des Schwulen- und Lesbenverbandes der USA. »Dr. Lund gibt sich die größte Mühe, alle evangelikalen und fundamentalistischen Splittergruppen der christlichen

Rechten zu vereinen, und Mitch Reynard nutzt Plattformen, die gegen die Homosexuellenehe und gegen Abtreibung Stimmung machen. In den Umfragen mag er noch nicht an der Spitze liegen, aber die Zahl seiner Anhänger wird täglich größer.«

Imam Arif Hamid von der US Islamic Coalition vertritt eine philosophischere Sichtweise. »Wir fürchten keine Stimmungsmache gegen Muslime, wie sie nach dem 11. September erfolgte. Die verbalen Angriffe scheinen sich hauptsächlich gegen Abtreibungskliniken und Homosexuellengruppen zu richten. Bislang wurden uns noch keine Fälle von Diskriminierung muslimischer Bürger gemeldet.«

Obwohl die Reitertheorie in Großbritannien noch keine vergleichbare Panik ausgelöst hat, verzeichnen Kleriker aller Konfessionen, von den Katholiken bis zur Church of England, steigende Besucherzahlen bei den Gottesdiensten. Nun, da der sogenannte vierte Reiter gefunden wurde, ist es vielleicht nur eine Frage der Zeit, bis der Baptismus auch diesseits des Atlantiks auf XXL-Größe anschwillt.

Reba Louise Neilson

Es fällt mir schwer, darüber zu sprechen, Elspeth. Aber ich habe das Bedürfnis, meine Sicht der Dinge darzulegen. Die Leute da draußen sollen erfahren, dass es im Sannah County auch gute Christen gibt, die diesen Kindern nie Böses wollten.

Ich schätze, dass Pastor Len den Teufel in sein Herz gelassen hat, als Kendra ihn sitzenließ und Dr. Lund ihm ein für alle Mal den Rücken zukehrte. Dazu noch die vielen Reporter, die sich über ihn lustig machten (Stephenie sagte, sie hätten in *Saturday Night Live* sogar einen Sketch über ihn gezeigt, dabei sieht sie sich solche Sendungen normalerweise nicht an). Und diese Leute, die Schaulustigen, waren ihm keine Hilfe. Ein ganzer Schwall von denen kam her, nachdem da unten in Afrika Kenneth Oduah gefunden worden war, und dann erzählten die Leute sich, Bobby Smalls Großvater könne wieder sprechen, obwohl er doch Alzheimer hatte. Ich habe gehört, dass Pastor Len Dixiklos aufstellen musste, und von der Straße aus konnte man seine Ranch kaum noch sehen, so viele Wohnmobile und Pick-ups parkten davor. Ich will nicht behaupten, dass da nicht auch gute Christen dabeigewesen wären, aber ein paar von denen habe ich in der Stadt gesehen, und sie hatten diesen leeren Blick, als wäre ihre Seele zerrissen. Das waren solche Menschen wie dieser Monty.

Gekippt ist das Ganze meiner Ansicht nach nur wegen Jim.

Meine Güte, war das ein furchtbarer Tag! Ich erinnere mich bis ins kleinste Detail. Ich stand gerade in der Küche und machte Lorne ein Sandwich – mit Mortadella und Käse, so mag er es am liebsten. In der Küche lief der Fernseher, Mitch Reynard wurde gerade von Miranda Stewart interviewt und sagte, die USA würden zum Teufel gehen und die Zeit sei reif, das Land moralisch wieder auf Kurs zu bringen (Stephenie findet, dass er ein bisschen wie George Clooney aussieht, ich kann das nicht nachvollziehen). Zu der Zeit waren er und Dr. Lund ständig in den Nachrichten. Von den liberalen Elementen haben sie jede Menge Prügel bezogen, aber sie haben die Fahne hochgehalten, und zu Recht. Das Telefon klingelte also, gerade als ich Lornes Mittagessen machte. Als ich Pastor Len am anderen Ende der Leitung hörte, fühlte ich mich gleich unwohl, das gebe ich gern zu. Ich dachte, vielleicht will er mich fragen, warum ich schon länger nicht mehr in der Kirche und im Bibelkreis war, aber er wollte bloß wissen, ob ich Jim gesehen hätte. Pastor Len sagte, er plane eine besondere Morgenandacht, und Jim habe ihm versprochen, vorbeizukommen und der Gemeinde zu erzählen, was für ein guter Mensch Pamela gewesen war. Ich sagte ihm, ich hätte Jim seit einer Woche nicht mehr gesehen, wolle ihm aber am Abend eine Lasagne bringen. Pastor Len fragte, ob es mir etwas ausmachen würde, schon früher hinzufahren und nach Jim zu sehen, weil der nicht ans Telefon gehe. Er sagte, er hoffe, mich am Sonntag beim Gottesdienst zu sehen, und dann legte er auf.

Die nächste halbe Stunde brauchte ich erst einmal, um mich wieder zu beruhigen – ich hatte immer noch ein schlechtes Gewissen, weil ich mich einfach so von der Kirche abgewandt hatte –, und dann rief ich die Mitglieder des inneren Zirkels an und hörte mich um, ob irgendwer Jim gesehen hätte. Wissen Sie, zu dem Zeitpunkt hatten die meisten aufgehört, ihn zu besuchen und ihm Essen vorbeizubringen. Stephenie, Lena und ich waren die Einzigen, die immer noch gelegentlich nach ihm sahen, auch wenn er ziemlich undankbar war. Danach versuchte ich es drei oder vier Mal bei Jim, doch niemand meldete sich. Lorne war draußen, und ich bat ihn, mit mir zu Jim rüberzufahren nur für den Fall, dass Jim betrunken umgekippt war und sich den Kopf angeschlagen hatte.

Ich danke Gott jeden Tag dafür, dass Lorne an dem Tag freihatte. Allein hätte ich das nicht geschafft. In der Sekunde, in der wir vor dem Haus hielten, wusste ich, dass etwas passiert war.

Ich sah es an den vielen Fliegen, die von innen an den Fliegengittern saßen. Die Gitter waren schwarz.

Lorne rief sofort bei Manny Beaumont an, und wir blieben im Truck sitzen, während Manny und sein Hilfssheriff ins Haus gingen. Sheriff Beaumont sagte hinterher, es wäre eindeutig Selbstmord gewesen; Jim hatte sich die Schrotflinte in den Mund gesteckt und sich den Kopf weggeblasen. Er hatte einen Abschiedsbrief an Pastor Len hinterlassen. Wir wussten nicht, was drinstand, bis Pastor Len ihn bei Jims Beerdigung vorlas. Und ab dem Moment nahmen die Dinge ihren Lauf.

Jim mochte gesündigt haben, weil er sich das Leben nahm, aber ich und Stephenie und ein paar andere aus dem inneren Zirkel erklärten uns trotzdem bereit, uns um die Blumen für die Trauerfeier zu kümmern. Die Kirche platzte fast aus allen Nähten, weil so viele von Pastor Lens Schaulustigen gekommen waren, Fremde, die Jim nicht einmal gekannt hatten. Lorne meint, Pastor Len hätte seine Show nur für die TV-Kameras abgezogen. Er hoffte wohl, dass Dr. Lund ihn in den Nachrichten sehen würde.

»Jim ist ein Märtyrer«, sagte Pastor Len. »Ein Zeuge, so wie seine Frau Pamela. Die Zeit läuft uns davon. Immer noch gibt es Tausende, die errettet werden müssen, bevor es zu spät ist. Wir brauchen mehr Zeit, aber Jesus wird nicht ewig auf uns warten!«

Lorne sagt, die Behörden hätten genau in dem Moment dazwischengehen müssen. Aber was hätte Sheriff Beaumont tun sollen? Wir sind hier in Amerika, auf seinem Grundstück darf jeder tun und lassen, was er will, und Pastor Len hatte keine Gesetze gebrochen. Noch nicht. Er hat sich nicht hingestellt und gesagt, diese Kinder müssten sterben.

Pastor Len war jahrelang meine Lichtgestalt gewesen. Ich hatte seinen Worten vertraut, hatte nach seinen Predigten gelebt und zu ihm aufgeblickt. Aber dass er sagte, Pamela sei eine Prophetin und Jims Selbstmord keine Sünde, sondern der Beweis dafür, dass das fünfte Siegel geöffnet wurde, passte mir ehrlich gesagt gar nicht. Ich bin fest davon überzeugt, dass in dem Augenblick Jesus selbst zu mir sprach und sagte: »Reba, sag dich los. Sag dich sofort los. Für immer.« Also habe ich genau das getan. Und ich weiß in meinem Herzen, dass es richtig war.

Obwohl der Obergefreite Jake Wallace vor seinem Verschwinden von der Militärbasis auf Okinawa versuchte, die Festplatte seines Laptops zu zerstören, wurde die folgende Korrespondenz von einem anonymen Hacker kopiert und auf dem bekannten Enthüllungsblog *VigilanteHacks* veröffentlicht. Angeblich beweist sie, dass Pastor Len Vorhees auf das Verhalten von Jake Wallace einen großen Einfluss hatte.

An: **bearingthecross@yahoo.com**
Von: **messenger778@moxy.com**
Datum: 25.04.2012

Sir,
vielen Dank für den neuen YouTube-Link zu Ihrer letzten Predigt. Es ist toll, Ihre Stimme zu hören und zu erfahren, dass Ihre Gedanken bei Ihren Gesandten überall auf der Welt sind. Aber die respektlosen Kommentare darunter können einen wütend machen. Ich tue, was Sie mir gesagt haben, und antworte nicht darauf, auch wenn ich es aus ganzem Herzen will!!!!! Ich habe mir auch, wie Sie gesagt haben, eine weitere Mail-Adresse zugelegt unter einem anderen Namen, wie Sie sehen können!!!!!

Ich habe Ihnen viel zu sagen, Sir. Sie haben gesagt, ich soll mich melden, wenn ich wieder von Mrs Pamela May Donald geträumt habe. Gestern Nacht war es so weit. Diesmal bin ich aus meinem Zelt gekommen und auf die Lichtung gegangen, wo der Crash passiert ist. Mrs Donald lag auf dem Rücken, und ihr Gesicht war mit einem dünnen weißen Tuch bedeckt. Wenn sie einatmete, rutschte ihr das Tuch in den geöffneten Mund, und ich musste es herausziehen, damit sie nicht erstickte. Das Tuch war fettig und rutschte mir aus der Hand, und dann war sie weg, und meine Schwester Cassie war da, und sie hatte auch ein Tuch vorm Gesicht und sagte, Jake, ich kriege auch keine

Luft, und dann bin ich aufgewacht. Mir war so kalt wie im Wald, und ich musste mir auf die Faust beißen, um nicht wieder zu schreien.

Sir, ohne Ihre Mails wäre ich so allein. Sogar die Christen unter den Marines hier machen sich über den Jungen und den Roboter lustig, durch den er spricht, und sie verstehen einfach nicht, dass es nichts ist, worüber man Witze macht. Es gibt eine Gruppe von Leuten, die alles nachmachen, was der Junge macht, und sie reden nur noch durch Roboter und Götzen, und ich habe Angst, dass der Einfluss des Antichrist bald bis auf diese Insel reicht. Ich verhalte mich unauffällig, wie Sie gesagt haben, und tue meine Pflicht und meinen Dienst, aber es ist schwer. Ist es nicht unsere Pflicht, und wenn wir nur einen einzigen Menschen retten können? Hier sind amerikanische Familien mit ihren Kindern und andere Unschuldige. Ist es nicht meine Pflicht als Gesandter, sie zu retten, bevor es zu spät ist?

Mit vielen Grüßen,
J

An: **messenger778@moxy.com**
Von: **bearingthecross@yahoo.com**
Datum: 26.04.2012

Gesandter,
es ist unser Schicksal und unsere Bürde, von jenen umgeben zu sein, die blind für die Wahrheit sind. Gib acht, dass sie sich mit ihren Lügen und Schmeicheleien nicht in dein Herz bohren, um Zweifel zu säen. Der Zweifel ist der Dämon, vor dem du auf der Hut sein musst. Seinetwegen habe ich dir geraten, dich unauffällig zu verhalten. Ich verstehe, was du über die Unschuldigen schreibst, und ich habe selbst damit zu kämpfen, aber der Tag der letzten Schlacht wird kommen, und dann werden all jene, die die Wahrheit im Herzen tragen, gerettet werden.

Dein Traum ließ mich jubilieren! Er ist ein weiteres ZEICHEN! Wie unsere Prophetin Pamela May Donald hast auch du in jenem Wald die Wahrheit erfahren, als du jene gesehen hast, die entrückt und erlöst wurden. Pamela May Donald weist dir den richtigen Weg. Sie zeigt dir, dass Worte – wie das Gift und die Galle, die die falschen Propheten Flexible Sandy und Dr. Theodore Lund verspritzen – leer sind und nur TATEN zählen, wenn der Augenblick der Prüfung gekommen ist.

Du wirst geprüft, Jake. Gott der Herr prüft dich, um zu sehen, ob du vom rechten Weg abkommst. DU, DU allein bist unsere Stimme und unser Herz in einer Nation von Heiden. Ich weiß, dass du dich einsam fühlst, aber du wirst deine gerechte Belohnung erhalten. Die Zeichen mehren sich, Jake. Sie MEHREN sich. Die Zahl der Gesandten wächst, und immer mehr Erwählte finden ihren Weg zu mir. Und du, ganz allein dort draußen im Land der Heiden, bist der Tapferste von allen.

Wer kärglich sät, der wird auch kärglich ernten; und wer reichen Segen sät, der wird auch reichen Segen ernten.

Vergiss nicht, die Augen und Ohren des vielköpfigen Antichrist sind den Gesandten zugewandt, also bleibe wachsam.

An: **bearingthecross@yahoo.com**
Von: **messenger778@moxy.com**
Datum: 07.05.2012

Sir,
es ist nett von Ihnen, mir so oft zu schreiben, wo ich doch weiß, dass Sie sicher sehr viel zu tun haben jetzt, wo Ihre wahren Gesandten persönlich oder in Gedanken zu Ihnen kommen. Ich wünschte von HERZEN, ich könnte bei Ihnen sein, aber ich weiß, das ist nicht Gottes Plan für mich!!!!

Ihre Mails bringen mir Trost, aber Ihre Botschaft ist klar. Machen Sie sich keine Sorgen, Sir, ich bin vorsichtig und lösche sie immer, wie Sie gesagt haben.

Gestern gab es in Urima wieder eine Demo gegen unsere Basis. Ich fühlte den starken Wunsch, hinzugehen und den Heiden zu sagen, dass sie sich zu Jesus bekennen müssen, bevor es zu spät ist. Bei Lukas steht, wir sollen unsere Feinde lieben und ihnen Gutes tun und ihnen alles geben, ohne etwas zurückzuerwarten, aber ich weiß, dass ich das nicht tun darf aus höheren Gründen.

Ihr treuer Anhänger

J

An: **bearingthecross@yahoo.com**
Von: **messenger778@moxy.com**
Datum: 20.05.2012

Sir,
ich schaue jeden Tag in mein Postfach und habe mir alles, was ich gesagt habe, durch den Kopf gehen lassen, falls ich Sie beleidigt habe, weil Sie mir seit einer Weile nicht mehr geschrieben haben, und dann habe ich die Nachricht vom Tod von Pamela May Donalds Mann gelesen.

Angeblich hat er die Sünde begangen, sich umzubringen. Kann das richtig sein?

Ich weiß, Sie sind sehr beschäftigt mit Ihrer Trauer, aber bitte schreiben Sie mir und wenn es nur ein Satz ist, denn Ihre Worte zu lesen gibt mir Kraft. Ich habe Ihre Webseite gesucht, aber ich kann sie nicht mehr aufrufen, und nun mache ich mir Sorgen, dass Sie und die anderen mit dem wahren Glauben von denen besiegt wurden, die dem Antichrist dienen.

Sir, ich brauche Ihre Hilfe. In den Philippinen gibt es eine Flut, die ein weiteres Zeichen dafür sein muss, dass das Böse die Welt erobert. Einige der Jungs sagen, meine Einheit wird dorthin versetzt, um bei den Rettungsarbeiten zu helfen. Kann ich immer noch Ihre Stimme und Ihr Herz und Ohren und Augen sein, wenn ich nicht mehr hier bin?

Ich fühle mich sehr allein.

J

An: **bearingthecross@yahoo.com**
Von: **messenger778@moxy.com**
Datum: 21.05.2012

Sir? Sind Sie da? Meine Einheit verlässt den Stützpunkt in 3 Tagen. Was soll ich machen?

An: **messenger778@moxy.com**
Von: **bearingthecross@yahoo.com**
Datum: 21.05.2012

Gesandter,

du bist nicht allein. Du musst Vertrauen haben, dass ich auch im Schweigen bei dir bin. Wir werden von den falschen Propheten und ihren Anhängern verfolgt und verhöhnt, aber wir bleiben standhaft. Ich habe dir meinen letzten Blogeintrag geschickt, in dem ich Jim Donalds Tat erkläre.

Jim Donald hat sich wie seine geliebte Frau geopfert, um uns die Wahrheit zu zeigen, die Wahrheit, die ich von Anfang an vermutet habe, seit Pamela May Donald den höchsten Preis zahlte, um mir ihre Prophezeiung persönlich zu übermitteln.

Du bist einer der Erwählten. Du bist etwas Besonderes. Wir stehen vor einem Heiligen Krieg, und die Zeit wird knapp. Es ist an der Zeit für Gottes Soldaten, vorzutreten. Bist du bereit, einer von Gottes Soldaten zu sein?

Wir müssen uns unterhalten, aber ohne dass die Augen und Ohren des Antichrist und seiner Schmeichler uns belauschen. Lass mich wissen, wann ich dich anrufen kann und wir ein ungestörtes Gespräch führen können.

An: **bearingthecross@yahoo.com**
Von: **messenger778@moxy.com**
Datum: 27.05.2012

Sir,

es tut mir leid, gegen Ihre Anweisungen zu verstoßen, aber es ist eine Qual für mich! Ich muss immer an meine Familie und besonders an meine Schwester denken, die noch nicht gerettet wurden, und was wird aus ihnen, wenn sie die Wahrheit nicht erkennen, bevor es zu spät ist?

Ich habe Ihre Spende erhalten. Ich habe Kontakt zu einer Gruppe, die mir vielleicht helfen kann, von hier wegzukommen, aber ich bin nicht sicher.

Ich bin im Lazarett, so wie Sie gesagt haben, aber ich kann nicht lange bleiben. Meine Einheit ist weg. Können wir noch einmal reden? Ich muss Ihre Stimme hören, weil ich Zweifel habe.

J

An: **messenger778@moxy.com**
Von: **bearingthecross@yahoo.com**
Datum: 27.05.2012

Schreibe mir NICHT noch einmal. Ich werde mich bei dir melden.

Pastor Len Vorhees' Webseite pamelaprophet.com ist nicht mehr aufrufbar, aber der folgende Eintrag vom 19. Mai 2012 wurde im Cache zwischengespeichert.

Mein Herz wurde gewärmt von den Nachrichten, die ich nach dem Märtyrertod unseres Bruders Jim Donald von euch erhalten habe.
    Denn das war er, meine treuen Gesandten. Jim Donald war ein Märtyrer. Er war ein Märtyrer, der für uns alle sein Leben gegeben hat, so wie schon zuvor seine liebe Frau Pamela May. Ich bitte euch, Dr. Lunds Worten, Jim Donald habe, als er Selbstmord beging, gesündigt, keinen Glauben zu schenken. Jim ist ein Märtyrer, und er ist gestorben, damit wir endlich die Wahrheit erkennen. Er ist ein Prophet, der sich geopfert hat, um uns die Gute Nachricht zu überbringen; Gott der Allmächtige hat beschlossen, das fünfte Siegel zu brechen.
    Wie es schon in der Offenbarung (6:9) geschrieben steht: *Als es das fünfte Siegel aufbrach, sah ich unterhalb des Altars die Seelen derer, die wegen der Worte Gottes getötet worden waren und wegen des Zeugnisses, das sie empfangen hatten.*
    Meine treuen Gesandten, Jim Donald ist wie Pamela May Donald für seinen Glauben in den Märtyrertod gegangen. Ich war zugegen, als er, während er um seine geliebte Frau trauerte, errettet wurde. Und im Augenblick des Todes hat Gott ihm eine Vision geschickt.
    Ich werde seine letzten Worte hier aufschreiben, damit ihr alle sie lesen könnt:
    Warum wurden sie gerettet und Pamela nicht? Sie war ein guter Mensch und eine gute Ehefrau, und ich halte es nicht mehr aus, die sind krank im Kopf und böse. Sie haben Tausenden das Leben genommen und werden noch vielen anderen das Leben nehmen, BIS JEMAND SIE AUFHÄLT.
    Jims Worte sind so eindeutig wie die von Pamela. Uns allen läuft die Zeit davon, und wir müssen tun, was in unserer Macht steht, damit

sich der Pamelistengemeinde so viele Seelen wie möglich anschließen. Gibt es eine höhere Berufung als die, möglichst viele Seelen zu retten, bevor das sechste Siegel gebrochen wird?

Pamela May Donald war das Sprachrohr des Herrn. Sie war das Medium, das seine Botschaft überbracht hat. Dr. Lund und seine Scharlatane haben versucht, diese Botschaft an sich zu reißen, was Jim bewiesen hat. Dr. Lund streitet ab, dass das fünfte Siegel geöffnet wurde, aber er irrt sich.

»Der Junge, Sie müssen sie warnen«, hat Pamela May Donald zu mir gesprochen.

Und sie schrien mit lauter Stimme: Herr, du Heiliger und Wahrhaftiger, wie lange soll es noch dauern, bis du richtest und unser Blut an denen rächst, die auf der Erde wohnen?

Lorne Neilson erklärte sich nach langem Zögern zu einem Interview im Juli 2012 bereit. Der folgende Text ist eine bearbeitete Version unseres Gesprächs.

Ich sag es gleich vorweg: Ich habe Len Vorhees nie über den Weg getraut. Seit dem ersten Tag nicht, als er nach Sannah County kam. Reden konnte er, na klar, aber so wie ich das sehe, war das nichts als heiße Luft.

Aber Reba hatte ihn sofort ins Herz geschlossen, und mir war ganz recht, dass wir nicht mehr jeden Sonntag nach Denham County fahren mussten, um in die Kirche zu gehen. Keiner von uns wusste, was er davon halten sollte, als Len plötzlich damit anfing, die Kinder seien die vier apokalyptischen Reiter. Reba war ihrer Gemeinde gegenüber sehr loyal, und ich wollte mich nicht einmischen. So wie ich das sehe, hat Len die letzten Worte einer Toten für seine Zwecke benutzt, als Mittel, um mit den wichtigen Herren da oben in Houston ins Geschäft zu kommen. Und dann hat er Jim Donald in die Sache reingezogen. Jim konnte giftiger sein als ein Sack Schlangen, aber Pams Tod hat ihn schwer getroffen. Er ging nicht mehr zur Arbeit, wollte mit seinen Kumpels nichts mehr zu tun haben. Len hätte ihn in Ruhe lassen sollen, dann hätte er sich in Ruhe zu Tode saufen können, wenn es das war, was er wollte.

Wissen Sie, wem ich die Schuld an allem gebe? Nicht Jim und nicht einmal den Reportern, die die Geschichte in die Zeitung und ins Fernsehen gebracht haben. Ich gebe Dr. Lund die Schuld und diesem Schriftsteller, Flexible Sandy. Die haben Len dazu angespornt. Niemand kann sie davon freisprechen, egal, wie geschickt die sich jetzt rausreden wollen.

Eine Woche nach Jims Beerdigung musste Stephenies Cousin Billy eine Ladung Holz bei Lens Ranch abliefern, und er bat mich, ihn zu begleiten. Er hat gesagt, er will da nicht allein hin, aber sein Kollege lag mit dem Brechvirus im Bett, das zu der Zeit umging. Reba wollte, dass ich was von ihren eingemachten Pfirsichen mitnehme, »für die Kinder da draußen«.

Ich war schon eine ganze Weile nicht mehr auf der Ranch gewesen, wahrscheinlich seit Weihnachten nicht. Die ganzen Neuankömmlinge hatte ich natürlich gesehen, die fuhren mit ihren verbeulten Pick-ups und Geländewagen durch die Stadt, und ich war ein bisschen neugierig zu sehen, wie die da lebten. Billy meinte, er hätte immer so ein schlechtes Gefühl bei denen. Die meisten stammten aus unserem Bundesstaat, aber einige andere kamen von so weit her wie New Orleans.

Wir fuhren bis ans Tor, wo ein paar Männer herumstanden. Einer war dieser Monty, den Reba nicht leiden konnte. Sie haben uns gestoppt und gefragt, was wir wollen, so als wären sie vom Wachdienst. Billy hat es ihnen erklärt, und sie haben uns durchgelassen, auch wenn sie uns echt misstrauisch hinterhergeglotzt haben.

Da standen weniger Wohnmobile und Zelte, als ich gedacht hatte, aber es waren immer noch genug. Überall rannten Kinder herum, und die Frauen hockten in Gruppen zusammen. Die ließen uns nicht aus den Augen, als wir zum Haus fuhren. Ich sagte noch zu Billy, dass Grayson Thatcher – das ist der Mann, der die Ranch bewirtschaftet hat, bevor Len kam – einen Herzinfarkt kriegen würde, wenn er sehen könnte, was aus seinem Land geworden war.

Sobald wir angehalten hatten, kam Pastor Len mit großen Schritten aus dem Haus gelaufen. Er hat breit gegrinst, und dann sind ein paar Typen aus der Scheune gekommen und haben angefangen, das Holz abzuladen.

Ich begrüßte ihn so höflich, wie ich konnte, und gab ihm Rebas Pfirsiche.

»Richten Sie ihr meinen Dank aus, Lorne«, sagte er. »Sie ist eine gute Frau. Richten Sie ihr bitte aus, ich würde mich sehr freuen, sie am Sonntag hier zu sehen. Tut mir leid, dass ich die

Kirche schließen musste, aber Gott hat mir gezeigt, dass mein Platz genau hier ist.«

Ich hatte natürlich nicht die Absicht, irgendwas davon auszurichten.

Dann hörte ich plötzlich Schüsse von der Weide hinter dem Haus. Noch dazu klang es nach Automatikwaffen. »Was ist da los, Len? Die Jagdsaison ist vorbei.«

»Wir müssen in Übung bleiben, Lorne. Mit Beten allein ist Gottes Werk nicht getan.«

Es ist jedermanns gottgegebenes Recht, sich zu verteidigen. Ich habe meinen Mädchen selbst das Schießen beigebracht, und Reba und ich haben sie immer darin bestärkt, sich auf die Sonneneruption vorzubereiten, von der alle sagen, dass sie irgendwann passiert. Aber *das* klang nach einem ganz anderen Rodeo – die haben für einen Kampfeinsatz trainiert. Je länger ich mich umsah, desto unheimlicher fand ich es. Die haben ganz offensichtlich an einer Art Schutzwall gebaut. Neben dem alten Heuschober lagen riesige Ballen Stacheldraht, und Billy meinte, das viele Holz würden sie sicher für einen Zaun brauchen.

Billy und ich sahen zu, dass wir so schnell wie möglich von da wegkamen. »Findest du, wir sollten Sheriff Beaumont sagen, was die hier machen?«, fragte er mich.

Man konnte ja sehen, dass sich da was zusammenbraute. Es stank zum Himmel wie zwei Tage altes Aas.

Also sind wir zu Manny Beaumont gefahren. Haben ihn gefragt, ob er weiß, was auf der Ranch los ist. Manny meinte, solange die Pamelisten keine Gesetze brechen, kann er nichts gegen sie unternehmen. Später gab es einen Haufen Fragen. Warum hat das FBI nicht deren E-Mails überwacht und so weiter, das können sie bei den Islamofaschisten doch auch? Die haben wohl nicht gedacht, dass ein Provinzprediger imstande ist, weltweite Kontakte zu knüpfen und so großen Schaden anzurichten. Oder vielleicht haben sie auch gedacht, sie beschwören ein zweites Waco herauf, wenn sie den Laden dichtmachen.

Bevor der Obergefreite Jake Wallace die Insel Okinawa verließ, schickte er am 11. Juni 2012 die folgende E-Mail an seine Eltern in Virginia. Die Mail wurde nach der Identifizierung von Wallace' Leichnam der Öffentlichkeit präsentiert.

Mom, Dad,

ich tue das für euch und Cassie.
Einer muss im Kampf um die Seelen zu Gottes Soldat werden, und ich habe mich gemeldet, meine Pflicht zu tun. Die Zeichen werden immer deutlicher. Die Flut in den Philippinen, der Krieg, der bald in Nordkorea ausbricht. Der vierte Reiter, den sie in Südafrika gefunden haben. Ich muss mich beeilen, weil die Zeit knapp wird.

Ich schreibe euch und flehe euch an, euch erretten zu lassen und Jesus in euer Herz aufzunehmen, bevor es zu spät ist.

Dad, ich weiß, du bist nicht gläubig, aber ich bitte dich als dein Sohn, dir die Beweise anzusehen. Gott würde uns niemals belügen. Du hast immer gesagt, der 11. September wäre eine Verschwörung unserer Regierung, und du warst sauer, weil wir dir nicht glauben wollten. Bitte, Dad. Geh mit Mom und Cassie in die Kirche und lass Jesus in dein Herz. DIE ZEIT WIRD KNAPP.

Ich sehe euch im Himmel, wenn Jesus uns zu sich nimmt.
Euer Sohn
Jake

Monty Sullivan war der einzige Pamelist, der sich zu einem Gespräch mit mir bereiterklärte. Er befindet sich derzeit auf der Krankenstation des Untersuchungsgefängnisses auf Rikers Island, wo er auf seine Gerichtsverhandlung wartet.

EM: *Wann haben Sie zum ersten Mal von Pastor Len Vorhees und seiner Theorie der apokalyptischen Reiter gehört?*

MONTY SULLIVAN: Schon ganz zu Anfang, glaube ich. Ich habe seinerzeit als Trucker gearbeitet und Hühnchen vom Shelby County in den ganzen Bundesstaat ausgefahren. Im CB-Funk war an dem Tag wenig los, und ich habe am Radio gedreht und einen Rocksender gesucht. Seinerzeit konnte ich mit diesen Predigershows nichts anfangen. Verdammt, ich mochte ja nicht mal Countrymusic. Als ich durch Sannah County fuhr, bekam ich plötzlich Pastor Lens Sendung rein. Irgendwas an seiner Stimme hat mich neugierig gemacht.

EM: *Würden Sie das bitte genauer beschreiben?*

MS: Man konnte hören, dass er wirklich glaubte, was er sagte. Bei vielen Pastoren und Predigern im Radio und im Fernsehen hat man ja den Eindruck, die haben es nur auf das sauer verdiente Geld ihrer armen Zuhörer abgesehen. Seinerzeit habe ich mich nicht weiter für Religion interessiert, ich fand es abstoßend wegen meiner Ma. Sie war sehr fromm und hat jeden Monat einen Scheck an einen von diesen Superpredigern in Houston geschickt, auch wenn wir manchmal nichts mehr zu essen im Haus hatten. Ich habe gleich gemerkt, dass Pastor Len anders war, er hat die Leute kein einziges Mal aufgefordert, ihm Bares zu schicken. Und was er gesagt hat, ja, das fand ich gleich interessant. Der Schwarze

Donnerstag war natürlich überall in den Nachrichten, und viele Prediger, besonders die evangelikalen, haben die Unglücke als Zeichen für das kommende Armageddon gedeutet. Aber nach dem 11. September hatten sie das auch schon gesagt, es war also nichts Neues. Nur Pastor Len, der hat ins Schwarze getroffen. Was er über Pamela May Donalds letzte Worte gesagt hat – die Beweise waren einfach zu überzeugend. Die ganzen Farben auf den Flugzeugen, die zu den Farben von den Reitern passten, die Johannes in der Offenbarung gesehen hat; die Tatsache, dass die Kinder das niemals hätten überleben können. Als ich ein paar Tage später mit meiner Auslieferung fertig war, bin ich gleich ins Internet und habe mir Pastor Lens Seite angesehen, pamelaprophet.com. Er hatte da alle Beweise aufgelistet, schwarz auf weiß. Ich habe mir alles durchgelesen und Mas alte Bibel rausgekramt, das Einzige, was ich von ihr noch hatte. Alle anderen Sachen hatte ich verkauft, auch wenn sie mir nicht viel hinterlassen hatte. Man kann wohl sagen, dass ich es damals ziemlich wild getrieben habe. Nicht, dass ich Drogen genommen hätte oder so, aber ich habe gerne mal einen getrunken, dafür ging mein ganzes Geld drauf.

Nachdem ich Pastor Lens Sendung gehört und die Webseite gesehen hatte, konnte ich mindestens drei Tage lang nicht schlafen. Ich habe gespürt, dass etwas in mir wuchs. Später hat Pastor Len mir erklärt, das wäre der Heilige Geist gewesen.

Ich schrieb ihm eine E-Mail, um ihm zu sagen, dass seine Worte mich wirklich beeindruckt hatten. Ich hielt es für unwahrscheinlich, dass er mir antworten würde. Aber ich schwöre Ihnen, er schrieb keine Stunde später zurück. Persönlich, nicht eine von diesen automatischen Antworten, wie andere Leute sie verschicken. Ich kann sie auswendig, denn ich muss sie eine Million Mal gelesen haben: »Monty, ich freue mich, dass du Kontakt zu mir aufgenommen hast. Dein Glaube und deine Aufrichtigkeit beweisen, dass ich auf dem richtigen Weg bin – auf dem Weg, unschuldige, gute Menschen wie dich zu retten.«

Ich wartete meinen freien Tag ab und fuhr die ganze Nacht

durch, direkt nach Sannah County und zu Pastor Lens Kirche. Hab mich in die Warteschlange gestellt, um mich retten zu lassen. An dem Tag mussten mindestens fünfzig Leute da gewesen sein, die Stimmung war sehr festlich. Wir wussten alle, dass wir das Richtige taten. Ich stellte mich vor, als Pastor Len an der Warteschlange entlangging und sich für unseren Besuch bedankte, aber ich hätte nie gedacht, dass er sich an mich erinnert. Er wusste sofort, wer ich war: »Du bist der junge Mann, der mir aus Kendrick geschrieben hat!«, sagte er.

Er erklärte alles ganz klar und deutlich, und da merkte ich, dass ich jahrelang blind gewesen war. Es hatte meiner Ma das Herz gebrochen, dass ich mich, als ich jünger war, von der Kirche abgewendet hatte, und ich wünschte, sie wäre noch am Leben und könnte sehen, dass ich den Weg zu Jesus doch noch gefunden habe. Wie hatte ich übersehen können, dass das Jüngste Gericht bevorsteht? Wie konnte der Herr noch zögern, über uns zu urteilen, bei allem, was auf der Welt vor sich ging? Je mehr ich drüber nachdachte, desto verwirrter wurde ich. Wussten Sie, dass amerikanische Kinder dazu gezwungen werden, *gezwungen*, in der Schule den Koran zu lesen? Die Bibel nicht, o nein, Ma'am. Der Kreationismus wird verboten, das Handbuch der Ungläubigen aber nicht. Und dann sind da noch die Schwulen und die Babymörder und die Linken, die alle zusammenarbeiten, um aus Amerika eine gottlose Nation zu machen. In dem Punkt hatte Dr. Theodore Lund recht, auch wenn er Pastor Len und der Wahrheit später die kalte Schulter gezeigt hat. Wie sich herausstellte, wollte Dr. Lund den Ruhm, der mit Pamelas Nachricht kam, für sich allein. Es kam ihm nicht darauf an, Seelen zu retten. Ganz anders Pastor Len.

EM: Wann haben Sie beschlossen, nach Sannah County zu ziehen?

MS: Nach meiner Errettung fuhr ich nach Hause und schrieb Pastor Len fast täglich. So ging es für ein paar Wochen. Anfang

März fühlte ich den Drang, in die Nähe seiner Kirche zu ziehen und einer seiner Gesandten zu werden. Die Entscheidung fiel mir leicht, Gott hatte mich in die richtige Richtung geschubst. Als Pastor Len mir anbot, auf die Ranch zu ziehen, musste ich nicht zweimal nachdenken. Hab meinen Job hingeschmissen und den Truck verkauft, und dann bin ich per Anhalter nach Sannah County gefahren. Er hat mich als seine rechte Hand gebraucht.

EM: *Sind Sie als Gewalttäter polizeilich bekannt?*

MS: Eigentlich nicht, Ma'am. Früher habe ich in der Schule bei Prügeleien mitgemacht, und später dann kam es hin und wieder zu einer Schlägerei, wenn ich betrunken war. Ich will nicht behaupten, ich hätte eine weiße Weste, aber ich bin kein Gewalttäter. Mit dem Gesetz bin ich nie ernsthaft in Konflikt geraten.

EM: *Woher stammte die Waffe, mit der Sie auf Bobby Small geschossen haben?*

MS: Das Gewehr gehörte Jim Donald. Es war nicht das, mit dem er sich erschossen hat, sondern ein anderes, das wir für ihn aufbewahren sollten. Aber ich kann schießen. Mein Vater brachte mir das Schießen bei, bevor er die Biege gemacht und mich und meine Ma sitzengelassen hat. Damals war ich zwölf.

EM: *Kannten Sie Jim Donald?*

MS: Eigentlich nicht, Ma'am. Ich habe ihn ein oder zwei Mal gesehen. Pastor Len sagte, er habe mit dem Verlust seiner Frau zu kämpfen. Pastor Len hat getan, was er konnte, um ihm zu helfen, aber man hat gesehen, dass Jim echt verzweifelt war. Er war ein Märtyrer, so wie Pamela. Er hat die Wahrheit erkannt über das Zerstörungswerk der Reiter hier auf Erden und dass *sie* die vielen Leute in den Flugzeugen umgebracht haben.

EM: *Hat Pastor Len Sie beauftragt, nach New York zu fliegen und Bobby Small zu erschießen?*

MS: Ich habe getan, was jeder tun würde, der die Seelen der Menschen retten will. Ich habe als Soldat Gottes gehandelt und getan, was ich konnte, um die Bedrohung auszuschalten und den Menschen bis zur Entrückung ein wenig mehr Zeit zu verschaffen. Wenn wir die Zeichen zum Stillstand bringen und die Reiter von der Arbeit abhalten, bleibt uns mehr Zeit, Jesus' Botschaft zu verbreiten und mehr Menschen in die Kirche zu holen. Jetzt, da sie den vierten Reiter gefunden haben und es Schwefel und Asche auf die Erde regnet in Gestalt von Naturkatastrophen – die Überflutungen in Europa und den Philippinen, die vielen Tsunamiwarnungen in Asien –, bleibt uns nicht mehr viel Zeit.

EM: *Aber wenn Sie glauben, dass die vier Reiter Gottesboten sind, müssen Sie doch befürchten, für den Mordversuch an Bobby Small von Gott bestraft zu werden?*

MS: He, warten Sie mal, Ma'am. Niemand redet von Mord. Wenn der Antichrist kommt und das sechste Siegel gebrochen wird, gibt es kein Zurück. Niemand kann Ihnen garantieren, dass Sie vor dem Jüngsten Gericht eine zweite Chance bekommen. Ich bin auf Gottes Seite; Er weiß, dass Pastor Len und die Pamelisten sich die größte Mühe geben, immer mehr Menschen zum Glauben zu bringen. Außerdem waren das keine normalen Kinder. Das konnte doch jeder sehen. Nach einer Weile haben sie ihre Macht missbraucht. Vielleicht waren sie anfangs die Gesandten Gottes, aber ich glaube fest an Jims Botschaft – dass sie letzten Endes Werkzeuge des Antichrist waren.

EM: *Hat Pastor Len Sie beauftragt, Bobby zu erschießen?*

MS: Die Frage kann ich nicht beantworten, Ma'am.

EM: *Viele Leute sind der Meinung, dass Sie in Pastor Len Vorhees' Auftrag gehandelt haben und er genauso zur Verantwortung gezogen werden sollte wie Sie.*

MS: Jesus wurde dafür bestraft, Gottes Wort zu verbreiten. Mir ist egal, was andere sagen. Bald werde ich in Jesus' Armen sein. Die können mich einsperren, die können mich auf den elektrischen Stuhl setzen, mir ist es egal. Vielleicht gehört das alles zu Jesus' Plan. Ich bin hier mit vielen Sündern eingesperrt, da werde ich die Gelegenheit nutzen, so viele von ihnen zu retten, wie ich kann.

NEUNTER TEIL
ÜBERLEBENDE
MAI – JUNI

In den Wochen nach Ryus erstem Foreneintrag auf 2-chan kommt es zu fieberhaften Spekulationen, ob es sich bei seiner Prinzessin tatsächlich um Hiro Yanagidas Cousine handelt. Ryu meldete sich schließlich unter seinem Usernamen Orz erneut zu Wort.

Name: Orz Man
Post vom 01.05.2012, 21:22:22.30
Hey, Leute. Ich weiß nicht, wer von euch sich noch an meinen alten Thread erinnern kann. Ich war echt beeindruckt von eurem Interesse an meiner Geschichte. Wollte mich nur noch mal bedanken.

Name: Anonymous23
Orz! Cool, du bist wieder da. Und??????? Hat es geklappt????? Hast du die Prinzessin erobert?

Name: Orz Man
Einfache Antwort: Ja. Wir sind zusammen.

(Es folgen mindestens hundert Einträge mit dem Inhalt »Waaaas« oder »Du hast es echt drauf, Schweinehund/Boss/Kumpel/Mann« usw. Ryu erklärt zur großen Freude der Netizens, dass er ein ORZ-Symbol an das Haus von Chiyokos Eltern gesprüht hat, um ihre Aufmerksamkeit zu gewinnen.)

Name: Anonymous557
Orz, ich muss es wissen. Ist die Prinzessin die Cousine des Androidenjungen?

Name: Orz Man
Ich wusste, dass ihr das fragen würdet ... Ich habe einige der Threads verfolgt. Ich kann das aus offensichtlichen Gründen nicht kommentieren.

Name: Anonymous890
Orz, hast du den Androidenjungen schon getroffen?

Name: Orz Man
Siehe oben. _|70

Name: Anonymous330
Wie scharf ist die Prinzessin, Mann?

Name: Orz Man
Was soll ich sagen, ohne zu lügen ...
Als ich sie gesehen habe ... sie war nicht die Person, für die ich sie gehalten habe. Aber das war irgendwie egal.

Name: Anonymous765
Dann ist sie also die kleine Dicke von der Trauerfeier, nicht die andere, die aussieht wie Hazuki? Was für ein Reinfall, Mann.

Name: Anonymous111
Willkommen zurück, Orz.
Ignore 765

Name: Anonymous762
Mann, komm zum spannenden Teil. Hast du sie schon flachgelegt????

Name: Anonymous111
Seid nicht unhöflich. Lasst Orz Man sprechen.

Name: Orz Man
Das klingt jetzt kitschig, aber, Leute, sie zu treffen hat mein Leben verändert.

Obwohl sie eine Prinzessin ist, haben wir mehr gemeinsam, als ich für möglich hielt. Sie hatte es in der Vergangenheit so schwer wie ich. Wir sind in allem derselben Meinung: Gesellschaft, Musik, Spiele, sogar Politik. Ja, manchmal führen wir echt tiefschürfende Gespräche!

Ich habe ihr Sachen erzählt, die kein Mensch über mich weiß.

Sie hat mir geholfen, einen Job bei Lawsons Outlet zu finden, also verdiene ich jetzt etwas Geld (nicht viel, aber genug, um nicht zu verhungern).

Das klingt bestimmt langweilig, aber manchmal träume ich davon, dass wir heiraten und zusammenwohnen und nie mehr rausgehen müssen.

Name: Anonymous200
Oh, Orz, ich bin neidisch.

Name: Anonymous201
Klingt nach Liiiebe.

Name: Anonymous7889
Komm schon, Orz, erzähl uns was über Hiro. Hast du seinen Surrabot schon getroffen?

Name: Anonymous1211
Wie findet er den Hiro-Kult?

Name: Orz Man
Leute, nehmt es mir nicht übel, aber das hier ist ein öffentliches Forum, und ich kann auf solche Fragen nicht eingehen. Die Prinzessin wird ausflippen, wenn irgendwas von dem, was ich schreibe, bei einer Zeitschrift landet.

Name: Anonymous111
Du kannst uns vertrauen, aber ich verstehe, was du meinst.

Name: Orz Man
Ich sage einfach nur, dass es eine bestimmte Person gibt, deren Nähe mir guttut. Sie ist anders als alle, die ich je getroffen habe.
    Mehr werde ich dazu nicht sagen.

Name: Anonymous764
Wie oft siehst du die Prinzessin?

Name: Orz Man
Fast jeden Abend. Ihre Eltern sind ziemlich streng und würden es ihr nicht erlauben, einen Freund zu haben, also treffen wir uns heimlich. Gegenüber von ihrem Haus ist ein Spielplatz, da warte ich auf sie. Direkt daneben steht ein großes Wohnhaus, und ich habe manchmal das Gefühl, beobachtet zu werden. Aber es ist auszuhalten.

Name: Anonymous665
Orz raucht eine weitere Zigarette, während er auf die Ankunft der Prinzessin wartet. Er weiß, er sieht cool aus. Vielleicht ist heute die Nacht der Nächte. Einige Nachbarn werfen einen Blick aus dem Fenster, aber er weiß, die werden ihm keinen Ärger machen. Er lässt seine Muskeln spielen, und sie ziehen sich augenblicklich zurück.

Name: Anonymous9883
Die Prinzessin läuft aus dem Haus und trägt nichts als ein transparentes Minikleid …

Name: Anonymous210
Die Prinzessin wirft sich in seine Arme, und es ist ihr egal, wer zusieht …

Name: Orz Man
* rotwerd*
Stellt euch vor, sie könnte das lesen …

Name: Anonymous45
Mann, nun sag schon, dass ihr es schon gemacht habt.

Name: Orz Man
Ich muss los, sie wartet auf mich.

Name: Anonymous887
Orz, verlass uns nicht. Wir begleiten dich bei jedem Schritt. Ein Nerd, der eine Prinzessin abschleppt? So was gibt es sonst nur im Bishōjo-Spiel!

Name: Anonymous2008
Ja, Orz, du bist uns die Fortsetzung der Geschichte schuldig.

Name: Orz Man
Ich weiß. Es tut gut zu wissen, ihr seid für uns da, auch wenn ihr ein Haufen gestörter Sexbesessener seid.
    Es ist schön zu wissen, dass wir nicht allein sind.

Im Juni 2012 konnte ich den im Brooklyner Stadtteil Greenpoint ansässigen Zeichner und Grafiker Neil Mellencamp für ein Skype-Interview gewinnen.

Nachdem diese ganzen Spinner hier aufgetaucht waren, sprach zwar keiner laut aus, Lillian und Bobby sollten besser wegziehen, aber man konnte merken, dass alle das dachten.

Ich wohne ein paar Blocks von Lillians Apartment entfernt, auf der anderen Seite des McCarren Park. Die Gegend verwandelte sich in eine Art Tollhaus, als bekannt wurde, wo Bobby wohnte. In unserem Viertel herrschte das reinste Chaos. Zuerst kamen die Reporter und andere Leute, die einen O-Ton für ihren Blog oder ihre Tweets oder für was weiß ich brauchten: »Wie ist es, in unmittelbarer Nähe zum Wunderkind zu leben?« und so weiter. Ich habe ihnen immer geantwortet, sie könnten mich mal, obwohl einige meiner Nachbarn die Gelegenheit nutzten, um ihre fünfzehn Minuten Ruhm abzustauben. Was für Arschlöcher. Und dann kamen die UFO-Experten. Die waren so was von *mondo bizarro* ... Dann wiederum konnte man auf Anhieb sehen, dass die meisten von denen harmlos waren. Sie stellten sich vor Bobbys Haus und schrien Sachen wie: »Bobby, nimm mich mit!«, aber irgendwann haben die Cops sie vertrieben. Die Ufologen waren weniger hartnäckig als die religiösen Fanatiker. Die kamen in Wellen, regelmäßig. Als die Nachricht die Runde machte, Lillians Mann sei geheilt, tauchten sie zu Hunderten hier auf, und ein riesiges Aufgebot von Kranken, die von Bobby geheilt werden wollten, belagerte die Straßen – als hätten sie einen Reisebus gechartert, um sich aus Gagatown, Carolina, oder von sonstwoher ankarren zu lassen. »Bobby! Bobby!«, haben sie gerufen, manchmal bis tief in die Nacht, »ich habe Krebs, berühr mich und heile mich!« Aber die waren längst nicht so schlimm wie die fiesen Typen, die im Park rumhingen und Anwohner belästigt haben. »Gott hasst alle Transen«, haben sie geschrien, wobei ich immer noch nicht verstehe, was das mit einem Sechsjährigen zu tun haben soll. Andere sahen aus, als wären sie einem Comic entsprungen: »Das Ende ist nah«, »Bist DU schon erlöst?«, stand auf ihren T-Shirts und Plakaten. Irgendwann hatte ich das Gefühl, nicht mehr aus dem Haus gehen zu können, ohne einem von denen zu begegnen. Sie kennen die Gegend hier, oder? Sehr durchmischt, typisch Brooklyn, es gibt Künstler, Hipster, die Chassiden und viele Einwanderer aus der Dominikanischen Republik. Aber die Spinner stachen trotzdem krass heraus.

Verstehen Sie mich nicht falsch, Lillian tat mir wirklich leid, auch nachdem die Aufregung sich gelegt hatte. Sie tat uns allen leid. Meine Freundin hat ein paar von den fiesen Typen wegen Volksverhetzung angezeigt, aber was sollten die Cops schon machen? Diesen Freaks war egal, ob sie verhaftet wurden. Sie wollten Märtyrer sein.

An dem Morgen war ich auf dem Weg zur Arbeit, aus irgendeinem Grund wollte ich den L-Train nehmen statt den Bus, was bedeutete, dass ich durch den Park und an Lillians Gebäude vorbeilaufen musste. Am frühen Morgen ist hier oft die Hipster-Dad-Gang, so nennt meine Freundin sie, im Park unterwegs und schiebt beim Joggen ihre Kinderwagen vor sich her; aber der Typ, der bei den Bänken vor dem Sportzentrum herumlungerte, war definitiv keiner von diesen Hausmännern, die zu viel Freizeit haben und davon träumen, die Leerstandslücken im Viertel mit eigenen Cafés zu füllen. Der Typ saß einfach nur da, ich konnte gleich sehen, dass mit dem irgendwas nicht stimmte, und das lag nicht nur an seiner Kleidung. Der Morgen war warm, noch nicht so heiß, wie es hier manchmal werden kann, aber schon ein bisschen schwül, und der Typ trug Winterklamotten – einen langen schwarzen Armeemantel und eine schwarze Wollmütze. Ich habe kurz genickt, als ich an ihm vorbei bin, aber er hat durch mich durchgestarrt. Ich habe versucht, es nicht weiter zu beachten, doch als ich vor dem Lorimer angekommen war, hatte ich plötzlich das Gefühl, in der Nähe bleiben und ihn im Auge behalten zu müssen. Vielleicht war er nur irgendein armer Obdachloser, aber irgendwas sagte mir, auf Nummer sicher zu gehen. Ich sah mich nach den Cops um, die manchmal vor Lillians Gebäude stehen, aber da war niemand zu sehen. Ich bin kein besonders spiritueller Mensch, doch eine innere Stimme sagte mir: Neil, hol dir einen Kaffee und wirf einen zweiten Blick auf den Typen, bevor du zur Arbeit fährst. Also tat ich genau das. Ich bestellte einen großen schwarzen Filterkaffee bei Orgasmic Organic und ging zum Park zurück.

Als ich wieder in Lillians Straße war, kam mir der unheimliche Typ entgegen, ganz langsam. Das seltsame Gefühl war wieder da, und auf einmal wusste ich, mit dem stimmt etwas ganz gewaltig nicht. Die Straße war nicht leer, da waren jede Menge Leute auf dem Weg zur Arbeit, aber ich konzentrierte mich auf ihn und ging ein bisschen schneller. Die Tür zu Lillians Gebäude ging auf, und eine alte Frau mit rot gefärbtem Haar und ein kleiner Junge mit Baseballkappe traten auf den Gehweg. Ich wusste sofort, dass sie es waren. Wer immer sich die Verkleidung ausgedacht hatte, besaß keinen Funken Fantasie.

»Vorsicht!«, schrie ich. Dann ging alles ganz schnell und gleichzeitig wie in Zeitlupe, falls das Sinn ergibt. Der gruselige Typ zog ein Gewehr aus seinem Mantel – ich kenne mich mit Waffen nicht aus und kann Ihnen deswegen nicht sagen, was für eins – und machte sich daran, die Straße zu überqueren, ohne auf die Autos zu achten. Ich dachte nicht nach. Ich rannte direkt auf ihn zu, riss den Deckel von meinem Kaffee und kippte ihn dem Schwein ins Gesicht. Mitten rein. Er hat trotzdem einen Schuss abgeben können, aber der ging weit daneben und schlug in einen Chevrolet ein, der am Straßenrand geparkt stand.

Alle haben geschrien und gekreischt: »Runter, alle runter, verdammt!«

Und dann tauchte wie aus dem Nichts dieser Mann auf – später habe ich erfahren, dass er ein Cop war und gerade vom Dienst kam – und schrie den Schützen an, er solle »die verdammte Waffe« fallen lassen. Der verrückte Typ hat gehorcht, man konnte sehen, dass von ihm keine Gefahr mehr ausging. Er hat vor sich hin gemurmelt und sich die Augen und das Gesicht gerieben. Der Kaffee war heiß gewesen, seine Haut leuchtete knallrot. Er ging mitten auf der Straße auf die Knie, und der Cop kickte das Gewehr weg und schaltete sein Funkgerät wieder ein.

Ich bin zu Lillian und Bobby rübergelaufen. Lillians Gesicht war aschfahl, ich hatte Angst, sie könnte einen Herzinfarkt erleiden oder einen Schlaganfall oder so etwas. Und Bobby – ich weiß auch nicht, ob es am Schock lag, aber er fing zu kichern an. Lillian packte seine Hand und zog ihn zurück ins Haus. Eine gefühlte Sekunde später war die ganze Straße voller Streifenwagen. Der gruselige Typ wurde auf die Füße gezogen und weggeschleift. Ich hoffe, er verfault in der Hölle.

Der Cop hat mich später angerufen und mich einen Helden genannt. Das Büro des Bürgermeisters hat mir geschrieben, ich würde eine Medaille für Zivilcourage erhalten. Dabei habe ich nur getan, was jeder getan hätte, wissen Sie.

Danach habe ich Lillian und Bobby nicht mehr auf der Straße gesehen. Sie sind in ein Safe House umgezogen, richtig? Das hat mir die alte Nachbarin erzählt, die im selben Haus gewohnt hat. Lillian hat mir eine richtig coole E-Mail geschickt und geschrieben, sie würde nie vergessen, was ich an dem Tag für sie getan habe. Ich musste weinen, als ich das las. Und dann habe ich sie erst wieder in den Nachrichten gesehen.

Dies ist die letzte E-Mail von Lillian Small an mich. Sie schrieb mir am 29. Mai 2012.

Wir tun, was wir können, Elspeth. Ich bin immer noch erschüttert, wer wäre das nach so einem Vorfall nicht? Ich will stark sein, Reuben und Bobby zuliebe. Bobby geht es gut – ich glaube, er hat nicht ganz verstanden, was passiert ist.

Ich glaube, ich habe Ihnen alles gesagt, was Sie wissen müssen. Wenn Sie in Ihrem Buch bitte schreiben würden, dass wir nicht wissen, warum Reuben wieder sprechen kann? Mit Bobby hat es jedenfalls nichts zu tun. Ich habe daran gedacht, es abzustreiten, nachdem diese bösen Leute es als weiteres Zeichen sehen wollten, aber Betsy kennt die Wahrheit und Bobby auch. Ich möchte nicht, dass er später, wenn er älter ist, Ihr Buch liest und denkt, seine Bubbe wäre eine Lügnerin. Ich bin aus tiefstem Herzen davon überzeugt, dass Reuben sich ein letztes Mal aufgebäumt und Al aus seinem Verstand geschoben hat, um noch ein bisschen Zeit mit seinem Enkel zu haben. Die Kraft der Liebe hat es möglich gemacht.

Uns wurde dringend nahegelegt, an einen geheimen Ort umzuziehen. Wir haben keine Wahl, wenn wir Bobby nicht gefährden wollen. Sie haben uns vorgeschlagen, Reuben in einem Pflegeheim in einem anderen Bundesstaat unterzubringen, aber das werde ich nicht zulassen.

Nein. Wir sind eine Familie und wir werden zusammenhalten, was immer auch geschieht.

Transkript der letzten Stimmaufzeichnung von Paul Craddock vom Mai und Juni 2012

14. Mai, 05:30 Uhr

Ich werde den Geruch nicht mehr los. Diesen fischigen Geruch. Den Geruch, den Stephen jedes Mal hinterlässt. Ich habe alles versucht, ich habe sogar die Wände mit Domestos abgeschrubbt. Die Bleiche brannte mir in den Augen, aber ich konnte nicht aufhören.

Jess hat es wie immer ignoriert. Sie saß im Wohnzimmer und hat sich *The X Factor* angesehen, während ihr durchgeknallter Onkel mit einem Eimer Kloreiniger durchs Haus getigert ist. Ging ihr am Arsch vorbei, wie Geoff sagen würde. Ich habe Mrs EB eingeladen; ich hatte gehofft, sie könnte mir vielleicht einen Hausfrauentrick verraten, wie man hartnäckige Gerüche loswird (ich habe gelogen und gesagt, Jess' Fischstäbchen wären angebrannt). Aber sie hat nur gesagt, sie könne nichts riechen, nichts außer der stechenden Bleiche, die einem die Tränen in die Augen treibt. Wir sind in den Garten gegangen, um eine zu rauchen, da hat sie wieder mal meine Hand getätschelt und gesagt, ich verlange mir zu viel ab, schließlich setzen die Medien uns immer noch so unter Druck. Sie sagte, ich solle versuchen zu weinen, meinem Kummer freien Lauf lassen, statt ihn zu unterdrücken. Sie konnte gar nicht mehr aufhören damit, wie sehr sie nach dem Tod ihres Mannes vor zehn Jahren neben sich gestanden habe. Sie sagte, sie habe damals gedacht, sie könne nicht weiterleben, aber Gott habe ihr einen Weg gezeigt.

Hallo, Gott, ich bin's, Paul. Warum hörst du mich nicht, verdammt noch mal?

Es ist, als wäre ich zweigeteilt. Der vernünftige Paul und der übergeschnappte Paul. Es ist anders als früher. Damals hatte ich bloß eine depressive Phase. Mehr als einmal habe ich zum Telefon gegriffen, um Dr. K oder Darren anzurufen und sie zu bitten, mir Jess abzunehmen. Aber jedes Mal hatte ich Shellys Stimme im Kopf. »Mehr brauchen Polly und Jess nicht. Sie brauchen Liebe. Und davon hast du mehr als genug.«

Ich darf sie nicht im Stich lassen.

Könnte es tatsächlich das Capgras-Syndrom sein? Könnte es daran liegen?

Ich habe sogar ... mein Gott. Ich habe Jess sogar unter einem Vorwand mit zu Mrs EB rübergenommen, um zu sehen, wie Mrs EBs Hund auf sie reagiert. In Filmen können Tiere immer riechen, ob mit einer Person was nicht stimmt. Ob ein Mensch besessen ist und so. Aber der Hund hat gar nichts gemacht. Ist einfach da liegen geblieben.

Ich muss von Tag zu Tag denken.

Anders geht es nicht.

Aber dieser Druck, sich normal zu verhalten, während es mich innerlich zerreißt ... Jesus. Der Discovery Channel will mich interviewen, ich soll über meine Gefühle an dem Tag, an dem ich von dem Crash erfuhr, sprechen. Ich kann das nicht. Ich habe abgelehnt. Und den Fototermin mit der *Sunday Times,* den Gerry schon vor Wochen organisiert hatte, habe ich komplett vergessen. Als die Fotografen kamen, habe ich ihnen die Tür vor der Nase zugeknallt.

Gerry rauft sich die Haare, er kauft mir die Nummer »Ich bin noch mitten in der Trauerarbeit« nicht mehr ab. Er sagt, Ihr Verleger wolle mich verklagen, Mandi. Soll er doch. Scheiße, ist mir doch egal. Alles geht den Bach runter.

Und die Tabletten wirken nicht.

(Schluchzen)

»Hallo, Onkel Paul«, hat sie gesagt.

Woher zum Teufel wusste sie, dass ich das Diktiergerät in ihrem Zimmer versteckt hatte?

21. Mai, 14:30 Uhr

Als Jess in der Schule war, habe ich eine Internetrecherche begonnen. Habe die Pamelisten gegoogelt, die Alientheorie, ich bin sogar auf Leute gestoßen, die glauben, die Kinder wären von Dämonen besessen (von denen gibt es viele!).

Denn die Kinder ... die anderen Kinder, Bobby Small und Hiro Wieheißternoch, die sind auch nicht normal, oder? Ich habe gespürt, dass Lillian mir am Telefon etwas verschwiegen hat, und jetzt weiß ich auch, was es war. Alzheimer ist unheilbar. Das weiß doch jeder. Nein. Irgendwas ist mit diesem Bobby los. Und der andere Junge, der durch einen Androiden spricht. Was zum Teufel hat das zu bedeuten?

Über Kenneth Oduah habe ich nicht viel gefunden, nur das, was zu erwarten war – einen Haufen hysterischer Glaubensseiten (»Der letzte Beweis, der noch gefehlt hat!«), einige satirische Artikel und wilde Spekulationen über das Versteck in Lagos, wo er »zu seiner eigenen Sicherheit« untergebracht ist.

Und wenn sie doch die Reiter sind? Ich weiß, ich weiß. Besonders Mel würde ausrasten, wenn sie mich so reden hören würde. Aber lassen Sie es mich erklären. Der vernünftige Paul würde in so eine Richtung nicht mal denken, aber ich finde, wir sollten für alles offen sein. Mit Jess stimmt ganz definitiv etwas nicht. Und im Umfeld der anderen zwei – oder drei? – Kinder gehen seltsame Dinge vor sich. Wer weiß schon, was der vierte Reiter so treibt?

Aliens, apokalyptische Reiter, Dämonen ... oje!

(Er fängt zu schluchzen an.)

Ob ich noch einmal bei Lillian anrufen sollte? Ich weiß auch nicht.

28. Mai, 22:30 Uhr

Ich weiß, Bobby sollte mir leidtun nach diesem Attentat, aber mir tut nur Lillian leid.

Natürlich ist es groß in den Nachrichten. Es läuft auf jedem verdammten Kanal. Früher hätte ich versucht, Jess vom Fernsehen abzuhalten. Sie davor zu schützen. Aber wozu? Es scheint sie nicht zu berühren, so oder so.

Auf Sky haben sie eine Fotocollage von den Absturzstellen gezeigt und vergrößerte Porträts der Drei. Jess klebte am Bildschirm, ihre kleinen Plastikponys um sich geschart, und hat sich interessiert die »Chronik« und die »Experten« angesehen, die bis zum Erbrechen über das Ereignis diskutiert haben.

Ich zwang mich, sie anzusprechen. »Möchtest du darüber reden, Jess?«

»Worüber, Onkel Paul?«

»Warum der kleine Junge in den Nachrichten ist. Warum die ein Foto von dir zeigen.«

»Nein, danke.«

Ich blieb noch eine Weile in der Nähe, dann rannte ich raus, um eine zu rauchen.

Darren sagte, es sei möglich, dass die Polizei unser Haus bewachen wird, nur für den Fall, dass einer von den religiösen Spinnern den Atlantik überquert, um Jess ins Visier zu nehmen.

Heute Nacht, wenn sie schläft, werde ich ein letztes Mal versuchen, mit Stephen zu reden. »Wie konntest du dieses Ding ins Haus lassen?« Damit kann nur Jess gemeint sein, nicht wahr?

Ich hätte ihn schon viel früher fragen sollen.

Ich werde die ganze Nacht aufbleiben, werde genug Kaffee trinken, um ein Pferd wach zu halten, und wenn Stephen kommt, werde ich ihn *zwingen* zu reden.

30. Mai, 04:00 Uhr

Ich muss eingedöst sein. Und als ich aufgewacht bin, war er schon da. Alle Lichter im Zimmer brannten, aber er sah aus, als säße er im Dunkeln. Im Schatten. Ich konnte sein Gesicht nicht sehen.

Er hat sich bewegt, und der Gestank war so widerlich, dass ich würgen musste.

»Was willst du von mir? Bitte, sag es mir!«, flehte ich ihn an. »Bitte!«

Ich wollte nach ihm greifen, aber da war nichts.

Ich bin in Jess' Zimmer gelaufen, habe sie wachgerüttelt und ihr ein Foto von Polly unter die Nase gehalten. »Das war deine Schwester! Wieso zum Teufel ist es dir egal?«

Sie drehte sich um, streckte sich und lächelte mich an. »Onkel Paul, ich brauche meinen Schlaf. Ich muss morgen früh in die Schule.«

O Jesus. Könnte es sein, dass *sie* hier die Vernünftige ist?

Gott steh mir bei.

1. Juni, 18:30 Uhr

Heute waren zwei Polizisten hier, die haben geklingelt, als ich noch nicht angezogen war. Genau genommen war das nicht die Polizei, sondern eine Spezialeinheit. Der vernünftige Paul, also mein altes Ich aus der Zeit vor dieser ganzen Scheiße, hat sich innerlich geschüttelt. Calvin und Mason, so heißen sie. Calvin und Mason! Wie aus einer Krimiserie. Calvin ist schwarz und spricht mit Eliteinternatsakzent und hat Schultern wie ein Rugbyspieler. Der vernünftige Paul würde total auf ihn abfahren. Mason ist etwas älter, ein Silberfuchs.

Ich habe ihnen Tee gekocht, mich für den hartnäckigen Bleichegeruch entschuldigt (nach Mrs EBs Reaktion war ich so schlau, den Fischgestank nicht zu erwähnen). Sie wollten wissen, ob ich in letzter Zeit Drohanrufe erhalten hätte, so wie in der ersten Zeit, als Jess aus dem Krankenhaus kam. Ich verneinte. Ich sagte ihnen die Wahrheit. Inzwischen machte uns nur noch die Presse Ärger.

Jess hat sich natürlich von der Schokoladenseite gezeigt. Hat gelächelt und gelacht und sich aufgeführt wie ein süßer Kinderstar. Sie mögen echt scharf aussehen, aber mit Masons und Calvins Instinkt ist es nicht weit her. Sie sind natürlich drauf reingefallen. ES hatte sie im Sack. Mason war sogar so dreist, um ein gemeinsames Foto zu bitten. Er möchte es seiner Tochter zeigen.

Sie meinten, sie würden das Haus im Auge behalten, ich solle anrufen, wenn ich etwas Ungewöhnliches bemerke. Fast hätte ich gesagt: »Würden Sie bitte meinen Bruder verwarnen und ihm sagen, er soll mich verdammt noch mal in Ruhe lassen?« Mein toter Bruder! Und ES natürlich auch. Stellen Sie sich vor, wie das bei denen angekommen wäre.

Ich muss aufhören, Jess als »es« zu bezeichnen. Das ist falsch, damit füttere ich den Dämon.

Als sie gegangen waren, habe ich versucht, Lillian anzurufen. Da meldet sich keiner mehr.

2. Juni, 04:00 Uhr

(Schluchzen)

Okay.

Bin aufgewacht. Habe wie immer das Gewicht am Fußende gespürt. Aber es war nicht Stephen. Es war Jess, dabei ist sie eigentlich nicht schwer genug, eine Delle in die Matratze zu drücken, oder?

»Gefallen dir deine Träume?«, hat sie gefragt. »Ich habe sie dir geschenkt, Onkel Paul. Damit du Stephen sehen kannst, wann immer du willst.«

»Was bist du?« Ich habe zum ersten Mal gewagt, sie direkt zu fragen.

»Ich bin Jess«, sagte sie. »Was glaubst du, wer ich bin? Du bist ja so ein Kindskopf, Onkel Paul.«

»Raus hier!«, schrie ich sie an. »Raushierraushierraushier!« Mein Hals tut mir immer noch weh.

Sie hat gelacht und ist aus dem Zimmer geflitzt. Ich habe die Tür hinter ihr abgeschlossen.

Mir gehen die Optionen aus. Wenn die merken, wie ich über Jess denke, werden sie sie mir wegnehmen. Manchmal denke ich, das wäre eine gute Lösung. Aber was, wenn die echte Jess da irgendwo drinsteckt und raus will? Wenn sie meine Hilfe braucht? Was, wenn sie mich braucht?

Ich muss handeln. Meine Möglichkeiten gegeneinander abwägen. Für alles offen bleiben. Alles bedenken.

Mir bleibt keine Wahl.

Gerhard Friedmann ist europaweit als »nicht kirchlicher Exorzist« tätig. Nachdem ich Ende Juni an seinen Verein gespendet hatte, war er zu einem Interview via Skype bereit.

Bevor ich auf Ihre Fragen eingehe, möchte ich etwas klarstellen. Ich verwende das Wort Exorzismus nur ungern. Es hat zu viele negative Konnotationen. Ich ziehe den Ausdruck »innere Heilung und spirituelle Befreiung« vor. Das ist die Dienstleistung, die ich anbiete. Ich möchte außerdem klarstellen, dass ich für meine Arbeit keine Gebühren erhebe, sondern lediglich um Spenden bitte, über deren Höhe der Proband oder Klient selbst bestimmt. Ich gehöre keiner Kirche und keiner Glaubensgemeinschaft an. Ich praktiziere auf meine eigene Weise. Und das Geschäft läuft momentan sehr gut. Sagen wir es so: Meistens fliege ich erster Klasse. Zu der Zeit, als Mr Craddock Kontakt zu mir aufnahm, führte ich an die drei spirituelle Befreiungen und Reinigungen täglich durch, in Großbritannien und im restlichen Europa.

Ich frage Gerhard, wie Paul Craddock ihn kontaktiert hat.

Es gibt für potenzielle Kunden mehrere Möglichkeiten, mit mir in Verbindung zu treten. Mr Craddock hat sich über eine meiner Facebook-Seiten bei mir gemeldet. Ich unterhalte mehrere davon. Ich twittere natürlich auch, und ich habe eine eigene Homepage. Da seine Lebensumstände einen Besuch bei ihm zu Hause nicht zuließen, trafen wir uns an einem Ort, an dem ich manchmal Geisterbefreiungen durchführe.

(Er weigert sich, den Treffpunkt preiszugeben.)

Ich frage, ob ihm Paul Craddock schon vor dem Treffen ein Begriff gewesen sei.

Ja. Mr Craddock ging sehr offen damit um, aber ich versicherte ihm, dass unser Verhältnis vertraulich bleiben würde, ähnlich dem zwischen Arzt und Patient. Die Hypothesen über Jessica Craddock und die anderen Kinder waren mir bekannt, aber ich habe mich beim Stellen der Diagnose nicht davon beeinflussen lassen. Ich unterhalte mich nur deswegen mit Ihnen, weil Paul Craddocks Verteidiger öffentlich gemacht haben, dass er meine Dienste in Anspruch nahm.

Ich erzähle ihm, dass ich mir seine Homepage angesehen habe und auf die Aussage gestoßen bin, manche Geister manifestierten sich in Form von Homosexualität. Ich möchte wissen, ob ihm klar war, dass Paul Craddock schwul war.

Ja, das war mir klar. Aber ich wusste auch, dass das in seinem Fall nicht die Wurzel des Übels war.
    Er fürchtete, er oder seine Nichte könnten von negativen Energien besetzt sein. Besessen, wenn Sie so wollen. Als wir uns trafen, war er aufgeregt, aber nicht nervös. Er wiederholte immer wieder, er habe mich nur kontaktiert, um »diese Möglichkeit auszuschließen«, und er bat mich, die Umstände zu untersuchen. Mr Craddock berichtete von zutiefst verstörenden Albträumen, in denen ihm sein verstorbener Bruder erschien, und von den Schwierigkeiten, auf seine Nichte einzugehen. Das sind beides Anzeichen für eine Besessenheit und/oder spirituelle Erkrankung, eine Folge übermäßigen Kontaktes mit negativen Energien.

Ich frage, ob er über Paul Craddocks psychische Probleme Bescheid wusste.

Ja. Auch da war er sehr direkt. Ich achte stets darauf, eine, um nur ein Beispiel zu nennen, schizophrene Episode nicht mit einer Besessenheit zu verwechseln. Aber in dem Fall wusste ich sofort, womit ich es zu tun hatte. In dieser Frage kann ich mich auf meine Intuition verlassen.

Ich frage ihn, wie eine Geisterbefreiung normalerweise vonstattengeht.

Zunächst einmal sorge ich dafür, dass mein Klient zur Ruhe kommt und sich wohlfühlt. Dann salbe ich seine Stirn mit Öl. Dazu ist jedwedes Öl geeignet, ich bevorzuge jedoch kaltgepresstes Olivenöl, mit dem ich bislang die besten Resultate erzielen konnte.

Dann muss ich entscheiden, ob ich es mit einer Vergiftung durch negative Energien zu tun habe oder mit einer systemischen Besessenheit. Falls das Subjekt besessen ist, gilt es im nächsten Schritt herauszufinden, welche Art von Entität sich an den Klienten angeheftet hat, um sie schließlich namentlich herauszurufen. Entitäten sind ein verstörendes und mächtiges Phänomen. Sie haben aus anderen Sphären den Weg auf die Erde gefunden. Sie haften sich an bereits geschwächte Individuen an, an Missbrauchsopfer beispielsweise oder an Menschen, die von den negativen Energien anderer durchtränkt sind und deren Abwehr deswegen geschwächt ist. Es gibt viele Arten von Entitäten. Ich habe mich auf jene spezialisiert, die ein Schlupfloch in unsere Dimension gefunden haben; meistens handelt es sich dabei um durch tragische Ereignisse besonders negativ geprägte Orte.

Ich führe auch Objektreinigungen durch, da auch Gegenstände negative Energien speichern können. Aus dem Grund rate ich meinen Klienten immer, im Umgang mit Antiquitäten und Museumsexponaten besonders vorsichtig zu sein.

Ich frage ihn, warum er, wenn Paul Craddock von Jessicas Besessenheit überzeugt war, nicht auf einer Reinigung des Mädchens bestand.

Das war in Pauls derzeitiger Lage unmöglich. Er sagte, er stehe unter der Beobachtung der Presse, die ihn und Jess auf Schritt und Tritt verfolgte.

Aber als er seine Symptome detailliert schilderte, darunter auch das quälende Gefühl, die echte Jess sei durch eine Kopie ersetzt worden, war ich mir sicher, dass sich die Entität, die möglicherweise seine Probleme verursachte, an ihn angehaftet hatte, nicht an seine Nichte. Der Kummer und das Leid, das er nach dem Tod seiner Familie durchlebte, haben seine Abwehrkräfte geschwächt und ihn zu einem idealen Kandidaten für eine Besessenheit gemacht. Er äußerte auch den Verdacht, Jess könne ein außerirdisches Wesen sein, aber ich konnte ihm versichern, dass es keine Außerirdischen gibt und er es höchstwahrscheinlich mit einer Bündelung schlechter Energien zu tun habe.

Und sobald ich Zugang zu ihm hatte, konnte ich feststellen, dass seine schwere Erkrankung in der Tat die Folge einer Vergiftung mit schlechter Energie war. Ich versprach ihm, dass er nach dem Reinigungsritual, das sich aus Ölsalbungen und Extraktion negativer Energien durch Handauflegen zusammensetzt, nicht mehr von Albträumen oder der Vorstellung, seine Nichte sei eine Doppelgängerin, heimgesucht werden würde.

Danach wies ich ihn darauf hin, dass er trotz der Reinigung noch sehr geschwächt sei und nach wie vor Spuren der negativen Energien, die im schlimmsten Fall die Entitäten anziehen, in sich trage. Ich riet ihm, sich unter allen Umständen zu schonen und jedwede Anstrengung zu meiden.

Er bedankte sich, und bevor er ging, sagte er: »Nun gibt es nur noch eine einzige Erklärung.«

Ich frage ihn, wie er diesen Satz verstanden habe.

Damals habe ich ihn gar nicht verstanden.

ZEHNTER TEIL
ENDSPIEL

Der Handelsreisende Joe DeLesseps ist beruflich viel in Maryland, Pennsylvania und Virginia unterwegs. Ende Juni interviewte ich ihn via Skype.

Meine Handelsvertretung umfasst drei Bundesstaaten, ich habe so ziemlich alles im Angebot, was der Eisenwarenmarkt hergibt. Manche Leute bestellen lieber persönlich bei einem Menschen als am Computer. Ich halte mich von den Highways fern, wenn es möglich ist. Ich bevorzuge die Nebenstraßen. So bin ich drauf, würde meine Enkelin Piper jetzt sagen. Im Laufe der Jahre habe ich mir eine feste Route erfahren, habe meine Stammlokale für Kaffee- und Kuchenpausen, manche besuche ich seit Jahren, auch wenn viele familiengeführte Betriebe der Rezession zum Opfer gefallen sind. Ich bin auch kein Fan dieser großen Motel-Ketten, ich mag die unabhängigen Läden lieber. Da hat man vielleicht kein Kabelfernsehen und kein Taco Bell nebenan, aber die Gesellschaft und der Kaffee sind besser und die Preise in Ordnung.

An dem Tag hinkte ich meinem Terminplan hinterher. Der Großhändler, den ich in Baltimore besucht hatte, plauderte gern, und ich hatte die Zeit aus den Augen verloren. Ich war schon drauf und dran, die Interstate zu nehmen, aber da gibt es diese kleine Raststätte kurz vor der Mile Creek Road – eine meiner Lieblingsstrecken, weil sie am Green Ridge Forest vorbeiführt –, wo der Kaffee gut ist und die Pancakes noch besser, also beschloss ich, den Umweg zu fahren. Meine Frau Tammy liegt mir ständig in den Ohren, ich müsse auf mein Cholesterin achten, aber ich dachte mir, was sie nicht weiß, macht sie nicht heiß.

Ich kam gegen fünf dort an, eine halbe Stunde vor Ladenschluss. Ich habe neben einem Chevy-SUV mit getönten Scheiben geparkt. Als ich im Diner stand, dachte ich mir, dass der Wagen sicher den Leuten gehörte, die in einer Nische am Fenster saßen und Kaffee tranken. Auf den ersten Blick sahen sie wie eine normale Großfamilie aus: zwei ältere Leute, ein Paar und ein Kind. Familienausflug mit Oma und Opa. Aber als ich genauer hinsah, schienen sie nicht so recht zueinander zu passen. Sie waren im Umgang nicht so locker und entspannt, wie es Familien und Urlauber normalerweise sind. Besonders das Paar wirkte angespannt. Man konnte die Knickfalten im Hemd des jungen Mannes noch sehen, als hätte er es gerade aus der Verpackung genommen.

Ich wusste, dass Suze, die Köchin, bald Feierabend machen wollte, deswegen bestellte ich eilig meine Pancakes und goss extra viel Sahne in meinen Kaffee, um ihn schneller trinken zu können.

»Po Po muss mal zur Toilette«, sagte der Junge und zeigte auf den Großvater. Dabei hatte der Alte gar nichts gesagt. Ich konnte sehen, dass mit dem irgendetwas nicht stimmte. Sein Blick war leer, so wie der meines Vaters, als es dem Ende zuging.

Die ältere Frau half dem Mann, zu den Toiletten zu schlurfen. Ich grüßte, als sie an meinem Tisch vorbeikamen, und sie lächelte müde. Man konnte sehen, dass ihre roten Haare gefärbt waren, am Ansatz wuchsen sie zentimeterbreit in Grau nach. Tammy hätte gesagt, da geht eine Frau, die schon seit einer Weile nicht mehr die Zeit findet, sich um ihr Äußeres zu kümmern. Ich spürte einen fremden Blick; der junge Mann musterte mich. Ich nickte und sagte, dass wir etwas Regen gebrauchen könnten, aber er antwortete nicht.

Sie verließen das Diner ein paar Minuten früher als ich, aber als ich zu meinem Auto kam, waren sie immer noch dabei, dem alten Mann in den SUV zu helfen.

»Wo wollen Sie denn hin?«, fragte ich höflichkeitshalber.

Der junge Mann sah mich schief an. »Pennsylvania«, sagte er. Ich habe sofort gemerkt, dass er sich die Antwort aus den Fingern gesogen hatte.

»Aha. Tja dann, gute Fahrt.«

Die ältere Frau, die mit den roten Haaren, lächelte mich unbeholfen an.

»Komm schon, Mom«, sagte die junge Frau zu ihr, und die Rothaarige zuckte zusammen, als hätte man sie gekniffen.

Der kleine Junge winkte mir zu, und ich habe gezwinkert. Süßer kleiner Kerl.

Sie brausten davon, in die falsche Richtung übrigens, wenn sie nach Pennsylvania wollten. Bestimmt war der SUV mit einem Navi ausgerüstet, außerdem hatte ich dem jungen Mann angesehen, dass er sich auskannte. Ich dachte mir, was soll's, geht mich nichts an.

Ich hatte nicht damit gerechnet. Ich bog um die Kurve und wurde von Scheinwerferlicht geblendet. Der Chevy lag auf dem Dach, auf der falschen Straßenseite.

Ich hielt an und wühlte im Kofferraum nach dem Erste-Hilfe-Koffer. Wenn man so viel mit dem Auto unterwegs ist wie ich, sieht man den einen oder anderen Unfall, deswegen hatte ich seit Jahren den Koffer dabei. Einmal habe ich sogar einen Erste-Hilfe-Kurs gemacht.

Sie hatten einen Hirsch angefahren. Ich schätze, der junge Mann hat das Steuer zu weit herumgerissen und das Auto damit zum Kippen gebracht. Ich konnte sofort sehen, dass die beiden vorne – der Fahrer, also der junge Mann, und die junge Frau mit dem strengen Gesicht – tot waren und dass es schnell gegangen war. Man konnte nicht mehr unterscheiden, wo der Hirsch aufhörte und die Menschen anfingen.

Der alte Mann auf der Rückbank war auch tot. Da war kein Blut, aber seine Augen standen offen. Er sah friedlich aus.

Die Frau mit den roten Haaren, ja, das war eine andere Sache. Ich sah nicht viel Blut, doch ihre Beine waren eingeklemmt. Ihre Augen waren offen, und ihr Blick war trüb.

»Bobby«, flüsterte sie.

Ich wusste, dass sie den Jungen meinte. »Ich suche ihn, Ma'am«, sagte ich.

Zuerst konnte ich ihn nirgends finden. Ich dachte, er wäre zur Heckscheibe hinausgeschleudert worden. Dann fand ich ihn etwa zweihundert Meter vom Auto entfernt. Er lag im Straßengraben auf dem Rücken, als betrachte er den Himmel. Man sieht gleich, wenn die Seele den Körper verlassen hat. Da ist diese Leere. Äußerlich schien er keinen Kratzer davongetragen zu haben.

Ich hatte keine Möglichkeit, die Frau da rauszuholen – dafür hätte man einen Metallschneider gebraucht –, und ich hatte Angst, ihre Wirbelsäule könnte verletzt sein. Irgendwann hörte sie zu weinen auf, und ich hielt ihre Hand, als sie einschlief. Ich lauschte dem Ticken des Motors und wartete auf die Polizei.

Erst am nächsten Tag erfuhr ich, wer sie waren. Tammy konnte nicht fassen, dass ich nichts gemerkt hatte. Der Junge war ständig auf den Titelseiten der Klatschzeitschriften gewesen, die sie immer liest.

Ich fand das nicht gerecht. Wie hoch ist die Wahrscheinlichkeit für so ein Kind, in *zwei* tödliche Unglücke verwickelt zu werden? Ich wollte eigentlich weiterarbeiten, bis Tammy mich in den Ruhestand zwingt; aber dann habe ich das Ganze als Zeichen genommen, dass es Zeit zum Aufhören ist. Als Zeichen dafür, dass es reicht.

Ich habe mir lange den Kopf zerbrochen über die Frage, ob Bobby Smalls Obduktionsbericht in dieses Buch gehört. Ich habe mich entschieden, einen Auszug aufzunehmen, weil verschiedene Verschwörungs-Webseiten weiterhin der Ansicht sind, sein Tod sei inszeniert. Ich möchte betonen, dass die Pathologin Alison Blackburn, Oberste Rechtsmedizinerin des Staates Maryland, bei der Leichenschau keine Auffälligkeiten entdecken konnte. Bobby Small wurde offiziell von Mona Gladwell identifiziert, die später zu keinem weiteren Gespräch mit mir bereit war.

(Empfindsame Leser möchte ich bitten, das folgende Kapitel zu überschlagen. Der vollständige Obduktionsbericht ist unter http://pathologicallyfamous.com nachzulesen.)

BUNDESSTAAT MARYLAND
RECHTSMEDIZINISCHES INSTITUT

Name des/der Verstorbenen: Bobby Reuben Small
Alter: 6 Jahre
Geschlecht: männlich
Obduktionsnr.: SM 2012-001346
Datum: 11.06.2012
Uhrzeit: 09:30

Untersuchung und Auswertung der Befunde: Dr. Alison Blackburn, Leiterin der Rechtsmedizin
Erstuntersuchung: Dr. Gary Lee Swartz, Stellvertretender Leiter der Rechtsmedizin
Osteologische Untersuchung: Dr. Pauline Swanson, ABFA
Toxikologische Untersuchung: Dr. Michael Greenberg, DABFT

ANATOMISCHER BEFUND

Kind männlichen Geschlechts mit minimalen Abschürfungen an Stirnbereich, Nase und Kinn. Komplette Dislokation von C6, C7 und C7, T1. Durchtrennung der Disci intervertebrales und Ligamenta flava C6, C7. Fraktur des Dornfortsatzes C7. Teilweiser Riss des Spinalganglions C6 und C7 rechts, multiple Einblutungen sichtbar.

TODESURSACHE

Traumatische Durchtrennung des Rückenmarks

TODESART

Unfalltod nach Fall aus Kraftfahrzeug

UNFALLHERGANG

Bobby Small, 6 Jahre alt, männlichen Geschlechts, hat vor sechs Monaten als einziger Passagier einen Flugzeugabsturz überlebt, bei dem auch seine Mutter ums Leben kam. Bei dem Unfall trug er leichte Verletzungen davon, von denen er vollständig genas. Da der Junge und die ihn betreuenden Großeltern von einer religiösen Gruppierung bedroht wurden, wurde ein Umzug an einen unbekannten Ort veranlasst. Die Familie wurde von zwei FBI-Agenten in einem Chevrolet Suburban SUV transportiert. Bobby saß mit einem Zwei-Punkt-Gurt angeschnallt auf der Rückbank zwischen seinen Großeltern. Gegen 17:00 Uhr hielt die Gruppe bei Duke's Roadside Diner in Maryland. Dort wurden sie vom Zeugen De-

Lesseps, einem Handelsreisenden, gesehen. Die Gruppe fiel dem Zeugen durch ungewöhnliches Verhalten auf. Die Erwachsenen bestellten Kaffee und für das Kind einen Erdbeermilchshake und Pommes frites. Die Gruppe brach gegen 17:30 Uhr auf, gefolgt von Mr DeLesseps, der den Chevrolet mit hoher Geschwindigkeit davonfahren sah. Gegen 17:50 erreichte Mr DeLesseps eine Kurve an einer bewaldeten Stelle und entdeckte den verunfallten Chevrolet am Straßenrand. Das Fahrzeug lag an einem großen Baum, und ein Hirschkadaver steckte in der Windschutzscheibe. In dem Fahrzeug befanden sich zwei tote Insassen auf den Vordersitzen und ein toter Insasse männlichen Geschlechts auf einem der Rücksitze. Ebenfalls auf einem der Rücksitze befand sich eine schwer verletzte weibliche Person im fortgeschrittenen Alter. Weil er den Jungen nicht finden konnte, den er zuvor gesehen hatte, machte Mr DeLesseps sich auf die Suche. Er fand den Jungen etwa zweihundert Meter vom Fahrzeug entfernt in einem flachen Entwässerungskanal. Das Kind wies keine Lebenszeichen mehr auf. Der Zeuge wählte umgehend den Notruf.

GUTACHTEN

1. Bericht der Zentralen Untersuchungsstelle für Kraftfahrzeuge: Chevrolet Suburban. Schäden an Motorhaube und Windschutzscheibe übereinstimmend mit Wildunfall. Eingedrücktes Fahrzeugheck übereinstimmend mit Kollision gegen Baumstamm. Zerbrochene Heckscheibe, Abriss der Rückhaltevorrichtung hinten Mitte. Keine Hinweise auf ältere Schäden am Fahrzeug oder technische Mängel.
2. Bericht der Untersuchungsgruppe Kraftfahrzeugbehörde: Abriebspuren auf dem Asphalt weisen auf plötzliches Bremsmanöver nach Kollision mit einem Hirsch bei erhöhter Geschwindigkeit hin. Das Fahrzeug geriet ins Schleudern, und es erfolgte ein rückseitiger Aufprall gegen einen Baumstamm. Anschnall-

gurte der erwachsenen Insassen unbeschädigt, Zwei-Punkt-Gurt Mitte Rückbank geöffnet und angerissen. In der Folge wurde das jüngste Unfallopfer (männlich) durch die zerstörte Heckscheibe aus dem Fahrzeug geschleudert.

IDENTIFIZIERUNG DES TOTEN

Am 11.06.2012 um 09:45 Uhr wurde am Leichnam von Bobby Small eine vollständige postmortale Untersuchung durchgeführt. Der Tote wurde im Rechtsmedizinischen Institut des Norfolk County identifiziert. Anwesender Obduktionsassistent war David Michaels.

KLEIDUNGSSTÜCKE/WERTSACHEN

Bobby Small trug eine hellrote Baseballkappe (am Unfallort aufgefunden), dunkelblaue Jeans, ein rotes T-Shirt mit dem Aufdruck »Nachts im Museum«, einen hellgrauen Kapuzenpullover und rote Stoffturnschuhe der Marke Converse.

ÄUSSERE BESICHTIGUNG

Das Unfallopfer ist weiß und männlichen Geschlechts. Ernährungs- und Entwicklungszustand, soweit erkennbar, altersentsprechend.
Körpergröße: 114 cm
Körpergewicht: 20,8 kg
Hellblondes, mittellanges und leicht gelocktes Haupthaar. Keine Naevi oder Tätowierungen. Kleine Narbe im Stirnbereich. Oberflächliche Hautabschürfungen im Stirnbereich sowie an Nase und Kinn. Pupillen isocor eng und auch sonst unauffällig. Hellblaue Iriden. Gesunde Milchzähne, Incisivi 51 und 61 fehlen.

Obwohl Paul Craddock versucht hat, die Festplatte seines Computers zu löschen, konnten verschiedene Textdokumente und E-Mail-Korrespondenzen ausgelesen werden. Der folgende Auszug gelangte auf Umwegen an die Öffentlichkeit.
(Tippfehler wurden nicht korrigiert, da sie einen Hinweis auf Paul Craddocks Geisteszustand liefern.)

Liste von komischen Sachen, die Jess heute gesagt hat (8. Juni)

(über ihr neues Lieblingsthema Langeweile) Onkel Paul, langweilt es dich manchmal, du zu sein? Ich bin gelangweilt, ich zu sein. (Wendet sich wieder ihrer neuen Lieblingssendung zu, diesem blöden TOWIE.) Diese Leute langweilen sich, sie zu sein. (Ich frage sie, was das z Teufel heißen soll.) Langeweile ist wie eine Tasse, die sich nicht füllen lässt. (so verdammt Zen, woher hat sie das????? Sicher nicht aus Promi Big Brother.)

(10. Juni)

Ich stelle ihr das Abendessen hin, sie sagt: Onkel Paul, stinkt Stephen inzwischen so schlimm wie diese Fischstäbchen? (Ich schreie, sie lacht.) Ich gehe weg, sie schaltet die Nachrichten ein. Ich höre sie über was anderes lachen. Muss fast kotzen als ich sehe, dass es die Nachricht von Bobby Small war, der bei einem Autounfall gestorben ist. Ich sage, was ist daran lustig, sie sagt er ist nicht tot, er stellt sich nur tot der Kindskopf. So wie Mummy und Daddy und Polly.

(Ich bin in der Küche und denke wieder mal über die Tabletten nach bzw. wie viele ich nehmen müsste, um auf der sicheren Seite zu sein.) Sie schleicht sich an, ohne dass ich es merke. Sie ist dicht an meinem Gesicht. Sie sagt, bin ich was Besonderes, Paul? In der Schule sagen sie das. Es ist ganz einfach.

(14. Juni)

Es hat mich beim Weinen erwischt. Willst du My Little Pony mit mir spielen? Du kannst wieder prinzessin luna sein und stephen ist prinzessin celestia (lacht).

1) BESESSEN: DAFÜR: weiß anscheinend immer was ich denke, weiß Sachen die sie eigentlich nicht wissen kann zB sexuelle Ortienttierung, weiß vion den stephen-träumen sagt die kämen von ihr
2) BESESSEN DAGEGEN: IRRATIONAL ICH WEISS das denke ich mir und sie hat auch keine Zuckungen oder so wie auf den Checklisten im Internet und sie spricht nicht mit fremder Stimme und dieser Arsch Gerhard hat gesagt es wäre unwahrscheinlich obwohl ich aif seine Meinung nicht vetrraue
3) APOKALYPTISCHE REITER: DAFÜR: Farben der Flugzeuge, jede Menge Zeichen, auf keinen Fall können die übetlebt haben, andere kinder sind auch seltsam und da ist bobbys seniler opa der reden kann und Hiro redet durch ienen beschissenen Roboter. und wie sollen sich so viele Leute irren denn sehr viele glauben dass es stimmt, und jtzt haben sie das vierte Kind auch nch gefunden obwohl das evt nur Blödsinn ist
4) REITER DAGEGEN: Was für ein besch Unsinn, sogar der Erzbischof von Canterbury und dieser Top Imam haben gesagt es ist totaler Unsinn und die glauben auch an Geister im Himmel. wenn da ein reiter in ihr steckt wo ist dann die echte Jess und warum sieht sie aus wie Jess. Die zeichen die im Internet stehen wären viell sowieso passiert und die Maul undklauenseuche ist jetzt eh vorbei und Tiere beißen städnig Menshcne genauso wie es immer schon Überflutungen gab usw usw.
5) CAPGRAS-SYNDROM: DAFÜR: meine psychische Erkrankung früher, acuh wenn die von zuviel Stress kam außerdem

wäre es schön eine medizinische Erklärung zu haben warum ich glaube sie wär nicht Jess obwohl sie wie jess aussieht und manchmal wie sie redet. Ich hoffe es ist das

6) CAPGRAS_SYNDROM DAGEGEN: hatte ich noch nie, keine Kopfverletzungen (es sei denn ich habe mir betrunken den Kopf gestoßen und weiß es nicht mehr) es ist sowas von scheißselten

7) AUSSERIRDISCHE: DAFÜR: dasselbe wie Besessenheit und würde erklären warum sie mich machmal beoachtet wie bei einem Experiment

8) AUSERIRDISCHE DAGEGEN: weil es nicht ratiuonal ist obwogl die beweise übetzeugend scheinen und das ist das einzige was ich noch nicht ausschließen konnte das solltest du dir nochmal genauer ansehen okay paul

An: **actorpc99@gmail.com**
Von: **openyreyes.com**
Betreff: **Re: Vertraulicher Rat**
Datum: 14. Juni 2012

Paul, danke für deine Mail, ich werde versuchen, dir zu helfen, so gut ich kann.

Wie ich bereits telefonisch sagte, die normalste Vorgehensweise von denen ist es, einen MIKROCHIP in das Subjekt einzupflanzen. Ich glaube, dass die Kinder im Moment des Absturzes in eine Stasis versetzt wurden, was ihre Unversehrtheit erklärt. Dann erfolgte die Implantierung. Durch direkte Stimmbefehle in den Schädel können die Anderen (ALIENS) die ausgewählten Opfer steuern und beeinflussen. Das ist eine neue Technologie, die allem LICHTJAHRE voraus ist, was wir in unserer Sphäre haben.

Du hast geschrieben, du hast alle anderen Möglichkeiten überprüft und kannst eine Besessenheit durch Dämonen ausschließen. Hut ab vor deiner Gründlichkeit!

Ich bin kein bisschen überrascht, dass Jess verstörende Symptome aufweist oder sich gegen ihren Charakter verhält – damit war zu rechnen. Denk dran, CHARAKTERLICHE Veränderungen gehören NICHT zu den Symptomen von einer posttraumatischen Belastungsstörung. Wie du schon sagtest, sieh dir mal den japanischen Jungen an (der durch einen Mechanismus spricht, einen ROBOTER) und den Jungen in Amerika, der zweifellos mit den kognitiven Fähigkeiten seines Großvaters experimentiert. Er ist höchstwahrscheinlich nicht tot. Es handelt sich um eine Verschwörung der Regierung, die mit den ANDEREN gemeinsame Sache macht. Sie bleiben von den Experimenten verschont und haben den Aliens im Gegenzug vertraglich zugesichert, unsere Energie unbeschränkt anzapfen zu dürfen.

Deine Fragen zu den Theorien der Pamelisten sind sehr interessant. Ich glaube, dass sie sich der Wahrheit in VIELEN Punkten annähern. Inhaltlich sind sie nicht so weit von UNS entfernt. Sie irren sich, aber sie sind der Wahrheit NÄHER, ALS SIE GLAUBEN.

Und was du fühlst, darf nicht mit dem Capgras-Syndrom verwechselt werden. Dabei handelt es sich um eine psychische Anomalie.

Wie weiter? Ich wär in Jess' Gegenwart extrem vorsichtig, aber es ist unwahrscheinlich, dass sie versuchen wird, dir zu schaden. Bei deinen Träumen und Visionen handelt es sich wahrscheinlich um durch den Mikrochip verursachte Interferenzen. Ich würde dir raten, sie genau zu beobachten und auf deine Wortwahl zu achten. Lass es mich wissen, wenn ich dir noch irgendwie helfen kann.

Viele Grüße,
    Si

Noriko Inada (Name geändert) wohnt im fünften Stock des Apartmentblocks gegenüber von Chiyoko Kamamotos Elternhaus. Den folgenden Text verfasste der Journalist Daniel Mimura vom *Tokyo Herald,* der zwei Tage nach Hiro Yanagidas Ermordung mit Noriko Inada sprach.
(Übersetzung von Eric Kushan)

Normalerweise wache ich morgens früh auf, gegen fünf Uhr, und während ich auf das Tageslicht warte, schaue ich oft auf den Wecker neben meinem Bett. Deswegen kann ich den genauen Zeitpunkt des ersten Schusses bestimmen. Obwohl unser Haus nur zweihundert Meter vom viel befahrenen Hatsudai Expressway entfernt steht, ist es vor Lärm geschützt. Den Schuss hörte ich trotzdem bis in mein Schlafzimmer. Ein gedämpfter Knall, der mich zusammenzucken ließ, und dann noch einer und dann noch zwei. Ich hatte noch nie einen Schuss gehört, außer im Fernsehen, deswegen wusste ich nicht, wie ich das Geräusch einordnen sollte. Ein Feuerwerk vielleicht? Und woher genau es kam, konnte ich auch nicht sagen.

Ich brauchte mehrere Minuten, um in meinen Rollstuhl zu kommen, aber dann schaffte ich es bis ans Fenster, wo ich fast alle meine Tage verbringe. Ich verlasse das Haus nur selten. Unser Haus hat einen Aufzug, aber man kommt ohne Hilfe schlecht hinein, und meine Schwester hat nur einmal in der Woche Zeit, mich zu besuchen und mir Lebensmittel zu bringen. Ich habe in dieser Wohnung viele Jahre mit meinem Ehemann zusammengelebt, und nach seinem Tod beschloss ich zu bleiben. Dies ist mein Zuhause.

Es war noch nicht hell, aber im Licht der Straßenlaternen konnte ich von meinem Fenster aus sehen, dass die Haustür der Familie Kamamoto offen stand. Es war noch zu früh für Kamamoto-san, zur Arbeit zu gehen; er verließ das Haus jeden Morgen um sechs, und so hatte ich Anlass zur Sorge. Nichts sonst in der Nachbarschaft regte sich. Als ich später an dem Tag von der Polizei befragt wurde, erfuhr ich, dass meine Nachbarn, die die Schüsse ebenfalls gehört hatten, sie für die Fehlzündung eines Autos gehalten hatten.

Ich öffnete das Fenster, um frische Luft hereinzulassen, dann wartete ich darauf, dass das Geräusch noch einmal zu hören war oder jemand aus dem Haus kam. Dann sah ich zwei Gestalten aus der Richtung des Hatsudai die Straße entlangkommen. Als sie mein Fenster passierten, erkannte ich Chiyoko Kamamoto in Begleitung eines langhaarigen Jungen, den ich schon viele Male auf dem Kinderspielplatz nebenan gesehen hatte. Einmal hatte ich beobachtet, wie er eine Nachricht auf den Asphalt sprühte, aber weil er sie später wieder abgewaschen hat, habe ich ihn nicht angezeigt. Die zwei waren sehr unterschiedlich. Chiyoko ging so aufrecht, als gehörte ihr die Straße, er dagegen gebeugt, als wollte er sich kleiner machen. Ich hatte Chiyoko schon oft am späten Abend zu einem Treffen mit ihm aus dem Haus schleichen sehen, nun sah ich sie zum ersten Mal zurückkommen. Sie unterhielten sich leise, sodass ich die Unterhaltung nicht ganz verstehen konnte. Chiyoko kicherte und stieß den Jungen mit dem Ellenbogen an, und er beugte sich hinunter, um sie zu küssen. Dann stieß sie ihn lachend von sich und drehte sich zum Haus um.

Als sie die geöffnete Tür sah, hielt sie inne und sah ihren Begleiter an. Sie ging hinein, und dreißig Sekunden später hörte ich einen Schrei. Nein, keinen Schrei, ein Wehklagen. Der Schmerz in diesem Wehklagen war schwer zu ertragen.

Der junge Mann, der draußen vor dem Haus gewartet hatte, zuckte zusammen, als hätte man ihn geschlagen, und dann stürzte er hinein.

Die Nachbarn traten aus den Hauseingängen, aufgeschreckt von dem Geschrei, das scheinbar nicht mehr aufhören wollte.

Chiyoko kam auf die Straße gewankt, den Jungen auf dem

Arm. Zuerst dachte ich, sie wäre mit schwarzer Farbe beschmiert, aber als sie in das Licht der Straßenlaterne unter meinem Fenster wankte, verfärbte das Schwarz sich zu Rot. Der kleine Junge, Hiro, lag schlaff in ihren Armen, und … und … ich konnte sein Gesicht nicht sehen. Da, wo es sein sollte, waren nur Blut und Knochen. Der große Junge wollte ihr helfen, und die Nachbarn auch, aber sie schrie nur, man solle sie in Ruhe lassen. Sie schrie Hiro an, er solle aufhören damit, er solle aufwachen.

Er war so ein braver kleiner Junge. Wann immer er aus dem Haus kam, schaute er zu mir herauf und winkte. Meine Schwester glaubte mir zuerst nicht, als ich ihr erzählte, das Wunderkind wohne gleich gegenüber, auf der anderen Straßenseite. Ganz Japan hatte den Jungen ins Herz geschlossen. Manchmal standen Fotografen auf der Straße; einer klopfte sogar an meine Tür und bat mich, das Haus von meinem Fenster aus filmen zu dürfen, aber ich habe es ihm verboten.

Es kann keine drei Minuten gedauert haben, bis ich den ersten Krankenwagen hörte. Drei Sanitäter waren nötig, um Hiro von Chiyoko zu trennen; sie hat gekämpft und um sich geschlagen und gebissen. Die Polizisten haben versucht, sie zu einem Streifenwagen zu schleifen, doch sie hat sich losgerissen und ist weggelaufen, noch bevor man sie aufhalten konnte. Sie war voller Blut. Der langhaarige Junge lief ihr hinterher.

Während die Nachricht sich verbreitete, wuchs die Zahl der Neugierigen und der Reporter. Als die Leichen in schwarzen Plastiksäcken aus dem Haus getragen wurden, verstummten alle. Da habe ich mich vom Fenster abgewendet.

Ich habe die folgende Nacht nicht geschlafen. Ich dachte, ich könnte nie wieder schlafen.

Nur wenige Minuten nachdem Hiros Ermordung bekannt wurde, entbrannte im Nachrichtenforum 2-chan eine Diskussion.

Name: Anonymous111
Post vom 22.06.2012, 11:19:29.15
Scheiße! Habt ihr das von Hiro gehört?

Name: Anonymous356
Ich fasse es nicht.
 Der Androidenjunge ist tot. Dieses Dreckschwein von einem US-Marine ist in das Haus eingedrungen. Hat die Eltern der Prinzessin erschossen und Hiro auch.

Name: Anonymous23
Habt ihr das auf Reddit gesehen? Der Marine war einer von diesen christlichen Fundamentalisten. Wie der Typ, der versucht hat, das Kind in den USA zu erschießen.

Name: Anonymous885
Orz war dabei. Orz und die Prinzessin haben die Leichen gefunden. Ich weine innerlich mit Orz. Habt ihr die Bilder von ihm gesehen? Er wollte sich zur Prinzessin durchkämpfen, aber die Polizisten hielten ihn zurück.
 Ich habe ihn angefeuert.

Name: Anonymous987
Wie wir alle, Mann. Bin so froh, dass sie am Ende abgehauen sind. Go Orz!

Name: Anonymous899
Die Prinzessin sieht nicht so sexy aus, wie ich dachte. Und Orz ist ein typischer *otaku*, genau so, wie ich ihn mir vorgestellt habe.

Name: Anonymous23
Ganz schön kaltherzig. Fick dich 899.

Name: Anonymous555
Was meint ihr, wo sind Orz und die Prinzessin hin? Sicher will die Polizei sie verhören.

Name: Anonymous6543
Ob es Orz gut geht?

Name: Anonymous23
Sei nicht so ein noob, 6543! Natürlich geht es ihm nicht gut!!!!!!

(Es folgen Spekulationen darüber, was Orz und seiner Prinzessin bevorsteht. Und dann, etwa drei Stunden später, meldet Ryu sich zu Wort.)

Name: Orz Man
Post vom 22.06.2012, 14:10:19.25
Hey, Leute.

Name: Anonymous111
Orz??? Bist du es wirklich?

Name: Orz Man
Ich bin's.

Name: Anonymous23
Orz, alles okay? Wie geht es der Prinzessin? Wo seid ihr?

Name: Orz Man
Ich habe nicht viel Zeit. Die Prinzessin wartet auf mich.
 Ich habe ihr eure Nachrichten gezeigt, und sie sagt, nun da ihr wisst, wer wir wirklich sind, ist es auch egal. Sie sagt, dass ihr nie vergessen dürft, was man uns angetan hat.

Sie ist ein gebrochener Mensch.

Ich auch.

Ich wollte euch allen trotzdem danke sagen für eure Unterstützung. Das ist nicht leicht …

Wollte euch darüber informieren, dass ihr nie wieder von mir hören werdet.

Wir werden für immer zusammen sein. Wir gehen an einen Ort, an dem uns keiner mehr wehtun kann.

Ich wünschte, ich könnte jeden Einzelnen von euch persönlich kennenlernen. Ohne eure Unterstützung hätte ich nie den Mumm gehabt, mein Zimmer zu verlassen.

Macht's gut.

Euer Freund Ryu (alias Orz Man)

Name: Anonymous23
Orz???????

Name: Anonymous288
Orz!!!!! Komm zurück, Mann.

Name: Anonymous90
Er ist weg.

Name: Anonymous111
Netizens, das ist gar nicht gut. Für mich klingt das wie ein Abschiedsbrief …

Name: Anonymous23
Aber so was würde Orz nie tun, oder?

Name: Anonymous57890
Wenn man mal drüber nachdenkt. Wenn Orz und die Prinzessin in der Nacht nicht ausgegangen wären, hätte der Marine sie vielleicht auch erschossen.

Name: Anonymous896
Orz hat ihr das Leben gerettet.

Name: Anonymous235
Ja. Und wenn 111 recht hat, werden sie sich jetzt zusammen umbringen. Doppelselbstmord.

Name: Anonymous7689
Es gibt keine Beweise dafür, dass sie das vorhaben.

Name: Anonymous111
Diese amerikanischen Schweine. Die stecken dahinter. Sie haben Hiro ermordet und Orz' Glück zerstört. Die dürfen nicht ungestraft davonkommen.

Name: Anonymous23
Genau. Orz ist einer von uns. Sie müssen dafür bezahlen.

Name: Anonymous111
Netizens, es ist an der Zeit zu HANDELN.

Melanie Moran ließ sich kurz nach Jessica Craddocks Beerdigung Mitte Juli von mir via Skype interviewen.

Ich gebe mir selbst die Schuld. Geoff sagt, ich dürfe das nicht tun, aber an manchen Tagen kann ich nicht anders. »Du hast schon genug um die Ohren, Blümchen«, sagt er immer zu mir. »Was hättest du denn machen sollen?«

Im Nachhinein, wenn man schlauer ist und so, muss ich sagen, ich hätte es kommen sehen müssen. Paul hatte sich seit einer ganzen Weile schon merkwürdig verhalten, so sehr sogar, dass es selbst Kelvin und den anderen aufgefallen war. Er war nicht zu den letzten drei 277-Treffen erschienen, und er hat Geoff und mich in den Wochen davor auch nicht mehr gebeten, Jess von der Schule abzuholen oder zu babysitten. Ehrlich gesagt waren Geoff und ich ein bisschen froh über die Pause. Wir hatten viel um die Ohren, da wir uns doch um unsere Enkel kümmern müssen und Gavin sich früher als geplant zu den Prüfungen an der Polizeiakademie gemeldet hat. Und Paul konnte einen ganz schön vereinnahmen, er stand gern im Mittelpunkt. Er konnte recht fordernd und ichbezogen sein. Trotzdem hätte ich mehr für ihn tun müssen. Ich hätte mir die Mühe machen sollen, hinzufahren und nach ihm zu sehen.

Ich habe diesen Sozialarbeiter, der immer bei ihm war, im Radiointerview gehört, der hat versucht, sich zu rechtfertigen. Er hat gesagt, kein Wunder, dass sich alle haben täuschen lassen, immerhin sei Paul Schauspieler, er habe seinen Lebensunterhalt damit verdient, in unterschiedliche Rollen zu schlüpfen. Aber das war nur eine Ausrede. Die Wahrheit ist, dass die vom Jugendamt versagt haben. Die haben es vermasselt. So wie dieser Psychologe. Es ist, wie Geoff immer gesagt hat – ein *so* guter Schauspieler war Paul nun auch wieder nicht.

Als wir die 277-Gruppe gründeten, waren einige – nicht alle, das betone ich – der Meinung, Paul solle sich im Hintergrund halten und die anderen reden lassen, schließlich war er der Einzige von uns, in dessen Familie jemand überlebt hatte. Ich und Geoff waren anderer Ansicht. Paul hatte seinen Bruder verloren, nicht wahr? Und seine Nichte und seine Schwägerin. Als Paul Jess zum ersten Mal zum Treffen mitbrachte, konnten die meisten sie kaum ansehen; wie verhält man sich einem Wunderkind gegenüber? Denn das war sie. Ein Wunder, und nicht nur in dem Sinne, wie die Fundamentalisten es meinen. Sie sollten mal hören, wie Pater Jeremy sich über diese Leute aufregt. »Sie bringen das Christentum in Verruf!«

Wir haben öfters auf Jess aufgepasst, wenn Paul seinen Erledigungen nachging. Ein nettes kleines Mädchen und so aufgeweckt. Ich war erleichtert, als Paul beschloss, sie wieder zur Schule zu schicken. Ihr einen so normalen Alltag wie möglich zu bieten. Die Grundschule, die sie besucht hat, machte einen guten, verlässlichen Eindruck, und für Polly haben sie einen wunderschönen Trauergottesdienst abgehalten, nicht wahr? Ich denke, für Paul war es oft viel schwieriger als für uns. In seiner Familie hatte zwar jemand überlebt, aber dann wiederum wurde er ständig daran erinnert, dass er die anderen verloren hatte, nicht wahr?

Sie merken bestimmt, dass ich versuche, nicht zum nächsten Teil zu kommen. Bislang habe ich nur mit Geoff und Pater Jeremy über die Einzelheiten gesprochen. Meine Danielle hätte das einen *totalen mind fuck* genannt. Sie hatte eine große Klappe! Ganz die Mutter.

Achten Sie nicht drauf ... ich bin nah am Wasser gebaut. Ich weiß, die Leute halten mich für unerschütterlich, für eine zähe alte Zicke, und das bin ich auch ... aber so was hinterlässt Spuren. So viel Leid, so viel Tod. Und alles so sinnlos. Jess hätte nicht sterben müssen, Danielle hätte nicht sterben müssen.

An dem Tag hatte ich mein Handy ausgeschaltet. Nur für ein paar Stunden. Danielles Geburtstag rückte näher, und mir ging es nicht gut. Ich beschloss, mir was zu gönnen und mich in der Badewanne aufzuwärmen. Als ich das Handy wieder einschaltete, sah ich, dass Paul eine Nachricht hinterlassen hatte. Zunächst entschuldigte er sich dafür, dass er sich so lange nicht gemeldet hatte, er habe nachdenken müssen und viel zu regeln gehabt in den letzten Tagen. Seine Stimme klang tonlos. Leblos. Im Nachhinein muss ich sagen, dass ich da schon etwas hätte ahnen müssen. Er hat mich gebeten, ihn zu besuchen, er wolle mit mir reden. Er sei den ganzen Tag zu Hause.

Ich habe versucht, ihn zurückzurufen, aber der Anruf wurde sofort auf die Voicemail umgeleitet. Zu Paul zu fahren war das Letzte, worauf ich Lust hatte, aber ich fühlte mich schuldig, weil ich nicht angerufen und nachgefragt hatte, warum er nicht zum 277-Treffen gekommen war. Geoff war bei Gavin, um auf die Kleinen aufzupassen, also bin ich alleine los.

Ich kam an und klingelte, aber nichts passierte. Ich versuchte es noch einmal und merkte da erst, dass die Haustür nur angelehnt war. Ich wusste, dass irgendwas nicht stimmte, trotzdem bin ich reingegangen.

Ich habe sie in der Küche gefunden. Sie lag auf dem Boden ausgestreckt, auf dem Rücken, gleich neben dem Kühlschrank. Alles war rot. Die Wände waren bespritzt, der Kühlschrank und alle Haushaltsgeräte. Zuerst wollte ich nicht glauben, dass es Blut ist. Aber dieser Geruch! Das sagen sie im Fernsehen nie, in den Krimiserien. Wie schlecht Blut riechen kann. Ich wusste sofort, dass sie tot ist. Draußen war es warm, und schon summten die ersten dicken Schmeißfliegen um sie herum, krochen ihr übers Gesicht und so. Die Stellen, wo er … o Gott … wo er zugestochen hatte … tiefe Schnitte, an manchen Stellen bis auf den Knochen. Unter ihr hatte sich eine Blutlache gebildet. Ihre Augen waren geöffnet und starrten zur Decke, auch sie waren blutig.

Ich musste mich übergeben. Sofort. Auf meine Kleider. Ich fing zu beten an, und meine Beine wurden auf einmal so schwer, als hingen Zementblöcke daran. Ich dachte, ein Verrückter muss hier eingebrochen sein und sie überfallen haben. Ich zog mein Handy heraus und wählte den Notruf. Ich kann immer noch nicht glauben, dass ich es schaffte, mich verständlich zu machen.

Ich hatte den Anruf eben beendet, als ich einen dumpfen Schlag aus dem Obergeschoss hörte. Mein Körper setzte sich wie von allein in Bewegung. Ich weiß, das ergibt keinen Sinn. Es war, als würde ich vorwärtsgeschoben. Immerhin musste ich doch davon ausgehen, dass Jess' Mörder noch im Haus war.

Ich stieg die Treppe hoch wie ein Roboter. Ich stieß mir den Zeh an der obersten Stufe, aber ich merkte es kaum.

Er lag auf dem Bett, so weiß wie das Laken. Überall lagen leere Schnapsflaschen auf dem Teppich verstreut.

Zuerst dachte ich, er wäre tot. Dann stöhnte er, ich zuckte vor Schreck zusammen, und dann sah ich die leere Schlaftablettenpackung in seiner Hand und neben ihm eine leere Bell's-Flasche.

Auf dem Nachttisch lag eine Nachricht in riesigen, krakeligen Buchstaben. Ich werde diese Worte niemals mehr aus meinem Kopf bekommen: »Ich musste es tun. Es war die EINZIGE LÖSUNG. Ich musste den Chip rausschneiden, um sie zu BEFREIEN.«

Ich wurde nicht ohnmächtig, aber an die Zeit bis zum Eintreffen der Polizei habe ich keine Erinnerung mehr. Die Nachbarin, diese arrogante Dame, nahm mich gleich mit zu sich rüber. Man konnte ihr ansehen, dass sie ebenfalls unter Schock stand. An dem Tag war sie sehr nett. Hat mir einen Tee gekocht und mir geholfen, meine Klamotten sauber zu machen, und sie hat Geoff für mich angerufen.

Sie sagen, es habe lange gedauert, bis Jess auf dem Fußboden verblutet ist. Das geht einem durch den Kopf, ständig. Hätte ich Paul doch bloß früher besucht. Hätte, hätte, hätte.

Und jetzt ... ich bin nicht wütend auf Paul, eher habe ich Mitleid. Pater Jeremy sagt, nur die Vergebung bringt einen weiter. Aber manchmal denke ich, es wäre besser gewesen, wenn er gestorben wäre. Jetzt sitzt er da in dieser Anstalt ein, was für eine Zukunft hat er noch zu erwarten?

Der folgende Artikel des Journalisten Daniel Mimura erschien am 7. Juli 2012 in der Onlineausgabe des *Tokyo Herald*.

ORZ-BEWEGUNG NIMMT TOURISTEN AUS DEM WESTEN INS VISIER

Gestern Nachmittag wurde ein Reisebus mit US-amerikanischen Touristen bei der Ankunft auf dem Parkplatz des Meiji-Schreins in Shibuya mit roten Farbbeuteln und Eiern beworfen. Die Täter konnten fliehen, bevor die Polizei eintraf. Als sie den Schauplatz verließen, skandierten die Angreifer nach Zeugenberichten »Rache für Orz!«. Bei dem Anschlag wurde niemand verletzt, auch wenn einige der älteren Reisenden einen leichten Schock davontrugen.

Unbestätigten Berichten zufolge wurden gestern Abend mehrere amerikanische Sprachschüler in einem Elektronikmarkt in Akihabara belästigt, im Inokashira-Park wurde angeblich ein britischer Tourist fremdenfeindlich beschimpft.

Die Übergriffe gehen vermutlich auf die Orz-Bewegung zurück, eine neue Gruppierung, die sich nach dem Mord an Hiro Yanagida gebildet und bislang mehrere westliche und religiöse Einrichtungen mit Graffiti beschmiert hat. Am 24. Juni, zwei Tage nach Hiro Yanagidas Ermordung, entdeckte das Reinigungspersonal der in unmittelbarer Nähe des Louis-Vuitton-Stores gelegenen Vereinigungskirche in Omotesando eine in roter Farbe an den Haupteingang gemalte Handtasche. Am selben Abend wurde in zwei Tokioter Wendy-Filialen und dem McDonald's in Shinjuku das mittels Schablone gesprühte Bild eines sich übergebenden Mannes entdeckt, das für ebenso viel Belustigung wie Empörung sorgte. Eine Woche später wurde ein Maskierter von einer Überwachungskamera dabei gefilmt, wie er die Plakette am Eingang der US-Botschaft mit Farbe verunstaltete.

Das Signaturkürzel Orz wurde an allen Tatorten entdeckt. Der Schriftzug ORZ – ein Emoticon oder *emoji* – erinnert an ein Strichmännchen, das den Kopf gegen den Boden schlägt und in der Chatsprache für Verzweiflung oder Depression steht. In Chatforen wie dem 2-channel fand es weite Verbreitung.

Die Polizei war bislang erfolglos in ihren Bemühungen, der zunehmenden Radikalisierung der Jugendbewegung Einhalt zu gebieten. Die in mittlerweile fast allen japanischen Städten, darunter auch Osaka, gesichteten ORZ-Tags lassen vermuten, dass die Bewegung großen Zulauf hat.

Ein Sprecher der staatlichen japanischen Tourismusbehörde betonte, Japan sei kein Land des »gewalttätigen Protests« und dürfe nicht für die Taten einer »fehlgeleiteten Minderheit« verurteilt werden.

Mittlerweile hat die Orz-Bewegung eine eloquente und prominente Fürsprecherin gefunden. Aikao Uri, Anführerin des umstrittenen, aber schnell wachsenden Hiro-Kults, hat folgendes Statement veröffentlicht: »Der unverzeihliche Mord an Hiro und die Tatenlosigkeit der US-Regierung, die es versäumt hat, die Drahtzieher des Anschlages vor Gericht zu stellen, sind ein deutliches Signal für uns, die diplomatischen Beziehungen sofort abzubrechen. Japan ist kein kleines Kind, das auf seine amerikanische Nanny angewiesen ist. Ich beglückwünsche die Orz-Aktivisten zu ihren Erfolgen. Eine Schande, dass unsere Regierung zu ängstlich ist, diesem Beispiel zu folgen.« Anders als andere nationalistische Hardliner hat Aikao Uri sich dafür ausgesprochen, die diplomatischen Beziehungen zu Korea und der Volksrepublik China zu intensivieren. Auch Reparationszahlungen an jene Nationen, die im Zweiten Weltkrieg zum Schauplatz japanischer Kriegsverbrechen wurden, schloss sie nicht aus. Sie kämpft an vorderster Front für die Kampagne zur Aussetzung des historischen »Vertrages über gegenseitige Kooperation und

Sicherheit zwischen Japan und den Vereinigten Staaten« und für den Abzug aller US-Soldaten von der Insel Okinawa. Aikao Uri ist die Ehefrau des Politikers Masamara Uri, der als aussichtsreicher Kandidat für das Amt des Premierministers gehandelt wird.

NACHTRAG ZUR ERSTEN AUSGABE

Der folgende Artikel erschien am 28. Juli 2012 im *Tokyo Herald*.

LEICHNAM VON »ORZ MAN« IN JUKAI GEFUNDEN

Jedes Jahr durchkämmen die Fujisan Rangers und freiwillige Helfer der Polizeipräfektur Yamanashi den berüchtigten Wald von Aokigahara, um die Leichen all jener zu bergen, die im »Meer aus Bäumen« den Freitod gewählt haben. In diesem Jahr wurden die sterblichen Überreste von über vierzig Personen gefunden. Die Polizei vermutet, dass sich unter den Toten auch der 22-jährige Ryu Takami befindet, der durch die Schilderung seines Liebeskummers im Internetforum 2-chan zu Berühmtheit gelangte. Es wird gemutmaßt, dass Takami, der unter dem Usernamen »Orz Man« schrieb, eine Beziehung mit Chiyoko Kamamoto (18) führte, der Cousine von Hiro Yanagida, einziger Überlebender des Sun-Air-Fluges 678. Chiyoko und Ryu verschwanden am 22. Juni 2012. Am selben Tag waren Hiro und Chiyokos Eltern von Jake Wallace erschossen worden, einem im Camp Courtney auf Okinawa stationierten US-Soldaten. Der Obergefreite Wallace beging noch am Tatort Selbstmord. Neben Takamis von der Witterung bereits entstellter Leiche lagen die Schuhe, das Handy und die Brieftasche von Chiyoko Kamamoto. Die Polizei vermutet, dass Kamamoto ebenfalls Selbstmord beging; ihre Leiche wurde bislang jedoch nicht gefunden.

Ironie des Schicksals: Entdeckt wurde der Leichnam ausgerechnet von Yomijuri Miyajima (68), jenem ehrenamtlichen Mitarbeiter, der Hiro Yanagida am 12. Januar 2012 von der Absturzstelle barg. Miyajima, der sich von Hiros vorzeitigem Tod erschüttert zeigte, fand Takamis teilweise verwesten Leichnam in der Nähe der Narusawa-Eishöhle.

Takamis Verschwinden löste die bis heute andauernden und zunehmend gewalttätigen antiamerikanischen Proteste der Orz-Bewegung und des Hiro-Kultes aus. Die Behörden fürchten, dass der Leichenfund zu einer Eskalation der ohnehin gespannten Lage im Land führen wird.

Der Journalist Vuyo Molefe nahm am 30. Juli 2012 in Johannesburg an einer Pressekonferenz des südafrikanischen Ablegers der Humanistischen Liga teil. Folgen Sie ihm auf @VMtruthhurts.

VuyoMolefe@VMtruthhurts
Musste Akkreditierung am Eingang zum Joburg Convention Centre nun zum dritten Mal vorzeigen #chilloutwerenotterrorists

VuyoMolefe@VMtruthhurts
Jede Menge Spekulationen. Angeblich wird gleich Veronica Oduah auftreten

VuyoMolefe@VMtruthhurts
@melanichampa Keine Ahnung. Bin seit einer Stunde hier. Wenn du kommst, bring Kaffee und Donuts mit, Sis

VuyoMolefe@VMtruthhurts
ENDLICH Kelly Engels von der Humanistischen Liga spricht. Sie erzählt vom laufenden US-Wahlkampf

VuyoMolefe@VMtruthhurts
KE: besorgt über wachsenden Zulauf bei der Religiösen Rechten – könnte globale Folgen haben

VuyoMolefe@VMtruthhurts
Gerüchte stimmen. Veronica Oduah ist hier! Sieht älter aus als 57. Braucht Hilfe, um aufs Podium zu kommen

VuyoMolefe@VMtruthhurts
VO sehr nervös. Sagt sie will reinen Tisch machen. Saal hält die Luft an. Kann nur eins bedeuten

VuyoMolefe@VMtruthhurts

VO: Er ist nicht mein Neffe. War wochenlang an geheimem Ort versteckt. Hab es ihnen sofort gesagt, als ich ihn zum 1. Mal sah

VuyoMolefe@VMtruthhurts

VO: Sie haben mir Geld angeboten für mein Schweigen, ich wollte es nicht. VO sagt auch, der Cousin von Ks Dad hätte Schmiergeld angenommen

VuyoMolefe@VMtruthhurts

BBC-Kollege: Wer hat Geld angeboten? VO: Amerikaner. Kenne die Namen nicht

VuyoMolefe@VMtruthhurts

Alles drunter und drüber hier. KE: Informant im Labor in Joburg kann beweisen, dass Kens mtDNA-Abgleich gefälscht wurde

VuyoMolefe@VMtruthhurts

Informant sagt, dass er bestochen wurde u die Regierung von SA mit der Religiösen Rechten zusammenarbeitet #surprisesurprisecorruptionagain

VuyoMolefe@VMtruthhurts

Noch ein Überraschungsgast! Kollege aus Simbabwe neben mir meint: Das ist noch besser als d Korruptionsprozess gegen Verkehrsminister Mzobe

VuyoMolefe@VMtruthhurts

Neue Sprecherin, Frau aus Westkap – Lucy Inkatha. Sagt »Kenneth« ist ihr Enkel Mandla

VuyoMolefe@VMtruthhurts

LI: Mandla ist von zu Hause weggelaufen, um seinen Vater in Kapstadt zu suchen. 8-jähriger besuchte Sonderschule

VuyoMolefe@VMtruthhurts
KE: Setzen uns dafür ein, dass Mandla asap wieder nach Hause kann

VuyoMolefe@VMtruthhurts
VO: Es ist schwer, aber muss akzeptieren, dass Kenneth tot ist. Reporter in Aufruhr

VuyoMolefe@VMtruthhurts
KE: Jetzt ist die Wahrheit bekannt, die Leute können selbst sehen, worum es den Politikern wirkl geht

VuyoMolefe@VMtruthhurts
KE: Bedanke mich bei allen, die mutig genug waren, hier aufzutreten und die Wahrheit zu sagen

VuyoMolefe@VMtruthhurts
RT@kellytankgrl ENDLICH ein Funken Vernunft in diesem Chaos #dontletthebastardswin

VuyoMolefe@VMtruthhurts
RT@brodiemermaid PR-Team der Relig Rechten wird ein zweites Wunder brauchen, um da wieder rauszukommen #dontletthebastardswin

VuyoMolefe@VMtruthhurts
Schreit es heraus. Warten auf Reaktion der Endzeitler. Könnte es ihre Mehrheit gefährden? #dontletthebastardswin

NACHWORT DES HERAUSGEBERS ZUR JUBILÄUMSAUSGABE

Als Elspeth Martins' Agentin mir Anfang 2012 das Exposé zu *Vom Absturz zur Verschwörung* schickte, war ich ab der ersten Seite fasziniert. Ich hatte Elspeths beeindruckendes Debüt *Ausgerastet* gelesen, und ich wusste: Falls irgendjemand uns die Ereignisse vom Schwarzen Donnerstag und die Geschichte der Drei aus einer neuen Perspektive erzählen kann, dann Elspeth. Während sie an dem Buch arbeitete, wurde uns klar, dass wir uns eines beispiellosen Projektes angenommen hatten. Wir entschieden uns, so schnell wie möglich in den Druck zu gehen, um Elspeths Buch Anfang Oktober 2012 herausbringen zu können, noch vor den richtungsweisenden US-Wahlen.

Eine Woche später mussten wir die zweite, kurz darauf die dritte Auflage nachdrucken. Trotz der weltweiten Rezession und der radikalen Einbrüche am Buchmarkt hat sich das Werk inzwischen über 15 Millionen Mal als Printausgabe oder E-Book verkauft. Und niemand – vor allem nicht Elspeth selbst – hätte ahnen können, wie viel Aufsehen ihr Buch erregen würde.

Wozu also eine Jubiläumsausgabe? Warum das Buch, das die Humanistische Liga »aufrührerisch und gefährlich« nannte, in so schwierigen Zeiten wie diesen noch einmal herausbringen?

Abgesehen davon, dass *Schwarzer Donnerstag* von kultureller und historischer Bedeutung ist, weil es die US-Präsidentschaftswahlen im Jahr 2012 maßgeblich beeinflusste, konnten wir uns die Veröffentlichungsrechte an neuem, sensationellem Material sichern, das den Anhang dieser Ausgabe bildet. Vielen unserer Leser wird bekannt sein, dass Elspeth Martins am zweiten Jahrestag der Katastrophe verschwand. Die Fakten: Elspeth reiste nach Japan und verließ ihr Hotel im Tokioter Bezirk Roppongi am Morgen des 12. Januar 2014. Was danach geschah, können wir nur erahnen; spätere Versuche, ihren letzten Aufenthaltsort zu ermitteln, wurden durch die politischen Spannungen in der Region vereitelt. Offenbar hat sie seit jenem Tag weder ihr Handy noch ihre Kreditkarten benutzt, obgleich im Oktober 2014 bei Amazon ein E-Book von »E. Martins« mit dem Titel *Unveröffentlichte Geschichten vom Schwarzen Donnerstag* im Selbstverlag erschien. Es wird viel spekuliert, ob es sich um einen Text von Elspeth selbst handelt oder ob ein Trittbrettfahrer aus dem Ruhm der Autorin Kapital zu schlagen versucht.

Elspeths frühere Lebensgefährtin Samantha Himmelman hat uns die Erlaubnis erteilt, Elspeths letzte Korrespondenz in diese Jubiläumsausgabe aufzunehmen. Sie finden sie im Anhang.

Elspeth, bitte melden Sie sich!

Jared Arthur
Verlagsleiter
Jameson & White
New York, Januar 2015

AN: <**Samantha Himmelman**> samh56@ajbrooksideagency.com
VON: <**Elspeth Martins**> elliemartini@fctc.com
BETREFF: **Bitte lesen**
12. Januar 2014, 07:14 Uhr

Sam,
ich weiß, du hast mich gebeten, dich nicht mehr zu kontaktieren, aber es scheint mir passend, dir das hier am zweiten Jahrestag des Schwarzen Donnerstags zu schicken, vor allem, weil ich morgen in den Aokigahara-Wald fahre. Daniel – mein Kontaktmann in Tokio – will mich unbedingt davon abbringen, aber nun, da ich schon so weit gekommen bin, will ich es auch zu Ende bringen. Ich möchte nicht melodramatisch klingen, aber viele Leute sind schon in diesen Wald gegangen und nie wieder herausgekommen, oder? Keine Sorge, ich habe nicht vor, mich umzubringen. Ich weiß auch nicht, warum ich dir schreibe. Ich war wohl einfach der Meinung, ich hätte eine zweite Chance verdient, und außerdem muss irgendwer erfahren, warum ich hier bin.

Du hältst mich sicher für verrückt, in so einer Zeit nach Japan zu fliegen, vor allem jetzt, da das Schreckgespenst der tri-asiatischen Allianz Gestalt annimmt. Aber die Stimmung hier ist nicht so gedrückt, wie du vielleicht gehört hast. Weder die Zollbeamten noch die vielen Leute im Ankunftsbereich waren mir gegenüber feindselig; ich fand sie höchstens gleichgültig. Dann wiederum wirkt mein Hotel im »West-Sektor«, früher ein Fünf-Sterne-Hyatt – gigantische Marmorlobby, Designertreppen –, ziemlich heruntergekommen. Ein Däne, der bei der Passkontrolle hinter mir in der Warteschlange stand, hat mir erzählt, dass die den Westlern zugewiesenen Hotels inzwischen von brasilianischen Einwanderern geführt werden, die befristete Aufenthaltsgenehmigungen bekommen und für den Mindestlohn arbeiten – folglich haben sie null Anreize, auf die Einhaltung der Standards zu achten. Nur einer der Aufzüge funktioniert, in meinem Flur sind ziemlich viele Lampen kaputt (auf dem Weg in mein Zimmer hatte ich wirklich Angst), und der Teppichboden wurde augenscheinlich seit Monaten nicht mehr gesaugt. In meinem Zimmer stinkt es nach kaltem Zigarettenqualm, und zwischen den Fliesen im Bad wächst schwarzer Schimmel. Die Toilette wiederum – ein futuristisches Ding mit beheizbarer Brille – funktioniert tadellos (ich danke euch, ihr japanischen Ingenieure).

Wie dem auch sei – ich schreibe dir nicht, um über mein Hotelzimmer zu jammern, siehe Anhang. Ich kann dich nicht zwingen, es zu lesen; wahrscheinlich hast du nur die Betreffzeile überflogen und diese Mail längst gelöscht. Du wirst es mir nicht glauben, aber trotz der vielen einkopierten Abschnitte und der vielen Transkripte (du kennst mich, alte Gewohnheit) habe ich, das schwöre ich dir, nicht vor, ein weiteres Buch zu schreiben. Zumindest jetzt nicht. Ich habe die Schnauze voll.

XX

Brief an Sam

11. Januar, 18:00 Uhr, Roppongi Hills, Tokio
Sam – ich habe dir so viel zu erzählen. Ich weiß gar nicht, wo ich anfangen soll. Aber da ich heute Nacht ohnehin nicht einschlafen kann, werde ich das Beste daraus machen und sehen, wie weit ich komme.

Hör mal, ich weiß, dass du der Meinung bist, ich hätte mich letztes Jahr nach London »abgesetzt«, um dem Beschuss nach der Buchveröffentlichung zu entgehen, und ja, das war sicher auch ein Grund. Die Humanisten und die Hater bombardieren mich immer noch mit Mails und werfen mir vor, ich allein sei verantwortlich dafür, dass ein Fundamentalist ins Weiße Haus eingezogen ist. Sicher denkst du, dass ich nur bekomme, was ich verdient habe. Keine Sorge – ich will mich nicht verteidigen oder mich damit herausreden, dass alles, was ich in *Vom Absturz zur Verschwörung* (oder, wie du es unbedingt nennen willst, *Vom Müll der Verschwörung*) veröffentlicht habe, öffentlich zugängliches Material war. Nur damit du es weißt, ich habe immer noch Gewissensbisse, dir die letzte Fassung vorenthalten zu haben; dass der Verlag mich zur Abgabe gedrängt hat, als ich die letzten Interviews mit Kendra Vorhees und Geoffrey und Mel Moran in der Tasche hatte, ist keine Ausrede.

Zufälligerweise gab es im August wieder einen neuen Schwung Ein-Sterne-Rezensionen auf Amazon. Du solltest sie dir ansehen – ich weiß ja, wie sehr dich das kickt. Diese hier stach mir besonders ins Auge, wahrscheinlich, weil sie ungewöhnlich beherrscht und noch dazu grammatikalisch korrekt ist:

KUNDENREZENSION

4 von 4 Kunden fanden die folgende Rezension hilfreich

1.0 von 5 Sternen **Für wen hält Elspeth Martin sich???**,
22. August 2013
Von zizekstears (London, UK) – Alle meine Rezensionen ansehen
Rezension bezieht sich auf: Vom Absturz zur Verschwörung (Kindle-Ausgabe)

Ich hatte von der Kontroverse gehört, die dieses »Sachbuch« letztes Jahr ausgelöst hat, hielt das Ganze aber für übertrieben. Angeblich hat die Religiöse Rechte Teile des Buches im Wahlkampf zitiert, um zu »beweisen«, dass die Drei etwas anderes waren als ganz normale Kinder mit einer posttraumatischen Belastungsstörung.

Ich bin nicht überrascht, dass die Humanistische Liga in den USA so hart mit der Autorin ins Gericht ging. Ms Martins hat alle Interviews und Berichte auf eine sensationsheischende und manipulative Weise bearbeitet und angeordnet (blutende Augen?????? Und dieser schrecklich rührselige Teil über den demenzkranken alten Mann). Sie hat keinerlei Respekt vor den Familien der betroffenen Kinder und der Flugpassagiere, die am Schwarzen Donnerstag auf so tragische Weise ums Leben gekommen sind.

IMHO ist Ms Martins nichts weiter als eine miese Studs-Terkel-Epigonin. Sie sollte sich dafür schämen, solchen Abfall veröffentlicht zu haben. Ich werde keins ihrer Bücher mehr kaufen.

Aua.

Aber die heftigen Reaktionen auf mein Buch waren für mich nicht der einzige Grund zu gehen. Am Tag des Massakers in Sannah County fasste ich den endgültigen Entschluss, die USA so schnell wie möglich zu verlassen – zwei Tage nachdem du mich rausgeworfen und mir verboten hast, dich jemals wieder zu kontaktieren. Zum ersten Mal habe ich die Luftaufnahmen der Ranch – die Leichen überall, schwarz von Fliegen, das Blut auf der Erde – im gesichtslosen Zimmer eines Comfort Inn gesehen, in das ich mich verkrochen hatte, um meine Wunden zu lecken. Als die Nachricht publik wurde, war ich gerade dabei, die Minibar zu plündern und mich durchs Fernsehprogramm zu zappen. Ich war betrunken und konnte die Bilder auf CNN zuerst gar nicht richtig einordnen. Als ich die Bildunterschrift las, musste ich mich übergeben: »Massenselbstmord in Sannah County, 33 Tote, darunter 5 Kinder.«

Ich saß stundenlang wie erstarrt vor dem Fernseher und habe zugesehen, wie sich die Reporter um die vordersten Plätze an der Zufahrt zur Ranch balgten und in verschiedenen Variationen immer dasselbe sagten: »Der wegen Anstiftung zum Mord verhaftete und bis zu seiner Verhandlung gegen Kaution auf freien Fuß gesetzte Pastor Len Vorhees und seine Anhänger haben ihre massenhaft gehorteten Schusswaffen gegen sich selbst gerichtet ...« Hast du das Interview mit Reba gesehen, Pamela May Donalds liebster Feindin? Weißt du, ich habe sie nie persönlich kennengelernt, aber aus ihrer Stimme schloss ich immer, dass sie übergewichtig ist und eine Dauerwelle hat. Ich war echt befremdet zu sehen, dass sie in Wirklichkeit sehr schlank ist und einen langen grauen Zopf hat, der ihr über die Schulter nach vorn fällt. Die Gespräche mit Reba waren ein Albtraum, sie ist dauernd abgeschweift zu den »Islamofaschisten« und ihren haushaltlichen Vorbereitungen auf den Weltuntergang – aber in dem Moment tat sie mir leid. So wie die meisten Exmitglieder von Pastor Lens innerem Zirkel war sie der Meinung, er und die Pamelisten hätten in Jim Donalds Fußstapfen treten und den Märtyrertod sterben wollen: »Ich bete jeden Tag für ihre Seelen.« Man konnte ihr ansehen, dass diese Tragödie sie bis ans Ende ihrer Tage verfolgen wird.

Ich gebe das nur ungern zu, aber abgesehen vom Mitgefühl für Reba war ich bald dabei, mir Gedanken zu machen, welche Konsequenzen das Massaker von Sannah County für mich persönlich haben würde. Ich wusste, der Massenselbstmord der Pamelisten würde eine neue Welle von Interviewanfragen und Bittstellerbriefen von Journalisten nach sich ziehen, die mich um einen Kontakt zu Kendra Vorhees anflehen würden. Es würde nie vorbei sein. Den letzten Rest hat mir dann Reynards Ansprache an die Nation gegeben. Wie er seine Filmstarvisage maximal pietätvoll in die Kamera gehalten hat! »Selbstmord ist eine Sünde, aber wir müssen trotzdem für die Gefallenen beten. Lasst es uns als ein Zeichen nehmen, dass wir gemeinsam arbeiten, gemeinsam trauern, gemeinsam für ein moralischeres Amerika kämpfen müssen!«

Nichts hielt mich mehr in den USA. Reynard, Lund, die Endzeitler und die Großkonzerne, die sie finanzieren – sie alle konnten mich mal. Sam, gibst du mir die Schuld? Unsere Beziehung war zerbrochen, unsere Freunde sauer auf mich (entweder weil ich *Schwarzer Donnerstag* veröffentlicht hatte, oder weil ich nach der Kritik, die es hagelte, in Selbstmitleid versank), meine Karriere am Ende. Ich musste an die Sommer denken, die ich bei meinem Dad in London verbracht hatte. Ich fand, dass ich genausogut in England leben könnte.

Aber Sam, du musst mir glauben – ich hatte mir eingeredet, Reynards feuchter Traum einer Nation unter biblischem Recht sei genau das und nicht mehr: ein Traum. Ja, ich wusste, Reynard und Lund mit seiner Kampagne für ein »moralisches Amerika« würden die zerstrittenen fundamentalistischen Gruppen einigen, aber ich schwöre dir, ich habe unterschätzt, wie schnell die Bewegung anwachsen würde (es hatte wohl auch etwas mit dem Erdbeben in der Provinz Gansu zu tun – ein weiteres ZEICHEN für Gottes Zorn!). Hätte ich gewusst, dass Reynards Panikmache die lila Bundesstaaten genauso anstecken würde wie die roten und dass das nur der Anfang war, wäre ich niemals ohne dich abgereist.

Genug der Entschuldigungen.

Also.

Ich habe mein Hotelzimmer in der Lower East Side gegen eine Wohnung in Notting Hill getauscht. Die Nachbarschaft hat mich an Brooklyn Heights erinnert: eine Mischung aus jungdynamischen Arbeitnehmern mit Gelfrisur und elternfinanzierten Hipstern, dazwischen hin und wieder ein Obdachloser, der in den Mülltonnen wühlt. Ich hatte mir allerdings nicht überlegt, was ich in London *tun* würde. Eine Fortsetzung zu schreiben kam natürlich nicht infrage. Ich kann nicht glauben, dass ich dieselbe Frau sein soll, die für die Idee der *Unveröffentlichten Geschichten vom Schwarzen Donnerstag* Feuer und Flamme war. Zusätzliche Interviews mit den Hinterbliebenen (die Frau von Flugkapitän Seto, Kelvin von der 277-Selbsthilfegruppe); Porträts der malawischen Flüchtlinge, die in Khayelitsha immer noch auf der Suche nach ihren vermissten Angehörigen sind; ein Feature über die Schwemme von neuen »Kenneths«, die auf das Mandla-Inkatha-Debakel folgte.

Ich saß wochenlang in der Schmollecke, ernährte mich nur von Stolichnaya und Essen vom Thai. Hab kaum ein Wort geredet außer mit dem Kassierer im Schnapsladen und dem Lieferanten von To Thai For. Habe mein Bestes gegeben, ein *hikikomori* wie Ryu zu werden. Und wann immer ich mich doch einmal nach draußen wagte, versuchte ich, meinen Akzent zu verschleiern. Die Briten konnten immer noch nicht fassen, dass Reynard die Wahlen trotz des Skandals um Kenneth Oduah gewonnen hatte – und das Letzte, was ich wollte, war, in politische Debatten über das »Versagen der Demokratie« verwickelt zu werden. Die Briten dachten wohl, wir hätten aus Blakes Amtszeit unsere Lehren gezogen. Das dachten wir wohl alle.

Ich versuchte, alle Nachrichtensendungen zu meiden, aber dann führte mich der MindSparks-Feed doch zu einem Artikel über die Proteste gegen das Bibelrecht in Austin. Jesus, das hat mir Angst gemacht. Haufenweise Festnahmen. Tränengas. Bereitschaftspolizei. Weil ich dich auf Twitter stalke (ich bin nicht stolz drauf, okay?), wusste ich, dass du mit den Vereinigten Schwestern gegen Rechts in Texas warst, um Leute von der Humanistischen Liga zu treffen. Ich konnte zwei Nächte nicht schlafen. Am Ende habe ich Kayla angerufen – ich musste unbedingt wissen, ob du in Sicherheit warst. Hat sie es dir je erzählt?

Jedenfalls erspare ich dir weitere Details meiner selbst auferlegten Isolationshaft in London und komme zum, wie du sagen würdest, knackigen Teil.

Ein paar Wochen nach den Protesten in Austin war ich auf dem Weg zu Sainsbury's, als mir die Titelzeile der *Daily Mail* ins Auge sprang: »Denkmalschutzpläne für Mordhaus«. Angeblich setzte sich ein Stadtrat dafür ein, im Haus von Stephen und Shelly Craddock – wo Paul Jess erstochen hatte – eine weitere Gedenkstätte für den Schwarzen Donnerstag einzurichten. Als ich in Großbritannien war, um meinen englischen Verleger kennenzulernen und Marilyn Adams zu interviewen, hatte ich den Ort gemieden. Ich wollte diese Bilder nicht im Kopf haben. Aber einen Tag nachdem ich das gelesen hatte, stand ich frierend am Bahnsteig und wartete auf den verspäteten Zug nach Chislehurst. Ich sagte mir, dass es meine letzte Gelegenheit wäre, das Haus zu sehen, bevor es unter die Verwaltung des National Trust gestellt wird. Aber es war nicht nur das. Weißt du noch, wie Mel Moran sagte, sie hätte in Pauls Zimmer hinaufgehen müssen, obwohl sie gewusst habe, dass es keine gute Idee war? Genau so fühlte ich mich – ich *musste* einfach hin. (Klingt kitschig und viel zu sehr nach Paulo Coelho, ich weiß – aber es ist die Wahrheit!)

Das Haus versteckt sich in einer Wohnstraße zwischen makellos gepflegten Mini-Villen; die Fenster sind mit Brettern vernagelt, die Wände mit blutroter Farbe und Graffiti beschmiert (»Achtung, hier wohnt der TEUFEL«). Die Einfahrt war von Unkraut überwuchert, und an der Garage lehnte ein trauriges Verkaufsschild. Am unheimlichsten fand ich den kleinen Schrein aus verschimmelten Plüschtieren vor der Haustür. Ich habe auf den Stufen auch ein paar Little Ponys entdeckt, einige steckten noch in der Originalverpackung.

Ich hatte mir gerade überlegt, über das verschlossene Gartentor zu klettern und einen Blick hinter das Haus zu werfen, als jemand rief: »Oy!«

Ich drehte mich um und sah eine beleibte Frau mit grauen, streng zurückfrisierten Haaren, die mir auf dem Gehweg entgegenkam und einen kleinen Hund an der Leine hinter sich herzog. »Das ist Landfriedensbruch, junge Frau! Das ist ein Privatgrundstück!«

Ich erkannte sie sofort, von den Fotos von Jess' Beerdigung. Sie hatte sich kein bisschen verändert. »Mrs Ellington-Burn?«

Sie hielt inne, dann richtete sie sich auf. Trotz der militärischen Haltung wirkte sie irgendwie bedrückt. Wie eine Generalin, die man vorzeitig aus der Armee entlassen hatte. »Wen interessiert das? Sind Sie Journalistin? Könnt ihr uns nicht einfach in Ruhe lassen?«

»Ich bin keine Journalistin. Jedenfalls nicht mehr.«

»Sie sind Amerikanerin.«

»Ja.« Ich ging auf sie zu, und der kleine Hund warf sich mir vor die Füße. Ich kraulte seine Ohren, und er sah aus trüben, graustarigen Augen zu mir auf. Er hatte Ähnlichkeit mit Snookie (sowohl den Geruch als auch das Aussehen betreffend), und ich musste an Kendra Vorhees denken (als ich das letzte Mal von ihr hörte, kurz nach dem Massaker von Sannah County, sagte sie, sie werde ihren Namen ändern und in eine Veganerkommune in Colorado ziehen).

Mrs Ellington-Burn kniff die Augen zusammen. »Warten Sie mal, kenne ich Sie?«

Ich verfluchte im Stillen das Riesenfoto von mir, das die Marketingabteilung auf die Rückseite meines Buches geklatscht hatte. »Nein, ich glaube nicht.«

»Doch. Sie haben dieses Buch geschrieben. Dieses entsetzliche Buch. Was wollen Sie hier?«

»Ich war einfach nur neugierig, wollte das Haus sehen.«

»Das befriedigt Ihre Lüsternheit, was? Sie sollten sich schämen.«

Ich konnte nicht anders, ich musste einfach fragen: »Besuchen Sie Paul manchmal?«

»Und wenn? Was geht Sie das an? Und jetzt verschwinden Sie, bevor ich die Polizei rufe.«

Vor einem Jahr noch hätte ich abgewartet, bis sie in ihrem Haus verschwunden wäre, und dann hätte ich mich weiter umgesehen. Aber stattdessen ging ich.

Eine Woche später klingelte das Telefon, was eine kleine Sensation war – nur meine zukünftige Exagentin Madeleine und eine aufdringliche Marketingfirma kannten meine Nummer. Ich war platt, als der Mann am anderen Ende der Leitung sich als Paul Craddock vorstellte (später erfuhr ich, dass Madeleines neue Assistentin seinem britischen Akzent erlegen war und meine Nummer herausgegeben hatte). Mrs EB habe ihm erzählt, ich sei in London. Und dann erzählte er mir in sehr nüchternem Tonfall, einer seiner Psychiater habe ihm den zweifelhaften Rat erteilt, mein Buch zu lesen, um »mit der Tat fertigzuwerden«. Sam, dieser Mann – wir dürfen nicht vergessen, dass er seine Nichte erstochen hat – klang vollkommen vernünftig; er war eloquent und sogar witzig. Er erzählte mir, was Mel und Geoff Moran machten (sie waren nach Portugal gegangen, um unweit vom Grab ihrer Tochter Danielle zu leben) und Mandi Solomon, die Ghostwriterin, die sich einer kleinen Endzeitsekte in den Cotswolds Hills angeschlossen hatte.

Er schlug mir vor, mich um eine Besuchserlaubnis zu bemühen, damit wir »von Angesicht zu Angesicht plaudern können«.

Ich versprach, ihn zu besuchen. Natürlich. Ich mochte tief in meinem Sumpf aus Selbstmitleid und Depression versunken sein, ich mochte nach London geflohen sein, um nicht noch mehr Prügel für mein gottverdammtes Buch zu kassieren, aber niemals hätte ich mir so eine Gelegenheit entgehen lassen. Muss ich dir wirklich erklären, warum ich die Chance nutzte, Sam? Du kennst mich.

An dem Abend hörte ich mir noch einmal seine Stimmaufzeichnungen an (ich muss zugeben, dass ich mich gegruselt habe – ich habe im Schlafzimmer das Licht brennen lassen). Ich hörte mir an, wie Jess »Hallo, Onkel Paul« sagt, wieder und wieder, um etwas anderes als Verspieltheit aus ihrer Stimme herauszuhören. Es klappte nicht. Durch Google Images erfuhr ich, dass das Kent House – die psychiatrische Hochsicherheitsklinik, in der Paul einsaß – ein trister, grauer Steinklotz war. Ich musste unweigerlich denken, dass Irrenanstalten (ja, ich weiß, der Ausdruck ist nicht pc) heutzutage wirklich anders aussehen sollten, weniger klischeehaft, weniger Charles Dickens.

Ich musste eine Unterlassungserklärung unterschreiben, nach der ich meine Unterhaltung mit Paul nicht öffentlich machen würde. Meine Besuchsgenehmigung und mein polizeiliches Führungszeugnis kamen am letzten Oktobertag mit der Post – an Halloween. Zufälligerweise war am selben Tag auf Reddit zu lesen, Präsident Reynard plane die Aussetzung des ersten Zusatzes zur Verfassung der Vereinigten Staaten. Ich schlug um Sky und CNN immer noch einen weiten Bogen, aber die Zeitungskioske konnte ich nicht ignorieren. Ich weiß noch, wie ich dachte: Wie konnte das alles so schnell gehen? Aber selbst in dem Moment hielt ich es für unmöglich, dass Reynard im Kongress die nötige Zweidrittelmehrheit bekommen würde. Ich hatte immer gedacht, wir würden seine Amtszeit einfach aussitzen und uns nach den nächsten Präsidentschaftswahlen mit den Spätfolgen auseinandersetzen. Dumm, ich weiß. Inzwischen hatten die katholische Kirche wie auch die Mormonen sich hinter die Kampagne für ein moralisches Amerika gestellt – spätestens da hätte jeder Idiot merken müssen, wohin die Reise geht.

Ich beschloss, Geld für ein Taxi auszugeben, anstatt am Bahnhof Russisches Roulette zu spielen; zu dem Treffen mit Paul kam ich gerade noch pünktlich. In echt sah das Kent House ebenso Furcht einflößend aus wie auf Google Images. Der neue Anbau – ein an das Hauptgebäude geklebtes Geschwür aus Glas und Backstein – ließ die Klinik seltsamerweise noch bedrohlicher aussehen. Nachdem mich mehrere unbeirrbar fröhliche Mitarbeiterinnen gefilzt hatten, eskortierte mich ein jovialer Pfleger, dessen Haut so grau war wie sein Haar, in das Geschwür hinüber. Ich hatte damit gerechnet, Paul in einer kahlen Zelle mit vergitterter Tür zu treffen und dabei von grimmig dreinschauenden Insassen und Psychiatern beobachtet zu werden, denen keine Geste entging. Stattdessen traten wir durch eine sich summend öffnende Glastür und fanden uns in einem großen, hellen Raum wieder, dessen Bestuhlung so knallbunt war, als hätten hier sogar die Möbel den Verstand verloren. Der Pfleger erklärte mir, dass für heute keine weiteren Besucher erwartet würden – anscheinend waren an diesem Nachmittag die Busse zur Klinik ausgefallen. Das war nicht ungewöhnlich. Die Rezession, die Reynard durch seine Einmischung im Nahen Osten eingeleitet hatte, hatte Großbritannien längst erreicht. Ich muss allerdings sagen, dass sich das Grummeln der Briten in bewundernswerten Grenzen hielt, selbst wenn wieder einmal der Strom ausfiel und Kraftstoffe rationiert wurden; vielleicht hat das Ende der Welt auf sie eine ähnlich beruhigende Wirkung wie Prozac.

(Sam – ich konnte die Unterhaltung nicht aufzeichnen, weil ich bei der Sicherheitskontrolle am Eingang mein iPhone abgeben musste. Ich habe alles aus der Erinnerung protokolliert. Ich weiß, solche Details interessieren dich nicht, aber mich schon.)

Die Tür in der gegenüberliegenden Wand öffnete sich mit einem Klicken, und ein krankhaft übergewichtiger Mann mit zeltartigem T-Shirt und einer Tüte von Tesco's watschelte herein. »Alles in Ordnung, Paul?«, rief der Pfleger. »Du hast Besuch.«

Ich glaubte zuerst, es liege eine Verwechslung vor. »Das ist Paul? Paul Craddock?«

»Hallo, Miss Martins«, sagte Paul mit der Stimme, die ich von den Aufnahmen kannte. »Es ist mir ein Vergnügen, Sie kennenzulernen.«

Ich hatte mir, kurz bevor ich losgefahren war, noch einige YouTube-Clips von Pauls Auftritten angesehen, und nun suchte ich in den Hängebacken und dem Doppelkinn vergeblich nach Spuren seiner mehrheitskompatiblen Schönheit. Nur seine Augen waren gleich geblieben. »Bitte nennen Sie mich Elspeth.«

»Also gut, Elspeth.« Wir schüttelten einander die Hand. Seine war feucht, und ich musste den Impuls unterdrücken, mir die Hand an der Hose abzuwischen.

Der Pfleger klopfte Paul auf die Schulter und nickte zu einem Kabuff mit Glasfront unweit unseres Tisches hinüber. »Ich bin da drüben, Paul.«

»Danke, Duncan.« Pauls Stuhl ächzte, als er Platz nahm. »Ah! Bevor ich es vergesse.« Er wühlte in der Plastiktüte und zog eine Ausgabe meines Buches und einen roten Edding heraus. »Würden Sie das bitte signieren?«

Sam, es hatte bizarr angefangen und ging surreal weiter. »Äh … ja, natürlich. Was soll ich schreiben?«

»Für Paul. Ohne Sie hätte ich es nicht geschafft.« Ich zuckte zusammen, er lachte. »Nein, Quatsch. Schreiben Sie, was Sie möchten.«

Ich kritzelte »Alles Gute, Elspeth« auf das Titelblatt und schob das Buch über den Tisch zurück.

»Bitte verzeihen Sie mein Aussehen«, sagte er, »ich verwandle mich in einen Pudding. Hier drinnen kann man nicht viel machen, außer essen. Sind Sie schockiert darüber, dass ich mich so gehen lasse?«

Ich murmelte irgendetwas in der Art, wegen ein paar Kilos zu viel gehe die Welt nicht unter. Meine Nerven waren zum Bersten gespannt. Paul wirkte nicht wie ein durchgeknallter Irrer – ich weiß auch nicht, was ich erwartet hatte, vielleicht einen Verrückten mit verdrehten Augen und Zwangsjacke –, aber falls er plötzlich die Beherrschung verlor und über den Tisch hechtete und mich würgte, wäre nur ein schmächtiger Pfleger in der Nähe, um mich zu retten.

Paul konnte meine Gedanken lesen: »Sie wundern sich über die fehlende Aufsicht? Personalmangel. Aber keine Sorge, Dun-

can hat einen schwarzen Gürtel in Karate. Nicht wahr, Duncan?«
Paul winkte dem Pfleger zu, der schmunzelnd den Kopf schüttelte. »Was tun Sie in London, Elspeth? Ihre Agentin sagt, Sie seien dauerhaft umgezogen. Haben Sie die Staaten wegen des ungemütlichen politischen Klimas verlassen?«

Ich sagte, das sei einer der Gründe.

»Ich muss schon sagen, ich kann Sie verstehen. Wenn es nach diesem Penner im Weißen Haus geht, werden Ihnen schon bald die Leviten gelesen. Dann werden Schwule und ungezogene Kinder gesteinigt und Frauen mit Akne und Menstruationsblutung aus der Gesellschaft ausgeschlossen. Wunderbar. Fast bin ich dankbar dafür, hier zu sein.«

»Warum wollten Sie mich sehen, Paul?«

»Wie ich am Telefon schon sagte, ich hatte erfahren, dass Sie in England sind. Ich dachte, es wäre nett, sich von Angesicht zu Angesicht gegenüberzusitzen. Dr. Atkinson teilt meine Meinung, dass es mir guttun würde, eine meiner Biografinnen kennenzulernen.« Er hielt sich eine Hand vor den Mund und rülpste. »Er war derjenige, der mir Ihr Buch zu lesen gab. Außerdem ist es wunderbar, mal ein neues Gesicht zu sehen. Mrs EB kommt einmal im Monat vorbei, aber sie kann ganz schön anstrengend sein. Nicht, dass ich nicht jede Menge Besucheranfragen hätte.« Er warf einen Blick zu dem Pfleger im Kabuff hinüber. »Manchmal fünfzig pro Woche – die meisten kommen natürlich von den Verschwörungstheoretikern, aber es sind auch immer ein paar Heiratsanträge dabei. Nicht so viele wie für Jürgen, aber fast.«

»Jürgen?«

»Oh! Sie müssen von Jürgen Williams gehört haben! Er sitzt auch hier ein. Er hat fünf Schulkinder ermordet, was man ihm aber nicht ansieht. Ehrlich gesagt ist er ein ziemlich langweiliger Mensch.« Ich wusste nicht, wie ich darauf reagieren sollte.

»Elspeth, als Sie meine Geschichte für Ihr Buch bearbeitet haben … haben Sie da die Originalaufnahmen gehört oder nur das Transkript gelesen?«

»Beides.«

»Und?«

»Ich fand es beängstigend.«

»Eine Psychose ist keine schöne Sache. Sie müssen jede Menge Fragen haben. Sie dürfen fragen, was Sie wollen.«

Ich nahm ihn beim Wort. »Bitte sagen Sie es mir, wenn ich Ihnen zu nahe trete, aber was geschah in den Tagen vor Jess' Tod? Hat sie irgendwas gesagt, das Sie … das Sie …«

»Dazu gebracht hat, sie zu erstechen? Sprechen Sie es ruhig aus. Es ist die Wahrheit. Nein, hat sie nicht. Was ich getan habe, ist unverzeihlich. Sie wurde mir anvertraut, und ich habe sie getötet.«

»In den Aufnahmen sagen Sie, dass sie Sie verhöhnt hat?«

»Paranoide Wahnvorstellungen.« Er runzelte die Stirn. »Alles nur in meinem Kopf. Jess war ein ganz normales Kind. Es lag nur an mir. Dr. Atkinson hat das sehr deutlich gemacht.« Wieder schaute er zum Pfleger hinüber. »Ich hatte eine psychotische Episode, hervorgerufen durch Alkoholmissbrauch und Stress. Fertig. Das können Sie in Ihrem nächsten Buch gern schreiben. Dürfte ich Sie um einen Gefallen bitten, Elspeth?«

»Natürlich.«

Er wühlte wieder in der Plastiktüte, und diesmal förderte er ein dünnes Notizheft zutage. Er reichte es mir. »Ich habe ein bisschen geschrieben. Nicht viel … Gedichte. Würden Sie sie bitte lesen und mir sagen, was Sie davon halten? Vielleicht hätte Ihr Verlag Interesse?«

Ich entschied zu verschweigen, dass ich keinen Verlag mehr hatte, auch wenn ich überzeugt war, dass alle sich darum reißen würden, die Gedichte eines berühmten Kindermörders zu veröffentlichen. Stattdessen willigte ich ein und schüttelte noch einmal seine Hand.

»Vergessen Sie nicht, es bis zum Schluss zu lesen.«

»Das werde ich tun.«

Ich sah ihn hinauswatscheln, und dann eskortierte der grauhäutige Pfleger mich zum Haupteingang zurück. Ich fing schon im Taxi zu lesen an. Auf den ersten drei Seiten fanden sich kurze, lausige Gedichte mit Titeln wie *Cavendish Dreams* (Lese meinen Text / Zum hundertsten Mal / Und denke bei mir / Wir alle sind Schauspieler) und *Fleischgefängnis* (Ich esse, um zu vergessen / Und doch ist meine Seele wie besessen / Ich frage mich, werde ich je / nein, danke sagen).

Die restlichen Seiten waren leer, aber auf die hintere Innenseite des Kartoneinbandes stand geschrieben:

Jess wollte es so. Sie hat mich dazu GEZWUNGEN. Bevor sie starb, hat sie gesagt, dass sie schon einmal hier waren und manchmal beschließen, nicht zu sterben. Sie sagt, manchmal geben sie den Leuten, was sie wollen, manchmal nicht. Fragen Sie die anderen, DIE WISSEN, WAS ICH MEINE.

Sam, was hättest du getan? Wie ich dich kenne, hättest du auf der Stelle Pauls Psychiater angerufen und ihm gesagt, dass Paul sich immer noch mitten in einer psychotischen Phase befindet.

Das wäre das Richtige gewesen.

Aber ich bin nicht du.

Nachdem mein Buch erschienen war, dachte ich manchmal, ich wäre der einzige Mensch auf der Welt, der in den Drei *kein* übersinnliches (mit fällt kein besseres Wort ein) Phänomen zu erkennen meinte. Ich kann nicht mehr zählen, wie viele Freaks mich um Vorschusslorbeeren für ihr im Selbstverlag erschienenes Buch angebettelt haben, in dem sie beschreiben, dass die Drei nicht gestorben sind und bei einer Maori auf Neuseeland leben / auf einer geheimen Militärbasis in Kapstadt Experimenten unterzogen werden / auf der Dulce Air Force Base in New Mexico mit Aliens abhängen (ich kann es beweisen, miss martins!!!! Warum sonst geht es mit der Welt steil bergab!!!!!). Und dann die zahllosen Weltverschwörungswebseiten, die aus meinem Buch zitieren, um ihre »Theorie« zu untermauern, die Drei wären von Außerirdischen oder Multidimensions-Zeitreisenden gesteuert worden. Meistens stützen sie sich dabei auf folgende Stellen:

BOBBY: Eines Tages werde *ich* [die Dinosaurier] zum Leben erwecken.

JESS: So funktioniert das sowieso nicht. Ein blöder Wandschrank. Wer soll das denn glauben, Onkel Paul? – Es hätte nicht passieren dürfen. Es war ein Fehler. Manchmal machen wir es falsch.

CHIYOKO: [Hiro] sagt, er weiß noch, wie er in den Rettungshelikopter raufgezogen wurde. Er hat gesagt, es hätte Spaß gemacht. »Wie fliegen.« Er hat gesagt, er freut sich schon auf das nächste Mal.

Es gibt sogar Webseiten, die sich ausschließlich der Frage widmen, was Jess' Fixierung auf den *König von Narnia* zu bedeuten hat.

Aber der Rest von uns muss zugeben, dass sich alles logisch erklären lässt. Die Kinder haben überlebt, weil sie viel Glück hatten. Paul Craddocks Schilderung der Ereignisse und des Verhaltens von Jess war das wirre Reden eines Verrückten; Reuben Small könnte durchaus eine Remission erlebt haben; Hiro hat lediglich die Vorliebe seines Vaters für Androiden gespiegelt. Das veränderte Verhalten der Kinder könnte eine Folge der traumatischen Erlebnisse gewesen sein. Und vergessen wir nicht die vielen Stunden aufgezeichneten Materials, das ich *nicht* für mein Buch verwendete, weil da absolut *nichts* passierte – Paul Craddocks ausführliches Jammern über sein fehlendes Liebesleben, die Einzelheiten von Lillian Smalls Alltag. Der Amazon-Rezensent hat es auf den Punkt gebracht, als er mir vorwarf, manipulativ und sensationsgeil zu sein.

Aber ... *sie hat gesagt, dass sie schon einmal hier waren und dass sie manchmal beschließen, nicht zu sterben. Sie sagt, manchmal geben sie den Leuten, was sie wollen, manchmal nicht.*

Ich hatte mehrere Optionen. Ich hätte Paul aufsuchen und ihn fragen können, warum er mir diese Information gegeben hat; ich könnte sie als das Geschwafel eines psychisch Kranken abtun;

oder ich könnte meine Vernunft zum Fenster hinauswerfen und versuchen, den Worten auf den Grund zu gehen. Ich versuchte Ersteres, musste mir jedoch sagen lassen, Paul habe kein Interesse an weiteren Treffen mit mir (ganz sicher, weil er befürchtete, ich könnte die Information an seinen Psychiater weitergeben). Die zweite Möglichkeit war verlockend, aber vermutlich hatte Paul einen guten Grund gehabt, mir zu schreiben. *Fragen Sie die anderen, DIE WISSEN, WAS ICH MEINE.* Ich dachte mir wohl, dass es nichts schaden könne, ein bisschen zu recherchieren. Was sonst hatte ich zu tun, außer beleidigende E-Mails zu löschen und im Wodkanebel durch Notting Hill zu taumeln?

Also warf ich meine Vernunft zum Fenster hinaus und beschloss, des Teufels Advokatin zu spielen. Nehmen wir an, Paul hätte aufgeschrieben, was Jess kurz vor ihrem Tod gesagt hat – was hätten ihre Worte dann zu bedeuten? Die Verschwörungstheoretiker hätten jetzt eine Milliarde Hypothesen parat *(sie waren schon einmal hier, und manchmal beschließen sie, nicht zu sterben)*, aber ich hatte nicht vor, sie nach ihrer Meinung zu fragen. Und was war mit *manchmal geben sie den Leuten, was sie wollen, manchmal nicht?* Immerhin hatten die Drei den Leuten tatsächlich gegeben, was sie wollten. Die Endzeitler bekamen den vermeintlichen Beweis dafür, dass der Weltuntergang nicht mehr fern war. Auch Paul hatte bekommen, was er wollte – Ruhm; Hiro gab Chiyoko einen Grund zu leben; und Bobby – Bobby gab Lillian ihren Mann zurück.

Ich fand, dass es an der Zeit war, ein Versprechen zu brechen.

Sam, ich weiß, dass es dich immer verrückt gemacht hat, wenn ich Sachen vor dir verschwieg (die letzte Fassung meines Buches zum Beispiel); aber ich habe Lillian Small versprochen, nicht zu schreiben, dass sie den Autounfall, bei dem Reuben und Bobby umkamen, überlebt hat. Von allen Menschen, die ich für mein Buch befragte, hat sie mich am meisten berührt – und ich war gerührt, dass sie mir genug vertraute, um mich nach dem Unfall vom Krankenhaus aus anzurufen. Das FBI hatte ihr angeboten, ihr einen neuen Wohnort zu suchen, und wir beschlossen, dass es das Beste sei, den Kontakt abzubrechen – sie wollte nicht mehr an all das erinnert werden, was sie verloren hatte.

Ich bezweifelte, dass das FBI ihre neue Telefonnummer einfach so herausgeben würde, deswegen versuchte ich es bei Betsy, ihrer Nachbarin.

Am Telefon meldete sich eine Frau: »Ja?«

»Ich möchte mit Miss Katz sprechen.«

»Sie wohnt hier nix mehr.« (Ich konnte den Akzent nicht einordnen, möglicherweise Osteuropa.)

»Hätten Sie ihre neue Adresse für mich? Es ist wirklich wichtig.«

»Sie warten.«

Ich hörte, wie der Hörer fallen gelassen wurde; einen dröhnenden Bass im Hintergrund; dann: »Ich habe Nummer.«

Ich googelte die Vorwahl – Toronto, Kanada. Irgendwie konnte ich mir Betsy nicht in Kanada vorstellen.

(Sam – nun folgt das Transkript des Telefonats – ja, ja, warum habe ich es aufgenommen und abgeschrieben, wenn ich doch weder ein Buch noch einen Artikel plane? Bitte, vertrau mir einfach – ich schwöre dir, niemals wirst du *Die wahre Geschichte der Drei – die Fortsetzung* im Schaufenster des nächsten Buchladens sehen.)

ICH: Hallo, ist da Betsy? Betsy Katz?

BETSY: Wer sind Sie?

ICH: Elspeth Martins. Ich habe Sie für mein Buch interviewt.

(längere Schweigepause)

BETSY: Ah! Die Journalistin! Elspeth! Wie geht es Ihnen?

ICH: Gut, danke. Und Ihnen?

BETSY: Wer hört mir zu, wenn ich jammere? Was halten Sie von den Vorgängen in New York? Diese Aufstände, die man im Fernsehen sieht, und die Benzinknappheit ... Sind Sie in Sicherheit? Sitzen Sie im Warmen? Haben Sie genug zu essen?

ICH: Mir geht es gut, danke. Ich habe mich gefragt ... wissen Sie vielleicht, wie ich Lillian erreichen kann?

(längere Schweigepause)

BETSY: Sie wissen es nicht? Nun ja, woher auch. Tut mir leid, Ihnen das sagen zu müssen, aber Lillian ist verstorben. Heute vor einem Monat. Sie ist im Schlaf von uns gegangen – ein schöner Tod. Sie hat nicht gelitten.

ICH: *(nach mehreren Sekunden, in denen ich um Fassung ringe – Sam, ich war total am Ende!)* Das tut mir so leid.

BETSY: Sie war so ein guter Mensch, wussten Sie, dass sie mir angeboten hat, bei ihr zu wohnen? Als sie zum ersten Mal von den Stromausfällen in New York hörte. Wie aus dem Nichts rief sie mich an und sagte: Betsy, du darfst da nicht allein bleiben, komm nach Kanada. Kanada! Ich! Ich vermisse sie, das muss ich zugeben. Aber es gibt hier eine nette Gemeinde mit einem netten Rabbiner, der sich um mich kümmert. Lily hat gesagt, ihr habe sehr gefallen, wie sie in Ihrem Buch klang – viel gebildeter, als sie eigentlich war. Aber was Mona gesagt hat – diese Giftschlange! Lily konnte es kaum ertragen. Und was halten Sie von den Ereignissen in Israel? Dieser *schmuck* im Weißen Haus, was glaubt der eigentlich? Will er, dass die Moslems uns die Köpfe abschlagen?

ICH: Betsy ... hat Lily, bevor sie starb, noch irgendwas erzählt über ... na ja, über Bobby?

BETSY: Bobby? Was hätte sie erzählen sollen? Sie hat nur gesagt, ihr Leben sei eine einzige Tragödie gewesen. Alle, die sie je geliebt hat, wurden ihr genommen. Gott kann grausam sein.

Ich habe aufgelegt und zwei Stunden durchgeweint. Und endlich einmal keine Tränen des Selbstmitleids.

Und wenn ich Lillian erreicht hätte, was hätte sie mir sagen sollen? Dass der Bobby, der nach dem Unfall nach Hause kam, nicht mehr ihr Enkel war? Als ich sie viele Monate zuvor interviewt hatte, konnte ich die Liebe in ihrer Stimme hören, wann immer sie von ihm sprach.

Fragen Sie die anderen, DIE WISSEN, WAS ICH MEINE.

Wen gab es also noch? Ich wusste, dass Lori Smalls beste Freundin Mona nicht infrage kam (weil es wegen *Schwarzer Donnerstag* so viel Ärger gab, stritt sie sogar ab, jemals mit mir geredet zu haben), aber da war noch eine Person, die Bobby getroffen und die Begegnung nicht unversehrt überstanden hatte.

Ace Kelso.

Sam, ich stelle mir dein Gesicht vor, wenn du das hier liest: eine Mischung aus Frust und Wut. Du hattest recht, als du gesagt hast, ich hätte seinen zweifelhaften Ruf berücksichtigen sollen. Du hattest recht, als du sagtest, ich hätte mehr darum kämpfen müssen, dass seine Aussage, er habe Blut in Bobby Smalls Augen gesehen, in den nachfolgenden Auflagen gestrichen wird (ein weiterer Sargnagel unserer Beziehung). Und ja, ich hätte die Aufnahme vernichten sollen, in der Ace' Behauptung widerlegt wird, er habe das alles nur inoffiziell gesagt.

Zum letzten Mal war ich ihm im seelenlosen Konferenzraum der Anwaltskanzlei begegnet, die meinen Verlag vertrat. Dort wurde ihm gesagt, er habe keine Aussichten, den Fall zu gewinnen. Das Fleisch hing ihm lose vom Gesicht, er hatte blutunterlaufene Augen und sich seit Tagen nicht rasiert. Seine abgewetzte Jeans baumelte ihm um die Knie; seine schäbige Lederjacke stank nach altem Schweiß. Der Ace, den ich für das Buch interviewt und im Fernsehen gesehen hatte, hatte ein energisches Kinn und stahlblaue Augen – ein echter Captain America (wie Paul Craddock einmal sagte).

Ich hatte keine Ahnung, ob Ace überhaupt mit mir reden würde, aber was hatte ich zu verlieren? Ich skypte ihn an in der Gewissheit, keine Antwort zu bekommen. Als er sich dann doch meldete, klang seine Stimme belegt, als wäre er gerade aufgewacht.

ACE: Ja?

ICH: Ace, hi. Ich bin's, Elspeth Martins. Äh ... wie geht es Ihnen?

(Schweigepause von mehreren Sekunden)

ACE: Ich bin immer noch krankgeschrieben. Ein Euphemismus für Suspendierung. Was zum Teufel wollen Sie von mir, Elspeth?

ICH: Ich dachte, Sie sollten es erfahren ... Ich habe Paul Craddock besucht.

ACE: Und?

ICH: Als ich ihn sprach, beharrte er darauf, seine Tat sei die Folge eines psychotischen Zusammenbruchs gewesen. Aber kurz bevor ich ging, gab er mir ein Schriftstück. Hören Sie, das klingt jetzt verrückt, aber er sagt, dass Jess ihm – unter anderem – gesagt hat, sie sei »schon einmal hier gewesen«, und manchmal beschließe sie, »nicht zu sterben«.

(wieder eine lange Schweigepause)

ACE: Warum erzählen Sie mir das?

ICH: Ich dachte ... ich weiß auch nicht. Ich dachte ... Ihre Aussage wegen Bobby damals ... Wie ich schon sagte, es ist verrückt, so was überhaupt nur zu denken, aber Paul sagte, »Fragen Sie die anderen«, und da dachte ich ...

ACE: Wissen Sie was, Elspeth? Ich weiß, dass Sie scharf kritisiert wurden für die Sachen, die Sie da geschrieben haben, aber wenn Sie meine Meinung hören wollen: Sie haben aus den falschen Gründen Dresche bezogen. Sie haben dieses ganze hochexplosive Zeug über die veränderten Persönlichkeiten der Kinder veröffentlicht, Sie haben eine Bombe platzen lassen und sind dann einfach verschwunden. Sie haben es nicht zu Ende gedacht; Sie waren der Meinung, alles ließe sich rational erklären, und naiverweise glaubten Sie, Ihre Leser würden es genauso sehen.

ICH: Es war nie meine Absicht ...

ACE: Ich weiß, was Ihre Absicht war. Und jetzt schnüffeln Sie rum, weil Sie das Gefühl haben, mit diesen Kindern könnte doch irgendwas nicht gestimmt haben, richtig?

ICH: Ich wollte nur ein wenig recherchieren.

ACE: *(seufzt)* Ich sage Ihnen was. Ich werde Ihnen etwas mailen.

ICH: Was?

ACE: Lesen Sie's, dann reden wir weiter.

Die E-Mail erreichte mich in derselben Sekunde, und ich klickte die angehängte Datei an: SA678ORG
Auf den ersten Blick hielt ich es für eine exakte Kopie des Transkripts der Stimmaufzeichnungen aus dem Cockpit von Sun-Air-Flug 678, das ich in meinem Buch verwendet hatte. Und das war es auch, außer dass hier zusätzlich die Sekunden *vor* Auftreten der technischen Schwierigkeiten nachzulesen waren:

CAPT: *(Schimpfwort)* Sehen Sie das?

EO: *Hai!* Ein Blitz?

CAPT: Negativ. So einen Blitz habe ich noch nie gesehen. Hier auf dem TCAS ist nichts zu erkennen, fragen Sie bei der Flugsicherung nach, ob sich hier noch ein zweites Flugzeug befindet.

ICH: Was zum Teufel ist das?

ACE: Sie müssen das verstehen, wir wollten kein Öl ins Feuer gießen. Die Leute sollten wissen, dass sich die Unfallursache erklären ließ. Die Flugzeuge am Boden warteten auf eine Starterlaubnis.

ICH: Das NTSB hat das Sun-Air-Transkript gefälscht? Sie wollen mir sagen, Sie wären damals tatsächlich der Meinung gewesen, es mit einer Begegnung der dritten Art zu tun zu haben?

ACE: Ich sage Ihnen nur, dass wir uns mit Tatsachen konfrontiert sahen, die wir nicht erklären konnten. Wenn man Sun Air beiseitelässt, ließ sich nur die Ursache des Dalu-Air-Crashs zweifelsfrei ermitteln.

ICH: Wovon zum Teufel sprechen Sie da? Was ist mit Maiden Air?

ACE: Multipler Vogelschlag ohne organische Rückstände. Klar, das wäre zu erklären gewesen, wenn die Turbinen ausgebrannt wären – waren sie aber nicht. Wie zur Hölle sollten zwei Flugzeugturbinen durch Vögel zum Implodieren gebracht worden sein, ohne dass irgendwelche Materie zurückbleibt? Und sehen Sie sich den Go!Go!-Unfall an. Bei der Untersuchung haben wir uns an Strohhalme geklammert, aber eins steht fest: Es wäre verdammt merkwürdig für einen Piloten, in ein Unwetter von solchen Ausmaßen reinzufliegen. Und erklären Sie mir eins: Wie um alles in der Welt haben diese drei Kinder überlebt?

ICH: Da ist zum Beispiel Zainab Farra, das Mädchen, das den Crash in Äthiopien überstanden hat. Die Drei waren wie sie, sie hatten einfach Glück ...

ACE: Blödsinn. Das wissen Sie genau.

ICH: Dieses Transkript ... warum haben Sie es mir geschickt? Wollen Sie, dass ich es veröffentliche?

ACE: *(verbittertes Lachen)* Was kann schlimmstenfalls denn noch passieren? Reynard wird mir einen Orden verleihen – ein weiterer Beweis dafür, dass die Drei keine normalen Kinder waren. Machen Sie damit, was Sie wollen. Das NTSB und die JTSB werden sowieso alles abstreiten.

ICH: Dann behaupten Sie also allen Ernstes, diese Kinder kämen ... wie soll ich es sagen ... aus einer Art Jenseits? Sie sind ein Ermittler – ein Wissenschaftler!

ACE: Ich weiß nur, was ich gesehen habe, als ich Bobby besuchen wollte. Das war keine Halluzination, Elspeth. Und dieser Fotograf, der Kerl, der als Abendessen für seine gottverdammten Reptilien geendet ist, der hat auch etwas gesehen.

(weiterer Seufzer)

Hören Sie, Sie haben nur Ihren Job gemacht. Ich hätte nicht versuchen dürfen, Sie dranzukriegen, nur weil Sie meine Aussage über Bobby veröffentlicht haben. Vielleicht habe ich Ihnen gesagt, es wäre vertraulich, vielleicht auch nicht. Aber es war die Wahrheit. Die Wahrheit ist doch, dass man blind sein musste, um nicht zu sehen, dass mit diesen Kindern was nicht gestimmt hat.

ICH: Und was soll ich Ihrer Ansicht nach jetzt tun?

ACE: Das bleibt Ihnen überlassen, Elspeth. Aber was immer Sie auch tun, ich rate Ihnen, sich zu beeilen. Die Endzeitler setzen alles daran, ihre Prophezeiungen in Erfüllung gehen zu lassen. Wie zur Hölle soll man mit einem Präsidenten verhandeln, der an einen unmittelbar bevorstehenden Weltuntergang glaubt und dass man die Leute nur vor der ewigen Verdammnis retten kann, indem man in den USA einen Gottesstaat errichtet? Die Antwort ist einfach: Mit so einem lässt sich nicht verhandeln.

Ich bezweifelte natürlich, dass das NTSB tatsächlich einen Bericht fälschen würde – selbst wenn es fürchten musste, dass wegen der Katastrophen eine Massenpanik ausbrach. War das Transkript möglicherweise Ace' Rache für das Debakel der blutenden Augen? Wenn ich mit dem Text an die Öffentlichkeit ging, würde die Humanistische Liga mich erst recht aufknüpfen wollen.

Aber du weißt schon, wohin das Ganze führt, nicht wahr? Ich hatte Pauls Worte, Ace' (möglicherweise gefälschtes) Transkript und seine Versicherung, er habe das Blut in Bobbys Augen wirklich gesehen.

Das alles könnte Unsinn sein und war es vermutlich auch. Aber da war noch ein Kind.

Die nächsten Tage verbrachte ich damit, mich über Chiyoko

und Hiro zu informieren. Die meisten Links führten zu neuem Material über Ryus und Chiyokos tragische Liebesgeschichte, darunter auch ein aktueller Artikel über die zahlreichen Nachahmer-Selbstmorde. Über Hiro fand ich überraschend wenig. Ich kontaktierte Eric Kushan, der die japanischen Kapitel übersetzt hatte, um mir einen Tipp zu holen, musste aber erfahren, dass er Japan schon vor Monaten verlassen hatte, kurz nachdem der »Vertrag über gegenseitige Kooperation und Sicherheit zwischen Japan und den Vereinigten Staaten« aufgekündigt worden war. Er riet mir, mich näher mit dem Hiro-Kult zu befassen.

Ich hätte gedacht, der Kult hätte sich zu einem Verband von der Größe der Moonies oder der Aum-Sekte weiterentwickelt, aber anstatt eine Anlaufstätte für eingefleischte Nationalisten zu werden, war er zu einem bizarren Promi-Fanclub geschrumpft. Nachdem ihr Mann die Wahlen gewonnen hatte, war Aikao Uri zu ihren Alien- und Surrabot-Theorien auf Abstand gegangen und hatte ihre Energien stattdessen in die Kampagne zur tri-asiatischen Allianz investiert. Die Orz-Bewegung war vollständig in den Untergrund abgewandert.

Erinnerst du dich an Daniel Mimura? Er war einer der Journalisten vom *Tokyo Herald,* die mir erlaubten, ihre Artikel nachzudrucken. Er war einer der wenigen Mitwirkenden (außer dem Dokumentarfilmer Malcolm Adelstein und Lola – Pastor Lens »Mätresse«), die mir ein paar nette Zeilen schickten, als die Kacke am Dampfen war. Er schien entzückt, von mir zu hören, und wir redeten eine ganze Weile darüber, wie die japanische Bevölkerung mit dem Schreckgespenst einer möglichen Allianz mit China und Korea umging.

Den Rest des Gespräches habe ich transkribiert:

ICH: Meinst du, dass Chiyoko und Ryu wirklich im Wald von Aokigahara gestorben sind?

DANIEL: Ich denke mal, dass Ryu tatsächlich tot ist, es gab eine Obduktion, was in Tokio die Ausnahme ist – nicht mal bei ungeklärten Todesumständen erfolgt die Autopsie automatisch. Chiyokos Leiche wurde nie gefunden. Wer weiß?

ICH: Du glaubst, sie könnte noch am Leben sein?

DANIEL: Möglich. Hast du die Gerüchte über Hiro gehört? Die gehen seit einer Weile hier um.

ICH: Du meinst den üblichen Quatsch wie die Drei leben noch?

DANIEL: Ja. Willst du mehr hören?

ICH: Klar.

DANIEL: Das klingt jetzt nach einer verrückten Verschwörungstheorie, aber weißt du, zunächst einmal hat die Polizei den Tatort verdächtig schnell abgeriegelt. Die Notärzte und Forensiker bekamen die Anweisung, nicht mit der Presse zu reden. Nicht einmal die Gerichtsreporter haben es geschafft, mehr aus denen rauszukriegen als das offizielle Statement.

ICH: Okay, aber wozu hätte man seinen Tod inszenieren sollen?

DANIEL: Die Neuen Nationalisten könnten es geplant haben, wer weiß. Ich meine, hätte es einen einfacheren Weg gegeben, die Öffentlichkeit gegen die USA aufzuwiegeln? Wenn man wirklich in die Richtung denken würde, könnten sie das Ganze arrangiert, den Tatort hergerichtet und die Kamamotos und den Soldaten ermordet haben. Und dann haben sie es so aussehen lassen, als wäre Hiro tot.

ICH: Aber das ergibt doch keinen Sinn. Der Obergefreite Jake Wallace war Pamelist – er hatte ein Motiv, Hiro zu töten. Wie hätten sie ihn in das Komplott einbeziehen sollen?

DANIEL: Hey, ich bin hier nur der Bote! Ich schildere dir lediglich die Gerüchte. Verdammt, was weiß ich, vielleicht haben sie von seinen Plänen Wind gekriegt und ihn reingelegt. Vielleicht haben sie seine E-Mails mitgelesen, so wie die Hacker.

ICH: Aber die Augenzeugen sagen, Chiyoko habe Hiros Leiche aus dem Haus getragen.

DANIEL: Ja klar. Aber hast du mal einen von Kenji Yanagidas Surrabots gesehen? Die sind gruselig. Sie sehen echt überzeugend aus, wenn man nicht direkt davorsitzt.

ICH: Warte mal, das würde bedeuten, dass Chiyoko informiert war.

DANIEL: Genau.

ICH: Angenommen, es hätte sich so zugetragen. Chiyoko hat mitgespielt und zugelassen, dass ihre Eltern sterben – warum?

DANIEL: Wer weiß? Für Geld? Damit sie und Hiro sich an einem unbekannten Ort verstecken und im Luxus leben können? Und der arme Ryu hat sich in die Sache reinziehen lassen und wurde zum Bauernopfer.

ICH: Weißt du eigentlich, wie oft mir diese Theorie schon unterbreitet wurde?

DANIEL: Ja, ja. Wie ich schon sagte, das ist alles Unsinn.

ICH: Hast du je nachrecherchiert?

DANIEL: Ein bisschen, aber nicht allzu intensiv. Du weißt ja, wie das läuft. Falls an der Geschichte was dran wäre, wäre es längst durchgesickert.

ICH: Hat nicht Kenji Yanagida Hiros Leiche identifiziert?

DANIEL: Ja und?

ICH: Wenn irgendjemand die Wahrheit kennt, dann er. Würde er mit mir sprechen?

DANIEL: *(lacht)* Nie im Leben. Aber das ist ohnehin alles Quatsch, Ellie. Der Junge ist tot.

ICH: Lebt Kenji Yanagida immer noch in Osaka?

DANIEL: Zuletzt hörte ich, er habe die Uni verlassen, nachdem ihm der Hiro-Kult massiv nachgestellt hatte. Die haben versucht, ihn als prominenten Fürsprecher zu gewinnen. Angeblich ist er nach Tokio gezogen und lebt hier unter falschem Namen.

ICH: Könntest du ihn für mich ausfindig machen?

DANIEL: Weißt du eigentlich, wie viele Leute mit Kenji Yanagida reden wollten und auf Granit gebissen haben?

ICH: Aber ich habe etwas, was die nicht hatten.

DANIEL: Was denn?

Ich erzählte Daniel nichts von Ace' Transkript. Vielleicht könnte ich mir damit Zugang zu Kenji Yanagida verschaffen, vielleicht auch nicht.

Ich weiß, was du jetzt denkst: dass ich Daniel nichts davon gesagt habe, weil es meine Exklusiv-Story war und ich das Transkript für meine Zwecke benutzen wollte – möglicherweise für ein zweites Buch. Aber noch einmal: Ich bin fertig damit, Sam, ich habe die Schnauze voll, das schwöre ich.

Während der folgenden Wochen unternahm ich gar nichts. Die Welt hielt den Atem an, weil eine abtrünnige Gruppe von Endzeitlern versucht hatte, die al-Aqsa-Moschee auf dem Tempelberg in Brand zu stecken, um die Zeit zur Entrückung zu verkürzen. Nicht einmal ich war dumm genug, nach Fernost zu fliegen, wenn der Dritte Weltkrieg drohte.

Und die Nachrichten, die uns aus den USA erreichten, waren nicht weniger deprimierend. Ich hatte vielleicht den Kopf in den Sand gesteckt, aber die Berichte von immer brutaleren Überfällen auf homosexuelle Teenager, von Massenschließungen der Fertilitätskliniken, von Internetausfällen, von der Verhaftung der Vorsitzenden von Humanistischer Liga und Schwulen- und Lesbenverbänden (zum Schutze der sogenannten »nationalen Sicherheit«) erreichten mich dennoch. In Großbritannien kam es zu antiamerikanischen Protesten. Die britische Regierung kündigte ihre Verbindungen zu Reynards Regime auf, und MigrantWatch startete eine Kampagne zur Eindämmung des Einwandererstroms aus den USA. Du darfst nicht denken, ich hätte keine Angst um dich gehabt. Während der Feiertage habe ich an nichts anderes denken können (auch wenn ich dir jetzt nicht vorjammern will, wie ich Thanksgiving allein in meiner eiskalten Wohnung verbracht habe, mit Jalfrezi vom Lieferservice). Ich musste an dich denken, als die britischen Promis sich mit den bekanntesten US-Filmstars für die Kampagne »Schützt unsere Grundrechte« zusammentaten. Sicher hat es deinen Zynismus befeuert. Alle YouTube-Clips und iTunes-Benefizsongs dieser Welt werden die Überzeugung eines Menschen nicht ändern, der ernsthaft an das ewige Höllenfeuer glaubt und andere von ihrer »Unmoral« kurieren will.

Aber ich konnte es einfach nicht auf sich beruhen lassen.

Ich erinnerte mich an Ace' Rat, keine Zeit zu vergeuden, und Anfang Dezember rief ich Daniel an und bat ihn, mir bei der Einreise zu helfen. Er hielt mich natürlich für verrückt – ihm war gerade gekündigt worden (er sagte, das passiere westlichen Ausländern in ganz Japan, »es ist ihre Art, uns zu zeigen, dass wir hier nicht mehr willkommen sind«). Wegen der neuen Bestimmungen würde ich trotz meines britischen Passes ein Visum brauchen, dazu einen triftigen Einreisegrund und einen Japaner, der für mich bürgte. Daniel erklärte sich widerwillig bereit, mich an einen seiner Freunde weiterzuvermitteln.

Ich machte Pascal de la Croix ausfindig, Kenjis alten Freund, und flehte ihn an, einen Termin für mich zu vereinbaren. Ich erzählte ihm die Wahrheit – dass ich neue Informationen über den Absturz der Sun-Air-Maschine erhalten hatte, die Kenji dringend erfahren musste. Ich sagte ihm, dass ich nur deswegen nach Tokio fliegen wolle. Pascal zögerte natürlich, erklärte sich dann aber bereit, Kenji in meinem Namen anzumailen, unter der Bedingung, dass ich, falls es zu einem Treffen käme, niemals darüber schreiben würde.

An dem Tag muss ich in meinem Posteingang mindestens fünfzig Mal nach einer Antwort gesucht haben – selbst die Hassmails und den Spam habe ich durchgelesen.

Seine Antwort erreichte mich am selben Tag wie mein Visum. Eine Adresse, mehr nicht.

Sam, ich will ehrlich sein. Bevor ich abreiste, habe ich mich lange und kritisch selbst befragt. Was zum Teufel hatte ich da vor? War ich, wenn ich der Sache nachging, nicht genauso verrückt wie die Endzeitler und die Verschwörungstheoretiker? Und angenommen, meine schwachsinnige, aussichtslose Jagd auf Kenji Yanagida würde mich wirklich zu Hiro führen. Angenommen, er wäre noch am Leben und ich in der Lage, mit ihm zu sprechen. Wenn er mir erzählen würde, die Drei wären von den apokalyptischen Reitern besessen oder Psycho-Aliens oder drei der vier Four Tops – was dann? War es meine Pflicht, wahres Zeugnis abzulegen? Und falls ja, wem würde das etwas nützen? Sieh dir an, was nach dem Kenneth-Oduah-Skandal passiert ist. Eindeutige Beweise dafür, dass der DNA-Test gefälscht wurde, und doch kauften Millionen von Menschen Dr. Lund den Blödsinn ab, es sei »Gottes Wille, dass der vierte Reiter nie gefunden wird«.

Der Flug war ein Albtraum. Schon vor dem Start bekam ich die totale Pamela-Panik. Habe mir immer wieder vorgestellt, wie es ihr in den Minuten vor dem Absturz ergangen sein musste. Ich legte mir im Kopf sogar ein *isho* zurecht, nur für alle Fälle. (Ich erspare dir die Peinlichkeit, es hier aufzuschreiben.) Dass neunzig Prozent der anderen Passagiere (alles Westler, hauptsächlich Briten und Skandinavier) eine halbe Stunde nach dem Start betrunken waren, war auch kein Trost. Der Kerl neben mir, ein IT-Berater, der nach Tokio reiste, um die IBM-Niederlassung in Roppongi abzuwickeln, bereitete mich auf die Zustände vor, die uns nach der Landung erwarteten. »Wissen Sie, es ist nicht so, dass die offen feindselig wären oder so, aber es ist trotzdem das Beste, in den ›Abendländer-Bezirken‹ zu bleiben – Roppongi und Roppongi Hills. Gar nicht so übel da, es gibt jede Menge Pubs.« Er kippte seinen doppelten Jack Daniels und hauchte mir eine Bourbonwolke ins Gesicht. »Außerdem, wer hängt schon freiwillig mit Japsen rum? Wenn Sie möchten, zeige ich Ihnen die Gegend.« Ich lehnte dankend ab. Glücklicherweise nickte er kurz darauf ein.

Nach der Ankunft in Narita wurden wir in einen speziellen Wartebereich getrieben, wo unsere Reisepässe und Visa mit forensischer Präzision untersucht wurden. Danach wurden wir in Busse verfrachtet. Auf den ersten Blick war nicht zu sehen, dass Japan – wie der Rest der Welt – auf den wirtschaftlichen Kollaps zusteuerte. Erst als wir die Brücke überquerten, die in Tokios Innenstadt führt, bemerkte ich, dass die berühmten Werbetafeln, die Verkehrsleitsysteme und sogar der Tokyo Tower nur zur Hälfte beleuchtet waren.

Am nächsten Tag kam Daniel ins Hotel und schrieb mir den Weg zu Kenjis Wohnadresse in Kanda in minutiösen Einzelschritten auf. Weil sie in der Altstadt lag, außerhalb des für westliche Besucher freigegebenen Bereiches, riet er mir, meine Haare zu bedecken und eine Sonnenbrille und eine Atemschutzmaske zu tragen. Mir kam das übertrieben vor; er war der Meinung, dass ich zwar kaum ernsthafte Schwierigkeiten bekommen würde, es aber dennoch das Beste wäre, keine Aufmerksamkeit zu erregen.

Sam, ich bin erschöpft, morgen ist ein wichtiger Tag. Draußen wird es schon wieder hell, doch eine letzte Begegnung muss ich dir noch schildern. Ich hatte noch keine Zeit, das Gespräch mit Kenji Yanagida zu transkribieren – ich habe ihn erst gestern getroffen –, deswegen schreibe ich es dir in meinen Worten.

Ohne Daniels Wegbeschreibung hätte ich binnen weniger Sekunden die Orientierung verloren. Kanda ist ein Labyrinth, ein von kleinen Restaurants, winzigen Buchläden und verrauchten Cafés gesäumtes Straßengewirr, in dem sich Geschäftsleute in schwarzen Anzügen tummeln. Nach der vergleichsweise seelenlosen, westlichen Architektur von Roppongi war ich einfach nur erschlagen. Ich folgte der Wegbeschreibung, bis ich mich in einer engen Gasse voller Menschen in langen Mänteln wiederfand, die ihr Gesicht hinter Tüchern oder Grippeschutzmasken verbargen. Ich blieb vor einer Tür stehen, die sich zwischen zwei winzigen Läden befand; in dem einen wurden Plastikkörbe mit getrocknetem Fisch verkauft, im anderen gerahmte Gemälde von Kinderhänden. Ich verglich die Kanji neben der Tür mit den Zeichen, die Daniel für mich aufgemalt hatte. Das Herz klopfte mir bis zum Hals, als ich auf den Klingelknopf drückte.

»*Hai?*«, bellte eine Männerstimme.

»Kenji Yanagida?«

»Ja?«

»Mein Name ist Elspeth Martins. Ich habe Ihre Adresse von Pascal de la Croix.«

Nach einer Sekunde hörte ich ein Klicken, und die Tür ließ sich aufdrücken.

Ich betrat einen modrig riechenden Flur, und weil es der einzige Weg war, stieg ich eine kurze Treppe hinunter. Sie endete vor einer unbeschrifteten, angelehnten Tür. Ich schob die Tür auf und betrat eine große, unaufgeräumte Werkstatt. In der Mitte des Raumes standen ein paar Leute herum. Dann rastete etwas in meinem Kopf ein (Sam, ich kann es nicht anders beschreiben), und mir wurde mit einem Schlag klar, dass es keine Menschen waren, sondern Surrabots.

Ich zählte sechs davon – drei Frauen, zwei Männer und (wie makaber!) ein Kind, die in Halterungen steckten und von oben durch Halogenleuchten angestrahlt wurden. Ihre wächserne Haut und die zu klaren Augen reflektierten das Licht. In einer dunklen Ecke saßen noch mehr auf Plastikstühlen und abgewetzten Sesseln herum, einer hatte sogar in einer obszön menschlichen Pose die Beine übereinandergeschlagen.

Kenji trat von hinter einer Werkbank hervor, die mit Drähten, Computermonitoren und Lötmaterial überladen war. Er sah zehn Jahre älter und zwanzig Kilo leichter aus als in seinen YouTube-Clips. Die Haut unter seinen Augen war faltig, und seine Wangenknochen standen hervor wie bei einem Totenschädel.

Ohne ein Wort der Begrüßung fragte er: »Was für neue Informationen haben Sie für mich?«

Ich erzählte ihm von Ace' Geständnis und überreichte ihm eine Kopie des Transkripts. Er überflog den Text, ohne eine Miene zu verziehen, dann faltete er das Blatt zusammen und steckte es ein. »Warum bringen Sie mir das?«

»Ich fand, dass Sie ein Recht haben, die Wahrheit zu erfahren. Ihre Frau und Ihr Sohn saßen in dem Flugzeug.«

»Ich danke Ihnen.«

Er starrte mich sekundenlang an, und ich hatte das Gefühl, er schaue durch mich hindurch.

Ich zeigte auf die Surrabots. »Was tun Sie hier? Haben Sie die für den Hiro-Kult gebaut?«

Er zog eine Grimasse. »Nein. Ich fertige Repliken auf Anfrage. Die meisten meiner Kunden sind Koreaner. Sie bestellen Repliken verstorbener Angehöriger.« Sein Blick wanderte zu einem Haufen Wachsabdrücken hinüber, die sich auf der Werkbank türmten. Es waren Totenmasken.

»Wie die von Hiro?« Er zuckte zusammen (natürlich – es war unsensibel von mir, so etwas zu sagen). »Yanagida-san, waren Sie derjenige, der ihn nach seinem Tod identifiziert hat?«

Ich machte mich auf eine üble Schimpftirade gefasst, aber stattdessen sagte er nur: »Ja.«

»Es tut mir leid, das fragen zu müssen. Aber es ist so, dass es Gerüchte gibt, die besagen, er sei … er sei vielleicht …«

»Mein Sohn ist tot. Ich habe seinen Leichnam gesehen. Ist es das, was Sie fragen wollten?«

»Und Chiyoko?«

»Deswegen sind Sie gekommen? Um nach Hiro und Chiyoko zu fragen?«

»Ja. Und das Transkript – da steht die Wahrheit. Darauf gebe ich Ihnen mein Wort.«

»Warum haben Sie nach Chiyoko gefragt?«

Ich beschloss, ehrlich zu sein. Ich vermutete, dass er jede Lüge sofort durchschauen würde. »Ich gehe Hinweisen zu den Drei nach. Eine der Spuren hat mich zu Ihnen geführt.«

»Ich kann Ihnen nicht helfen. Bitte gehen Sie.«

»Yanagida-san, ich habe eine lange Reise hinter mir …«

»Warum lassen Sie es nicht einfach gut sein?«

Ich sah den Kummer in seinen Augen. Ich hatte ihn bedrängt, und um ehrlich zu sein, ich war von mir selbst angewidert. Ich drehte mich zum Gehen um, aber in der Bewegung streifte mein Blick einen Surrabot in einer dunklen Ecke; er saß halb hinter der Kopie eines korpulenten Mannes versteckt. Eine Frau mit gelassenem Gesichtsausdruck und weißem Kimono, die abseits der anderen Androiden saß. Sie war der einzige Surrabot hier, der zu atmen schien.

»Yanagida-san, ist das die Nachbildung Ihrer Frau Hiromi?«

Nach längerem Schweigen sagte er: »Ja.«

»Sie war wunderschön.«

»Ja.«

»Yanagida-san, hat sie … hat sie Ihnen eine Nachricht hinterlassen? Ein *isho* wie manche der anderen Passagiere?« Ich konnte nicht anders, ich musste einfach fragen.

»Jukai. Sie ist in Jukai.«

Eine Sekunde lang dachte ich, er spräche von seiner Frau. Dann machte es klick. »Sie? Sie meinen Chiyoko?«

»*Hai.*«

»Im Wald? Aokigahara?«

Ein knappes Nicken.

»Wo genau?«

»Ich weiß es nicht.«

Ich wollte mein Glück nicht noch weiter herausfordern. »Ich danke Ihnen, Yanagida-san.«

Als ich schon auf dem Weg zur Treppe war, sagte er: »Warten Sie.« Ich drehte mich zu ihm um. Seine Miene war so unergründlich wie die des Surrabot, der neben ihm stand. Dann sagte er: »Hiromi. ›Hiro ist verschwunden.‹ So lautete ihre letzte Nachricht.«

So, das war's. Mehr habe ich nicht. Ich habe keine Ahnung, warum Kenji mir den Inhalt von Hiromis *isho* verraten hat. Vielleicht war er tatsächlich dankbar für das Transkript; vielleicht war er so wie Ace der Meinung, dass es keinen Sinn hatte, das Ganze für sich zu behalten.

Vielleicht hat er gelogen.

Ich schicke das jetzt besser ab. Das WLAN hier auf dem Zimmer taugt nichts, ich muss runter in die Lobby. Im Wald wird es kalt werden – gerade hat es angefangen zu schneien.

Sam, ich weiß, wie verschwindend gering die Wahrscheinlichkeit ist, dass du alles gelesen hast. Aber nur, damit du es weißt: Ich habe beschlossen, nach Hause zurückzukommen, wenn ich hier fertig bin. Zurück nach New York City – falls der Gouverneur es ernst meinte, als er sagte, er wolle die Entscheidung über eine Sezession dem Volksentscheid überlassen. In dem Fall will ich vor Ort sein. Ich werde nicht mehr weglaufen. Hoffentlich bist du dann noch da, Sam.

Ich liebe dich,

Ellie

WIE ES ENDET

Elspeths Verkleidung – eine Sonnenbrille und eine inzwischen klamme Grippeschutzmaske – funktioniert in der Vorstadt ebenso gut wie im Zentrum. Bislang hat keiner der anderen Passagiere einen zweiten Blick auf sie geworfen. Aber als sie in Otsuki umsteigen will, einem baufälligen Bahnhof mit Fünfzigerjahre-Ambiente, schnauzt sie ein Mann in Uniform an. Kurz spürt sie Panik in sich aufsteigen, merkt aber dann, dass er lediglich ihre Fahrkarte sehen will. Wie dumm. Sie neigt den Kopf und überreicht ihm das Ticket, woraufhin er sie auf einen Zug mit altmodischer Lokomotive verweist, der am gegenüberliegenden Bahnsteig wartet. Ein Pfeifen ertönt, sie erklimmt die Treppe und ist erleichtert, einen leeren Waggon vorzufinden. Sie lässt sich auf einen Fensterplatz sinken und versucht, sich zu entspannen. Der Zug erbebt, setzt sich mit einem Ruck in Bewegung und findet in einen stampfenden Rhythmus, während sie durch verstaubte Fensterscheiben auf schneebedeckte Felder, Holzhäuser mit Schrägdach und Kleingärten blickt, deren Beete leer sind, abgesehen von ein paar erfrorenen, halb vergammelten Kohlköpfen. Durch die Ritzen der Waggonseiten dringt eisige Luft ein; der Wind drückt das feine Schneegestöber an die Fensterscheiben. Sie erinnert sich daran, dass auf dem Weg nach Kawaguchiko, der Endstation, vierzehn Haltestellen liegen.

Sie konzentriert sich auf das Klacken der Räder und versucht, nicht zu viel über ihren Zielort nachzudenken. An der dritten Haltestelle steigt ein Mann zu, dessen Gesicht ebenso zerknittert ist wie seine Kleidung, und ihr ganzer Körper verspannt sich, als er den Sitzplatz gegenüber wählt. Sie betet, dass er sie nicht in eine Unterhaltung verwickeln wird. Er grunzt, greift in eine riesige Einkaufstasche und zieht ein Päckchen heraus, in dem sich scheinbar übergroße Nori-Rollen befinden. Er stopft sich eine in den Mund und bietet ihr das Päckchen an. Weil es unhöflich wäre abzulehnen, murmelt sie »*Arigato*« und nimmt eine Rolle. Statt auf Reis im Algenmantel beißt sie in eine Art Blätterteigdessert, dessen Geschmack sie an Süßstoff erinnert. Sie kaut langsam, nur für den Fall, dass er ihr ein zweites Gebäckstück anbietet (ihr ist jetzt schon übel), dann lässt sie den Kopf an die Fensterscheibe sinken, als wäre sie eingedöst. Es ist nicht vollkommen gespielt; nach der schlaflosen Nacht ist sie erschöpft.

Als sie die Augen wieder öffnet, entdeckt sie zu ihrer Überraschung eine riesige Achterbahn, die das Zugfenster zur Gänze ausfüllt und von deren rostigem Gestänge lange Eiszapfen hängen wie gigantische Zähne. Die Achterbahn muss zu einem der stillgelegten Ferienparks am Fuji gehören, von denen Daniel ihr erzählt hat. Wie ein deplatzierter Dinosaurier erhebt sie sich aus der einsamen Landschaft.

Endstation.

Der alte Mann verabschiedet sich mit einem herzlichen, überbreiten Lächeln, und schon bekommt sie ein schlechtes Gewissen, sich schlafend gestellt zu haben. Sie lässt sich zurückfallen und folgt ihm dann über die Gleise in den menschenleeren Bahnhof, ein Holzgebäude mit glänzend lackierter Kiefernverkleidung, das viel besser in ein Skigebiet in den Alpen passen würde. Irgendwo spielt ein Leierkasten, den sie noch hören kann, als sie den Bahnhofsvorplatz betritt. Die Touristeninfo zu ihrer Rechten liegt so verlassen da wie ein Mausoleum, aber an der Bushaltestelle entdeckt sie ein einsames Taxi. Aus dem Auspuff quellen Abgase.

Sie holt den gefalteten Zettel heraus, auf dem Daniel ihr (widerwillig) das Ziel notiert hat, legt einen Tausend-Yen-Schein hinein und nähert sich dem Taxi. Sie gibt den Zettel dem Fahrer, der ihn ungerührt betrachtet. Er nickt, verstaut das Geld in der Innentasche seiner Jacke und starrt geradeaus. Im Taxi stinkt es nach kaltem Zigarettenrauch und Verzweiflung. Wie viele Menschen hat dieser Mann schon in den Wald gefahren in dem Wissen, dass sie nicht wieder herauskommen? Der Fahrer lässt den Motor aufheulen, noch bevor sie sich anschnallen kann, und dann rasen sie durch das menschenleere Dorf. Die meisten Ladengeschäfte sind mit Brettern vernagelt, die Zapfsäulen der Tankstellen mit Vorhängeschlössern gesichert. Sie überholen ein einziges Fahrzeug, einen leeren Schulbus.

Minuten später fahren sie am Ufer eines riesigen, spiegelglatten Sees entlang. Wann immer der Fahrer mit Vollgas in eine enge Kurve geht, muss Elspeth sich am Handgriff festhalten; ganz offensichtlich wünscht er sich das Ende der Fahrt genauso sehnlich herbei wie sie. Sie sieht das windschiefe Skelett eines riesigen Schreins und den Wald aus verlotterten Grabmarkierungen davor; eine Reihe morscher Ruderboote und die verkohlten Überreste von Strandhäuschen, die unverdrossen aus dem Schnee aufragen. Im Hintergrund erhebt sich der Fuji mit seinem nebelverhangenen Gipfel.

Sie lassen den See hinter sich und fahren auf eine leere Schnellstraße auf. Dann biegt der Fahrer scharf ab und rast eine schmalere, vereiste, von Schneewehen gesäumte Straße entlang. Die Bäume ringsum werden immer dichter und höher, und sie weiß, das muss Aokigahara sein, denn sie erkennt die knolligen Wurzeln, die den Waldboden oberhalb des Vulkangesteins durchziehen. Sie kommen an mehreren schneebedeckten Autos vorbei, die am Straßenrand abgestellt stehen. Sie ist sicher, in einem die Silhouette einer gegen das Lenkrad gesackten Gestalt entdeckt zu haben.

Der Taxifahrer reißt das Steuer herum, fährt auf einen Parkplatz auf und macht vor einem niedrigen, verlotterten Gebäude mit geschlossenen Fensterläden eine Vollbremsung. Er zeigt auf das Schild über dem Pfad, der in den Wald hineinführt.

Auch hier sieht sie Schneehaufen, deren Silhouetten an Autos erinnern.

Wie um alles in der Welt soll sie zum Bahnhof zurückkommen? Auf der anderen Straßenseite befindet sich eine Bushaltestelle, aber wer weiß, ob die Busse überhaupt fahren?

Der Fahrer klopft ungeduldig auf das Lenkrad.

Elspeth bleibt keine Wahl, als einen Kommunikationsversuch zu starten. »Äh, wissen Sie, wo ich Chiyoko Kamamoto finden kann? Sie wohnt hier irgendwo.«

Er schüttelt den Kopf. Zeigt wieder auf den Wald.

Und nun? Was zum Teufel hat sie erwartet? Chiyoko, die in einer Limousine auf sie wartet? Sie hätte auf Daniel hören sollen. Es war ein Fehler. Aber nun ist sie hier, und es wäre doch sinnlos, nach Tokio zurückzufahren, ohne alles erkundet zu haben. Sie weiß, dass es in der Nähe mehrere Dörfer gibt. Falls keine Busse fahren, wird sie sich zu Fuß bis zum nächstgelegenen durchschlagen müssen. Sie murmelt »*Arigato*«, aber der Fahrer reagiert nicht. Er tritt aufs Gaspedal, sobald sie die Tür zugeschlagen hat.

Sie bleibt sekundenlang stehen und gewöhnt sich an die Stille. Sie betrachtet den dunklen Schlund hinter dem Holzschild. Hätten die hungrigen Geister, die in diesem Wald lauern, nicht längst versuchen müssen, sie zwischen die Bäume zu locken? Immerhin haben sie es auf die Schwachen und die Verletzlichen abgesehen, oder? Aber was, wenn sie am Ende gar nicht so schwach und verletzlich ist?

Lächerlich.

Sie versucht, die eingeschneiten Autos zu ignorieren, und stapft durch tiefe Schneewehen auf die kleinen Hügel zu, die kreisförmig vor dem Holzgebäude angeordnet sind. Sie hat gelesen, dass es hier mehrere Gedenkstätten für die Opfer des Flugzeugabsturzes gibt, und sie wischt die Schneemütze von einem der Hügel ab. Zum Vorschein kommt eine Holztafel. Weiter hinten, halb von einer Schneewehe verdeckt, steht ein Holzkreuz westlicher Machart. Elspeth geht hin und wischt abermals den Schnee ab. Die geschmolzenen Kristalle sickern in ihre Handschuhe ein, während sie liest: »Pamela May Donald. Unvergessen.« Sie fragt sich, ob Flugkapitän Seto ebenfalls ein Denkmal bekommen hat; sie hat gehört, dass einige Hinterbliebene (das Wort *izoku* kommt ihr in den Sinn – Eric Kushan hatte darauf bestanden, die Familien der Opfer so zu nennen) ihm trotz gegenteiliger Beweise bis heute die Schuld an dem Unglück geben. Vielleicht wäre das eine recherchierenswerte Story gewesen? *Unveröffentlichte Geschichten vom Schwarzen Donnerstag.* Sam hatte recht, sie ist wirklich das Letzte.

Eine Stimme hinter ihr lässt sie zusammenfahren. Sie wirbelt herum und sieht eine gebeugte Gestalt in einer knallroten Windjacke auf sich zustapfen. Der Mann, der von hinter dem Haus zu kommen scheint, knurrt sie an.

Es hat keinen Zweck, sich zu verstecken. Sie reißt sich die Sonnenbrille herunter, und das Licht lässt sie blinzeln.

Der Mann bleibt stehen. »Was wollen Sie hier?« In seiner Aussprache klingt ein hauchfeiner kalifornischer Akzent mit.

»Ich wollte mir die Gedenkstätte ansehen«, lügt sie, sie weiß selbst nicht, warum.

»Wozu?«

»Ich war neugierig.«

»Wir bekommen hier eigentlich keine Besucher aus dem Westen mehr.«

»Das glaube ich Ihnen gern. Ihr Akzent ist ausgezeichnet.«

Auf einmal lächelt er grimmig. Seine Zähne verrutschen, und sie sieht eine Spalte zwischen Gebiss und Zahnfleisch. Er saugt die Zähne wieder an. »Ich habe Ihre Sprache vor vielen Jahren gelernt, aus dem Radio.«

»Sind Sie der Parkwächter?«

Er runzelt die Stirn. »Ich verstehe nicht.«

Sie zeigt auf das verfallene Holzhaus. »Wohnen Sie hier? Kümmern Sie sich um die Gedenkstätte?«

»Ah!« Wieder fallen ihm beim Lächeln die Zähne herunter. »Ja, ich wohne hier.« Sie fragt sich, ob er vielleicht Yomijuri Miyajima ist, der Selbstmordwächter, der Bobby gerettet und Ryus Leiche gefunden hat. Aber der Zufall wäre zu schön, nicht wahr?

»Ich gehe in den Wald und sammele ein, was die Leute hinterlassen. Zum Weiterverkauf.«

Elspeth fängt heftig zu zittern an. Die Kälte kneift ihr in die Wangen und lässt ihre Augen tränen. Sie stampft mit den Füßen auf. Es nützt nichts. »Haben Sie viele Besucher?« Sie nickt zu den Autos hinüber.

»Ja. Möchten Sie reingehen?«

»In den Wald?«

»Es ist ein weiter Weg bis zu der Stelle, wo das Flugzeug abgestürzt ist. Aber ich kann Sie hinbringen. Haben Sie Geld?«

»Wie viel?«

»Fünftausend.«

Sie kramt in ihrer Tasche, gibt ihm einen Geldschein. Will sie das wirklich? Ja, findet sie. Aber deswegen ist sie nicht hergekommen, sie sollte ihn vielmehr fragen, ob er Chiyokos Aufenthaltsort kennt, aber … Sie ist schon so weit gekommen, warum sollte sie da nicht in den Wald hineingehen?

Der Mann dreht sich um und schreitet auf den Pfad zu, Elspeth stolpert hinterher. Er hat O-Beine und ist mindestens dreißig Jahre älter als sie, aber er scheint fit wie ein Zwanzigjähriger zu sein.

Er öffnet eine Kette, die quer über dem Weg hängt, und geht um ein verblichenes Holzschild mit abblätternder Farbe herum. Die Bäume lassen Blütenblätter aus Schnee herabrieseln, die Flocken fallen ihr hinten in den Kragen, weil ihr Schal verrutscht ist. Sie kann ihren eigenen stoßweise gehenden Atem hören. Der alte Mann überquert den Hauptweg und eilt auf die dichten Bäume zu. Elspeth zögert. Außer Daniel weiß niemand, dass sie hier ist (Sam hat die E-Mail von heute Morgen möglicherweise gar nicht gelesen), und Daniel wird Japan in wenigen Tagen verlassen. Wenn sie sich jetzt in Schwierigkeiten bringt, ist es vorbei. Sie sucht nach ihrem Handy. Kein Empfang. Natürlich. Sie sieht sich um, versucht, etwas mit Wiedererkennungswert zu entdecken, um später den Rückweg zum Parkplatz zu finden, aber kurz darauf hat der Wald sie verschluckt. Sie ist überrascht, ganz gegen ihre Erwartung keine bösen Vorahnungen zu haben. Eigentlich ist es, denkt sie, sehr schön hier. Wo der Blätterbaldachin den Himmel verdeckt, sieht sie den braunen Waldboden, und die wulstigen Baumwurzeln haben etwas Zauberhaftes. Samuel Hockemeier, der Marine, der wenige Tage nach dem Crash in den Wald musste, hatte sie als gruselig und Furcht einflößend beschrieben.

Aber während sie den Fußstapfen des alten Mannes durch den knirschenden Schnee folgt, kann sie nicht ausblenden, dass hier alles angefangen hat. Denn nicht das Überleben der drei Kinder hatte die folgenschweren Ereignisse ausgelöst, sondern die scheinbar harmlosen letzten Worte einer texanischen Hausfrau.

Auf einmal hält der Mann inne, dann biegt er nach rechts ab. Elspeth bleibt stehen, sie weiß nicht, was sie tun soll. Er entfernt sich nicht weit. Sie schleicht voran, bleibt aber wie erstarrt stehen, als sie einen dunkelblauen Fleck im Schnee erkennt. Am Fuß eines Baumes liegt ein Mensch, zusammengerollt wie ein Fötus. Oberhalb der Leiche baumelt ein abgerissenes Seil, das sich am Baumstamm hochschlängelt und zwischen den Ästen verliert. Eiskristalle haben sich an das ausgefranste Ende gelegt.

Der Mann geht neben der Leiche in die Hocke und macht sich daran, die Taschen der dunkelblauen Regenjacke zu durchwühlen. Der Kopf des Menschen ist eingezogen, Elspeth kann nicht erkennen, ob es sich um einen Mann oder eine Frau handelt. Daneben steht ein Rucksack mit geöffnetem Reißverschluss, aus dem ein Handy und eine Art Tagebuch ragen. Die gekrümmten Finger sind blau angelaufen, die Fingernägel schneeweiß. Das Gebäck, das der Mann im Zug ihr gegeben hat, liegt Elspeth im Magen wie ein Stein.

Sie betrachtet den Leichnam mit morbider Faszination. Ihr Hirn scheint nicht verarbeiten zu können, was ihre Augen sehen. Ohne jede Vorwarnung schießt ihr ein Schwall heißer Galle in den Mund, und sie wendet sich ab und stützt sich würgend an den nächsten Baum. Sie schnappt nach Luft, wischt sich die Augen.

»Sehen Sie?«, sagt der Mann in sachlichem Tonfall. »Dieser Mann hier ist seit zwei Tagen tot. Letzte Woche habe ich fünf gefunden, darunter zwei Pärchen. Hier kommen viele her, die gemeinsam sterben wollen.«

Elspeth merkt, dass sie zittert. »Was haben Sie mit der Leiche vor?«

Er zuckt die Achseln. »Die wird abgeholt, wenn es wärmer wird.«

»Was ist mit seiner Familie? Vielleicht sucht sie nach ihm.«

»Kann sein.«

Er steckt das Handy ein und richtet sich auf. Er dreht sich um und geht weiter.

Elspeth hat genug gesehen. Wie hatte sie diesen Wald schön finden können?

»Warten Sie«, ruft sie ihm nach, »ich bin auf der Suche nach jemandem. Einer jungen Frau, die hier irgendwo lebt. Ihr Name ist Chiyoko Kamamoto.« Der Mann bleibt stehen, ohne sich umzudrehen. »Wissen Sie, wo sie ist?«

»Ja.«

»Können Sie mich hinbringen? Ich gebe Ihnen Geld.«

»Wie viel?

»Wie viel verlangen Sie?«

Er lässt die Schultern sinken. »Kommen Sie.«

Sie tritt einen Schritt zurück, um ihn vorbeizulassen, dann folgt sie ihm zum Parkplatz zurück.

Sie sieht nicht noch einmal zu der Leiche hinüber.

Sie verfällt in einen Laufschritt, um nicht den Anschluss zu verlieren. Auf dem Parkplatz rutscht sie auf einer vereisten Stelle aus, kann sich im letzten Moment fangen.

Der Mann schiebt eine Doppeltür an der Seite des Holzgebäudes auf und verschwindet, und Sekunden später hört Elspeth das lang gezogene Stottern eines Motors.

Ein Auto setzt im Rückwärtsgang heraus. Der Motor keucht wie ein Asthmapatient.

»Einsteigen«, herrscht der Mann sie durch die geschlossene Seitenscheibe an. Ganz offensichtlich hat sie ihn beleidigt – weil sie ihm nicht bis an die Absturzstelle gefolgt ist? Weil sie nach Chiyoko gefragt hat?

Sie steigt schnell ein, bevor er es sich anders überlegt. Er fährt vom Parkplatz herunter und auf die Straße auf, wobei er dem Eis und den Schneeklumpen auf der Fahrbahn ebenso wenig Beachtung schenkt wie zuvor der Taxifahrer. Sie scheinen immer am Waldrand entlangzufahren, und hinter der nächsten Kurve kann Elspeth die schneebedeckten Dächer mehrerer Holzhäuser erkennen.

Der alte Mann fährt im Schritttempo weiter. Sie rollen an einer Reihe zugig aussehender, einstöckiger Wohngebäude vorbei. Elspeth sieht einen verrosteten Verkaufsautomaten, ein im Schnee steckendes Dreirad und mehrere an die Seitenwand eines Hauses gelehnte Holzlatten, an denen sich lange Eiszapfen gebildet haben. Hinter dem Dorf nähert die Straße sich wieder dem Waldrand an. Auf der Fahrbahn liegt eine unberührte Schneedecke ohne jede Fuß- oder Tierspuren.

»Wohnt hier jemand?«

Der Mann ignoriert sie. Er tritt aufs Gaspedal, und das Auto schiebt sich ächzend einen sanften Abhang hoch. Hundert Meter vor einer kleinen, aus alten Holzlatten zusammengezimmerten Hütte, die dicht bei den dunklen Bäumen steht, hält er an. Wären da nicht die abgesackte Veranda und die Fensterläden, könnte man sie für einen Geräteschuppen halten. »Das ist der Ort, den Sie gesucht haben.«

»Hier wohnt Chiyoko?«

Der alte Mann saugt sein Gebiss an und starrt geradeaus. Elspeth zieht sich einen tropfnassen Handschuh von den Fingern und tastet nach einem Geldschein. »*Arigato*«, sagt sie und überreicht ihm das Geld. »Kann ich Sie, wenn ich zum Bahnhof zurück...«

»Steigen Sie aus.«

»Habe ich Sie beleidigt?«

»Sie haben mich nicht beleidigt. Es gefällt mir hier nicht.«
Und das aus dem Mund eines Leichenfledderers. Elspeth fängt wieder zu zittern an. Er steckt das Geld ein, und sie steigt aus dem Auto. Sie wartet, bis er gewendet hat und davongefahren ist. Das Auto furzt eine schwarze Abgaswolke aus. Sie unterdrückt den Impuls, »Warten Sie!« zu rufen. Das Jaulen des Motors verebbt schnell, zu schnell, so als würde die Luft es darauf anlegen, jedes Geräusch möglichst schnell zu schlucken. In gewisser Hinsicht erschien ihr der Wald gastfreundlicher. Außerdem spürt sie dieses Kribbeln im Nacken, als würde sie beobachtet.

Sie erklimmt die Stufen der Veranda und stellt erleichtert fest, dass die Holzplanken von Zigarettenkippen übersät sind. Ein Lebenszeichen. Sie klopft an die Tür. Ihr Atem sieht aus wie Qualm, und zum ersten Mal seit Jahren sehnt sie sich nach einer Zigarette. Sie klopft noch einmal an. Elspeth beschließt, schnellstens von hier zu verschwinden, falls sich jetzt immer noch nichts rührt.

Aber in derselben Sekunde öffnet eine übergewichtige Frau in einem schmuddeligen rosa Yukata die Tür. Elspeth versucht, sich an die Fotos von Chiyoko zu erinnern, die sie gesehen hat. Sie erinnert sich an einen pummeligen Teenager mit kaltem, trotzigem Blick und schmalen Augen. Sie denkt nach und kommt zu dem Schluss, dass es dieselben Augen sein könnten. »Sind Sie Chiyoko? Chiyoko Kamamoto?«

Die Frau verzieht das Gesicht zu einem breiten Grinsen und verbeugt sich knapp. »Kommen Sie bitte herein«, sagt sie. Ihre Aussprache ist tadellos, so wie der alte Mann hat sie einen leichten amerikanischen Akzent.

Elspeth tritt in einen schmalen Eingangsbereich – die Luft ist hier kaum weniger eisig als draußen – und steigt aus den nassen Stiefeln. Sie zuckt zusammen, als die Kälte aus den harten Holzplanken durch ihre Socken dringt. Sie stellt ihre Stiefel in ein Regal an der Tür, gleich neben ein Paar blutrote High Heels und mehrere verdreckte Hausschuhe.

Chiyoko (falls es Chiyoko ist – Elspeth ist sich immer noch

nicht sicher) bedeutet ihr mit einer Geste, durch einen Türrahmen in das ebenso kalte Zimmer zu treten, das noch viel kleiner ist, als man beim Anblick des Hauses hätte meinen können. Ein schmaler Durchgang verläuft zwischen zwei Zimmernischen, die durch Paravents vom Hauptraum abgetrennt sind; dahinter kann Elspeth eine winzige Küche erkennen.

Sie folgt der Frau in den linken Zimmerteil und findet sich in einem spärlich beleuchteten, quadratischen Raum wieder, dessen Boden mit Tatamis bedeckt ist. In der Mitte steht ein niedriger Tisch voller Flecken, drumherum liegen graue Kissen mit verblichenem Bezug.

»Setzen Sie sich«, sagt die Frau und zeigt auf die Kissen. »Ich werde Ihnen einen Tee bringen.«

Elspeth gehorcht, ihre Knie knacken beim Hinsetzen. Hier drinnen ist es ein bisschen wärmer, und es riecht ganz leicht nach Fisch. Auf dem mit Saucenresten beschmierten Tischchen kringeln sich getrocknete Nudeln wie kleine Würmer.

Sie hört Gemurmel, dann ein Kichern. Kinderkichern?

Die Frau kehrt mit einem Teetablett zurück, auf dem eine Kanne und zwei kugelige Tassen stehen. Sie stellt es auf dem Tisch ab und sinkt viel anmutiger auf die Knie, als ihre massige Gestalt erahnen ließe. Sie schenkt Tee ein, reicht Elspeth eine Tasse.

»Sie *sind* Chiyoko, nicht wahr?«

Ein Schmunzeln. »Ja.«

»Sie und Ryu ... was ist passiert? Man hat Ihre Schuhe im Wald gefunden.«

»Wissen Sie, warum man sich die Schuhe ausziehen muss, bevor man stirbt?«

»Nein.«

»Damit man keinen Schmutz ins Jenseits trägt. Deswegen gibt es so viele Geister ohne Füße.« Sie kichert.

Elspeth nippt an ihrem Tee. Er ist kalt, schmeckt bitter. Sie zwingt sich zu einem weiteren Schluck, schafft es kaum, nicht zu würgen. »Warum leben Sie hier?«

»Es gefällt mir. Ich bekomme viel Besuch. Manche Leute kommen, bevor sie zum Sterben in den Wald gehen. Liebespaare, die sich für etwas Besonderes halten und glauben, sie würden nie vergessen werden. Als ob sich irgendwer drum schert! Sie fragen mich immer, ob ich ihnen zurate. Und wissen Sie, was ich sage?« Chiyoko lächelt Elspeth verschlagen von der Seite an. »Ich sage: Tut es! Die meisten bringen mir eine Opfergabe mit – Essen, manchmal auch Brennholz. Als wäre ich eine Heilige! Über mich wurden Bücher und Songs geschrieben. Es gibt sogar eine verdammte Anime-Serie über mich. Haben Sie sie gesehen?«

»Ja.«

Sie nickt, schneidet eine Grimasse. »O ja. Sie haben sie in Ihrem Buch erwähnt.«

»Sie wissen, wer ich bin?«

»Ja.«

Elspeth schreckt hoch, als hinter dem Paravent ein hoher Schrei ertönt. »Was war das?«

Chiyoko seufzt. »Das ist Hiro. Ich muss ihn gleich füttern.«

»*Wie bitte?*«

»Ryus Sohn. Wir haben es nur einmal gemacht.« Sie kichert abermals. »Es war nicht besonders gut. Er war Jungfrau.«

Elspeth wartet darauf, dass Chiyoko sich erhebt und zu dem Kind hinübergeht, aber sie macht keine Anstalten. »Wusste Ryu, dass er Vater wird?«

»Nein.«

»War das wirklich *seine* Leiche, die im Wald gefunden wurde?«

»Ja. Der arme Ryu. Ein *otaku* ohne Ziele. Ich habe ihm geholfen zu tun, was er sich gewünscht hat. Wollen Sie hören, wie es abgelaufen ist? Die Story ist gut, Sie könnten sie für Ihr Buch verwenden.«

»Ja.«

»Er hat gesagt, er würde mir überallhin folgen. Und als ich sagte, ich wolle sterben, meinte er, dass er mir auch ins Jenseits folgen würde. Vor unserem ersten Treffen hat er sich in einem Selbstmordforum angemeldet, wussten Sie das?«

»Nein.«

»Niemand wusste es. Das war, kurz bevor wir uns online kennengelernt haben. Aber er hat es allein nicht geschafft. Er hat jemanden gebraucht, der ihm einen Schubs gibt.«

»Und Sie waren diejenige, die ihn geschubst hat?«

Sie zuckt die Achseln. »Es war ganz einfach.«

»Und Sie? Sie haben es auch versucht, oder?«

Chiyoko lacht und schiebt sich die Ärmel hoch. An ihren Unterarmen und Handgelenken sind keine Narben zu sehen. »Nein. Das sind alles Märchen. Haben Sie sich jemals danach gesehnt? Wollten Sie jemals sterben?«

»Ja.«

»So wie alle. Am Ende ist es nur die Angst, die sie zurückhält. Die Angst vor dem Unbekannten. Vor dem, was uns im nächsten Leben erwartet. Aber es gibt keinen Grund, sich zu fürchten. Es geht einfach weiter.«

»Was?«

»Das Leben. Der Tod. Hiro und ich haben stundenlang darüber geredet.«

»Sie und Ihr Sohn?«

Chiyoko lacht verächtlich. »Seien Sie nicht albern. Er ist noch ein Baby. Ich spreche natürlich von dem anderen Hiro.«

»Hiro Yanagida?«

»Ja. Möchten Sie mit ihm sprechen?«

»Hiro ist hier? Wie kann das sein? Er wurde von diesem Marinesoldaten umgebracht. Erschossen.«

»Wirklich?« Für eine Frau mit ihrer Figur springt Chiyoko flink auf. »Kommen Sie. Wahrscheinlich haben Sie jede Menge Fragen.«

Elspeth steht auf, ihre Oberschenkel schmerzen, weil sie am Boden gesessen hat. Sie sieht nur verschwommen, ihr Magen krampft sich zusammen, und eine schreckliche Sekunde lang glaubt sie, Chiyoko habe sie vergiftet. Die Frau ist definitiv verrückt, und wenn stimmt, was sie über Ryu und die Selbstmörder gesagt hat, die sie hier besuchen, ist sie gefährlich. Elspeth fällt wieder ein, wie der alte Mann auf diesen Ort reagiert hat. Der Speichel schießt ihr in den Mund, aber sie kneift sich in den linken Arm, stemmt sich dagegen. Es geht vorbei. Ihr ist vor Erschöpfung schwindelig. Sie kann nicht mehr.

Sie folgt Chiyoko zum anderen Zimmer, das durch Paravents abgetrennt ist.

»Kommen Sie«, sagt Chiyoko und schiebt den Paravent gerade so weit zur Seite, dass Elspeth hindurchschlüpfen kann. Hier drinnen ist es dunkel; die Fensterläden sind geschlossen. Elspeth blinzelt, und als ihre Augen sich an die Finsternis gewöhnt haben, erkennt sie an der linken Wand ein Kinderbett und unter dem Fenster einen Futon mit vielen Kissen. Hier drinnen ist der Fischgeruch noch stärker. Elspeth erschaudert, sie muss an Paul Craddocks Wahnvorstellungen und an seinen toten Bruder denken. Chiyoko hebt ein Kleinkind aus dem Gitterbett, das seine Ärmchen um ihren Hals schlingt.

»Aber Sie haben doch gesagt, Hiro sei hier?«

»Ist er auch.«

Chiyoko setzt sich das Kleinkind auf die Hüfte und schiebt einen der Fensterläden auf. Ein Lichtstrahl fällt ins Zimmer.

Elspeth hat sich geirrt – die Kissen auf dem Futon sind gar keine Kissen, sondern eine in sich zusammengesunkene Gestalt. Sie sitzt mit dem Rücken zur Wand und hat die Beine von sich gestreckt.

»Ich werde Sie beide allein lassen«, sagt Chiyoko.

Elspeth reagiert nicht. Sie starrt den Surrabot von Hiro Yanagida an, der blinzelt, den Bruchteil einer Sekunde zu langsam, um menschlich zu wirken. Seine Haut ist an manchen Stellen durchlöchert, die Kleidung ausgefranst.

»Hallo.« Die Stimme – eindeutig die eines Kindes – lässt Elspeth zusammenfahren. »Hallo«, wiederholt der Android.

»Hiro, bist du es?«, fragt Elspeth. Endlich begreift sie den Wahnwitz der Situation. Sie ist in Japan. Sie spricht mit einem Roboter. Sie spricht mit einem verdammten Roboter.

»Ich bin es.«

»Kann ich … können wir uns unterhalten?«

»Wir unterhalten uns bereits.«

Elspeth wagt sich einen Schritt vor. An der verstaubten Gesichtshaut kleben kleine, braune Tropfen – getrocknetes Blut?

»Was bist du?«

Der Android gähnt. »Ich bin ich.«

Elspeth fühlt sich der Umgebung seltsam entfremdet, so wie in Kenji Yanagidas Werkstatt. Ihr Kopf ist leer. Sie weiß nicht, was sie zuerst fragen soll. »Wie hast du den Absturz überlebt?«

»Wir haben uns dazu entschieden. Aber manchmal machen wir Fehler.«

»Und Jessica? Und Bobby? Wo sind sie? Sind sie wirklich tot?«

»Es wurde ihnen langweilig. Das ist meistens so. Sie wussten, wie es enden würde.«

»Wie endet es denn?« Wieder blinzelt das Ding sie an. Nach einigen Sekunden des Schweigens fragt Elspeth: »Gibt es … gibt es ein viertes Kind?«

»Nein.«

»Was ist mit dem vierten Flugzeugabsturz?«

Der Roboter ruckt den Kopf zur Seite. »Wir wussten, dass das der passende Tag sein würde.«

»Der passende Tag wofür?«

»Unsere Ankunft.«

»Aber … warum Kinder?«

»Wir sind nicht immer Kinder.«

»Was soll das heißen?«

Das Ding zuckt mit dem Kopf, gähnt wieder. Elspeth deutet die Geste als: *Denk mal drüber nach, Alte.* Dann hört sie ein Geräusch, das ein Lachen sein könnte, und der Unterkiefer des Androiden klappt eine Spur zu weit auf. Die Wortwahl kommt ihr irgendwie bekannt vor. Elspeth weiß, wie es funktioniert. Sie hat die Bilder der Kamera gesehen, die Kenji Yanagidas Mimik übertragen hat. Aber in diesem Zimmer ist von einem Computer nichts zu sehen. Außerdem – würde es dazu nicht einer Art Signal bedürfen? Hier gibt es keinen Funkempfang, oder? Sie wirft einen Blick auf ihr Handy, um sicherzugehen. Vielleicht bedient Chiyoko den Androiden aus dem Nebenraum, das wäre denkbar, oder?

»Chiyoko? Sind Sie es? Sie sind es, stimmt's?«

Der Brustkorb des Surrabot hebt und senkt sich und hält dann still.

Elspeth läuft aus dem Zimmer. Sie rutscht auf den Tatamimatten aus. Sie reißt die Tür neben der leeren Küche auf und blickt in ein winziges Badezimmer. In der kleinen Badewanne schwimmen benutzte Stoffwindeln. Sie taumelt rückwärts und stößt den Paravent beiseite. Chiyokos Sohn liegt am Boden und schaut zu ihr herauf, er hält ein schmutziges Plüschtier in den Händen und lacht.

Elspeth öffnet die Haustür und sieht Chiyoko auf der Veranda stehen, eine Qualmwolke um den Kopf. Konnte sie ins Freie geschlüpft sein, während Elspeth das Haus durchsucht hat? Elspeth ist sich nicht sicher. Sie zieht ihre Stiefel an und geht nach draußen.

»Waren Sie das, Chiyoko? Haben Sie durch den Androiden gesprochen?«

Chiyoko drückt die Zigarette am Geländer aus und zündet sich sofort eine neue an. »Glauben Sie, dass ich es war?«

»Ja. Nein. Ich weiß es nicht.«

Die kalte Luft hilft ihr kein bisschen, einen klaren Kopf zu bekommen, und Elspeth ist es leid, in Rätseln zu reden. »Okay, wenn Sie es nicht waren, wer war – ist – es dann? Wer sind die Drei?«

»Sie haben gesehen, was Hiro ist.«

»Ich habe nichts gesehen als einen verdammten Androiden.«

Ein Achselzucken. »Alle Dinge sind beseelt.«

»Also ist er das? Eine Seele?«

»Gewissermaßen.«

Du meine Güte. »Könnten Sie mir bitte eine klare Antwort geben?«

Ein weiteres provokantes Lächeln. »Dann stellen Sie eine klare Frage.«

»Okay. Hat Hiro – der echte Hiro – Ihnen gesagt, wer zur Hölle die Drei sind, warum sie gekommen und in die Körper dieser Kinder gefahren sind?«

»Brauchen sie einen Grund? Warum gehen wir auf die Jagd, obwohl wir genug zu essen haben? Warum töten wir einander für nichts und wieder nichts? Warum glauben Sie, sie hätten ein Motiv gebraucht, außer einfach mal zu gucken, *was passiert?*«

»Hiro hat angedeutet, sie seien schon einmal hier gewesen. Jessica Craddock hat dasselbe gesagt.«

Schulterzucken. »Keine Religion kommt ohne Weltuntergangsprophezeiungen aus.«

»Ja und? Was hat das damit zu tun, dass die Drei schon einmal hier waren?«

Chiyoko stößt einen Laut zwischen Seufzen und Grunzen aus. »Für eine Journalistin sind Sie ganz schön schwer von Begriff. Was, wenn sie schon einmal hier waren, um ihre Saat auszubringen?«

Elspeth erschrickt. »Auf keinen Fall. Wollen Sie mir sagen, sie wären vor Tausenden von Jahren schon einmal hier gewesen, um alles vorzubereiten – um viel später zurückzukommen und nachzusehen, ob die sogenannte *Saat* den Weltuntergang heraufbeschwört? Das ist doch verrückt.«

»Natürlich.«

Elspeth hat genug. Sie ist so müde, dass ihr selbst die Knochen wehtun. »Und jetzt?«

Chiyoko gähnt; ihr fehlen mehrere Zähne. Sie wischt sich den Mund mit dem Ärmel ab. »Machen Sie Ihren Job. Sie sind Journalistin. Sie haben gefunden, wonach Sie gesucht haben. Fahren Sie nach Hause und erzählen Sie den anderen, was Sie gesehen haben. Schreiben Sie einen Artikel.«

»Meinen Sie wirklich, irgendjemand würde mir glauben, wenn ich sage, ich hätte mit einem Androiden geredet, in dem … die Seele oder was auch immer von einem der Drei steckt?«

»Die Leute werden glauben, was sie glauben wollen.«

»Und wenn sie mir glauben, werden sie denken … sie werden sagen …«

»Sie werden sagen, dass Hiro ein Gott ist.«

»Ist er das?«

Chiyoko zuckt die Achseln. »*Shikata ga nai*«, sagt sie. »Wen kümmert's?« Sie drückt die Zigarette am Geländer aus und geht ins Haus zurück.

Elspeth bleibt wie erstarrt stehen, mehrere Minuten lang, und weil ihr nichts anderes zu tun bleibt, zieht sie den Reißverschluss ihrer Jacke zu, dreht sich um und setzt einen Fuß vor den anderen.

WIE ES ANFÄNGT

Pamela May Donald liegt auf der Seite und beobachtet den Jungen, wie er mit den anderen zwischen den Bäumen hindurchschwebt.

»Hilfe«, krächzt sie.

Sie tastet nach ihrem Handy. Es muss irgendwo in ihrer Bauchtasche stecken, sie weiß es genau. *Komm schon, komm schon, komm schon.* Ihre Finger stoßen dagegen, gleich hat sie es ... *so dicht dran, du schaffst es* ... aber aus irgendeinem Grund kann sie nicht ... Mit ihren Fingern stimmt etwas nicht. Sie gehorchen ihr nicht, sie sind taub, tot, gehören nicht mehr zu ihr.

»Snookie«, flüstert sie, oder vielleicht denkt sie es auch nur. Jedenfalls ist es das letzte Wort, das ihr in den Sinn kommt, bevor sie stirbt.

Der Junge kommt angehüpft, trippelt auf Zehenspitzen um Baumwurzeln und Trümmerteile herum. Er sieht auf Pamela May Donalds Leiche hinunter. Sie ist nicht mehr. Abgekratzt, bevor sie eine Nachricht aufnehmen konnte. Er ist enttäuscht, aber das passiert ihm nicht zum ersten Mal, außerdem hat das Spiel ohnehin angefangen, ihn zu langweilen. Und die anderen auch. Doch es ist egal. Es wird dasselbe Ende nehmen wie immer, auch ohne eine Botschaft.

Er geht in die Hocke, schlingt sich zitternd die Arme um die Knie. In der Ferne kann er das Flappen der herannahenden Rettungshelikopter hören. Er genießt es immer sehr, in den Bauch des Hubschraubers hinaufgezogen zu werden. Wenigstens das wird Spaß machen.

Aber beim nächsten Mal wird er es anders angehen. Und er weiß auch schon, wie.

DANKSAGUNG

Mein größter Dank geht an Oli Munson, *agent extraordinaire* von A. M. Heath, der mein Leben veränderte, indem er sich das Exposé ansah und zu mir sagte: »Mach es.«

Dieser Roman wäre nur halb so gut geworden ohne die bemerkenswerte redaktionelle Unterstützung und Anleitung meiner Superheldenlektorin Anne Perry. Sie gab mir eine Chance, machte mich zu einer besseren Autorin und lehrte mich alles über Accessoires, ohne dabei jemals ihren Humor zu verlieren. Großen Dank an Oliver Johnson, Jason Bartholomew und das fantastische Team von Hodder; an Reagan Arthur und ihr wunderbares Team bei Little; an Conrad Williams und an alle bei Blake Friedmann.

Die nachfolgend Genannten waren so freundlich, ihr Expertenwissen und ihre persönlichen Erfahrungen mit mir zu teilen, auf meine endlosen Fragen einzugehen und mich zu sich nach Hause einzuladen: Captain Chris Zurinskas, Eri Uri, Atsuko Takahashi, Hiroshi Hayakawa, Atsushi Hayakawa, Akira Yamaguchi, David France Mundo, Paige und Ahnika vom House of Collections, Darrell Zimmerman von Cape Medical Response, Eric Begala und Wongani Bandah. Ich danke euch für eure Geduld und Großzügigkeit. Ich allein übernehme die volle Verantwortung für alle Freiheiten und sämtliche Fehler (geografische wie sachbezogene), die sich in dieses Buch eingeschlichen haben.

Christopher Hoods hervorragender wissenschaftlicher Beitrag *Dealing with Disaster in Japan: Responses to the Flight JL 123 Crash* war mir eine unschätzbar wertvolle Quelle, aus der ich unter anderem die Begriffe *isho* und *izoku* habe. Außerdem stehe ich in der Schuld der nachfolgend aufgeführten Sachbuchautoren, Blogger, Journalisten und Romanschriftsteller, die mir halfen, Licht ins Dunkel der von mir gewählten Thematik zu bringen: *Have a Nice Doomsday* von Nicholas Guyatt; *God's Own Country* von Stephen Bates; *Shutting out the Sun* von Michael Zielenziger; *The Otaku Handbook* von Patrick W. Galbraith; *Quantum: Moderne Physik zum Staunen* von Jim Al-Khalili; *Train Man* von Nakano Hitori; *Die letzten Tage der Erde* von Tim LaHaye und Jerry B. Jenkins; *Understanding End Times Prophecy* von Paul Benware; *Below Luck Level* von Barbara Erasmus; *Alzheimer und Ich* von Richard Taylor; sherizeee.blogspot.com; www.dannychoo.com; www.tofugu.com; Apocalypse Now, Nancy Gibbs (time.com 2002). Vielen Dank an die anonymen Künstler von asciiart.en.com, die mich zu Ryus ascii inspiriert haben.

Folgende Personen waren so großzügig, mein Manuskript zu lesen und mir ihre erhellenden und ehrlichen Rückmeldungen zu geben: Alan und Carol Walters, Andrew Solomon, Bronwyn Harris, Nick Wood, Michael Grant, Sam Wilson, Kerry Gordon, Tiah Beautement, Joe Vaz, Vienne Venter, Nechama Brodie, Si und Sally Partridge. Eric Begala, Thembani Ndzandza, Siseko Sodela, Walter Ntsele, Lwando Sibinge und Thando Makubalo waren so nett, den Großteil meiner dummen Fehler in den südafrikanischen Kapiteln auszumerzen. Jared Shurin, Alex Smith, Karina Brink, der Starfotograf Pagan Wicks und Nomes haben dafür gesorgt, dass ich bei Verstand blieb. Ihr alle rockt!

Lauren Beukes, Alan Kelly (danke für die schlüpfrigen Stellen!), Nigel Walters, Louis Greenberg und meine liebe Pornokollegin Paige Nick haben sich mit ihrer Unterstützung und ihrem Feedback selbst übertroffen. Leute, ich stehe tief in eurer Schuld. Und wie immer hat meine Freundin und Lektorin Helen Moffett mir wieder und wieder den Hintern gerettet (möge es dir in deinem Leben niemals an hausgemachten Backwaren mangeln).

Und last but not least danke ich meinem Mann Charlie und

meiner Tochter Savannah, die mein wildes Brainstorming, neurotische Anfälle und stundenlanges Feilen am Plot ertragen und mir um drei Uhr morgens Kaffee gebracht haben. Ohne euch hätte ich kein einziges Wort schreiben können – danke dafür, dass ihr mir immer den Rücken freigehalten habt.